문학
이론

THEORY OF LITERATURE
by Paul H. Fry

openyalecourses
http://oyc.yale.edu

이 도서의 국립중앙도서관 출판예정도서목록(CIP)은
서지정보유통지원시스템 홈페이지(http://seoji.nl.go.kr)와
국가자료공동목록시스템(http://www.nl.go.kr/kolisnet)에서 이용하실 수 있습니다.
(CIP제어번호: CIP2019014004)

오픈예일코스
openyalecourses

문학 이론

폴 프라이
정영목 옮김

Theory of Literature

문학동네

문학 상급 강좌를 함께 가르치는 나의 조교들에게

애정 어린 감사의 마음을 담아

대부분의 사람들에게 문제는 무지라기보다는

그렇지 않은 걸 그렇다고 아는 게 너무 많다는 거다.

—조시 빌링스

일러두기

1. 이 책은 Paul H. Fry, *Theory of Literature* (Yale University Press, 2012)를 완역한 것이다.
2. 본문의 [ ]는 옮긴이 주, { }는 인용자(폴 프라이)의 첨언이다. 원서에서 이탤릭체로 강조한 부분은 고딕체로 표시했다.
3. 단행본과 잡지는 『』로, 논문 등은 「」로 표시했다. 책이나 글 제목은 한국에 번역된 제목을 따랐고, 각 장의 「읽을 자료」에 있는 참고문헌 속 쪽수는 저자가 인용한 원서의 쪽수를 가리킨다.

차례

사회적 맥락

이론에 대한 찬반

서문

앞으로 이어지는 장章들은 변형을 거쳤는데, 이것은 출판에서는 흔치 않은 일일 것이다. 물론 이 책이 들어가게 되는 시리즈가 책 내는 방식 자체를 바꿀 수도 있겠지만. 2009년 봄학기 '문학 상급'에 속하는 나의 오픈예일코스 스물여섯 개 강의가 비디오테이프로 녹화되었다. 그 강연들은 오디오테이프로 출근하는 차 안에서나 달리기를 하면서 청취할 수도 있다. 또 글로 옮긴 것도 흥미가 있을 것이라는 가정하에 녹취가 진행되기 시작했고, 그것이 마침내 이 책으로, 글로 적힌 형태로 바뀌게 되었다. 나는 매 강의를 손으로 끼적인 한 페이지 정도의 메모를 보며 즉석에서 해나갔다. 그 강의 녹음테이프는 샌디에이고로 갔고, 거기서 어떤 기계가 들리는 대로 기록을 해나갔다. 그 결과물이 뉴헤이븐에 있는 한 사람한테 갔고, 그녀는 그것을 자신이 할 수 있는 만큼 다듬었다. 내가 지난 몇 달 동안 한 일은 사실 그때에 바로 시작했어야 했는데, 당시에는 그리 의욕이 나지 않아 그저 녹취된 글을 대충 훑어보면서 그 자리에서 몇 군데 고치는 정도의 시간밖에 낼 수 없었다—녹취록이 너무 많은 사람을 거친 우스개나 뒷담화처럼 보이기 시작한다는 것을 깨달았음에도.

하지만 당시에는 어찌 보면 그냥 내버려두는 게 맞는 것 같기도 했다. 다시 쓰는 것이 아니라 실제로 그저 녹취록을 만들자는 것이었고, 청각장애인을 위한 텔레비전 즉석 자막 수준의 정확성을 지닐 뿐이었지만, 적어도 내용을 의도적으로 바꾸었다는 이야기가 나올 리는 없었으니까. 그러나 이제는 책이 되어야 한다. 물론 디지털과 인쇄본 양쪽으로 나오겠지만, 그럼에도 책은 책이다. 그래서 예일대학출판부의 한 편집자가 녹취록을 받아들자마자 작업을 시작하여 외장外裝 면에서 개선을 좀 했다. 그런 다음 그 강의들은 편집프로그램으로 조판된 압축 파일로 내게 전달되었고, 나는 작업에 들어갔다. 이 시점에서 나는 내가 강좌에서 읽어오라고 한 (13장에서 논의한) 유명한, 또 어려운 것으로도 유명한 자크 라캉의 에세이 「무의식에서 문자의 행위성」의 첫 몇 문단이 줄곧 떠올랐다. 자신의 그 글은 세미나 발표문을 글로 쓴 판본(『에크리*Écrits*』라는 책에 들어가 있는 에크리*écrit*)이다, 라고 라캉은 말한다. 그는 무의식에서 언어의 역할에 관해 자신이 하고 싶은 말을 온전히 전달하려면 그 행사의 구술적 성격을 유지하는 것이 중요하다고 생각한다. 동시에 (라캉이 이런 말을 하지는 않지만) 자연스럽게 흘러나오는 언어로 전달된 정보가 그런 행사에서는 적절할지 모르지만, 더 여유 있게 글로 적힌 텍스트에 초점을 맞출 수 있을 때라면 절대 그런 경우와 똑같은 방식으로 머리에 기록되지 않는다는 것은, 청자로서 경험이 많은 독자에게는 아주 분명한 일이다. 따라서 이 책은 독자를 위한 것이므로, 나는 이 책 전체가 하나의 강의로서 청자의 귀에 들리는 느낌은 유지하되, 더 신중한 개진이 필요하다고 여겨지는 부분은 수정을 했다. 나는 즉흥적으로 '산문'[이를테면 '지루한 글']을 읊어나가는 사람으로 악명이 높으며, 그러니 다소 긴 문장을 만나더라도 실제 강의에서는 이보다 짧았겠지라는 생각은 하지 말아주기 바란다.

나의 조교 스테판 에스포시토가 다방면에서 불가결한 도움을 주지 않았다면 나는 방금 기술한 예상치 못한 도전에 집중할 수 없었을 것이다. 스테판은 녹화된 강좌를 함께 이끌어간 조교 가운데 한 명이었으며, 비교문학 분야에 갓 등장한 중요한 학자이자 이론가다. 나는 에스포시토에게 각 장의 마지막 통독과 교정을 기꺼이 맡기기로 하고—각 장에 대한 나의 편지 제목은 늘 '수정된 수정본, #x'였다—그것을 그가 있는 보스턴으로 보냈다. 에스포시토는 우리의 주제 각각에 대하여 더 읽어볼 만한 글을 추천하는 서지적 에세이 「해석의 다양성」도 썼으며, 이 글은 이 책의 말미에 실려 있다. 그는 또 우리가 필요하다고 여겼던 참고문헌도 제시해줬고(가능한 한 적게), 내가 강의에서 나누어주거나 온라인으로 공유한, 논의할 만한 구절이 담긴 유인물을 부록에 배치했다.

내가 과제로 읽어오라고 나눠준 복사물을 참조하게 만드는 일은 까다로운 작업이었고, 추측컨대 전반적으로 피하고자 했던 번잡스러운 요소를 끌어들인 꼴이 된 듯하지만, 우리가 주 교재로 삼았던 책의 참조작업은 간단했다. 사려 깊은 판단으로 비평의 역사 전체를 망라하는 글들 가운데서 풍부하게 자료를 선택하고 거기에 식견이 풍부한 머리말을 하나하나 덧붙임으로써 이 분야에서 독보적인 지위에 올라선 이 훌륭한 책, 데이비드 리히터가 편집한 『비평의 전통: 고전적 텍스트와 현대의 여러 경향』(David Richter 편, *The Critical Tradition: Classic Texts and Contemporary Trends*, 제3판, Boston: Bedford/St. Martin's, 2007)에, 독자들은 투자를 고려해봄직하다. 이 책에서 가져온 인용에는 모두 괄호 안에 3판의 페이지를 적어두었다.(예: CT, 00~00)

머리말에 속하는 첫 두 장에 서문에 으레 나올 법한 사과, 유보, 자랑이 많이 담겨 있으므로, 여기서는 앞으로 이어질 이 방대한 주제를 헤쳐나가는 여행에 담겨 있는 것에 관해서는 말을 아끼겠다. 그러나 미처 손이 닿지 않아 강의 요목에서 빠뜨린, 최근 들어 영향력을 발휘하는 이름이나 사상이 있다는 것은—물론 여기저기에서 이런 경향에 대한 에두른 또는 예변법豫辯法적인 언급이 약간 보이기는 하겠지만—의식하고 있다. 예를 들어 '윤리적 전환'은, 내가 언급하듯이, 고 데리다를 포함하지만, 조르조 아감벤의 작업이나 자크 랑시에르, 알랭 바디우 같은 네오마르크스주의자들의 작업은 언급하지 못한다. 영국에서 사이먼 자비스, 케스턴 서덜랜드를 비롯하여 미시적 읽기를 시도하는 여러 사람이 그 창시자인 J. H. 프린의 정신을 바탕으로 마르크스주의적 태도로 텍스트 표면에 관심을 기울이는 경향을 보이지만, 미국에는 아직 그들을 공부하는 전도유망한 학자들만 있을 뿐, 그러한 흐름이 이쪽 해안에 본격적으로 상륙했다고 보기는 힘들다.

문학사회학은 떠오르는 분야인데, 나는 존 길로리에 대해서는 논의했지만(그리고 그 맥락에서 피에르 부르디외도 언급했지만), 여기에 예를 들어 사회언어학자 마이클 실버스틴의 중요한 작업에 대한 논의는 전혀 보태지 못했다. 실버스틴의 사상 형성에 영향을 준 것은 C. S. 퍼스의 기호학인데, 이 책에서 논의한 냅과 마이클스 같은 사람들의 신실용주의적 관점들이 요즘은 부르디외의 '아비투스habitus' 개념보다는 위르겐 하버마스의 '공적 영역' 개념에 훨씬 더 의지하고 있는, 문학적 지식의 사회적 문화적 유통에 대한 관심과 만나고 있다는 이야기는 해두어야겠다. 사회적 지표가 붙은 기호와 관련된 퍼스의 전통이 이 강의들이 주로 관심을 기울이는 소쉬르 전통과 경쟁하며 등장한 셈이다. 퍼스의 전통에 대한 일반적인 책은 아직 나오지 않았으며, 빨리 그런 책이 등장하기를 바란다. 독자는 이 책의 25장 서두에서 이 주제에 관한 몇 가지 생각을 보게 될 것이다.

여기서 다룬 푸코의 이론, 또 지나가면서 언급한 안토니오 그람시의 이론 외에, 지식유통이론을 연구하는 최근 학자들은 서로 관련을 맺고 있는 분야인 시스템이론(니클라스 루만이 주목할 만하다), 매체의 역사, 재매개, 매체이론(이 분야에서 고전은 마셜 매클루언과 프리드리히 키틀러의 작업이다), 또 더 구체적으로 방금 언급한 분야들 내에서 책에 대한 역사 연구로 나아갔다(피터 스털리브래스와 데이비드 캐스턴의 작업에서처럼). 따라서 이 모든 것과 그 이상이 다른 강좌, 또다른 책에서 다룰 과제로 남아 있다.

내가 지적으로 빚진 데는 말도 못할 만큼 많다—나의 개인적인 빚, 다시 말해 쓰여진 것들에 대한 빚은, 대부분 서지 관련 에세이에 들어가 있다. 여기서는 본인들이 알건 모르건 대화와 가르침을 통해 오랫동안 이 주제에 대한 나의 이해를 형성해온 사람들 가운데 몇몇만 거명해보겠다. 제프리 알렉산더, 요하네스 안데레그, 마셜 브라운, 마거릿 퍼거슨, 스탠리 피시, 한스 프라이, 해리스 프리드버그, 파울 그림스타드, 존 길로리, 벤저민 하샤프, 제프리 하트먼, 존 홀랜더, 마거릿 호먼스, 헬무트 일브루크, 캐럴 제이컵스, 바버라 존슨, 제러미 케슬러, 에릭 린드스트롬, 앨프리드 머캐덤, 데이비드 마셜, 어빙 매시, 라이너 네겔레, 애너 너세시언, 에드워드 너세시언, 시릴 오리건, 브리기테 포이커, 앤서니 리드, 조지프 로치, 찰스 세이블, 나오미 쇼어, 데이비드 심프슨, 피터 스톨리브래스, 개릿 스튜어트, 헨리 서스먼, 스티브 테데스키, 마이클 워너, 헨리 웨인필드. 이런 문제에서 스스로를 교육한다는 것(그리고 자신이 교육되는 과정을 받아들이는 것)은 아주 핵심적이면서도 민감한 문제이기 때문에, 감사할 사람들의 명단이 좀 길다 싶음에도 실제로는 이 자리에 언급될 자격이 있는 사람을 내가 틀림없이 아주 많이 잊어버렸을 것이라는 사실이, 과거의 비슷한 경우보다 훨씬 고통스럽다. 그들이 여기에 연루되는 사태를 피했다는 사실에 안도감을 느끼기를 바랄 뿐이다. 1980년대(폴 드 만의 제자들이 예리하면서도 뜨거운 태도로 이 강좌를 다듬어나갔던 시기)에 처음 이 강좌에 끼어들었을 때부터 내가 조교들에게 진 빚은 헌사에 기록했다. 그간의 조언과 격려에 대하여 스테판 에스포시토와 더불어 오픈예일코스를 설립하고 또 지칠 줄 모르는 열정으로 이를 지탱해온 다이애너 클라이너, 또 예일대학출판부의 로라 데이벌리스와 크리스티나 터커, 소니아 섀

넌, 앤마리 임보르노니, 알도 쿠포에게 감사한다. 또한 웨스트체스터북 그룹의 웬디 무토, 브라이언 데즈먼드와 교열을 담당해준 줄리 팔머호프먼에게도 고마운 마음을 전한다.

1장
입문: 전사前史와 '이론'의 등장

읽을 자료:

마르크스, 니체, 프로이트, 폴 리쾨르의 발췌문.

우리 강좌의 제목에 관해 몇 마디 하는 것으로 시작해보겠습니다. 이 제목에 거창한 말이 몇 개 들어 있기 때문입니다. 물론 '이론'과 '문학'이라는 말을 가리키지만, '입문'이라는 말에 관해서도 이야기를 좀 해볼 만합니다.

'이론'이라는 말에는 복잡한 어원적 역사가 있는데, 그 이야기를 오래 하지는 않고 다만 의미를 혼란스럽게 만들 수 있는 부분만 지적하기로 하지요. 어떤 시기에는 이 말이 사용된 방식 때문에 이것이 이른바 '실천' 비슷한 것을 의미하게 되었고, 반대로 어떤 시기에는 실천과 아주 다른 무언가를—실천이 의지하고 싶어하는 일종의 개념을—

의미하기도 했습니다. 후자가 오늘날 지배적인 이론의 의미이긴 하나, 그것을 너무 성급하게 받아들일 필요는 없는 듯합니다. 우리에게 이론과 실천의 차이는 말할 필요도 없는 반면, 이론과 방법론의 차이는 그만큼 분명하지 않습니다. 네, 방법론을 '응용된 이론'이라고 말하면 그런대로 적당하겠지만, 그렇게 하면 내가 방금 사용한 의미의 실천—훈련된 실천—과 비슷해지겠죠. 한편 이론이 늘 즉각적으로 응용될 필요가 있는 것은 아닙니다. 순수하게 사변적인 작업이 될 수도 있지요. 이론은 뭔가에 관한 가설인데, 그 뭔가의 본질이 반드시 눈앞에 보일 필요는 없습니다. 이론 자체가 그것을 눈앞에 가져오는 데 도움을 줄 수도 있기 때문이죠. 이론의 대상이 무엇이건, 만일 대상이란 것이 있다면 말이지만, 이론 자체에는—온갖 지적 제약이 작동할 수 있기 때문에—주어진 응용 분야보다는 상당한 수준의 내적 일관성이 더 긴요합니다.

물론 기존의 이론 형식 대부분이 응용되기 위해 존재한다는 점에는 의심의 여지가 없습니다. 아주 흔한 일이지만, 이런 종류의 강좌에는 밀턴의 『리시더스』, 콜리지의 『늙은 뱃사람의 노래』, 단편소설 같은 일종의 증거 텍스트가 있어서, 이따금씩 강의 설명이 중단되고, 그 텍스트가 소개되고, 그때까지 이야기해온 유형의 이론이 텍스트에 적용됩니다. 따라서 여러분은 그런 강좌 전체에 걸쳐 『늙은 뱃사람의 노래』의 탈식민주의적 독법이나 트라우마이론적 독법—실제로 좋은 독법이 많이 나와 있지요—등을 접하게 될 겁니다.

이론이 늘 응용된다고 말하는 것은 망설여지지만—대개는 그렇다는 것을 알고 있음에도—나도 그런 관습에서 벗어나지는 않을 생각입니다. 하지만 예의를 지키면서도 그런 관습을 조금은 조롱해볼 생각인데, 그 방법은 가끔 그것이 모기를 보고 칼을 뽑는 행동과 마찬가지처럼 보이게 만드는 것입니다. 그런 의미에서 우리가 사용할 텍스트는 걸음마를 배우는 아이들을 위한 『견인차 토니 *Tony the Tow Truck*』라는 이야기입니다. 이것은 두꺼운 판지로 만든 작은 책으로 하단에 텍스트가 한 줄 적혀 있고, 각 페이지마다 사람 얼굴이 달린 자동차가 등장하며, 그 배경에도 역시 좋거나 싫다는 표정을 짓는 얼굴이 달린 집이 한 줄로 늘어서 있습니다. 한참 후에 이 텍스트로 다시 돌아오겠지만, 고맙게도 짧은 이야기이니 오랜 시간에 걸쳐 이것으로 다양한 장난을 쳐볼 생각입니다. 다른 사람들이 응용된 이론이라는 문제를 들여오고자 『리시더스』로 계속 돌아가듯이, 우리는 『견인차 토니』로 돌아가겠습니다.

이 텍스트를 선택했다고 해서 이론을 우습게 보는 것은 아니고, 하물며 문학텍스트를 우습게 보는 것은 결코 아닙니다. 오히려 이론을 『견인차 토니』에 응용할 수 있다면 어떤 것에도 응용할 수 있다고 일깨워주려는 시도이며, 또 읽는다는 것—그냥 무엇이라도 읽는 것—은 복잡하며 잠재적으로 거의 한계가 없는 활동임을 일깨워주려는 시도에 가깝습니다. 이것이야말로 이론이 우리에게 가르치는 가장 중요한 것 가운데 하나이며, 우리가 『견인차 토니』에 다양하게 접근하는 과정에서 그것을 증명할 수 있기를 바랍니다.

어쩌면 이런 점에서 이론은 철학, 특히 형이상학을 닮았습니다. 이론은 근본적인 질문을 던지며, 또 가끔은 체계를 구축하기도 합니다.

즉, 이론은 생각할 수 있는 것에 대한 개괄적인 기술을 목표로 삼는다는 점에서 철학과 닮았고 혹은 철학의 경쟁 상대가 되기도 합니다. 하지만 20세기와 그 이후 실천으로서의 문학이론은, 대부분의 경우 놀라울 만큼 회의주의가 많이 포함되어 있다는 점에서 대부분의 철학과 다릅니다. 문학이론에는 우리가 생각할 수 있는 것의 기초에 관한 다양한 의심이 널리 퍼져 있는 듯한데, 이런 의심이야말로 이론의 현대사의 특징이기도 합니다. 그렇다고 이 강좌에서 우리가 읽는 모든 이론이 회의적인 것은 아닙니다. 그간 문학이론에 바쳐진 가장 강력하고 심오한 사상 가운데 일부는 의도와 관점에서 긍정적이지요. 하지만, 대체로 이 강좌에 따라붙는 추천도서에서 발견하게 될 내용의 많은 부분이 그런 집요한 회의주의에 의해 떠받쳐지고 있다는, 아니, 어쩌면 훼손되고 있다는 사실을 여러분은—행복하게든 불행하게든—받아들이게 될 것입니다. 이것, 이론의 회의주의는, 핵심이라고 할 만큼 중요하며, 따라서 나는 이 문제로 자주 돌아오겠지만, 일단은 이론의 분위기라 부를 수 있는 것을 느껴볼 겸 그냥 지나가는 말로 언급하고 넘어가기로 합시다.

'문학'이라는 말로 방향을 틀어보자면, 이 강좌는 상대성이론 강좌도 아니고 음악이론 강좌도 아니고 정부이론 강좌도 아닙니다. 이것은 문학이론 강좌인데, 문학이론은 정의할 필요가 있다는 점에서 다른 종류의 이론들과 공통점이 있습니다. 어쩌면 문학이 묻는 가장 근본적인, 또 나에게는 아마도 가장 매혹적일 질문은, 문학이 과연 무엇이냐 하는 것일지도 모릅니다. 우리가 읽게 될 많은 자료가 이 질문을 받아 우리에게 매혹적이고 늘—제각기 모두—유혹적인 정의를 제공합니다. 원형, 대칭, 형식의 경제, 형식의 경제의 결여, 반복 등 형식에 기초를 둔 정의들이 있지요. '자연'의 모방, 심리적 또는 사회정치적 상태의 모방, 또 모방의 복잡성, 균형, 조화, 또 가끔 불균형과 부조화 등 모방에 기초한 정의도 있습니다. 더하여 문학과 다른 발화 사이의 인식론적 차이를 주장하는 정의들도 있습니다. 대부분의 발화가 세상의 사물들의 실제 상태에 관해 어떤 진실을 말하는 것을 목적으로 삼는 반면 문학적 발화는 그런 의무에 얽매이지 않는다, 이런 식으로 주장하는 것이죠. 문학은 픽션으로 이해되어야 마땅하다—사물을 지시하기보다는 사물을 만든다.

이 모든 정의가 각기 한때 유행을 했습니다. 우리는 이 각각을 다시 검토할 것이고, 이들에 관해 더 배우는 과정에서 각각의 장점을 발견하게 될 것입니다. 그러나 동시에, 내가 이런 가능성의 목록을 주절주절 이야기하는 동안 벌써 여러분은 이 모든 주장에 반하는 예외를 쉽게 찾아낼 수 있다고 생각하고 있을지도 모릅니다. 아주 좋습니다, 그렇게 생각하다니 정말로 폭넓은 사고방식을 갖고 있군요. 하지만 동시에 여러분의 강인한 정신에는 어떤 불편한 느낌이 나타나기도 합니다. 혹시, 어쩌면 문학은 그냥 전혀 아무것도 아닌 게 아닐까?—다른 말로 하자면, 문학은 정의, 어떤 하나의 정의를 허락하지 않으며, 그냥 그게 뭐가 됐든 우리가 문학이라고 생각하는 것, 아니, 더 정확하게 말하자면 그게 무엇이든 우리의 해석공동체가 문학이라고 생각하는 것이 문학 아닐까? 하지만 그런 결론에 도달한다 해도, 문학에 대한 어떤 개념들이 어떤 공동체에 실제로 존재한다는 것, 그런 개념들 자체가 공부에 값한다는 것, 결국 여러분 자신도 동료들 사이에서 무엇을 문학으로 쳐주는지 완벽하게 알고 있고, 실용적인 목적에서 거기에 동의한다는 사실을 기억한다면, 무력감을 느낄 필요는 없을 듯합니다. 방금 나는 이른바 문학과 정의 일반에 대한 신실용주의적인 관점을 요약했는데, 그런 관점을 택한다고 해서 공부할 대상을 기술하는 일이 면제되는 것은 아닙니다. 정의는 설사 임시적이라 해도 중요하며, 물론 이 강좌에서도 그것을 건성으로 다루지는 않을 것입니다.

문학이론은 문학을 정의하는 것과 더불어 이 분야의 문을 약간 열어젖히는 질문들도 던집니다. 무엇이 문학의 원인이고 무엇이 문학의 결과인가? 원인과 관련해서는 이렇게 묻습니다. 저자author란 무엇인가? 문학적 권위authority의 본질은 무엇인가? 마찬가지로, 만일 문학에 결과가 있다면 그것이 누군가에게 영향을 미치는 것이 틀림없는데, 이 또한 흥미롭고도 성가신 문제를 낳습니다. 즉 독자란 무엇인가? 문학이론은 이런 종류의 문제들과 깊이 관련되어 있으며, 이 질문들을 정리할 필요가 있다는 사실이 우리 강좌의 구조를 합리화해줍니다. 차례를 보면 이 강의들을 통해 우리는 문학이 언어로 형성된다는 생각에서 인간 심리로 형성된다는 생각으로, 거기서 다시 사회, 경제, 역사적 힘들에 의해 형성된다는 생각으로 옮겨가게 되리라는 사실을 알게 될 것입니다. 그런 생각들에는 문학이 미치는 여러 영향과 관련한 추론이 있으며, 이 강좌는 방금 이야기한 순서대로 이 추론들을 거쳐갈 것입니다.

마지막으로 문학이론은 다른 한 가지 중요한 질문, 우리가 형식, 심리, 사회로 가기 전에 먼저 다룰 질문을 던집니다. 이 질문은 "독자란 무엇인가?"가 아니라 "읽기란 어떻게 이루어지는가?"입니다. 즉, 어떻게 우리는—그 누구든—우리가 뭔가를 적절히 해석하고 있으며, 우리가 지금 읽고 있는 방식에 근거가 있다는 결론에 이르는가? 읽기 경험이란 어떤 것인가? 우리는 어떻게 텍스트와 대면하는가? 우리는 어떻게 텍스트, 여러 측면에서 우리와 멀리 떨어져 있는 텍스트와 접촉하는가? 이런 것들이 이른바 해석학hermeneutics이 묻는 질문인데, 우리는 해석학이라는 이 어려운 말로 이루어진 분야도 곧 이야기하게 될 것입니다. 이 말은 헤르메스Hermes 신으로부터 파생했습니다. 헤르메스는 인간에게 언어를 가져다준 신이자, 다른 무엇보다 소통의 신이지요.

문학, 그리고 이론에서 문학의 맥락은 이 정도로 하겠습니다. 이제 '입문'이라는 단어를 잠깐 보고 가겠습니다. 나는 이 문학이론이 아주 잘나가는 물건이던 1970년대 말과 1980년대에 이 강좌를 시작했습니다. 한 동료는 문간에 [당시 유행을 따르던 사람들이 즐겨 입던] 검은 가죽옷 유료 보관소를 열면 좋겠다고 했는데 반은 진담이었죠. 이론은 핫한 동시에 쿨했고, 그랬기 때문에 사람들은 이론에 관해 그저 의견을 가지는 정도가 아니라, 아주아주 강한 의견을 가지고 있었습니다. 그랬기 때문에 많은 사람이 이론의 '입문'은 가르칠 수 없다고 생각했죠. 그 말은 "오늘은 화요일이니까 푸코를, 오늘은 목요일이니까 라캉을" 하는 식으로 개관을 가르칠 수는 없다는 뜻이었습니다. 이론에 그런 식으로 접근하는 것은 배신이다, 요구되는 것은 가능한 모든 이론의 기초를 파악하려는 근본적 노력이다, 그렇게 생각했던 것입니다. 너는 페미니스트다, 또는 마르크스주의자다, 또는 폴 드 만의 제자다, 따라서 만일 개관 같은 것을 가르치려 한다면 근본적인 신념에서 출발하고, 그것으로부터 나머지를 끌어내야 한다.

이것이 당시 이론을 가르친다는 것에 대한 느낌이었습니다. 입문을 가르치는 것은 어색한 일이었죠. 나는 지금과 마찬가지로 당시에도 우리 문학 전공자들에게 필수과목이었던 이 강좌, 즉 문학 Y를 가르치고 있었던 반면, 폴 드 만은 문학 Z, 즉 자신이 실행에 옮기고 있던 해석의 기술을 가르치고 있었습니다. 그 강좌야말로 사실상 이론의 다른 모든 형식에 그림자를 드리웠는데, 극히 엄격하고 흥미로운 강좌이기는 했지만 개관은 아니었습니다. 그 강좌에서는 어떤 근본적인 관념으로부터 다른 모든 것이 파생할 것이라는 생각이 당연시되었지, 각각 근본적인 것으로 간주되는 일련의 관념들 전체가 관심을 받고자 서로 밀치며 절충적인 방식으로 흥겹게 뒤섞이고 짝을 지을 수도 있다는 생각은 잠시도 들어설 수 없었습니다—그러나 아마 우리의 입문 강좌에서는 가끔 그러한 모습이 보이게 될 것입니다.

내가 그때의 쿨함과 핫함을 그리워할까요? 그렇기도 하고 아니기도 합니다. 워즈워스가 말하듯이 "그 새벽에는 살아 있다는 것이 축복이었고," 그래서 나는 이론에 관심을 갖는 것에는 여전히 이점이 있다고 여러분을 설득하고 싶습니다. 여전히 우리에게는 관점이 있습니다. 우리는 관점을 가질 필요가 있고, 무엇보다도 우리에게 관점이 있다는 사실을 인정할 필요가 있습니다. 문학 저널리즘은 대체로 인정하지 않지만, 여전히 우리는 우리가 생각하는 것이 무엇이든 이론적 원리에서 파생한다고 인정할 필요가 있습니다. 우리는 우리가 행동하고 말하는 것, 논문이나 다른 글에서 쓰는 것이 이론적 전제들에 근거하고 있음을 알아야 합니다. 그 사실을 받아들이지 못하면, 우리가 그런 전제들을 어떻게 이용하고 있는지, 아니, 거꾸로 그런 전제들이 우리를 어떻게 이용하고 있는지 제대로 의식하지도 못한 채 순진하게 그런 전제들을 재생산하게 됩니다. 따라서 이론을 이해하는 것은 여전히 핵심적인 일이지요.

그러나 이론의 평판이 떨어지고 그 순간의 열기는 지나갔다는 사실을 깨닫는 것에도 이점은 있습니다. (지금 여기서 과거 어느 때와 마찬가지로 오늘날에도 긴급한 논란거리인 방법론 이야기를 하자는 건 아닙니다.) 우리는 지금 역사라고 부를 수 있는 유리한 지점을 확보하고 있습니다. 우리가 공부할 것 가운데 일부, 아니 많은 부분이 오늘날의 방법론을 정초할 필수적인 토대라고 여겨지진 않습니다. 우리가 공부하게 될 모든 것은 그 나름으로 번창하던 시기가 있었고, 다른 패러다임들을 형성한 하나의 패러다임으로서 간접적인 영향력을 유지하고는 있지만, 많은 부분이 현재 지속되는 논의 주제로 남아 있지는 않습니다—이러한 사실은 우리로 하여금 역사적 관점을 가질 기회를 줍니다. 가끔씩은 나도 왜 어떤 이론적 쟁점과 관념들이 어떤 역사적 순간에 두드러진 자리로 밀고 올라갔는지 상당한 자신감을 가지고 설명할 수 있을 듯합니다. 이런 차원이 보태지면 입문이 그저 가장 눈에 띄는 지점들을 훑고 싶은 사람들에게만 가치 있는 강좌라고 할 수는 없겠지요. 이론이 어떻게 해서 지금과 같은 역사적인 주제가 되었는지, 그러면서도 다른 한편으로는 우리가 깊이 참여하고 여전히 헌신하는 무엇인가가 되었는지를 보여주는 것으로도 가치 있는 역할을 할 것입니다. 따라서 이 모든 것이 문학이론 입문을 가르치는 근본적 이유가 되는 셈입니다.

문학이론은 비평의 역사와 어떻게 연결될까요? 비평의 역사도 내가 좋아하는 강좌입니다. 보통 나는 플라톤에서 T. S. 엘리엇까지, 또는 플라톤에서 I. A. 리처즈나 다른 20세기 초의 중요한 인물까지 가르칩니다. 이 강좌는 문학이론과 한 가지 중요한 특징을 공유합니다. 이론과 마찬가지로 문학비평은 늘 문학의 정의에 관심을 두죠. 문학을 정의하는 문제를 이야기하면서 내가 제기하는 많은 쟁점은, 문학이론뿐 아니라 문학비평과도 관련됩니다. 그러나 우리 모두는 이 둘이 서로 매우 다른 기획이라는 사실을 본능적으로 압니다. 우선 문학이론에는 문학비평에서 당연시하는 요소가 빠져 있습니다. 문학이론은 평가에 관심이 없지요. 문학이론은 평가 또는 감상을 모든 독자의 감응적 경험의 일부로 당연하게 받아들이며, 오히려 내가 앞서 언급했던 기술, 분석, 추측이라는 문제에 관해 생각하기를 더 좋아합니다. 좀더 정확히 말하면, 어떻게, 또 왜, 어떤 독자가 어떤 환경에서 문학을 높이 평가하느냐 혹은 그러지 못하거나 그러기를 거부하느냐 하는 문제는 문학이론이나 적어도 이론의 영향을 받은 방법론의 대상이지만, 왜 우리가 문학 또는 개별 작품을 높이 평가해야 하느냐 또는 하지 말아야 하느냐 하는 문제는 오로지 비평 영역에 속합니다. 아, 약간 수정해서, 이론은 절대 그렇다고 주장하지는 않으면서도 가끔 가치를 내포하기는 한다고 말해두고 싶군요. 필립 시드니 경의 시는 "어떤 것도 단언하지 않으며, 따라서 절대 거짓말하지 않는다"라는 말, 폴 드 만도 완전히 동의할 이 말은, 이론과 비평 양쪽의 근거가 되어줍니다.

자, 이렇게 이론에 없는 것을 이야기했습니다. 그렇다면 비평에는 빠졌지만 이론에는 있는 것은 무엇일까요? 여기서 앞으로의 강의시간 동안 내가 주로 관심을 기울이게 될 주제로 돌아가겠습니다. 이론에서 새로운 것은 회의주의의 요소이며, 문학비평—보통 어떤 종류의 정전正傳을 지지하죠—은 대부분 이 요소를 공유하지 않습니다. 문학이론은 자기 주제의 기초에 회의적이며, 또 많은 경우 자기 논증의 기초에 회의적입니다. 도대체 어떻게 이런 일이 일어났을까요? 해석이 진실을 말할, 진실을 단언할 가능성에 대한 의심이, 특히 20세기와 그 이후에 왜 이렇게 널리 퍼지게 된 것일까요?

여기서 그 답으로 지성사로 살짝 빠져보겠습니다. 나는 내가 언급한 그런 회의주의의 씨앗이 종종 '근대성modernity'의 시기라 부르는 기간에 뿌려졌다고 생각합니다. 근대성을 20세기 초의 현상인 모더니즘modernism과 혼동해서는 안 됩니다. 근대성은 데카르트, 셰익스피어, 세르반테스가 활동했던 '근대 초기'까지 거슬러올라가는 근대사상의 역사를 가리킵니다. 이 인물들 모두에게 공통된 것에 주목해보세요. 데카르트는 제1성찰에서 자신이 미치지 않았다고, 또는 자신의 정신이 악령에 사로잡히지 않았다고 어떻게 확신할 수 있느냐고 묻습니다. 셰익스피어는 미친 것일 수도 있고 아닐 수도 있는 햄릿 같은 인물에 몰두했지요. 세르반테스는 자신의 영웅을 실제로 미친 인물로 만듭니다—적어도 우리는 그렇게 확신하지만, 돈키호테 자신의 생각은 다르지요. 그는 스스로를 합리적이고 체계적으로 생각하는 사람이라고 당연시합니다. 우리 모두도 스스로를 합리적이라고 생각하지만, 세르반테스는 우리 자신 또한 돈키호테처럼 편집망상적인 인간이 아니라는 사실을 도대체 어떻게 알 수 있느냐고 묻게 합니다.

이성적 사고의 기초에 대한 이 모든 의심은 17세기에 생겨납니다. 그렇다면 왜 이 시기에, 내가 아는 것과 내가 그것을 아는 방식 사이의 관계에 대한 이런 불안감이 생겨났을까요? 자, 나는 데카르트가 『성찰』에서 계속 이어나가는 이야기가 부분적으로나마 그 특징을 포착하고 있다고 생각합니다. 데카르트는 자신이 제기한 질문, 즉 자신이 존재한다는 것—이는 부분적으로, 지금 존재하는 어떤 이질적 존재가 말하자면 자기 대신 존재하는 것이 아니라는 판단에 의존하는데—을 어떻게 아느냐는 질문에 "나는 생각한다, 고로 나는 존재한다"고, 그리고 나아가 이에 따라붙는 말로서, 나는 생각한다, 따라서 내가 생각하는 모든 것 또한 존재한다고 이해될 수 있다고 답함으로써 그 나름으로 만족합니다.

이제 이 '데카르트의 혁명'은 이후 백오십 년간 이른바 '계몽주의'의 중심 전제를 확립합니다. 그때부터 정신과 정신이 생각하는 대상 사이에는 거리가 있다고 가정되었죠. 처음에는 이러한 거리가 매우 다행스러운 것으로 여겨졌습니다. 사실 그림을 너무 가까이서 보면, 또는 너무 멀리서 보면 분명하게 보이지 않지만—초점이 맞지 않죠—

딱 적당한 거리를 확보하면 초점이 맞게 됩니다. 과학적 객관성이라는 관념, 프랑스 계몽주의자들에게 위대한 『백과전서』 창조의 동기를 부여한 관념, 그 관념은 인식하는 자와 인식되는 대상 사이에 이런 객관적인 중간 거리를 유지하는 것에 달려 있습니다. 그러나 점차 이런 거리가 너무 멀지도 너무 가깝지도 않다는 가정은 무너지기 시작하여, 1796년에 칸트는—그의 진지한 제자들 다수는 그를 회의주의의 편에 넣지 않지만—데카르트의 '코기토cogito'만큼이나 유명하지만 그보다 훨씬 충격적인 이야기를 합니다. "우리는 물자체物自體를 알 수 없다." 물론 칸트는 물자체 주위에 아주 훌륭한 비계飛階를—물자체를 알 수는 없지만 삼각측량을 통해 간접적으로 그것을 받아들일 수 있는 다양한 방법을—세워놓았기 때문에, 그를 회의주의의 편에 넣는 것은 무례하다 싶기도 합니다. 그럼에도 이런 종류의 사고에서, 주체와 객체 사이의 거리에서 위험을 감지하는 태도가 나타나기 시작한 것은 분명합니다.

1807년 헤겔은 『정신현상학』에서 그 무렵의 역사, 그리고 의식의 확장에서 뭔가 불행한 것이 시작되었다고 말합니다. 우리에게 '불행한 의식'이 있다는 것인데, 이는 우리가 보고 있는 것으로부터 너무 멀리 우리를 내모는, 정신의 소외상태입니다. 우리는 이제 우리가 보고 있는 것을 확신하지 못하며, 따라서 소외를 느낍니다. 자, 이제 지성사의 주류가 회의주의에 문을 여는 쪽으로 전개되는 것이 보입니다. 하지만 아직 핵심적인 변화는 일어나지 않았는데, 이 모든 이야기, 심지어 헤겔의 이야기에도, 아직은 자신이 생각하는 것을 생각한다는 의식의 권위에 관한 의심은 없기 때문이죠. 의식이 대상에 관하여 충분히 분명하게 생각하지는 못할지언정, 그럼에도 불확실한 생각이나마 여전히 그 생각의 기원은 의식이라는 겁니다. 이때 의식이라는 쟁점 자체를 복잡하게 만드는 문제를 제기하는 위대한 세 인물이 등장합니다. 다른 인물들도 있지만 이 세 인물이 기초를 이루는 인물들로 여겨집니다. 이들은 의식이, 자신이 보고 있는 것을 분명하게 이해하지 못하여 그 대상으로부터 소외될 뿐 아니라 자신의 토대로부터도 소외되어 있어, 자신이 보고 있는 것과 마찬가지로 자신이 온 곳도 분명하게 알지 못한다고 주장합니다. 다른 말로 하면, 의식은 세계로부터 소외되어 있을 뿐 아니라 자신의 사고의 원천으로부터도 뿌리뽑혀 있다는 겁니다.

마르크스는 『자본』에 쓴 상품물신화에 대한 유명한 논증에서, 우리가 인간 노동의 산물을 가져와 상품으로 바꾸는 방식을 묘사하면서, 상품에는 그것을 생산한 노동의 가치가 아니라 객관적 가치가 있다고 말합니다. 마르크스는 상품물신화를 종교와 비교합니다. 신은 인간의 지적 노동의 산물이지만, 우리는 그것을 객관화하여 우리 자신을 생산한 존재의 자리에 갖다놓으며, 따라서 상품과 마찬가지로 시간을 초월한 불변의 가치를 갖게 된다는 거지요. 마르크스의 논증의 다른 한 측면은 의식이, 즉 우리가 사물을 믿는 방식이, 우리 자신의 통제를 벗어난 요인들에 의해 규정되기 때문에 착각이 일어난다는 것입니다. 우리가 우리 자신의 진정한 관념들이라고 생각하는 것은 사실 사회적 역사적 경제적 요인들에 의해 형성되며, 이로부터 마르크스가 이데올로기라고 부르는 것이 만들어집니다.

이렇게 19세기 중반에 이르면 의식에 대한 문제제기가 두 가지 측면에서 이루어집니다. 의식은 자신이 보는 사물과 맺고 있는 진정하지 않은 관계, 이데올로기에 의해 왜곡된 관계와 싸우고 있을 뿐 아니라, 자신의 토대와, 즉 부르주아적 전망을 형성하고 그것을 보편적으로 보이게 만드는 '실재하는 조건'과 맺고 있는 진정하지 않은 관계와 싸우고 있다는 겁니다. 이런 주장은 니체의 주장과 유사하지만, 니체는 공격의 근거를 바꾸죠. 니체에게 의식의 작용을 진정하지 않게 만드는 것은 언어 자체의 본질입니다. 우리는 진실을 말하고 있다고 생각하지만, 사실은 닳아빠진 비유를 사용하고 있을 뿐입니다. "그렇다면 진리란 무엇인가? 은유, 환유, 의인화로 이루어진 기동대다—간단히 말해서, 시적으로 수사적으로 강화된 인간관계의 합이며…… 이제는 돈이 아니라 그저 쇠붙이 가치밖에 없는 동전이다." 여기서 '이제는'이라는 말이 매우 흥미롭지만, 니체 이후로 언어의 진실을 주장하는 가설들에 대항한 논쟁에서 니체를 동원하고자 한 사람들이 늘 그 말에 주목한 것은 아닙니다. 니체는 언어가 실재에 이름을 붙일 수 있었던 때, 말이라는 나라의 동전에 현실적인 교환가치가 있었던 때를 상상하면서, 이제는 언어가 닳아빠진 비유들의 침략으로 전락하고 말았으며, 이런 비유가 우리가 진실이라고 믿는 것을 모두 좌우한다고 주장하는 듯합니다. 우리는 땅과 하늘의 관계에 대하여 비유적인 방식으로 말을 하고는 곧 하늘에 나타나는 신이 있다고 믿습니다. 우리는 우리도 모르는 새에 입증이 불가능한—적어도 이제는—말의 비유를 사용하여 말에서 믿음으로 미끄러져들어갑니다.

프로이트는 마침내 의식—내가 매 순간 생각하고 말하고 있다고 여기는 것—과 그 의식을 결정하는 것 사이의 평행관계를 주장합니다. 그의 경우 의식을 결정하는 것은 무의식으로, 이것이 매 순간 우리가 생각하고 말하는 것을 끊임없이 손상시키지요. 프로이트는 『일상생활의 정신병리학』에서 [무심코 본마음을 드러내는] 프로이트적 실언이 그냥 가끔 일어나는 일이 아니라—즉흥적으로 말을 하는 강사보다 이 사실을 잘 아는 사람은 없지만—늘 일어나는 일임을 우리에게 일깨워주었습니다. 프로이트적 실언을 사람들은 무의식의 영향하에서 발생하는 의식의 실수라고 어렴풋하게 인식하지만, 프로이트에게 이것은 이성이 영원히 빠져나갈 수 없는 방식으로 욕망에 종속되어 있음을 보여줍니다.

해석학적 전통에 서 있는 현대철학자로, 마르크스, 니체, 프로이트를 절대적으로 신봉하지는 않는 폴 리쾨르는, 이 책의 부록에 실린 세 번째 글에서 최근 사상—그리고 특히 현대 문학이론—의 이 위대한 선구자들이 함께 '의심의 학파'를 지배하고 있다고 반격했습니다. 회의주의와 마찬가지로 의심은 부정으로 이해될 수도 있는 말입니다. 즉, 우리가 보고 있는 것에서 명백하거나 뻔하거나 뚜렷하다고 여겨지는 것도, 이런 종류의 정신에서 보면 직관에 반하는 부정에 의해 무너져 버립니다. 이것은 변증법적이기 때문에, 제시된 무언가를 뒤집는 것, 즉 부정은 우리가 스스로 확실하게 안다고 생각하는 것을 제한할 뿐 아니라(사실 사회경제적 영향, 언어, 무의식이 생각에 어느 정도 영향을 준다는 점에는 누구라도 동의할지 모릅니다) 완전히 무너뜨리기도 합니다.

마르크스, 니체, 프로이트를 강력한 부정적 사상가들로 받아들인 일은 엄청난 영향을 발휘해왔습니다. 다음 강의에서 푸코의 「저자란 무엇인가?」를 읽으면서, 우리는 마르크스, 니체, 프로이트가 어떻게 받아들여져왔는가 하는 문제, 또 우리가 저자를 곧바로 권위로 바꾸기 때문에 저자가 있다고 믿는 것은 위험하다는 푸코의 관점에서 이러한 수용을 어떻게 파악할 것인가 하는 문제로 돌아갈 것입니다. 하지만 푸코가 말하는 이유에서 저자가 있다고 믿는 것이 위험하다면, 푸코 자신의 막강한 선구자들인 마르크스, 니체, 프로이트는 어떨까요? 앞으로 보겠지만, 「저자란 무엇인가?」에서 이 문제와 대면한 푸코는 인상적인 사고의 전환으로 대응합니다. 우리의 입장에서는, 방금 논의한 바로 그 구절들, 그리고 물론 그 세 저자의 저작들의 영향이 상당 부분 우리의 주제를—우리가 연구하는 문학이론이라는 현상을—설명해준다고 이해할 수 있습니다. 다른 말로 하면, 이 인물들의 영향으로 문학이론은 상당 부분이 의심의 해석학이자 부정의 이행이 되었으며, 이는 옹호자들은 물론 한때는 목소리를 높였던 그 적들 또한 모두 인정하는 사실이지요.

내가 처음 이 강좌를 가르치던 시기에는 문학이론에 대한 비난이 정말로 2미터짜리 책꽂이를 가득 채울 만큼 나왔는데, 그 가운데 다수는 대중을 위한 것이었으며, 일부는 학문적 자격을 갖춘 것이었습니다. 오늘날에는 여러분이 문학이론을 받아들이든 내치든 별다른 소동이 일어나지 않을 겁니다. 하지만 당시 반대하는 외침이 믿을 수 없을 정도로 컸다는 사실은 거꾸로 문학이론의 강한 호소력을 반증하는 것이기도 합니다. 많은, 아주 많은 사람들에게—그들 대부분이 한동안은 책을 쓰고 있는 것처럼 보였는데—문학이론은 우리가 알고 있는 문명의 종말과 관련된 것이었습니다. 문학이론에서 진행되는 수많은 작업의 동기를 이루는 것으로 보였던 기초지식의 전복은 학계로부터 퍼져 나오는, 합리성에 대한 중대한 위협으로 여겨졌고, 그런 이유로 헤아릴 수 없이 많은 활발한 논쟁에서 공격 대상이 되었죠. 문학이론에 대한 반란 진압 작전이 부분적으로는 이론 특유의 회의주의 때문에 시행되었다는 사실이, 내가 생각하기에는 오늘날 가장 강조할 만한 점인 것 같습니다. 지금도 인문학은 여전히 포화에 시달리긴 하지만 그 주안점이 달라졌거든요. 이제 인문학 공격의 주요한 주제는 그 부정성이 아니라—가끔씩 암묵적으로 제시되는 결론인바—무용성입니다.

내가 생각하기에 리쾨르가 그 부정의 만신전에서 빼놓은, 그러나 21세기에 문학이론이나 다른 이론에서 점점 더 중요해지리라 예상되는 또하나의 영향력 있는 인물은, 다윈입니다. 필시 네번째 의심의 해석학자라고 간주할 수 있는 인물이지요. 그 자신은 의심에 관심을 갖지 않았고, 자연선택이 널리 퍼진 인식과는 달리 종교에 현실적인 위협이 될 것이라고 생각하지도 않았지만, 다윈은 의식을 결정되는 것으로, 사회생물학적으로 결정되거나 인지과학의 영역에서 결정되는 것, 인공지능으로서 결정되거나, 또다른 여러 방식으로 결정되는 것으로 보는 사고방식을 확립한 사람이 분명합니다. 이런 모든 사고는 다윈으로부터 내려오며, 21세기 들어 점점 큰 영향력을 발휘할 것입니다. 20세기에 알려지고 연구되던 문학이론의 양상을 바꾸는 것은 인지과학, 그리고 문학과 해석과정 양쪽에 대한 사회생물학적 접근을 점점 강조하는 경향이 될 겁니다. 20세기의 사고의 가닥들이 앞서 논의한 세 인물에서 흘러나왔듯이, 그러한 경향은 다윈에게서 흘러나올 겁니다.

그러나 의심의 해석학은 무엇보다도 먼저 분위기상의 불편한 느낌 비슷한 것으로 나타나는데, 이런 느낌에는 전면적인 역사적 변화도 기여한 바가 있습니다. 그것을 확인하기 위해 마지막으로 헨리 제임스의 1903년 작품 『대사들 *The Ambassadors*』과 체호프의 1904년 작품 『벚꽃 동산』에 나오는 구절들을 미리 잠깐 봅시다. 나는 이때가 특정한 역사적 순간임을 여러분에게 알리고자 노력하고 있습니다. 양쪽 모두에서 화자는 의식—살아 있다는 느낌, 세상에서 행동하는 사람이라는 느낌—이 이제 행위성과는 관련이 없다고 주장합니다. 어떻게 된 것인지, 의식이 있다 해도 단지 꼭두각시일 뿐이고, 우리의 활동 영역에는 엄격한 한계가 있다는 느낌이죠. 『대사들』의 스트레처와 『벚꽃 동산』의 예피호도프는 불길한 운명과 우울함이라는 전반적 분위기를 반영하는 관점을 대변하면서도, 놀랍게도 이보다 훨씬 체계적으로 내용을 정비한 텍스트들을 예고하고 있습니다. 다음 강의에서는 "저자란 무엇인가?" 하는 질문으로 뛰어들기 전에, 제임스와 체호프의 구절들을 살펴보는 작업부터 시작하고 싶습니다.

2장
입문(계속): 이론과 기능화

읽을 자료

미셸 푸코, 「저자란 무엇인가?」(CT, 904~914).

롤랑 바르트, 「저자의 죽음」(CT, 874~877).

헨리 제임스와 안톤 체호프의 발췌문.

첫 강의에서는 20세기 문학이론에 회의주의의 그림자가 드리워 있는 이유들을 논의하기도 했지만, 그 이야기를 하다가 회의주의와 똑같다고는 할 수 없는 다른 쟁점도 소개했습니다—바로 결정론이죠. 앞서 말했듯이 지성사의 흐름 속에서 우리는 먼저 인식하는 자와 인식 대상 사이의 거리에 대한 관심과 만나게 되는데, 이 관심에서 우리가 사물을 과연 실제 그대로 알 수 있느냐 하는 회의주의가 생겨납니다. 하지만 마르크스, 니체, 프로이트 같은 인물들이 이런 관심을 가지자, 그 결과로 추가 질문이 나타납니다. 어떻게 사물을 실제 있는 그대로 알 수 있느냐 하는 것만이 아니라, 아는 존재의 자율성을 어떻게 신뢰할 수 있느냐 하는 문제가 그것입니다. 만일 실제로 의식이 결국 감춰진 힘들에 의해 관장되고, 통제되고, '결정될' 가능성이 있다면—이 필자들에 따르면 그럴 가능성이 높습니다—우리는 어떻게 의식이 독립적이라고 확신할 수 있을까요? 문학이론의 주장들 속에서 결정론은 적어도 회의주의만큼 중요합니다. 이 둘은 많은 면에서 명백하게 관련을 맺고 있지만, 이 강의에서는 결정론의 문제에만 초점을 맞추고 싶습니다.

지난 강의에서 나는 리쾨르의 말을 따라 마르크스, 니체, 프로이트가 이론의 부정적인 분위기를 처음 만들어낸 주요 인물들이라고 한 뒤, 거기에 다윈을 추가했습니다. 20세기에 이르러 인간의 행위성이 포위 공격을 당하게 된 상황을 고려하면 다윈을 떠올리는 것은 타당해 보입니다. 온갖 종류의 사건이, 우리에게 자율성이 있다는 생각, 우리가 독립적으로 행동할 수 있다는 생각, 또는 우리가 꼭두각시처럼 줄이 당겨지고 있다는 느낌이 아니라 적어도 어떤 완전성을 갖추고 있다는 느낌을 갖고 행동할 수 있다는 생각을 위협해왔습니다. 특히 다윈의 영향으로 우리에게 깔린 유전적 배선을 비롯하여 이와 비슷한 다른 요인들을 이해하게 되면서, 우리는 우리 각자가 어떻게 자유로운 행위자라고 생각할 수 있는지 의문을 품기 시작했습니다. 이렇게 인문학 여러 분야의 목소리들에 더하여 과학적인 목소리가 신의 벼락만큼이나 불가피한 것으로 보이는 역사적 대격변에 응답했고, 행위성의 위기는 심화되었습니다.

이 시기의 여명기에 내가 지난 강의에서 소개한 안톤 체호프와 헨리 제임스의 두 구절이 등장합니다. 체호프부터 시작해봅시다. 알다시피 『벚꽃 동산』은 곧 1905년 멘셰비키 혁명을 낳게 될 사회경제적 조건에서 지주계급이 느끼는 위기감을 다룬 작품으로, 이런 위협에 대해—회피를 포함한—등장인물들의 다양한 반응이 등장합니다. 그 가운데도 흥미로운 반응은, 주인공이라고는 할 수 없는 집안 하인에게서 나오는데 이 예피호도프라는 하인은 독학자 비슷합니다. 그래서 전혀 훈련받지 못한 방식으로나마 지적인 흐름은 인식하고 있지요. 그는 자기연민이 가득하며, 그의 말은 체호프의 우울한 지적 분위기를 다른 누구보다도 잘 드러냅니다. 그는 말합니다. "나는 교육받은 사람이야. 나는 온갖 종류의 주목할 만한 책을 읽었지만, 정확히 말하자면 어느 방향으로 가야 할지, 내가 원하는 것이 무엇인지 도무지 모르겠어." 내가 이 독백의 일부를 인용할 때 그가 언어에 관해, 언어의 변덕에 종속되어 있는 스스로의 상태에 관해 쉽없이 이야기하는 방식에 주의를 기울여보시기 바랍니다. 그는 "정확하게 말하는" 방식을 찾고 있습니다. 그는 책에 관해 어느 정도 알고 있으며 자신이 책으로 배운 지식이라는 망網에 얽혀 있다고 생각합니다. 그는 자신의 것이 아닌 언어로 자신의 조건을 규정하는 데 몰두해 있는데, 특히, 아마 자기도 모르고 한 일이겠지만, 『햄릿』을 언급하는 것이 바로 그런 예입니다. "살아야 하느냐 총으로 자살해야 하느냐?"—제대로 말하자면, "사느냐 죽느냐?" 겠죠. 이렇게 그는 하나의 등장인물로서 그 자신이 속해 있는 극적인 전통 속으로 들어가, 자신이, 저열한 형태로나마, 주인공이 비슷한 근심을 드러내는 저 유명한 카리스마적인 순간들 가운데 하나로부터 파생했음을 보여줍니다.

자, 여기 언어의 덫에 걸린 등장인물이 있습니다. "정확하게 말해서, 다른 주제들은 제쳐두고, 나는 말해야만 해……" 그러니까, 그는 말할 수밖에 없다는 겁니다. 진부한 언어가 그에게 그 자신의 에고를 허용하기만 하면 그는 에고이스트가 될 겁니다. "나는 말해야만 해, 다른 무엇보다도 나 자신에 관해서, 마치 폭풍이 작은 배를 다루듯이 운명이 나를 무자비하게 다룬다고."[1] 그리고 그 문단 마지막에서는 이렇게 말하지요. "버클 읽어봤어?" 헨리 토머스 버클은 오늘날에는 잊힌 이름이지만 한때는 『서구의 몰락』을 쓴 오스발트 슈펭글러에 필적할 만큼 유명했습니다. 빅토리아여왕 시대의 역사가로 서구문명의 붕괴에 몰두했던 버클은, 19세기 후반 모든 것이 다 무너져내릴 것이라는 관념의 화신이기도 했습니다. 따라서 어떤 의미에서는 에피호도프를 결정한 텍스트 가운데 하나는 버클이죠. "버클 읽어봤어? 한마디 나누고 싶어, 아브도챠 표도로프브나." 이런 이야기를 하는데 여기에 단어, 언어, 말하기, 책에 관한 말이 넘쳐난다는 것이 바로 이 인물의 딜레마입니다. 그는 책에 의해, 언어에 의해 결정되며, 비록 책을 아는 것이 그에게 자부심의 원천이지만 이것이 동시에 자신의 문제라는 것을 막연하게 의식하고 있습니다.

이제 제임스의 『대사들』 속, 사뭇 다른 어조로 기록된 구절로 가봅시다. 전반적으로 매력적인 인물인 중년 끝물의 램버트 스트레더는 친구의 아들 채드 뉴섬을 집으로 데려오기 위해 파리로 갑니다. 채드 뉴섬은 매사추세츠주 울렛에서 무엇인지 밝혀지지 않은 가정용품—아마 화장지일 겁니다—을 제조하는 가업을 이어받을 예정이죠. 파리에 간 스트레더는 도회풍 문화의 더할 나위 없는 경이에 눈을 뜨게 됩니다. 자신이 뭔가 놓치고 있었음을 깨닫게 되죠. 그는 어떤 조각가가 주최한 파티에 가고, 이 파티에서 리틀 빌럼이라는 이름의 청년을 만납니다. 스트레더는 그를 한옆으로 데려가 오랫동안 이야기를 합니다. “내가 한 짓을 하지 마시오. 인생을 놓치지 마시오. 최대한 살아보시오. 그러지 않는 건 잘못이오.” 그는 계속해서 말합니다.

> 따라서 일이—그러니까 인생이라는—내 경우에는 달라지지 않았을 게 틀림없소. 기껏해야 양철 틀에 지나지 않았을 테니까. 홈이 파여 있고 도드라진 무늬가 있고, 장식적인 군더더기가 있겠지, 아니면 매끈하니 무시무시할 정도로 꾸밈이 없거나. 그 틀 안에 무력한 젤리, 사람의 의식을 부어 넣는 거요—그렇게 해서 사람은 훌륭한 요리사가 말하듯이 형태를 ‘잡는’ 거고, 대체로 그 형태로 단단하게 유지되지. 요컨대 사람은 살 수 있는 만큼 사는 거요. 그럼에도 사람들은 자유가 있다고 착각하고 있소.[2]

이 지점에서, 예피호도프와는 비교할 수 없을 만큼 똑똑한 스트레더가 아주 영리한 말을 하는데, 내 생각에는 우리가 이 말을 활용해볼 수 있을 것 같습니다. 그는 계속해서 이렇게 말하죠. “그러니까, 나처럼, 그렇게 착각하고 산 기억이 없는 사람이 되지 마시오. 나는 딱 적당한 시기에 너무 어리석거나 아니면 너무 똑똑해서 그런 착각을 할 수가 없었소. 둘 중 어느 쪽인지는 잘 모르겠지만." 자, 만일 그가 너무 어리석어서 착각을 하지 않은 것이라면, 물론 그는 해방되어 행동의 영역으로 들어갔을 겁니다. 니체가 역사의 쓸모에 관한 어떤 책에서 '역사적 인간'이라고 부른 존재가 되었겠죠. 비록 어리석어서 자신의 자유가 착각이라는 사실을 인식하지는 못했겠지만 자유가 있는 것처럼 그냥 삶으로 뛰어들었겠죠. 반면 너무 똑똑해서 이런 착각을—말하자면—묻어버리고 자유로운 것처럼 살지 않았다면, 너무 똑똑해서 그렇게 하지 못한 거라면, 그는 문학이론가의 원형이 되는 겁니다. 자유는 착각이라는 사실을 오래 잊고 지낼 수 없기 때문에 그런 생각에 대한 피해 막심한 집착에서 벗어나지 못하는 사람이 되는데, 그런 집착은 20세기에 나타난 어떤 종류의 사고의 특징이 됩니다. 그가 마지막에—결정당하는 존재가 무엇을 알겠습니까?—'둘 중 어느 쪽인지는 잘 모르겠지만' 하고 말하는 것은 즐거울 정도로 용의주도합니다.

자, 이런 것들이 이번 강의의 주제, 즉 권위의 상실이라는 주제—롤랑 바르트의 책 제목이기도 한 '저자의 죽음'과 푸코의 '저자란 무엇인가?'라는 질문에 내포된 것—로 우리를 이끌어주는 특유의 구절들입니다. 인간의 행위성을 부정할 때 문학이론에서 나타나는 첫번째 희생자는 저자, 저자라는 관념이기 때문입니다.

상황을 설정해봅시다. 70년 뒤이기는 하지만 우리는 스트레더와 마찬가지로 지금 파리에 있습니다. 꼭 파리일 필요는 없어요. 버클리나 컬럼비아일 수도 있고, 어쩌면 베를린일 수도 있습니다. 때는 1968년이나 1969년인데, 이런 상황은 1970년대까지도 이어지죠. 학생들과 대부분의 교수는 바리케이드 앞으로 나와 베트남전쟁에 항의하며, 더불어 1960년대의 특징인 항의에 대한 권위주의적 반발에도 항의합니다. 지적 반역이라는 소요는 파리에서는 온갖 종류의 형태를 띠지만, 미국에서 금세 자동차 범퍼 스티커로 퍼져간 말, '권위에 문제를 제기하라'가 중심에 자리잡게 됩니다. 그리하여 프랑스에서 가장 탁월한 지식인은 학생 봉기의 정점에서 '저자란 무엇인가?'라는 제목의 에세이를 쓰는 것이죠.

그러나 푸코는 이 질문에 대하여 역사적으로 굴절된 일련의 답을 제시합니다. 그 답들은 결코 직선적이거나 단순하지 않아요. 어쩌면 여러분은 내가 방금 역사적 배경과 푸코의 역할에 관하여 말한 것을 예상하고 있었기 때문에, 그가 실제로 말하는 것에 예상보다 더 혼란과 좌절을 느꼈을지도 모르겠습니다. 그럼에도 불구하고 여러분은 「저자란 무엇인가?」가 예상한 대로 비판의 정신 속에서 쓴 글이라는 점도 확인했습니다. 이 강좌는 입문이므로 푸코의 주장 가운데 더 예기치 못했던 반전에 관해서는 많이 이야기하지 않겠습니다. 그보다는 여러분이 예상했을 수도 있는 부분들을 강조하도록 하지요.

이제 우리 대부분은 눈썹을 치올리며 이 푸코라는 사람이 정말로 자기 자신을 저자라고 생각하지 않았는지 물어보겠지요. 사실 그는 슈퍼스타였으니까요. 사람들이 자신을 매우 중요한 인물로 여기는 데 익숙했으니까요. 푸코가 말하려던 게, 자신은 권위가 아니라 그저 '저자 기능'에 불과하고, 자신의 에세이라는 텍스트 장場은 일군의 구조적 작용들이며, 그 안에서 플롯이나 문법의 요소를 발견하듯이 저자 또한 발견할 수 있다는 것일까요? 글쎄요, 이것은 벌거벗은 임금님 유의 문제이고, 결국은 우리가 진지하게 다루게 되겠지만, 이 문제와 적당한 거리를 유지하는 방법, 심지어 이 문제를 무장해제시키는 방법이 실제로 있는데 그런 방법들도 탐사할 필요가 있겠죠.

그렇습니다, 매우 권위 있는 이야기를 하는 이 사람은 저자로 보일 겁니다. 사실 나는 푸코보다 더 저자처럼 보이는 사람은 한 사람도 만나본 적이 없지만, 그럼에도 그는 저자라고 하는 그런 게 존재하느냐고, 어쨌든 설사 존재한다 하더라도 그것이 무엇인지 결정하는 것이 얼마나 어려운 일이겠느냐고 묻고 있습니다. 여기서 잠깐 스타 저자와, 저자 같은 것은 존재하지 않는다는 사고가 지배하는 분위기 사이의, 이 이상한 관련을 이해하는 데 도움이 될 만한 일화를 하나 들려주지요. 나의 옛 동료 한 사람이 1960년대에 존스홉킨스대학에서 강의를 하나 들었습니다. 조르주 풀레의 강의였는데, 이 '현상학적 비평가'의 중요한 작업을 우리 개관 강좌에서 다룰 시간이 없는 게 아쉽네요. 어쨌든 풀레도 스타 저자였습니다. 풀레가 강의를 해나가면 학생들은 이따금씩 손을 들고 그냥 이름을 하나 말했습니다. 예를 들어 한 학생이 손을 들고 "말라르메" 하는 거죠. 그러면 풀레는 프랑스어로 "네! 바로 그겁니다!" 하고 말한 뒤 계속 강의를 이어나갑니다. 그러다가 다른 누가 손을 들고 "프루스트" 하고 말하죠. "아, 바로 그거예요! 프루스트. 프루스트." 그런 다음 다시 강의로 돌아갑니다. 그래서 내 옛 동료는 육감에 따라 행동해보기로 했습니다. 그는 손을 들고 "볼테르" 하고 말했습니다. 유명한 저자이지만 이론가들이 통상 아무런 흥미도 느끼지 못하는 이름을 든 거죠. 아니나 다를까, 풀레는 어리둥절해하더니 "그래서 뭐요?…… 무슨 말인지 모르겠네요"라고 말하고는 멍한 표정으로 다시 강의로 돌아갔다고 합니다.

자, 이름을 들먹이는 이 의식은 사실 이게 그냥 이름이 아니라는 사실, 심지어 스타의 이름도 아니라는 사실을 보여줍니다. 그것들은 단순히 저자라는 것과는 다른 무언가를 나타내는 이름, 흥미로운 '담론' 영역이나 장을 나타내는 이름임이 분명합니다. 풀레는 한 저자의 작품은 하나의 구조적 전체로서 이해될 수 있는 총체이며, 자신의 논평은 그런 목표를 향하여 나아간다고 믿는 그런 종류의 이론가였거든요. 그는 '말라르메류의 텍스트'나 '프루스트류의 텍스트들'에 관해 이야기하곤 했습니다. 이런 맥락에서 한 저자를 언급하는 것은 한 영역의 이름을 부르는 셈입니다. 물론 나의 옛 동료도 그것을 파악하고 있었죠—자신이 '볼테르' 하고 말해도 풀레는 전혀 관심을 보이지 않을 것임을 아주 잘 알았으니까요. 관련 있고 흥미로운 담론 분야가 있는가 하면, 전혀 관련이 없는 담론 분야가 있었던 거죠. 우리는 자연스럽게 이런 구별을 하지만, 그런 장에 저자의 지위를 부여할 때는 어떤 의도를 가진 의식이 아니라 독자적인 텍스트적 효과를 염두에 두고 있는 것이라는 점을 잊지 말아야 합니다. 여러 텍스트적 특징 가운데 '서명signature'에 해당한다는 셈인데, 이게 반드시 저자가 남긴 흔적은 아니고—예를 들어—개인을 넘어선 언어 효과라든가 어떤 사안에 따른 제약 같은 것입니다.

풀레와 푸코 시대의 이론가들은 저자의 말과 대립되는 '담론'이나

'담론성'에 관해 즐겨 이야기했습니다. 지난번에 내가 그런 얘기를 했죠. 가끔 사람들은 문학을 정의하라고 하면 그냥 두 손을 들고, 문학이란 그냥 사람들이 문학이라고 일컫는 것이라고 이야기한다고요. 그런 사람들은 '문학'이라는 말보다 '담론'이나 '텍스트 장'이나 '담론성'이라는 말을 사용할 가능성이 높습니다. 많은 은어가 그렇듯이 그렇게 에둘러 표현하는 데는 이론적 근거가 있습니다. '담론'이나, 토론의 각 축장이 될 수 있는 담론의 잠재력으로 이해되는 '담론성'은 저자들 사이의, 동시에 말의 유형들 사이의 경계가 극히 투과성이 높다는 점을 암시합니다. 이런 사람들은 문학적 담론, 정치적 담론, 인류학적 담론에 관해서는 마지못해 말할 수 있어도, 문학, 정치과학, 인류학이라는 표현은 입에 올리고 싶지 않을 겁니다. 마찬가지로 '패니 버니' '마리아 에지워스' '제인 오스틴', 또 '조르주 풀레' '미셸 푸코' '츠베탕 토도로프'는 닫힌 영지가 아니라 열린 들판이죠. 이것은 모든 형태의 발언이 서로 침투 가능함을 감지하는 데서 생긴 언어습관입니다. 이런 습관은 특정 양식의 발언이 인가를 받은 사적 소유물로 이해될 수 있다는 관념에 이의를 제기합니다.

흔히 나타나는, 가끔은 고의로 빚어지는 오해를 해소해두는 게 좋겠네요. 푸코는 말할 것도 없고, 그 누구도, 기록된 문건에 저자가 없다고, 어떤 사람 또는 사람들이 쓴 것이 아니라고 말한 적은 없으며, 말하지도 않을 겁니다. 그래요, 바르트는 저자의 '죽음'에 관해 말하지만, 심지어 바르트의 말도 저자가 존재하지 않는다는 뜻은 아닙니다. 단지 주어진 담론장의 성격에 관하여 우리의 생각을 결정할 때, 반드시 저자의 권위에 호소할 필요가 있느냐는 질문을 하고 있을 뿐이지요. 우리는 텍스트 경험 내부의 어딘가에서 얼마든지 저자를 발견할 수 있고, 이렇게 되면 우리가 읽고 있는 것이 텍스트이지 위에서부터 내려온 포고가 아니라고 인식하게 된다는 이점이 있습니다. 저자는 일군의 관행, 가상의 현존이지 실제 현존이 아니라는 겁니다. 즉, 푸코가 '기능'이라고 부르는 것이지요. 이제 중요한 질문은, 첫째, 우리가 어떻게 저자의 현존을 인식하느냐. 둘째, 텍스트의 의미를 결정하려 할 때—이것이 우리가 다음 강의에서 이야기하게 될 내용입니다—저자의 권위에 호소해야 하느냐 하는 것입니다. 저자가 기능이라면, 그 기능은 텍스트 장 여기저기에 나타나는, 아마도 문제적인 방식으로 나타나는 어떤 것, 무엇보다도 (이것은 고등학교 영어수업 이후로 여러분에게도 익숙할 생각의 전환인데) 화자 혹은 내레이터와, 희곡의 경우에는 더욱 분명하게 등장인물과 구별할 필요가 있는 어떤 것입니다.

푸코에게 텍스트는 상호작용하는 기능들로 이루어진 실체입니다. 바르트에게도 텍스트는 기능들의 체계이지만, 그는 이 체계와 다른 체계들의 침투성을 더 강조합니다. 바르트는 발자크의 단편 「사라진」을 인용하면서 「저자의 죽음」(874)을 시작합니다.

> 발자크는 그의 이야기 「사라진」에서 여자로 변장한 카스트라토를 묘사하며 다음과 같은 문장을 쓴다. "이 사람은 여자의 갑작스러운 두려움, 여자의 비합리적인 변덕, 여자의 본능적인 걱정, 여자의 충동적인 대담함, 여자의 안달과 여자의 향기로운 감수성까지 모두 갖춘 여자 그 자체였다." 누가 이렇게

말하고 있는가? 여자 밑에 감추어진 카스트라토를 계속 무시하려 하는 이야기의 주인공인가? 개인적인 경험으로 '여자'에 대한 철학을 얻게 된 개인 발자크인가? 여성성에 대한 '문학적' 관념들을 공언하는 저자 발자크인가? 보편적 지혜인가? 낭만적 심리학인가? 우리는 결코 알지 못할 것이다. 글쓰기란 모든 목소리, 모든 기원의 파괴라는 정당한 이유에서다. 글쓰기란 우리의 주제/주체{'subject'에 담긴 두 가지 뜻으로 하는 의도적인 말장난이다}가 글을 쓰는 몸의 바로 그 정체성부터 시작해서 모든 정체성이 사라져버린 음화陰畫 속으로 미끄러져들어가는{'우리의 주제'라고 하면 가끔 무슨 이야기인지 우리가 잘 알지 못한다는 뜻이 되지만, 이 말은 동시에, 더 중요한 면에서는, 미끄러져들어가는 것이 그 주체, 저자라는 주체, 말을 하는 주어진 주체의 실제 정체성이라는 뜻도 된다} 저 중립적이고, 복합적이고, 간접적인 공간이다.

바르트는 이 에세이를 쓸 때 오직 「사라진」만 다루는 책—『S/Z』라는 제목의 책—을 쓰고 있었습니다. 그때까지 주요한 '구조주의자'로 알려졌던 바르트는, 이 책에서 구조적으로 보이는 것의 미로와도 같은 무정형성에 점차 몰입하게 됩니다. 푸코와 바르트 둘 다 똑같은 반권위적인 분위기에서 똑같은 권위를 폐위시키지만, 푸코의 경우에는 '사라진다'는 말이 과장인 반면, 바르트에게서는 저자가 더 완전하게 가려집니다.

내가 보기에 푸코는 텍스트 장을 바르트가 상정한 것보다 더 확고하게 체계를 갖춘 것으로 당연시 여기는 듯합니다. 그는 저자가 아니라 저자 기능을 이야기하는 경우엔 어떤 질문들, 예를 들어 다음과 같은 질문들은 할 필요가 없다고 말합니다(913). "어떻게 자유로운 주체가 사물의 실체를 뚫고 들어가 거기에 의미를 부여하는가? 어떻게 그 주체는 내부로부터 언어의 규칙을 작동시켜 자기 고유의 기획들을 만들어내는가?" 다른 말로 하면, 우리는 이제 표현되는 주체와 관련하여 저자가 어떻게 자율적 의지를 행사하느냐고 묻지 않는다는 것입니다. 우리는 거기에 나타난 의미가 저자의 의미와 일치할 것이라고 상정하지 않습니다. 이어서 푸코는 말합니다.

> 대신, 이런 문제들이 제기될 것이다. "어떻게, 어떤 조건에서, 어떤 형태로, 주체 비슷한 것이 담론의 질서 속에 나타나는가? 각각의 담론 유형에서 그것은 어떤 자리를 차지할 수 있고, 어떤 기능을 할 수 있으며, 이는 어떤 규칙을 따를 때 가능한가?" 간단히 말해서 {이런 식으로 저자의 기능에 관해 이야기할 때는} 이것은 주체(또는 그 대체물){예를 들어 등장인물, 또는 우리가 로버트 브라우닝의 시 「내 전처 공작부인」에서 화자는 저자가 아니라고 이야기할 때의 화자}로부터…… 기원자의 역할을 제거하고, 주체를 담론의 가변적이고 복잡한 기능으로서 분석하는 문제가 된다.

(이런 종류의 '담론'에서 'subject'는 늘 주제가 아니라 말하는 사람의 주체성을 뜻합니다.)

푸코와 바르트가 저자를 폐위할 때 의도한 것과 의도하지 않은 것에 관해서 이 정도 말을 했으니, 이제 저자를 옹호하는 이야기를 좀

할 때가 된 것 같습니다. 새뮤얼 존슨의 「셰익스피어 서문The Preface to Shakespeare」 속 멋진 구절을 인용하여 저자를 옹호하고 싶은 모든 사람을 대변해보도록 하지요. 존슨은 그 글에서 왜 우리가 늘 저자의 권위에 경의를 표했는지 설명합니다. 이것은 권위가 경찰봉을 들고 마구 공격해대기라도 할 것 같기 때문에 권위를 따르는—푸코와 바르트는 늘 분명히 그렇게 암시하고 있습니다만—문제가 아니라는 거죠. 우리는 저자의 자리를 인간적 성취로 생각할 수도 있는 겁니다. 존슨은 이렇게 말합니다.

> 인간의 작업은 늘 인간의 능력을 말없이 가리키기 마련이며, 인간이 자신의 기획을 얼마나 확장하느냐, 또는 자신의 타고난 힘을 얼마나 높이 평가하느냐 하는 탐구는 어떤 작업을 어떤 등급에 갖다놓을 것이냐 하는 탐구보다 훨씬 존엄하기 때문에, 호기심은 늘 솜씨를 살피는 것만큼이나 그 도구를 발견하느라, 얼마나 많은 부분을 원래의 힘에 귀속시키고 얼마나 많은 부분을 우연의 도움에 귀속시킬 것인지 알아내느라 바쁘다.[3]

텍스트의 장을 하나의 체계로 생각하는 것은 얼마든지 좋지만, 동시에 우리는 우리 자신에게 우리의 가치를 일깨우기를 원합니다. 우리는 하나의 '작품'(누군가의 작품)이 단지 기능들—실험실에서라면 변수들이라고 말할 수도 있겠지요—을 모아놓은 결과는 아니라고 말하기를 원합니다. 그것이 천재가 생산한 거라고, 그것이 우리로 하여금 인간의 능력을 '높이' 평가하게 해주는 거라고, 특히 이 눈물의 골짜기—존슨은 이곳이 눈물의 골짜기임을 강하게 의식합니다—에서 우리가 계속 해내고 싶은 거라고 말입니다. 그런 지푸라기를 있는 힘껏 움켜쥘 때, 우리가 저자의 권위에 호소하는 것은 비굴한 두려움 때문이라기보다는 경의 때문입니다.

하지만 우리는 다른 시대 이야기를 하고 있습니다. 눈물의 골짜기는 아마 그 성격이 변했을 것입니다. 지금은 1969년이며, 아버지 같은 원천이자 권위로서의 저자에게 호소하는 목적은, 바르트와 푸코 양쪽의 주장에 따르면, 심지어 학계 내에서조차 텍스트를 읽는 방식을 경찰처럼 단속하려는 것입니다. (레몽 피카르라는 소르본의 교수 한 사람은 분노에 못 이겨 바르트에 반대하는 『신비평, 신사기*Nouvelle critique, nouvelle imposture*』라는 제목의 책을 쓰기도 했죠). 다른 말로 하면, 두 사람 모두 저자에게 호소하는 것은 —저자를 텍스트 장의 기능성 안에 가라앉히는 것과는 반대로—의미의 가능성들에 대한 일종의 제한 또는 단속이라고 주장하는 것입니다.

그런 취지의 구절 두 개를 인용하겠습니다. 먼저 롤랑 바르트로 돌아가봅시다(877). 바르트는 말합니다. "일단 '저자'가 제거되면, 텍스트를 해독한다는 주장은 아주 쓸모없는 것이 된다." 그런데 여기에서 다시 바르트와 푸코 사이의 틈을 볼 수 있습니다. 푸코라면 "아주 쓸모없다"고 말하지는 않을 겁니다. 그라면 아마 우리가 텍스트를 해독할 수는 있지만, 저자 기능은 해독 과정의 한 측면에 불과하다고 말하겠죠. 하지만 바르트는 그의 삶에서 다시 하나의 단계, 구조들이 너무 복잡해 보여 구조이기를 멈추는 단계에 들어섰습니다. 이것은 해체주의의 영향과 깊은 관계가 있는데, 이 점은 이 책에서 나중에 다시 이야기할 것입니다.

어쨌든, 바르트는 말을 이어나갑니다.

> 텍스트에 '저자'를 주는 것은 그 텍스트에 한계를 강요하고, 최종적 기의記意를 제공하고, 글쓰기를 마감하는 셈이다. 그런 발상은 비평{여기서 비평은 경찰의 단속과 아주 흡사합니다—'비평'은 곧 비열한 비평가가 되는 것, 비판하는 것을 뜻합니다}에 아주 잘 어울리는데, 그렇게 되면 비평은 작품 밑에서 '저자'(또는 그 위격位格인 사회, 역사, 심리, 자유{즉 행위성})를 발견하는 중요한 임무를 떠맡게 될 것이기 때문이다. '저자'가 발견되면 텍스트는 '설명된다'—비평가의 승리다.

다른 말로 하면, 1960년대 말 봉기에서 경찰이 승리한 것과 마찬가지로, 의미를 단속하는 작업이 이루어짐으로써 비평가가 승리한다는 겁니다. 이런 태도는 푸코의 발언으로 보강할 수 있습니다(913). "따라서 저자는 우리가 의미의 증식을 두려워하는 방식을 표현하는 이데올로기적인 인물이다."

이제 다시 한번, 여러분은 회의주의에 회의주의로 반격할 공산이 큽니다. 여러분은 이렇게 말할 겁니다. '왜 내가 의미의 증식을 두려워하지 말아야 하는가? 나는 뭔가가 분명하게 의미하는 바를 알고 싶다. 거기에 수많은 의미가 있다는 사실을 알고 싶지 않다. 나는 어떤 것의 의미가 한정된 단어로 표현되는 것을 배우려고 여기 와 있다. 평생 여기 앉아 단 한 문장만 분석할 수도 있다는 말은 듣고 싶지 않다. 발자크의 단편에 나오는 그 현기증나는 문장들 이야기는 꺼내지도 마라. 나는 의미를 알려고 여기 온 것이다. 그게 경찰의 단속이든 아니든 나는 상관없다. 그게 무엇이든, 마무리를 짓자.' 여러분이 설사 이런 불쾌한 방식으로 대응한다 해도 나는 공감합니다. 저자를 향한 호소를 이데올로기적으로 오용하는 것에 대한 우려는 그 역사적 순간에 귀속되는 면이 강하니까요. 그 순간은 '저자'를 말하는 순간 '권위'를 생각할 수밖에 없는 때이고, '권위'를 말하는 순간 당연히 경찰을 떠올릴 수밖에 없는 때였죠. 나도 압니다—당시 버클리대 학생이었거든요. 이것이 아마 오늘날까지도 우리 가운데 많은 사람들의 삶에 퍼져 있고, 또 여러 곳의 많은 사람들의 삶에 늘 퍼져 있었던 사고 구조일 것입니다. 우리는 그 점을 잊지 말아야 합니다. 그러나 이런 관점이, 바르트와 푸코의 에세이가 등장하는 순간 그랬던 것만큼, 오늘날 학계에서도 당연시되는 것은 아닙니다.

자, 여기까지의 상황에서, 이론가는 어떻게 어떤 이름, 가령 그 자신의 이름의 명예를 회복할 수 있을까요? '당신은 저자가 아니지만 나는 그렇다.' 누군가 비열하게도 이런 생각을 가슴에 품고 있다고 생각해 봅시다. 이런 생각이 실제로 말이 되는 것처럼 보일 수도 있는 논리를 만들어낼 수 있을까요? 사실 푸코—푸코 자신은 제쳐두어야 하는 것이, 그는 자기 자신은 언급하지 않거든요—그는 어떤 저자들을 매우 존경합니다. 특히 동세대나 다른 여러 세대에 속한 아주 많은 사람들과 마찬가지로 마르크스와 프로이트를 존경하지요. 마르크스와 프로이트에게서 그런 권위적인 느낌을 받지 않으면서도, 저자 전체에 경찰 같은 권위가 있다고 거부하는 것은 위험한 일입니다—그들 가운데 일부에게서는 권위주의적 경향이 발견된다는 것은 틀린 말이 아닐지 모르지만 말입니다. 특권을 누리는 저자들—즉, 긍정적으로, 단속당한다는 느낌 없이 인용할 수 있는 인물들—의 명예로운 자리를 유지해주는 것에 대해, 푸코는 어떤 논리를 제시할 수 있을까요?

그런데 푸코는 여기서 니체를 언급하지 않는데, 사실 당연히 언급했어야 합니다. 푸코의 작업에 가장 중요한 영향을 준 것이 아마도 니체의 '계보학'이라는 아이디어였을 테니까요. 솔직히, 내 생각엔 그가 니체를 언급하지 않은 것이 그저 우연이었던 것 같습니다. 만일 언급했더라면 우리 앞에 완벽한 대칭이 생겨났겠죠. 지난 강의에서 우리는 이 저자들, 즉 마르크스, 니체, 프로이트가—이것은 리쾨르가 쓴 표현인데—'대가'들이라는 취지의 말을 인용했기 때문입니다. 이런! 대가들이라니! 푸코라면 가장 듣고 싶지 않은 표현일 겁니다. 그렇다면 푸코는 어떻게 이 문제를 피해갈까요? 푸코는 개념을 하나 발명합니다. 마르크스와 프로이트를 가리켜 저자가 아니라 '담론성의 창설자'라고 말하는 거죠. 담론성의 창설자는 오랜 기간 건설적이고 전진적인 대응을 불러내는 담론을 제시한 사람입니다. 여기에서 그는 지적 유산의 건설자와 장르의 발전에 큰 영향을 준 혁신자를 섬세하게 구분합니다. 앤 래드클리프(사실은 호러스 월폴 이야기를 해야 하는 것이지만, 상관없습니다)는 이후 백 년간, 아니, 사실상 현재에 이르기까지 고딕소설의 글쓰기를 지배하는 어떤 수사, 토포스, 전제들을 확립한 사람이지만,

그를 담론성의 창설자라고 부르면 안 된다고 그는 말합니다. 래드클리프는 담론 또는 토론의 장—이 안에서는 어디서 나왔다는 것을 굳이 밝히지 않고도 어떤 생각들이 전개될 수 있지요—을 세우지 않았다는 것이 푸코의 주장입니다. 이러한 주장은 문학적 영향을 받아들인다는 행위가 '담론성의 창설자'를 본떠서 말하거나 쓰는 것과는 다른 어떤 것인 양 말하는 듯하여 내 눈에는 좀 반문학적으로 보이지만, 이 점은 장황하게 이야기하지 않겠습니다.

푸코는 또 마르크스와 프로이트 같은 인물을 갈릴레오나 뉴턴 같은 과학자와 구별하는 데도 관심을 둡니다. 이 점에서는 푸코를 옹호하여 한마디할 수 있는바, 우리가 마르크스주의자나 프로이트주의자라는 말은 하지만, 래드클리프주의자나 갈릴레오주의자나 뉴턴주의자라는 말은 하지 않는다는 사실에 주목하기 바랍니다. 우리는 저자에게 중립적인 태도로 '뉴턴류Newtonian'라는 형용사는 사용하지만—앞서의 일화에서 풀레가 그런 용어를 사용하듯이—뉴턴의 역학에 관심이 있는 필자들을 두고 '뉴턴류의 필자들'이라고 말하지는 않습니다. 이렇게 사람들의 어법을 근거로 제시함으로써, 마르크스와 프로이트—풀레의 수업시간에 거론되면 뜨거운 반응을 일으켰을지도 모르는 이름들—라고 알려진 저자 기능의 텍스트적 유산을 마르크스주의와 프로이트주의의 담론장을 가리키는 이름으로 보는 푸코의 이해를 정당화할 수 있습니다. 또 어떤 의미에서는, '마르크스'와 '프로이트'는 토론, 즉 생각의 발전의 특별한 시작점이며, 이런 토론이나 생각은 그 기원이 되는 인물의 영향 때문에 위축될 필요가 없다는 푸코의 논리를 강화해줄 수도 있겠죠. 물론 논란의 여지가 있긴 합니다. 마르크스와 프로이트를 압제자로 생각하는 사람도 아주 많겠지만, 그들이 확립한 전통 내부에서는 그들이 생각하는 방식의 문을 열었을 뿐, 그렇게 생각하는 방식을 반드시 권위적으로 관장하지는 않는다고 이해하는 것이 얼마든지 가능하니까요. 그것이 어쨌든 푸코가 담론성의 창설자라고 부르는 특권적 인물들을 위해 유보해두고자 하는 특별 범주입니다.

자, 얼른 마무리를 하겠습니다. 저자의 죽음이나 저자의 저자 기능으로 환원한 한 가지 결과는, 푸코가 묘하게도 지나가면서 말하듯이(907), 저자에게 "법적 지위가 없다"는 점입니다. 뭐라고? 저작권은 뭔데? 지식재산권은 뭐고? 물론 저자에게 법적 지위가 없다고 말하면 우리는 18세기로 돌아가게 됩니다. 하지만 다시 한번 여기에서 푸코가 염두에 두고 있는 지적 맥락에 주목하기 바랍니다. 저작권은 부르주아의 관념으로서 생겨난 것으로, 내가 내 글을 소유하고 있다고, 내가 그 소유자라고 말하게 해줍니다. 저자의 사라짐은 부르주아적 사고 자체의 사라짐과 발맞추어 실제로 저작권이나 지식재산권이라는 개념을 무효화하는 결과를 낳습니다. 푸코의 시대에 고다르는 감독auteur을 그만두고 영화 코뮌으로 사라짐으로써 이 점을 분명히 보여주었습니다. 따라서 저자에게 법적 지위가 없다는 푸코의 말에는 사실 모순이 없습니다.

하지만 어쩌면 이 시점이 사실은 우리의 입장을 견지할 때인지도 모릅니다. "나는 레즈비언 라틴계 여성이다. 나는 하나의 정체성을 분명히 표현하는, 또 자유를 얻을 목적으로 목소리를 찾는 저자로서 여러분 앞에 서 있다. 여러분을 단속하려는 게 아니고, 여러분의 자유를 부정하는 게 아니고, 나 자신의 자유를 찾으려는 것이다. 나는 여러분 앞에, 자랑스럽게, 한 저자로서 서 있다. 나는 저자 기능으로 불리기를 원치 않는다. 내가 나 자신보다 큰 어떤 것의 도구로 불리기를 원치 않는다. 솔직히 내가 지금까지 늘 그런 도구였기 때문이다. 이제 나는 저자라는 권위에 큰 관심을 가지므로, 여러분에게 내가 누구의 도구도 아니며 자율적이고 자유롭다는 점을 일깨우고 싶다."

저자라는 전통적 관념은, 그것을 가부장적인 관념이라고 부른다 해도—1960년대 말 푸코와 바르트의 작업에서는 그런 의심을 강하게 받았죠—분명히 이런 식으로 돌려세울 수 있습니다. 새로 발견된 권위의 원천, 최근에야 겨우 해방되었으며 독서 공동체에서 그렇게 받아주기를 바라는 사람의 자유의 원천으로 이해될 수 있는 거죠. 이에 대해 푸코라면 뭐라고 대꾸할지 알 수 없군요. 여기에 포함된 쟁점들이 앞으로 이 강좌에서 읽게 될 자료의 많은 부분에 등장하는 문제를 수면 위로 끌어올려줍니다—심지어 문화 연구라 부르는, 정체성의 정치와 관련한 이론화 작업에서도, 아니 특히 그 작업에서 이 문제가 두드러집니다. 그런 분야 내부에서도 문제가 되는 정체성의 자율적 완결성이나 개별성을 인정하는 사람들과, 정체성이란 무릇 어느 것 할 것 없이 사회적 관행의 매트릭스를 통해 드러나는 '주체 위치'—간단히 말해서 기능—에 불과하다고 생각하는 사람들로 나뉜다는 겁니다. 정체성의 정치와 직접적인 관계가 없는 이론 형태들 내에도 똑같은 분열이 존재합니다. 자율적 주체성의 발견이 중요하다는 사람들과, 모든 주체 위치의 바로 그런 불안정성 속에서 에고의 소멸 또는 자아로부터의 자유를 발견하는 것이 중요하다는 사람들 사이에 조만간 논쟁이 일어나고 만다는 거지요.

우리가 계속 다시 돌아오게 될 주요 주제들을 가볍게 건드려보는 이런 예비 강의는 이 정도로 합시다. 다음 강의에서는 윤곽이 더 뚜렷한 주제로 가겠습니다. 해석학, 해석학이란 무엇인가, 상반되는 해석학적 전제들에서 나온 결론은 어떻게 생각해야 하는가. 우리의 일차 텍스트는 한스게오르크 가다머의 발췌문, 그리고 마르틴 하이데거와 E. D. 허시의 몇 구절이 될 것입니다.

해석과 읽기에 관한 첫 사유

3장
해석학적 순환을 들고나는 방법

읽을 자료

한스게오르크 가다머, 「해석학적 원리로 격상된 이해의 역사성」(CT, 721~737).

마르틴 하이데거, E. D. 허시의 발췌문.

'해석학hermeneutics'은 그 영어 발음만으로도 기를 죽이는 듯하지만, 해석의 과학이라고 쉽게 정의할 수 있습니다. 해석학이 늘 사람들의 관심사였다고 생각할지도 모르겠는데, 사실 지속적인 관심거리가 된 것은 아주 최근에 불과합니다. 아리스토텔레스가 「해석에 관하여」라는 논문을 썼고, 중세에도 해석에 관심이 많았으니, 조금 전에 한 이야기는 이를테면 '해석학'이라는 단어가 당시에는 사용되지 않았다는 말이 될 수도 있습니다. 하지만 우리가 사물을 해석하는 방법에 대한 체계적 연구가 있어야만 한다는 생각이 다급한 관심사가 아니었던 시대가 오래 지속되어온 것 또한 사실입니다.

탈무드 전통에서 오랫동안 해석의 비범한 업적이 쌓여왔다고는 해도, 서구 세계에서 이른바 '해석학'이 생겨난 것은 종교개혁 때문입니다. 이러한 사실은 자못 의미심장하게 여겨지는데, 그 이유를 설명해 보도록 하지요. 왜 어떤 시대는 해석에 관심을 가지고 다른 시대는 가지지 않는지, 그 이유를 이 역사적 사실의 핵심에서 발견할 수 있기 때문입니다. 사람들이 해석에 대한 접근 방법이나 해석의 타당성을 결정하는 문제 등으로 머리를 싸매는 것은 (a) 의미가 자신에게 정말로 중요해질 때, (b) 의미의 확인이 어려워질 때부터입니다. 의미가 중요하고 또 의미가 해석하기 어려운 것은 늘 마찬가지 아니냐고 물을지도 모릅니다. 자, 꼭 그렇지는 않습니다. 교황이, 또 이따금씩 열리는 교회 장로들의 심의위원회가, 나의 신성한 경전에 관해 판결을 내려준다면 나 자신은 사실 경전이 무슨 의미인지 별로 걱정할 필요가 없습니다. 무슨 의미인지 남들이 다 말해주니까요. 하지만 종교개혁의 여파로 성경과의 관계가 개인적인 것이 되고, 사실은 매우 어려운 이 책(도대체 이 우화들이 무슨 의미인지 누가 알겠습니까?—게다가 성경 전체가 해석의 문제들을 제기하는데요)을 이해하는 일에 모두가 참여하게 되자—성직자의 안내를 받아—자연스레 경전을 해석하는 방법에 대한 걱정이 만연하게 됩니다. 성경이 나에게 신성한 텍스트이기 때문에 그 의미가 나에게 중요한 것은 당연합니다. 그것이 무엇을 의미하는지, 그것이 의미하는 바가 왜 중요한지 정확하게 아는 것은 아주 결정적인 일이죠.

그렇게 프로테스탄티즘이 유행하기 시작하면서 마찬가지로 해석학에 관한 생각도 자리를 잡기 시작했고, 사람들은 해석에 관한 논문을 쓰기 시작했습니다—하지만 늘 성경의 해석이 문제였죠. 다른 말로 하면, 해석학에서는 종교가 맨 먼저였다는 겁니다. 평신도에게 이해하는 것이 중요한 의미가 있는 유일한 텍스트는 성스러운 텍스트뿐이었으니까요. 하지만 곧 입헌민주주의가 나타나기 시작했고, 그러자 사람들은—참정권을 가진 시민이나 개인으로서, 또는 국가나 민족이 부여한 권리를 가진 자연인으로서—자신들이 사는 조건을 이루는 법의 성격에 훨씬 더 관심을 갖게 되었습니다. 그래서 해석학은 점차 종교를 넘어 법 연구로 확장되었지요. 그러자 경전 해석에 관하여 생각하는 과정에서 발전한 지배적 원칙들이, 그 의미가 거의 경전만큼이나 중요해진 법의 해석에도 응용되었습니다. 여러분은 물론 오늘날에도 법 연구에서 해석학을 피해갈 수 없다는 사실을 알고 있을 겁니다. 예를 들어 '헌법'의 의미를 이해하는 기초는 무엇인가? 이에 관해서는 광범한 논쟁이 있으며, 여러분이 법대에서 듣게 되는 많은 강좌가 이를 중재하려는 의도로 마련된 것입니다. 따라서 어떤 분야에서 기초 문서의 의미가 전보다 독자 공동체에게 중요해질 때, 또 그 의미를 파악하는 것이 어렵다고 인정될 때, 해석학이 그 분야에 개입하는 모습을 여러분은 다시 한번 보고 있는 셈입니다.

아직 문학에 관해서는 아무 이야기도 하지 않았는데, 사실 (중세에 종교적 알레고리가 사라지면서 세속적 텍스트, 특히 그리스와 로마의 텍스트를 읽는 데 몰두한 뒤로) 근대 초기와 18세기의 대부분의 기간 동안 문학에만 바쳐진 해석학적 기술은 없었습니다. 여러분이 공부해온 18세기 작가들을 생각해보십시오. 그들 모두가 그냥 의미를 당연하게 받아들였다는 점은 주목할 만합니다. 예를 들어 알렉산더 포프, 심지어 새뮤얼 존슨도 문학에 관해 사유하고 왜 문학이 중요한지, 문학의 본질이 무엇인지 생각하지만, 해석에는 별 관심이 없습니다. 대신 평가에는 관심이 있어서, 시가 어떠해야 하고 무엇을 이루어야 하는가 하는 원칙을 세우는 동시에 그 과정에서 대체로 도덕적이고 미학적인 문제를 제기하려 합니다. 그들이 해석에 관심이 없는 것은 그들에게 좋은 글이란 모호하지 않고 명료한 글, 의미가 투명하여 해석할 필요가 없는 글이기 때문입니다. 사실 이 시기 전체에 걸쳐 극작가들은 희곡의 프롤로그에 다른 극작가의 희곡이 모호하다며 욕을 써놨습니다—즉 해석이 필요하다는 이유로 서로 욕을 했다는 겁니다. '나는 당신의 은유가 도대체 무엇에 관한 것인지 이해하지 못하겠다. 당신은 은유가 뭔지도 모른다. 당신이 하는 일이라고는 연거푸 말실수를 하는 것뿐이다. 아무도 당신을 이해하지 못한다.' 이것이 18세기 연극작품의 산문이나 운문 서문에 되풀이해 나타나는 주제이며, 여기에서 여러분은 해석이 연구되지 않을 뿐 아니라 나쁜 문학을 읽고 싶지 않은 사람에겐 불필요한 것으로 간주된다는 사실을 알 수 있습니다. 해석을 해야만 한다면, 그것은 절대 좋은 작품이 아니라는 거죠.

그러다 18세기가 흘러 낭만주의가 등장하면서—잘 알려져 있고, 또 내 생각에는 종종 과장되는 것 같지만—천재 숭배가 등장합니다.

이 시기에는, 가장 좋은 작품이란 저자의 특별한 정신적 명민함이나 영적 통찰에서 생겨난다고 이야기됩니다. 상상력의 초월적 기능이 이렇게 새롭게 강조되면서 문학의 창조자는 신성한 창조자처럼 보이기 시작하고, 또 어느 정도는 신성한 창조자의 대리자가 되지요. 서구문화에서는 계몽주의 과정에서—18세기 동안에—세속화가 확대되고 있었고, 일부 집단에서 성스러운 경전의 중요성이 감소하면서 문학적 천재의 작품이 그것과 경쟁하기 시작했다는 사실을 기억하기 바랍니다. 노스럽 프라이는 낭만주의 시기의 특징적인 작품을 "세속 경전"이라고 불렀지요. 이런 문학의 의미는—여러분 가운데 블레이크나 셸리와 씨름해본 사람들은 증언할 수 있겠지만—점점 어려워졌습니다. 작품이 매우 개인적이어서, '자주 생각되지만 결코 그렇게 잘 표현되지는 못했던 것'으로 이루어지던 포프 시대 문학의 바탕에 자리잡은 공유된 가치를 더이상 반영하지 않았기 때문입니다. 이렇게 낭만주의 시기에 문학이 일부 독자들에게 있어 부분적으로나마 종교의 역할을 떠안기 시작하면서 의미의 중요성과 의미의 어려움이 모두 증가하였고, 그 지점에서 문학적 해석학도 필요하게 되었습니다.

낭만주의 시기의 신학자 프리드리히 슐라이어마허는 경전 연구만이 아니라 문학에도 적용할 의도로 해석학 연구에 삶을 바쳤는데, 그의 작업을 통해 해석학적 사고에서 문학이 중심적 관심사가 되는 전통이 수립되었습니다. 슐라이어마허에서 바로 이어지는 것이 세기전환기 빌헬름 딜타이의 작업, 1927년 『존재와 시간』으로 표현된 하이데거의 작업, 그리고 가다머의 작업입니다. 이와 경쟁하는 전통이 칸트로부터 후설을 거쳐 에밀리오 베티와 E. D. 허시로 이어지는데, 허시와 가다머의 논쟁은 때가 되면 살펴보도록 하지요.

그렇다면 슐라이어마허의 전통에서 해석학에 적용되는 기본적인 문제틀은 무엇일까요? '해석학적 순환'이라는 말은 아마 다들 들어보았을 겁니다. 이것은 독자와 텍스트 사이의 관계 또는—가다머의 해석학을 연구하지는 않는, 어떤 해석학 연구자들의 관점에서 보자면—독자와 저자 사이의 관계를 묘사합니다. 예를 들어 허시는 해석학적 순환이 독자와 저자 사이의 관계이며, 텍스트는 저자의 의미를 가리키는 일종의 매개적 문건이라고 생각합니다. 하지만 가다머와 그의 전통에서 이 순환은 그와 아주 다르게 여겨지는데, 이것은 내가 들려줄 '낭만주의'에 대한 가다머의 태도에서 드러나게 될 겁니다. 여러분으로서는 아주 놀라워할 이야기죠. 하지만 일단, 독자와 텍스트 또는 저자 사이의 순환 관계가 다양한 방식으로 묘사될 수 있다는 점에는 모두가 동의할 겁니다. 이것은 종종 부분과 전체 사이의 관계라는 맥락에서 표현되기도 하는데, 이 대목에서 순환성이라는 문제틀이 개입하게 됩니다. 텍스트에 접근할 때, 물론 내가 처음 읽게 되는 것은 문단이나 문장이겠죠. 아직도 텍스트는 한참 많이 남아 있으니 이 첫 조각은 한 부분입니다. 하지만 나는 즉시 상상된 또는 상정된 전체에 기초하여 이 부분에 대한 의견을 형성합니다. 이 의견은 내가 해당 부분으로부터 추정한 것이거나 아니면 이 최초의 읽기 이전에 소유하고 있던 것이죠. 이후 나는 전체가 어떠할 것이라는 이 느낌을 이용하여 이어지는 부분들을 계속 읽어나갑니다—행, 문장, 무엇이든 간에 말이죠. 그렇게 이어지는 부분들을 다시 계속 전체에 대한 느낌으로 보내는데, 부분들을 점점 많이 알게 되기 때문에 결국 그 느낌은 변하게 됩니다. 이런 해석적 참여의 순환성은 하나의 부분에서 전체에 관한 예상으로 갔다가, 다시 다음 부분으로 갔다가, 다시 전체에 대한 수정된 느낌으로 가는 식의 순환 패턴으로 진행됩니다.

또한 이러한 순환성은 현재와 과거 사이의—나의 특정한 역사적 지평과 내가 받아들이려 하는 다른 역사적 지평 사이의—상호교환으로 이해될 수도 있습니다. 내가 세계에 관해 이미 알고 있던 것을 가져오고, 그것이 나의 텍스트 참여에 영향을 미치는 거죠. 텍스트에서 이야기되는 것이 내가 이미 알고 있는 것과 관련한 내용이라고 생각하면서, 텍스트가 자신의 지식을 제공하여 나의 지식을 수정하도록 허락하는 거죠. 마지막으로, 해석학은 단지 역사적 간극을 건너는 다리만이 아닙니다—사회적이거나 문화적인 간극, 비록 아주 큰 간극은 아닐지 몰라도, 그런 간극을 건너는 데도 해석학이 모종의 역할을 할 수 있기 때문입니다. 우리는 그저 서로 대화를 나눌 때도 해석학적 행동을 수행하고 있는 셈입니다. 나는 상대방이 하고 있는 말을 이해하려고 노력하며, 상대의 메시지를 해석하여 내가 하고 싶은 말과 연결합니다. 둘 사이의 소통회로가 열려 있어야 서로 말하는 것에 대한 이해가 상호적이 되면서 발전해나갈 수 있습니다. 문화 사이의 대화도 똑같다는 것은 더 분명하죠. 따라서 해석학이 늘, 가다머라면 역사적 지평의 융합이라고 부를 만한 것과 관련맺는 것은 아닙니다. 그것은 동시에 사회적 문화적 지평, 또 개인 간 지평의 융합과도 관련됩니다. 이 모든 것이 가다머가 말하는 지평융합Horizontverschmelzung에 포함되어 있습니다.

다음 글은 가다머가 이런 생각의 순환성이 작동하는 방식을 어떻게 파악하는지 보여줍니다(722).

{독자는—가다머의 표현은 '그는'입니다} 텍스트에서 어떤 최초의 의미가 떠오르는 순간 자기 앞에 텍스트 전체에 대한 의미를 투사한다. {다시 말해서, 부분이 어떤지 보이는 순간 이 부분을 포함하는 전체가 어떨 것인지 투사하거나 상상한다는 거죠.} 여기서 전자{즉 최초의 의미라고 느껴지는 것}가 떠오르는 것은 단지 그가 어떤 의미와 관련하여 특정한 예상을 하고 텍스트를 읽기 때문이다. 이런 사전 투사{즉 우리가 읽으려 하는 것의 의미에 관하여 우리가 미리 갖고 있는 느낌}는 그가 의미를 뚫고 들어감에 따라 나타나는 것들과 관련을 맺으면서 끊임없이 수정되며, 이런 파악 과정이 바로 거기에 있는 것을 이해하는 과정이다.

'거기에 있는 것'이라는 말은 가다머가 하이데거에게서 물려받은 표현으로, 이것은 가다머가 종종 'die Sache' 즉 '주제'에 관해 말할 때 의미하는 바와 일치합니다. 다시 말해서 독자가 어떤 텍스트의 의미를 받아들일 때 들이는 노력은 곧 주제, 거기에 있는 것—이것을 구어체적으로 풀어서 '텍스트가 실제로 말하려고 하는 바'라고 표현해도 무리는 없을 듯합니다—을 정복하려는 노력입니다.

어쨌든, 이 구절에서 가다머는 약간의 우려를 일으킬 수도 있는 방식으로 우리 읽기의 순환성을 묘사하고 있음을 알 수 있습니다. 우리는 이곳에서도 그렇고 다른 곳에서도 그가 '사전 구조' '사전 투사' '사전 소유' 같은 말을 계속 늘어놓는 바람에 자꾸 주춤하게 됩니다. 나는 '거기에 있는 것'을, 말마따나 객관적으로 볼 수는 없는 것일까? 다시 말해서, 내가 읽는 것의 의미에 관해 어떤 예비적인 생각을 갖고 있으면 그것에 관하여 가망 없는 편견에 사로잡히게 되는 것 아닐까? 왜 나는 나의 예비적인 생각을 그냥 제쳐둘 수 없는 것일까? 텍스트가 나에게 점점 많은 것을 이야기해주면 그에 따라 거기 있는 것을 정확하게 이해하게 될 수 있을 텐데. 텍스트가 나에게 점점 많은 것을 이야기해준다고 해도, 더 읽어나가면서 매번 수정되는 내 생각이 그 자체로 또하나의 사전 투사 또는 예비적인 생각이 된다면, 나는 대체 어떻게 거기에 있는 것을 이해하게 될까?

이런 주장이 특히 받아들이기 힘든 것은, 하이데거와 가다머가 한 걸음 나아가 우리는 늘 우리의 예비적인 생각—앞으로 보겠지만 가다머는 대담하게도 그것을 '선입관'이라고 부릅니다—안에서 해석을 하지만, 그럼에도 하이데거가 표현하다시피 순환에 들어가는 것에는 두 가지 길, 좋은 길과 나쁜 길이 있다고 이야기하기 때문입니다. 다시 말해서, 순환이 반드시 악순환은 아니라는 거죠. 여러분 입장에서는 예상을 피할 수 없다면 그것은 그냥 악순환이라고 결론을 내리고 싶은 유혹을 느끼겠지만 말입니다. 가다머와 하이데거는 순환으로 들어가는 방식은 '건설적'일 수도 있다고 주장합니다.

이 주장을 이해하기 위해서 부록에 나오는 하이데거의 두번째 글, 그 가운데 첫번째 문장만 봅시다. 그는 이렇게 말합니다. "해석에서, 우리가 해석하고 있는 실체를 이해하는 방식은 실체 자체로부터 끌어낼 수 있다. 아니면 해석이 실체를 존재방식에서 그와 반대되는 개념으로 억지로 집어넣을 수도 있다." 예상이라는 덫에 걸려 있는데 어떻게 '실체 자체로부터' 뭔가를 끌어낼 수 있느냐고 여러분은 묻겠지요. 자, 하이데거의 구분을 뒷받침하는 예를 하나 들어보겠습니다. 18세기에 마크 아켄사이드라는 이름의 시인은 『상상의 기쁨*The Pleasure of the Imagination*』(1744)이라는 제목의 긴 운문 에세이를 썼는데, 여기에서 여러분은 "세계 최고의 영靈"이 "플라스틱 팔"을 들어올린다는 시행을 볼 수 있을 것입니다.[1] 우리 현대 독자들은 중합물重合物에 많은 빚을 지고 있지요. 우리는 플라스틱이 뭔지 압니다. 따라서 우리 자신의 지평에서만 보자면 우리는 망설임 없이 창조자가 의수義手를 들어올린다고 결론을 내릴 겁니다. 하지만 사실 우리는 아켄사이드가 이런 시를 쓰고 있는 지평에 관해서도 약간은 알고 있지요. 18세기에 '플라스틱'이라는 단어는 '구불구불한' '강력한' '유연한'을 뜻했다는 사실을 알고 있기 때문에, 우리는 우리의 닫힌 지평을 열어, 위대한 창조자가 구불구불하고 강력하고 유연한 팔을 들어올린다고 결론을 내릴 수 있습니다—그편이 훨씬 말이 된다는 점도 인정하지 않을 수 없지요.

여기에서 좋은 선입관과 나쁜 선입관의 차이를 볼 수 있습니다. 좋은 선입관은 플라스틱의 의미가 바뀌었다는 우리의 사전인식—여전히 '선입관'(Vorurteil, 사전판단)이지요—입니다. 나쁜 선입관은 다른 역사적 지평이 있을지도 모른다는 생각은 잠시도 하지 않고 플라스틱은 중합물이라는 결론으로 비약하는 것입니다. 18세기의 의미를 가져오면 이 시행이 완벽하게 말이 된다는 사실을 즉시 알게 됩니다. 하지만 우리 자신의 의미를 가져와 관련을 지으려고 하면 이 행은 말이 안 된다고 인정할 수밖에 없지요.

나중에 W. K. 윔서트의 에세이 「의도의 오류」를 읽을 때 이 예로 다시 돌아올 텐데, 그때는 세계의 창조자가 의수를 들어올린다고 생각하는 것에도 실제로 어떤 가치가 있을 수 있다는 가능성을 제기할 겁니다. 하지만 당장은, 이것이 해석적 행동과 관련맺을 수 있는 유용한 예상과 무용한 예상의 차이가 무엇으로 이루어지는지 이해하는 좋은 방법이라는 사실은 여러분에게도 분명해 보일 겁니다.

예를 제시하면서 조금 앞서나갔으니 다시 돌아와 빈 부분을 메우도록 하지요. 가다머를 읽으면—또 이 발췌문의 출처가 되는 위대한 책의 제목이 진리와 방법 사이에는 차이가 있음을 암시하는 『진리와 방법』이라는 점에서도—알 수 있듯이, 가다머가 다른 사람들이 해석학을 하는 방법에 반대할 때 지적하는 핵심적인 부분은 그들이 해석의 방법론이 있다고 믿는다는 점입니다. 여러분이 읽은 발췌문에서 가다머가 공격하고 있는 기본적인 방법론을 그는 '역사주의'라고 부릅니다.

'역사주의'는 우리에게 좀 복잡한 말입니다. 나중에 우리가 이 강좌에서 탐사하게 될 '신역사주의'는 여기에서 가다머가 반대하는 역사주의와는 아무런, 혹은 거의 관계가 없지요. 가다머가 '역사주의'라고 일컫는 것은 다른 시간이나 장소의 사고방식으로 진입하기 위해 선입관을 밀어놓을 수 있다는, 자신의 주관성이나 사물을 보는 자신의 관점을 완전히 배제할 수 있다는 믿음입니다. 즉 자신의 정신은 뒤에 남겨

둔 채 다른 정신에 완전히 들어갈 수 있다는 믿음이죠. 이것이 '역사적 객관성'을 달성하는 '방법'이라는 것인데, 이 강의 마지막에 보게 되겠지만, 여기에도 가다머류 해석학의 고귀함과 나란히 놓아야 마땅한 그 나름의 고귀함이 있습니다. 가다머는 우선 이런 의미의 역사주의에 반대하는데, 그것이 불가능하다고 생각하기 때문입니다. 우리는 선입관을 배제할 수 없습니다. 우리가 할 수 있는 일은 우리 자신의 지평을 완전히 "괄호 안에 넣는" 즉 옆으로 밀어놓는 불가능한 위업을 이루고자 시도하지 않고 다른 지평을 인정하는 것이지요. 우리는 공통의 기반을 찾으려 하고, 과거와 현재, 여기와 저기를 융합하는 어떤 방법을 찾으려 하는데, 이것은 다시 가다머가 말하는 '지평융합'을 낳을 수 있습니다. 지평융합의 긍정적인 결과를 가다머는 '영향사影響史'라고 부르는데, 이 말은 유용한 역사—단지 과거를 객관화하는 문서보관소가 아니라 우리에게 도움을 줄 수 있는 역사, 우리가 배울 수 있는 역사—를 뜻합니다. 가다머는 또 역사주의가 가능하다 해도 거기에는 뭔가 비도덕적인 것이 있다고 생각합니다. 과거에 우리를 가르칠 만한 뭔가가 있을 수도 있다는 사실을 잊고 과거를 그저 정보의 창고로 가정하여 과거에 대해 우월적인 태도를 보이기 때문입니다. 우리는 마지막에 이 지점으로 돌아올 것입니다.

이런 관점이 보다 타당해 보이도록 만들기 위해서는 잠시 이 점을 더 깊이 숙고해봐야 할 것 같습니다. 사실 우리 대부분은 객관성을 유지할 수 있는 능력을 자랑스럽게 여기며 우리 자신이 선입관을 "괄호 안에 넣고"(후설이라면 그렇게 말하겠죠) 과거를 비롯하여 다름의 여러 형태를 있는 그대로 볼 수 있다는 확신에 흔들림이 없기를 바라지요. 그러니 『존재와 시간』에서 하이데거가 "해석학적 순환을 분석"하는 구절 두어 개를 살펴 그가 이런 주장에 관해 뭐라고 말하는지 살펴보도록 합시다. 첫째:

> 우리가 어떤 것과 관련맺을 때, 가장 가까운 '사물'을 그냥 보기만 해도 보는 것 자체가 이미 해석의 구조를 지니며, 이는 아주 원초적인 방식이기 때문에 뭔가를, 말하자면 '무엇무엇으로서'에서 자유로운 상태로 파악하려고만 해도 어떤 재조정이 필요하다.

하이데거는 무슨 말을 하고 있는 걸까요? 사고실험을 하나 해보지요. 방 뒤쪽을 보니 '출구'라고 적힌 표지판이 보입니다. 나는 그것을 해석하고 있는 것이 아닙니다. 그것에 관해 아무런 선입관이 없어요. 그냥 보고 있을 뿐입니다. 하지만 잠깐. 그게 표지판이라는 것을 내가 어떻게 알죠? 거기에 '출구'라고 적힌 것을 내가 어떻게 압니까? 사실 나는 본다는 단순한 행동이라고 여기는 것에 수많은 선입관을 동원하고 있습니다. 하이데거는 뭔가를 뭔가로서 보지 않고("말하자면 '무엇무엇으로서'에서 자유로운 상태로") "그냥 보기만" 할 가능성을 상상하는 것도 어느 정도 흥미로운 일이라고 인정합니다. 그냥 어떤 것을 우리 앞에 두기만 하는 것도 유쾌한 일일지 모르지요. 그러나 그는 그것이 거의 불가능하다고 생각합니다. '출구'라고 적혀 있는 표지판을 보고 있다는 사실을 잊고 그것이 무엇인지 모른 채 '거기에 있는 것'을 보기만 하는 것은 아주 어려운 정신적 행위입니다. 말하자면 이런 것이죠. 나는 우선 '출구'라고 적힌 표지판이 있음을 알지 못한다. 감각적 자극은 있을 수 있지만 사전에 의식하는 행동은 없다. 내가 맨 처음 아는 것은, 정확하든 정확하지 않든, 대상이 어떤 특정한 것이며 다른 것이 아니라는 사실이다.

따라서 하이데거가 지적하듯이 "어떤 것을 그냥 우리 앞에 두고 있다"는, 원초적으로 여겨지는 순간은, 만일 정말로 그것을 경험할 수 있다면, 선입관을 잊는 행위로부터 파생합니다. 나는 어떤 대상을 보든 늘 이미 그 대상에 대한 어떤 해석을 소유하고 있는데, 그렇다고 나의 해석이 옳다고 주장하는 것은 결코 아닙니다, 다만 정신의 맨 첫번째 움직임, 마지막 움직임이 아니라 첫번째 움직임이 해석적이라는 사실을 피할 수 없다고 주장하는 것뿐입니다. 이런 얘기죠. 계속 읽어봅시다. "'무엇무엇으로서'에서 자유로운 파악은, 사람들이 그냥 이해하는 그런 보기가 박탈된 상태다(하이데거가 여기에 얼마나 매력을 느끼는지는 그가 수사를 사용하는 방식을 보면 알 수 있습니다)." 간단히 말해서, 이해하지 못한다면 그것이야말로 주목할 만한 경험이 된다는 겁니다. 이해, 그것은 일종의 감금으로, 하이데거가 그냥 이해하지 않아도 된다면 흥미로울 것이라고 말할 때, 그는 동시에 이것이 불가능하지는 않다 해도 믿을 수 없을 정도로 어려운 생각의 뒤틂이라고 주장하는 셈입니다. 따라서 우리는 해석자가 될 때(우리는 늘, 평생, 매 순간 해석자입니다) 언제나 예상, 즉 '선입관'을 갖고 작업하는 것임을 깨달아야 합니다.

자, 이제 가다머가 말한 '선입관prejudice'을 한번 살펴볼까요? 그는 이것이 우리의 감수성에 모욕일 수 있다고 보아 약간 방어적인 태도로 이와 관련된 어원들을 살핍니다. 선입관을 뜻하는 프랑스어 'préjugé'와 독일어 'Vorurteil'은 둘 다 '사전판단'이나 '앞선 판단'을 뜻합니다. 이런 의미의 선입관은 사실 법정에서 평결에 이르는 과정의 한 단계로서 사용될 수 있다고 가다머는 말합니다. 이 경우에는 천박한 선입관(나쁜 방식으로 순환에 들어가는 예)으로 생각할 필요가 없는 거지요. 천박한 선입관 가운데 한 가지 예는 '선입관에 대한 선입관'으로, 가다머는 이것이 유럽 계몽주의 특유의 자세라고 생각합니다—객관성에 대한 주장을 가능하게 해주는 선입관이라는 것이죠.

그러나 선입관은 해롭습니다. 선입관이 역사적으로나 사회적으로 한 일을 알고 있는데, 어떻게 감히 이런 식으로 그것을 옹호하려 할 수 있을까요? 여러분이 읽은 발췌문에서 가다머가 하는 일은 아무리 못해도 지적 보수주의에서 나온 행동이라는 점을 인정해야 합니다. 발췌문 가운데 '고전주의'에 관해 말하는 부분 전체는 언뜻 보기에는 여담으로 여겨집니다. 하지만 우리는 나중에 그가 '전통'이라고 부르는 고전주의를 논의하면서, 우리가 현재 눈앞에 읽고 있는 것과 공유할 수 있는 아주 넓은 범위의 공통기반 없이는 사실상 지평을 효과적으로 융합할 수 없다는 주장을 구축한다는 사실을 깨달아야 합니다. 가다머에게 고전주의, 즉 '전통'에서 위대한 것은, 그가 보기에, 이것이 우리가 공유할 수 있는 어떤 것이라는 점입니다. 가다머의 주장에 따르면 고전적인 것은 주로 그 자신의 역사적 순간과 말하기보다는 모든 시간을 대변해서 말하는 것이며, 각기 다른 방법이기는 하지만 그럼에도 우리 모두에게 말을 하고 있는 것입니다. 자신은 진실을 말한다는 주장을 내세우면서요.

물론 가다머는 지적으로 보수적인 정전을 말할 권리가 있다는 것을 우리는 알고 있습니다. 그는 사람들이 공통기반을 광범위하게 공유하지 않으면 과거나 타자를 이해할 수 없을 것이라고 믿습니다. 하지만 가다머 자신에 관하여 어떤 불가피한 추론을 해나가지 않고도, 우리는 바로 이 대목이 선입관의 '천박하고' 파괴적인 측면이 슬며시 끼어들 만한 지점임을 알 수 있습니다. 노예제는 가다머가 마땅히 고전적이라 부를 만한 전통 내부에서 활동하던 가장 고상한 인물들—고전고대의 인물들, 그리고 단 한 번도 잠시 발을 멈추고 노예제에 의문을 제기해 본 적이 없는 근대의 아주 많은 인물들까지 포함하여—다수에게 완벽하게 적절하고 자연스러운 제도로 여겨졌습니다. 가다머는 이런 이야기를 하지 않죠. 정치철학자와 사상사가들은 종종 이에 관해서 이야기하는데 말입니다. 그러나 공통기반을 공유하려는 행동에 함축된 태도보다 좀더 비판적이지 않다면, 좀더 거리를 두려 하지 않는다면, 노예제에 대한 이런 입장이 전통과 공유하는 선입관의 한 측면이 될 수도 있음을 알아야 합니다. '선입관'이 일반적으로는 단순히 피할 수 없는 예상, 해석학적 순환으로 들어가는 허용 가능하고 또 사실상 필연적인 방식을 뜻한다고 이해되는 한, 선입관에 대한 선입관을 완전히 버리는 것은 어리석은 일이 될 것입니다.

이 강의의 남은 시간에는 두 가지 글에 관심을 기울여주기 바랍니다. 하나는 이제 내가 인용할 가다머의 텍스트에 나오는 부분이고, 또 하나는 부록에 실린 네번째 글로 미국 학자 E. D. 허시가 쓴 것입니다. 여러분은 허시를 모든 초등학생이 알아야 할 것을 다룬 사전의 저자로, 또 문학이론이 번창하던 시기 전체에 걸쳐 지적 권한을 옹호한 영웅으로 알고 있을지도 모르겠습니다. 그러나 허시는 늘 해석학을 진지하게 연구했으며, 해석의 원칙들을 놓고 가다머와 장기간 싸웠습니다.

우선 서론으로 이 이야기를 하고 싶습니다. 가다머는 역사주의만이 아니라 자신이 해석학의 '낭만주의'라고 부르는 것에도 반대합니다. 앞서 지적했듯이 낭만주의는 저자의 정신에 초점을 맞추기 때문이죠. 가다머는 독자가 만나는 것은 저자가 아니라 텍스트라고 생각합니다. 그가 텍스트의 '주제die Sache'라고 부르는 것은 개인의 정신보다는 역사적 지평에 속해 있기 때문입니다. 반대로 허시는 의미가 "말의 일이 아니라 의식의 일"이라고 생각합니다. 즉 의미란, 지성사의 한순간이나 단순히 말로 간주되는 텍스트 속의 말에서 발견되는 것이 아니라, 저자의 정신을 참조할 때 발견된다는 것이죠. '의도'에 호소하는 허시의 입장은 우리가 곧 다시 거론할 문제입니다.

이제 제시할 두 구절은 내가 가다머의 입장을 기술하면서 소개하려 했던 두 가지 입장을 나란히 제시합니다. 가다머가 하는 말의 위엄과 고귀함은 그것이 '진실한' 무언가에 관심을 두고 있다는 점, 또한 의미, 의미에 도달하기, 우리에게 진실을 말하는 어떤 것에 도달하기라는, 이 세 가지 사이에 관련이 존재할 가능성에 계속 문을 열어놓는 점과 연관됩니다. 반면 허시는 완전히 다른 종류의 위엄을 느끼게 해주죠.

나는 이 두 구절을 나란히 놓으면서, 이 둘을 화해시키는 것은 불가능하지만, 이 둘이 우리가 해야 할 선택을 제시하고, 어쩌면 우리의 책무를 서로 다른 두 가지 형태로 제안하는 것일 수도 있다는 점을 여러분이 깨달았으면 합니다.

가다머는 말합니다(735; 여기서 그는 다시 역사주의를 공격합니다).

> 역사적으로 이해되는 텍스트는 스스로 어떤 진실을 말하고 있다는 주장을 버릴 수밖에 없다. 우리는 과거를 역사적 관점에서 볼 때, 즉 우리 자신을 역사적 상황에 갖다놓고 역사적 지평을 재구축하려 할 때, 우리가 이해를 한다고 생각한다. 그러나 사실은 우리에게 유효하고 우리가 이해할 수 있는 진실을 과거에서 발견한다는 주장을 포기한 것이다.

이 주장은 문화 간 대화에도 적용될 수 있습니다. 가령 내가 다른 문화권에서는 식사 뒤에 트림을 하는 것이 요리를 한 사람에 대한 칭찬이라는 것을 안다고 자랑하면서도 "하지만 나의 문화에서는 그렇지 않다"는 것 외에 이 지식에서 아무런 결론을 끌어내지 않는다면 이것은 역사주의의 등가물이 될 것입니다. 이것은 나에게 의사擬似 사실에 불과할 뿐, 어떤 것을 받아들이려는 노력이라고 할 수 없습니다. 가다머는 계속해서 말합니다. "따라서 이런 식으로 타자의 타자됨을 인정하는 것은—이것이 그를 객관적 지식의 대상으로 만드는데—진실에 대한 그의 주장을 근본적으로 받아들이지 않는 것이다." 이것은 우리가 객관성을 옹호할 때 무릅써야 할 위험을 일깨워주는 강력하고, 또

내 생각에는 뛰어난 논리입니다.

자, 하지만 이제 허시의 말을 들어봅시다. 쉬운 선택은 아니죠. 허시가 적절하게도 칸트를 불러내며 하는 말은 이런 것입니다. "칸트가 생각한 도덕적 행동의 기초란, 인간이 그 자체로 목적으로 여겨져야 하며 다른 인간의 수단으로 여겨져서는 안 된다는 것이다." 이를테면 내가 여러분을 착취하고 도구화하는 한, 여러분은 나에게 목적이 아니라 수단이라는 얘기죠. 이것이 칸트의 입장이고, 허시는 이것을 적극적으로 옹호합니다. 내가 어떤 실체의 진짜 의미를 그 실체로서, 그 자체가 목적인 것으로서 받아들일 수 없다고 생각한다면, 나는 나 자신의 이익을 위해 그것을 전유轉有하는 것입니다. 이것은 타자가 진실을 말하고 있을 가능성에 문을 열어놓는다는 관념 전체를 뒤집어버리죠. 무언가가 중요한 경우는, 그것이 내게 뭔가를 가르쳐줄 때뿐일까요?

허시는 계속해서 말합니다.

> 이 규범은 인간의 말에도 적용될 수 있다. 말이 사회적 영역에서 인간의 확장이자 표현이기 때문이고, 또 인간의 의도를 그의 말과 결합하지 못할 때 우리는 말의 영혼을 잃어버리기 때문이다. 말의 영혼이란 의미를 전달하는 것이고, 전달하고자 의도된 것을 이해하는 것이다.

가다머 정서의 고귀함과는 대조를 이루는 이 구절의 고귀함 또한 분명하기 때문에 우리는 갈등을 느끼게 됩니다. 그러나 가다머와는 달리, 허시는 진실에 관해서는 아무런 이야기도 하지 않는다는 점에 주목하기 바랍니다. 그는 의미를 확보하는 일—이것은 물론 좋은 일이죠—에 관해 말하며 올바른 의미에 도달한다는 생각을 가능한 한 설득력 있게 보여주지만, 그럼에도 그가 진실에 관해 말하지 않는다는 점은 여전히 의미심장합니다. 허시에게 중요한 것은 의미입니다. 가다머에게 중요한 것은 그 의미가 진실하다는 것이며, 바로 여기에서 두 사람은 본질적으로 갈라집니다. 가다머는 예상의 불가피성에 대한 믿음 때문에 의미의 역사적 혹은 문화적 정확성을 기꺼이 희생합니다. 그는 나의 해석에는 늘 내가 어느 정도 들어 있다고 말하면서도, 동시에 내가 다른 지평들을 염두에 두지 않으면 해석학적 순환은 악순환이 된다고 주장합니다. 나는 앞서 인용한 시에서 '플라스틱'이 '중합물'을 뜻한다고 말해서는 안 됩니다. 하지만 '플라스틱'이 한때 뭔가 다른 것을 의미했다는 것을 아는 사람이 나의 교육환경 속에 있는 나이고, 의미가 변했다는 바로 그 이유 때문에 플라스틱에 특별한 관심을 가지는 사람이 바로 나라는 사실을 기억할 필요가 있습니다.

그런데 허시가 진실을 무시한다고 말하는 것은, 사실 그에게 부당한 일입니다. 타자가 진실을 말하느냐 아니냐는 당연히 허시에게 중요한 문제지만(그래서 그 이후로 그는 초등학생들이 진리의 공통된 핵심을 배워야 한다고 말해왔지요), 그가 이 구절에서 드러내는 철학적 입장에 그런 확신이 내포되어 있지 않을 뿐이지요. 적어도 부분적으로는 이런 이유로, 모든 학자와 독자에게 이것은 비교 불가능한 것들 사이의 선택이 되고, 실제로 선택을 내릴 수밖에 없습니다. 이것은 문학이론, 또 문학이론의 전통을 이해하려 하는 강좌 전체에 도사리고 있는 선택입니다. 오늘 이 두 입장을 구분하는 작업을 하고 있지만 여러분이 그 끝을 보려면 아직 갈 길이 멉니다.

4장

구성적 읽기

읽을 자료

볼프강 이저, 「독서의 과정: 현상학적 접근」(CT, 1002~1014).

이 강의에서 우리는 해석에 대한 접근법들을 계속 논의합니다. E. D. 허시에 관하여 더 이야기하고 볼프강 이저로 넘어가기 전에, 가다머로 돌아가 그의 암묵적인 책 취향에 관하여, 그의 해석학 접근 방법이 상정하고 있는 문학적이고 지적인 정전에 관하여 더 이야기하고 싶군요. 여러분은 가다머가 고전주의의 규범에 관심이 있다는 사실을 기억할 것입니다. 이후 발췌문을 통해 그가 이것을 '전통'이라고 부르기 시작한다는 것을 알 수 있었죠. 그에게 전통이 그렇게 중요한 이유가 정치적이고 문화적인 보수주의자에게 전통이 중요한 이유와 완전히 같지는 않습니다. 가다머는 독자에게 먼 지평을 이해할 능력이 제한되어 있다고 생각한다는 점에서 보수적이지요. 그는 독자가 직관적으로 다른 시간이나 장소의 관점으로 더듬어 들어가는 기적을 수행할 수 없다고 생각합니다. 따라서 고전주의, 또는 전통의 가치는 우리가 고전적이라고 부르는 텍스트에 분명한 공통기반이 있다는 점에서 찾을 수 있다는 것입니다. 때때로 우리는 그것을 '명저', 즉 모든 장소와 시간을 이야기하는, 또는 그런 것처럼 느껴지는 텍스트라고 부릅니다. 텍스트들 사이에 역사적 차이가 여전히 그렇게 크고 또 때로는 서로 그렇게 동화가 불가능한데 그런 식으로 말하는 것에 정말로 뭔가 취할 점이 있느냐 하는 문제는 널리 논란이 되고 있지만, 일단 나는 정전에 관한 가다머의 보수주의가 거대한 간극을 메우는 독자의 능력에 대한 그의 의심과 관계가 있다는 점만 되풀이하겠습니다. 나는 여기에서 일부러 '간극'이라는 말을 사용했습니다. 앞으로 보겠지만, 이 말은 볼프강 이저가 독자와 텍스트 사이의 거리가 주는 이점에 관하여, 또 하나의 텍스트의 연속적인 순간들 사이의 의미론적 거리에 관하여 이야기할 때, 전적으로 긍정적인 가치를 부여하는 말이기 때문입니다.

가다머는 독자의 정신적 도약능력을 과소평가하는 걸까요? 아마도 그런 것 같습니다. 이 문제를 자세히 설명하는 주석에서 그는 묘한 말을 합니다(731). "대화에서와 마찬가지로, 우리가 아이러니를 이해하는 건 다른 사람이 이야기하는 주제에 우리가 얼마나 동의하느냐에 달려 있다." 즉 여러분이 나와 근본적으로 다른 견해를 밝히는 경우, 나는 여러분이 아이러니를 사용하는지 아닌지 알 수 없으며, 또는 여러분이 아이러니를 사용해도 그것이 무슨 의미인지 이해할 수 없을 것이라는 게 가다머의 생각입니다. 내가 보기에 이것은 명백히 틀렸습니다. 정치를 생각해보세요. 정치 토크쇼, 정치 캠페인 같은 것 말입니다. 우리의 정적이 우리의 견해를 두고 아이러니를 사용할 때 우리는 그 아이러니를 완벽하게 이해합니다. 우리는 그것에 익숙하고, 그것에 적응해왔으며, 물론 우리의 적도 우리의 아이러니를 이해하지요. 그야말로 아이러니이지만, 정적들 사이에는 정확히 그들이 아이러니를 서로 이해할 수 있는 만큼만 일종의 공생이 이루어지며, 이것은 물론 일반 대화에도 적용됩니다. 대부분의 아이러니 형태를 해독하는 것은 아주 쉬운 일이며, 이런 용이함이 물론 어떤 필수적인, 기저에 깔려 있는 상호 동의에 의존하고 있진 않죠.

자, 이런 나의 생각이 옳다면, 우리는 독자의 유연성에 관한 가다머의 보수적인 태도에서 허점을 찾아낸 셈이 됩니다. 그의 전제는, 이해하기 위해서는 동의라는 기초가 있어야 한다는 것이죠. 하지만 동의가 이루어지지 않은 상황에서도 서로의 아이러니를 이해할 수 있다는, 방금 우리가 한 생각이 사실이라면, 이것은 분명히 동의하지 않는 텍스트를 읽는 우리의 능력에도 적용되어야 마땅합니다. 그런 텍스트의 가치를 우리는 절대 인정할 수 없지만 그럼에도 이해는 할 수 있는 거죠. 따라서 이해가 동의에 기초를 둔 것이 아니라면, 전통적 정전이 반드시 연속성을 지녀야만 하는 건 아니라는 걸 인정하고, 흔한 말로 "정전을 개방"할 가능성을 다시 우리 손에 쥐게 되면서, 이 문제에 대한 가다머의 보수주의는 옆으로 밀어둘 수 있는 것입니다.

그러나 가다머가 절대적 연속성을 주장하는 것은 아닙니다. 그 반대죠. 발췌문의 앞부분에서 그가 하는 말을 기억할 겁니다. 우리가 우리 자신의 역사적 지평 안에 편하게 자리잡지 않은 표현이나 관념이 있는 곳에 들어와 있음을 인식하기 위해서는, 우리는 "갑자기 멈출" 필요가 있다. 다른 말로 해보죠. 앞선 예로 돌아가보자면, 우리는 아켄사이드의 '플라스틱'이라는 말에 뭔가 이상한 점이 있다는 것을 인식할 필요가 있으며, 이렇게 갑자기 멈추게 된 상태에서 가다머가 지평융합이라고 부르는 근본적인 읽기 행위의 필요성도 인식하게 됩니다. 그런 순간, 이해가 이루어지려면 우리의 것이 아닌 지평과 대면하여 그것을 소화해야 한다는 것을 알게 되는 거죠.

또 우리는, 심지어 가다머도 이야기하는바, 실제로 그렇게 할 수 있습니다. 가다머도 이렇듯 갑자기 멈추는 경험을 하지 않으면 우리의 읽기는 감옥에 갇힌다고 주장합니다. 우리가 읽고 있는 것이 오로지 우리의 지평에만 속한다는 것을 그냥 당연시하며, 근본적으로, 또는 적어도 몇 가지 측면에서는 그것과 이질적인 것을 이해하려는 노력을 전혀 하지 않게 된다는 겁니다. 가다머는 이 점을 인정하고 심지어 내가 하는 것처럼 이 점을 주장하기도 하지만, 갑자기 멈출 필요에 내포된 간극이 크진 않으므로 그것을 강조하지는 않습니다. 우리는 간극을 쉽게 넘을 수 있다는 거죠. 다시 '플라스틱'의 예를 들어 이야기해봅시다. 18세기에 사용되던 이 말의 의미를 이해하지 못한다 해도 우리는 여전히 현대의 의미로는 말이 되지 않는다는 것을 알아챌 수 있기 때문에 『옥스퍼드 영어사전』을 찾아본 뒤 당시에는 다른 의미가 있었다는 것을 알게 되고, 그렇게 문제는 풀려 계속 읽어나가게 됩니다. 그러나 갑자기 멈추게 될 때, 가다머의 관점에서 독자의 상상력을 동원한 이해를 넘어서는 경우도 있을 수 있습니다. 이저를 보면 알게 되지만, 이것이 가다머와 이저—어떤 면에서 그는 계속 가다머의 제자로 남아 있기는 합니다만—의 근본적 차이입니다. 가다머에게는 독자와 텍스트 사이의 간극, 나의 지평과 텍스트의 지평 사이의 간극이 필연적으로 작을 수밖에 없는 반면, 이저에게는 그가 '독자의 행위'라고 부르는 것, 즉 읽는 행위가 진정으로 최고조로 가동되기 위해서는 그 간극이 훨씬 클 필요가 있는데, 바로 이런 차이가 그들이 암묵적으로 생각하는 정전들 사이의 분명한 차이를 설명해준다는 사실을 우리는 보게 될 것입니다.

그러나 이 지점에서, 우리가 지난 강의 마지막에 인용했던 허시의 다른 구절들을 논의하고 싶습니다(부록도 참조). 얼른 복습을 해보자면, 그 구절과 관련하여 가다머는 과거가 우리에게 "진실을 말하기를" 바란다면 과거의 타자성에 다가갈 때 우리 자신의 관점을 억누르려 하면 안 된다고 말했다는 것이 기억날 것입니다. 우리 자신의 느낌을 그냥 괄호 안에 넣어버리려 해도, 그런 일은 일어날 수 없기 때문에, 우리는 읽기를 적극적 대화로 생각할 것을 요구받습니다. 반면 허시는 칸트의 말을 빌려 과거, 그리고 문화적으로 우리와 공통점이 없는 저자는 우리에게 목적이 되어야지 수단이 되어서는 안 되며, 따라서 우리는 이 저자들을 엄격하게 그들의 맥락에서 이해해야 한다고 주장합니다.

나는 허시를 그런 맥락에서 소개했는데, 이제 다시 잠깐 그에게로 돌아가보고 싶습니다. 우선 지난 강의에서도 언급했던 "의미는 말의 일이 아니라 의식의 일"이라는 허시의 주장이 있습니다. 다른 말로 하면, 텍스트는 의미의 확인을 가능하게 해주지만 그렇다고 의미가 텍스트 안에 있는 것은 아니라는 겁니다. 의미는 저자의 의도에 속한 것이며, 우리는 텍스트를 읽어가면서 거기에 도달할 필요가 있다, 우리는 종이에 있는 말을 저자의 의식과 연결시켜야 한다, 이런 얘기죠

또다른 말로 하면, 우리는 말로 이루어진 표현을 생각과 연결시킨다는 것입니다. 이것이 뜻하는 바는, 허시가 『해석의 목적』이라는 책에서 주장하듯이, 어떤 텍스트를 이해할 때 우리는 바꿔쓰기paraphrase를 이용해 그것을 파악하려고 시도한다는 것이죠. 우리의 반응은 이렇게 시작할 겁니다. "저자가 말하고자 하는 바는……" 따라서 우리는 텍스트가 의미하는 바를 찾지 않습니다—텍스트에만 의지할 경우, 허시에 따르면, 그것은 어떤 뜻이라도 될 수 있습니다. "I ran out of gas"가 [보통은 '휘발유가 다 떨어졌다'로 이해되지만 '가스로부터 달려나왔다'라고도 이해될 수 있는 만큼] "나는 아르곤으로 이루어진 구름에서 달려나왔다"는 뜻이 될 수도 있지요. 우리는 그보다는 저자가 "말하고자 하는 바"를 발견하려고 시도해야 한다는 겁니다.

그러나 이것은 그냥 완전히, 전혀, 말도 안 되는 이야기라고 말하고 싶은 유혹이 느껴지는군요. 실제적이며 곧바로 사용할 수 있는 텍스트를 이용해서 기껏해야 가상의 것, 손에 쥘 수도 없는 것에서 의미를 찾으려 하다니! 왜 그냥 텍스트에서 의미를 찾지 않을까요? 그게 더 말이 될 텐데 말입니다. 우리는 텍스트를 해석할 수밖에 없습니다. 텍스

트에 나오는 말의 뜻을 결정한 뒤에만 저자가 무엇을 의도하는지 알 수 있을 테니, 그냥 그 뜻을 의미로 여기고 거기에 관심을 집중하는 것이 어떨까요? "나는 아르곤으로 이루어진 구름에서 달려나왔다"는, 마치 저자의 의도를 살피듯이 그 말의 맥락을 살핀다면—혹시라도 과학소설의 맥락을 상상하지 않는 한—그저 있을 수 없는 풀이입니다. 허시는 「의도의 오류」의 저자인 W. K. 윔서트의 제자였으나, 윔서트를 살펴볼 때 알게 되겠지만, 반항적인 제자였음이 분명합니다. 허시는 어느 정도는 윔서트를 고려하면서, 의도에 의지하는 것이—해석학에 대한 그의 첫 중요 저작의 제목을 따르자면—'해석의 타당성'을 확립하기 위해 우리가 할 수 있는 유일한 일이라고 주장했습니다.

따라서 허시의 입장에 동의하는 것은 직관적으로 매우 어려운 일이며, 나 자신은 동의하지 않는다는 사실을 알려두고 싶은데, 그 이유는 이 강의를 계속해나가면서 계속 쌓여갈 겁니다. 하지만 허시를 옹호하여 한마디해보죠. 가만히 생각해보면, 우리가 아주 많은 실제적인 목적을 위하여 바꿔쓰기라는 시험을 통해 저자의 의도로서의 의미를 세워나간다는 사실을 깨닫게 됩니다. 예를 들어 여러분이 시험을 보기 전에 교사들은 이런 말을 합니다. "여러분이 공부하는 저자들의 말을 그냥 앵무새처럼 따라 하지 마라. 나는 여러분이 그 저자들을 이해하는지 알고 싶다." 그 말을 생각해보세요. 여러분은 그 저자들의 의도를 다른 말로 바꿔쓸 수 있다는 것을 보여줌으로써 여러분이 그들을 이해한다는 사실을 교사들에게 증명합니다. 이런 식으로 여러분은 단지 텍스트가 말하는 바—이거야 답안지를 하나의 긴 인용문으로 만들면 보여줄 수 있겠지요—가 아니라 저자가 의도한 의미를 기술합니다. 교사는 인용이 아니라 설명을 원하며, 그 설명 형식이란 바꿔쓰기입니다. 사람과 사람 사이에 존재하는 의미, 한 집단 사이에 공유될 수 있는 의미—그 집단은 이 의미를 이해하고 다른 말로 표현할 수 있겠지요—를 파악하지 못하면 바꿔쓰기를 할 수 없습니다. 허시가 주장하는 것은, 저자의 말을 다른 말로 표현할 수 있다면 그 다른 말이 의도된 의미, 즉 저자의 생각을 포착한다는 것입니다.

나는 이것이 허시를 지지하는 상당히 중요한 논리라고 생각하는데, 그러나 이 점에 대해서도 반대의견이 떠오릅니다. 이미 보았듯이, 우리는 언제나 의미를 '다른 말로' 기술한다는 겁니다. "나는 아르곤으로 이루어진 구름에서 달려나왔다"는, 텍스트의 뜻에 기대든 저자의 의미에 기대든, "I ran out of gas"의 의미일 수도 있고 아닐 수도 있지만, 어느 쪽이든 바꿔쓰기이긴 하지요. 그러나 다음과 같은 생각 정도는 인정할 수 있습니다(이렇게 인정하는 것은 어떤 발화에 '지시대상' 같은 것이 있느냐 하는 문제를 생각할 때 중요해질 것입니다). 즉 실제적으로 말해서, 상호이해를 보장하기 위해 바꿔쓰기에 의지할 필요성을 이야기하게 되면 거기에는 당연히 의미가 지시된 생각이라는 전제가 깔리게 된다는 점을 깨달아야 한다는 것입니다.

문학이론에 대한 강좌는 불가피하게 바꿔쓰기가 엄격한 해석이라는 과제에는 불충분하다는 사실을 보여주게 되며, 따라서—다시 말하지만—지금은 그 이야기를 길게 하지 않겠습니다. 신비평가이자 허시의 스승인 윔서트의 비평적 동지인 클리언스 브룩스는 「바꿔쓰기라는 이단」이라는 제목의 에세이—틀림없이 허시의 생각을 다룬 글이기도 합니다—에서, 문학적 해석이 텍스트 표면의 복잡성을 바꿔쓰기로 축소해버린다면 그것은 경직되고, 기계적이고, 유연성이 없는 활동이 될 것이라고 주장했습니다. 바꿔쓰기 문제는 일단 이 정도로 이야기해두지요.

내가 여러분에게 제시한 다른 글에서 허시는—이제 나는 그의 말을 바꿔쓸 겁니다—가다머가 텍스트의 의미meaning와 텍스트의 의의significance의 차이를 깨닫지 못한다고 주장합니다. 이것은 허시의 또다른 주요한 견해이며, 우리는 이 점을 다음과 같이 이해할 수 있습니다. 어떤 텍스트의 의미는 저자가 의도한 의미이며, 우리는 그것을 믿을 만한 바꿔쓰기로 확립할 수 있다. 텍스트의 의의는, 허시는 그에 대한 관심을 부정하지 않는데, 우리에게 가지는 의미다—이를테면 우리가 그것을 역사적으로 우리 자신의 맥락에 맞게 번역하거나 어떤 명분 혹은 지적 전망에 맞게 개작해낼 수 있는 방식이다. 허시는 의미와 의의의 차이를 말하는 것이 가능하다고 주장하며, 물론 이 대목에서 그의 구분은 논란을 일으킵니다. 만일 여러분이 훌륭한 역사주의자로서 저자의 의미를 정확하게, 논란의 여지없이 확정하고, 사용할 수 있는 모든 문헌학적 증거를 확인하고, 관련없는 것은 버려서, 마침내 제대로 의미를 확보했다고 확신하게 된다면, 일단 그렇게 하고 난 뒤, 그 텍스트에 무엇이든 원하는 대로 의의를 부여할 수 있다는 얘기니까요.

가다머가 이런 구분을 두고 논평을 한 건 아니지만, 의미와 의의를 어떤 신뢰할 만한 방식으로 구분할 수 있다는 생각에는 물론 동의하지 않을 겁니다. 해석학적 순환으로 들어가는 올바르고 필수적인 방식은 지평들의 융합, 우리 자신의 지평과 텍스트의 지평의 융합에 이르는 것이기 때문에, 우리는 어디에서 의미가 끝나고 의의가 시작되는지 분명하게 알 수가 없지요. 정의定義라는 점에서 보자면 허시의 구분은 그 자체로는 분명하며 심지어 참신하기까지 합니다. 그러나 실제로 실행에 들어가 그런 구분을 확보하는 것, 저자의 의미를 안다고 말하고, 그 다음부터 완전히 구분된 행동으로 그 의미가 여러분에게 어떤 의의가 있는지 설명하겠다고 말하는 것—글쎄, 그건 만만치 않을 겁니다.

그러면 볼프강 이저로 가보지요. 이 이론가는 그가 독자의 행위, 혹은 읽는 행위라고 부르는 것에 관심이 있으며—『읽는 행위*Der Akt des Lesens*』는 그의 책 제목이기도 합니다—이를 강조함으로써 후설로부터 파생된 현상학 전통에 합류하는데, 더 직접적으로 보자면 이저의 경우에는 독자가 텍스트를 헤쳐나가면서 문장에서 문장으로 옮겨가는 방식을 분석한 폴란드 학자 로만 잉가르덴, 여러분이 읽은 에세이에서 자주 인용되는 이 학자를 계승하고 있습니다. (다만 이저가 텍스트와 독자 사이의 간극이 아니라 문장-사고와 문장-사고 사이의 '간극'을 이야기하는 것은 잉가르덴을 염두에 둔 것이지만, 잉가르덴은 여기에 찬성하지 않습니다.) 가다머와 함께 그런 필자들이 이저에게 일차적으로 영향을 주었는데, 이저 또한 다른 사람들에게 엄청난 영향력을 행사했습니다. 독자의 경험에 대한 관심은 그가 1960년대와 1970년대에 독일 콘스탄츠대학에서 사상 학파를 세우는 데 일조했으며, 그 결과 '수용의 역사' 또는 '수용미학'이라 불리는 것에 관한 일련의 세미나가 열리게 되었지요. 우리가 결국에는 논의하게 될 한스 로베르트 야우스가 이저의 콘스탄츠 동료 가운데 하나였습니다. 이른바 콘스탄츠학파의 영향력은 미국에도 퍼져 가지를 뻗어나가게 되었는데, 특히 이 책에서 나중에 살펴볼 또다른 비평가인 스탠리 피시의 초기 작업이 그 좋은 예입니다.

수용의 역사는 한편으로는 이론적이고 또 한편으로는 학술적인 분야로, 최근에도 '책의 역사'나 '매체 수용 연구'와 같은 운동의 형태로 번창하고 있습니다. 이저는 나중에 캘리포니아대학 어바인 캠퍼스에서 매년 가르쳤는데, 그 무렵에는 자신의 프로젝트가 지닌 새로운 면을 파고들었지요. 그것을 그는 픽션의 인류학이라고 부르며, 왜 우리에게 픽션이 있고 왜 서로 이야기를 하는가 하는 근본적인 질문을 제기했습니다. 이저의 모든 작업은 픽션으로서의 문학이라는 개념에 근거를 두고 있습니다. 그는 거의 전적으로 소설 연구자입니다. 사실 이저와 가다머의 중요한 차이는, 가다머가 지성사가로서 그의 정전격 텍스트는 철학, 사회사상, 문학 고전인 반면, 이저는 늘 문학적 서사의 연구자였다는 것이지요.

그러나 이런 차이에도 불구하고 이저를 읽다보면, 글의 분위기를 보나 텍스트의 세계를 헤쳐나가는 방식에 대한 이해를 보나, 이저가 허시보다는 가다머와 훨씬 닮았다는 것을 알게 됩니다. 우리는 이 점을 두 가지 다른 방식으로 표현할 수 있습니다. 첫째로 가다머가 지평 융합에 관하여 하는 말—그리고 허시는 부정하는 말—을 이저가 재구축한다고 말할 수 있습니다. 예를 들어 그는 이렇게 말합니다(1002).

"텍스트와 독자의 수렴이 문학작품을 존재하게 한다." 가다머라면 독자의 지평과 텍스트가 나타나는 지평의 융합을 이야기했겠지요. '수렴'과 '융합.' 즉 '작품'을 구성하는 것은 텍스트의 지평이 아니다, 독자의 지평이 아니다, 그 지평들이 융합할 때 발생하는 영향사影響史다—한편으로는 다른 사람의 작품이기도 하고, 한편으로는 독자의 작품이기도 하다. 이 말은 의미의 공간이 '가상'—이저가 사용하는 말이죠—이라고 말하는 것이나 다름없습니다. "이 수렴은 결코 정확하게 집어낼 수 없기 때문에 늘 가상으로 남을 수밖에 없으며, 텍스트라는 실재와 동일시될 수도 없고 독자의 개인적 기질과 동일시될 수도 없다."

나아가서 이저는 의미의 해석은 완전히 객관적일 수 없다는 확신을 가다머와 분명하게 공유합니다. 그는 가다머와 마찬가지로 역사주의자가 아니며, 오히려 논의되는 두 지평 사이에서 선입관의 상호교환을 주장하지요.(1005) "한 텍스트는 잠재적으로 몇 가지 다양한 현실화가 가능하며, 어떤 읽기도 그 잠재력을 완전히 소진할 수 없다. 개별 독자가 각기 나름의 방식으로 간극을 메우기 때문이다." 다시 '간극'이라는 흥미로운 표현이 등장합니다. 이저가 하는 말의—허시 식으로 말하면—의미가 지금 내가 간극에 관하여 말하려고 하는 것과 같은지는 사실 모르겠으나, '간극'이란 한정된 폭의 틈을 가리키는 것과는 별도로 스파크플러그 또한 떠올리게 합니다. 스파크플러그에서 전류가 흐르려면 접촉하는 두 점 사이에 '간극'이 있어야 하지요. 어느 정도는 반드시 떨어져 있어야 하지만 또 너무 멀리 떨어지면 안 됩니다. 너무 멀면 스파크가 일어나지 않을 겁니다. 또 너무 가까우면 쇼트가 생겨 스파크가 일어나지 않을 것이고요. 따라서 내가 보기에는, 읽기에서 '아하' 하는 효과는, 독자와 텍스트 사이의 간극을 가로질러 왔다갔다 움직이는 운동은, 독자와 텍스트 사이의 관계가 스파크플러그의 두 점 사이의 관계와 같을 때 발생한다고 이해될 수 있습니다.

그렇다면 이저는 가다머와 어떻게 다를까요? 우리가 조금 전 허시에 관하여 말한 것에 비추어 흥미로운 차이점이 하나 있고, 앞서도 언급한 또다른 핵심적인 차이점이 있는데, 이제 그곳으로 다시 돌아갈 필요가 있습니다. 우선 이저는 실제로 다음과 같이 '읽기'와 '해석'을 구분하는 듯합니다(1006). "텍스트는 우리 자신의 예상을—가다머라면 '선입관'이라고 부르겠죠—직접 참조하는데, 이것은 읽기 과정의 기본요소인 해석행위에 의해 드러난다." 이 문장에서 읽기와 해석 사이에는 허시가 의미와 의의 사이에 박아넣는 쐐기를 닮은 듯 보이는 쐐기가 있습니다. 의미나 읽기는 구문 분석이다, 의의나 해석은 그런 분석의 적용이다. 이저는 그러나 이런 구분을 중시하지는 않으며, 이런 점에서 그와 가다머의 차이는 작다고 할 수 있죠.

반면에 또하나의 차이는 이저의 생각에서 중심적인 자리를 차지합니다. 따라서 이 점으로 돌아가보면, 이저는 혁신이 읽기라는 해석 전략을 지배하는 가치 원칙이라고 강조합니다. 혁신은 이저의 정진이 높이 평가하는 원칙이며, 이 점 때문에 이저의 정전은 연속성을 지닌 가다머의 전통적 정전과는 매우 다릅니다. 이저는 스파크플러그에 간극을 두어야 한다는 점을 이해하기 때문에 독자의 상상력을 대담하게 긍정합니다. 이런 면에서 이저가 '가상의 작품'이라고 부르는 것이 어떻게 이루어지는지 보여주기 위해, 몇 대목을 빨리 훑어보도록 하겠습니다. 다시 말하지만 가다머는, 특별히 강조하지는 않고, 여러분 자신의 지평과 텍스트의 지평 사이에 차이가 있다는 것을 깨달으려면 "갑자기 멈추게 될" 필요가 있다, 놀랄 필요가 있다고 말하는 반면, 이저는 이 놀람이라는 요소를 가장 중요하게 강조합니다. 놀라게 하지 않으면 가치가 없으며, 비평가들과 이저 자신이 '요리용'이라고—일상적인 요리처럼 지나치게 익숙하다는 말이죠—경멸하는 것이 되고 맙니다. 놀람의 요소가 읽기 과정에서 핵심적인 역할을 하려면 간극이 최대한 벌어져 있어야 하며, 이것이 내가 속사포를 쏘듯이 인용하려 하는 구절들에서 이저가 말하는 바입니다.

"이런 창조적인 과정에서"—하나의 텍스트가 독자에게서 놀람의 느낌을 유도하는 방식에서—"텍스트는 충분히 나아가지 못할 수도 있고, 지나치게 나아갈 수도 있다."(1003) 이 구절에서는, 분명하게 가다머가 지닌 보수주의의 기미를 느끼게 됩니다. 텍스트는 "지나치게 나아가" 우리에게 지나친 요구를 할 수도 있다는 거죠. 『피네건의 경야』가 어떤 독자들에게는 그런 식으로 다가옵니다. 문장에서 문장으로 나아갈 수가 없고, 심지어 한 문장 내에서도 단어들이 무엇을 의미하는지 알지 못하지요. 많은 독자가 의욕적으로 도전에 맞서는 것도 사실이지만, 이저의 표현을 빌리자면 이런 종류의 텍스트는 적어도 지나치게 나아갈 위험이 있다고 말할 수 있습니다. 다시 인용해봅시다. "권태와 지나친 긴장이 독자가 경기장을 떠나느냐 마느냐 하는 경계선이라고 말할 수 있다." 놀람이 없으면 텍스트를 읽는 의미가 없고, 놀람이

지나치게 크면 지나친 긴장을 유발하여 좌절감에 책을 던져버린다.

이저는 말합니다. "진정으로 문학적인 텍스트에서는 기대가 완전히 채워지는 일이 드물다."(1004) '기대'는 이저가 묘사하는 읽기 과정에 자리잡으면서 해석학적 순환을 매개합니다. 이저에 따르면 읽기는 기대의 배반으로 이루어집니다. 그러나 이런 예측 가능한 것으로부터의 자유를 상쇄하기 위해, 문장에서 문장으로 옮겨가는 과정에서 무엇이 되었든 다음에 뭔가 일어날 것 같다는 느낌이 있어야 합니다. 기저에 깔린 그런 느낌이 없다면 일어나는 일은 그저 좌절만 일으킬 뿐이지만, 다음에 뭔가 일어날 것이라는 기대가 있고 그런 뒤에 뭔가 다른 일이 일어나면, 그것은 환영받는다는 거죠. 이것은 가다머가 암시하는 정전에 완전히 혁명을 일으키는 가치평가 원리입니다. 연속성이 아니라, 혁신되고 배반된 기대에 대한 기대가 문학적 텍스트에서 가치를 부여하거나 확립합니다. 우리는 심연 너머에서 우리를 향해 진실을 말하는 목소리가 들린다고 느끼지 않습니다. 그보다는 심연 너머에서 우리가 건설적으로 놀라고 있다고 느끼지요.

이저는 '설명적인 텍스트'를 언급하며 가다머를 염두에 두고 있는지도 모릅니다. 가다머는 주로 설명적 텍스트를, 우리를 놀라게 하거나 우리를 속이지 않으며 일관되고 연속적인 논리를 전개하면서 놀라움은 최소의 상태로 유지하는 철학이나 사회사상 작업을 염두에 두고 있기 때문입니다. 그런 것은, 그러니까 철학이나 사회사상은 어렵습니다. 그러나 놀라움의 요소 때문에 어려운 것이 아니지요. 그것을 어렵게 만드는 것은 어휘, 그리고 생각의 복잡함입니다. 이저는 이 점을 인정합니다. "우리는 설명적인 텍스트에서…… 그들이 제시하려는 대상들을 볼 때 '놀라움이 없을 것을' 암묵적으로 요구한다—'하지만 그것은' 문학적 텍스트에서는 결함이다." 이것이 이저에게는 논픽션과 픽션의 차이입니다.

'낯설게 하기'라는 말은 우리가 곧 러시아형식주의자들을 다룰 때 만나게 될 것입니다. '낯설게 하기'라는 말은, 바로 여러분을 갑자기 멈추게 하거나 허를 찌름으로써 여러분이 이렇게 될 것이다, 혹은 상황이 이렇다 하고 생각하던 것이 실은 그렇지 않다는 것을 느끼게 한다는 뜻이죠. 시인 월리스 스티븐스는 시가 "보이는 것을 약간 보기 어렵게" 만들어야 한다는 말로 그 점을 아름답게 표현합니다. 다른 말로 하면, 너무 익숙해지고 예측 가능해지는 것을 낯설게 만들어야 한다는 것입니다. 읽기 과정의 이러한 측면을 가리키며 이저는 다음과 같이 말합니다. "독자가 인식했다고 생각한 것을 낯설게 만드는 것은 긴장을 빚어내고, 그로써 독자의 기대와 더불어 그런 기대에 대한 불신도 강렬해질 것이다."(1010)

이런 선언으로 가치 가운데 적어도 일부는 읽기의 심리학이라고도 부를 수 있는 것으로 옮아갑니다. 읽기는, 기대를 갖게 하는 동시에 그 기대와 어긋나야 하고, 아마 어긋날 것이라고 느끼면서 어떻게 어긋날 것인지 늘 경계하는 긴장을 요구합니다. 이저가 보기에는 이런 종류의 긴장이 읽기의 심리적 흥분을 제공합니다. 간단히 말해서, 건강한 독자는 열심히 노력하며 긴장을 늦추는 일이 없다는 것이 이저의 생각입니다. 다음 두 경우에는 어느 쪽이든 노력할 일이 그리 많지 않습니다.

우선, 텍스트가 그냥 현실처럼 보이는 경우, 일상에 스핀을 주지 않아 이것이 픽션의 세계라는 느낌이 없는 경우입니다. 이런 경우에는 간극이 충분히 크지 않습니다. 그러나 이것은 현재 널리 읽히는 작품들에 대한 암묵적 평가로서, 논란의 여지가 있는 주장입니다. 픽션의 역사가 되풀이하여 장려하는 바는, 실제 있는 그대로의 모습과 동일해지기를 갈망하는 허구적 세계니까요. 아마 조너선 프랜즌의 소설은 이런 이유로 호평을 받고 있을 것입니다. 이런 종류의 픽션을 밀고 나아가는 힘은 기대의 배반이 아닙니다. 이저는 아마도 고려하지 않을 다른 종류의 심리적 쾌감과 관련되는데, 그것은 아리스토텔레스가 말하는 대로 '아, 저게 바로 그 사람이야' 하고 탄성을 지르게 하는 모방의 쾌감입니다.

반면 이저는, 환각이 줄곧 유지되는 텍스트를 읽는 것 역시 아무런 가치가 없다고 말합니다. 다른 말로 하면, 꿈의 나라가 창조되고 우리는 그것이 환각이라는 것을 알지만, 일단 그곳에 가면 너무 안락한 상태에서 기대를 거의 바꾸지 않은 채 그 안에서 살게 되어 그곳이 자궁처럼 아늑해진다는 겁니다. 여기에서 이저는 그가 '요리용 픽션'이라고 부르는 것을 언급하는데, 이것은 간호사 소설, 야한 역사소설, 특정한 종류의 탐정소설—많은 탐정소설이 이런 명칭이 암시하는 것보다 훨씬 좋지만—같은 문학의 하위 장르를 가리킵니다. 삶에서는 빈민이 왕자와 결혼하는 일이 드물지만, 요리용 픽션에서는 이런 일이 일어날 것이라는 생각이 배반당할 일 없는 기대가 됩니다. 따라서 이저는, 읽는 일에 아무런 노력이 들어가지 않기 때문에 이런 두 가지 읽기 경험

모두에 불만을 느낍니다.

텍스트와 독자의 관계는 협업이 되어야 한다, 이저는 그렇게 주장합니다. 텍스트의 다의적 성격—좋은 텍스트는 의미의 수많은 가능성이라는 모험을 한다는 사실—과 독자에게 맞춘 편안한 환각이라는 매력은 건설적으로 대립하는 요인들이지요. 다른 말로 하면, 어느 독자에게든 변하지 않은 현실을 그린 소설이나 간호사 소설 또는 야한 역사소설의 세계에 편안하게 안착하기를 원하는 뭔가가 있다는 사실은 부정할 수 없습니다. 그러나 좋은 텍스트는 끊임없이 독자를 갑자기 멈추어 세우고 안락한 지대가 생기는 것을 막으며, 따라서 우리 쪽에서 환각을 유지하려는 경향과 텍스트가 계속 그 환각을 무너뜨리는 방식 사이의 긴장이 다시금 이저가 장려하고자 하는 읽기의 심리적 흥분의 그러한 측면, 즉 '긴장'이 됩니다.

이제 『견인차 토니』에 관하여 한마디하겠습니다. 기대와 그것의 배반 가능성이라는 논점과 관련하여 이야기할 만한 몇몇 부분에 주목해주셨으면 합니다. 그전에, 『견인차 토니』를 이런 식으로 진지하게 읽기 위해서는 걸음마를 배우는 아기의 입장立場, 아니 좌장坐場이 되어야만 한다고 말해두어야겠군요. 독자 또는 청자로서 우리는 아기가 되어 이 텍스트를 경험하는 심리적 흥분을 느껴야 한다는 거죠.

나는 견인차 토니.

나는 작고 노란 차고에 삽니다.

나는 꼼짝 못하는 차를 도와주지요.

나는 그런 차를 내 차고로 끌고 옵니다.

나는 내 일이 좋습니다.

어느 날 내가 꼼짝도 못하게 되었어요.

누가 견인차 토니를 도와줄까요?

이것은 기대, 즉 누군가 토니를 도와줄 것이라는 기대와 서스펜스 상태, 즉 누가 그 누군가가 될지 알지 못하는 상태 사이의 긴장을 보여주는 훌륭한 예입니다. 어른의 관점에서 보자면 이것은 요리용 순간입니다. 우리는 우리가 민담의 세계에 들어와 있고, 민담의 세계에서는 모든 일이 세 번 일어난다는 것을 알고 있기 때문입니다. 차 두 대가 지나가지만 토니를 도와주지 않고, 세번째 차가 도와줄 것임을 우리는 더 읽지 않고도 알 수 있지요. 심지어 제목 '견인차 토니Tony the Tow Truck'에도 두운이 맞는 세 단어가 있다는 사실에 주목하시기 바랍니다. 러시아형식주의자들의 글을 읽으면 그들이 초기 연구에서 다음과 같은 사실을 발견했음을 알게 될 것입니다. "운문에 담긴 반복은 민담의 동어반복과 유사하다." 바로 그러한 일이 견인차 토니에서도 일어납니다. 't-t-t', 그리고 세 가지 사건. 자동차 니토, 자동차 스피디, 자동차 범피가 잇따라 오고, 범피가 문제를 해결해주죠.

어쨌든 우리는 기대를 가집니다. 우리에게는 서스펜스의 변증법이 있죠. 즉 한편에는, 이 위기가 해결될까?—또 한편에는, 어른으로서 이 위기가 해결될 것이라는 민담적 확신이 있다는 겁니다. 아이에게도 이미 틀림없이 어떤 기대감이 있겠지만, 이것은 기대가 어긋날 것이라는 두려움에 의해 상쇄됩니다.

"나는 너를 도와줄 수 없어." 자동차 니토가 말합니다. "나는 더러워지고 싶지 않아."

"나는 너를 도와줄 수 없어." 자동차 스피디가 말합니다. "나는 너무 바빠."

나는 정말 슬퍼요.

그때 작은 차가 멈춥니다.

가다머가 '갑자기 멈추게 되는' 것과 똑같이 '멈춘다'는 게 멋지네요. 그리고 내가 보기에 이 행에는 또하나의 기대의 위기가 있는 듯합니다. 어린아이로서 나는 관용어 표현을 헤쳐나갈 필요가 있다는 겁니다. 나는 세 살이고 어쩌면 '멈추다$_{\text{pull up}}$'가 무슨 뜻인지 모를 수도 있거든요. 바로 이런 이유로 이것은 어린아이에게는 그다지 친절한 글이 아니지만, 동시에 우리 목적에는 도움이 됩니다. 읽기의 문제, 즉 독자가 이 이야기의 진도를 나아가기 전에, 해결해야 할 가상의 작업을 제시하기 때문이죠. 『상상의 기쁨』을 읽는 성인 독자가 '플라스틱'이 무슨 뜻인지 알아내야 하는 것처럼 어린아이도 '멈추다'가 무슨 뜻인지 알아내야 합니다. 방금 말한 대로, 읽기에서 발생한 이 특정한 어려움이 바로 가다머가 갑자기 멈추게 된다고 부르는 것이라는 점은 멋진 아이러니입니다.

자, 이렇게 문제가 해결되고, 그러자, 다음을 봅시다.

그 차는 내 친구 범피예요.

범피가 나를 밀어줘요.

범피는 밀고 또 밀고—나는 움직여요.

"고마워, 범피." 나는 뒤에 대고 소리칩니다.

"천만에." 범피가 말합니다.

여기서 또하나의 기대가 생겨납니다. 이것은 교훈을 주는 그런 종류의 이야기입니다. 견인차와 견인차를 멈춘 상태에서 구해주는 조력자 사이에는 따뜻한 호혜의 느낌이 형성되며, 따라서 교훈이 있을 것이라는 기대가 있습니다. 그 교훈은 무엇일까요? 여기에 교훈을 붙일 수 있는 방식은—『늙은 뱃사람의 노래』의 경우와 마찬가지로—여러 가지입니다. 『늙은 뱃사람의 노래』의 교훈이 "크든 작든 만물을 사랑하라"라는 교훈으로 귀결될지는 결코 분명치 않습니다. 『견인차 토니』도 마찬가지입니다. 이야기는 어찌어찌 "자, 친구란 이런 거예요"로 끝나지만, 다른 교훈도 가능하기 때문에 우리는 서스펜스를 유지하며 이것을 찾아내야 합니다. 다시 말하지만, 이야기에는 그렇듯 서스펜스의 순간이 있으며, 독자는 교훈이 드러날 때까지 일종의 쾌감을 주는 흥분을 느끼면서 그 순간을 견디고, 말하자면 살아남을 수 있습니다. 따라서, 이런 수단들을 이용해 볼프강 이저의 '읽기 행위'를 설명하는 방식으로 『견인차 토니』에 접근할 수 있는 것입니다.

질문을 하나 던지면서 마무리하고자 합니다. 가다머와 이저 사이에 이런 주목할 만한 구분이 있다고 한다면, 가다머는 우리에게 전통적 정전을 강요하는 듯 보이는 반면, 이저는 혁신적 정전을 강요하는 듯 보인다면, 결국 역사주의에 어떤 구원이 있지 않을까요? 객관적 역사주의를 달성하고자 하는 모든 노력에서는 정전이 스스로 진화하도록 놓아둘 수밖에 없습니다. 어쩌면 해석학 원리들이 사실상 거의 암묵적으로 가치평가의 전제들을 깔고 있다는 게 이상한 일인지도 모릅니다. 역사주의는 이와 대조적으로 정전을 개방하고, 읽기 과정, 읽기 경험을 정전적이라기보다는 문서 수집적인 것으로, 잡식성 쪽으로 나아가게 하지 않을까요?

자, 하지만 문제가 있습니다. 이렇게 하면 해석학적 속박에서 벗어나는 해방적 결과를 얻을 수 있기는 하지만, 오직 우리가, 허시의 표현을 빌리자면, 의미와 의의를 구분할 수 있을 경우에만 얻을 수 있는 것입니다. 읽기에 대한 역사주의적 접근 방법이 효과적이고 유용하다고 진정으로 확신한다면, 나중에, 원할 경우, 우리는 어떤 텍스트들에 어떤 종류의 의의가 있다고 말함으로써 정전을 확립할 수 있으며, 그것은 우리가 관심을 갖고 읽고 싶은 텍스트가 될 겁니다. 이것은 늘 자발적인 행동이지 필수적인 것은 아닙니다. 그러나 만일 의미와 의의가 서로 흘러들어 번진다면, 내가 하고자 하는 일은 말하자면 무의식적으로 또는 반半의식적으로 정전을 수립하는 일이 됩니다. 나는 나 자신에게 이러저러한 것이 그냥 이 텍스트가 의미하는 바일 뿐이라고 말하지만, 동시에 깨닫지도 못하는 사이에 어떤 종류의 의미는 인정하고 다른 종류의 의미는 불신하는 방법을 찾고 있을 겁니다.

따라서 우리가 모든 각도에서 이야기하며 보여준 것은, 어쩌면 가치란 사실상 읽는 방법에 관한 우리의 가정으로부터 도출된다는 점일지도 모릅니다. 가치판단이라는 것은 읽는 방법에 대한 단순한 고찰들과는 거리가 좀 있어 보이지만, 그럼에도 우리가 결코 완전히 벗어날 수 없는 역사적 지평 내부로부터 이야기를 시작하기 마련이거든요.

텍스트와 구조

5장
자율적인 예술작품이라는 관념

읽을 자료

윌리엄 K. 윔서트, 먼로 비어즐리, 「의도의 오류」(CT, 811~818).

필립 시드니 경, 임마누엘 칸트, 월터 페이터, 오스카 와일드, 존 크로랜섬의 발췌문.

이 강의에서 우리는 20세기 '형식주의'에 다가가는 일련의 작업을 시작할 겁니다. 형식주의는 거창한 말이며, 종종 경멸적으로 사용되어 왔습니다. 이 일련의 논의가 끝날 즈음에는 그 말이 지금처럼 부담스럽게 다가오지 않기를, 그 다양한 배경과 함의가 여러분에게 분명해지기를 기대합니다. 우리가 지금 다루는 주제는 문학이론만큼이나 비평의 역사에도 속합니다. 지금까지 나는 비평의 역사와 문학이론 사이에는 차이가 있다고 말해왔는데, 그중 한 가지 차이는 비평의 역사에는 문학적 가치판단이 포함된다는 점입니다. 왜 우리가 문학에 관심을 가지는가, 문학이 좋다거나 좋지 않다고 말할 수단을 어떻게 찾을 수 있는가 하는 문제를 다룬다는 것이지요. 이것은 문학에 관한 생각의 한 측면으로 문학이론에서는 제외되는 경향이 있는데, 우리가 지금 읽고 있는 자료에서는 그렇지 않습니다. 윔서트와 비어즐리가 시의 '성공'에 대해 말할 때 그들은 이론적 토대를 포함하는 비평의 기획 전체—시를 정의하고, 우리가 시를 가장 잘 읽는 방법을 결정하는 것—가 여전히 문학적 평가에 맞추어져 있다는 점을 이해하고 있습니다. 따라서 우리가 지금 다루는 주제는 문학비평의 실무에 속하는 것이지만, 우리는 이론적 스핀을 주어 그것을 읽으면서, 시가 어떻게 정의되어야 하는가, 또 시를 가장 좋은 방법으로 읽기 위해 우리가 선택할 기준은 무엇인가 하는 문제에 초점을 맞출 것입니다.

앞으로 나는 아마 그냥 '윔서트'라고만 언급하겠지만, 그의 친구이자 이 에세이를 함께 쓴 먼로 비어즐리는 미학을 전공한 철학자로 템플대학에서 가르쳤다는 사실도 알아둘 필요가 있습니다. 「의도의 오류」가 수록된 『말의 도상 *The Verbal Icon*』이라는 책에서 윔서트는 에세이 세 편을 비어즐리와 함께 썼고, 이것이 그 가운데 하나입니다. 윔서트는 예일에서 가르쳤습니다. 예일은 보통 신비평의 본거지로 여겨지는데, 윔서트가 그 이론적 지도자였죠. 클리언스 브룩스를 포함하는 이 그룹은 가르치는 방법과 문학을 대하는 태도를 결합했고, 이는 예일 영문과와 비교문학과가 거의 전적으로 관여한 것으로 여겨지는 문학이론의 첫번째 물결—두 번의 물결 가운데 첫번째—을 이루었습니다. 사실 신비평가들 가운데 일부의 중요 작업은 예일에 오기 전에 이루어져 있던 터였습니다. 또 일부는 예일에 재직한 적이 없지요. 그럼에도 이 운동이 이 교육기관과 밀접하게 연결되어 있는 것은 사실입니다. 만일 지금 이것이 다른 종류의 강좌, 예를 들어 우리가 앞으로 다루게 될 저자 가운데 한 사람인 존 길로리가 가르치는 강좌라면, 강의자는 이런 연결을 문학교육의 사회학의 한 측면으로 그럴 듯하게 설명할 수 있겠죠.

내가 예일에 입학했을 때 윔서트는 여전히 가르치고 있었고, 클리언스 브룩스는 그 무렵 은퇴했지만 아직 연례 소프트볼 시합을 주최하고 있었기 때문에, 왠지 내가 그들과 개인적인 관련이 있다는 느낌이 드는군요. 나는 신비평 내에서 진화한 '자세히 읽기' 스타일이 이후의 비평과 이론, 보통 신비평에 적대적이고 또 많은 경우 자신이 진 빚을 인정하지 않는 비평과 이론 다수에까지 얼마나 중요한 흔적을 남겼는지 직접적으로 이해하며, 우리 모두가 결과적으로 그렇게 되기를 바랍니다. 그러나 신비평이 여전히 해석을 믿는(모두가 믿는 것은 아니지만요) 모든 비평가에게 계속 영향을 주고 있음에도 그 후계자들이 오늘날까지 거의 끊임없이 분개한 목소리로 그것을 거부하고 있다는 문제를 다루는 일은 다음 기회로 미루어두는 것이 좋겠습니다.

만일 신비평이 없었다면 아마 여러분 가운데 누구도 중학교나 고등학교 영어시간에 참을성 있게 끝까지 앉아 있지 못했을 겁니다. 1939년 클리언스 브룩스와 시인이자 소설가인 로버트 펜 워런이(아직 둘 다 예일에 오지 않았을 때입니다) 『시의 이해 *Understanding Poetry*』라는 책을 냈는데, 이 책이 이후에 쇄를 거듭하며 전국을 휩쓸면서 갑자기 교사들은 어린아이들을 오십 분 동안 교실에 앉혀둘 방법을 확보하게 되었습니다. '자세히 읽기' 즉 텍스트를 가져와 그것으로 뭔가 할 수 있다는 생각—텍스트를 가르치는 것이 단지 그것을 암송하고, 그것에 대한 감정을 과장해서 표현하고, 달리 할 말을 찾기 위해 쓸데없이 주위를 두리번거리는 것만은 아니라는 믿음—은 무엇보다도 교수법에 있어서 혁명적이었습니다. 자세히 읽기는 의미 전개로 이루어진 복잡한 장場을 도입했고, 학생들은 곧 여기에 자신의 통찰을 보탤 수 있다고 느꼈지요. 교사들의 안내에 따라 학생들은 생각의 패턴과 그 패턴을 정교하게 설명하는 방식을 알게 되었습니다. 그러다보니 어느새 오십 분이 다 지나가고 모두 아주 즐거운 시간을 보냈던 것입니다. 지금 우리의 관점에서 보자면 믿기 힘들겠지만, 그때까지의 영어수업에서는 그런 일이 일어난 적이 없었습니다.

진지하게 말하거니와, 지금 이런 강좌에 관심을 가지는 많은 사람들이 오랫동안 신비평 때문에 문학에 관심을 가지게 되었습니다—특히 사립학교에 다닌 사람들이라면 말이죠. 그러나 자세히 읽기는 공립학교의 특징이기도 합니다. 교사가 실제로 대학에서 영어수업을 듣기만 했다면 말입니다. 그 장점은 둘째치고라도, 자세히 읽기는 늘 시간을 채워주거든요. 오십 분 이상이라 해도 여전히 그 시간을 한껏 이용할 수 있지요. 그럼에도 신비평의 지적 선조 가운데 하나인 T. S. 엘리엇은 신비평을 약간 의심스럽게 보며 '레몬 짜기 학파'라고 불렀습니다. 내용을 완전히 뽑아내는 힘겨운 과정이라는 거죠. 그러나 그 과정은 놀랄 만한 지적 충격을 주기도 합니다. 단순하다고 생각했던 것이 사실 얼마나 복잡한지 깨닫게 해주기 때문이지요. 신비평은 섬세하고 복잡한 사고가 구취口臭처럼 사회적으로 부끄러운 일이 아니라 활기를 자극하는 일이며, 심지어 시인(우리에게 '장미는 빨간색'이라고 읊어주는 좋은 사람들)도 신중하고 훌륭하게 생각한다고 인정하는 분위기를 만들었습니다. 이 강의실에 있는 학생 다수도 더 나은 해석은 그저 더 나은 생각일 뿐이라고 배웠습니다.

자세히 읽기는 형식에 대한 관심을 수반하는데, 사실 형식은 처음부터 훌륭한 비평가의 관심에서 벗어난 적이 없었죠. 플라톤이 『국가』 제10권을 이상 국가에서 시인 추방을 지지하는 주장에 바쳤을 때, 그의 불만의 하나는 시인이 형편없는 모방자라는 것이었습니다. 시인의 모방은 우리가 현실에서 만나는 대상의 이상적인 형식[보통은 형상이라고 번역한다]에서 세 배나 떨어져 있다, 그들은 모든 것을 오해한다, 그들은 물에 굴절된 막대기를 보며 원래 구부러진 막대기가 틀림없다고 생각한다, 그들은 생각할 수 있는 모든 착각에 빠지며, 믿을 수 없고, 소크라테스는 그들을 거짓말쟁이라고 부른다. 따라서 플라톤에게 시는 이미 형식으로 규정되어 있습니다. 올바른 모방을 왜곡하는 형편없는 형식이라는 것이죠.

아리스토텔레스는 『시학』을 쓰면서 아주 의식적으로 플라톤이 『국가』에서 한 주장을 반박하는데, 그 반박의 초석은 간단하게 다음과 같은 식으로 말할 수 있을 것입니다. 플라톤은 시인이 현실을 형편없이 모방한다고 말하지만, 아리스토텔레스는 이것이 범주 오류라고 지적

합니다. 시인은 현실을 모방하는 것이 아니라 현실을 재구축하기 때문이다, 시인은 사물을 있는 그대로가 아니라 있어야 할 방식으로 모방한다. 다른 말로 하면 시인이 하는 일은 현실의 어지러움을 정리하는 것, 거기에 형식을 부여하는 것이라는 이야기죠. 그런데 이런 현실은 플라톤의 현실, 즉 이상적 형식의 영역이 아닙니다. 아리스토텔레스의 시인이 하는 일은 현실세계에 존재하는 요소들을 재정렬하는 것, 더 나아가 규칙화하는 것이지요. 이것이 사실상 형식주의의 기원입니다.

르네상스 시대에 시인이자 조신朝臣이었던 필립 시드니 경은 우아하고 훌륭하게 시를 옹호하는 글을 썼고, 한 판본에서 이 글을 『시를 위한 변명』이라고 불렀습니다. 그는 플라톤을 열렬하게 찬미했지만, 이 '옹호'—사실 시의 옹호는 늘 플라톤에 맞서는 옹호일 수밖에 없지요—에서는 아리스토텔레스가 처음 제기했던 주장을 인상적으로 펼쳐놓으면서, 놀라운 수사적 창의력을 발휘하여 그의 형식 개념을 발전시켰습니다. 여러분이 읽은 구절(부록 참조)에서 시드니는 가치 있는 담론을 여러 종류 제시합니다. 신학, 찬가, 과학, 철학, 역사, 세속시—다른 말로 하면 인간의 행복과 개선에 기여할 수 있는 모든 방식을 제시한다고 할 수 있지요. 그는 여기에서 한 가지를 뺀 모든 담론이 "도움이 되는 학문"이라고 말합니다. 즉 하나를 제외한 모든 것, 심지어 찬가도 자연 세계 또는 신성한 것들의 영역에 도움을 준다는 것이죠. 이 학문들의 중요성은 그 의문의 여지 없는 세계의 충실한 모방 또는 적어도 그 세계의 기념에 있습니다. 그러다가 여러분이 읽은 구절의 첫 문장이 나옵니다. "인류에게 전해진 예술 가운데 자연의 작품을 자신의 주된 대상으로 삼지 않는 것은 {하나를 제외하면} 없다." 이것이 독실한 시드니가 세속적인 시보다 훨씬 우월하다고 생각하는 예술들—찬가, 또 신성한 지식이나 신학—조차, 심지어 그런 성스러운 담론조차도 "도움이 되는 학문"인 이유입니다. 그러나 시드니는 시인에 관해서는 매우 특별한 이야기를 합니다. 시인은 신학, 그리고 전통적으로 시가 경쟁해온 다른 종류의 담론—과학, 철학, 역사—사이의 어딘가에 서 있는데, 이것이 시의 독특한 점이라는 거죠.

> 오직 시인만이 그러한 모든 종속{말하자면 있는 그대로의 사물에 대한 종속}에 묶이는 것을 경멸하여 자신만의 창의의 힘으로 고양되며, 결과적으로 다른 자연 안에서 성장한다. ……시인은 어떤 것도 단언하지 않으며, 따라서 절대 거짓말하지 않는다.

따라서 플라톤이 틀렸습니다. 입증 가능하거나 오류를 증명할 수 있는 것에 관해 이야기하지 않는다는 이유로 시인이 거짓말쟁이인 것은 아니죠. 그는 그 자신이 존재하게 한 세계의 테두리에서 벗어나지 않을 뿐입니다. 시드니는 이것을 일종의 마법이라고 생각합니다. 그는 예를 들어 점성학이라는 유사 과학을 예로 듭니다. 그의 말에 따르면 시인은 "자기 정신의 12궁도 내에서 자유롭게 돌아다닙니다." 그는 또 연금술이라는 유사 과학을 예로 들어, 시인이 우리 나머지 사람들과 마찬가지로 놋쇠로 만든 세상에 살면서, 이 놋쇠로 만든 세상을 황금으로 만든 세상으로 바꾼다고 말합니다. 간단히 말해서 시는 변형의 능력이 있다는 것이죠. 사물을 있는 그대로가 아니라 있어야 할 방식으로 재현하여 현실을 변형한다는 겁니다. 이런 주장은 문학이 현실의 불충분함에 형식을 부여하는 것이라는 생각을 다시 정당화하게 됩니다.

자, 지금 내가 이런 극히 간결한 이야기를 토막토막 이어가면서, 형식이라는 관념이 시드니 이후 칸트에 이르기까지 정지해 있었다고 암시하려는 건 아닙니다. 물론 많은 것이 변했지요. 철학사에서는 칸트의 유명한 '코페르니쿠스적 혁명'이 일어났는데, 그 한 측면이 사물에 대한 우리의 심미적 이해를 매개하는 특수한 기능, 그가 '판단력'이라고 부르는 기능에 관한 그의 생각입니다. 1790년의 『판단력 비판』에서 칸트가 한 많은 이야기 중에는 아름다운 것들의 철학, '판단력'이 대상을 아름답다(독일어의 schön 또는 영어의 beautiful은 라틴어 formosus의 등가물입니다)고 인식할 때 이용하는 수단의 철학에 관한 개략적 설명도 포함되어 있습니다. 앞으로 보겠지만, 칸트는 시드니를 전혀 알지 못함에도, 이 점에서 많은 부분 시드니를 따라갑니다.

특히 이 부분만큼은, 모든 게 분명하게 드러나길 바라며 인내심을 가지고 읽어나가겠습니다. 앞서도 보았지만, 시드니는 사실 시를 신학과 다른 학문들 사이의 어딘가에 갖다놓았습니다. 시가 사람이 추구할 수 있는 지고의 소명은 아니다. 시드니는 이 점을 열렬히 믿었기 때문에, 전투에서 치명상을 입고 자신이 곧 죽는다는 것을 알게 되자 자신의 시를 전부 태워버리라고 명령했습니다. 그는 시가 더 상위의 사고 형식보다 열등하다는 점을 의심하지 않았지요. 어떤 면에서는 칸트가 하는 말도 그런 것입니다. 물론 칸트는 신성한 학문이 아니라, 이성이라는 기능이 제시하는 도덕적 명령을 생각하고 있지만요. 칸트의 글을 읽으면서, 여러분은 그가 예술이나 아름다운 것들에 대한 판단이 인간에게 가능한 최고의 표현이라는 말을 하려는 게 아님을 알게 될 겁니다. 그가 하려는 말은 단지, 시드니와 마찬가지로, 거기에는 다른 어느 것에도 없는 특별한 특징이 있다는 것일 뿐이지요. 그것은 이 전통 전체가 하고자 하는 말이기도 합니다. 칸트는 내가 가져온 글의 첫번째 구절에서 그 점을 이렇게 표현하고 있습니다.

> 유쾌한 것快과 선한 것善 모두 욕망의 기능과 관련이 있는데(유쾌한 것은 강한 욕구, 우리의 감각적 기능—그런데 칸트는 이것을 '오성悟性'이라고 부르죠—이 대상을 경험하는 방식입니다. 오성에서 사물은 유쾌하거나 불쾌합니다. 반대로 선한 것은 우리의 인식적이고 도덕적인 기능—칸트는 이것을 '이성'이라고 부릅니다—이 똑같은 대상을 받아들이는 방식이지요. 이때 사물은 승인받거나 승인받지 못합니다. 하지만 오성의 경우건 이성의 경우건, 칸트가 주장하듯이, 사물은 욕망의 기능과 관련을 맺으며 존재합니다—나는 원한다, 나는 원하지 않는다, 또 나는 승인한다, 나는 승인하지 않는다), 이 둘은 만족을 주는바, 전자(즉 유쾌한 것)는 병리학적 조건에 따르는 만족을, 후자는 단지 대상의 표상만이 아니라 주체와 대상의 존재 사이의 표상된 연결에 의해(이를테면 내가 그것을 원하거나 원하지 않는, 승인하거나 승인하지 않는 방식에 의해) 결정되는, 순수하게 실질적인 만족을 준다.

다른 말로 하면, 나의 소망이 인식 대상을 향한 나의 오성과 나의 이성 양쪽의 태도를 결정한다는 겁니다. 그러나 유쾌하지도 선하지도 않다고 인식된 대상을 향한 나의 태도는, 감정에 좌우되지 않으며 이때 나는 나를 위해서가 아니라 대상을 그 자체로, 그 자체를 위해 바라봅니다. 대상을 유쾌하거나 선한 것이 아니라 아름답다고 보는 것, 이것이 판단력의 태도인 거죠.

이제 다음 구절을 봅시다. "취향은 전혀 사심 없는 만족 혹은 불만에 의해 대상을 판단하는 기능, 또는 그것을 표상하는 방법이다." 즉, 다른 두 기능의 지배하에 있을 때, 나는 여전히 어떤 것을 유쾌하거나 불쾌하거나 선하거나 악하다고 여기면서 좋아하거나 좋아하지 않을 수 있다는 얘기죠. 하지만 이제 나의 좋아함은 욕망이나 승인과 아무런 관계가 없습니다. 나는 욕구에 바탕을 둔 오성의 기능이나 도덕에 바탕을 둔 이성의 기능에서 나온 것이 아니라, 판단력의 기능에서 나온 원리들에 따라 그것을 좋아하거나 좋아하지 않습니다.

이제 세번째 구절입니다. "아름다움은 대상의 합목적성의 형식이지만, 단 이것은 그 형식 안에서 목적의 표상 없이 인식되어야 한다." 여기서 칸트는 합목적적인 것, 즉 목적에 맞는 것과 목적이 있는 것을 구별합니다. 목적이 있는 것은 대상의 실용적인 목적, 즉 용도입니다. 그것이 무엇을 할 수 있을까? 그것이 나를 위해 무엇을 할 수 있을까? 그것은 어떻게 세상에 도움이 될까? 다른 대상들 사이에서 그 기능은 무엇일까? 그것은—특히—내 인생과 어떤 관계가 있을까? 이것은 오성과 이성 양쪽에 해당합니다. 그러나 판단력에 의해 인식되는 대상의 합목적성은, 대상이 자기 자신을 충족시키는 방식입니다. 대상은 자신의 내적인 목적을 지니며, 이것이 반드시 다른 어떤 것과 관계를 가질 필요는 없습니다. 내적 일관성을 갖고 있다고도 말할 수 있겠지요. 여기에는 철저하게 자신의 존재하고만 관련맺는 부분들의 역동성이 있습니다. 이것이 형식입니다. 그런 형식은, 여기에 구조가 있다는 것을 우리가 볼 수 있기 때문에, 또 조직과 복잡성이 있다는 것을 우리가 볼 수 있기 때문에, 목적, 즉 용도가 있는 것은 아니지만 목적에 맞습니다.

여기에서 칸트의 유명한 구분이 나옵니다. 목적에 맞는 것, 즉 미적 대상의 내적 조직과, 목적이 있는 것, 즉 세상이 우리에게 쓸모가 있는 어떤 대상—욕구나 도덕에 바탕을 두고 보는 미적 대상을 포함한—의 특질 사이의 구분이죠. 방금 암시했듯이, 미적 대상도 목적이 있는 것으로 볼 수 있습니다. 나는 벌거벗은 몸을 보고 있는데, 미술사가는 그것을 누드라고 부릅니다. 내가 그것을 단지 누드로만 받아들이지 않는다고 해봅시다. 나는 그것을 원할 수도 있지만 승인하지 않을 수도 있습니다. 그러면, 짠, 이제 그것은 더이상 미적이지 않습니다. 이 문제는 곧 다시 이야기할 텐데, 이 예를 통해 여러분이 목적에 맞는 것과 목적이 있는 것을 구분할 수 있으면 좋겠군요.

이 중요한 구분을 다른 식으로 표현하기 위해 새뮤얼 테일러 콜리지의 글로 가보고 싶습니다. 콜리지는 적어도 이 경우에는 칸트의 제자이며, 내가 생각하기에는 방금 우리가 열심히 들여다보았던 칸트의 주장들을 유용하게 바꿔쓰고 있는 듯합니다. 여기에서 콜리지는 미적 기능보다 도덕적 기능이 우월하다고, 칸트보다도 강하게 강조합니다.

다만 도덕적 기능은 욕구에 바탕을 둔 기능과 마찬가지로 욕망이라는 동기를 공유하고 있다고 말합니다. 이 글은 부록에 실린 다섯번째 글로, 거기서 아래의 내용 대부분을 확인할 수 있습니다.

{콜리지는 말하길} 아름다운 것은 그 밑에 놓인 유쾌한 것과 구별되는 동시에 그 위에 있는 선한 것과 구별된다. 이 두 가지는 모두 반드시 사심과 연결되어 있기 때문이다. 둘 다 의지에 영향을 주며, 이미지나 생각하는 대상이 실제로 존재하기를 바라는 욕망을 자극한다. 반면 아름다움의 감각은 허구의 아폴론이냐 진짜 안티누스냐에 관계없이 그저 사색이나 직관에 만족한 채 그 자리에 있다.

아름다움의 판단은 대상이 실제로 존재하지 않아도 만족을 얻을 수 있으며(그것은 우리 정신의 12궁도 안에서 자유롭게 움직일 수 있지요), 따라서 이런 만족의 본질이 '사심' 또는 욕망으로부터 생겨나지 않는다는 것을 보여주는 셈입니다. 우리는 그것을 소유가 아니라 형식으로서 찬양합니다.

오스카 와일드—영원한 재사才士로서, 아마 이 주제에 관한 생각의 전 역사를 통틀어 다른 누구보다도 훌륭한 문학이론을, 그것도 전혀 문학이론처럼 보이지 않는 방식으로 만들어낸 사람일 겁니다—가 쓴 『도리언 그레이의 초상』의 「서문」을 구성하는 일련의 경구 중에는 "모든 예술은 전혀 쓸모없다"는 말이 들어 있습니다. 앞의 발췌문들을 다 읽고 그 해설까지 견딘 지금, 여러분은 모든 예술이 전혀 쓸모없다는 말에서 와일드가 의미하는 바를 즉각 파악할 수 있을 겁니다. 그는 공리주의 전통에서 혐오를 드러내는 표현—맙소사, 어떤 것이 쓸모없을 수가 있다니! 하는—을 전유하여, 예술이 독특한 방식으로 쓸모없다고 지적하는 것이죠. 예술은 주관적 사심이 드러나는, 단순히 욕구에 바탕을 둔 형식이나 고양된 합리적 형식에 의지하지 않으며, 따라서 우리에게 예술은 도구적 쓸모는 없습니다. 우리가 예술에 '사심'을 가져야 할 필요는 없지요—회사의 일부를 소유한다는 의미에서의 사심 같은 건 말이죠. 예술을 감상하려고 예술에 사심을 가질 필요는 없습니다. 우리는 우리의 주관적인 바람이나 요구에, 호오에 거리를 둘 수 있고, 우리와 예술작품 양쪽에 좋은, 행복하고 건설적인 방식으로 예술과 공존할 수 있습니다. 왜냐하면 세상에는 내재적 가치와 중요성과 우리가 아름다움이라고 부르는 것들이 있는데, 우리가 이것들을 넘보거나 사라지기를 바라는 것이 아님을 인정하면, 이는 곧 우리에게도 사심에서 벗어날 능력이 있음을 인정하는 동시에, 예술작품을 그것에 대한 우리의 기획으로부터 자유롭게 놓아주는 것이기 때문입니다. 그렇게 함으로써 우리는 우리 자신 내에 수많은 가치체계의 초석이 되는 속성, 자유가 있다고 인정하게 됩니다.

어떤 것이 자족적이고 귀중하다는 것을 인정하기 위해 그것에 도구적 관심을 가질 필요는 없다는 사실을 깨달으면, 우리 자신에 관한 결정적으로 중요한 무언가가 드러납니다. 와일드의 주장, 하지만 내 생각엔 그에 앞서 칸트의 주장이기도 했던 이 주장은, 우리가 독립적인 도덕적 행위자로서 우리 자신의 가치를 인식하는 데 중요합니다. 사심 없는 태도는, 단지 나에게만이 아니라 내가 아무런 도구적 관심이 없는 것들에게도 자유가 가능하다는 깨달음을 포함합니다. 따라서 예술과 인간의 판단력을 바라보는 이런 관점에 내포된 생각은 다시 한 번—우리가 이러한 점을 이 강좌에서 제기하는 것은 이번이 처음이 아니고 또 마지막도 아닐 겁니다—예술이 우리의 다른 모든 속성—그 가운데 일부는 훌륭하지요—과 더불어, 우리가 또 자유롭고 자율적인 존재라는 사실을 인식하는 길이라는 점입니다. 우리의 자유에 대한 발견, 그리고 거기에 내포된 것으로서 다른 것들이 우리의 욕망으로부터 자유로운 상태는, 형식주의적 전통에 도덕적 진실성을 부여합니다. 필요에 따라 우리가 차례로 거론하게 될 헤아릴 수 없이 많은 이의제기를 물리치려면, 형식주의에 이러한 자기방어가 필요하다는 사실을 여러분은 깨닫게 될 것입니다. 형식이 본질적으로 가치를 지닌다는 옹호—19세기 말 월터 페이터가 '예술을 위한 예술'의 가치를 선언했을 때처럼—에 대한 공격은 많은 경우 사심 없는 태도와 무관심을 구별하지 못하거나, 분노하여 의도적으로 구별하지 않으려 하기 때문에 생겨납니다.

예일에 재직한 적은 없지만, 그럼에도 신비평가라고 자칭하는 인물들이 스스로 규정한 학파의 창립자 또는 첫 구성원에 속하는 존 크로랜섬은 『신비평 *The New Criticism*』이라는 책을 냈는데, 여기서 '신비평'이라는 말이 유래했습니다. 윔서트의 「의도의 오류」에 1924년 「신비평」이라는 제목의 에세이를 쓴 조엘 스핀간에 대한 주석이 있다는 것을 여러분도 보았는지 모르겠네요. 하지만 스핀간의 주제는 신비평과 아무런 관계가 없습니다. 그는 그냥 최근의 비평이라는 뜻으로 그 말을 쓰고 있는데, 사실 어떤 의미에서는 랜섬도 책을 쓸 당시에는 마찬가지였겠지요. 하지만 곧 특정한 관점에 이런 명칭이 붙게 되었습니다. 또 신비평가들의 시대 이후 롤랑 바르트와 그의 동시대인 몇 명—앞서 언급했던 풀레, 장 스타로뱅스키를 비롯한 여러 사람—의 작업도 프랑스 언론에서 '신비평La Nouvelle Critique'이라 불렸지만, 이 명칭 또한 우리가 지금 다루는 주제와 혼동되어서는 안 됩니다.

신비평가들, 또는 가끔 '미국 신비평가들'이라고 불리기도 하는 사람들은, 우리가 지금까지 추적해온 예술작품—랜섬은 이것을 "분리된 존재론적 대상"이라고 부릅니다—의 독립적 지위와 관련한 생각과, 그 모든 복잡성 속에서 예술작품을 독립적으로 감상할 수 있는 수단을 세련되게 다듬은 학파—이들이 스스로 자신들을 한 그룹으로 인식했기 때문에 일부러 이 표현을 썼습니다—였습니다.

이 학파의 사고로 처음 진입하면서 우리가 읽게 되는 것은 윔서트와 비어즐리의 「의도의 오류」인데, 이제 곧 그 이야기를 하겠습니다. 그전에, 복습하는 의미에서, 부록의 마지막에 놓인 랜섬의 두 발췌문을 살펴보도록 합시다. 이 구절들은 「의도의 오류」를 읽으면서 여러분이 만난 사고와 내가 지금까지 기술한 전통을 연결하는 고리를 제공합니다. 첫 구절은 내가 칸트와 콜리지에게서 가져온 구절을 단순히 바꿔쓴 것이기 때문에 이제 여러분에게는 더할 나위 없이 명쾌할 것입니다. "아름다움이라고 부르는 경험은 동물적인 열정을 넘어서 있는 것과 마찬가지로 강력한 윤리적 의지를 넘어서며…… 실제로 이 두 가지는 경쟁적이고 동등하다." 다른 말로 하면, 윤리적 의지와 동물적 열정의 공통점은 둘 다 사심에 근거를 두고 있다는 겁니다. 이것이 [20세기 미술사학자] 케네스 클라크가 말한 '누드'—[그가 영국인이니] '뉴드'라고 발음하는 게 좋겠지요—의 요점입니다. 욕구와 도덕적 이성 양쪽의 관점에서 벌거벗은 인간을 두고 '벌거벗은 몸'이라고 부르는 것은 칸트의 '오성'과 '이성' 양쪽의 입장에서 공통으로 사용할 수 있는 표현으로서 나쁘지 않죠. 그러나 또다른 범주, '판단력'이라는 독립된 기능의 입장에서 보는 미적 범주가 있다고 믿는다면, 우리가 보는 것에 대한 또다른 말이 필요합니다. 몸을 그리는 현대화가, 예를 들어 필립 펄스타인과 루시안 프로이트 같은 화가들이라면 강력하게 이의를 제기하며 자신들이 인식하는바 모든 시각적 인식에는 사실상 욕구와 혐오가 존재한다고 주장하겠지만, 어떤 면에서는 이것도 우리의 이야기에 도움이 됩니다. 우리는 벌거벗은 몸을 그린 전통적인 그림을 보며 '오, 저건 벌거벗은 몸이야' 하고 말하지 않습니다. 우리는 '저건 뉴드야' 하고 말하는데, 그런 본능적인 용어 선택은 우리 모두가 미적 판단은 어쩐 일인지 욕구적 판단, 또 도덕적 판단과 달라야 한다는 사실을 반半의식적으로 인정한다는 것을 증명합니다.

그러나 수많은 사려 깊은 사람들이 이런 구분은 터무니없다고 생각합니다. 20세기의 지배적인 관점에서는 사실 사심 없는 상태 같은 것은 없으며, 무엇을 보든 우리에겐 사심이 있고, 이런 감정 없는 또는 사심 없는 관조라는 칸트적인 순간은 20세기 초의 비평가 I. A. 리처즈가 '환각적인 미적 상태'라고 부른 것이라고들 하지요. 앞으로 이어질 강좌에서 우리는 리처즈에 반대하는 경우보다는 동의하는 경우가 많을 것입니다. 그러나 칸트의 고상한 생각을 정당하게 대접해주기 위해 한마디만 하고 지나가겠습니다. 우리가 우리도 모르는 새 갑자기, 그럴 의도도 없고 그냥 어떤 문화적 압제(〈모나리자〉가 그런 거죠, 그 앞에서는 황홀경에 빠진 척하는 게 좋을 겁니다)의 피해자가 된 것도 아닌데, 어떤 것 앞에 서서, 두 손을 모으고, 고개를 기울이고, 보통 사물을 볼 때와는 왠지 다른 느낌을 받는 것에는 어떤 의미가 있지 않겠습니까? 이는 사심 없는 상태를 규정하거나 옹호하는 것이 아무리 어렵다 해도, 경험의 어떤 순간에는 실제로 그런 정신상태에 도달하는 것처럼 보인다는 사실을 인정하는 직관적인 방식이기도 합니다. 예를 들어 어떤 미술작품이나 풍경을 볼 때는 다른 종류의 사물을 볼 때와는 다른 느낌이 그냥 생깁니다. 어쩌면 우리는 그 이유를 모를 수도 있습니다. 어쩌면 그 차이가 칸트가 주장하고 싶어하는 것처럼 절대적인 것은 아니라고 생각할 수도 있지요. 그럼에도 경향적으로 우리는 이런 종류의 느낌을 받으며, 그것을 인정하지 않을 이유가 없습니다. 적어도 이것이, 내가 개략적으로 설명한 전통이 왜 존재하는지 이해하는 데에는 도움을 줄 겁니다.

이제 윔서트로 가봅시다. 즉시 그는 자신이 '문학에 대한 낭만적 이해'라고 부르는 것을 공격합니다. 그가 말하는 '낭만적'이란 무슨 뜻일까요? 낭만주의란 '시'(신비평가들은 '문학작품'의 뜻으로 이 표현을 사용했습니다)를 하나의 형식을 이루고자 노력하는 어떤 감정이나 깊은 천재성의 표현으로 여기는데, 중요한 것은 표현이라고 생각하는 태도입니다. 그런데 낭만주의에 대해서는 가다머도 윔서트와 생각이 비슷합니다. 그 또한 낭만주의의 저자 중심을 못마땅해하니까요. 가다머는 스스로 '주제die Sache'라고 부르는 것에 관심이 있지요. 하지만 그런 본질적 내용을 여러분이 표현하든 내가 표현하든 그는 상관하지 않습니다. 그는 텍스트가 전달하는 의미를 독자가 받아들일 수 있는 방식에 관심이 있으며, 여기까지는 방금 말했듯이 그 기획의 성격이 매우 다름에도 불구하고, 윔서트와 가다머가 실제로 비슷합니다.

따라서 시는 하나의 표현이 아니라 자족적 의미를 지닌 독립적인 대상이며, 이 의미가 주의깊은 독자에게 자명하지 않으면 우리는 그 시가 성공적이라고 판단하지 않습니다. 여기에서 평가가 들어옵니다. 시의 성공 또는 실패는 의미의 실현에 달려 있습니다. 우리가 문서보관소에 가서, 저자가 편지에서 그 시에 관해 뭐라고 말했는지, 또는 친구들에게 뭐라고 말했는지, 신문에서 뭐라고 말했는지 알아내는 것에 달려 있지 않다는 거죠. 시 자체에서 의미가 분명하지 않으면 우리는 그것을 실패라고 판단합니다. 우리는 저자의 의도를 참조하지 않습니다. 시의 자율성을 존중한다면 거기에 의지할 이유가 없죠.

따라서 "저자의 기획이나 의도는 문학예술작품의 성공을 판단하는 기준으로서 이용할 수도 없고 바람직하지도 않다."(811) 여기서 짧은 시라도, 열정적으로 표현된 짧은 서정시라도, 저자에 의지하는 것을 정당화해주지는 않는다는 주장이 나옵니다. 심지어 개인적인 서정시라도, 마치 이 시가 브라우닝이나 T. S. 엘리엇의 극적 독백 가운데 하나인 양, 극적으로 이해되어야 한다는 거죠. 윔서트의 견해에 따르면,

모든 시의 화자는 어떤 인물, 어떤 관점, 제시할 어떤 주장을 부여받은 화자이고, 이 인물이 만들어지는 방식에 대한 우리의 느낌은 시 자체로부터 끌어내야지, 시 뒤의 어딘가에 서 있는 저자에 대한 전기적 참조에서 지원받아서는 안 됩니다.

그런데 왜 '시' 작품에 초점을 맞추어야 하는 걸까요? 여기서 '문학'이라는 말을 전혀 들을 수 없다는 점에 주목하시기 바랍니다. 심지어 시정詩情이라는 말도 전혀 들을 수 없죠. 이런 종류의 분석을 위한 관심 대상은 시작품입니다. 존 던이 표현했다시피, 시란 영리하게 만든 작은 세계지요. 소우주, 정수, 진수입니다. 달리 말해, 문학을 세계 만들기로 이해하는 관점—다시 말하지만 있는 그대로의 사물이 아니라 있어야 할 상태로서의 재현입니다—에서 보자면 하나의 모델입니다. 아리스토텔레스의 "사물의 있어야 할 상태"는 이 경우에는 반드시 이상이 아니라, 오히려 단순하게 형식적인 것, 조직된 것, 무엇보다도 일관성이 있으며 자족적으로, 또 그 자체로 말이 되는 상태입니다. 이것이 시, 서정시가 신비평의 문학 담론 형식 가운데 특권을 차지하는 이유입니다. 신비평가들에게 모든 문학은 암묵적으로 '시'이지만, 진짜 서정시야말로 특권을 누릴 수 있는 분석 현장입니다. 여기에서는 사실 더 넓은 의미를 지닌 아리스토텔레스의 진술이, 무슨 이야기를 하든 모두 합리적으로 정당화하는 듯 보이게 만들 수 있거든요. 낭만적인 단어인 '시정'의 부재 또한 의미심장합니다. '시정'은 '시' 작품에 대립되는 말로서, 그냥 흘러나오는 것이죠. 그것은 강력한 감정의 자연발생적 범람입니다. 그러나 신비평은 강력한 감정의 자연발생적 범람에는 관심이 없습니다. 윔서트는 A. E. 하우스먼이 권한 대로 맥주 1파인트를 마시고 산책을 하는 행위에 관해 이런 작은 농담을 합니다. "그 결과로 나올 수도 있는 자연발생적 범람에 신비평은 아무런 관심이 없다."

어쨌든 윔서트는 계속해서, 우리가 시 자체에서 의미의 근거를 얻는다면 중요도가 높은 순서대로 세 가지 종류의 근거가 있다는 사실을 기억해야 한다고 주장합니다. 시가 의미하는 바와 가장 관계가 깊은 것은 '언어'—즉 시의 정확한 의미를 받아들이기 위해서 우리 모두가 함께 나누고 완전하게 이해할 수 있는(필요하다면 좋은 사전에 의지하여) 공유된 말이다. 어떤 단어에는—물론 이것 때문에 여러분은 고등학교 수업시간에 내내 그렇게 긴장했을 텐데—의미가 대여섯 개 있습니다. 신비평은 이 대여섯 개의 의미가 모두 시의 의미와 어떤 관계가 있다는 것을 보여주는 데서 기쁨을 느낍니다. 이 모두를 완전히 정당한 근거로 간주하며, 시 해석을 구축하는 데 사용합니다. 이 반대편 끝에는 전혀 관련이 없는 것으로, 이미 언급한 바 있는 '근거'가 있습니다. 저자가 친구에게 보낸 편지나 신문 등에서 이 시에 관해 말한 내용이죠. 그런 의견이 시에 반영되어 있지 않거나—이보다 더 높은 확률로—일관된 발언으로서 시의 성공이나 실패에 아무런 영향을 주지 못하는 것이 분명하다면, 그것은 해석에 도움이 될 수 없다는 겁니다.

하지만 이 지점에서 윔서트는 위의 두 가지 사이에 약간 혼란스러운 세번째 근거의 범주, 언어와 관계가 있기 때문에 어느 정도는 정당하지만 동시에 저자의 특이성과도 관련한 범주가 있음을 인정합니다—이것은 특정 저자가 언어를 사용하는 방식으로, 예를 들어 어떤 그룹의 말을 공유한다든가, 심지어 어떤 단어에 대한 개인적 오해에 빠지는 것을 말합니다. 휘트먼을 읽을 때 여러분은 그가 말하는 'camerado'가 무슨 뜻인지 알아야 합니다. 우리가 보통 동지나 동지 관계를 말할 때 사용하는 의미와 완전히 같지는 않죠. 이 말에는 우리가 휘트먼의 의도를 이해하고자 한다면 고려해야 할—윔서트도 아마 인정할—것들이 잔뜩 담겨 있습니다. 자, 이제 아주 미묘해집니다. 이렇게 하면 분명히 저자를 경기장 안으로 불러들이게 되기 때문입니다. 윔서트는 이 에세이의 나머지 부분에서 근거의 유형들 사이의 모호한 경계에 관해 이야기합니다. 2번 유형의 근거는 경기장 밖으로 내보내지만, 3번 유형의 근거는 경기장 안으로 들여보내되 신중하게 다루어야 한다는 거죠.

하지만 내 관심을 끄는 건, 특정 저자가 사용할 수 있는 언어의 특이한 성격에 관한 이 주장에 딸린 주석입니다. 이 주석(814~815n)은 우리 강좌 전체를 통틀어 여러분이 발견할 수 있는 어느 견해 못지않게 파괴적이고 반직관적인 선언이라 할 수 있으며, 물론 신비평 내에서 나올 수 있는 가장 놀랄 만한, 경천동지할 만한 선언이지요. "시가 쓰인 이후에 형성된 단어들의 역사도 의미를 제공할 수 있으며, 이것이 원래의 패턴과 관련있다면 그 의도를 고려할 때 꺼림칙하다는 이유로 배제하지는 말아야 한다." 자 이것은 정말 대담합니다. 창조자는 "자신의 플라스틱 팔을 들어올렸다"—모두가 아켄사이드가 여기에서 중합물을 뜻하지 않았다는 것을 알지만, 이제 우리는 사이보그에 관심이 있고 플라스틱 제품의 능력을 매우 진지하게 받아들입니다. 어떤 면에서 볼 때 의수가 있다는 암시는 창조자에 대한 찬사이며, 동시에 '세계 최고의 영'이 '영원한 순간'에 살고 있다는 사실을 인정하는 셈이지요. 그는 역사에 종속되지 않는다. 18세기에 이 '영'은 언젠가 플라스틱이 중합물을 의미할 것임을 알고 있었다. 따라서 세계의 창조자가 의수를 들어올리겠다고 한다면, 그것은 그저 영원한 순간에 살며 전지전능하다는 것이 어떤 것인지 우리에게 이해시키는 한 방법일 뿐이다. 간단히 말해서 여러분이 윔서트의 주석을 진지하게 받아들인다면, 그 주석은 여러분에게 아켄사이드의 시행을 비꼬고 폄하하는 것이 아니라 그 의미를 보강하고 다른 방식으로는 가능하지 않았을 형식적 풍요를 살려내는 정당한 방법을 제공해주게 되는 셈입니다.

다음 강의는 예이츠가 1935년에 쓴 시 「라피스 라줄리」에 관한 이야기로 출발할 텐데, 예이츠는 이 시에서 파괴된 것을 세우는 사람들을 가리켜 늘 '게이'라고 말합니다. 의도에 맞춰 말하자면, 예이츠는 우리가 요즘 구어에서 쓰는 의미로 그들을 게이라고 말한 게 아니죠. 그는 니체의 『즐거운 학문』에 나오는 독일어 '프뢸리히fröhlich'의 영어 번역어를 사용하고 있는 겁니다. 예이츠는 니체를 빈틈없이 세심하게 읽은 사람이며, 사실 그는 니체가 그 책에서 말하는 것을 「라피스 라줄리」에서 잘 다듬어 설명하고 있습니다. 다음 강의의 서두에 우리는 '플라스틱'이라는 말을 이용해서 했던 것과 똑같은 일을 '게이'라는 말을 이용해서 해볼 것이며, 그런 뒤에 클리언스 브룩스의 에세이를 신비평이나 그 선구적 업적들의 다른 측면들과 함께 살펴보겠습니다.

6장
신비평과 서구의 다른 형식주의들

읽을 자료

I. A. 리처즈, 「문학비평의 원리」(CT, 764~773.)

윌리엄 엠프슨, 『중의의 일곱 가지 유형』, pp. 16~19.

클리언스 브룩스, 「구조 원리로서의 아이러니」(CT, 799~806).

지난 강의에서, 윔서트의 「의도의 오류」에 나오는 그 특이한 주석을 진지하게 받아들인다면 어떤 일이 벌어질지 예를 들었지요. 그 주석에서 윔서트는 이렇게 말합니다. "시가 쓰인 이후에 형성된 단어들의 역사도 의미를 제공할 수 있으며, 이것이 원래의 패턴과 관련있다면 그 의도를 고려할 때 꺼림칙하다는 이유로 배제하지는 말아야 한다." 이 말은 단지 의도를 고려할 때 꺼림칙하게 생각하는 사람에게만이 아니라, 그냥 근거에 무엇이 들어가는지 궁금해하는 사람에게도 정말이지 충격적으로 들릴 수밖에 없습니다. 어떤 역사적 시점에 단어들이 지니고 있던 의미가, 시의 의미를 이해할 때 늘어나거나 무효가 될 수도 있다는 생각과 마주한 문헌학자를 상상해보세요. 그래서 나는 이 주석이 조금이라도 더 그럴듯하게 보이게 하고자 플라스틱 팔을 들어올리는 위대한 창조자로 돌아갔고, '플라스틱'의 현대적 의미, 즉 시대착오적 의미가 시의 의미와 관련이 있을 수도 있다고 인정하면 결국 아켄사이드의 의미를 건설적인 방향으로 복잡하게 만들 수도 있다고 주장했습니다.

여기, 예이츠의 1935년 시 「라피스 라줄리」에 한층 정곡을 찌르는 다른 예가 있습니다. 이 시는 이렇게 시작합니다. "나는 히스테리컬한 여자들이 말하는 것을 들었다 / 팔레트와 바이올린 활이 지겹다고 / 늘 게이인 시인들이 지겹다고."[1] 전쟁의 먹구름이 모여들고 있습니다. 많은 사람들이 말하고 있습니다. "이런 무력한 문화는 이제 됐어. 우리는 중요한 일, 특히 정치와 사회질서를 생각해야 해." 예이츠는 동의하지 않으며, 여성 혐오적인 부당한 언행의 도움을 받아 예술이 계속해나가는 역할이 있다고 주장합니다—아닌 게 아니라 그런 시기에도 당연히 있겠죠. 그래서 그는 그림에 관해, 음악에 관해, '늘 게이인' 시인에 관해 이야기하고 싶지 않다고 말하는 모든 사람이 '지겹습니다'.

이 시는 돌멩이 하나, 즉 뭔가를 새겨놓은 ['청금석 부조'를 뜻하는] 중국의 라피스 라줄리와 관련이 있는데, 이 돌에 있는 흠은 '물길'과 비슷하며, 여기에서 사람들은 계몽을 향해 올라가는 수도자의 순례를 상상할 수 있습니다. 시가 이어지면서 예이츠는 문명이 무너지는 방식에 관해 말합니다. 모든 것이 무너지지만, 다시 건설하는 것도 가능하지요. "만물은 무너지고 다시 건설된다 / 그리고 다시 건설하는 자는 게이다." 지난번에도 말했듯이, 예이츠는 물론 우리가 여기에 가져다 쓰고 싶은 유혹을 느낄 수도 있는 'gay'의 시대착오적 의미를 알지 못했습니다. 예이츠는 니체의 말 '프뢸리히fröhlich'를 염두에 두었는데, 이 맥락에서는 '활기차고 명랑하다' 정도로 번역할 수 있을 겁니다. 예이츠는 니체의 책 『즐거운 학문*The Gay Science*』의 번역서 제목에서 그 말을 가져왔습니다.

좋습니다. 하지만 여러분이 퀴어이론가라면, 또는 우리 문학 전통에서 퀴어의 중요성을 강력하게 주장하는 데 관심이 있다면, 이 말의 시대착오적 의미가 시를 풍요롭게 한다고 말하고픈 유혹을 강하게 느낄 것입니다: 문명을 다시 건설하는 자들은 창조자로서 활기차고 명랑할 뿐 아니라, 동시에 공개적으로 또는 잠재적으로 게이다. (어쩌면 그 점이 히스테리컬한 여자들에 관한 잡담조차 의미심장하게 만들지도 모르지요.) 텍스트에 기초한 이런 주장은 문헌학자들을 화나게 할 수도 있고 아닐 수도 있지만, 이것이 시에 추가적인 일관성을 부여하는 것은 사실입니다. 적어도 이 부분을, 기억하겠지만, E. D. 허시가 '의의'라고 부르는 것으로 생각해볼 수는 있을 겁니다.

『견인차 토니』의 2행에서 우리는 "나는 작고 노란 차고에 삽니다"라는 말을 봅니다. 자, 물론 클리언스 브룩스라면, '노란'이라는 말의 명시적 의미는 단지 차고가 그 색으로 칠해져 있다는 것뿐이라고 말할 겁니다. 하지만 암시적 의미는, 물론 저자는 그럴 생각이 없겠지만—이것은 유아들을 위한 책이거든요—겁이 많다는 것에 대한 경멸적 비난, 또 어쩌면 아시아인이라는 것에 대한 경멸적 비난일 수도 있습니다. 어쩌면 상냥한 토니는 사실 겁쟁이 아시아인일지도 모릅니다. 그래, 좋다, 하지만 그것은 텍스트와는 아무런 관계가 없다. 우리는 그렇게 말합니다. 하지만 동시에 관계가 있다고 생각합니다. 우리는 언제든 저자를 긴 소파에 앉혀놓고 왜 차고가 다른 색도 아니고 하필이면 노란색이냐고 물을 수 있습니다. 다시 말하지만, 거의 모든 면에서 관련성이 없는 함의 하나가 독자의 마음을 좋은 쪽으로든 나쁜 쪽으로든 바쁘게 만들 수 있는 것이죠.

자, 이제 여러분은 윔서트의 주석의 특별한 함의들을 보았습니다. 우리가 든 예들은 또, 어쩌면 오늘의 논의보다 앞서가는 것일 수도 있지만, 신비평가들에게 통일성이라는 개념이 얼마나 중요한지 보여주기도 합니다(내가 사용한 일관성과 복잡성 같은 표현에 포함되어 있는 개념입니다). 우리가 이 강의에서 이야기하는 모든 것은 통일성이라는 평가적 규범과 관련을 맺게 되는데, 칸트라면 이것을 판단력이 아름답다고 여기는, 합목적적 다양성의 완결이라고 부를 겁니다. 따라서 어떤 말의 암시적 의미가 문학적 텍스트의 통일성에, 통일성의 복잡한 건설에 기여한다면, 그 의미는 문헌학적으로 부정확하다 해도 가치가 있으며 안으로 데리고 들어와야 합니다. 그러나 문헌학적 위반이 단순히 가다머가 '나쁜 선입관'이라고 부를 만한 것이라면—텍스트 해석에는 아무런 도움이 되지 않는, 특정 독자의 사적인 관심에서 나온 어떤 측면이라면—그것은 경기장에서 내보내야겠지요. 따라서 기준은 이것입니다—암시적 의미는 우리가 비평가로서 텍스트에서 실현하고자 하는 통일된 형식과 반드시 관련이 있어야 한다. 통일성이라는 기준은 해석적 판단을 관장하는 것으로, 우리가 윔서트의 주석에 의지하여 시도해보는 반쯤은 장난인 읽기는 물론이거니와, 최소한의 그럴듯함이라도 갖춘 읽기라면 반드시 통과해야 하는 것입니다.

이제 신비평의 직계 선배에 관해서 한두 마디 해두겠습니다. 우선 학계에서는 1930년대와 1940년대에 위대한 모더니즘 작가들, 특히 T. S. 엘리엇이 주로 소개한 작가들이 위세를 떨치게 됩니다. 여러분은 예를 들어 브룩스에게 일종의 존 던 강박이 있다는 점을 눈치챘을지도 모릅니다. 그는 이런 강박을 엘리엇의 에세이 「형이상학파 시인들」에서 얻는데, 던의 시집에 대한 이 서평 에세이 때문에 수많은 독자들에게 던은 하룻밤 사이에 영국 전통에서 중심적인 시인이 되었습니다. 엘리엇은 「형이상학파 시인들」에서 신비평에 광범한 영향을 미치는 발언을 몇 가지 합니다. 그는 "우리 시대의 시는—우리가 사는 세계의 엄청난 복잡성 때문에—어려울 수밖에 없다"고 말합니다. 또 시가 온갖 종류의 공통점이 없는 경험, 가령 스피노자를 읽는 것, 요리 냄새, 타자기 소리를 조화시켜야 한다고 말합니다. 이 모든 것이 좋은 시의 심상 안에서 서로 묶일 필요가 있는데, 던이나 허버트의 시에서는 그런 것이 이루어지며, 그래서 이런 복잡성의 모델이 현대문학과 문학비평 양쪽에 중요하다는 거죠. 제임스 조이스 같은 다른 모더니스트도 문학작품의 독립적 통일성이라는 이 관념에 기여하고 있습니다. 『젊은 예술가의 초상』에서 스티븐은 형식과 아퀴나스 등에 관한 논문에서 예술작품은 창조자로부터 단절되어 있는데, 그것은 창조자가 작품에서 물러나 손톱을 깎으며 앉아 있기 때문이라는 유명한 말을 합니다. 여러분은 윔서트가 예술작품은 태어나면서 저자와 '단절'된다고 주장한다는 것—아마 조이스의 그 구절을 생각하고 있었을 겁니다—을 기억할 것입니다. 탯줄이 잘린 작품은 혼자서, 그 자체로 하나의 통일체로서 세상을 방랑합니다.

이렇게 모더니즘이 하나의 원천이지만, 학계 비평의 상황도 고려할 필요가 있습니다. 1930년대에 랜섬은 논쟁적인 선언문 『신비평』과 『세계의 몸 *The World's Body*』에서 주요한 적 둘을 적시했습니다. 첫째로 '플라스틱'은 언제나 18세기에 의미하던 바를 의미한다고 고집하려 하는 구식 문헌학입니다. 문헌학자는 교수들 가운데 대다수를 차지했습니다. 당시는 문학의 학문적 연구가 성숙하던 황금기였죠. 표준판이 만들어지고 있었습니다. 탄생한 지 얼마 되지 않은 훌륭한 학문적 정기간행물들이 권위를 갖고 지식에 기여하는 글들을 축적해가던 참이었습니다. 문학 전통의 기본적 사실들이 여전히 확인되는 중이었지만 아주 중요한 것들은 이 무렵 거의 대부분 축적되어 있었고, 이것이 새로운 세대에 속하는 몇 사람이 그렇게 불안을 느끼던 한 가지 이유였습니다. 19세기 말과 20세기 초에 문헌학이 번창하면서, 오늘날 우리가 이용하는, 또 당연하게 여기는 문서보관소를 만들어놓았지만, 신비평가들은 거기서 일종의 동맥경화 같은 것을 보았고, 지식의 축적에 눌려 해석의 도전은 잊히고 말았다는 느낌을 받았던 것입니다.

다른 지배적인 관행은 '감동 교육'이라 부를 만한 것이었습니다. 유명한 'Q' 즉 아서 퀼러쿠치 경은 I. A. 리처즈와 동시대 사람이자 케임브리지 동료였는데, 최면을 거는 듯한 그의 강의는 사실 내용이 전혀 없었습니다. 그의 강의는 단지 위대한 문학작품의 환기, 감동적 환기에 불과했지요. 예일에는 'Q'와 비슷한 인물이자 동년배였던 윌리엄 라이언—'빌리'—펠프스가 있었는데, 그는 강의실에 들어와 환희에 차 테니슨을 인용하고, 두 손을 꽉 움켜쥐며, 이것이 진정으로 훌륭한 시라고 말하곤 했습니다. 학생들은 또 무척 감동하여 평생 동안 대학에 수십만 달러를 기부했지요. 바꾸어 말하자면, 이것은 가치 있는 교육이었습니다—그러나 신비평은 거기에도 참여하고 싶어하지 않았습니다.

그들이 원한 것—이런 점에서 그들의 환경은, 앞으로 보겠지만 러시아형식주의자들이 처한 학계 분위기와 비슷했습니다—은 해석에 대한 체계적이고 신중하게 고려된 접근법이었으며, 그렇게 해서 비평 관행을 현학과 산만에서 벗어나게 하고, 감정 토로와 산만에서 점점 벗어나게 해보자는 것이었습니다. 1930년대와 1940년대에 신비평이 생겨난 것은 이런 학문적 배경—이 자체는 영국 학계를 지배하는 관념들의 영향을 받고 있었죠—에서였습니다.

이 강의를 위해 여러분이 맨 먼저 읽은 인물은 I. A. 리처즈입니다. 리처즈는 케임브리지 영문과에 합류하기 전에 파블로프 학파 심리학자로서 훈련받았으며, 그래서 여러분은 그의 에세이에서 '자극'과 '요구'라는 말을 자주 보게 됩니다. 정신이 경험에 반응하는 방식에 대한 그의 감각, 그리고 반응을 복잡하지 않은 것, 저항하는 것, 적응하는 것으로 나누는 것도 마찬가지로 파블로프의 원리로 거슬러올라갈 수 있습니다. 심리학에서 파생된 이런 관념들이 『문학비평의 원리』(1924)를 쓰던 시기, 문학적 소명에 대한 리처즈의 이해까지도 지배합니다. 리처즈에게 읽기는 경험이요, 정신이 무엇을 읽느냐에 따라 영향받는 방식입니다. 따라서 그의 주제는 문학이지만, 그럼에도 그는 계속 인간 심리를 이야기하지요. 문학이 어떤 요구에 답하는가, 심리는 문학에 어떻게 반응하는가, 심리적 반응에서 좋은 것과 나쁜 것은 무엇인가 등등.

리처즈가 과학자였음을 드러내는 또하나의 측면은, 그가 지시관계—언어가 실제로 세계에 달라붙을 수 있는 방식들—를 정말로 믿었다는 것, 진지하게 믿었다는 것입니다. 입증 가능하고 오류 확인이 가능한 진술은 리처즈에게 과학적 실천의 핵심이며, 그는 이 문제에 관심이 무척 많습니다. 다른 말로 하면, 그는 수많은 문학비평가들과 달리—심지어 내가 이제 막 이야기하려 하는 근본적인 구분 작업에서 리처즈를 따르고 있는 브룩스와도 다를 겁니다—그리고 대부분의 문학비평가나 예술가들과 달리, 과학에 대한 혐오 같은 것이 없습니다. 이것은 그의 제자인 윌리엄 엠프슨도 마찬가진데, 그는 수학을 전공하다가 영문학으로 바꾸었지요. 리처즈는 정말로 문학 연구가 과학적 발판 위에 세워질 수 있다고 믿었습니다.

리처즈는 과학을 아주 진지하게 받아들이기 때문에 실제로 우리가 지난번에 시드니, 칸트, 콜리지, 와일드, 웜서트에서 이야기했던 생각을 뒤집어버립니다. 자율적인 것은 오로지 예술뿐이라는 생각을 뒤집는 것이죠. 그는 과학이 자율적이라고 말하는데(766쪽 참조), 이것은 과학적 사실이 심리적 맥락을 참조하거나 다양한 인간 요구에 의존하지 않는 진술로 기술될 수 있다는 뜻입니다. 과학은 순수하며, 혼란스럽지 않고, 아무런 영향 없이 사실이나 오류를 언명한다는 의미에서 자율적이라는 거죠.

이어 그는 말합니다.

> 과학이 자율적이라고 선언하는 것은 우리의 모든 활동을 거기에 종속시키는 것과는 매우 다르다. {이 대목에서 시가 들어옵니다.} 이러한 선언은 단지, 어떤 일군의 지시관계가 왜곡되지 않는 한 그 관계는 과학에 속한다고 주장하는 것일 뿐이다. 왜곡에서 어떤 이득이 생기지 않으면 어떤 지시관계도 왜곡되지 않을 수 있다고 주장하는 것은 결코 아니다. 왜곡되지 않은 지시관계가 있어야 충족되는 인간 활동이 무수히 많듯이{과학적 활동}, 왜곡된 지시관계, 더 분명하게 말하자면 픽션을 필요로 하면서도 그에 못지않게 중요한 다른 인간 활동도 헤아릴 수 없이 많다.

여기에서 여러분은 리처즈의 기본적 구분, 즉 그가 '과학적 진술'이라고 부르는 것과 '감정적 진술'이라고 부르는 것의 구분을 보게 됩니다. 진정으로 지시적인 것, 논란의 여지 없이 참과 거짓의 입증이 가능한 것, 그런 것과 감정적인 것 사이의 구분입니다. 나중에 리처즈는 어휘를 바꾸고, 과학적 언어와 감정적 언어에 관해서는 이야기하지 않습니다. 시를 좋아하는 사람의 입장에서 보면 훨씬 위험한 방향으로 나야기는바, 이제는 과학을 뜻하는 '진술'과 시를 뜻하는 '유사-진술' 이야기를 하기 때문입니다. 시를 '유사-진술'로서 옹호하려면—리처즈는 계속 그렇게 하려 합니다—정말로 불리한 입장에 서게 되는데, 물론 '유사-진술'은 그가 앞서 '픽션'이라고 부른 것의 다른 표현일 뿐입니다.

일단 이런 어휘를 받아들이게 되면, 그리고 일단 이 의문의 여지 없이 과학적인 관점에 익숙해지게 되면, 도대체 우리에게 왜 유사-진술, 또는 픽션이 필요한지 궁금해질 수도 있습니다. 사실 우리는 단지 시가 '거짓'이라는 이유로 시 읽는 것을 도저히 견디지 못하는 우수한 과학자들이 많다는 사실을 잘 알고 있습니다. 리처즈가 말하는 대로 시적 사고에는 늘 뭔가 낡은, 또는 오래전부터 전해온 어떤 것이 있죠. 단지 시드니 경이 말하듯이—시는 "어떤 것도 단언하지 않으며, 따라서 절대 거짓말하지 않는다"—시가 진실을 이야기하려 하지 않는다는 데서 그치는 것이 아닙니다. 리처즈는 심지어 플라톤을 따라, 시가 실제로 거짓말을 하고 있다고까지 말합니다. 시는 늘 곤경에 빠지는 모양입니다. "대부분의 시를 이루고 있는 진술은 아주 어리석은 자만이 입증을 시도해볼 진술로 이루어진 것이 분명하다. 그것은 입증할 수 있는 그런 종류의 것이 아니다."(768)

이런 사고의 흐름에서는 대개 누군가가, 가령 민주적 사회가 살기에는 가장 좋은 사회이지만, 시는 더 나은 시가 나오기 때문에 봉건사회를 더 좋아한다는 사실을 우리에게 일깨워줄 것이라는 결론이 나옵니다. 마찬가지로 우리 모두 우주가 어떤 것임을 알고 있는 반면—심지어 이제는 우주를 코페르니쿠스적이라고 부를 수도 없지요—시는 묘하게도 프톨레마이오스의 천문학을 더 좋아합니다. 다시 말해서 시의 모든 것은 과거의 어떤 사고방식으로의 후퇴다. 리처즈는 아무런 비판 없이 명랑하게 이런 생각을 끌어안습니다. 이것이 그가 말하는 '픽션'이나 '유사-진술'의 의미입니다.

그런 것이 시라면 우리는 왜 시를 원할까요? 리처즈에 따르면, 시가 우리의 심리적 구조 가운데 과학이 충족시킬 수 없는 요구를 충족시켜주기 때문입니다. 우리는 욕망의 카오스다. 여기에는 참—과학에서 배울 수 있는 것—에 대한 욕망도 포함되지만, 우리가 필요로 하는 것들 다수는 공상적이거나 상상력 넘치는 충족을 요구한다. 그는 말하는바, 이런 충족이 중요하고 또 높이 평가받아야 할 이유는, 우리 요구가 조직되거나 조화를 이루면서 그가 가끔 '종합'이라고 부르는 것 안에서 협력하지 않으면 우리가 실제로 해체되어버릴 수도 있기 때문이란 거죠. 문학은 갈등하거나 대립하는 요구들을 화해시킬 수 있는 것이며, 리처즈는 이런 기본적인 생각에 아주 큰 관심을 갖기 때문에, 여러분이 방금 읽은 텍스트가 아닌 다른 텍스트에서는 "시가 우리를 구원할 수 있다"는 충격적인 이야기를 합니다. 다른 말로 하면, 시는 과거에 종교가 하던 일을 지금 할 수 있다는 것입니다. 시는—이것이 과학자가 하는 말임을 기억하기 바랍니다—종교와 마찬가지로 참이 아니지만 종교의 기능을 수행할 수 있고 따라서 우리를 구원할 수 있다. 따라서 『문학비평의 원리』 같은 책에서 리처즈는 자신이 찬양한다고 하는 바로 그것을 사실상 훼손하고 있는 것처럼 보임에도, 사실상 갈등하는 요구들의 조화를 이루는 것이 시의 사명이라고 생각하고 있습니다.

이것은 아리스토텔레스의 카타르시스 개념과 약간 비슷한데, 카타르시스는 여러 가지로 이해될 수 있습니다. 밀턴은 『투사 삼손』에서 이것을 감정의 소비를 통한 감정의 동종요법적 정화라는 것으로 이해합니다. 이 비극의 결과로 우리는 "모든 감정이 소진된, 정신의 고요"를 누릴 수 있다는 거죠. 이것이 리처즈 작업의 모토일 수 있습니다. 시라는 경험을 통한 갈등하는 요구들의 화해는 일종의 카타르시스, "모든 감정이 소진된, 정신의 고요"를 낳습니다. 비극은 리처즈의 생각을 입증하는 훌륭한 모범의 역할을 할 것입니다. 실제로 말한 적은 없지만, 우리는 리처즈가 비극이 정의에 대한 요구와 폭력에 대한 요구를 화해시킨다고 말하는 것을 상상할 수 있지요.

리처즈의 학부생 제자였던 윌리엄 엠프슨은 리처즈에게 가서 자신이 중의성에 관해 생각한 것이 있다고 말했습니다. 그는 중의성에 관해 쓸 수 있는 것이 아주 많은 것 같다면서, 자신이 그 작업을 해도 괜찮겠냐고 물었습니다. 리처즈는 좋은 이야기라고 하면서 작업을 해보라고 보냈습니다. 몇 달 뒤 엠프슨은 리처즈에게 20세기 비평에서 가장 위대하다고 꼽히는 책, 입이 다물어지지 않을 정도로 놀라운 책의 원고를 가져왔습니다. 바로 『중의의 일곱 가지 유형*Seven Types of Ambiguity*』이죠. 여러분의 읽기 목록에 있는 엠프슨의 짧은 발췌문은 이 『중의의 일곱 가지 유형』에서 가져온 것입니다.

나는 엠프슨이 문학비평을 쓴 이들 가운데 가장 재미있는 사람이라고 보는데, 그는 훌륭한 스탠드업 코미디언이 갖추어야 할 능청스러움과 완벽한 타이밍 감각을 갖추고 있습니다. 나는 그를 읽는 것이 너무 즐거워서, 그에 관한 책을 써달라는 요청을 받았을 때 응락하지 않을 수 없었지요. 여러분도 그를 즐기기를 바랍니다. 그의 책은 책장이 술술 넘어가며, 비평가로서 그의 총명함은 사실 그를 읽는 재미와 떼어놓을 수 없습니다. 내가 여러분 손에 들린 발췌문에 특히 흥미를 느끼는 것은 거기에서 그가 '분위기'에 관해 하고 있는 말 때문입니다. 이것이 '열광적' 또는 감동적 비평에 대해 그가 대응하는 방식입니다. 'Q'와 빌리 펠프스를 비롯해 감동학파의 모든 저자와 교사들은 흔히 자신들이 '분위기' 때문에 읽는다고 하면서, 위대한 문학과 만나면 맥박에 그냥 느껴지는 뭔가가 있으며, 교사와 비평가로서 자신들의 목적은 그런 분위기를 환기하는 것이라고 말합니다. 이에 대해 엠프슨은 분위기는 당연히 실제로 존재하며 우리는 당연히 그 이야기를 해야 한다고 답하면서도 이렇게 반문합니다. 하지만 분위기가 해석적 기능을 하지 않는다면 결국 무슨 소용이 있는가? 내가 『맥베스』에서 인용하려는 구절에 분위기가 있다면, 어떤 이유가 있어 거기에 집어넣은 어떤 종류의 분위기일 것이 틀림없다. 그뒤에 이어지는 말은, 내가 보기엔 문학작품 한 구절에 대한 가장 기가 막힌 이야기로 꼽을 만합니다. 내가 마치 빌리 펠프스처럼 말하고 있다면(하지만 테니슨이 아니라 한낱 비평에 관해 말하다니!) 미안하지만, 나도 지금 정말로 흥분하고 있거든요.

엠프슨이 말하는 바에 따르면, 살인자들은 막 방을 나갔고 맥베스는 두 엄지손가락을 빙빙 돌리며 날이 어두워지기를 바랍니다. 뱅쿼와 플리언스를 죽일 수 있으려면 날이 어두워야 하기 때문이죠. 따라서 맥베스는 자연스럽게 창밖을 보며 시간이 어떻게 흘러가는지 살피는데, 이때 이렇게 말합니다.

……

오라, 눈을 꿰매는 밤이여,

동정심 많은 낮의 부드러운 눈을 가리고,

그대의 유혈 낭자한 보이지 않는 손으로

나를 계속 창백하게 만드는

저 큰 증서를 무효로 만들어 갈가리 찢어버리라!

엠프슨은 [원시에서는 마지막에 놓인 단어] '창백하게pale' 를 언급하지 않습니다만, 내가 보기에 이 단어는 까마귀나 떼까마귀와 함께 놓이면서 이 대목에서 흥미로운 순간을 만들어낸다는 느낌을 줍니다.

계속 보지요.

빛은 흐릿해지고 까마귀는

떼까마귀가 많은 숲으로 날아간다.

엠프슨은 이 두 행을 강조합니다. 물론 이 대목의 모든 부분에 관해할 말이 있지만, 그중에서도 이 두 행이 그가 나중에 이야기할 내용의 진짜 초점이 될 것이기 때문입니다.

낮의 선한 것들은 고개를 늘어뜨린 채 졸고
밤의 검은 앞잡이들은 일어나 먹이에게로 간다.
그대는 내 말에 놀라지만, 가만히 있으라(레이디 맥베스가 방으로 들어와 있다).
나쁘게 시작한 것들은 악으로 강해지니
그러니 제발 나와 함께 가자.[2]

엠프슨은 이 구절에 매혹되어 있으며, 다음 몇 문단에서 자신이 이렇게 매혹된 놀랍도록 다양한 근거를 제시합니다. 그러면서 이야기를 하는 동안 내내 이런 것이 바로 사람들이 분위기에 관해 말할 때 뜻하는 바임을 암시합니다. 그것은 그저 맥박으로 느끼는 것이 아니다. 그것은 묘사할 수 있고 분석할 수 있는 것이다. 여기서 나는 그가 말하는 마지막 부분만 언급하고 싶습니다. 엠프슨은 이렇게 말합니다. "떼까마귀는 무리 지어 살고 주로 채식을 한다"—나는 감명을 받아 뻔뻔스럽게도 여기서 잠시 그의 말을 끊고, 늙은 뱃사람이 앨버트로스를 쏜 것은 승무원들이 배가 고팠기 때문이라고 말한 사람이 다름 아닌 엠프슨이라는 사실을 언급해두겠습니다. 『늙은 뱃사람의 노래』 1798년판에서는 비스킷 벌레들이 건빵을 먹어버렸으며, 따라서 아주 자연스럽게 "이 뱃사람이 쏜 특정 종류의 앨버트로스는, 내가 들은 바에 따르면, 아주 먹을 만한 고깃국이 된다"고 엠프슨은 말합니다.

자, 어쨌든, 여기에서 시작합니다.

> 떼까마귀rook는 무리 지어 살고 주로 채식을 한다. 까마귀crow는 특히 단독으로 나타나는 경우엔 떼까마귀를 부르는 다른 이름일 수도 있고, 아니면 혼자 있는 검은 독수리를 뜻할 수도 있다. 이런 가벼운 말장난(이런 중의성—기억하세요, 이것은 중의성에 관한 책입니다)은 이 대목에서 창밖을 내다보는 맥베스가 스스로를 살인자로 보려 하지만 사실은 까마귀의 입장에 있는 것으로밖에 볼 수 없음을 암시하게 된다. 그의 권력의 날이 이제 저물고 있다는 것, 왕이라는 칭호와 마찬가지로, 떼까마귀-까마귀라는 이름의 차이에 의해서만 다른 떼까마귀들과 자신을 구별할 수 있다는 것, 마음 밑바닥에서는 다른 떼까마귀들과 하나가 되고 싶고, 그들을 죽이지 않기를 갈망한다는 것, 그는 더이상 떼까마귀 무리와 결합될 수 없다는 것, 아니 아직은 결합될 수 있을지도 모른다는 것, 그는 마음의 평화를 얻으려는 쓸쓸한 시도로 뱅쿼를 죽인다는 것 등을 암시한다.[3]

『맥베스』의 이 대목에 관해서 이 이상 할말이 있을지 잘 모르겠습니다. 엠프슨은 이 구절을 지배하는 복잡한 중의성의 양식을 역설합니다—분위기가 아니라요. 물론, 원한다면 그것을 '분위기'라 불러도 좋습니다. 그것을 말의 분석 아래 둘 용의만 있다면, 또 분위기가 어떻게 그리고 왜 정확히 현재의 이러한 성격을 갖게 되었는지 보여줄 용의, 나아가 그것이 정신적 갈등에서 일어난다는 것을—여기서 리처즈와 엠프슨이 연결되지요—보여줄 용의만 있다면 말입니다. 시, 이 화자의 시, 이 화자/살인자는 소망들을 화해시키고 소망들 간의 조화를 이루고자 필사적인 시도를 하고 있다. 그 자신이 스스로를 소외시키며 스스로 배반하는 사회와 화해하고 조화를 이루고자 필사적인 시도를 하고 있는 것과 마찬가지다. 그리고 이 말을 덧붙여야겠군요. 맥베스는 셰익스피어가 아니다. 셰익스피어는 맥베스를 재현하면서 직접적인 심리적 상황 속에서 시가 할 수 없는 일을 하고자 시도하고 있지만, 그 과정에서 자신의 정신이 언어라는 매체로써 순간의 긴장을 반영하기 위해 기울이는 노력의 대단히 복잡한 면모를 드러낸다. 말했듯이, 이런 면에서 엠프슨은 리처즈를 따르고 있습니다.

그러나 이들에게는 매우 다른 점도 있습니다. 무엇보다도 엠프슨은 비평이 문학적인 것에 대한 독자의 경험에 초점을 맞추어야 한다는 가정에 안주하지 않습니다. 리처즈는, 사실 독자의 반응이나 독자 경험의 구조에 관심을 기울인 한스 로베르트 야우스, 스탠리 피시—나중에 논의하게 될 겁니다—와 더불어, 이저 같은 인물들의 아바타라고 할 수 있습니다. 엠프슨은 가끔 독자를 생각하지만, 사실 의미가 어디에 놓여 있다고 생각하는지는 절대 이야기하지 않지요. 하지만 아마도 저자의 의도 영역에 있다고 볼 겁니다. 그는 의도를 헤아리는 일에 진지하게 임하거든요—리처즈보다 훨씬 더 진지하고, 물론 신비평가들보다 진지한데, 이 점에서 엠프슨은 신비평가들과 크게 갈립니다. 그는 특히 말년에 쓴 책들에서 전기적인 면에 초점을 맞추며 매우 터무니없는 의미를 저자들에게서 찾아내고 이 때문에 다른 비평가들이 절망하며 두 손을 들지만, 사실 그전부터 그는 늘 저자의 의도에 의지해왔습니다. 그러나 동시에 엠프슨은 저자, 텍스트, 독자가 마치 별도의 기능들인 것처럼 이들을 엄격하게 구분하지는 않습니다. 해석학자들이 보기에는 서로 매우 다른 세 의미 출처 사이를 엠프슨은 유동적이고 편안하게 왔다갔다합니다. 엠프슨의 작업은 이렇게 종합적인 혼합 상태에서 이루어지는데, 궁극적으로는 저자에게 의지하되, 당연히 텍스트 자체에 대한 작업과 더불어 그것이 독자에게 주는 영향에 대한 이해도 끌어안습니다.

이렇게 엠프슨은 리처즈와 어느 정도 거리가 있지만, 내가 보기에 엠프슨과 우리가 논의하고 있는 다른 인물들 사이의 가장 중요한 차이—그가 신비평을 예고한다고 말하는 것조차 약간 문제가 되게끔 만드는 차이—는, 엠프슨은 텍스트 전체에 거의 관심이 없다는 점입니다. 그는 사실 '시'의 통일성에 관심이 없습니다. 그는 단지 어떤 국지적 효과에 관해 최대한 말할 수 있기를 바랍니다. 물론, 아마도, 자신이 하는 말이, 예를 들어 『맥베스』 전체를 이해하는 것과 관계가 있다는 함의는 있겠지요. 그러나 『맥베스』 전체를 체계적으로 읽는 일은 시작하지 않습니다. 그는 늘 뭔가에 집중하고, 한동안 그 생각을 하다가 다시 빠져나와 다른 것을 생각하면서, 자신의 국지적 통찰이 하나의 전체로서의 텍스트의 완전성, 문학적 통일성과 관계를 가지느냐 하는 문제는 우리가 결정하도록 맡겨둡니다.

엠프슨의 관점에 관해 이야기할 또 한 가지, 내가 보기에 리처즈나 이후의 신비평가들과 크게 달라지는 점은, 엠프슨은 어쩌면—등장인물 맥베스의 심리와 마찬가지로—어쩌면 시가 대립하는 요구들을 화해시키지 못할 수도 있다는 생각을 얼마든지 받아들일 용의가 있을지 모른다는 것입니다. 어쩌면, 결국, 시는 우리 요구들 사이의 환원 불가능한 대립의 표현인지도 모릅니다. 『중의의 일곱 가지 유형』의 마지막 장, 그가 말하는 일곱번째 중의는 사실 엠프슨이 말한 대로, "작가 정신 속의 근본적 분열"에 관한 것입니다.[4] 보다시피, 이 점에서 엠프슨은 그의 스승에게서 벗어납니다. 그는 문학이 대립물을 통일시키지 않거나 요구들을 화해시키지 않고 모두 처음 본 그대로 내버려둠으로써 그 모든 복잡성이 드러나게 만드는 방식에 매혹됩니다. 폴 드 만은 여러 번 엠프슨을 신비평이 아닌 해체주의의 선구자로 거론합니다. 엠프슨은 통일성이나 대립물의 화해에 관심이 없기 때문에 나는 그가 해체주의의 선구자라는 말이 맞다고 생각합니다. 해체주의는 자세히 읽기의 한 양식이라는 점에서 신비평의 뒤를 따르는데, 엠프슨만큼 독창적으로 자세히 읽는 독자는 없었지요.

엠프슨은 그 특이성에도 불구하고 영향력이 광범했습니다. 그에 대한 이야기를 마치기 전에 그의 해석의 목적이 신비평가들—미국 신비평가들, 특히 브룩스의 목적과 매우 달랐다는 점은 말해둘 필요가 있겠네요. 브룩스는 통일성에 관심이 깊다는 사실을 거리낌없이 고백합니다. 『잘 빚어진 항아리』 『현대시와 전통』을 비롯하여 잘 알려진 많은 책에서 브룩스는 여러 가지 표현을 사용하여 문학의 복잡성이 통일성에 도움이 되도록 자리잡는 방식을 묘사합니다. 지금 여러분이 읽고 있는 에세이에서는 '아이러니'라는 용어를 사용하지요. 그는 자신이 '아이러니'라는 말을 지나치게 확대 적용하는지 모른다고 인정하면서도, 자신이 그 에세이에서 논의하는 모든 의미의 복잡성은 아이러니로 생각할 수 있다고 주장하려 합니다. 다른 훌륭한 에세이, 『잘 빚어진 항아리』의 1장에서 이와 비슷하게 '역설'에 대해 이야기하고, 다른 곳에서는 또 시에서 감정과 사고가 복잡하게 통일되어 있는 방식을 보여주는 다른 방법을 택합니다.

엠프슨의 '중의'라는 말은 신비평의 작업에서 계속 중요한 역할을 합니다. 물론 이것은 '아이러니'나 '역설' 이야기를 하는 것이 지겨울 때 사용해볼 수 있는 대안적 표현의 후보이기도 하지요. 시인이자 비평가로, 신비평을 세운 인물들 가운데 하나인 앨런 테이트가 제안한 또다른 표현은 '긴장'—즉 문학텍스트가 대립을 하나의 긴장으로서 해소하거나, 긴장으로 경험되는 갈등을 보류 상태로 유지하는 방식입니다. 다른 이야기로 옮겨가기 전에, 이 모든 표현—아이러니, 역설, 중의, 긴장—이 사람들이 텍스트나 '시'에서 의미의 일부로 찾아내는 효과와 관련이 있다는 이야기만 해두겠습니다. 바로 이 점에서 신비평가들은 리처즈와 확연하게 갈라지는데—윔서트가 「영향론의 오류Affective Fallacy」라는 제목의 에세이에서 주장했듯이—리처즈도 마찬가지로 갈등을 강조하기는 하지만, 그 갈등을 텍스트에서 끌어내(텍스트에서 유래했다는 것을 부정하지는 않습니다) 독자의 정신의 드라마 안에 집어넣지요.

자, 이제 나는 신비평의 모자를 쓰고 『견인차 토니』에 밀기와 당기기 사이의 갈등—견인차에 관한 이야기에 어울리는군요—을 드러내는 심상의 복잡한 패턴이 담겨 있음을 지적할 준비가 되었습니다. 나중에 다른 강의에서도 다른 맥락에서 '밀기'라는 관념을 다시 살펴보겠지만(여러분은 그것이 아기에게 가지는 함의들 가운데 하나를 짐작할 수 있겠지요), 지금은 밀기와 당기기 사이의 긴장이 이 이야기의 원동력 가운데 하나라는 점을 이야기하겠습니다. 토니가 이제 꼼짝도 못하기 때문에 당기는—토니 자신의 지원 방식이지요—대신 누가 그를 밀어줘야 한다는 점은 아이러니이며, 따라서 우리는 쉽게 브룩스적인 맥락에서 이 상황을 파악할 수 있습니다.

하지만 어떤 면에서 『견인차 토니』는 신비평에 좋은 증거 텍스트가 아닐 수도 있습니다. 브룩스는 시가 교훈적인 것들을 다룰 수는 있지만 교훈을 가리켜서는 안 된다고 주장합니다. 도움이 될 수 있는 방법에는 여러 가지가 있다는 점을 깨달음으로써 열리는 새로운 교훈적 지평을 보고 신비평가는 이 이야기에서 감탄할 수도 있습니다. 그러나 안타깝게도 『견인차 토니』는 덧붙여진 듯 보이는 더 추상적인 교훈을 가리키며, 따라서 서사의 통일성이 약화됩니다.

브룩스가, 또 신비평가들 전체가 문학적 통일성에서 찾는 가치는 그것이 복잡하다는 것, 그것이 역설이나 아이러니라는 '바이어스', 즉 휘게 만드는 스핀을 주어 과학의 진술을 구부린다는 것, 단어의 명시적 의미와 암시적 의미 사이의 긴장을 활용한다는 것입니다. 따라서 다시 제기되는 문제—엠프슨이 이미 제기해놓은 문제—는 왜 이런 종류의 긴장, 복잡한 화해의 운동이 반드시 통일성을 낳아야 하느냐는 것이지요.

예를 들어 브룩스가 워즈워스의 '루시 시편' 가운데 하나인 「그녀는 아무도 딛지 않은 길들 사이에 살았다She Dwelt among Untrodden Ways」(808에 인용)를 읽는 것을 봅시다. 그는 이 시의 아이러니를 강조합니다. 브룩스는 다른 것이 아닌 아이러니와 관련하여 워즈워스 이야기를 하는 것 자체가 매우 얇은 얼음 위를 걷는 일인 양 굴지만(사실 가치 있는 모든 시에서 아이러니를 발견할 수 있다는 것이 그의 주장의 핵심이지요) 당연히 성공합니다. 예를 들어 여러분은 사실 루시가 꽃인 동시에 별이라고 말할 수 없습니다. 루시는 꽃이다, 루시는 소멸할 수 있다, 루시는 반쯤 감추어져 있다, 루시는 결국 죽었고 땅에 있다—그리고 만일 그녀가 이렇게 반쯤 감추어진 존재라면 그저 쉽게 별과 연결시킬 수는 없을 것으로 보인다, 그럼에도 화자에게 그녀는 실제로 별이다, 비록 다른 사람의 눈에는 보이지 않지만, 화자의 감정의 깊이와 세상에서 루시의 미미함 사이의 관계야말로 화자가 포착하고 싶어하는 아이러니이며, 이것이 시에서 공통점이 없는 별개의 사실로 보이는 것들을 화해시킨다.

이런 해석은 그 자체로 주목할 만하지만, 문제는 자세히 읽기는 늘 그 이상으로 밀고 나갈 수 있다는 겁니다. "나를 봐, 나는 부조화를 화해시키고 있어, 나는 패턴을 만들고 있어, 나는 이미지 무리들의 통일된 목적을 보여주고 있어" 등등 여러 가지를 이야기하는 것이야 아주 좋고, 이런 수단으로 여러분의 읽기를 어느 선까지는 묶을 수 있지만, 이렇게 한데 묶어놓은 것은 다시 풀릴 위험이 있습니다. 그것은 풀려버리거나, 아니면 적어도 그렇게 될 위험에 처합니다. 의미의 과부하가 시작되기 때문이죠. 브룩스와 같은 시대의 영국인 F. W. 베이트슨은 똑같은 시 「그녀는 인적 없는 곳에 살았다」를 두고 쓴 에세이에서 이 시는 모순어법으로 가득하다고 지적합니다.[5] 'way'라 함은 길이라는 뜻인데, 아무도 딛지 않았다면 어떻게 길이 있을 수 있겠는가? 따라서 아무도 딛지 않은 길의 의미는 무엇인가? 혹은 그녀를 "찬양할 사람은 아무도 없다," 하지만 "사랑할 사람은 거의 없다"의 의미는 무엇인가? 왜 "그녀를 사랑할 사람이 거의 없다"와 "그녀를 찬양할 사람이 아무도 없다" 사이의 묘한 차이가 아니라, 아무도 그녀를 찬양하지 않는다는 생각 자체에 주목하게 하는가? 이것은 명백히 허위인 것이, 지금 여기서 시인이 그녀를 찬양하는 것을 우리가 보고 있고, 아마도 그는 늘 그렇게 찬양했을 것이기 때문이다. 간단히 말해서, 왜 워즈워스는 논리적 불일치에 계속 주목하게 하는가? "그녀는 아무도 모르게 살았고 거의 누구도 알 수가 없었다." 몇 사람은 알고 있었다는 것인데 어떻게 아무도 모르게 살 수 있었을까? 한마디로 이 시는 복잡성으로 가득한데 누가 그것이 화해를 이루고 있다고 말할 수 있는가? 그 복잡성은 뭉그적대는 모순어법이고, 어쩌면 말의 오용이거나 심지어 어법 위반이라고까지 말할 수 있으며, 이 때문에 이유야 어떻든 간에 많은 것이 미해결로 남는다.

따라서 베이트슨은 워즈워스가 화해될 수 없는 감정이나 느낌들의 갈등, 즉 "오, / 나에게 그 차이란"—바로 그 화해시킬 수 없는 차이—이라는 마지막 행의 파토스에 주목하게 만든다고 주장하는 듯 보입니다. 그리하여 이런 종류의 자세히 읽기는 통일성에 도움이 되는 방식으로 이루어지는 것이 아니라, 우리가 하나의 실체를 통일된 전체로 보게 해주는 바로 그 기술이 그것을 다시 폭파하는 목적, 우리의 관심을 화해될 수 없는 것—화자가 루시의 죽음과 화해할 수 없듯이, 또 엠프슨의 일곱 가지 유형의 중의가 작가의 정신 내부의 근본적 분열을 표시하듯이—으로 돌리는 목적에도 똑같이 쉽게 이용될 수 있음을 인정하게 됩니다.

내 생각에, 신비평가들은 그런 이유로 비판받을 수 있습니다. 신비평의 자세히 읽기의 여파 속에서 바로 그런 일이 벌어지고 있지요—해체주의를 신비평에 대한 하나의 응답으로 볼 수 있다면 말입니다. 해체주의적 응답의 본질은 여러분이 그냥 자의적으로 뭔가의 둘레에 리본을 묶고 '아하, 이게 통일성이구나' 하고 말할 수 없다는 것입니다. 계속 잡아당기면 그 리본은 풀리고 맙니다. 그러면 다 흩어져버리고, 결국은 통일성이 아니게 되지요. 한 세대에서는 통일, 다음 세대에서는 분열을 선호하는 것이 존재론적인가(존재하는 것은 일관되거나 혼돈이거나 둘 중 하나죠) 아니면 심리적인가(건강한 정신은 조화 또는 부조화를 추구합니다) 하는 질문으로는 앞으로 여러 차례 돌아가게 될 테니, 지금은 이 정도에서 멈추기로 합시다.

그러나 이 질문에는 사실 사회정치적 차원도 있습니다. 이와 관련하여, 신비평이 지난 사오십 년 동안 비판받아온 수많은 방식 가운데 다른 것은 나중에 이야기해도 되지만 반드시 지금 언급해야 할 측면이 한 가지 있습니다. 자율성이라는 개념, 시가 세상의 어떤 종류의 의존으로부터도 자유롭다는 개념은 비평적으로 아주 쉽게 무너뜨릴 수 있습니다. 랜들 자렐의 「제8공군Eighth Air Force」에 대한 브룩스의 분석을 생각해보세요. 이 분석은 이것이 스트레스를 받는 인간 본성에 관한 시라고 하면서 인간 본성이 선한가 선하지 않은가 하고 묻는 것으로 끝납니다. 브룩스는 시가 제시하는 이런 종류의 주장이 "우리를 더 나은 시민으로 만들 수 있다"고 말합니다. 다른 말로 하면, 시를 읽는 경험이 단지 미적 경험만은 아니라는 겁니다. 텍스트에서건 정신에서건 갈등하는 요구들의 개인적인 화해의 문제만은 아니라는 거죠. 이런 관점에서 보면, 그것은 사회적 경험인데, 신비평가들의 사회적 경험이란, 의문의 여지없이 보수적인 것입니다, 반동적이라고까지 할 수는 없어도 말이죠. 여러분은 이미 의견들의 균형을 잡고, 관점들의 균형을 잡고, 요구들의 균형을 잡을 필요에 대한 강조를 볼 수 있었겠지요. 그 방법은 물론 통일성을 위하여 사회적 정치적 중도주의에 한 표를 던지는 것입니다. 따라서 이런 관점에서 어떻게 문학이 건설적으로 진보적일 수 있을까요? 같은 문제를 반대편 시각에서 보자면, 어떻게 문학이 건설적으로 반동적일 수 있을까요? 신비평은 암묵적으로 사회적인 통일을 위하여 미세한 것들까지 관리합니다.

사실 이것은 지난 사오십 년에 걸친 그 여생 내내 신비평에 쏟아졌던 분노의 주요한 이유를 온화하게 표현한 겁니다. 신비평은 다양한 전기적 이유로 그만큼 자주 반동과 연결되어왔습니다. 수많은 비평가가 이 운동의 종교적 전제 또한 놓치지 않았지요. 브룩스가 에세이에서 셰익스피어의 노래에 관해 말하면서, 영원의 견지에서 보자면 여기 지상의 것들은 불가피하게 아이러니로 보일 수밖에 없다고 이야기할 때, 거기에는 성공회 교회의 관점이 함축되어 있습니다. 당연히, 신성한 것의 관점 또는 영원한 순간의 관점에서 보면, 사물을 아이러니의 맥락에서 생각하게 되겠지요. 이런 아이러니의 기분으로, 일단 신비평가들을 떠나기로 합시다.

7장
러시아형식주의

읽을 자료

보리스 아이헨바움, 「'형식적 방법'의 이론」.

빅토르 시클롭스키, 「기법으로서의 예술」(CT, 774~784).

유리 티냐노프의 발췌문.

이제 우리는 해체주의까지 도달하는 연속체, 진짜로 흐름이 이어지는 연속체를 살펴보기 시작할 것입니다. 굳이 비슷한 점과 차이점을 지적하는 일까지 할 필요는 없을 겁니다. 앞으로 등장하는 일련의 이론가들 자신이 상호관련 속에서 뒤를 돌아보며 작업을 해나가니, 나는 적당하다고 여겨지는 곳에서 그런 관련을 언급하기만 하면 되겠죠. 그럼에도 나중의 전개를 고려하여 이야기하자면, 기초를 세운 러시아 형식주의자들과 언어학자 페르디낭 드 소쉬르의 기초 작업 사이의 관계는 약간 복잡한 문제이며, 이것은 잠시 정리를 미루겠습니다. 우리가 실제로 이른바 '구조주의'로 들어가고 여러분이 로만 야콥슨의 「언어학과 시학」이라는 에세이를 읽게 되면 많은 부분이 더 분명해지겠지요. 야콥슨은 지적으로나 국제적으로나 그뒤에 따르는 모든 것의 진정한 교차점이라 할 만한 인물입니다. 그는 초기에 러시아형식주의자들의 정기간행물 『오포야스*OPOJAZ*』의 핵심 기고자였으며, 그뒤에 프라하로 이주하여 언어학 서클에 가담하는데, 이 서클이 구조주의의 기원이 됩니다. 이후 그는 파리로 옮겨가 클로드 레비스트로스와 협력하고, 마지막으로 미국으로 와 하버드에서 가르쳤지요. 그의 걸작인 「언어학과 시학」은 인디애나대학에서 한 강연으로, 문학사 전체에서 가장 중요한 문건으로 꼽힙니다. 이것은 우리에게도 러시아형식주의와 소쉬르 기호학의 교차점 또는 벤다이어그램으로서 중요하지요. 우리는 여기에서 출발하여 그 두 가지 이후에 나오는 것들을 점차적으로 이해해나갈 수 있습니다.

먼저 러시아형식주의자들부터 생각해봅시다. 이것이 우리에게 명백히 새로운 장이라는 것을 어떻게 설명하면 좋을까요? 내가 역사적 순서와는 달리, 신비평을 러시아형식주의자들보다 앞세우겠다고 결정하는 바람에 그 새로움에 김이 좀 빠졌다는 것은 압니다. 신비평은 물론 또다른 종류의 형식주의이기는 하지만, 동시에 그들의 관심은 여전히 해석의 원리와 관련이 있기 때문에 우리가 앞서 공부했던 해석학과도 연속성을 지니지요. 그러나 이제 잠시 우리는 해석학을 떠나 '시학'(문학적인 것을 비롯한 여러 발화의 구성적 특징에 대한 연구)이라고 부르면 좋을 만한 것을 논의해보도록 하지요. 물론 가는 길에 가치판단과 관련된 의제들이 여전히 문득문득 나타나는 것을 보게 되겠지만요.

지금 우리가 눈앞에 둔 도약을 곰곰이 생각해보건대, 해석학은 의미의 결정에 몰두합니다. 아주 흔한 일이지만, 가다머가 그랬듯이 이 의미는 '주제'라고 불리며, 주로 내용에 초점을 맞추지요. 신비평가들처럼 형식에 초점을 맞추는 비평가들조차 형식이 의미를 복잡하게 만드는 수단이라고 보며, 여전히 의미가 시야에 보이는 목표지요. 러시아형식주의자들은 이 점에서 아주 큰 차이를 보입니다. 그들이 관심을 가지는 것은 그들이 '문학성'이라고 부르는 것—문학성의 장치들—이, 우리가 의미에 이르는 것을 방해하도록 배치되고, 실제로 그 과정에서 '의미'에 관해 이야기할 때 우리가 뜻하는 바에 대한 이해를 바꾸는 방식이기 때문이지요. 다른 말로 하면, 해석학이 소통과 이해의 가능성에 몰두하는 데 반해 러시아형식주의자들은 '문학성'이라고 부르는, 말로 이루어지는 소통의 특별한 면에 관심을 가지는데, 이것은 사실 소통과 이해를 무시합니다—꼭 완전히 가로막는다기보다는 그냥 별도의 목적을 이행합니다. 말의 표면을 거칠게 하는 것, 빅토르 시클롭스키가 '낯설게 하기'의 핵심적 측면으로 찬양하는 이것은 우리의 속도를 늦추고, 우리가 의미에 도달하는 것을 방해하는데, 이렇게 하는 이유에 형식주의자들은 관심을 집중합니다.

신비평가들과 볼프강 이저 또한 문학이 우리의 속도를 늦추고 이해를 복잡하게 만든다는 점을 보여주었다는 사실을 지적하는 사람들이라면, 우리가 이제 다루기 시작한, 접근 방법에서 나타나는 근본적 단절에 관해 지금 내가 하는 이야기를 완전히 받아들이지 않을지도 모릅니다. 위에 언급한 사람들 모두가, 우리가 실용적인 메시지에서 경험하는 두 지점 사이의 최단거리와는 반대로 형식주의자들이 '문학성'이라고 부르는 것, 또는 그들도 가끔, 그리고 주로 신비평가들이 '시적 언어'라고 부르는 것이 우리의 속도를 늦춘다는 점에 동의하는 것처럼 보일 겁니다. 그것은 두 지점 사이에 거리를 만드는데, 직선이 아니라 아라베스크로 만듭니다. 다시 말해, 우리를 읽고 있는 것 위에서 잠시 멈추게 만들죠. 형식주의자들은 오로지 문학이 조립되는 방식에만 관심이 있다고 공언합니다. 아이헨바움이 계속 이야기하는—『돈키호테는 어떻게 만들어졌는가』『고골의 외투는 어떻게 만들어졌는가』 같은—제목들이 이런 집중적 관심을 반영하지요. 신비평가들과 볼프강 이저도 형식을 거칠게 하는 작업에 관심이 있지만, 그들은 해석학적 목적 때문에 그것을 중시합니다. 그것은 속도를 늦춘다, 맞다, 하지만 이렇게 속도를 늦춘 덕분에 우리는 더 풍부한 의미에 도달할 수 있다. 반면 형식주의자들은 오직 문학적 텍스트의 각 부분이 형식적으로 교차하는 방식을 과학적으로 이해—그들은 그렇게 생각합니다—하는 데에만 관심이 있습니다. 따라서 이 강의를 진행해나가면서 우리는 잠시 의미에 대한 관심을 차단하고, 문학적인 것이 만들어지는 방식에만 초점을 맞추겠습니다.

『견인차 토니』를 예로 들어보지요. 나는 『견인차 토니』의 텍스트에서 흥미로운 현상은 't' 소리의 3분할, 즉 'Tony' 'tow' 'truck'이라고 말한 바 있습니다. 우리는 "Tony the Tow Truck"이라고 읽은 직후 니토, 스피디, 범피라는 차량과 세 벌로 또는 삼중으로 만나게 됩니다. 따라서 『견인차 토니』의 텍스트에서 3의 그룹들이 다양한 수준에서 나타나는 현상에 주목하기 바랍니다. 이것은 아이헨바움이 인용하는 오시프 브릭의 경구에 정확하게 대응합니다. "운문에 나타나는 반복은 민담의 동어반복과 유사하다."[1] 이 세 벌에 관해 말하는 과정에서 우리는 『견인차 토니』의 형식, 구조에 관해서 뭔가를 드러냈지만, 의미에 관해서는 아무것도 발견하지 못했습니다. 이 텍스트에 세 벌의 성격이 어디에나 있다는, 사실 약간 주목할 만한 언급에 아무것도 뒤따르지 않는 듯 보이지요. 아, 혹시 여러분이 아주 영리하다면 이것을 이용하여 어떤 의미로 들어갈 수 있을지도 모르지만, 물론 그것이 러시아형식주의자의 목적은 아닐 겁니다. 다양한 텍스트 수준이 평행하는 3의 세트들로 조직되어 있다는 사실에 주목하는 것은 형식에 관한 경험적 관찰로, 과학을 위하여 이루어진 것입니다.

분류—이른바 '장치들'로 보이는 부분들 사이의 관계—에 대한 강조는 형식주의자들이 자신들의 기획이 과학적이라고 주장하는 방식 가운데 하나입니다. 그런데 그들은 자신들이 옹호하는 과학적 태도를 갖게 되면 공격에 노출된다고, 심지어 위험하다고 느끼는 듯합니다. 수사학적으로 약간 괴상한 아이헨바움의 에세이를 읽으면 '투쟁', 싸움, 전투를 치르는 것에 대한 그의 강박이 눈에 띄지 않을 수가 없습니다. 여러분은 혼잣말을 하겠죠. "맙소사. 그저 문학일 뿐이잖아. 긴장 좀 풀라고. 이게 그렇게까지 중요할 수는 없어." 하지만 아이헨바움에게는 많은 것이 걸려 있는 게 분명합니다. 곧 그럴 수밖에 없는 사회적이고 역사적인 이유를 개략적으로 이야기하겠지만, 일단은 그가 무엇을 얻으려고 싸우고 있는지 인식하는 것도 중요합니다.

이 에세이의 제일 첫 문장에는 '과학을 위한 투쟁'[2]이라는 표현이 나옵니다. 아이헨바움이 주장하듯이 이런 투쟁은 그가 대학의 문학교육에서 전형적으로 나타난다고 파악하는, 규율도 체계도 전혀 잡히지 않은 사고를 배경으로 벌어집니다. 그의 관점에서 보자면 이것은 한심한 사태입니다. 문학에 관해 이루어져야 할 가장 엄격한 사고가 대중적인 정기간행물에서 이루어지고 있으니까요.

물론 이것은 투쟁의 한 부분입니다. 다른 한 부분은 자신이 이야기하고 있는 것을 이해할 수단에 이르기까지 돌진하는 것입니다. 그것에 관해 체계적으로 이야기하고 싶지만, 그게 뭔지 모른다면 어떻게 체계적으로 이야기할 수 있겠는가? 따라서 연구 대상을 정확히 포착할 필요가 있으며, 이 첫번째 원리에서 다른 원리들이 등장할 수 있다. 형식주의자들에게 1단계는, '문학'은 연구 대상이 될 수 없다는 사실을 깨닫는 것이었습니다(나중에 보겠지만 소쉬르가 '말'은 연구 대상이 될 수 없다는 사실을 깨닫는 것과 마찬가지죠). 문학이 무엇인지 누가 아는가? 문학으로 간주하는 대상을 규정하거나 그 범위를 한정하는 방법을 정말로 알고 있었던 사람은 아무도 없다. 따라서 사람들이 읽는 어떤 것에서 상대적으로 관찰과 기술이 가능한 현상을 분리해내고, 이 데이터베이스라고 부를 수 있는 것에 '문학성'이라는 표현을 만들어 붙이는 것이 낫다. 우리가 어떤 장치가 어떤 기능을 수행하는지 분간해낼 수 있고, 이런 장치들을 연구하고 늘린다면, 어쩌면 여기에서 관찰에 근거한 이론, 더 광범한 함의를 가진 이론으로 진화할 수도 있을 것이다.

나는 여기에서 일부러 '진화'라는 말을 사용했습니다. 아이헨바움의 '과학을 위한 투쟁' 개념 뒤에는 핵심 인물이 둘 있습니다. 첫째는 당연히 마르크스로, 그의 지적인 영향력은 러시아형식주의 운동이 절정에 이르렀던 1917년에 볼셰비키혁명을 낳았지요. 이런 분위기에서는 '계급투쟁'에서처럼 투쟁이라는 개념이 두드러지게 됩니다. 앞으로 보겠지만, 아이헨바움은 1927년에 그 말을 계산적으로 사용하는데, 동시에 그가 생각하는 과학이 그냥 아무 과학이어도 좋다는 것은 아니라는 점이 매우 흥미롭습니다. 아이헨바움의 과학은 다윈주의적 과학으로, 사실 다윈은 마르크스와 마찬가지로 생존 투쟁, 지배 투쟁 등 투쟁에 초점을 맞추었죠. '지배적'이라는 말의 상대적 중요성—이 점에 관해서도 다시 이야기하게 될 텐데—에 그러니까 러시아형식주의자들의 사고에서 '지배적인 것'과 서식지의 종들 간에 나타나는 지배 투쟁에 주목하시기 바랍니다. 여러분에게 읽어보라고 권한 자료 마지막에 있는 1927년 에세이에서 유리 티냐노프가 그러듯이, 여러분도 '문학적 진화'라는 맥락에서 생각을 한다면, 여러분은 문학사 자체를 문학적 장치들이 '지배적인 것'이 되기 위해, 주어진 텍스트 시스템 내에서 다른 장치들이 움직이는 '동기가 되거나' 다른 장치들보다 먼저 선택되는 장치가 되기 위해 투쟁하는 변화들의 연속체로 생각하게 될 것입니다.

이렇게 아이헨바움은 제일 첫 문장에서 마르크스주의적인 동시에 다윈적인 어휘를 가져오며, 이것이 그의 수사의 격렬함을 어느 정도 설명해줍니다. 계급투쟁은 1927년의 러시아에서 대부분의 수수께끼를 푸는 데 사용할 수 있는 열쇠였으며, 이 말 자체도 아마 경쟁자, 즉 생존을 위한 종 간 혹은 종 내부의 투쟁이라는 열쇠와 더불어 그 해석적 위신을 놓고 싸우고 있었을 것입니다. 형식주의자들로부터 경멸당하던, 조직도 체계도 없는 학자들이 당시 이런 투쟁—계급투쟁, 과학을 위한 투쟁, 투쟁의 과학으로서의 과학—의 중요성에 대응하지 않았다면, 그들이 이런 흐름에 대응하지 못했다면, 그 자체로 그들이 얼마나 낡았는지 보여주는 셈이었겠지요.

반면 여러분이 이 강의를 위해 읽은 아이헨바움의 에세이 「형식적 방법의 이론」은 1924년 레온 트로츠키가 발표한 『문학과 혁명』이라는 폭탄의 직접적인 영향하에서 나왔습니다. 트로츠키의 『문학과 혁명』은 날카로운 통찰이 담긴 저서로 많은 문화적 흐름을 공격했지만, 특히 형식주의자들을 매우 아프게 공격했지요. 트로츠키는 형식에 대한 몰두가 그 자체로 일종의 유미주의라고 하면서 역사에 등을 돌리고, 더 정확하게 말하자면 계급투쟁에 등을 돌리는 유미주의라고 주장합니다—아이헨바움은 트로츠키에 대한 은근한 반박인 이 에세이에서 줄곧 이 사실을 부정합니다만. 트로츠키의 문학 취향은 단순하지 않으며 모두가 미적 고려는 제쳐둔 채 사회주의리얼리즘을 써야 한다고 아무 생각 없이 그냥 나오는 대로 주장하지도 않습니다. (1934년 국제 소비에트 작가회의에서 사회주의리얼리즘이 의무가 되기 전까지는 실제로 그런 주장이 먹히지도 않았지요.) 트로츠키의 책은 자신에게만 몰두하여 역사와 계급투쟁에 무관심하다고 이해될 수 있는 특정 형태의 '유미주의'를 겨냥하는데, 러시아형식주의자들은 그 가운데서도 두드러졌습니다.

1927년이었죠. 세상은 변하고 있었습니다. 혁명 후 십 년이 흘렀습니다. 사회와 정부는 점차 관료화하고 엄격한 감시와 사회공학의 지배를 받게 되었습니다. 러시아형식주의자들과 시인 마야콥스키 등 그들의 동맹자인 미래파가 1927년에 정부로부터 어떤 적대나 점증하는 위협을 느꼈는지, 그랬다면 얼마나 그랬는지 나는 정확히 알지 못하며, 전문가들 사이에도 전혀 합의된 바가 없습니다. 그러나 그들이 실제로 어느 정도 불안을 느꼈다는 증거는 많고, 몇 년 지나지 않아 그들 모두 사라지거나, 자신을 개조하거나, 망명을 떠났다는 것은 알고 있지요. 그럼에도 아이헨바움의 에세이가 나오던 무렵까지, 러시아의 주요 도시에서는 여전히 엄청난 지적 발효와 흥분이 있었습니다. 아직 사고의 황무지 같은 것은 전혀 나타나지 않았죠. 그럼에도 우리는 트로츠키의 책이 나온 뒤의 상황에서 아이헨바움이 보호막, 위장막으로서 투쟁이라는 공식 언어를 끌어다 자신의 에세이를 덮고 있다는 사실을 인식할 필요가 있습니다. 공식적 비판은 직접 언급하지 않는 것이 최선이요, '적'은 학자와 상징주의자에 국한하는 것이 최선이었습니다. 그러나 그가 트로츠키의 비판을 실제로 암시하는 한 가지 길이 있었습니다. 그것이 그보다 앞선 시기의 '민족지학적' 이론가 알렉산드르 베셀롭스키에 대한 형식주의자 빅토르 시클롭스키의 놀라운 대응인데, 이 점에 관해서는 다시 이야기하겠습니다.

일단, 아이헨바움의 적은 학자 포테브냐 같은 인물들이었습니다. 포테브냐는 시가 심상, 즉 이미지들이 형성하는 사고 패턴으로 이루어진다는 상징주의자들—형식주의자들에게 적대적인 또하나의 매우 활발한 그룹이죠—의 주장을 옹호했습니다. 상징주의자들이 보기에 이런 형성은 무의식에서 발생하며, 소리와 언어에 의해 강화됩니다. 따라서 그들의 관점에서 언어는 심상과 사고에 종속되는 것으로, 그런 재료들의 일종의 하녀라고 할 수 있죠. 다시 말해 언어는 상징적 사고라는 에너지가 쏟아져들어가는 그릇인 셈입니다. 여러분이 읽은 에세이에서 아이헨바움은 무엇보다도 이런 생각에 대한 자신의 강력한 반대의견을 정당화하는 데 관심을 기울입니다.

그럼에도, 이런 의견 차이의 이론적 핵심으로 들어가기 전에, 야콥슨이 이 시기에 쓴 에세이 「시인들을 낭비한 세대」[3]를 통해 아주 분명하게 드러내는 느낌—서서히 장악해오는 관료화에 대한 인상, 우리를 둘러싼 사물에 대한 우리의 지각이 자동화되는 분위기—을 무시하기란 힘든 일이지요. 특히 시클롭스키는 지각의 자동화, 즉 우리가 우리 주위에 있는 것을 사실상 보지 않게 되는 상황에 매우 깊은 관심을 가졌습니다. 얼마 전에 나는 시가 "보이는 것을 약간 보기 어렵게" 만들어야 한다는 월리스 스티븐스의 말을 인용했지요. 마찬가지로 시클롭스키와 그의 동료들은 다양한 장치로 텍스트의 표면을 거칠게 하는 것이 자동화된 지각을 낯설게 하는 데 도움을 주어, 우리는 우리가 사용하는 언어의 비의미적인 특징들을 갑자기 다시 보는 동시에, 우리 눈앞에 있는 사물로부터 익숙함이라는 막을 떼어내는 언어장치들을 이용하여 세상 자체를 새롭게 볼 수 있다고 주장했습니다. 따라서 낯설게 하기의 한 가지 목적은 야콥슨이 「시인들을 낭비한 세대」에서 ['관습'을 뜻하는] '비트быт'라고 부른 회색 균일성을 물리치는 것이었습니다.[4] 내가 생각하기에 러시아형식주의자들의 작업 뒤에는 이런 동기가 자리잡고 있다는 사실을 인식해야 한다고 봅니다. 따라서 엄격하게 과학적이어야 한다는 주장에는 슬쩍 감추어진 미학적 의제가 존재한다는 단서가 따라붙어야 한다는 거죠. 이것은 가치의 은밀한 귀환이기도 한데, 삶이 그 무렵의 상황처럼 따분해질 필요가 없다는 사실을 일깨워주는 것으로 이해될 필요가 있습니다.

그렇다면 문학성이란 무엇일까요? 우리의 관심을 끄는 텍스트의 장치들이 명백히 혁신적이거나, 시클롭스키가 '손으로 만질 수 있다'고 부르는 것일 때의 느낌입니다. 우리가 그런 장치들을 보는 데 익숙하지 않기 때문에 그 텍스트 장치들이 지각을 흔드는 방식인 거지요. 당시 새로운 것에 대한 요구는 세계적이었습니다. 그 시기 서구에는 '새롭게 하라'를 자신의 구호로 채택한 중요한 모더니스트들 가운데 에즈라 파운드가 있었습니다. 지난번에 내가 신비평의 배경에 관해 이야기하면서 인용한 엘리엇과 조이스를 비롯한 여러 사람의 다양한 발언도 있었죠—그들 모두 어려움, 신선함, 자신의 특수한 상황의 직접성을 받아들이는 일, 익숙하고 평범하고 막연한 것으로부터 떠나는 일의 필요성을 주장했지요. 다시 말해서 그것은 국경을 초월한 생각이었지만, 그럼에도 어디에서 나타났느냐에 따라 구체적인 적용 방식이 달라졌음은 분명합니다. 러시아형식주의자들이 관심을 보인 새로움은, 앞서도 말했듯이 오직 암묵적으로만 미적인 것이었으며, 어떤 새로움이든 좋다는 것도 아니었습니다. 그것은 특히 낯설게 하는 것의 뚜렷하거나 거칠어진 형식, 자동사적인 물질성과 관계가 있었습니다.

이제 우리는 '형식'이라는 약간 미끌미끌한 말과 씨름하는 것을 피할 수 없습니다. 무엇에 대립되는 '형식'인가? 이것은 러시아형식주의자들에게 핵심적인 쟁점이며, 상징주의자들과의 '투쟁'에서 중심에 자리잡고 있는 것인데, 그들은 반격을 하면서 실로 아주 대담하게 형식의 문제에 접근합니다. 모든 것이 형식이라는 주장이 그들의 강령의 한 부분입니다. 다시 말해서, 형식과 내용 사이에 적절한 구분은 없다는 겁니다. 그들이 보기에는 이 점이야말로 다양한 종류의 적들이 문학에 접근하면서 저지르는 근본적 실수입니다. 그럼에도 여러분은 주장하고 싶을지 모릅니다. 형식주의자들 자신의 기본적 구분은 이원론적이 아닌가? 시적 언어와 실용적 언어의 구분, 플롯과 이야기의 구분, 리듬과 운율의 구분—이 모든 것이 암묵적으로 다시 형식과 내용의 분리로 후퇴하는 듯하다. 예를 들어, 이야기가 조립되는 방식인 '플롯'과 서술되는 내용인 '이야기'는 틀림없이 이런 분리로 후퇴한다. 글쎄요, 사실 나는 러시아형식주의자들을 이런 공격에서 옹호할 수 있다고 생각하는데, 조금 시간을 들여 가능한 옹호를 펼쳐보고 싶습니다.

우선 '시적' 언어와 '실용적' 언어를 보죠. 여러분은 이미 I. A. 리처즈와 신비평가들을 통해 이런 구분에 대해서 들어보았습니다. 그러나 신비평가들은 형식이 의미다, 형식이 내용이다 등등의 주장을 하기는 하지만, 사실 형식과 내용의 구분을 부수지는 않습니다. 그들이 시적 언어는 형식이 지배적인 것이고 실용적 언어는 내용이 지배적인 것이라고 이해한다는 사실 자체가 그러한 구분의 끈질김을 보여주며, 어쨌든 그들은 수사적 제스처가 아니면 그런 구분을 절대 부정하지 않습니다. 하지만 러시아형식주의자들은 시적인 것과 실용적인 것의 차이를 다른 방식으로 봅니다. 그들에게 이른바 내용은 그 자체로 시적 언어의 기능입니다. 다른 식으로 표현하자면, 실용적 언어는 어떤 텍스트에서든 시적 언어와 공존하며, 지시가 아니라 시적 언어와 관련을 맺으며 모종의 기능을 얻습니다. 다른 장치와 마찬가지로 실용적 언어도 그 지시적 보따리와 함께 텍스트 내부의 한 변수이며, 텍스트 내에서 문학성이 보다 자명한 측면들과 역동적이고 기능적인 관계를 맺으며 존재하고 있는 것으로 이해되어야 합니다. 다른 말로 하면, 시나 소설이 어떤 식으로든 엄격하게 시적 언어로만 이루어졌느냐 아니냐 하는 것은 문제가 되지 않습니다. 시나 소설에서 시적 기능—이것은 야콥슨이 에세이 「언어학과 시학」에서 '시적 언어' 대신 사용하게 되는 표현인데—이 지배적이라고 주장할 수는 있겠지요. 하지만 그렇다고 해서 실용적 언어가 없다거나, 실용적 언어가 그 나름의 기능, 다른 장치들의 기능과 관련하여 다르게 확정되는 기능을 가지지 못했다는 것은 아닙니다. 간단히 말해서, 만일 '내용'이라고 부르는 것을 분리해내고자 한다면, 그것이 결국 본질적으로 여러 장치 가운데 하나라는 사실이 드러난다는 겁니다.

그런데 시적 언어와 실용적 언어에 관한 이야기에서 시작하게 되면, 우리는 러시아형식주의자들이 실제로 시작한 지점에서 시작하는 셈이 됩니다. 아이헨바움이 설명하듯이, 1914년에 처음 나온 그들의 정기간행물은 전적으로 시적 소리만, 즉 소리가 의미의 완성과는 완전히 독립된(즉 어떤 내용의 형식이 아니라는) 것처럼 보이며, 실제로도 독립적이라는 사실만 집중적으로 살펴보았습니다. 이런 맥락에서 아이헨바움은 우리에게 지나가는 말로 소리가 본질적으로 의성어적이라는—즉 자신이 하고 있는 말의 의미를 반영한다는—생각을 경계해야 한다고 지적합니다. 형식주의자들, 그리고 소쉬르—이것이 형식주의자와 소쉬르 사이의 가장 중요한 고리 가운데 하나입니다—는 아주 조심스럽게 소리가 본래 의성어적이라는 가정을 경계합니다. 그렇게 되면 다시 한번, 상징주의자들의 생각과 똑같이 소리가 의미에, 소리가 표현하는 것처럼 보이는 사물에 대한 관념에 따라붙는다는 뜻이 되기 때문이지요. 러시아형식주의자들의 가장 초기 작업의 중요성은 소리가 자기 나름의 길을 갈 뿐 어떤 것에도 따라붙지 않는다는 생각, 소리가 다른 장치들과 상호작용은 할지언정 엄연히 그 장치들로부터 독립한 장치라는 생각, 소리가 조금이라도 해석학적인 어떤 목적을 위해 존재하는 게 아니라는 생각을 확립한 것입니다. 사실 소리는, 놀랍게도 우리가 '시적'이라고 부르는 경향이 있는 그런 종류의 텍스트에서는 이해를 방해하기 위해 존재한다. 소리는 반복적이다. 소리는 절약을 거스른다. 소리는 지연시킨다. 이런 종류의 언어, 혹은 어떤 종류든 언어는 하나의 장치이며, 다른 장치들과의 관계 속에서 '기능'이라고 불린다. 즉 언어는 기능을 갖고, 하나의 텍스트가 구조를 이루는 방식에 대한 우리의 이해에 기여한다. 텍스트 구조의 모든 측면은 기능을 가진다고 이해할 수 있다.

"스페인의 비는 주로 들에 내린다The rain in Spain falls mainly on the plain"는 말을 예로 들어봅시다. 자, 이것은 유운類韻이 명백하게 지배적인 텍스트의 예입니다. 이 문장은 반복적이며, 우리는 이것이 어떤 사실이 전달되는 일반적인 방식과는 어쩐지 다르다는 점을 쉽게 이해할 수 있습니다. 하지만 러시아형식주의자가 아니라면 '글쎄, 이건 어떤 사실을 암기하는 과제를 달성할 목적으로—다시 말해서 암기를 돕기 위해—도입된, 기억을 쉽게 해주기 위한 장치잖아'라고 말하고 싶은 유혹을 느낍니다. 그런데 나로서는 이 말이 사실인지 아닌지 전혀 모릅니다. 비가 많이 오는 산악지대는 많지요. 하지만 피레네산맥은 아마도 건조한 모양입니다. 솔직히 나는 이게 사실인지 아닌지 모르며, [버나드 쇼의 『피그말리온』을 원작으로 한 영화] 〈마이 페어 레이디〉에서도 그것이 사실인지 아닌지는 그다지 중요하지 않습니다. 〈마이 페어 레이디〉에서 중요한 것은 플롯의 동어반복성을 끌어내기 위해 운문의 반복성—"The **rain** in **Spain** falls **main**ly on the **plain**"—을 되풀이하는 것이니까요. 일라이자 두리틀은 내가 방금 말한 예문을 반복해서 말해 보려고 애를 쓰지만, 토니를 곤경에서 밀어내주지 못하거나 그럴 마음이 없는 니토와 스피디처럼, 대신 이렇게 되풀이할 뿐입니다. "The rine in Spine falls minely on the pline." 이것은 만족스럽지 않죠. 이런 식으로 플롯의 반복은 문제가 되는 소리의 반복을 강화합니다. 이 진술의 내용이 사실인지 아닌지는 일라이자에게 전혀 중요하지 않고, 헨리 히긴스에게도 전혀 중요하지 않으며, 〈마이 페어 레이디〉의 결말에도 전혀 중요하지 않습니다. 〈마이 페어 레이디〉에서 중요한 것은, 주요 인물을 숙녀로 바꾸는 과정에서 반복의 기능성이니까요—이것은 'My'의 소유를 나타내는 'I'에서 'Fair Lady'의 길고 부드러운 'a'로 모음변화가 일어나는 현상과 유사합니다. (의성어조차 텍스트 내적 장치로 인식될 수 있지요.) 따라서 스페인의 날씨에 관하여 뭔가 전달하려 할 때 기억을 도와주기 위한 장치라고 생각할 수도 있는 문장, 즉 내용을 위한 단순한 형식이라고 생각할 수도 있는 문장을, 형식주의적인 맥락에서는 방금 말한 것처럼 이해할 필요가 있습니다.

어쨌든 러시아형식주의 사상의 첫 물결은 엄격하게 소리와 관련되어 있지만, 그들은 결국 자신들이 소리만이 아니라 텍스트의 모든 측면에 비슷한 태도로 접근할 수밖에 없을 것임을 알았습니다. 소리는 가끔 의미를 보강하기도 하지만 가끔은 그렇지 않다는 것이 분명해지는 순간, 우리는 그 기능에 본질적으로 또는 내재적으로 지시성이 없음을 알 수 있다. 다른 장치들 또한 가끔 지시를 하거나 지시하는 것처럼 보일 수 있지만, 소통의 기능에 대립되는 문학적 기능은 오직 다른 장치들이 지닌 기능과의 관계 속에서만 나타난다. 텍스트의 어떤 부분이 다른 부분에 비해 이러한 취급에 더 저항성을 드러내는 듯 여겨질 수 있지만, 그것을 논거로 삼을 수는 없다. 예를 들어 사회주의리얼리즘, 아니 사실상 모든 종류의 리얼리즘의 경우, 그런 텍스트의 주제는 '사회 기능'이라고 불릴 수 있다. 리얼리즘 텍스트에서 사회 기능은 평이한 문체, 풍부한 디테일, 그리고 은유나 상징이나 알레고리 같은 어떤 열성劣性적 특질(다윈이라면 그렇게 말했겠죠)과의 관계 속에 존재하며, 사실 그런 특질들을 '유발'한다. 형식이 진화하는 어떤 순간에는 사회 기능이 지배적으로 자리하는 것을 볼 수 있다. 자, 이런 식으로 형식-내용의 구분을 피해가는 겁니다. 다른 사람들이 내용이라고 부르는 것도 다른 여느 장치와 비슷한 하나의 장치이며, 이 장치는 사람들이 문학의 측면들이라고 파악하는 다른 모든 장치들과 더불어 지배를 둘러싼 투쟁에 참여한다는 것이죠.

'플롯'과 '이야기'의 구분을 보지요. 이 부분에서 여러분은 정말로 형식주의자들이 얇은 얼음 위에 서 있다고 생각할 겁니다. 우리는 모두 플롯이 이야기가 구축된 방식, 이야기가 조립된 방식, 외투가 만들어지는 방식이라는 데 동의할 수 있습니다. 하지만 이야기에 관해 말하자면, 그것은 흔히 말하듯이 플롯이 담고 있는 것인데, 그런 경우 우리는 그것을 내용이라고 부르는 것을 어떻게 피할 수 있을까요? 글쎄요, 아마 피할 수 있을 겁니다. 우선, 가끔은 분명히 형식적인 맥락에서도 이야기가 지배적인 것이 될 수 있다는 점에 주목하기 바랍니다. 나는 여러분 모두가 아마도 대학에 오기 전에 읽었을 이야기인 팀 오브라이언의 『그들이 가지고 다닌 것들』을 염두에 두고 있습니다. 이것은 베트남전쟁 때 군인의 배낭에 든 내용물의 목록, 그냥 내용물 목록입니다. 물론 배낭 속의 모든 물품은 다른 것을 환기하며, 독자가 꿰어 맞출 수 있는 어떤 플롯을 암시합니다. 다른 말로 하면, 이야기가 끝날 때면 내포된 플롯이 존재하게 됩니다. 이것은 플롯과 이야기 사이의 일반적 관계와 정반대죠. 일반적으로 말해서 플롯은 내포된 것—일어나는 것, 우리가 바꿔쓰기로 또는 텍스트 바깥에 있는 것처럼 보이는 주제로써 말할 수 있는 것—을 구축합니다. 그러나 여기 오브라이언의 이야기에서 여러분에게는 주제가 주어져 있습니다. 주제 자체가 지배적 장치입니다. 주제는 플롯을 구축하는 방식을 내포하지만, 그것을 구축하는 방식이 지배적이지는 않습니다. 지배적인 것은 배낭 안에 있는 것이며, 이것은 가능한 한 가공 없이 나열되어 있습니다. 따라서 이것은 여러분이 플롯과 이야기의 관계를 장치들의 관계로 볼 수 있는 방식의 한 예가 됩니다. 물론 이야기가 내용이고 플롯이 형식이라고 말하고 싶은 유혹은 늘 느끼게 되지만요.

어떤 장치든 문학사에서 어떤 주어진 순간에 지배적이 될 수 있습니다. 여러분이 알다시피 롱펠로의 『하이어워사*Hiawatha*』에서는 보격이 지배적이며, 대략 이 무렵 스윈번과 로버트 브리지스는 그리스 보격 실험을 하고 있었습니다. 테니슨에게는 소리가 지배적이죠. "태곳적 떡갈나무들 속 비둘기의 신음, 헤아릴 수 없이 많은 벌의 웅얼거림the moan of doves in immemorial elms, and murmur of innumerable bees." 테니슨은 영어에서 가장 아름다운 두 단어가 '지하실 문cellar door'이라고 생각했는데, 이 표현에서 어떤 보완적 가치, 즉 내용이라고 말할 수도 있는 것은 찾아볼 수 없습니다. 이런 종류의 귀에 들리는 아름다움은 그의 시를 만드는 데 아무런 지시적 기능을 하지 않는 경우가 대단히 많죠. 따라서 우리는 많은 빅토리아 시에서와 마찬가지로—스윈번은 물론이고—테니슨의 시에서 지배적 장치는 물질적 소리라고 말할 수 있습니다. 또 오십 년을 거슬러올라가, 키츠에게서는 지배적 장치가 심상이 공감각(다양한 감각들이 이미지의 환기 속에 합쳐지는 방식)에 대한 그의 유명한 강조를 기억해보세요. 거트루드 스타인에게 지배적인 것은 물론 반복입니다. 각기 다른 시기이지만 워즈워스 혹은 조이스와 울프에게서 지배적인 것이 아마 '형식적'인 것은 아닐 겁니다. 마치 산문 속으로 사라지는 듯한 워즈워스 무운시의 느낌을 떠올려보세요. 나는 딱 맞는 말이라고 생각하지는 않지만, 매슈 아놀드를 포함한 많은 사람이 "워즈워스에게는 문체가 없다"[5]고 실제로 믿습니다. 워즈워스에게서 또 조이스나 울프(문체로 꽉 차 있죠)에게서, 시대를 가로질러 지배적인 것은 아마 의식의 내면성일 겁니다. 즉 이른바 의식의 흐름이나 사고의 내향성이 텍스트에서 진행되는 다른 모든 것—생략, 도치, 모더니스트들에게서 볼 수 있는 파편화, 워즈워스에게서 볼 수 있는 사유와 백일몽의 멈칫거리는 대립 등—을 유발하는 방식입니다. 간단히 말해서 '문학적'이라고 이해되는 문학의 모든 측면이 지배적인 것이 될 수 있습니다.

장치들이 지배적인 것이 되는 문제에 관해 이야기를 시작하는 순간, 마찬가지로 지배적인 것이 사라지는 문제에 관해서도 생각해봐야 합니다. 한 세대에서 요리용이던 것—여기에서 나는 아이헨바움이 인용한 구절을 암시하고 있습니다—예를 들어 도스토옙스키 작품 이전의 범죄소설 장치들이 다른 세대에는 완전히 중심에 자리잡게 됩니다. 아이헨바움은 주로 『죄와 벌』을 염두에 두고 있지만, 도스토옙스키의 다른 작품들도 마찬가지입니다. 싸구려 탐정소설의 장치들은 실제로 주류 문학형식의 지배적인 것이 되지만, 그런 다음에는 어떤 다른 지배적인 것에 자리를 내주고 장르 픽션으로 다시 물러나지요. 내가 말하고자 하는 바는, 지배적인 것이 사라지는 문제에 관하여 생각하기 시작하는 순간, 문학사에 관해서도 생각하게 된다는 겁니다.

가장 오해를 일으키는 비난, 다른 누구보다도 트로츠키가 퍼부었던 비난은, 러시아형식주의자들이 역사를 무시한다는 것으로, 이것은 신비평가들에게 아주 빈번하게 퍼부어졌던 비난이기도 합니다. 러시아형식주의자들은 절대 역사를 무시하지 않습니다. 그들은 거의 처음부터, 하지만 1920년대를 지나며 점점 더 문학사 편찬 문제에 관심을 돌렸으며, 그 문제에 관해 꽤나 참신한 발언을 하기도 했습니다. 여러분의 텍스트 가운데에서는, 아이헨바움이 민족지학적 비평가 알렉산드르 베셀롭스키의 발언에 대한 빅토르 시클롭스키의 대응을 인용하는 부분에서 볼 수 있지요.

> 그[시클롭스키]는 베셀롭스키의 정리, "새로운 형식의 목적은 새로운 내용[새로운 내용이란 다른 말로 하면 문학적 기법의 변화를 강요하는 사회적이고 역사적이고 환경적인 힘들입니다]을 표현하는 것"이라는, 민족지학적 원리에 광범위하게 자리잡고 있는 정리와 마주쳤다.[6]

이것이 문학 연구에 대한 베셀롭스키의 '민족지학적' 접근 방법입니다. 또한 이것은 분명히 사적유물론적, 또는 사회주의적 입장이기도 합니다. 역사가 문학을 생산한다는 것, 단지 문학사뿐만 아니라 사회사 역시 문학을 생산한다는 것입니다. 시클롭스키는 이에 반대하여 완전히 다른 관점을 보여줍니다.

> 예술작품은 다른 작품들이라는 배경으로부터, 다른 작품들과의 연결을 통하여 생겨난다. 예술작품의 형식은 다른 예술작품들, 그전에 존재하던

형식들과의 관계에 의해 규정된다. ……패러디{그런데 러시아형식주의자들의 사고에서 패러디는 아주, 아주 폭넓은 용어이며, 어떤 면에서는 그냥 변화, 하나의 텍스트가 자신의 장치와 강조점을 다듬고 새로운 종류의 동기부여를 찾는 과정에서 불가피하게 다른 텍스트를 이용하는 방식을 뜻하기도 합니다}만이 아니라, 어떤 종류의 예술작품이든 다른 특정한 종류의 형식과 유사하게 또 그와 대립하여 창조된다. 새로운 형식의 목적은 새로운 내용을 표현하는 것이 아니라, 미적 특질을 상실한{낯설게 하는 힘, 우리 눈에서 막을 벗겨낼 힘을 상실한} 낡은 형식을 바꾸는 것이다.[7]

틀림없이 여러분은 이 모든 것이 매우 참신하고 대담하지만, 그럼에도 베셀롭스키가 당연히 옳다고 말하겠지요. 물론 우리는 문학이 역사적인 힘들에 의해 생산된다는 점을 알고 있습니다. 그런데 미적으로 생명력을 잃은 낡은 형식을 대체할 때에만 새로운 형식이 발생한다는 말은 무슨 뜻인가? 시클롭스키의 발언 같은 것에 대해, 이 비슷한 의문이 드는 게 틀림없이 우리 모두의 자연스러운 반응일 겁니다. 내가 여러분에게, 티냐노프가 역시 1927년에 쓴—즉 역시 트로츠키의 『문학과 혁명』에 대응하여 쓴—「문학적 진화에 관하여On Literary Evolution」의 마지막에 나오는 특별한 구절을 제시하는 것은 우리의 이런 반응을 상쇄하기 위한 것입니다. 티냐노프는 이렇게 말하지요.

형식주의적 역사 편찬에서는, 주요한 사회적 요인들의 가장 중요한 의의를 조금도 폐기하지 않는다. {다른 말로 하면 이렇죠. 우리는 여기서 단순히 게임을 하고 있는 것이 아니다. 우리도 우리가 '사회 기능'이라고 부르는 것과의 관련성을 이해한다.} 오히려 문학의 진화 문제를 통하여 완전하게 그 점이 설명되어야 한다. 그러나 이것은 주요한 사회적 요인들의 직접적인 영향을 확인하는 일과 대조를 이루는데{이제 이 대목에서 진정으로 주목할 만한 부분이 등장합니다}, 그런 확인의 시도는 문학의 진화 연구를 문학작품의 일시적 변이, 즉 그것의 개악 연구로 대체하고 만다.[8]

여러분의 눈에 차이가 보이기를 바랍니다. 자연선택에서는 어떤 일들이 일어난다. 돌연변이가 생긴다. 새로운 유전자가 이제 열성이나 잠복 상태에서 벗어나 지배적인 것이 되고, 유기체는 변하게 된다. 이것이 진화이지만, 유기체 또한 환경 변화의 영향을 받는다. 예를 들어, 물건을 쥐기에 적당한 엄지가 등장하는 것은 진화의 문제다. 하지만 그다음에 엄청난 지진이 발생해 그런 엄지의 소유자가 지상에서 사라진다—즉, 인간 종이 절대 발전하지 못하게 될 수도 있다. 이것이 형식의 일시적 변이로, 진화와 아주 분명하게 구별되는, 사실상 해가 되는 것이다. 여기에서 티냐노프는 핵심적인 구분을 한 듯합니다. 이런저런 시기는 사회주의리얼리즘을 일으키는 충동들을 제공할 수도 있지만, 글을 쓰려면 그것은 반드시 사회주의리얼리즘이어야 한다는, 위에서부터 내려온 칙령이 있는 경우엔, 그것은 일시적 변이, 문학사 편찬이라는 명확한 분야 내에서 그 자체로 저절로 진화하게 되며, 또 실제로 진화하고 있는 것의 일시적 변이에 불과하다.

내가 보기에 이런 구분은 대단히 설득력이 있습니다. 아마 이에 대한 유일한 이의제기는, 많은 경우 그렇게 구분짓는 것이 그 정도로 수고를 들일 만큼 가치 있는 일이 아니라는 주장일 것입니다. 사회적 요인들이 문학의 진화와 아무런 관계가 없다는 뻔한 말을 요리조리 우회하고 피해가는 것으로 보이기 때문에 우리가 이런 구분에 계속 경의를 표할 것 같지는 않지만, 그럼에도 이 점을 늘 마음 한편에 간직하는 것은 매우 중요하다고 생각합니다. 티냐노프는 자신의 에세이 제목 「문학적 진화에 관하여」—'혁명revolution'이 아니라 '진화evolution'입니다—를 다윈에게 빚지고 있습니다. 그러나 진화가 일시적 변이는 아니라는 그 나름의 조용한 항의는, 문학이 트로츠키의 『문학과 혁명』에 제시된 어떤 기준들에 부합해야 한다는 생각에 빚지고 있다는 점, 즉 그런 생각에 대한 항의라는 점을 나는 거의 의심하지 않습니다.

다음 강의에서는 소쉬르로 넘어가기 전에, 러시아형식주의이론을 비판하는 데 필요한 몇 가지 가능한 근거들을 잠깐 검토해보겠습니다.

8장
기호학과 구조주의

읽을 자료

『비평의 전통』에 실린 소쉬르의 『일반언어학 강의』 발췌문(CT, 841~847).

소쉬르의 다른 발췌문들.

러시아형식주의자들과 페르디낭 드 소쉬르의 기호학을 비교하고 대조하기에 앞서, 로만 야콥슨의 「언어학과 시학」을 논의하겠다는 나의 의도를 다시 밝히는 데서부터 시작하겠습니다. 내 생각으로는 먼저 그 논의를 하면, 야콥슨 자신도 관여했던 두 운동 사이의 관련을 대강 설명하는 것보다 그 관계가 더 자연스럽게 초점에 들어올 것이라고 봅니다.

기호학은 그 자체로는 문학이론이 아닙니다. 앞으로 야콥슨에게 배우겠지만, 문학 연구—즉 '시학'—가 기호학의 하위 분야로 이해될 수는 있어도, 기호학이 그 자체로 문학이론은 아니라는 것이죠. 따라서 어쩌면 여러분이 좌절감을 느낄지 모르지만, 오늘 읽는 것은, 그 자체로는 문학에 관해서는 여러분에게 말해줄 것이 거의 없습니다. 우리가 주제들을 다루며 거쳐나가는 과정에서 이런 경우가 종종 생길 텐데, 이렇게 문학 연구와 직접적인 관계가 없음에도 이 분야에 엄청난 영향을 준 이론적 텍스트에서 문학에 대한 함의를 끌어내는 것은, 앞으로도 계속 우리의 일이 될 것입니다. 예를 들어 소쉬르의 기호학은 매우 다양한 문학이론에 거대한 영향력을 행사했지요. 기호학은 발전하여 이른바 '구조주의'가 되며, 이것은 또 해체주의, 라캉의 정신분석, 프랑스 마르크스주의, 그리고 인종, 식민화, 젠더 등의 이원 이론, 다른 말로 하면 우리가 장차 공부하게 될 많은 것에 용어와 일군의 쟁점과 사고의 틀을 물려주었습니다.

자, 일화적인 또는 추측에 근거한 방백—나는 늘 이것이 너무 매혹적이어서 도저히 이 이야기를 하지 않을 수 없습니다—을 좀 하자면, 우리 분야에는 근본적인 것으로 여겨지지만 아주 묘하게도, 푸코 식으로 말하자면 사실 저자가 없는 다양한 텍스트가 있습니다. 아리스토텔레스의 『시학』은 아리스토텔레스가 쓴 것이라기보다는, 그의 강의노트를 편찬한 것이라고들 생각하지요. 이것도 중세의 아랍 학문 황금기 동안 『시학』에 관한 많은 논란이 일어난 한 가지 이유입니다. 우리가 발견한 이 시기의 필사본들의 여백에는, 당시 학자들이 모순으로 여겨지는 구절들을 재구성하느라 애쓴 메모의 흔적이 가득합니다. 이렇게

『시학』은 저자가 없는, 논란이 많은 텍스트이면서 동시에 근본적인 텍스트이기도 하지요. 아리스토텔레스는 '비평의 아버지'로 간주되며 푸코라면 '담론성의 창설자'라 부를 만한 존재이지만, 『시학』의 저자는 엄격하게 말해서 아리스토텔레스가 아닙니다.

자, 묘한 일은, 여러분도 보았듯이 문학이론 다방면에 걸친 수많은 흐름의 창설자로 간주될 수 있는, 소쉬르도 마찬가지라는 겁니다. 소쉬르의 『일반언어학 강의』는 소쉬르가 쓴 것이 아니라, 1906년부터 1911년까지 그가 한 일련의 강의에서 학생들이 필기한 내용을 편찬한 것이죠. 즉 필기를 모아 언어학자인 두 제자가 책의 형태로 묶은 겁니다. 여기에서도 우리는 담론성의 가상의 창설자를 보게 됩니다. 소쉬르의 문서보관소를 살피러 제네바로 향하는 일부 학자들은 '소쉬르'라는 통념을 싫어하여, 텍스트에 의해 정전화된 내용이 실은 소쉬르의 의견이 아니었다는 사실을 알아내어 기호학을 믿을 수 없는 것으로 만들 수 있다는 희망을 품기도 했습니다. 어떤 사람들은 소쉬르를 매우 존경하여 그를 식자공들의 잘못된 관념들로부터 구출할 필요가 있다고 느끼는 반면, 또 어떤 사람들은 문서보관소를 성지처럼 방문하여 그곳에서 텍스트의 완결성을 완전히 확인받기를 바라기도 합니다. 하지만 이 모든 것이 사실 중요하지 않은 일이죠. 이 강좌에서 우리의 출발점을 고려할 때, 우리가 연구하는 분야에서 논란의 여지 없이 담론성의 창설자라 할 만한 두 사람이, 사실은 엄격하게 말해서 저자가 아니라는 점이 그저 재미있을 뿐입니다. 어찌되었든, 우리는 우리가 갖고 있는 텍스트에 의지할 수밖에 없습니다.

기호학이란 무엇인가? 기존의, 관습적인, 의사소통 체계의 연구입니다. 이 체계는 모두 '언어들'이라고 부를 수 있으며, 말로 하는 '언어'—우리가 서로 이야기를 나눌 때 사용하는 체계—는 그 가운데 하나일 뿐 결코 유일한 것이 아닙니다. 마임이 사용하는 몸짓, 깃발을 이용한 선박신호, 철도의 까치발신호기, 신호등—빨간색, 녹색, 노란색—도 있으니까요. 이 모두가 기호학이라는 일반 과학이 서로 비교하며 연구하는 기호체계입니다. 이 모두가 우리가 기능할 때 이용하는 의사소통 체계이며, 그것을 이해할 수 있으면 우리는 주위 세계를 헤쳐나갈 수 있습니다. 기호학은 '의사소통'이 '이해 가능성의 조건'으로 여겨져야 할 영역들을 포함하여, 사고의 측면들 가운데 상상할 수 있는 모든 곳으로 영역을 확장해갔습니다. 예를 들어 다윈주의적 기호학이 있습니다. 생태계는 기호적이죠. 가장 넓은 의미에서 보자면, 기호학은 상호 관련된 대상들로 이루어진 어떤 분야가 그러한 분야로서 이해되는 방식을 설명해줍니다.

이제 그런 분야들의 성격에 관해 뭔가 분명하게 밝힐 수 있는 대목으로 넘어가겠습니다. 소쉬르는 이렇게 말합니다. "언어는 말하는 사람의 기능이 아니다." (이 경우엔 말로 하는 인간의 언어를 이야기하고 있는 것이죠.) "그것은 개인이 수동적으로 받아들이는 하나의 생산물이다." 자, 이 주장은 무엇을 함축할까요? 인간 언어가 내 언어가 아니라는 사실—나에게서 유래하지 않는다는 사실, 다른 말로 하면, 나의 사적인 언어가 아니라는 사실—은 상당한 손실을 암시합니다. 내가 말을 할 때, 말에서 언어를 이용할 때, 나는 엄격하게 말하자면 나 자신의 것이 아닌 도구를 전유하고 있는 겁니다. 언어는 관습적인데—즉, 우리 모두가 접근할 수 있는 공적 영역에서 입수할 수 있다는 것이죠—어쩌면 우리 안의 낭만주의자는 그렇지 않기를 바랄지도 모릅니다. 언어가 나 자신만의 것이라면 멋지지 않을까?

하지만 이런 손실을 상쇄하는 것으로, 언어를 과학의 대상—소쉬르는 형식주의자들과 마찬가지로 이 점을 확립하고자 합니다—같은 어떤 것으로 만들어주는 주목할 만한 이점이 있지요. 만일 언어가 사적인 것이 아니라면, 언어가 내가 살면서 만들어낼 수 있는 것이 아니라면, 따라서 관습적이어서 우리 모두가 입수할 수 있는 것이라면, 그렇다면 바로 그것이야말로 언어가 소통의 기능을 하도록 허용하는 것이라는 점입니다. 말하자면, 언어는 우리 모두에게 공통이기 때문에 우리가 기호로 인식하는 관습적 기호들의 체계다. 그러니까, 이런 관습성이 언어학자이자 기호학자로서 소쉬르의 관심 대상입니다.

언어는 우리가 의사소통을 할 때 이용하는 것이지만, 그 자체로 소통이나 표현 행위인 것은 아니지요. 이것을 이야기하는 가장 좋은 방법이자 빠른 방법은, 내가 언어를 말하는 것이 아니라, 언어로 말을 한다는 사실입니다. 언어는 모두 함께 하나의 집합체로서, 하나의 데이터베이스로서 존재하며—이것은 우리가 이제 말할 짝들로 이루어진 도식으로 돌아올 때마다 계속해서 등장하게 되는 이야기입니다—더욱이 우리가 언어라고 부르는 이 집합체는 오직 가상으로만 존재합니다. 우리는 언어가 '구름 속의' 데이터베이스라고 말할 수 있을 뿐, 정확히 어디에 있는지 말하지 못합니다. 언어는 결코 사전 속의 어휘가 아닙니다. 체계적이 되려면 그 어휘가 규칙들로 이루어진 하나의 체계로 구조화되어야 하는데, 사전은 그런 규칙들을 제공해주지 못하기 때문이죠. 여러분은 의식의 변덕스러운 행동으로부터 무의식을 추론해야 한다는 프로이트의 말을 기억하고 있습니다. 의식 뒤에는 뭔가가 있다, 우리는 그렇게 말하고, 그래서 그것을 '무의식'이라고 부르며 그것을 묘사하려고 합니다. 언어, 또는 소쉬르의 프랑스어로 하자면 '랑그langue'도 똑같습니다. 우리가 의사소통을 할 때 우리가 하는 일은 말하기이며, 우리가 말을 할 때 언어를 '사용한다'고 말하는 것은 옳지만, 그럼에도 우리는 언어와 말은 별도의 실체라는 사실을 기억할 필요가 있습니다.

자, 내가 암시했듯이 어떤 의미에서 우리는 언어가 사전에 있는 모든 것과 이상적인 또는 완전히 체계화된 일군의 문법, 통사, 어법 규칙들을 혼합한 것으로서, 그런 규칙들에 대한 기술적記述的 태도와 규범적 태도 사이에서 어떤 식으로든 타협하고 있다고—어떤 공통분모를 따라가고 있다고—이해할 수도 있습니다. 하지만 실제로 그런 종류의 혼합물은 없습니다. 다른 말로 하면, 우리는 그것이 존재한다고, 언어학자들이 실험으로 또는 추측으로 합칠 수 있는 방식으로 존재한다고 상정하지만, 공간적 동시성 속에, 즉 공시적으로 존재하는 합성적인 것으로서의 언어는, 우리가 프로이트의 무의식을 의식적 행동으로부터 추론하는 것과 유사하게 말로부터 추론할 수밖에 없습니다. 반면 말은 가상적이 아니라 실제적이며, 우리가 하는 것입니다. 말(소쉬르의 프랑스어로 하자면 '파롤parole')은 우리가 언어를 전유하고, 배치하고, 이용하는 방식입니다. 파롤은 가상의 공간에 주어진 일군의 가능성—이 일군의 가능성이 소쉬르가 말하는 랑그지요—을 실시간으로 전개하는 것입니다.

따라서 언어란 기호들의 체계입니다. 소쉬르는 기호를 어떻게 정의할까요? 그의 유명한 도식들이 그 점을 꽤나 분명하게 밝혀줍니다, 어느 지점까지는요. 선 위에는 개념이 있고, 선 아래에는 소리이미지가 있습니다. 다른 말로 하면, 나는 뭔가 생각하는데, 그렇게 뭔가를 생각하는 것은 내가 그 개념에 건네줄 준비를 하고 있는 소리이미지와 대응하며, 또 그 이미지와 떼어놓을 수 없다는 겁니다. 이런 관계는 예를 들어 '나무'—소리이미지로 생각하지 말아야 한다는 점을 나타내고자 인용부호 안에 넣었습니다—라는 개념을 생각하고, 나무라는 개념과 상관되는 소리이미지는 내가 라틴어를 한다면 반드시 'arbor'여야 한다는 점을 인식하는 것으로 이해할 수 있습니다. 아니면, 앞으로 보겠

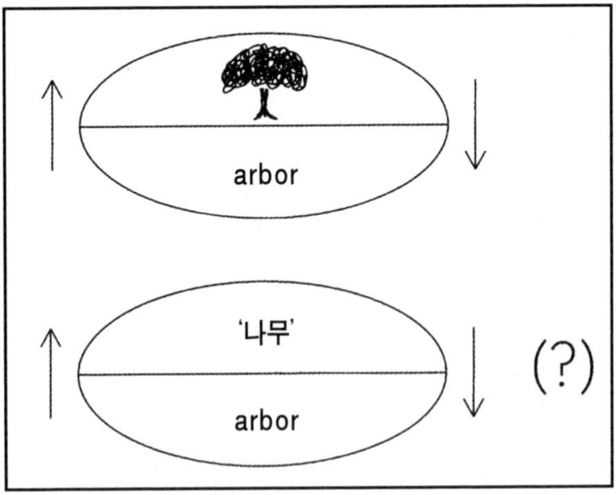

지만, 더 문제를 일으키는 방식으로, 이런 나무 그림과 같은 것을 생각하고, 이것에 대해 선 밑의 소리이미지가—내가 여전히 라틴어를 한다면—'arbor'라고 이해할 수 있습니다. 이 이야기로 금세 돌아올 것 같지는 않지만, 두번째 도식 옆에 붙은 의문부호에서 우리는 해체주의의 비밀을 찾을 수 있습니다. 긴장을 늦추지 말고 이것을 계속 염두에 두고 있기를 바랍니다!

소쉬르는 선 위와 아래의 (양옆의 화살표가 보여주는) 이 상호관계를 개념과 소리이미지 사이의 자의적 관계라고 생각합니다. 개념을 그는 '기의'라고 부르고 소리이미지는 '기표'라고 부르지요. 다른 말로 하면, 기호는 말하자면 사고 순간의 양면으로 이루어져 있습니다. 표시되는 것과 표시하는 것 사이의 관계지요. 하지만 어느 하나가 다른 것보다 먼저인 것도 아니고 다른 것으로부터 독립되어 있는 것도 아닙니다. 우리는 둘을 함께 생각해야 합니다. 이 관계는 관습에 의해 수립되어 필연적이지만, 동시에 자의적이지요. '나무'라는 기의에 대한 기표는 이론적으로는 다른 라틴 단어 또는 라틴어에는 없는 단어가 될 수 있으며, 그렇게 되는 것이 전혀 어려운 일도 아닙니다. 기표와 기의 사이에는 아무런 필연적 관계가 없기 때문이지요. 우리가 기호를 합치는 방식은 이러한 짝, 개념과 소리이미지 사이의 이원적 관계를 받아들이고, 이것을 전개되는 연속체 속에서 조정하는 것입니다. 그것이 바로 우리가 문장을 말하는 방식이죠.

기표란 어떤 개념을 가리키는 것이지, 아주 강하고 필연적인 함의에 의해서 사물을 가리키는 것이 아니라는 소쉬르의 주장은, 그 자체로는 새로운 것이 아닙니다. 단어가 관념을 가리키지 대상을 가리키는 것이 아니라는 주장은 존 로크의 『인간오성론』에서 이미 충분히 개진되었으며, 그 이후 대체로 널리 받아들여져왔습니다. 가령 말로 하는 언어에서, 그리고 간헐적인 착각에도 불구하고 암묵적으로 모든 언어에서 필연적 기호 같은 것은 없다, 우리는 그렇게 말합니다. 즉 기표에 세상의 어떤 기의에 '고정되는' 모방적 특질 같은 것은 없다, 오직 자의적인 기호들만 있을 뿐이다. 이것은 받아들이기 어려운 가르침이지만, 새로운 것은 아닙니다. 소쉬르에게 정말로 새로운 것, 하나의 과학으로서 그가 제시한 기호학에서 정말로 근본을 이루는 것은, 기호와 관련하여 그가 세우는 또하나의 원리에 있습니다. 우리가 하나의 기호와 다른 기호를 아는, 따라서 어떤 주어진 기호의 의미를 이해하는 방법은 차이라는 것이지요. 이것은 우리가 대상을 '인식'하는 방식이 긍정적이 아니라 부정적이라는 생각을 포함하는 개념입니다. 남은 시간의 많은 부분 동안 이 개념을 상세히 설명하겠습니다.

이로써, 아직 밝혀야 할 부분이 많이 남았지만 몇 가지 핵심 관념들 속을 처음으로 거닐게 된 셈입니다. 이제 나는 언어와 말 사이의 구분으로 돌아가려는데, 여기서 여러분의 부록에 있는, 이 강의를 위한 첫 발췌문을 참조할 것을 권합니다. 러시아형식주의자들과 마찬가지로, 소쉬르는 기호학적 기획을 과학으로 확립하는 작업에 주로 관심을 가집니다. 같은 시대의 '학자'들에 관해 이야기하는 러시아형식주의자들과 마찬가지로—그리고 어떤 면에서는 신비평가들과도 마찬가지로—소쉬르는 당대 언어학 연구의 너저분함과 체계 결여에 화를 냅니다. 이것이 이 첫 발췌문에서 그가 하는 말이죠.

> 몇 가지 관점에서 동시에 말을 연구하면, 언어학의 대상은 우리에게 이질적이고 서로 관련 없는 것들의 혼란스러운 덩어리로 나타난다.

아래 도식의 좌표에서 수평축은 '말'입니다. 내가 만일 언어학자라면 가능한 한 많은 말들을 경험적으로 연구할 것이고, 그렇게 하면 자료를 정리하려 할 때 온갖 혼란스러운 기준들이 나의 관심을 끌려고 서로 밀치는 바람에 정신이 없겠지요. 소쉬르는 계속해서 말합니다.

> {이런} 과정은 몇 가지 학문—심리학, 인류학, 규범문법, 문헌학 등—으

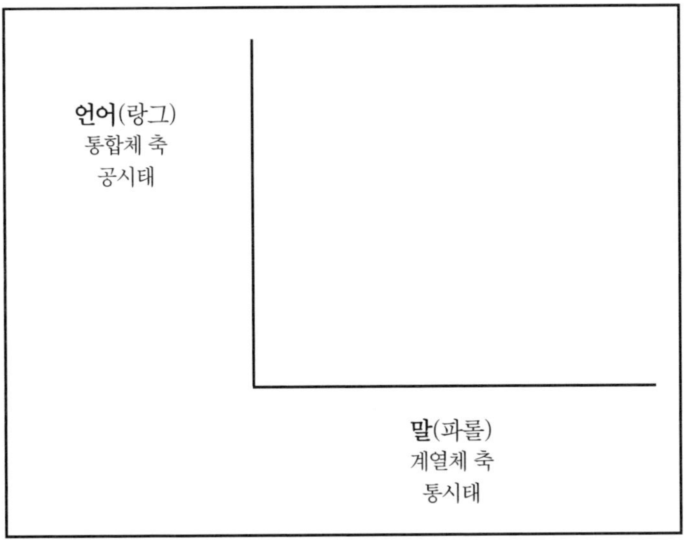

로 들어가는 문을 여는데, 이런 학문들은 언어학과 구별되지만, 언어학의 결함 있는 방법을 고려하건대 말을 자기 대상들 가운데 하나로 주장할 수도 있다.

내가 볼 때 전술한 모든 어려움을 해결하는 방법은 한 가지뿐이다. 출발부터 언어의 땅에 두 발을 모두 단단히 딛고, 언어를 말의 다른 모든 표현의 규범으로 이용해야 한다는 것이다.

우리는 말과 대조를 이루는 언어의 땅에 두 발을 모두 단단히 디뎌야 하고, 그래야 이것을 기호들 사이의 관계 체계로 이해시킬 수 있습니다. 말은 너무 변화무쌍하고, 너무 많은 맥락에서 현실화하기 때문에 과학적 대상이 거주해야 하는 한정된 분야 안에서 접근할 수가 없습니다. 반면 언어는 소쉬르의 두 가지 지도 개념을 중심으로 조직되어 그런 분야로서 스스로를 제시할 수 있습니다. 두 개념이란 기호의 자의성과, 다른 기호와 관계를 맺을 때 나타나는 기호의 부정적 동일성입니다.

기호가 왜 또 어떻게 부정적으로 차이를 드러내는지 알기 위해서는 우리가—우리의 과학적 대상인—언어에서 기호를 생각할 수 있는 다양한 방법들을 잠깐 살펴봐야 하는데, 그 모든 방법은 주어진 기호가 말로 이루어진 한 문장 안에서 특정한 자리에 선택되는 방식과 관계가 있습니다. 'ship'이라는 단어를 예로 들어봅시다. 기표로서 'ship'은 소리에서 다른 기표들과 아주 밀접하게 관련을 맺고 있습니다. ['shit' 이라는] 프로이트적 실언을 범할까봐 그것을 구체적으로 말하지는 않겠지만 (바로 이런 이유 때문에 'boat'가 'ship'을 대체할 수도 있습니다), 내가 말하지 않고 남겨둔 것은 'ship'과 더불어 이미 한 연속체를 이룹니다. 소리에서 인접한 기호들은 언어에서 연속체를 이루는 기호들로 이루어지는 하나의 연상적 네트워크를 이루지만, 'ship'에는 'bark' 'boat' 'bateau' 'sailboat' 'skiff' 'Schiff'(마지막 두 기표는 소리 연속체에도 속한다는 점에 주목하십시오) 등 동의어들도 있습니다. 동의어들도 하나의 연속체 안에 존재합니다. 이것은 대부분의 경우 똑같이 소리나지는 않지만, 그럼에도 인접해 있는 단어들입니다. 나아가서 'ship'에는 반의어도 있고, 따라서—대안적 운송수단들인—'train' 'car' 'truck' 'mule'과 관계를 맺습니다. 이 모든 방식과 또다른 많은 방식으로 'ship'은 우리가 말을 할 때 펼치고자 하는 의미를 진전시키기 위해 여러 후보 가운데서 선택 가능하도록 연속체 속에 들어가 있습니다.

이런 식으로, 언어가 품고 있는 각 기호는 다른 많은 기호들로 이루어진 연속체-집합과 겹치는 연속체들의 집합 속에 자리를 잡고 있지만, 궁극적으로 유일무이하며(다른 기호가 똑같은 연속체들의 집합에 속하지는 않습니다), 펼쳐지는 발화 속에서 어떤 빈자리에 들어가기를 기다리고 있습니다. 그런데 나는 언어의 기본단위가 '단어'라고 편하게 이야기했지만, 사실 이건 엄청나게 단순화해버린 셈입니다. 반드시 그런 것은 절대 아닙니다. 언어학자들은 여러 추상화 수준에서 언어작업을 할 수 있습니다. 기본단위가 구나 문장이 되기도 하지만, 때로는 음소—불가분의 소리단위—또는 언어를 글의 체계로서 연구하고 있다면, 음절이 될 수도 있지요. 또 쓰기 연구에서는 그래픽 요소로서 이해되는 글자가 될 수도 있습니다. 언어학 연구에는 이렇게 기본 또는 구성단위를 선택할 수 있는 다양한 방식이 있기 때문에 구성단위들 전체 또는 그 가운데 어느 것이든 포괄할 수 있는 특별한 용어가 필요합니다. 그것이 문법소입니다. 그러므로 어떤 체계 내에서 기호들의 차이에 기초한 연상은, 주어진 체계 내에서 기호를 구성하는 어떤 구성요소가 선택되든, 문법소에 바탕을 둡니다. 어떤 체계 내에서 기호들의 관계성을 우리는 통합 문법소, 일반적으로는 통합체 관계라고 부릅니다. 이런 체계-용어를 존중하여, 우리 도식의 수직축은 '통합체 축'이라고 부르겠습니다.

기호의 부정적인 차이성은 기호의 자의성에 기초를 두고 있습니다. 그래서 소쉬르는 러시아형식주의자들과 마찬가지로 의성어를 경계하죠. 의성어는 필연적 기호처럼 보이고 들리지만, 소쉬르는 애써 의성어가 늘 일시적인 어원의 우연이나 방언의 변덕에 종속되고, 결코 기표-기의 관계—이 관계는 늘, 예외 없이 자의적이지요—에 내재하거나 그것을 구성하지 않는다는 점을 보여줍니다. 예를 들어 개가 짖는 소리는 모든 인간 언어에서 다른데(영어 bow-wow, 독일어 vaow-vaow), 이 사실은 기표 안에 내재된 모방규칙으로서가 아니라, 주어진 언어 안의 다른 소리와의 관계에서 그런 소리가 차지하는 위치로서만 설명될 수 있습니다. 영어에서 {'맹세, 서약'을 뜻하는} 'vow'라는 말은 결혼을 위해 징발되며 독일어에서 {'구조, 건축양식'을 뜻하는} 'bow'(Bau)는 건축을 위해 예비되어 있다는 점을 생각해볼 수도 있겠지요.

언어에서 기표들이 연속체를 이룸으로써 말에서 선택이 능률적으로 이루어지고, 우리의 도식에서 '계열체 축', 즉 말이 전진하는 축을 따라 놓인 자리마다 이용 가능한 기표들의 수는 제한됩니다. E. E. 커밍스는 이 원리에 대담하게 도전하여 델 하임스라는 이름의 언어학자의 관심을 끌었습니다. 커밍스는 "He danced his did" 같은 문장을 썼는데, 여기에서 'did'는, 여러분으로서는 어떤 식으로든 관련된 연상 연속체 안에 포함되리라고 생각하지 못했을 단어임이 분명합니다.[1] "He danced his did." 이 문장은 모든 의미에서 불발—언어에 관해 생각하는 어느 학파라면 그렇게 부를 겁니다—로 보이지만, 그런 '일탈'(언어학자들은 이렇게 부릅니다)을 감행한 커밍스는 기호학을 비웃는 듯합니다. 그러나 약간의 창의력만 있다면 'd' 소리나 'duh'가 'danced'의 'duh' 소리를 되풀이하고 있으며, 사실 온갖 종류의 압력들이 결합되어 커밍스가 다른 관련 없어 보이는 말이 아닌 'did'를 선택하도록 이끌었음을 알아챌 수 있습니다.

소쉬르의 표현대로 경계의 한쪽 편에서는 암소를 [뜻밖의 상황에 부딪쳤을 때 내는 소리인] 'Ochs'(또는 'Kuh')라고 부르고, 경계의 반대편에서는 암소를 'boeuf'라고 부른다면, 또 상당히 넓은 물을 건너가서는 암소를 'cow'라고 부른다면, 사물과 기호 사이에는 아무런 필연적 관계가 존재하지 않는 것이죠. 따라서 기호는 자의적이며, 또 차이에 근거한 것이기도 합니다. 나는 어떤 의사소통 연속체에서든 내가 사용하는 모든 기호를 구분할 수 있어야 합니다. 어떻게 그것을 할까요? 다른 기호가 아닌 특정 기호를 선택함으로써 그렇게 합니다. 나는 어떤 구성단위도 긍정적으로 알지는 못합니다. 그 단위를 가리키면서 그것이 그 자체로 기호 x라고 말하지 않습니다. 물론 내가 하고 있는 일이 마치 그런 것인 양 느끼기는 하지만요. 나는 그것을 부정적으로 압니다. 나는 단지 그것이 다른 모든 것이 아니기 때문에 아는 것입니다. 그것이 비슷하기 때문이건 비슷하지 않기 때문이건 옆에 있는 기호와 맺는 직접적인 관계는 절대 동일성의 관계일 수가 없습니다. 그것은 옆에 있는 그 다른 기호가 아닙니다. 물론 다른 어떤 기호도 아니지요. 이것은—여기에서는 입으로 하는 말에 한정합시다—동음이의어에서도, 아니 특히 동음이의어에서, 분명하게 나타납니다. 'here'와 'hear'는 문맥으로만 알 수 있으며, 우리는 잠시라도 그 소리만으로 그것을 긍정적으로 아는 척할 수가 없습니다.

이제 곧 내가 부정적 인식이라고 표현하는 것이 무슨 의미인지 예를 들어 밝히겠지만, 먼저 이 점을 반복해서 말하는 소쉬르의 발췌문 두어 개를 살펴보겠습니다. 그 첫째는 아래와 같습니다(845).

> 언어란, 다른 것들의 동시적 현존으로부터만 나오는 각각의 가치를 갖는 상호의존적 항들의 체계다.

나는 그것이 그것을 둘러싼 모든 것과 차이를 보이는 방식에 의해서만 그것을 알 수 있는 거죠. 소쉬르는 계속해서 말합니다(847).

> 언어의 조각은 결국 그것이 나머지와 일치하지 않는다는 것 외에는 어떤 것에도 결코 기초할 수가 없다. 자의성과 차이성은 두 상관적 특질이다.

또 이렇게 말하기도 합니다(846). "개념들은 순수하게 차이에 근거하며, 그 긍정적 내용이 아니라 체계 내의 다른 항들과의 관계에 의해 부정적으로 규정된다." 인정한 바 있듯이, 역시 이것은 직관적으로 받아들이기가 어렵습니다. 나는 뭔가를 보고 '나는 저것이 무엇인지 안다'고 혼잣말을 합니다. 그러면서, 내가 그것이 무엇인지 아는 것은 오로지 그것이 그것을 둘러싼 것들이 아니라는—나아가 그것이 부재하는 것들, 나타나기만 하면 그 둘러싼 것들의 풍경을 바꿀 수도 있는 것들 가운데 어떤 것도 아니라는—맥락 때문임을 잊는 거죠.

자, 이제 다양한 기호체계들을 돌아다니면서 오직 부정적으로만 알 수 있는 기호의 예를 들어보겠습니다. 그것은 언어의 단위이지만, 동시에 다른 기호체계에도 속해 있습니다. 나의 예는 빨간불입니다. 정지신호—아마 우리가 갖고 있는 가장 단순한 기호체계일 텐데, 여기에는 빨강, 노랑, 녹색 세 변수밖에 없습니다—와 관련하여, 우리는 빨간불을 두 가지 방식으로 생각합니다. 먼저 우리의 지식이 긍정적이라고 생각한다면, 우리는 빨강이 그냥 멈추라는 뜻이라고 말합니다. 만일 우리가 다루어야 하는 것이 이 기호체계 하나뿐이라면 이런 긍정적 사고에 저항하기란 어려울 겁니다. 우리는 금세 '노랑'은 '주의' '녹색'은 '진행'이라는 뜻이라고 덧붙일 테니까요. 모두 이것을 알고 있으며, 나는 물론 불이 빨간색인 갈림길에 다가가면서 '오, 노랑이 아니고, 녹색이 아니군' 하고 생각하지 않지요. 내 정신은 절대 그런 식으로 움직이지 않습니다. 따라서 지금까지 나는 빨간불이 그냥 멈추라는 뜻이라는 긍정적 주장의 유효성을 인정한 셈입니다. 하지만 빨간불이 순록의

코 위에 또는 코로서 나타난다고 생각해보세요. 그 경우 빨간불은 '진행' '가라' '나를 따르라' 또는 [미국 내전 당시 모빌만 전투에서 패러것 제독이 어뢰를 무시하고 전진하라는 명령을 내렸다는 일화에서 나온 말인] '그까짓 어뢰'일 수 있습니다. 그러면 우리는 '가라'는 뜻이 분명한 빨간불에 응답하여 앞으로 달려나갈 것입니다.

중국의 문화혁명기에 마오 부인은 빨간불이 '멈춤'을 뜻한다는 사실을 못마땅해했습니다. 물론 빨강은 진보의 색깔이기 때문이지요. 그녀는 체계를 바꾸고 싶었지만, 다행히도 사람들은 색깔을 재규정하는 것이 지혜롭지 못하다고 생각했습니다. 색깔들의 의미는 사실 어떤 색깔의 내재적 가치에 달린 것이 아니라 색깔들의 차이에 달려 있고, 이 차이는 보편적으로 받아들여지는 관습이었기 때문입니다. 빨강이 진행의 녹색이 아니고, 주의의 노랑이 아니기만 하면 다 괜찮은 것이죠. 빨강이 다른 것(예를 들어 '진행')을 의미하게 만들려면 완전히 다른, 현재는 존재하지 않는 체계에서 부정적으로 나타나는 것이 필요합니다.

이제 다른 빨간불의 예를 들겠습니다. 길에 면해 있는 문 위의 빨간불은 '들어가라' '들어오라'는 의미이며 실제로 이웃한 정문 위의 하얀 불과는 기호적, 즉 부정적인 관계로 존재하는데, 하얀 불은 아마 밤에 강도들을 가까이 오지 못하게 하기 위해 켜두는 것일 터이니, 따라서 '정지'를 의미합니다. 다른 말로 하면, 빨간불은 오직 특정 기호체계의 '이원 체제'(이 점은 다시 이야기하겠습니다) 내에서만 이해될 수 있습니다. 강당 문 위의 빨간불은 '들어오라'는 뜻이 아니라, '나가라' '출구'라는 뜻이지요.

나는 '정지'도 '진행'도 뜻하지 않는 빨간불이 있다고 생각하지만, 계속해서 운동 혹은 그 이원적 대립항인 정지를 나타내는 빨간불에만 한정하도록 합시다. 불이 켜지는 발렌타인 카드에서 빨간불은 '멈추지 마라'는 뜻입니다. 여기서 흥미로운 것은, 빨간불은 다른 기호체계에서는 자체의 의미를 부정하는 기능이 있다는 겁니다. 물론 또다른 체계에서는 짓궂게도 그 의미를 강화하기도 합니다. 구급차나 경찰차에서—물론 요새는 이런 차들의 불 가운데 다수가 파란색이지만, 전통을 강조하여 여전히 빨간색이라고 가정해봅시다—빨간불은 '비켜라' 또는 '정지'의 뜻입니다. 어쩌면 이 불빛은 정지신호등의 기호학과 먼 친척관계를 가지고 있어서, 여러분의 머리에 '가지 마라'는 개념을 집어넣을 겁니다. 그러한 경우 이 개념은 '비켜라'라는 역시 명령적인 개념 때문에 복잡해지는데, 이것은 가기는 하되 다른 방향으로 가라는 뜻이지요. 많은 운전자들이 이 때문에 당황하여 몸이 마비되며, 이것은 그런 구급차의 불빛이 약간 비효율적인 기호체계에 속해 있다는 점을 보여줍니다.

이제 마지막으로 크리스마스트리의 빨간 불을 생각해봅시다. 처음에 우리는 아마 그 불에는 아무 소용이 없다고 생각하여 안심할 겁니다. 빨간 불과 녹색 불, 아니면 노란, 하얀, 파란 불의 부정적 관계에 관해 말하는 것은 당연히 아무 소용이 없다, 우리는 그렇게 말하고 싶습니다. 모두 가치가 똑같기 때문이죠. 모두 환하고, 축제 분위기를 풍기고, 그것이 전부니까요. 따라서 여기에는 다른 색깔의 불들과 관련하여 자의적이지도 않고 차이를 드러내지도 않는 듯 보이는 빨간 불이 있습니다. 자, 그것은 이 빨간 불이 이 특정한 기호체계 내의 기본적인 구성단위 수준에 있지 않기 때문입니다. 이것은 그 자체로는 기호가 전혀 아닙니다. '밝은 불빛'이 타당한 구성단위이며, 이 단위 내의 다양한 색깔은 그 공동의 의미에 의해 중립화됩니다—특히 나무에서 또는 문화적 환경 때문에 비슷한 가치를 부여받는 다른 대상을 장식할 때라면요. 일단 그러한 가치, '빨간 불'이 아닌 '크리스마스트리'라는—'빨간 불'은 아마도 어떤 크리스마스트리의 일부일 것이기 때문에—가치를 부여받으면, 그때 여러분은 아주 분명한 기호체계로 돌아와 있다는 사실을 깨닫게 됩니다. 우리는 [유대교 제식 촛대] 메노라도 아니고, [설날까지 이레 동안 벌어지는 아메리카 흑인 축제] 콴자에서 쓰는 초도 아니고, 어떤 축제 장식도 없는 망할 크리스마스도 아닌 것으로서, 크리스마스를 부정적으로 알게 됩니다. 하지만 이 사례는 아직 종결된 것이 아닙니다. 우리는 설사 크리스마스를 기념하지 않는다 해도, 심지어 콴자용 초를 내놓는다 해도, 여전히 크리스마스트리가 무엇인지 알고 있으며, 따라서 이런 지식은 '문화적으로 결정'될 수 없다고 말합니다. 하지만 자유롭게 자연발생적으로 이해한다는 이런 느낌이, 하나의 기호로서의 나무가 자의적이지도 않으며 차이에 근거하지도 않음을 증명해준다고 받아들인다면 잘못된 겁니다. 누군가, 예를 들어 화성에서 온 방문객이 그것이 무엇인지 몰라, 우리로 하여금 그 익숙함에도 불구하고 그것을 이해하는 기호학적 환경을 상상하도록 강요하는 상황을 떠올리는 것은 얼마든지 가능하기 때문입니다.

나무에 달린 빨간 불에 관해 한마디만 더 하고 여러분을 이 예에서 벗어나게 해드리겠습니다. 우리는 크리스마스트리에 빨강, 노랑, 녹색, 파랑 등 무슨 색깔의 불이 걸리든 상관없다고 말하지만, 물론 그것은 우리가 '연말 장식'이라고 부를 만한 체계 내에서만 참입니다. 결국 색깔 스펙트럼 또한 기호체계이며, 물론 그 체계 내에서 우리는 빨강이 한 방향으로는 보랏빛 색조와 차이에 근거한 관계를 맺고, 다른 방향으로는 주황빛 색조와 관계를 맺고 있다는 것을 알고 있습니다. 또는 이 체계를 원색으로 압축할 경우엔, 파랑이나 노랑과 관계를 맺고 있다고 말할 수도 있겠죠. 모든 경우, 어떤 의미에서는 빨강이 속해 있는 체계 내에서 빨강을 제외한 다른 모든 기호와의 대조 및 구별을 통하여 빨강을 안다고 말할 수 있지만, 여기에서 우리는 색깔들의 체계에서는 쉽게 나타나지만 더 다면적인 체계에서는 놓치기 쉬운 하나의 원리를 포착하기 위해 더 꼼꼼히 살펴보아야 합니다. 우리는 빨간색을, 무엇보다도 먼저 그 색과 가장 밀접하게 상호 의존하는 기호(어두운 도시 거리의 하얀 불, 순록의 흐릿한 갈색 코 등)와의 대립을 통해 알게 됩니다. 예를 들어 추상적으로 신호등에 관해 생각할 때, 우리는 빨강을 일차적으로 녹색이 아닌 것으로 받아들이며, 오직 이차적으로만 노랑이 아닌 것으로 받아들인다는 것에 동의할 수 있습니다. 다른 말로 하면, 빨강과 녹색의 관계, 상호부정의 관계는 이원적입니다. 그러나 내가 갈림길에서 노란 불에 다가가는 경우, 이때 빨강과 이원적 관계를 맺으며 작동하는 것, 위험이나 경찰의 체포의 위협으로 느껴지는 것은 '노랑-아님'입니다. 말하자면 이원 관계는 주어진 체계 내에서 자유롭게 이동하지만, 분석을 해보면 기호 선택에서 일차적으로 동기를 부여하는 요인으로서의 특정한 이원적 관계를 늘 분리해낼 수 있다는 겁니다. 기호들이 나타나는 차이의 매트릭스는 늘 복잡하지만, 이 매트릭스 내부에서 이원적 관계는 차이를 발생시키는 기본적인 불가분의 순간입니다. 다른 말로, 다원적인 '이것은-저것들이-아니다'는 관련된 이원적 관계들의 총합이며, 그 이원적 관계 각각은 '이것은-저것이-아니다'라고 할 수 있지요.

이런 강좌를 진행하다보면, 마치 많은 시간을 들여 우리는 어떤 것도 알 수 없다고 말하는 것 같습니다. 하지만 사실은 절대 그렇지 않아요. 우리가 지금 이 순간 말하고 있는 것은, 우리는 사물을 알긴 아는데 그것을 어떻게 아느냐 하는 것입니다. 기호학을 진지하게 받아들이면, 기호학은 꽤 세련된 수단을 제공하여 우리가 정확히 어떻게 사물을 아는지를 이해하게 해주는 동시에, 우리가 사물을 아는 것은 사물의 관습적 성격 때문이라고 주장합니다. 따라서 이런 점에서, 왜 우리가 사물을 알거나 알아보지 못하는지, 그런 일이 일어날 때마다 묻는 것도 흥미롭습니다. 우리가 여전히 사물을 '다른-사물이-아닌-것'으로서 안다는 사실에 주목하기 바랍니다. 사물들이 차이가 드러나지 않은 채 뿌옇게 번져 있다든가 하는 것은 아닙니다. 다른 말로, 사물의 동일성이 체계가 잡혀 있거나 상황 속에 자리잡고 있다는 점은 여전히 분명하지만, 그 동일성의 성격은 여전히 쉽게 손에 잡히지 않는다는 겁니다. 여기에서 화성에서 온 방문객을 어리둥절하게 하는 크리스마스 트리를 생각해봅시다. 방문객은 그것이 기호라는 것을 분명히 알지만, 여전히 그것이 어떤 기호체계에 속해 있는지 파악할 수는 없습니다.

그것이 열쇠죠. 우리가 어떤 기호를 파악하지 못한다면, 그것은 우리가 그것을 (차이에 근거한 자의적인) 기호로서 인식하고 처리하지 못해서가 아니라, 그 기호가 이해될 수 있는 기호체계를 파악하지 못하기 때문입니다. 이것은 또 체계들의 체계라고 할 수 있는 것, 즉 어떤 주어진 체계를 이해하게 하는 더 큰 체계—주어진 체계는 이 안에서 다른 체계-단위들과 더불어 하나의 개략적인 구성단위를 이루고 있겠지요—를 파악하지 못하는, 더 높은 수준에서의 실패를 암시합니다.

그렇다면 겨우 '우리는 맥락을 인식하지 못한다'는 말을 하려고 지금까지 이렇게 헉헉댔단 말일까요? 그럴지도 모릅니다. 하지만 문제를 기호학적인 용어로 표현하게 되면 적어도 과학을 확립했다는 소쉬르의 주장을 어느 정도 받아들일 수 있습니다. '맥락'은 우리에게 직관적으로 큰 도움을 줄 수 있고 심지어 연구 분야를 인가해줄 수도 있습니다. 하지만, 동시에 소쉬르가 말하는 '말'의 연구와 같이 우리를 너무 많은 방향으로 밀어붙임으로써, 우리를—그의 떨떠름한 은유를 사용하자면—어떤 특정한 것도 두 발로 디디지 못하게끔 만들기도 합니다.

기호체계의 이해 가능성은 곧 그들이 공유하는 관습성입니다. 어떤 개인이 나타나 빨간색 교통신호를 '진행'의 상징으로 만드는 것은 불가능하죠. 생태학 운동도 어떤 개인이 나타나 녹색 불을 '정지'의 상징으로 바꾸기 어렵게 만들어놓았습니다. 이런 말을 하다보면 확인이 필요한 추가 사항이 나타나게 됩니다. 소쉬르가 언어 역사에서의 '통시적 변화'를 논의하며 주장하듯이, 우리는 기호에 개인적인 의지를 강요할 수 없습니다. 기호는 명령이 아니라 사용에 의해, 빙하처럼 느린

변화가 일어나며 바뀝니다. 그러나 가끔 예외적으로 개인이 영향력과 위신을 통하여 낡은 기호를 새 기호로 대체하는 데 성공하기도 하지요. 제시 잭슨은 거의 혼자서 저 거추장스럽고 음절도 많은 '아프리카계 미국인'이라는 표현을 사용해야 한다고 우리를 설득해냈습니다. 이것은 어떤 한 사람이 언어의 멱살을 잡아 변화를 일으킨 예를 보여주는 듯합니다. 하지만 이에 대한 기호학자들의 답은, 이것이 절대 의지의 강요로만 일어날 수는 없던 일이라는 겁니다. 묵인되어야만 하는 일이었다. 그런 사용의 변화를 묵인하기 위해서는 언어적 관습을 이용하는 공동체가 필요하다. 잊지 마세요, 언어는 공시적으로 존재합니다. 오직 동시성의 순간에만 존재합니다. 하지만 우리는 언어를 통시적으로 연구하죠—즉 그 역사, 시간 속에서 그 전개를 연구합니다. 이제 기호학자들에 따르면 이런 전개는—여기에 러시아형식주의자들과 또다른 연결고리가 있는데—언어가 외부로부터 바뀌는 방식, 티냐노프의 표현을 빌리자면 '일시적 변이'로서가 아니라, 공시적 단면의 연속체로서 연구됩니다. 각 단면에서 사람들은 어떤 기호를 어떤 식으로 기꺼이 사용하려고 하거나, 아니면 하지 않습니다. 그것이 핵심이죠. 사람들이 사용하려 하지 않으면 기호의 혁신적인 사용은 자리를 잡지 못하는바, 이것은 언어에서는 어떤 것도 개인의 의지로 바뀔 수 없다는 생각을 확인시켜줍니다.

막판에 이렇게 예고편을 보여주었지만, 공시성과 통시성은 아직 설명되지 않았습니다. 우리는 도식의 좌표를 계속 이용할 텐데, 이 좌표에서 직각을 이루는 공시성과 통시성은 예를 들어 '랑그'와 '파롤', 통합체적인 것과 계열체적인 것, 심지어 은유와 환유에 대응합니다. 우리는 왜 수직축에 있는 많은 것이 가상의 공간에 존재하는 반면, 수평축에 있는 것들은 대부분 실시간으로 전개되는 것인지 이해할 필요가 있습니다. 이 모든 것이 앞으로 나올 이야기들입니다.

9장
언어학과 문학

읽을 자료

클로드 레비스트로스, 「신화의 구조적 연구」(CT, 860~868).

로만 야콥슨, 「언어학과 시학」(CT, 871~874).

로만 야콥슨, 「실어증의 두 유형과 언어장애의 두 유형」

구조주의 논의를 위한 준비로, 지난 강의 마지막에 나온 이원적 쌍인 공시성과 통시성을 더 자세히 설명할 필요가 있을 듯합니다. 우리 도식의 좌표에서 수직축과 수평축으로 자리잡은 이 쌍은, 문학사 편찬과 관련한 러시아형식주의자들의 생각의 특징에 대응합니다. 여러분은 살펴본 자료를 통해 형식주의자들이 문학텍스트에서 장치의 '기능'에 두 가지 면이 있다고 이해했다는 사실을 기억할 것입니다. 우선 종합-기능이 있는데, 이것은 주어진 텍스트에서 그 장치와 다른 모든 장치들 사이의 관계입니다. 그러나 똑같은 장치에 단독-기능도 있지요. 이것은 장치가 문학사 전체에 걸쳐 끈질기게 되풀이해 나타나는, 때로는 지배적인 것으로서, 때로는 잠재적인 것이나 퇴행적인 것으로서, 하지만 계속 다른 변수들과의 관계 속에서 하나의 변수로 나타나는 방식입니다. 종합-기능적으로 보자면, 단테가 쓴 시형식 삼운구법三韻句法은 『신곡』을 조직하는 데 도움을 주며, 셸리의 「서풍에 부치는 노래」와 『생의 승리』에서 예언적 전통을 암시하는 방식으로 다시 나타납니다. 단독-기능적으로 보자면, 삼운구법은 시의 역사에서 늘 연聯의 선택지로서 잠복해 있거나 등장하지요.

소쉬르의 언어학에서 공시성과 통시성의 관계는, 러시아형식주의에서의 종합-기능과 단독-기능 관계와 대체로 유사합니다. 언어를 하나의 체계로 생각한다는 것은 어떤 주어진 순간에 언어를 공시적으로 생각하는 것이죠. 만일 언어가 시간의 흐름 속에서 발전하고 변화하는 방식에 초점을 맞춘다면 언어를 하나의 체계로서 생각하지 않는 경향이 있는 겁니다. 앞으로 보겠지만, 야콥슨은 낡은 특징과 혁신적 특징 양쪽을 모두 고려해야 한다고 말하여 기호체계의 공시적 분석에 시간의 요소를 도입한 것처럼 보이는데, 공시적 단면에서 그런 특징은 시간적 변화와 관련되는 것이 아니라, 어떤 역사적 순간의 규범과 관련하여 낡은 것이거나 혁신적인 것이라는 깃발만 붙은 것임을 염두에 두어야 합니다.

그러나 어떤 역사적 순간은 그 이전, 그다음, 또는 또다른 어떤 역사적 순간의 체계와도 똑같지 않다는 것 또한 사실이지요. 기호체계,

언어langue, 문학사, 시학사든—그것이 무엇이든—시간이 지나면서 변하며, 시간의 흐름 속에서 그 변화를 생각하게 될 때 여러분은 그것을 통시적으로 생각하는 것입니다.

소쉬르는 공시적으로 본 어떤 것의 부분들 간의 관계—예를 들어 하나의 기호체계—는 필연적이지 않다고 주장합니다. 그 체계의 구성단위인 기호가 자의적이기 때문에 얼마든지 다른 관계가 될 수 있다는 의미에서 그렇다는 겁니다. 그러나 언어 같은 기호체계를 통시적으로 연구하면, 다른 어떤 변화가 아닌 그 변화가, 다른 어떤 이유가 아니라 이런저런 이유에서 부득이 일어났다는 의미에서, 변화는 분명히 필연적입니다. 그러나 통시적 변화는 필연적이기는 하되 규칙적이지는 않지요. 공시적 체계의 구조와 관련하여 등장하는 것이 아니라, 일반화가 되지 않는 다수의 이유로 언어 사용의 어떤 면이 바뀌었기 때문입니다. 사람들이 'gay' 대신 'exuberant'라고 말하고, 'plastic' 대신 'sinuous'라고 말하기 시작할 때, 이런 일시적 변이는 구조로서의 체계와는 관계없는, 외부로부터 체계에 가해진 다양한 압력을 반영합니다. 그런데 이런 주장은 전통적인 언어학의 어떤 생각들, 예를 들어 아마 여러분 모두가 알고 있을 [중세 영어에서 현대 영어로의 역사적 음운변화] '대모음 추이推移'—가끔 체계의 변화로 여겨지기도 합니다—같은 생각에 도전하는 것이죠. 그러나 구조주의자의 언어관에는, 15세기의 어느 수수께끼 같은 전환의 순간에 영어의 모든 모음 소리 높이가 한 눈금 올라간 대모음 추이는 규칙성처럼 보일 뿐 사실은 통시적 현상으로, 아마 방언들의 지리적 이동과 관련이 있을 것이므로 규칙적이라고 생각할 수 없다는 주장이 포함됩니다. 정리하자면, 공시적 자료는 규칙적이지만 필연적이지는 않고, 통시적 자료는 필연적이지만 규칙적이지는 않다는 얘깁니다.

여러분이 읽은 자료에서 이론가들이 언어체계나 다른 기호체계가 기존 자료로부터 추론되는 방식, 예를 들어 우리가 말(파롤)에서부터 언어(랑그)를 추론하는 방식에 관해 말하는 경우에는 문제가 좀 복잡합니다. (사실 나는 소쉬르가 모든 말의 축적된 기록을 가리키기 위해 랑가주langage라는 세번째 항을 끌어들인다는 사실을 여러분에게 감추고 있습니다. 우리는 랑그-파롤 관계에만 매달릴 겁니다.) 우리가 말한 대로의 랑그는 시간 속에 얼어붙어 있는 가상의 실체입니다. 앞으로 더 자세히 설명하겠지만, 레비스트로스는 기호체계의 장을 '복귀 가능한 시간' 속에서 가로지를 수 있다고 말하는데, 이것은 그 안에서 공시적 성격을 바꾸지 않고 전진과 후진을 할 수 있다는 뜻입니다. 이와는 대조적으로 파롤은 복귀 불가능한 시간, 즉 실시간 속에서 전개되며, 그 안에서 어떤 발화된 문장(말 안이나 완성된 텍스트 안에서)의 시초는 필연적으로 끝보다 먼저 오며, 시간 속에서 기표 단위로 전개됩니다. 사람들은 보통 말을 통시적이라고 생각하지 않지만, 엄격하게 말해서 말은 그런 것입니다. 말을 하거나 글을 쓰는 과정에서 문장을 바꿀 때, 가끔 복귀 가능한 시간처럼 보이는 것 속에서 뭔가를 다시 진술하러 돌아가는데(언어학자들은 이런 변화를 '귀납적'이라고 부릅니다), 이런 변화는 필연적이지만(실제로 발생하지요) 규칙적이지는 않으며(비체계적 이유 때문에 발생합니다) 듣는 사람이나 독자가 경험하는 실시간에서 종료

점을 향해 축적되어가고, 따라서 통시적입니다. 수정하는 사람도 문장 안에서는 돌아가지만, 실시간으로는 늘 전진하지요.

이제 우리는 구조주의로 향할 수 있습니다. 이 운동이 1960년대 초와 중반 프랑스에서 미국 연안에 도착했을 때, 많은 사람이 교조적 잠에서 깨어나 거의 하룻밤 사이에 자신들이 이론가이거나 이론가가 되고 싶어한다는 것을 깨달았습니다. 하버드 대학원생 시절 나에게 그런 일이 일어났는데, 그곳에서는 나 말고 다른 누구도 구조주의에 관심을 갖지 않았습니다. 당시 예일, 존스홉킨스, 코넬에서는 사람들이 주목을 하고 있었지요. 하지만 하버드에서 나는 총명한 학부생 찰스 세이블(지금 컬럼비아에서 사회과학과 법을 가르치고 있지요)을 통해 구조주의에 입문했는데, 내 생각으로는 그가 케임브리지에서 구조주의에 관해 뭔가 아는 유일한 사람이었습니다.

구조주의는 1980년대 말에 이르기까지 문학이론을 번창하는 성장산업으로 만든 모든 경향의 시초였는데, 그런 경향에는 미국인들이 라캉을 알게 되면서 들여온 프랑스 정신분석과 루이 알튀세르를 비롯한 여러 사람의 프랑스 마르크스주의가 포함됩니다. 그러나 여기에서 놀라운 점은, 문학이론에 대한 논란의 여지 없는 기여라는 점에서 볼 때 구조주의의 지속 기간이 고작 이 년에 불과했다는 사실입니다! 내가 찰스 세이블을 만나기 몇 해 전인 1966년에 열린 유명한 존스홉킨스 학회에서 자크 데리다는, 간단히 말해서 구조주의에 엄청난 타격을 준 것처럼 보였으며—그가 이 학회에서 발표한 내용을 우리는 다음에 읽게 됩니다—미국의 이론은 '해체주의'를 채택했습니다. 그럼에도, 구조주의가 사실 이 년밖에 지속되지 않았다고 말하는 것은 공정하다고 할 수 없습니다. 기호학에 빚을 지고 있는 구조주의의 지속적인 영향력은 지금까지도 문학이론 전반에서 느껴지고 만져지니까요. 지속적인 기여를 하고 있는 책들도 많이 있지요. 그 모두가 최초의 구조주의 텍스트가 미국에 번역된 1964년부터 볼티모어학회가 열린 1966년 사이에 나온 것은 아니지만요. 우선 롤랑 바르트의 『라신에 관하여』라는 멋진 책이 있습니다. 레비스트로스와 야콥슨이 함께 쓴 보들레르의 「고양이들」에 관한 에세이가 있고요. 인류학자 에드먼드 리치는 성경의 「창세기」를 구조주의적으로 분석한 글을 썼습니다. 사실, 나중에 보여주겠지만, 그가 「창세기」에 관해 쓴 것은 우연이 아닙니다. 또 니콜라이 트루베츠코이, 쥘리앙 그레마스, 루이 옐름슬레우, 에밀 방브니스트의 중요한 작업이 있습니다.

아마 구조의주자들의 가장 지속적이고 풍부한 기여는 우리가 '서사학'이라고 알고 있는 분야에서 이루어졌을 것입니다. 피터 브룩스의 텍스트를 프로이트와 함께 읽을 때 서사이론을 잠깐 검토하겠지만, 지금은 그냥 롤랑 바르트의 서사학에 관한 주요 텍스트만 언급해두겠습니다. 「서사의 구조적 분석」이라는 제목의 긴 에세이인데, 여기서 그는 제임스 본드 소설을 이원적 쌍의 체계로서 접근합니다. 또 츠베탕 토도로프의 중요한 책들도 있는데, 그 가운데서도 핵심적인 것은 『'데카메론'의 문법』입니다. 또 제라르 주네트의 『문체』라는 제목의 일련의 책은, 곧 읽게 될 폴 드 만의 글에서 되풀이해 인용되지요. 서사이론의 이 모든 작업과 다른 많은 작업은 구조주의적 사고의 한 측면에 직접적으로 빚을 지고 있거나 그런 사고의 한 측면입니다.

나는 앞서 클로드 레비스트로스와 다른 저자들, 특히 로만 야콥슨 같은 저자의 공동작업에서 선명해지는 형식주의와 기호학 사이의 관계를 묘사하겠다고 약속했습니다. 야콥슨—양쪽 운동에 관여했던 유일한 인물—을 읽으면 알게 되지만, 구조주의는 형식주의로부터 '기능'이라는 개념을 가져옵니다. 또 구조주의는 형식주의에서 종합-기능과 단독-기능 사이의 관계도 끌어오는데, 이것이 공시성과 통시성이 되지요. 반면 기호학에서는 지식이 부정적 차이에 기반을 둔다는 개념이 옵니다. 예를 들어 레비스트로스의 오이디푸스 신화 분석에 나타난 진정한 또는 근원적 '판본', 다른 모든 것을 파생하고 변종을 낳는 맹아적 신화 이야기는 없다는 개념은, 기호학에 나오는 부정의 순간에서 영감을 얻은 것입니다. 한 특정한 파롤이 아니라, 어떤 종류의 대상들의 공통 특징들을 연구하는 데서부터 나타나는 복합물, 즉 공시적 체계가 연구 대상이라는 생각은 구조주의 작업의 특징을 이루는 기본적 전제지요.

구조주의의 이런 핵심적 태도를 파악하는 가장 좋은 방법은 「구조주의적 활동」에 나오는 롤랑 바르트의 경구를 읽어보는 것일 듯합니다(871). "구조주의적 인간은 진짜를 가져와, 그것을 분해하고, 그런 뒤에 다시 짜맞춘다." 이것이 구조주의가 하고 있는 일과 형식주의가 하고 있는 일 사이의 근본적 차이를 드러내는 요소입니다. 형식주의는 다시 짜맞추기 위해 대상을 분해하지 않습니다. 단지 대상을 각각의 장치들로 쪼개어, 그 하나하나를 상호관계 속에서 기능적으로 보여줄 뿐이지요. 이런 종류의 분석은 대상이 '조립'된 방식을 고려합니다. 그러나 이런 구조를 그 대상—고골의 「외투」, 세르반테스의 『돈키호테』, 스턴의 『트리스트럼 섄디』—아닌 어떤 것에서 연역하는 것은 불가능합니다. 형식주의에서 자료는 실제로 축적되고, 예를 들어 도스토옙스키의 작품들에 관하여 일반화를 하는 것도 가능합니다. 하지만 개별 텍스트의 관찰로부터 이를테면 '소설' 같은 가상의 대상을 다시 짜맞추는 것은 불가능하지요.

이와 대조적으로, 바르트가 말하듯이 "구조주의적 인간은 진짜를 가져와, 그것을 분해하고, 그런 뒤에 다시 짜맞춥니다." 그가 말하는 것은 변종들이나 판본들을 모으고, 일군의 자료, 반드시 모든 자료는 아니지만 어떤 주어진 관념이나 개념과 관련하여 대표성을 갖는다고 할 만한 양의 자료를 모으고, 그런 다음—이 대목에서 레비스트로스는 총구성단위라는 개념을 도입합니다—자료가 의미 있는 패턴 또는 '구조'로 배치될 수 있는지 묻는 과정입니다. 그런 구성적 특징들의 재구성에서 '진짜' 대상(들)을 다시 짜맞춘 가상의 대상이 나타납니다. 여러분이 읽은 레비스트로스의 『구조인류학』 발췌문의 경우 그런 가상의 대상은 오이디푸스 신화의 기저에 깔린 의미라고 부를 수 있을지도 모릅니다. 따라서 구조주의는 형식주의와 마찬가지로 사물을 해체하지만, 엔진의 부품들을 해체할 때처럼 그것의 작동방식을 보려는 것이 아니라, 각 부분을 분석하여 새로운 가상의 대상을 드러내고자 합니다.

자, 이제—이렇게 불러도 된다면—오이디푸스 신화에 관한 레비스트로스의 도표(864)를 보면서 이에 관해 한두 마디 해둡시다. 그는

혈연관계의 과대결정	혈연관계의 과소결정	토착성의 부정	토착성의 확인
카드모스, 제우스에게 겁탈당한 누이 에우로페를 찾아다니다			
		카드모스, 용을 죽이다	
	스파르토이, 서로 죽이다		
			라브다코스=절름발이? 라이오스=왼손잡이?
	오이디푸스, 아버지 라이오스를 죽이다		
		오이디푸스, 스핑크스를 죽이다	
			오이디푸스 =부은 발
오이디푸스, 어머니 이오카테스와 결혼하다			
	에테오클레스, 형제 폴리네이케스를 죽이다		
안티고네, 금지에도 불구하고 오빠 폴리네이케스를 묻다			

많은 판본을 고려하고 있습니다. 얼마나 많은지는 골치 아프니 생각하지 맙시다. 물론 북아메리카 인디언 신화를 연구했다면 훨씬 많았겠죠. 그 자신이 인류학자로서 현장 작업을 해나가는 동안 다양한 판본으로 실제 연구했던 다양한 종류의 신화를 다루었더라도 훨씬 늘어났을 겁니다. 그러나 이것만으로도 꽤 많다 할 수 있습니다. 그 가운데 하나가 프로이트의 판본이고, 하나는 소포클레스의 판본, 그리고 또다른 것들도 있습니다. 그는 이 판본들에 되풀이해 나타나는 특징들(사

건, 상징, 어휘 패턴, 의식적 관행)이 있고, 이것들이 별개의 범주로 나뉜다는 데 주목합니다. 이것들은 공통의 주제를 보여주는 각각의 열에 배치될 수 있는데, 이 열들을 또 수평으로 가로지르면 열들이 상호관계를 맺는 방식을 볼 수 있지요. 예를 들어, '혈연관계의 과대결정'이라는 열에 들어가는 여러 가지 사건들, 우연한 일, 사고의 무리가 있습니다. 가령 안티고네가 오빠를 묻으려 하면서 그 시도에 모든 것을 걸고 지나치다 싶은 극단으로 향하는 것, 그것은 혈연관계의 과대결정이지요. 그러나 동시에 이 신화에는 오이디푸스의 조상으로 거슬러올라가고 그 후손의 역사로 내려가는, 혈연관계의 과소평가와 관련이 있는 일련의 행동도 있습니다. 사람들은 마땅히 그래야 하는 만큼 혈연관계에는 관심을 갖는 것처럼 보이지 않고(비극에서 무지는 변명이 되지 않지요), 그 결과 오이디푸스가 아버지를 죽이고 어머니와 동침하는 것과 같은 나쁜 일들이 일어납니다.

또 땅에서 태어나는 것에 대한 이상한 집착을 반영하는—모든 판본에서 그렇죠—열이 있습니다. 카드모스의 이야기에서 땅에 흩어져 있다가 알파벳으로 솟아나는 괴물의 이빨이라든가, 오이디푸스가 스핑크스와 대면하듯이 영웅들이 괴물들과 대면하는 다양한 방식이 그런 예입니다. 이런 괴물들은 부모에게서—두 존재에게서—태어나는 것이 아니라 땅에서 태어나는 것처럼 보이고, 또 그들은 땅의 사나운 수호자이기도 합니다. 레비스트로스의 표현을 빌리면 이들은 지하 출신이거나 '토착적'인 것으로, 이는 이들이 땅에서 스스로 태어났다는 뜻입니다.

이 신화에는 토착성에 대한 이상한 집착이 있는 듯하지만, 이런 집착은 그에 대한 격렬한 저항에 의해 상쇄됩니다(물론 강화되기도 합니다). 마치 우리를 생산하는 이원적 부모관계를 강조하고, 우리는 그 둘로부터 태어난다는 생각을 통해 우리의 인간성을 확인하고 다시 안심하는 과정이 핵심을 이루는 듯합니다. 그러나 신화가 토착성을 정반대로 환기하는 방식들도 있습니다. 람다, 즉 오이디푸스의 가계에서 아주 많은 인물의 이름—라브다코스, 라이오스 등—의 첫자를 이루는 글자는 그 형태(λ)가 절름거리는 사람처럼 보입니다. 오이디푸스는 '부은 발' '절름거리는 사람'이라는 뜻이지요. 네번째 열에서는 괴물만이 아니라 우리 자신의 구조 내부에도 토착성의 표시가 있다는 생각이 나타납니다. 우리가 다리를 저는 것은 우리에게 진흙으로 이루어진 발이 있다는 뜻, 우리를 낳은 땅의 뭔가가 우리에게 달라붙어 있다는 뜻이며, 이는 오이디푸스 신화의 전개에서 되풀이해 나타나는 직관입니다. 이것이 이 신화가 다른 문화와 급속하게 결합할 수 있는 계기 가운데 하나라는 데 주목하기 바랍니다. '붉은 진흙'이라는 뜻을 가진 아담은 땅에서 가져온 붉은 진흙으로 창조되지요.

따라서 이렇게 네 개의 열이 있습니다. 혈연관계의 과대평가, 혈연관계의 과소평가, 토착성의 부정, 토착성의 고집. 일단은 이 정도로 해두겠지만, 나중에 이 열들로 돌아와 인간 기원 문제와 관련하여 2:1이라는 묘한 쟁점을 생각해볼 것이고, 그 지점에서 놀랍게도—적어도 내게는요!—레비스트로스의 분석이 다름 아닌 구조주의적 활동 자체의 알레고리로 드러난다는 사실을 보게 될 것입니다. 이 마법사가 작은 메모 카드들을 가지고 노는 게임에서, 그냥 의미가 아니라 방향이 잡힌 특정한 종류의 의미가 나타나는 과정은 마치 필연적인 듯 보이는데, 물론 이것은 다지 짜맞추기 위해 분해하는 일, 가상의 체계적 대상을 만드는 일에서 드러나는 분명한 순환성과 관계가 있을지도 모릅니다. 도표의 수직축에서 이 대상이 점선으로 놓인 것에 주목하기 바랍니다. 이 네 열이 어느 정도는 사전에 짜여 있었던 것이라고 생각한다 해도 누가 뭐라 하지는 못할 것입니다.

그렇다고 레비스트로스의 결론에 놀랄 만큼 큰 힘이 없다는 이야기는 아닙니다. 사실 그가 생략한 것들, 그러나 그가 우리에게 제공한 구조 안에 쉽게 자리잡을 수 있는 것들을 생각해보면, 그의 결론들이 옳다는 것을 알 수 있지요. 이오카스테는 목을 매지만, 그는 그것을 언급하지 않습니다. 그 사건은 네 열 어디에도 없지만 혈연관계의 과대결정 또는 과소결정—여러분이 선택할 수 있습니다—과 관련이 있는 것이 분명하지요. 그녀는 근친상간을 했기 때문에 죄책감을 느끼며, 따라서 전에는 혈연관계를 과소평가했지만 지금은 과대평가합니다. 오이디푸스는 출생시에 불구가 되며 키타이론산에서 위험에 노출됩니다. 레비스트로스는 그 점도 언급하지 않지만, 그 때문에 오이디푸스가 글자 람다처럼 절뚝거리는 것은 분명하지요. 그가 태어날 때 절름발이가 되고 마치 산에서 태어난 것처럼 그곳에서 발견되는 것은, 토착성의 고집과 관계가 있는 것이 명백합니다. 마지막으로 「콜로누스의 오이디푸스」에서, 오이디푸스는 죽을 때 땅에 삼켜집니다. 흙에서 났으니 흙으로 돌아가리라.(「창세기」 3:19) 오이디푸스 신화에서 이와 등가가 되는 말은 "내가 온 곳이 내가 갈 곳"이라는 말입니다. 따라서 이 도표는, 단지 레비스트로스가 언급하기에 적절하다고 생각하는 것만이 아니라 우리가 스스로 생각할 수 있는 것도 담아낼 수 있습니다. 이렇게 되면 그의 메모 카드 배치가 그저 자의적인 행동일 뿐이라는 가정은 경계하지 않을 수 없게 되지요.

이제 야콥슨으로 가봅시다. "다시 짜맞추기 위해 분해하는 것"을 내가 지금까지 그렇게 강조했음에도 「언어학과 시학」에서는 그런 것이 보이지 않는다고 여러분이 말한다면, 그것은 정당한 이의제기라고 할 수 있습니다. 야콥슨이 그저 형식주의적 주장을 하고 있다고 느낄 수도 있지요. 그는 모든 발화행위를 여섯 가지 기능으로 나눕니다. 하지만 야콥슨은 시적 기능이라는 개념—형식주의자들은 그것을 '문학성'이라고 부르게 되지요—에 결정적으로 새로운 기여를 합니다. 여기서는 그의 핵심 구절을 인용하기만 할 텐데, 결국에는 이것이 기호학에 의존하는 구조주의적 관념이라는 점이 설명될 수 있기를 바랍니다. 금세 알아듣기는 힘든 구절입니다(858). "시적 기능은 등가의 원리를 선택의 축에서 조합의 축으로 투사한다." 자, '등가의 원리'란 무엇일까요? 이것은 야콥슨이 "「실어증의 두 유형: 은유와 환유」에서 '은유'라고 부르는 것으로 이해할 수 있습니다.[1] 여러분은 내가 기호학을 논의하면서 기호들이 우리의 도식에서 수직축에 모여드는 방식을 이야기했던 것을 기억할 겁니다. 'ship'이라는 말은 소리와 의미에서 어떤 단어들과는 유사하고 소리와 의미에서 다른 단어들과는 매우 다르지만, 또다른 단어들, 예를 들어 'grassy' 같은 단어와는 특별히 밀접한 관계가 없습니다. 즉 어떤 기호들은 강한 유사성과 부동성不同性을 기초로 선택되기를 기다리는 줄(이것이 '선택의 축'입니다, 잊지 마세요) 속의 어떤 다른 단어들과 함께 연속체를 이루고 있습니다. 이렇게 연속체를 이루는 방식, 그래서 하나의 기호가 다른 기호를 은유적으로 대체하거나 다른 기호의 이원적 대립물로서 제시되는 방식이, 야콥슨이 '등가의 원리'라고 부르는 것입니다.

이것이 너무 막연하게 들린다면, 차이나 유사 같은 언어를 사용하는 대신, 근접 일치나 대립 같은 용어를 고집하는 게 좋을 듯합니다. 즉 실제로 동의인 기호들, 또 반의이거나 어떤 다른 형태의 상호대립에 의해 인접하게 된 기호들을 생각해보세요. 그러나 분명한 것은, 등가의 원리가 약간 유연하다는 겁니다. 운문화가 유연한 것과 마찬가지

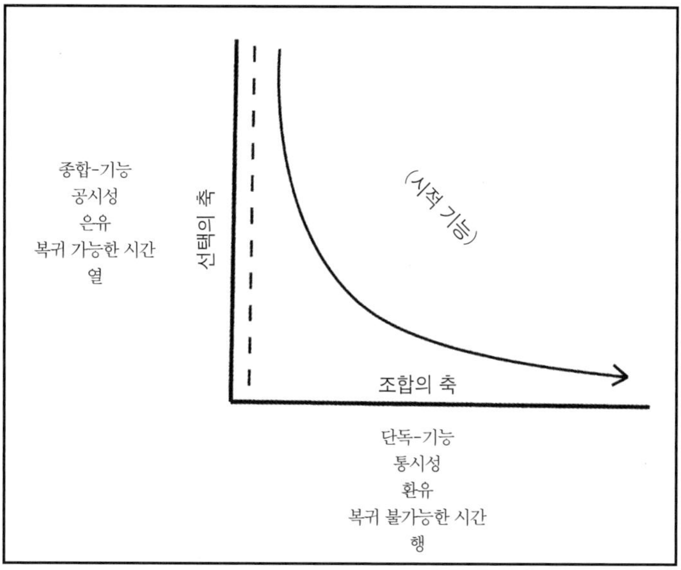

죠. 불완전운이 완전운을 대체할 수 있잖아요. 따라서 이런 관계는 다양한 방식으로 뻗어나갈 수 있지만, 등가의 원리가 기호들이 상호인접성 속에서 음소, 어휘소, 문법소의 연속체로 이해되는 방식이라는 점에는 변함이 없습니다. 우리가 랑그에서 그런 종류의 기호들을 선택한 다음 그것들을 결합하여 '조합의 축'을 따라 파롤을 생산해내는 그 간단해 보이는 과정, 그것이 바로 시적 기능에 관심을 기울이고 있는 사람이 찾고 있는 것입니다. 구두 또는 문자 발화 내에 다양한 종류의 등가의 지배가 담겨 있다면, 조합의 축에서 전개되고 있는 이런 발화는 선택의 축으로부터 그런 등가의 원리—은유라고 부르든, 유사성과 부동성의 원리라고 부르든—를 투사한 결과로 나오는 것입니다. 아마도 가상적일 축을 따라 언어는 하나의 체계를 이루고 있으며(다시 점선에 주목하기 바랍니다), 이 축으로부터 실제의 조합의 축, 진짜—아무도 말의 존재를 의심하지 않기 때문에 '진짜'입니다—축으로 이동하는데, 이 진짜 축을 따라 놓인 언어는 체계가 아니라 시간을 거치며 늘어나는 기호들의 조합인 거죠.

따라서 시적 기능, 또는 조합의 축에 등가의 원리 투사는, 이것이 아니라면 환유적이었을 조합 과정에 은유적 경향을 강요합니다. 이 분야의 어휘에서 환유라는 말에는, 드 만을 읽을 때도 보게 되겠지만, 다르면서도 서로 관계가 있는 두 가지 의미가 있습니다. 한 가지 의미는, 만일 내가 서술문을 조립하고 있다면, 내가 하고 있는 일은 단어들이 문법이나 구문에서 부드럽게 어울리기 때문에 의미나 소리의 반복의 유사성에는 별 관심을 기울이지 않고 서로 나란히 늘어놓는 것입니다.

또 수사적 장치의 의미도 있는데—아마 여러분은 여기에 익숙할 겁니다—이 장치란 간접적으로 관계는 있지만, 동의어나 은유적이지 않은 두 단어가 서로를 대체하는 겁니다. 환유란, 문법과 구문의 규칙을 따라, 또 논리의 규칙을 따라 서로 나란히 어울리게 놓이되 동시에 수사적 장치의 전제를 유지하는 기호들이 폭넓게 연결되어 있는 집단입니다. 내가 문장을 쓰면서 '집' 대신 '오두막'을 선택하여—실제로 야콥슨의 '실어증' 에세이에 나오는 예를 사용하고 있는 겁니다—"오두막이 작다" 같은 말을 한다고 해봅시다. 집, 판잣집, 저택을 비롯한 여러 종류의 건축물에는 환유관계가 내포되어 있지만, 이 관계는, 아마도 나를 움직여 거의 하나 마나 한 말, "오두막이 작다"라는 말을 하게 하는 문장의 조합 논리에 의해서만 실제로 정리될 수 있습니다. 따라서 시적 기능이 지배적이지 않은 일반 발화에서는, 등가는 아니지만 인접한 기호로 다른 기호를 대체하는 것에 '환유'라는 수사적 표현을 사용한다면, 조합 과정이 기본적으로 환유적입니다.

이제 야콥슨의 여섯 가지 기능을 함께 보도록 합시다. 나는 이런 관찰이 결코 어렵다고 생각하지 않지만, 동시에 여섯 기능에 대한 야콥슨의 분석은 빈틈없고 철저하다고 봅니다. 발화에 관해서는 이것 외에 달리 별로 할 말이 없습니다. 물론 다른 차원에서라면 할말이 많겠지만, 야콥슨적 분석의 흐름에서는 아무런 불평을 할 것이 없지요—다만 한 가지는 있을 수 있는데, 그것은 나중에 다시 이야기하겠습니다.

나는 어떤 발화든 이 여섯 가지 기능을 포함할 수밖에 없음을 보여주기 위한 증거 텍스트로 가능한 한 가장 재미없는 표현을 찾으려

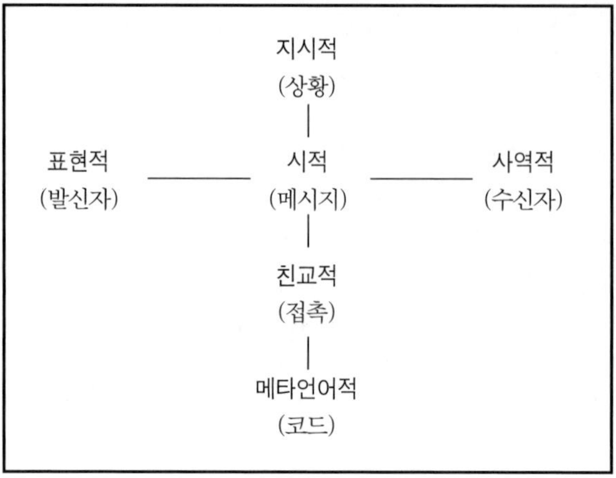

고 노력을 좀 했습니다. 이 증거 텍스트는—흥분을 자제해주기 바랍니다—"비가 오고 있다"입니다. 도식을 보면 발신자 '지향'은 표현적이고, 수신자 지향은 사역적(명령이나 설득하려는 시도)이며, 상황 지향은 지시적, 접촉 지향은 친교적(마이크 시험중, 하나, 둘, 셋), 코드 지향은 메타언어적(암말은 말의 암컷이다)이고, 메시지 자체 지향은 시적입니다.

자, 내가 낭만적인 서정시인으로서 발신자 역할을 한다고 해봅시다. 나는—시인이라면 이런 식으로 말하는 게 좋지 않겠지만—"비가 오고 있다"라고 말합니다. 내 말은 무슨 뜻일까요? 자, 아마 "나는 비를 맞으며 노래하고 있다" 또는 "내 마음에 비가 오고 있다" 둘 중의 하나일 겁니다. 즉, "비가 오고 있다"라는 말로 감정적인 뭔가를 표현하면서, 야콥슨이 표현적인 기능이라고 부르는 것으로 이 표현의 의미를 완성합니다.

이제 누군가 말을 듣고 있습니다. 메시지의 지향점은 수신자입니다. 어린아이가 코트를 입지 않고 문밖으로 나서려 할 때 어머니나 아버지가 "비가 오고 있다" 하고 말한다면 "코트를 입어라" 하는 뜻이지요. 그들이 반드시 "코트를 입어라" 하고 말할 필요는 없습니다. 그냥 "비가 오고 있다" 하고 말하면 사역적 기능으로 표현의 의미를 완성합니다.

어떤 발화에든 현실세계의 상황이 있다. 이 정도 이야기에는 아마 우리 누구도 반대하지 않으리라 생각합니다. 나는 기상학자입니다. 나는 도표를 보며 마이크에 대고 자신 있게 말합니다. "비가 오고 있습니다." 모두가 내 말을 진지하게 받아들입니다. "비가 오고 있습니다"의 지시적 기능은 정보 전달로 여겨집니다. 발화에서 권위자가 말할 때 지시적 기능이 지배하면 나는 비가 오고 있다고 믿게 되지요. 일기예보를 하는 사람이 나한테 "비가 오고 있습니다" 하고 말할 때 나는 그가 은근히 자신이 행복하다거나 불행함을 암시하는 것이라고 예상하지 않습니다. 내가 예상하는 것—따라서 내가 듣는 모든 것—은 날씨에 관한 사실입니다.

이제 '접촉 지향'으로 가봅시다. 야콥슨은 도로시 파커가 데이트를 재현하는 대목에서 멋진 예들을 가져옵니다. 자, 만났네요, 네, 만났어요, 네, 정말 만났네요 등등. 다른 말로 하면 여러분은 데이트를 하고 있는데 할말이 전혀 생각나지 않기 때문에 신경이 곤두선 딱한 상태에서 그런 말로 공기를 채우고 있을 뿐입니다. 그래서 여러분은 "비가 오고 있네요"라고 말하고 여러분의 대화 상대는 "네, 비가 오고 있네요"라고 대꾸하고, 여러분은 또 "비가 심하게 오네요"라고 말하고 상대는

"아, 네, 어쩌면 곧 그칠지도 몰라요"라고 말합니다. 이렇게 비틀비틀 흘러가는 대화, 이것이 바로 "내 말 들려요?" 하며 접촉이 유지되고 있는지 확인하는 '친교적' 기능입니다. 여러분은 비야 오든 말든 전혀 관심이 없지요. 그저 회로가 작동하고 있는지 확인하고 싶을 뿐입니다. 내가 다른 물리학자와 데이트를 하러 나온 물리학자로서 "E는 MC 제곱입니다" 하고 말한다 해도, 그것은 'E는 MC 제곱'이라고 선언하거나 발표하는 것이 아니며, 사실 그럴 필요도 없을 겁니다. 사실 나는 그냥 말로 공기를 채우는 중이겠죠. 이것이 접촉 지향이며, 적당한 말하기 상황에서는 어느 메시지나 그러한 기능을 갖고 있습니다. 적당한 말하기 상황에서는 어느 메시지든 다른 다섯 가지 기능 가운데 무엇이나 가질 수 있는 것과 마찬가지이지요.

코드 지향은 주어진 환경에서 다른 사람과 말의 의미를 공유하고 있다고 자신할 수 없을 때, 말을 하는 상태로부터 물러나 우리가 하고 있는 말이 분명하게 규정되어 있는지 확인하는 것입니다. 나는 말합니다. "들판에 암말이 있다." 누군가가 말합니다. "암말이 뭔가?" "음, 말의 암컷이다." 이것은 하나의 정의로서, 메타언어적 기능이지요. 하지만 우리의 증거 텍스트는 "비가 오고 있다It is raining"입니다. 여기가 정말 재미있어지는 부분이에요. 도대체 이 'it'은 뭘까요? 'is raining'의 정의, 아니면 비의 출처일 텐데요. 다른 언어들에도 이와 똑같은 괴상한 현상이 있습니다. 프랑스어로는 "Il pleut," 독어로는 "Es regnet." 여기에서 'Il'은 무엇인가요? 'Es'는 무엇인가요? 'it'은 무엇인가요? 신인가요? 비의 신 유피테르 플루비우스인가요? 하늘을 가린 구름인가요?

어쩌면 하늘을 가린 구름인지도 모르지만, 우리는 그것이 'it'의 뜻이라고 느끼지 않습니다. 'it'은 일종의 문법적이고 구문적인 변칙이며, 이것은 언어학자들도 분석하고 설명하기 어렵습니다. 따라서 내가 "It is raining"이라는 말을 하고 자리를 피하려 하는데 하필 그 말을 듣는 사람이 말을 있는 그대로 해석하는 사람이라면, 메타언어적 기능이 나를 쫓아와 정강이를 물 것이라고 예상할 수 있겠지요.

"비가 오고 있다"의 시적 기능은 메타언어적 기능과는 달리 안타깝게도 별로 재미가 없습니다. 이것이 이 예의 한 가지 약점이지요. 하지만 그래도 할 이야기가 조금은 있습니다. 'It is'의 'ih-ih'와 'raining'에서 나타나는 이중의 'ih' 발음, 빠른 선언과 그뒤에 창밖을 내다보며 우리가 가질 수도 있는 지속감을 강화해주는 단음절들이죠. "It is rainnnnnnning" 하여, 일종의 의미론적 가치를 전달하는 단어를 길게 늘일 때처럼 말이죠. 이 경우에는 시적 기능을 지배적으로 만드는 것이 이 모든 i에도 불구하고 누구에게나 힘든 일이 될 겁니다. 내가 조금 전, 낭만적인 서정시인이라면 "비가 오고 있다"라고 말하는 것이 그리 영리한 행동이 아니라고 하면서 암시했던 대로입니다. 하지만 되풀이하겠습니다. 어느 기능이나 그것을 위한 적절한 상황이 발견되면, 어느 발화에서든 그것이 지배적이 될 수 있습니다.

야콥슨이 말한 발화의 여섯 겹 구조의 분석은 이 정도로 충분할 것입니다. 시적 기능이 지배적이어서, 야콥슨의 글의 제목을 빌려 말하자면 언어학 내에서 시학이 생겨날 때, 선택의 축에서 오는 어떤 압력이 등가의 원리로 조합이 발생하는 방식에 영향을 주는 것이 관찰되는 한 이것은 환유적 구조에 대립되는 은유적 구조를 반영합니다. "It is raining"보다 산문적인 것이 어디 있겠습니까? 그럼에도 갑자기 여러분은 일련의 i에, 똑같은 단음절의 반복에, 또 어쩌면 다른 것에도 주목하게 됩니다. 가장 진부한 발화가 조합되는 방식조차도, 그런 조합에서 자기참조('메시지 지향')를 관찰하는 데 도움을 줄 수 있습니다. 야콥슨이 지적하듯이 우리는 당사자가 아닌 구경꾼을 말할 때 [모두 관련없는 구경꾼이라는 비슷한 뜻이지만] 'innocent bystander'라고 하지 'unconcerned witness'라고 하지 않으며, 그것은 전자가 이중 강약약격이기 때문입니다. 하지만 'unconcerned spectator'라고 말하다보면, 문득 왜 군중 속의 모든 그런 얼굴이 이중 강약약격일까 하고 의아해질 수도 있습니다. 언어는, 말이 그것을 이용할 때는 불가사의하게도 시적으로 다가오곤 합니다.

여러분은 야콥슨이 "다시 짜맞추기 위해 분해하는" 과정을 보지 못했다고 여전히 내게 이의를 제기할지도 모릅니다. 자, 우선은 그가 보들레르의 「고양이들」에 관해 레비스트로스와 함께 쓴 에세이(여기에서는 시행마다 이어지는 시의 논리 전개와 거의 또는 전혀 관계가 없는, 소리에 기초한 심오한 주제론으로서 하나의 소네트가 재구성되고 있습니다)를 읽으라고 강력히게 권하고 싶지만, 그와는 별도로 야콥슨에게서 다시 짜맞추어지는 것은 조합의 축 위에 또 그 안에 떠도는 환영 같은 선택의 축이라고 말할 수 있을 것 같습니다. 기표들을 조합하면서 생겨나는 선—특히 시적 기능이 지배적인 곳에서는 이것을 열이라고 생각할 수 있는데—을 따라 모든 곳에서 각각의 새로운 기표의 위와 아래로, 선택되지 않았지만 선택될 수도 있었던, 은유적으로 관련을 맺는 모든 기표로 이루어진 가상의 행을 느낄 수 있습니다.「실어증의 두 유형: 은유와 환유」에서 은유적 극단에 있는 실어증은 조합의 축을 선택의 축의 복제물로, 종종 뒤죽박죽인 복제물로 만들어버립니다. 이것은 사실 신경생리학적인 장애이지만, 동시에 야콥슨이 자주 일깨워주듯이, 시인들에게서 발견되는 경향이기도 하지요.

이제 사실상 이의제기를 할 지점에 이르렀습니다. 그 자체로는 하찮은 이의제기이고 또 사실 야콥슨도 이에 대해 반박하려 하는 바이지만, 그로 인해 외려 더 큰 일반적 문제가 떠오르는 느낌입니다. 야콥슨이 여섯 가지 기능을 정리한 것은 진정 대단한 사고능력의 발휘인 듯한데, 다만 한 가지 여러분이 주목해주었으면 싶은 문제가 있습니다. 야콥슨은 시적 기능과 메타언어적 기능 사이, 메시지 지향과 코드 지향 사이의 관계를 놓고 잠깐 이야기를 합니다.

메타언어 또한 동의어적 표현들을 조합하여 등식의 문장, 즉 A=A("암말은 말의 암컷이다")를 만들 때 등가 단위를 연속적으로 이용한다는 이의제기가 나올 수도 있다{그래요, 우리는 바로 그런 이의제기를 하고 있지요}. 그러나 시와 메타언어는 서로 정반대다. 메타언어에서는 연속이 등식을 구축하는 데{다른 말로 하면, 하나의 항이 다른 항들의 맥락에서 이해될 수 있음을 증명하는 데} 사용되지만, 시에서는 등식이 연속을 구축하는 데 사용된다.

자, 어떤 의미에서 이것은 사실입니다, 그건 명백해요. 즉, 나는 내가 언제 메타언어를 말하고 있는지, 언제 시를 말하고 있는지 압니다. 그러나, 아마 여러분도 알겠지만, 여기서 야콥슨은 사실상 구조주의자들이 가장 예민하게 여기는 부분을 노출했습니다. 의도에 의지했기 때문입니다. 야콥슨은 메타언어적 표현에는 하나의 의도가 있고, 시적 표현에는 그와 다른 의도가 있다고 말했습니다. 만일 그렇다면, 발화에는 발생의 유래가 있는 셈입니다. 발화는 의도를 갖는 의식에 기원을 두게 된다는 거죠. 구조주의적이지 않은 전통, 사실 구조주의와 대립하는 전통에서 두 사물—이원적 쌍—사이의 부정적 관계가 아니라, 이전의 원인에서 사물의 기원을 찾는 것과 마찬가지로요. 다른 말로, 만일 구조주의가 그 자체로 발생의 유래에 대한 비판이라면, 그러니까 에드먼드 리치의 성경 텍스트 「창세기」의 분석이 그런 것처럼, 또 물론 레비스트로스의 오이디푸스 신화, 하나가 아니라 둘로부터 태어났다는 이해가 그런 것처럼—구조주의가 발생의 유래에 대한 비판이라면, 이 체계에서 두 실체, 시적 기능과 메타언어적 기능을 그들의 발생 유래의 맥락에서, 즉 그들 배후에 있는 의도의 맥락에서 구별해야만 할 때 무슨 일이 벌어지겠습니까?

앞서 말했듯이, 이 이의제기는 하찮아 보입니다. 왜냐하면 우리 모두 보기만 하면 메타언어적 기능과 시적 기능 사이의 차이를 알 수 있다는 야콥슨의 말에 전적으로 동의할 수 있기 때문입니다. 하지만 그의 말은, 실제로 우리가 보기만 하면 차이를 알 수 있다는 것은 아닙니다. 어쩌면 단순히 무엇이 메타언어적이고 무엇이 시적인지는 누구나 볼 수 있다고 말하는 쪽이 그로서는 더 안전했겠죠. 그러나 야콥슨은 그러지 않고 메타언어적인 것은 이런 것을 하려는, 즉 연속을 등식으로 만들려는 의도이고, 시적인 것은 다른 것을 하려는, 즉 하나의 등식을 연속적으로 만들려는 의도라고 말합니다. 만일 내가 말을 할 줄 아는 말馬이라서 애인에게 밸런타인데이 카드를 쓴다면 "암말은 말의 암컷이다Mare is the female of the horse" 하고 광시를 쓸 수도 있을 겁니다. 강약약격-강약격-약약강격하며, 마주보는 발 넷을 가진 '암컷'이라는 뜻에 프랑스어로 '어머니'란 뜻이 있는 'mère'의 동음이의어격으로 오이디푸스적 암시까지 넣었으니, 일석이조인 셈이네요.

그러나 일단 문제를 인식하게 되면 여섯 가지 기능에 대해 모두 비슷한 의심을 가질 수도 있습니다. 내가 여기 여러분 앞에 서서 말합니다. "비가 오고 있다." 여러분이 내 의도가 무엇인지 어떻게 알겠습니까? 내가 신경이 예민해져서 그저 친교를 나누려는 것인지, 내가 불행하거나 행복한지, 실제로 밖에 비가 오고 있는데 아무도 코트를 입지 않아서 여러분이 제정신이 아니라고 생각하는지, 사실은 내가 영문과 교수로 가장한 일기예보관인지 말입니다. 여러분은 의도를 추론할 수밖에 없습니다. 이를 구별하기 위해 여러분이 그런 추론을 해야 한다면, 지식의 발생적 결정(이것은 긍정적입니다)이 아니라 지식의 구조적 결정(이것은 부정적입니다)이라는 구조주의의 주장이 어떻게 온전하게 보존될 수 있겠습니까? 이 수사의문문을 탐사하는 일은 여러분 스스로 해보기 바랍니다.

레비스트로스 비판은 다음 강연으로 미루지요. 여러분이 읽고 있는 데리다의 에세이 「인문과학 담론에서 구조, 기호, 변용」은 대체로 레비스트로스에 관한 이야기라, 해체주의를 먼저 다루고 레비스트로스 주장의 몇 가지 측면으로 돌아가는 것이 자연스럽고 매끄러운 흐름이 될 것이기 때문입니다.

10장
해체주의 I: 자크 데리다

읽을 자료

자크 데리다, 「인문과학 담론에서 구조, 기호, 변용」 「차연」(CT, 915~926, 932~939).

이 강의에서 우리는 우리가 읽는 자료의 저자 가운데 가장 막강하고 영향력이 큰 인물 가운데 한 사람과 마주하게 됩니다. 자크 데리다는 얼마 전인 2004년에 사망했는데, 그 전후 몇 년에 걸쳐 제2의 전성기를 누렸습니다. 윤리적이고 정치적인 쟁점들로 돌아선 덕분이지요. 사실 이전의 사고나 악명 높으리만치 난해한 문체에서 결코 벗어난 적이 없지만, 그는 이런 고유의 특징을 진보적 휴머니스트들의 이익에 맞게 조정했습니다. 말년의 데리다는, 특히 이탈리아 철학자 조르조 아감벤과 함께 문학과 다른 문제들에 대한 이론적 접근에 '윤리적 전환'이라 부르는, 현재 매우 중요한 자리를 차지하는 것들과 관련되어 있습니다. 따라서 1980년대 말 해체주의가 학계에서 다소 이론적인 공격을 받으면서(언론의 공격만 받던 시절은 지난 거죠) 위기를 맞았던 데리다의 평판은 최근의 책들로 인해 다시 매우 높아졌습니다. 그러나 우리가 이 강의를 위해 읽는 자료는 훨씬 전으로 거슬러올라가는, 이전의 영향권에 속한 것들이지요.

에세이 「인문과학 담론에서 구조, 기호, 변용」은 1966년 존스홉킨스대학에서 열린, '인간과학'을 주제로 한 학술대회에서 발표한 것입니다. 이 행사는 클로드 레비스트로스의 대관식 비슷하게 기획된 것으로, '과학'으로 이해되는 그의 작업은 그로부터 불과 몇 년 전에 미국의 현장에 갑자기 나타난 바 있었지요. 레비스트로스도 참석했습니다. 연설도 했고, 청중석에도 앉아 있었습니다. 하지만 많은 사람이, 특히 레비스트로스가, 데리다의 이야기를 대관식보다는 폐위에 어울리는 것으로 보았습니다. 2009년 백한 살의 나이로 죽은 레비스트로스는 말년에 이르러, 이 학술대회 이후에 일어난 일들로 자신의 작업이 뒷전으로 밀려난 것에 매우 쓰라린 마음을 드러내기도 했지요.

데리다의 강연을 비난하기는 쉽지만(내가 알기로 레비스트로스는 비난한 적이 없습니다), 이 강연과 데리다의 작업 전체에 관하여 말이 나온 김에 해체주의에 관해서도—생각할 때 떠오르는 무수히 복잡한 문제 가운데 하나는, 여기에서 구조주의 작업과의 결별이 실제로 얼마나 절대적인지 판단하는 것입니다. 레비스트로스는 구조에 대한 자신의 접근 방법에 관해 생각할 때 자의식, 심지어 아이러니도 종종 드러내는데, 데리다 자신도 에세이에서 이 점을 거리낌없이 인정합니다. 데리다는 자신의 주장을 확인하기 위해 되풀이해 레비스트로스를 인용하며, 그런 뒤에야 레비스트로스가 가장 신중하게 하는 말에도 뭔가 끝까지 철저하게 생각하지 않은 것이 있다고 지적합니다. 적어도 그의 작업 가운데 다른 곳에는 끝까지 철저하게 생각하지 않은 것이 있다고 하지요. 「구조, 기호, 변용」은 레비스트로스에 대한 전면적인 거부도, 심지어 아주 통렬한 비판도 아닙니다. 내가 보기에 데리다는 자신이 레비스트로스의 어깨를 딛고 올라선 사상가라는 점을 충분히 인정하고 있는 듯합니다.

그러나 어쨌든 미국에서 이론에 관해 생각하던 사람들에게 이 특별한 갈림길은, 실제로 거의 하룻밤 사이에 구조주의를 떠나 해체주의로 향하는 혁명으로 보였습니다. 이 혁명은 1970년대 전체에 걸쳐 1980년대 초까지 이론에서 지배적인 패러다임으로 남아 있었죠—널리 퍼지고, 다양하고, 드러난 적대감에 둘러싸인 채. 이 시기의 주요인물 둘 가운데 하나였던 데리다는, 오랜 세월 매년 봄학기 중 일부 기간 동안 예일을 찾았습니다. 예일에 당시, 어느 비평가의 표현을 빌리자면 '해석학 마피아'가 있다는 생각은, 대체로 이곳에 데리다가 폴 드 만, J. 힐리스 밀러, 그리고—이들보다 느슨하게 연결되어 있기는 했지만—제프리 하트먼, 해럴드 블룸과 함께 있다는 사실에서 나왔습니다.[1]

이 그룹이 이른바 예일학파를 형성했지요. 이 학파는 일부 서클에 특별한 영향력을 발휘했지만, 동시에 전례없이 터져나오는 분노를 산 대상이 되기도 했습니다. 지금도 가끔 '인문학의 위기'라고 부르는 것과 관계가 있지요. 주 입법가나 재단 이사회에서는 오늘날에도, 해체주의는 전혀 사라지지 않았으며, 탈구조주의의 사도들이 서구문명의 기본 가치를 파괴했으므로 인문학에는 이제 자금 지원을 하지 말아야 한다고 어느 때보다도 강하게 믿고 있습니다. 여기에 미국 과학의 경쟁력에 관한 공포와 뒤처진 미국 작업장에 과학자를 다시 채워야 한다는 의심의 여지 없는 요구가 겹치면서, 중등교육은 말할 것도 없고 대학의 인문학에도 심각하게 힘든 시기가 찾아왔습니다.

이제 여러분은 에세이 한 편을 다 읽고 「차연」도 일부 읽었으니, 데리다가 매우 어렵다는 사실을 알았을 겁니다. 사실 이에 더하여, 아마 왜 그렇게 써야만 하는지 의아해하며 짜증을 냈겠지요. 그가 도전적인 사상가라는 점은 알겠지만, 동시에 필요 이상으로 자신을 어렵게 만드는 것이 아닌가 의심할 수도 있습니다. 특히 왜 그냥 한번에 한 가지씩 이야기하지 않는 건지 궁금할 겁니다. 어쩌면 이 모든 것이 그가 일부러 이렇게 하는 것이라고, 하나의 사고 과정으로서 해체주의는 분명한 입장, 포괄적인 용어, 데리다가 흔히 '초월적 기의'라고 부르는 것의 지배를 받을 위험이 있는 어떤 종류의 결론에도 안착하기를 거부하는 일종의 회피 댄스라고—이것이 「구조, 기호, 변용」의 핵심이라고—인정해줄 수 있을지도 모릅니다. 하지만 그래도 그 문체에는 눈살을 찌푸리게 되지요.

그렇습니다, 데리다의 산문 문체, 정상적인 논증 과정으로부터 게걸음으로 멀어지는 이러한 문체는, 그의 논의가 어떤 분명한 지도 개념에서 파생되는 것처럼 여겨지지 않고자 하는 의도입니다—그럴 수밖에 없습니다. 해체주의란 바로 우리의 생각이 이런저런 분명한 개념으로부터 파생될 수 있다고 생각하는 근거를 발가벗기는 것이기 때문입니다. 그는 또 글의 문체가 특정 장르에 맞게 형성될 수 있다고 인정하기를 거부합니다. 데리다와 드 만 사이의 핵심적 차이 가운데 하나가, 데리다는 문학이론가가 아니라는 점입니다. 우리가 '문학적'이라고 부르는 텍스트를 아주 자주 논의하기는 하지만, '문자언어écriture'에 대한 그의 태도에는 장르 구분이 신뢰할 만한 일이 아니라는 주장이 담겨 있습니다. 다른 말로, 장르는 다른 여느 포괄적인 표현과 마찬가지로 초월적 기의가 되기에 적합하지 않다는 겁니다. 이런 이유 때문에 데리다는 문학, 법률텍스트, 이론텍스트, 철학텍스트, 과학텍스트 같은 것은 없다고, 적어도 그것들 사이에 분명한 경계는 없다고 우리를 설득하는 사람들 가운데 한 명입니다. 오직 '텍스트'가 있을 뿐이며, 텍스트들의 장場에 관해 생각하는 것은 차이difference(차연différance이라는 신조어는 말할 것도 없는데, 이것은 다시 이야기할 것입니다)—너무 많은 차이가 너무 항상적으로 작동하고 있기 때문에 범주라는 단순화의 지배를 받을 수가 없죠—로 가득한 뭔가에 관해 생각하는 것이라는 말이죠.

지금까지 어려움과 혼란에 관해 이야기했지만, 우리 모두가 이 문제와 관련하여 심한 긴장 상태에 있다는—나 또한 긴장 상태에 있는데, 나는 데리다의 방식을 분명히 함으로써 그의 방식을 배신할 위험을 무릅써야 하는 사람이기 때문입니다—사실을 고려하여, 오늘 강의 이전에도 우리는 이미 '해체를 하고' 있었으며, 데리다를 읽을 때 문제가 되는 것 가운데 많은 부분이 이미 설명되었다는 점을 지적하고 싶군

요. 우선 준비운동 삼아 내가 그린 이 작은 그림들을 출발점에 놓고 이야기를 시작해보도록 합시다. 아마 이 그림들을 보면 수직축이 눈에 들어올 겁니다. (페미니스트 이론에 가면 수직축에 해당하는 좀 다른 그림을 만나게 될 겁니다—물론 주제넘게 내가 그것을 그릴 생각은 없지만요.)

에펠탑은 수직축이 얼마나 가상인지 보여주는 훌륭한 방법을 제공해줍니다. 직립해 있는 점선을 보게 된다면, 그게 에펠탑입니다. 그 안에는 아무것도 없습니다. 투명해요. 그런데도 에펠탑 꼭대기에 있는 전망대에 들어가면 갑자기 발밑에 파리 전체가 조직됩니다. 탑이 선택의 힘을 발휘함에 따라 그것은 멋진 조합의 축이 되어, 그 위에서 노트르담, 오페라, 개선문을 내려다볼 수 있습니다. 파리의 랜드마크, 주요한 기호들이 일종의 질서에 따라 탑의 발치에 놓여 있지요. 다른 선택의 축의 관점에서 보면 그것들은 다른 질서에 따라 조합될 겁니다. 「에펠탑」이라는 제목의 에세이에서 롤랑 바르트는 말합니다.

{기 드} 모파상은 종종 탑 안의 레스토랑에서 식사를 했는데 그 음식을 별로 좋아하지는 않았다. 그는 말했다. "이곳이 내가 탑을 보지 않아도 되는 유일한 곳이다."[2]

요점은—다시 한번 소쉬르의 말을 빌리자면—우리가 에펠탑이라는 "땅에 두 발을 모두 단단히 디디면" 그것이 진짜로 우리를 지배하는 존재라는 관념으로부터 해방된다는 것이겠죠. 실제로 거기에 있으면, 우리는 그것이 주위의 모든 것을 엄격하게 펼쳐지는 패턴으로 조직하는 방식에 관해 더이상 걱정할 필요가 없습니다. 정말이지 어떤 면에서 우리는 에펠탑을 그것을 둘러싼 것으로부터 추론합니다. 에펠탑은 19세기에 건설되었습니다. 그것은 결코 파리의 스카이라인의 원인이 아닙니다. 그보다는 랑그가 파롤과의 관계 속에서 뒤늦게 나타나는 것과 마찬가지로 뒤늦게 나타나는 무언가죠. 에펠탑은 사물들을—이렇게 말할 수도 있을 텐데—자의적으로 조직하는 가상성입니다.

이와 똑같은 생각들에 대한 성찰로서 월리스 스티븐스의 시를 들 수 있습니다. 여러분은 틀림없이 내 그림이 스티븐스의 「단지의 일화 Anecdote of the Jar」에 등장하는 토기라는 것을 알아보겠지요. 스티븐스는 이 단지가 언덕에 있었기 때문에 "초라한 광야가 / 언덕을 둘러쌌다"고 말합니다. 따라서 이 단지는 문학적 텍스트의 '지배적인 것'처럼 '모든 곳을 지배'한 것이지요. 이것은 그것이 만드는 체계나 구조의, 데리다의 표현을 빌리자면 '중심'이지만, 그럼에도 실제로 구조의 일부는 아니며, 구조의 바깥에 있는, 그 창조로부터 물러난 창조자입니다. "그것은 새나 덤불을 아낌없이 내놓지 않았다 / 테네시의 다른 것들과는 달리." 단지는 자의적으로 자연적인 세계의 자유로운 변용 한가운데 자리잡고 있으며, 이 자유로운 변용은 재생산의 충일로 가득하고, 데리다가 '남겨진' 것을 강조하며 암시하는 것의 한 부분을 이루는 즐거운 과잉으로 가득합니다. 기호의 잉여성, 기호의 대리보충성이지요. 데리다가 자신의 에세이 말미에 "흔적의 맹아적 모험"에 관해 썼을 때, 거기에는 ['맹아적'이란 말에 '정액의séminal'라는 뜻도 있는 만큼] 오르가즘적인 요소도 있습니다. 어쨌든 단지는 그렇게 불규칙하게 퍼진 것 한가운데에 자의적으로 그냥 놓여, 어떤 것의 본성에도, 재생산성에도 참여하지 않은 채 모든 것을 조직합니다. 다른 말로 하면, 구조 외부에 있는 데리다적인 중심입니다. '중심 아닌 중심'이죠. 이것은 잠시 뒤에 더 자세히 이야기하겠습니다.

이제 트윈타워입니다. 내가 이 예를 사용하기 시작한 건 [911사건이 있던] 2001년 훨씬 전부터이지만, 당시에도 그것이 암시했던 바는 오늘날 우리가 슬픔 속에 깨닫는 것, 즉 수직축의 덧없음입니다. 뉴욕의 트윈타워는 파리의 에펠탑 같은 기능을 했습니다. (마치 자신은 세계의 일부가 아니라는 듯이) '세계를 보는 창'이라는 이름의 레스토랑은 비길 데 없는 도시의 모습을 보여주었고, 그 발아래에 모든 것이 조직되어 있었지요. 미셸 드 세르토는 트윈타워에 대해 쓴 훌륭한 에세이에서—이 또한 2001년이 되기 한참 전에 나온 글입니다—일관된 형식으로 그러한 주장을 이어갑니다.[3]

따라서 이런 것들은 우리가 가질 수도 있는 불안감, 하나의 공간적 순간을 추론하고 거기에서 경험의 환원 불가능하게 시간적인 성격이 파생된다고 말하는 것—이런 경험의 연속체와 분리된 한순간이 그 연속체의 필연적인 원인이라고 추론하는 것—이 항상 문제가 될 수 있다는 불안감을 보여주는 현실세계의 예들입니다. 조직화하는 관념의 가상성을 깨닫는 것은, 그 자의성을 인정하면서도 동시에 그것이 없으면 조직된 사고를 위한 기초가 없다는 사실 또한 인정하는 것입니다. 이것은 아주 중요한 의미가 있는바, 우리는 사고를 할 때 초월적 기의가 없으면 안 된다는 점을 인정할 수밖에 없으며, 따라서 그것을 '지우개 밑에sous rapture'—데리다라면 그렇게 말하겠죠—두면서도 그 불가피성을 인정할 수밖에 없습니다. 사실 데리다는 초월적 기의가 없어도 된다고 주장한 적이 없습니다. 구조의 느낌을 얻고 싶으면 이런 종류의 추론을 어느 정도 가지고 작업해야 합니다. 데리다도 자신이 '기호'라는 지배적인 개념 없이는 거의 쓸 수가 없다고 인정하지만, 그 존재 자체가 늘 의문시되기 때문에 따옴표로 묶어두는 것이 좋으며, 이것을 창조적 기원의 지위로 격상시키지 말아야 한다고 말하는 것이죠. 이 모든 것을 우리는 출발점에서, 상품물신화를 이야기하는 마르크스에게서 배웠으며, 기호학과 구조주의의 수직축을 점선으로 표현한 이후로 늘 이 점을 스스로 일깨워왔습니다. 「구조, 기호, 변용」은 어떤 의미에서는 그저 이런 점선에 대한 주장이라 할 수 있습니다.

오늘 여러분이 읽고 있는 것을 우리는 이미 다른 방식으로 암시하기도 했습니다. 데리다가 신화의 본질에 관하여 레비스트로스를 인용하고 있는 두 구절(921)을 보세요. 이 구절들을 차례로 인용하고 나서 레비스트로스의 오이디푸스 신화 분석으로 돌아가, 데리다가 어떻게 레비스트로스의 입장으로부터 이익을 얻는 동시에 그것을 비판할 수 있게 되는가를 보여주겠습니다. 우선 봅시다.

"'인식론적 담론{어떤 원칙 또는 초월적 기의 또는 포괄적 용어에 기초한 종류의 담론—다른 말로 하면, 어떤 주어진 순간에 모든 지식이 거기에서 흘러나오는 것을 가능하게 만드는 어떤 것}과 대비되는 신화에 관한 구조적 담론—신화적 담론—은 그 자체로 신화 형성적일 수밖에 없다. 그것은 자신이 말하고 있는 것의 형식을 띨 수밖에 없다.'"

이어 데리다는 말합니다.

이것은 {레비스트로스의 가장 유명한 책으로 꼽히는} 『날것과 익힌 것』에서 가져온 다음 구절에서 레비스트로스 {자신이} 말하고 있는 바다. 이제 나는 그저 그 구절의 맨 끝부분을 인용하고 싶을 뿐이다. "신화적 사고의 자연발생적 운동을 모방하는 과정에서 나의 기획, 그 자체로는 너무 간략하기도 하고 너무 길기도 한 기획은, 아직 그 요구를 따르지도 못했고 그 리듬을 존중하지도 못했다. 신화에 관한 이 책 자체가 그러하며 또 신화도 그 나름으로 그러하다."

이것이 레비스트로스가 『구조인류학』에 담긴 에세이에 나오는 오이디푸스 신화 분석에서는 인정하지 않지만 자신의 작업에 관한 말에서는 인정하는—심지어 자랑스러워하는—순간입니다. 레비스트로스가 『날것과 익힌 것』에서 말하고 있는 바는 신화에 대한 자신의 접근법이 그 자체로 신화의 한 판본에 불과하다는 것이지요. 즉, 사물을 생각하는 신화의 방식에 참여하고 있다는 것입니다. 그 방식은 『구조인류학』의 에세이에서 그가 사고의 '신화소mytheme' 또는 '총 구성단위'라고 부르는 것을 이용합니다. 그것은 사고의 그러한 총 구성단위를 우리가 검토한 방식으로 전개하고 조작하지만, 레비스트로스가 그 에세이에서 말하고 있는 것이 데리다가 방금 인용한 구절과 대립된다는 점에 주목하기 바랍니다. 결과적으로, 그곳에서 레비스트로스는 자신이 행과 열로 우리에게 제공하는 신화 형식은 신화적이지 않고 과학적이라고 말하고 있는 셈입니다. 그가 이런 '과학적' 결론에 도달하기 위해 사용하는 판본들 가운데 하나는 그가 '오이디푸스 신화의 프로이트 판본'이라고 부르는 것입니다. 그러나 프로이트, 소포클레스, 또 그가 가지고 있는 다른 판본 모두가 판본으로서 똑같은 장점을 지니지만, 그 어느 것도 신화의 깊은 구조적 설명이나 의미를 제공하지는 않습니다. 신화의 의미는 여기에서 제시된 과학에서만 발견할 수 있습니다.

자, 프로이트 또한 자신이 과학자라고 생각했으며, 그의 신화 읽기 또한 과학적이라고 여겨졌습니다. 그렇다면 프로이트의 신화 읽기의 핵심은 무엇이었을까요? 여러분은 이미 짐작했겠지요, 둘이냐 하나냐!—다른 말로 하면 그 핵심은 근친상간, 혈연관계의 과대결정과 혈연관계의 과소결정이 만나는 지점이었습니다. 간단히 말해서 레비스트로스의 결론은 이미 프로이트에게서 예고되고 있다는 것이죠. 나아가 이때의 레비스트로스는 무엇을 하고 있을까요? 그는 프로이트의 영향을 부정하고 있습니다—그것은 나의 신화이지 그의 신화가 아니다—이것은 바로 프로이트의 [모든 여성을 독차지한 원시적 아버지가 지배하는 사회] 원시부족에서 일어나는 일입니다. 레비스트로스는 아버지를 거부함으로써 프로이트가 처음으로 분석한 바로 그 신화적 패턴에 빠집니다. 데리다가 레비스트로스를 비판하는 순간들은, 레비스트로스가 경계심을 풀고 자신의 작업이 과학적이라고 말하는 시점인데, 그 말 또한 앞으로 보겠지만 데리다의 표현을 빌리자면, '중심'이 있다는 말이 됩니다. 하지만 자신이 보는 지점이 보이는 것 속으로 불안정하게 사라져버린다고 레비스트로스가 인정하는 경우도 많지요—데리다 또한 레비스트로스가 그런 취지로 한 말을 빈틈없이 인용하고 있고요.

다들 예상을 하고 있었을 테니, 이제 데리다가 레비스트로스가 아니라 소쉬르에 관해 말하는 구절을 봅시다(917). 여기서 그는 기호에 대한 소쉬르의 근본적 정의를 다시 찾아가는데, 소쉬르의 과학적 기초를 이루고 있는, 개념과 소리이미지—기의와 기표—사이에 존재한다고 이야기되는 관계, 즉 소쉬르가 두 발을 모두 단단히 딛고 있는 땅인 기의와 기표의 자의적이고 구별적인 짝짓기 때문에 곤혹스러워합니다. 이 짝짓기에 관하여 데리다는 말합니다.

> '기호'라는 의미는 늘 무엇의 기호, 기의를 가리키는 기표, 그 기의와는 다른 기표라는 의미로 파악되고 결정되어왔다. 만일 기표와 기의 사이의

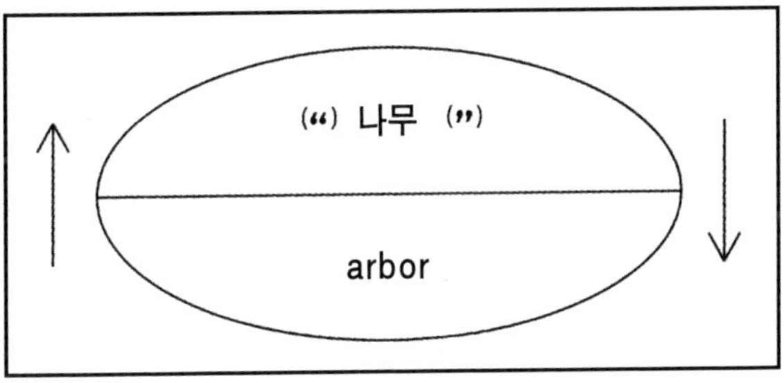

근본적 차이를 지운다면, 형이상학적 개념으로서 버려져야 할 것은 기표라는 말 자체다.

이제 내가 소쉬르에 관해 말하며 의문부호로 이미 단서를 달아두었던 그 도식으로 돌아가보겠습니다. '기의'와 '기표' 사이의 관계를 재현된 것과 단어 사이의 관계가 아니라 두 용어—결국 '나무'라는 개념을 보여주는 한 가지 방법은 나무라는 말을 쓰고 그 앞뒤에 따옴표를 붙이는 것이니까요—사이의 관계라고 생각한다고 해봅시다. 따옴표를 떼어낸다면 나에게 남는 것은 그것이 개념이라는 것을 드러내는 표시가 전혀 없는 단어 하나뿐입니다. 그렇게 되면 이제 이것은 야콥슨이 '메타언어적'이라고 부를 만한 관계가 된다는 데 주목하시기 바랍니다. 그것이 보여주는 바는 '나무'가 'arbor'를 가리키는 또하나의 단어라는 것입니다. 다른 말로 하면 이것은 기의와 기표 사이의 관계가 아니라 기표와 기표 사이의 관계이며, 따라서 관계의 이원적 대립이 무너지고 우리는 말이나 글의 조합 구조를 그저 하나의 기표가 다른 기표를 이끄는 것으로 이해하게 됩니다. 데리다는 위에서 '기표'라는 단어를 버리는 편이 낫다고 말했지만, '기의'라는 단어에 관해서도 얼마든지 그런 말을 할 수 있었을 겁니다. 내가 하나의 기표('나무', 이것은 틀림없이 '느릅나무' 같은 이전의 기표에서 영향을 받았겠죠)를 '생각'하면 그것은 연상에 의해 그다음 기표(arbor)를 촉발하고, 이것은 다시 그다음, 그다음은 또다시 그다음 기표를 촉발합니다. 그것이 우리에게, 해체주의의 언어로 말하자면 '사슬', 의미화 사슬을 주는 것입니다. 이것은 조직적 패턴이 아니라 계속 자기를 복제하고 확장하는 운동으로, 돌이킬 수 없이 선형적이며, 시차를 둔 연상들의 연속체를 통해 앞으로 밀고 나아갑니다. 데리다와 그의 지지자들은 이것을 '기표들의 사슬'이라고 부르지요.

개념/기의와 소리이미지/기표 간 관계의 신비를 벗기면, 그와 동시에 가상의 공간에 존재하는 연상들의 집합과 연상이 실제로 일어나는 방식—이것은 시간 속에서 일어날 수밖에 없는데—간 관계의 신비도 벗기게 됩니다. 다른 말로 하면, 사슬 속에서 하나의 기표가 다른 기표를 낳는다면, 그것은 소쉬르가 묘사한 연상이 일어나는 차원이지요. 이 일은 체계적 공간이 아니라 펼쳐지는 시간 속에서 일어납니다. 우리는 어느새 의미화의 흐름에 사로잡히게 됩니다. 모든 가능성은 우리가 오기 전에 존재했습니다. 따라서 우리의 연상 과정은 마치 흐름을 타고 내려가듯, 어떤—음, 어떤 것에 의해 움직입니다. '대리보충성'과 차연différance을 들여오면 이 운동을 더 면밀하게 검토해볼 수 있습니다.

데리다의 에세이에서, 맨 처음부터 우리가 하려던 이야기를 확인하게 되는 또하나의 방식이 있는데, 그것은 구조주의의 위기가 발생의 유래나 원인을 부정할 필요에서 왔다는 것입니다. 구조주의에서는 뭔가가 나타나면, 두 사물 사이에서 나타납니다. 그것은 이것이 아니고 그것은 저것이 아닙니다. 또는 그것은 이것이 아니고 저것이 아닌 것으로서 '나타납니다'. 그것은 선행하는 단일 원인으로부터 하나의 결과로서 파생하지 않습니다. 하나의 장 안에서 차이로 나타날 뿐이죠. 이것이 데리다가 「구조, 기호, 변용」의 첫 문단(915)에서 엄청난 강도의 복잡성으로 보여주고 있는 바입니다.

> 어쩌면 구조 개념의 역사에서 사건{événement, 터져나오는 것, 지금은 있지만 전에는 없던 것}이라고 부를 수도 있는 것이 일어났다.

이 첫 몇 마디에서 데리다는 예변법豫辯法적으로 구조주의에서 가장 문제가 되는 쟁점을 알립니다. 어제는 상황이 오늘과 달랐다고 생각할 때, 구조주의는 이렇게 말해야 합니다. 어제는 자료의 어떤 공시적 단면이 있었고, 오늘은 자료의 약간 다른 공시적 단면이 있다. 하지만 공시적 위상에서 구조주의는 어제의 자료가 오늘의 자료로 바뀐 방식에 관해서, 이를테면 변화에 관해서는 어떤 것도 말할 수 없고, 더욱이 말하려 하지 않습니다. 구조주의는 일련의 단면들을 보면서 그것을 '역사'라고 부릅니다. "어떤 것이 다른 것을 낳는다"가 아니라, 아널드 토인비가 경쟁자들의 역사에 대한 접근 방식을 경멸하며 하던 말처럼 "염병할 어떤 것 뒤에 다른 것이 잇따라 나오는 것"일 뿐이지요.

데리다는 첫 문단에서 의도적으로 이 전제와 씨름합니다.

'사건', 만일 이 때가 잔뜩 묻은 말이 어떤 의미—구조적 또는 구조주의적 사고의 기능이 바로 그런 의미를 축소하거나 의심하는 것인데—를 포함하지 않는다면. 하지만 어쨌든 '사건'이라는 용어를 사용하도록 하자. 주의깊게, 마치 따옴표 안에 들어가 있는 것처럼 활용하자. 이런 면에서 이 사건은 파열{화산에서 나오는 용암 같은 사건}과 배가{늘 전에 이미 일어났던 것}라는 외적 형태를 갖게 될 것이다.

밥 딜런이라면 [〈발라드 오브 어 신 맨Ballad of A Thin Man〉의 가사처럼] 뭔가 일어났지만 뭔가 새로운 것이 아니라, 존스 씨, 당신은 전혀 몰랐지만 사실은 늘 있었던 것이 복제된 거랍니다, 하고 말하겠지요. 사건은 나타나지만, 동시에 그 자신은 이미 있었다고, 늘 이미 존재하고 있었다고 강변합니다. 데리다가 암시하는 것은 그것이 구조주의가 어떤 사건의 본질에 관하여 내릴 수밖에 없는 결론이라는 점입니다. 그럼에도, 그는 집요하게 밀고 나아갑니다. 이 사건, 구조주의라는 사건 자체는, 사실, 새로운 것 아닌가? 만일 그렇다면, 무엇에 의해 발생하는가?

「구조, 기호, 변용」은 '구조성'에 대한 비판입니다. 단순히 구조주의에 대한 비판이 결코 아니에요. 이것은 '중심'을 가진 모든 것에 질문을 던집니다. 나는 구조를 보고 거기에 구조가 있다고 말합니다. 포괄적 용어, 지도 개념, 초월적 기의 등 구조를 낳는 어떤 것이 있다는 거죠. 데리다는 이런 중심이 동시에 구조 내의 제한적인 자유를 허용하는 것이라고 말합니다. 구조에는 경계가 있다, 아메바 모양일 수는 있으나 그럼에도 경계가 있으며, 경계는 늘 구조 내의 자유로운 변용의 테두리를 이룬다. 현상학적 전통에서는 이런 한정된 자유 변용을 구조의 '의도성'이라고 부릅니다. 기억하겠지만, 칸트는 그것을 '합목적성'이라고 부르죠. 대상이 내적 역동성에 따라 조직되는 방식입니다.

하지만 의도성이 중심이라고 말하는 것은 그것을 중심으로서 존재하게 하는, 의도를 가진 개인, 저자, 존재, 관념에 관해 말하는 것과는 완전히 다릅니다. 구조 자체에서 그런 기원은 외적인 것들이기 때문이죠. 발생의 유래, 원인 그런 것은 말입니다. 그렇다면 의도를 가진 저자에서 어떻게 구조의 의도성으로 갔다가 다시 돌아오는가? 중심은, 데리다가 우리를 미치게 만들려고 작정한 듯 말하듯이 "중심인 동시에 중심이 아니다"라는 겁니다. (우리를 생산하는 동시에 우리 안에 담겨 있는 유전자의 이중나선은, 이 어법으로 하자면 중심이 아닌 중심의 좋은 예이지요.) 중심은, 보통 구조를 조직하는 것으로 여겨지지만 사실 구조 안에 있지 않기 때문에, 뭔가를 조직할 자격이 없습니다. 그것은 참여하지 않은 채 구조 밖에 있으며, 쿠키 틀처럼 밖에서부터 자신을 씌웁니다.

처음에 '중심'에 관해 이렇게 말한 뒤 데리다는 형이상학의 역사를 중심에, 즉 모든 것이 파생하는 어떤 발생적 충동에, 연속적으로 의지해온 역사로서 기술합니다. 그 목록은 매우 영리하게 조합되어 있습니다(916). 꼭 시간 순서를 따르지는 않지만, 이것은 사실상 제1원인이라는 개념이 연속해 있는 듯한 느낌을 줍니다. 이 목록의 끝부분만 가져와보지요. "초월성, 의식 또는 양심, 신, 인간 등등." 이 목록이 엄격하게 시간 순서를 따르는 것은 아님에도, 인간이 신의 뒤를 잇고 있다는 점에 주목하기 바랍니다. 데리다는 서구문화의 발전에 대해 생각하고 있는 겁니다. 우리는 중세, 그리고 근대 초기에도, 어느 정도는 신 중심의 세계에 살았습니다. 이때 인간은 일단 자신을, '인간'이라고 이해하는 한 자신을 신의 창조의 산물로서, 신의 임재에 참여하고 또 거기서 이익을 얻는 것들 가운데 하나의 실체로서 이해했습니다. 그다음에 등장한 계몽주의는 동시에 인간중심주의이기도 하며, 계몽주의가 목청을 높일 무렵이면 볼테르에서 블레이크, 마르크스, 니체에 이르기까지 신이 인간을 만든 것이 아니라, 인간이 신을 만들었다고 외치는 소리가 들리게 됩니다. 인간이 초월적 기의가 된 거죠. 이제 이 역사적 순간에는 모든 것이 인간 의식으로부터 파생되고, 종류와 관계없이 모든 개념은 그 맥락에서 이해될 수 있습니다.

그런데, 데리다는 '인간'이라고 말해놓고 그 뒤에 '등등'이라고 수수께끼처럼 덧붙입니다. 인간 다음에 뭔가가 오며, 인간은 오직 특정한 역사적 순간에만 중심으로서 존재할 뿐이죠. '사건'의 출현과 관련한 데리다의 주장은, 새로운 초월적 기의가 실제로 인간을 대체했다는 겁니다. 구조주의의 도래로, 세계는 더이상 인간중심적이 아니라 언어적이 되었다. 가장 최근의 출현, 파열, 다시 말해 영향력 있는 사건은, 기호들의 체계로서 이해되는 언어의 출현이다(같은 곳).

> {사건, 출현} 순간은 언어가 보편적 문제틀을 침략한 순간이었다{다른 말로 하면, 언어가 이전의 초월적 기의, 즉 인간을 대체한 순간입니다}. 중심이나 기원의 부재 속에서 모든 것이 담론—우리가 이 단어에 동의할 수 있다면—이 된 순간, 다른 말로 하면 모든 것이 하나의 체계가 된 순간, 중심적 기의, 기원적 또는 초월적 기의가 결코, 절대적으로 차이의 체계 외부에 존재하지 않는 체계가 된 순간이다.

따라서 새로운 기원, 즉 구조주의 담론의 언어는 기원의 부정으로 이루어집니다. 데리다는 언어를 지지하는 주장을 하는 동시에 언어를 지우고 있습니다. 그는 언어가 어떤 의미에서는 그저 새로운 신, 새로운 '인간'에 불과하다는 사실을 괴롭게 인식합니다. (내가 신을 생산했듯이 언어가 나를 생산했다.) 많은 해체주의 비판자들이 해체주의를 가리켜, 다른 힘들이 부재한 상태에서 언어가 신이나 인간이라도 되는 양 언어에 권한을 부여하고, 행위성, 심지어 의식까지 부여한다는 식으로 말하곤 합니다. 여러분은 데리다가 이런 비판을 예상하며, 이를 불가피한 딜레마로 바라본다는 것을 알 수 있을 겁니다.

데리다는 다음과 같이 방어합니다. 그러나 구조주의적 언어라는 '사건'은 사실상 새롭고 비교적 명석한 방식으로 발생했다. 왜냐하면 지금까지 여러 형이상학이 연속해서 기원을 설명해왔지만 거기에는 문제가 있었기 때문이다. 우리는 늘 신이 만유에 내재하고, 인간의 의식은 그것이 만나는 모든 것에 퍼져 있다고 이야기했다—간단히 말하자면, 구조의 일부인 동시에 그 외부에 있는 것에 관해서 이야기해온 것이다. 신은 세계를 창조하고 나서, 밀턴이 말한 대로 "그 안에 한정되지 않고 물러난다." 신은 거기에 없고, 숨은 신Dieu caché이 되며, 세계에 부재하면서도 세계의 구조가 된다. 인간에 관해서도 같은 말을 할 수 있다. 인간의 사고는 세상이 무엇이다, 하는 의미를 만들어낸 다음 관찰자로서 물러선다.

언어는 그렇게 하지 않는다. 계속 데리다의 얘깁니다. 언어는 다르다. 왜냐하면 언어는 자신을 준거틀 외부에 있다고 말하는 것이 무의미하기 때문이다. 자, 데리다는 '사건'이 구조주의적 언어라는 점을 인정한 뒤, 구조주의에 대한 핵심적 비판으로 이런 주장을 개진합니다. 언어는 말(또는 오히려 '글', 그 이유는 나중에 얘기하겠지만)과 다르지 않으며, 말(글)에 지속적으로 나타나고 오직 거기서만 나타난다. 기의와 기표의 차이가 지우개 밑에 들어가야 하듯이 랑그와 파롤(에크리튀르)의 구분도 지우개 밑에 들어가야 한다. 그러나 기호들의 가상 체계가 아니라면 '언어'는 과연 무엇일까요? 해체주의는 기표와 기의의 구분에 의문을 제기하는 과정에서 언어와 사고의 구분에 의문을 제기하며, 따라서 언어는 비록, 데리다의 말마따나 소쉬르의 어휘가 없으면 논의하기 어려운 것이기는 하지만, 완전히 소쉬르적인 것은 아닙니다.

이와 마찬가지로 소쉬르 비판과 관련되는 또하나의 문제는, 내적인 (소쉬르는 이것을 '심리적'이라고 부르지요) 사고는 매개되지 않는 것이지만, 이것은 목소리로 나올 수 있고, 실제로 목소리로 나와야 하며, 글을 위해 그 목소리 내기의 표상이 예비되어 있다는 전제입니다. 소쉬르가 개념의 발화를 '소리이미지'라고 부르는 데 주목하기 바랍니다.

데리다에 따르면, 소쉬르의 전통에서 언어의 매개되지 않은 현존은 소리, 글자가 아닌 '목소리', 글이 아닌 말로 간주됩니다. 데리다는 이렇게 "목소리를 완전한 현존으로서 특권화"하는 것이 형이상학의 역사 전체에 감추어진 선입관이라고 주장합니다. 아닌 게 아니라, 왜 우리는 언어를 말의 생산자로, 목소리로 나와야 할 것의 생산자로 여겨야 할까요? 왜 우리는 신성한 로고스, "태초에 '말씀'이 계셨다" 할 때 '말씀'의 경우처럼 목소리가 완전하게 현존하는 동시성으로서, 말로 표현되는 것만이 아니라 언어의 본질까지 반영한다고 생각하는 것일까요?

데리다는 주장합니다. 글은 목소리와 거의 다르지 않다. 목소리 또한 시간 속에서 조합적으로 표현된다. 목소리는 귀에 새겨진 소리다. 이것은 데리다가 자주 사용하는 말에 대한 은유죠. 귀에 쓴 글. 소쉬르가 원하는 구분이자 데리다는 '형이상학적'이라고 여기는 구분, 즉 일차적인 것, 직접적이고 비파생적인 것—목소리—과 단지 목소리를 재생하는 것—즉 글—의 구분에는 의문을 제기할 필요가 있습니다. 데리다는 그의 초기 저서 가운데 가장 영향력이 큰 것으로 꼽히는 『그라마톨로지』(1967)에서 이 의문을 제기하죠.

데리다에게 말과 글은 서로 이원적 상관물이지만, 데리다는 이런 주장을 넘어서서, 일단은 대립하는 선입관들을 상쇄하기 위한 목적으로 글이 일차적인 것으로 이해될 수도 있다고 주장합니다. 그 주장을 따라가자면 데리다가 언어와 관련한 전통적 관념에 대한 비판을 유지하기 위해 이용하는 몇몇 핵심 용어에 관해 말할 필요가 있습니다. 첫째는 대리보충이라는 개념입니다. 그는 대리보충이 완전하지 않은 것을 완전하게 하거나 이미 완전한 것에 뭔가를 보태는 것이라고 지적합니다. 예를 들어 나는 비타민 C를 먹습니다. 또 오렌지주스도 많이 마시기 때문에 비타민 C를 많이 섭취하죠. 따라서 여기에 비타민 C 정제까지 먹으면 이미 완전한 것을 대리보충하는 셈이죠. 만일 내가 오렌지주스를 전혀 마시지 않으면 정제는 완전하지 않은 것을 대리보충하는 것이지만, 어느 쪽이든 우리는 그것을 대리보충이라고 부릅니다. 이렇듯 대리보충의 두 가지 개념적 차이를 늘 염두에 두는 것조차 매우 어렵습니다.

자, 기호는 전통적으로 자급적이고 자족적인 것으로 여겨졌습니다. 소쉬르는 기호가 자의적인 동시에 차이에 근거한 것이라고 말하여 기호를 과학적 대상으로 삼았습니다. 하지만 해체주의의 비판하에서 이해되는 기호는, 지속적으로 증식하는 의미화인 어떤 것, 가만히 있지 않는 어떤 것, 또 성격상 자급적이거나 독립적이라고 볼 수 없는 어떤 것입니다. 기호는 피를 흘리거나 흘러넘쳐, 계속 이어지는 기호들 안으로 흘러들면서 늘 데리다가 '흔적'이라고 부르는 것을 남깁니다. 발화행위의 전개를 검토하면 연속적인 기호들이 그에 선행하는 기호들에 의해 어떻게 오염되고 영향받는지 보게 됩니다. 대리보충성은 의미화라는 사슬 속의 자급성과 자기 범람을 동시에 이해하는 방식이지요.

'différence'는 부분적으로는 대리보충성의 동의어지만, 동시에 목소리와 글의 차이에 관해 말하는 방식이기도 합니다. 목소리와 글은 공통점도 많지만 분명히 차이도 있지요. 앞서 말했듯이, 목소리와 글쓰기는 안정된 이원적 관계가 아닙니다. (데리다에게 안정된 이원적 관계란 없지요.) 목소리와 글의 차이는, 글은 목소리가 줄 수 없는 차이의 표시를 많이 줄 수 있다는 겁니다. 데리다가 고집스럽게 différence의 철자를 바꿔쓰는 것에서 재미있는 부분은, 언어가 단지 목소리로 나온다고 생각할 경우 우리는 différance와 différence의 차이를 절대 쉽게 알 수 없다는 점이지요. 다른 말로 하면 a를 대신 쓴 différance—같은 제목의 에세이 「차연」에서 'a'가 피라미드라고, 알파라고, 기원이라고, 왕을 죽이는 것이라고(잊지 마세요, 왕은 '신, 인간 등등' 초월적 기의니까요) 나열한 대목을 기억하시기 바랍니다—에서 a의 중요성은, 언어를 글 쪽으로 틀어놓는 즉시 알 수 있습니다. 말에서는 이런 차이의 양식들이 기록되지 않으니까요.

'différence'(이번에는 'e'입니다)는 단지 소쉬르의 언어체계, 동시성으로서 이해되는, 차이들의 체계일 뿐입니다. 우리는 이 체계를 내키는 대로 골라먹을 수 있는 [스웨덴의 뷔페식 식사] 스모가스보드처럼 이용할 수 있지요. (그러나 '차이'라는 말조차 '대립'이라는 더 도식적인 개념과는 미묘한 대비를 보여줍니다.) 반면에 différance는 '지연deferral'이라는 시간적 개념을 도입하면서 차이—다른 말로 하면, 차이에 대한 우리의 이해, 차이를 타개하는 우리의 수단—가 사실 공간 속에서 이루어지는 것이 아니라 시간 속에서 이루어지는 것임을 일깨웁니다. 차이를 인식할 때, 나는 그것을 시간적으로 인식한다. 나는 이제 기호들 사이의 관계를 동시성의 문제로 보지 않는다. 그것을 과학적으로 집어내기 위해 공간적 관계로서 보고 싶지만, 내 실제 의식의 흐름에서는 차이를 시간적으로 파악한다. 나는 차이를 지연시킵니다I defer difference. 시간은 기표들이 피를 흘리며 서로 스며들고 대리보충하는 매체이고, 이 매체에 들어가기 위해 나에게는 différance라는 개념이 필요하다.

다음 강의에서는 데리다적인 사고 특유의 수手에 관하여 하고 싶은 이야기가 두어 가지 있습니다. 방금 소개한 골치 아픈 키워드, 그리고 이것이 데리다의 언어 이해와 어떤 관계가 있는지에 관해서도 조금 더 이야기해보려 합니다. 그런 다음, 드 만으로 넘어가도록 하지요.

11장

해체주의 II: 폴 드 만

읽을 자료

폴 드 만, 「기호학과 수사학」(CT, 882~893).

추가 발췌문.

여러분에게는 아마 아니겠지만 나에게는 재미있었을 것을 포기하려 합니다. 데리다의 「구조, 기호, 변용」을 마무리하는 깜짝 놀랄 만한 구절(926)에 대한 설명입니다. 하지만 이 대목이 이전의 모티프들을 가져와 에세이를 그 출발점으로 되돌리면서 에세이 자체의 은유들을 사유하는 방식을 여러분도 음미하며 생각을 좀 해볼 수 있도록, 인용은 해두겠습니다.

여기 어떤 종류의 문제, 역사적이라 할 만한 문제가 있는데, 오늘 우리는 그것을, 그 회임, 형성, 잉태, 산통만을 슬쩍 보고 있을 뿐이다. 인정하거니와, 나는 출산이라는 일을 곁눈질하면서 이 단어들을 사용하고 있다—동시에, 나 자신도 포함되어 있는 무리 속에서, 아직 이름 붙일 수 없는 것과 마주하여 눈길을 돌려버리는 사람들도 곁눈질하고 있다. 그 이름 붙일 수 없는 것은 출생이 머지않았을 때마다 필요에 따라 자신을 분명히 드러내고 또 드러낼 수 있다. 이것은 오직 종種 아닌 종으로서, 형태 없고 말 없는 미발달 상태의 무시무시한 기형의 모습으로만 태어난다.

자, 여기 여러분을 위한 문장, 어쩌면 논평의 주제가 있습니다. '해체주의라는 기형.'

데리다와 레비스트로스의 관계로 잠깐 돌아가보고 싶습니다. 지난 강의에서 나는 「구조, 기호, 변용」이 몇 가지 점에서 레비스트로스에 대한 비판이지만, 고백하건 하지 않건, 놀랄 정도로 그의 사고를 되풀이하고 있다고 주장했지요. 언어의 탄생, 언어라는 사건, 언어의 출현이라는 주제에 관한 마르셀 모스의 작업에 레비스트로스의 「서문」을 쓴 적이 있는데, 데리다가 그 글을 인용하는 대목이 있습니다. 표면상 그가 인용하는 내용에는, 언어의 출현이나 탄생에 관하여 데리다 자신이 갖고 있는 것과 같은 유보와 주저가 담겨 있는 듯 보입니다. 데리다는 레비스트로스의 다음과 같은 말을 인용합니다.

"동물 생태의 범위에서 언어가 나타난 순간과 환경이 어떠했든 간에, 언어는 단번에 태어날 수밖에 없었다. 사물들이 점진적으로 의미화하기 시작할 수는 없었을 것이다. 사회학의 관심사라기보다는 생물학과 심리학의 관심사가 될 만한 변화에 이어, 아무것도 의미가 없는 단계에서 모든 것이 의미를 소유하는 단계로 건너가는 일이 발생했다."

빅뱅과 더불어 갑자기 여러분은 언어를 갖게 되었습니다. 전에는—어제 혹은 방금 전에는—아무것도 없던 곳에 기호체계가 자리를 잡았습니다. 갑자기 누군가 뭔가를 보고 거기에 의미를 부여하고, 그러다 또다른 것을 보고 거기에 의미를 부여하고, 그러다가 결국, 보라, 언어가 생겼다, 그런 게 아니라는 겁니다. (여기에서 멜 브룩스와 칼 라이너의 [세계의 최고령자를 인터뷰하던 1961년 티비쇼] 〈2000살 먹은 노인〉의 메아리가 들린다면 그것은 우연이 아닙니다.) 이런 식의 재구성이 말이 되지 않는 것은, 레비스트로스가 주장하려는 바에 따르면, 의미라는 바로 그 생각이 생겨나자마자 즉시 모든 것에 의미가 부여되기 때문이지요. 언어의 점진적 출현은 없다. 파열이 있을 뿐이다.

데리다는 이 주장에 흥미를 느낍니다. 사건, 탄생, 출현 등등에 관해 말할 때 자신이 주저하던 태도와 친화성이 있음을 알아봤기 때문입니다. 동시에 그는 비판하는 입장에서, 어제는 언어가 없었고, 의미가 없는 상태로 그냥 사물들만 있었는데, 오늘은 언어가 있다—우리가 언어라고 부르는 기호체계가 자리를 잡았기 때문에 사물이 의미를 가진다—고 생각하는 것은, 문화가 자연 뒤에 올 수밖에 없다는 뜻이라고 지적합니다. 이런 관점에서는 문화가 출현하자마자, 레비스트로스가 『슬픈 열대』라는 제목의 책에서 통렬하게 주장하는 대로, 우리는 자연의 직접성에 대한 강렬한 노스탤지어를 느끼기 시작하는데, 그 자연은 문화에 의해 멀어지고 부패하고 있습니다. 그러나 데리다는 이런 노스탤지어 때문에 노스탤지어의 대상이 생겨난다고 지적합니다. 자연에 의미를 부여하는 문화가 없다면 자연도 없으며, 그런 의미의 일부가 자연의 사라짐에 대한 아쉬움이라는 거죠. 현장에서 자민족중심적인 유럽인들의 주제넘은 연구 때문에 이제 전과 같은 종류의 야생의 사고는 없다고 말하는, 민족지학의 노스탤지어 또는 아쉬움인 거죠. '야생의 사고'(레비스트로스의 가장 야심찬 책들 가운데 한 권의 제목으로 쓰이게 되는 표현)는 자민족중심적인 관찰자가 탄생시키는 개념입니다.

그러나 데리다는 자신의 비판이 레비스트로스에게서 이미 표현되었음을 발견할 수도 있었을 거예요. 『날것과 익힌 것』이라는 제목 자체가 이런 비판을 하고 있습니다. 날것? 아담이 에덴동산에 앉아 당근을 먹는다면 그것을 그는 날것이라고 부를까요? 분명히 아니겠죠. '날것'이라는 개념은 '익힌 것'과 대조되지 않으면 의미가 없기 때문입니다. 무엇과 대립되는 날것인가? 아담은 그렇게 말할 겁니다. '익힌 것' 때문에 '날것'이 생기며, 이것은 문화 때문에 자연이 생기는 것과 똑같습니다.

이론에서 이런 기본적인 수를 우리는 전에도 보았고 앞으로도 자주 보게 될 것인데, 이것은 이원적 쌍에서 우선순위의 전도처럼 보이지만, 그보다는 그 둘이 서로가 없으면 따로 존재할 수 없다는 사실을 일깨워줍니다. 다른 말로 하면, 사물의 어떤 상태로 인해 다른 상태가 출현하는 것을 비판하는 것은, 기본적으로—이렇게 환원적으로 말해서 미안하지만, 실제로 이렇게 말해도 왜곡은 없는 듯합니다—닭과 달걀 가운데 어느 것이 먼저 나왔는지는 알 수 없지만 하나가 없으면 다른 것도 있을 수 없다는 건 분명하다고 말하는 것과 같습니다.

이것이 아마도 해체의 기본적인 수일 텐데, 문학이론만이 아니라 철학도 공부하는 사람이라면, 헤겔부터 우리가 앞으로 읽을 나머지 자료에서 만나게 될 탈해체주의 사상가들에 이르기까지 이러한 수를 자주 보게 될 겁니다. 그들 가운데도 발군은 젠더이론가 주디스 버틀러로, 그녀는 예를 들어 '이성애'는 '동성애'라는 확립된 틀이 없으면 생각할 수 없다고 주장하지요. 이런 개념들의 절대적 상호의존성이 버틀러가 젠더를 보는 관점의 중심을 이룹니다.

따라서 이런 점과 관련하여 데리다의 글écriture과 말의 구분에 관해서 조금만 더 이야기를 해보겠습니다. 이런 구분을 하는 것은 직관을 거슬러서 글이 말에 선행한다고 주장하기 위해서가 아닙니다. 데리다는 그저 글이 말을 재생산하고, 모방하고, 전사轉寫하기 위해 뒤늦게 생겨났다고 생각하지 말아야 한다고 주장하는 것일 뿐입니다. 글과 말은 상호의존적 현상들입니다. 지난번에 우리는 différance에 관해 이야기했습니다. e가 있는 différence와 a가 있는 différance의 차이를 목소리로는 표현할 수 없다고 말했죠. 이것은 글에서만 존재하는 차이 또는 différance이며, 오직 글에서만 우리는 문득 차이와 지연이라는 différance의 두 가지 성격을 파악하게 됩니다. 잠깐 여기서—이것이 드 만으로 넘어가는 연결고리인데—영어에는 없지만 내가 생각하기엔 워낙 교훈적이라 이야기를 해볼 만한 프랑스어의 흥미로운 예를 보기로 하겠습니다. est/et입니다. 우선 est에 나오는 s, '의미화signification'를 뜻한다고 할 수도 있는 이 s는, 영어의 is에 해당하는 이 단어를 est(eh) 하고 발음할 때는 빠집니다. 그런데 'eh'는 또 영어에서 and를 뜻하는 et의 발음이기도 하지요. 프랑스어의 이 두 단어는 데리다가 '대리보충성'의 이중 의미로 기술하려 하는 바를 정확하게 표현합니다. 은유—"This is that, A is B"—의 의미에서 is는 전체를 늘리는 대리보충입니다. 비교를 통한 완성을 기다리는 A가 동시에 다른 무엇보다도 B이기도 하다는 선언을 통해 전체를 완성하는 수단이죠.

그러나 is에는 수사적 의미가 아닌 또다른 의미가 있습니다. 은유적으로는 A가 B이지만, 우리는 A가 B가 아님을 완벽하게 알고 있습니다. A가 어떻게 B일 수 있습니까? A는 A일 뿐입니다. 사실 A가 A인가 하는 것조차도 의문이지만, 확실히 B는 아니죠. 문법적인 의미에는 은유의 신비화가 개입하지 않습니다. 문법적인 의미에서 이 단어는 서술의 수단이나 주역으로, 우리는 이것을 통해 어떤 것이 다른 것이라고 말합니다. 예를 들면, 암말은 말의 암컷이다a mare is a female forse, 이렇게요. 수사적 is와 문법적 is의 관계는 기본적으로 야콥슨이 말하는 '시적 기능'과 '메타언어적 기능'의 관계라는 점에 주목하기 바랍니다. 드 만에게서 보겠지만, 이 단어의 수사적 의미, 즉 은유성을 주장하는 의미와, 그런 주장을 하지 않고 단지 문장에서 술부를 확립하는 문법적 의미 사이에는 환원 불가능한 긴장이 있습니다.

이제 est와 et의 포개짐—후자는 est의 문법적 의미 안에 함축되어 있지요—은 대리보충이라는 관념을 뒷받침하지만, 이때는 완전해지기 위해서는 대리보충이 필요한 어떤 것의 완성—은유에서 의미의 완성—이라기보다는 이미 완전한 것에 뭔가를 보탠다는 의미입니다. and와 et라는 표현에서 의미의 병렬적 추가는 또 야콥슨이 '환유'라고 부르는 것과 매우 흡사합니다. 문법적 술어에서처럼 연속적인 것들의 연속적 추가로, 은유적이라고 자처하지 않지요. 따라서 목소리로는 비슷하게 나오는 이 둘을 그냥 보는 것만으로도 일어나는 긴장은 우리에게, 데리다가 '대리보충성'이라고 부르는 것과 드 만이 수사와 문법의 환원 불가능한 갈등이라고 부르는 것의 상징이 되는 셈입니다. 이런 갈등이 이 강의에서 우리가 드 만에 관해 할 이야기의 중심이 될 것입니다.

자, 지난 강의에서 나는 1970년대와 1980년대 초 번창하던 시기에 데리다와 드 만이 예일에 함께 있었고, 거기에 J. 힐리스 밀러나 그들과 연결되는 학자들—제프리 하트먼과 해럴드 블룸—도 함께 있었는데, 다른 곳에서는 '예일학파'라 부르던 이들이 학계에서 많은 존경을 받는 동시에 학계 안팎에서 많은 비난을 받았다고 말했습니다. 이때는 문학에 관한 학문적 사고가 문학보다 훨씬 넓은 주제들에 강한 영향을 주던 순간이었습니다. 해체주의의 패러다임은 법학이나 건축학 같은 선뜻 믿기지 않는 분야까지 포함하여 모든 비과학 분야에까지 침투했지요.

1980년대에 밀러는 캘리포니아대학 어바인 캠퍼스로 갔고, 데리다도 그를 따라 그곳으로 갔습니다. 또 1983년 폴 드 만이 사망하면서, 이 운동은 다른 관심과 경향에 자리를 내주게 됩니다. 예일—블룸과

하트먼은 새로운 관심사로 옮겨갔죠—에서도 또다른 곳에서도 마찬가지였습니다. (하지만 해체주의 또는 드 만의 말로 하자면 '수사학적 읽기'는 오늘날에도 상당수의 학자들이 성실하게 또 노련하게 실행에 옮기고 있는데, 그 다수는 드 만의 제자와 제자의 제자들이라는 점을 언급해두고 싶습니다.) 그러다가 드 만이 죽은 직후, 그에 관한 충격적인 사실이 드러났는데—우리가 읽는 텍스트(『비평의 전통』)의 편집자가 「기호학과 수사학」에 이탤릭체로 붙인 서문에서 언급되고 있습니다—그 사실은 그 자체로도 끔찍했고, 또 그 일로 인해 드 만을 다시는 전과 똑같은 방식으로 읽을 수 없게 되어버리고 말았습니다—그와 더불어 이 사실은 바로 해체주의의 적들이 기다리고 있던 것이라고 말할 수밖에 없군요. 그 사실이란, 드 만이 젊은 시절 저명한 사회주의 정치가의 조카로서 아직 벨기에에 살고 있을 때 나치가 후원하는 벨기에 신문에 일련의 문화 관련 글을 기고했는데, 그 경향이 반유대주의적이었고, 몇몇 글은 노골적으로 반유대주의적이었다는 것입니다. 인종적으로나 문화적으로나 유럽 중심적인 그 글들은, 유럽의 지적 생활에서 유대인 배제를 주장했죠. 이 글들이 묶여 「폴 드 만의 전시 저널리즘Paul de Man's war time journalism」이라는 제목으로 발표되자 엄청난 소동이 벌어졌습니다. 하이데거와 나치 정부의 관계와 같아, 사실이 드러나고 더 많은 것이 알려질수록 격렬한 반응이 가라앉기는커녕 점점 커졌지요. 1980년대 말에는 실제로 드 만을 읽은 사람들과 읽지 않은 사람들 양쪽에서 격한 공적 논쟁이 벌어졌습니다. 일부는 해체주의 자체에서 나치라는 암을 발견했다며 그의 작업에 반대했고, 일부는 무차별적 고발로부터 그의 작업을 구해내 해체주의의 유산을 보전하려고 안간힘을 썼습니다.

이 모든 것이 기록의 문제입니다. 나는 철저하게 오염되었다는 테제에 강하게 반대하는 사람들 가운데 하나지만, 품위를 지키자면 우리는 잠시 그의 작업 가운데 어디까지를 그의 과거 은폐에 대한 변명으로 볼 것이냐 하는 약간 좁은 문제에 대해 숙고할 필요가 있습니다. 「기호학과 수사학」의 한 판본이 실려 있기도 한 책 『독서의 알레고리』에 수록된, 실제로 드 만을 읽은 사람들이 가장 비난하는 그의 에세이 중 하나의 제목은 「도난당한 리본The Purloined Ribbon」입니다. 이 에세이는 루소의 『고백록』 중 한 구절과 관련되어 있는데, 거기에서 루소는 마음이 끌리는 하녀에게 주려고 리본을 훔쳤다가 누가 한 짓이냐는 질문을 받고 불쑥 그 하녀의 이름 마리옹을 말해버립니다. 드 만은 이것은 사실 고발이 아니며—사실, 이것은 불쑥 튀어나온 의미 없는 말에 지나지 않지요—또 어쨌든 실제로 고백의 가능성은 없고, 말하자면 자신의 목소리로 죄나 책임을 긍정하거나 부정할 진정한 주체도 없다고 말합니다. 드 만의 후기 삶에서 이렇다 할 반유대주의의 증거를 찾지 못하는 대중은, 그 대신 그의 과거 은폐와 자백 거부에 초점을 맞추는 경향이 있으며, 「도난당한 리본」을 그가 자신을 방어한 일종의 알레고리로서 골라잡았습니다. 『독서의 알레고리』라는 책에서 알레고리적 독서를 한 개인에게 응용한 셈이죠.

어쨌든 하이데거의 경우와 마찬가지로, 이제 우리가 알게 된 것 때문에 전과 똑같이 드 만을 읽기란 아주 어려워졌습니다. 하지만 드 만에게건 해체주의에서건 은밀하게 암호화된 우파적 태도는—반유대주의나 또다른 것은—없다는 점 또한 말해두어야겠습니다. 해체주의가 '결정 불가능성'이라고 부르는 것—이것은 물론 회의주의의 한 형태인데—에 대해서는 두 가지 방식의 대응이 가능합니다. 적대적 반응은 결정 불가능성이 지성과 양심에 진공상태를 만들고, 이 안으로 광신과 압제가 밀려들 수 있다고 주장하는 것입니다. 다수가 이런 관점을 환영합니다. 결정 불가능성에 대한 긍정적 반응은—세계 도처에서 발생하는 광신은 의심이 아니라 의문을 제기하지 않는 믿음에서 비롯한다는 점을 고려할 때 내 생각으로는 이것이 훨씬 합리적인데—다음과 같은 형태를 띱니다. 결정 불가능성은 끊임없이 모든 의견을 그 자체로, 방심하지 않고 정밀하게 조사하는 것이며, 그 목적은 바로 가장 터무니없고 상습적인 의견들, 즉 광신과 압제의 의견들을 거부하고 그에 저항하는 것이다. 동시에 두 길을 다 갈 수는 없지만 어느 쪽으로 갈지 마음을 정하기 어려운 갈림길에서 내가 잠깐 멈춘 게 이 강좌에서 이번이 처음은 아니죠. 사람들이 흔히 말하거나 인정하고 싶은 것 이상으로, 어느 길을 택하느냐 하는 것은 궁극적으로 기질의 문제일 수도 있습니다. 그럼에도 나는 사실 이 경우에서 해야 하는 길의 선택이 해석학에서 해야 하는 길의 선택보다 쉽다고 생각합니다.

해체주의 전반을 주제로 이야기하고 있고 아직 드 만으로 들어가기 전인 지금, 이렇게 말해도 좋다면, 해체주의를 비판하지 않는 다른 한 길이 있다고 덧붙이고 싶습니다. 대중은 늘 해체주의가 텍스트 외부에 어떤 현실의 존재도 인정하지 않는다고 생각합니다. 데리다가 『그라

마톨로지』에서 "텍스트 외부에는 아무것도 없다"고 한 말은 악명이 높지요. 그가 그 말에서 의미한 바는, 텍스트를 제외하면 아무것도 없다는 겁니다. 우리 삶의 전체 조직, 구조, 성격은—오직 텍스트로서만 알 수 있는 역사를 포함하여, 기억의 텍스트를 포함하여—텍스트로서 읽을 수 있고, 텍스트로서만 읽을 수 있다. 이 말은 유일무이한 텍스트가, 어떤 텍스트가 중요한 모든 것을 포함하고 있고 그 밖에는 아무것도 존재하지 않는다는 뜻이 전혀 아니지요. 데리다의 말이 그런 의미라고 믿는 사람들이 많긴 하지만요. 여러분의 부록에 포함된 한 발췌문에서 드 만은 이런 대중적인 가정에 대한 공격으로 돌아갑니다.

다른 언어 지향 이론만이 아니라 진정한 기호학에서도 언어의 지시적 기능(여기에서 야콥슨을 암시하는 것에 주목하세요)은 부정되지 않는다—전혀 그렇지 않다. (다른 말로 하면 이것은 존슨 박사가 반박한 현실의 관념론적 부정의 문제가 아닙니다. 그는 돌을 걷어차고 나서 아파서 펄쩍 뛰며 "나는 이렇게 그것을 반박한다"라고 말했는데, 아무도 우리가 돌이라고 부르는 그 단단한 것의 존재를 부정하지는 않지요. 현실은 그것이 무엇이든 그냥 주어진 것이며, 지시적 기능은 지속적으로 그 현실을 환기하려고 시도하고 있습니다.) 문제가 되는 것은 자연적 또는 현상적 인지에 대한 그 권위다. ……(즉, 우리는 언어라는 도구를 이용하여 사물이 무엇인지, 사물이 있다는 것이 아니라 사물이 무엇인지 알 수 있을까요? 드 만은 이어서 아주 도전적으로 말합니다.) 우리가 이데올로기라고 부르는 것은 바로 언어적 현실을 자연적 현실과 혼동하는 것, 지시를 현상론과 혼동하는 것이다. {다른 말로, 이데올로기는 바로 언어, 나의 언어가—내가 언어로 말하는 것과 생각하는 것이—진실을 말하고 있다는 믿음이라는 겁니다.}

해체주의는 결코 밖에 있는 것이 존재하지 않는다고 말하지 않습니다. 밖에 있는 것이, 데리다의 말에 따르면, 하나의 텍스트로서 사유 앞에 출두한다고 말하지요. 이 말의 의미는 그것을 판독하는 일이 남아 있다는 것일 뿐입니다.

드 만의 첫 책 『맹목과 통찰』에 묶인 에세이들은 주로 프랑스 실존주의, 특히 장폴 사르트르의 『존재와 무』의 영향을 받은 것입니다. 『맹목과 통찰』의 주장은 그의 후기 작업을 예고하듯 이미 회의적이고 변증법적이기는 하지만, 대부분 드 만이 후기에 언어학, 그리고 그가 언어 자체—1914년 [러시아형식주의자들의 모임 '시적언어연구회'를 뜻하는 러시아어 약자] 오포야스OPOJAZ가 소리의 비지시적 성격을 발견한 그 언어죠—의 의미화하지 않는 물질성이라고 보는 것에 대한 깊은 관심과는 거리가 있습니다. 그 첫 책의 텍스트들, 특히 「비평과 위기」라는 제목의 에세이—내가 인용한 발췌문이 부록에 포함되어 있습니다—는 실존주의적으로 읽는 것이 최선일 수 있어요. 하지만 드 만은 곧 언어학과 구조주의에서 소쉬르의 영향을 흡수하며, 이후 그의 어휘는 그 전통의 색채를 띠게 됩니다. 예를 들어 우리가 오늘 다룰 에세이에서 씨름하게 될 어휘는, 앞으로 보게 되겠지만, 은유와 환유의 관계에 대한 야콥슨의 논의에서 파생한 것입니다.

우선, 데리다와 드 만이 소쉬르의 사고의 영향을 공유하고 있다고 보게 된 이상, 이 지점에서 두 사람 사이의 유사성과 차이에 관해 약간 이야기하는 것이 좋을 듯합니다. 공통점을 본다면, 그들은 시초에 관해 생각하는 것이 매우 어렵지만, 동시에 어떤 공시적 순간 이전에 다른 공시적 순간이 있었다는 것을 깨닫는 어떤 방법, 어떤 유사-구조주의적 방법이 있어야만 한다는 점을 당연하게 받아들입니다. 따라서 마지막에 다시 이야기할 텐데, 부록의 인용문에서 우리는 드 만이 "문학이론은 이러저러할 때 생겨난다고 말할 수 있다"고 말하는 것을 보게 됩니다—이것은 데리다의 '사건'을 드 만 식으로 표현하는 것이며, 그것과 똑같이 복잡한 문제들과 얽혀 있습니다. 그는 언어가 생겨나는 것은 앞선 머리 기표('하느님, 인간 등등')의 출현과 질적으로 다르다는 데 동의합니다. 데리다와 드 만 모두가 언어의 출현과 그 모든 앞선 출현의 차이에 관해서 이야기하지만, 그렇다고 언어가 그 자체의 밖에서 있다고 말하는 것은 아닙니다. 언어는 늘 그 자체의 체계적 성격 안에 붙들려 있으며, 다른 모든 '사건들'과 마찬가지로, 구조 안만이 아니라 밖에도 없는 중심입니다.

그들은 또 이원적 관계의 상호결정에도 동의합니다. 예를 들어 드 만은 이렇게 말합니다(891~892).

> 진리라는 이름으로 비평가-철학자를 이렇게 찬양하는 듯 보이지만, 그것이 실은 이런 진리의 일차적 원천으로서의 시인을 찬양하는 것임은 금세 알아볼 수 있다.

자, 그가 뜻하는 바는—프로이트가 시인들이 자신보다 먼저 나타났으며 자신이 알기 전에 자신이 아는 모든 것을 알고 있었다고 말할 때 뜻한 바와는 달리—시인의 생각이 비평가-철학자의 생각에 선행한다는 것이 아닙니다. 다음 문장에서 그가 뜻하는 바를 알 수 있습니다.

> 만일 진리가 어떤 종류의 오류의 체계적 성격을 인식하는 것이라면, 그것은 이런 오류가 먼저 존재한다는 사실에 완전히 의존하게 될 것이다.

다른 말로 하면 이렇습니다. 진리는 오류에서 발생한다. 오류는 진리에서 일탈한 것이 아니다. 오류는 플라톤의 주장과는 달리 철학자들이 확인한 진리의 완결성을 훼손하는 것들에 관한 시적 설명이 아니다. 반대로 철학은 기존의 오류의 완전한 인정으로서 생겨나는 것이다. 이것이 바로 드 만이 문학과 다른 형태의 말 사이의 관계에 관해 생각하고자 하는 방식입니다. 문학은 오류를 제출하고, 그러면 비평가-철학자는 그 오류의 진리—환원 불가능한 필연성—를 인식한다.

드 만이 상호결정적 진리-오류라는 두 항을 다루는 방식을 이야기하면, 그가 데리다에게서 벗어나는 지점에 이르게 됩니다. 앞서 말했듯이 데리다는 모든 발화를 담론의 연속적인 직물, 즉 담론성으로 봅니다. 우리는 담론으로 꽉 차 있다, 그렇다, 우리는 잠정적으로 또는 학습을 위해 한 형태의 담론이 다른 형태의 담론과 대립된다고 말하지만—문학, 법, 신학, 과학 등—그러한 구분은 모두 쉽게 무너지고 탈신비화된다. 그러나 드 만은 동의하지 않습니다. 드 만은 데리다와는 반대로 '문학성'이라는 것이 있다고 생각합니다. 이 점에서 드 만은 야콥슨을, 데리다가 따르는 것보다 훨씬 일관되게 따릅니다. 드 만은 '시의 옹호'와 다름없는 작업을 하면서, 문학과 다른 담론 형태들 사이의 차이를 되풀이하여 주장합니다.

여기 드 만이 다른 담론 형태에는 빠져 있는 문학의 특징에 관해 러시아형식주의자들과 아주 유사하게 이야기하는 구절(883)이 있습니다. 그는 이렇게 말합니다.

> 문학은 찌꺼기를 남기지 않고 해독될 수 있는, 지시적 의미의 한정된 단위로만 받아들여질 수 없다. 코드는 보통 현저하고, 복잡하고, 모호하다. 그것은 그 자체로 엄청난 양의 관심을 끄는데, 이런 관심은 방법의 엄격성을 획득해야만 한다. 코드 그 자체 때문에 코드에 집중하는 구조적 순간은 피할 수 없으며, 문학은 필연적으로 그 나름의 형식주의를 낳는다.

그러나 담론의 다른 형태들과의 이런 차이에 내포된 의미를 생각해 보면, 드 만의 말은 형식주의자의 말과는 좀 다르게 들립니다. 문학의 '찌꺼기', 그 '문학성' 또는 '메시지 지향'은, 그의 관점에서 보자면 담론의 다른 형태들이 스스로 사물을 지시한다고 생각하면서 의식하지 못하고 있는 불가피한 오류의 폭로입니다. 문학은 자신이 허구적이라는 것을 알고 있다, 문학은 뭔가에 기초를 두는 것이 아니라 만들어진다.(이 대목에서, 시드니가 『시를 위한 변명』에서 이야기한 것에 대한 우리의 논의를 기억하면 도움이 될지도 모르겠네요.) 비평은 문학에 '관한' 것으로

(예를 들어 드 만의 비평) 필연적으로, 하나의 진리로서, 문학의 찌꺼기와 문학성에 필연적으로 나타나는 지시의 오류나 실패를 지시한다. 이것이 비평과 지시적 담론의 다른 모든 형태가 늘 자신들의 방식의 오류를 잊는 이유다.

그래서 드 만은 이렇게 씁니다(여러분의 부록에 포함된 발췌문에서). "{비평이 하는} 언어에 관한 진술, 즉 기호와 의미가 절대 일치할 수 없다는 진술은, 우리가 문학적이라고 부르는 언어에서는 언제나 당연시되는 것이다. 문학은, 일상의 언어와는 달리, 이 지식의 건너편에서 시작한다. 그것은 매개되지 않는 표현의 오류에서 자유로운 유일한 형태의 지식이다."—내가 일기예보관으로서 "비가 오고 있다"고 말할 때 나는 틀림없이 진실한 것을 말하고 있다는 오류에서 자유롭다는 거죠. 문학은 "비가 오고 있다"고 말할 때 창밖을 보고 있지 않습니다. 저자는 창밖을 보고 있었을지 모르지만 텍스트는 그렇게 할 수 없죠. 문학은 날씨를 꾸며냅니다. 드 만은 계속해서 말합니다. "우리 모두 이것을 알고 있다. 하지만 소망을 섞어 그 반대를 주장하는 왜곡된 방식으로 알고 있다. 그러나 진실은 문학을 픽션이라고 언급할 때 우리가 소유하고 있는, 문학의 진정한 성격에 관한 사전지식에서 나타난다."

이것이 스테파노 로소를 상대로 한 인터뷰의 발췌문에서 드 만이 기꺼이 자신의 작업과 가까운 친구 자크 데리다의 작업을 명확하게 구분한 이유입니다. 그는 말합니다.

나는 텍스트{그가 말하는 것은 문학텍스트입니다}에 내재적 권위를 부여하는 경향이 있는데, 내가 보기에 그것은 데리다가 그렇게 하고 싶어하는 것보다 강하다. ……복잡한 방식으로, 나는 텍스트가 텍스트 외부로부터의 철학적 개입(생각할 수 있는 모든 형태의 발화에 데리다가 섬세한 쇠망치를 내리치고 있는 것이 바로 '철학적 개입'이죠)에 의해 해체되는 것보다 "텍스트는 자신을 해체한다(다른 말로 하면 문학은 그 지시성의 지속적 부정이다), 자기해체적이다"라는 진술에 매달린다.

역사적으로 「기호학과 수사학」은, 「구조, 기호, 변용」이 문을 연 해체주의를 향한 노력의 말기에 이르러 나타납니다. 『독서의 알레고리』에 발표된 드 만의 에세이는 1980년대 초 현재의 형태로 나온 것이고, 그 전인 1979년에 나온 판본은 다른 형태로, 결론부에 약간 다른 주장을 담고 있었습니다. 드 만이 죽고 그의 과거가 드러나기 전에도 많은 사람이 이미 주먹을 흔들며 '역사는 어쩔 것인가? 현실은 어쩔 것인가?' 하고 말하고 있었죠. 이런 반응이 순진한 오해일 수 있고 또 종종 그래왔다는 것은 이미 말한 바 있지만, 이런 이야기는 여전히 아주 많이 들리고 있었으며, 실제로 문학이론의 미래 경로, 심지어 해체주의 자체 내의 '윤리적 전환'을 결정하기도 했습니다. 이런 반응이 지배하는 분위기에서 드 만은 말합니다(883).

우리는 마치, 문학적 형식의 문제들은 완전히 해결되었고 구조적 분석의 기법들은 완벽에 가깝게 다듬어졌으니 이제 '형식주의를 넘어' 우리가 진짜로 관심이 있는 문제로 옮겨가, 마침내 이런 결정적 단계에 대비해 연마한 기법들에 미학적으로 집중해온 성과를 거둘 수 있을 것처럼 말한다.

드 만은 자신의 관점에서 분명하게, 만일 우리가 이렇게 형식주의를 넘어서 움직이면, 우리는 러시아형식주의자들의 기본적 규칙을 잊게 될 것이라고 말하고 있습니다. 즉 형식과 내용의 구분은 없으며, 아무리 원한다 해도 우리는 결과적으로 형식주의를 넘어서서 움직일 수는 없다고 말하는 것입니다. 이것이 그가 이 에세이에서 전개하는 논리입니다. 이 에세이의 임무는 제라르 주네트, 토도로프, 바르트 등의 엄격한 수사학적 분석에서조차 수사와 문법의 상호강화와 보완성으로 보이는 것이 나타난다며 이를 부정하는 겁니다. 그들 모두가 "야콥슨의 엄격성으로부터 퇴보했다"는 것이죠. 드 만은 반대로 어떤 텍스트에서건 수사와 문법은 불가피하게 조화를 이루지 못한다고 주장합니다.

내가 생각하기에 이런 주장은 데리다의 에세이 「계사繫辭의 대리보충The Supplement of Copula」과 관계가 있는데, 나는 앞서 은유(수사)로서의 'is'와 술어(문법)로서의 'is' 사이의 부조화를 논의하면서 그 글을 염두에 두고 있었습니다. 전자는 동일성을 주장하는 반면, 후자는 주어와 술부(the boy is batting the ball) 사이에서 타동사로서의 작용을, 또는 주어와 그 속성(the boy is agile) 사이의 자동사적 연결을 가리킵니다.

이런 구분을 좇아가고자, 드 만은 당시의 인기 시트콤 〈가족의 모든 것All in the Family〉에서 시작합니다. 드 만이 설명하듯이, 아치 벙커는 자신의 수사의문문 "차이가 뭐야?"에 대한 답으로 아내 이디스가 위에서 끈을 묶는 볼링화와 아래서 묶는 볼링화 사이의 차이가 진짜로 뭔지 말해주기 시작하자 짜증이 납니다. 물론 그 수사의문문의 의미는 '차이가 뭐든 관심 없어'였지요. 그러나 지극히 단순한 독자인 이디스는 드 만이 말하는 대로 수사의문문을 문법적 의문문으로 잘못 해석한 겁니다—"차이가 뭐야? 궁금해서 알고 싶어." 아치 자신에게는 수사의문문은 수사의문문이라는 것이 너무나도 분명하기 때문에 이것을 견딜 수가 없습니다.

하지만 아치 또한 지극히 단순합니다. 드 만의 핵심은, 의도에 호소하지 않으면 질문은 수사적인 동시에 문법적이며, 따라서 한 질문 안에 감추어져 있는 두 질문은 갈등하는 답을 갖게 될 수밖에 없다는 점입니다. 그는 이어 예이츠의 시 「학생들 사이에서Among Schoolchildren」를 예로 들면서, 논리를 바꾸지는 않되 복잡하게 만듭니다. 기억하겠지만 그 시는 이렇게 끝납니다. "우리는 어떻게 춤을 추는 사람과 춤을 구별할 수 있을까?How can we tell the dancer from the dance?" 두 겹짜리 질문의 또 한 예죠. 이 시의 일반적인 독법을 완성하는 것은 수사의문문입니다. 수사의문문에 대한 답은, 춤을 추는 사람과 춤이 예술작품을 이루는 종합적이고 상징적인 순간에 통일되어 있기 때문에 그 차이를 알 수 없다는 것입니다. (수사의문문은 일반적으로 어떤 은유적 동일성—"차이가 뭐야?"—을 내포하며, 이것이 의문을 수사적으로 만든다는 점에 주목하기 바랍니다.) 이런 독법에서는 이 시의 모든 선행하는 은유들이 점점 나아가다 예술작품의 본질이기도 한 상징적 통일성을 이루었다는 의기양양한 느낌에 도달합니다—이 통일성에는 다른 무엇보다도 저자와 텍스트, 행위자와 행위의 통일, 많은 문학이론이 해체하는 그 모든 이원성의 통일이 포함됩니다.

하지만 이것이 문법적 질문, 단순하지만 진지한 호기심에서 나온 의문이라면? 드 만은 그렇게 묻습니다. 그 의문에 대한 답은 아주 뻔해 보입니다. 여기 춤추는 사람이 있고, 여기 그 사람이 추는 춤이 있으며, 분명히 그 둘은 같은 것이 아니다. 예이츠에 관한 박사논문을 썼던 드 만은, 예이츠의 다른 시들로부터 예이츠가 문법적 차이들의 환원 불가능성을 분명히 파악하고 있다는 것을 보여주는 예들을 인상적으로 배열합니다. 그리고 이것을 근거로, 이 시가 상징화를 통해 신비화로 빠져드는 것처럼 보이지만, 그런 신비화로부터 이 시를 구해주는 어느 정도의 아이러니가 있다고 주장하지요. 그러나 그는 스스로 애써 지적하듯이 자신의 설명이 맞다고 주장하지는 않습니다. 수사의문문에 기초하여 근거로부터 상징적 해석을 끌어내고 또 제시할 수 있듯이, 자신이 하는 이야기도 이른바 '근거'로부터 끌어내고 또 제시할 수 있다고 주장할 뿐입니다. 따라서 이런 두 독법은 화해할 수 없지만, 둘 다 배제될 수도 없다는 거죠.

계사 'is'를 둘러싸고 구축되는 또는 그것을 내포하는 문장에서—그러니까 모든 문장에서—은유와 서술은 늘 조화를 이루지 못합니다. 은유는 이른바 시적 거짓말입니다. 누구나 A는 B가 아니라는 것을 압니다. 반면 서술은 보통 지시성을 섬겨 앞으로 전진하죠. 이것은 일종의 진실 주장입니다. 하지만 모든 문장에 수사성과 문법성이 공존한다면, 진실 주장과 거짓은 영원히 조화를 이루지 못하고 서로 거짓임을 드러낼 겁니다. 물론 우리는 이디스가 의도하는 바와 아치 벙커가 의도하는 바를 완벽하게 이해하며, 따라서 우리는 그들이 하고 있는 말의 의미를 혼동하지 않지요. 하지만 아치의 의문에는 실제로 두 의미가 감추어져 있는데, 이디스가 그것들을 혼동해줌으로써 그 두 의미를 명료하게 드러내는 데 도움을 줍니다.

그러나, 드 만은 계속 웅장하게 비상합니다, 아치 벙커Archie Bunker가 아르케Arche(그리스어로 '기원'을 가리키죠) ['가면을 벗기는 자'라는 뜻의] 디벙커*Debunker*라면 어떨까? 아치 벙커가 자크 데리다가 되어 "différance가 뭐야?" 하는 질문을 던진다면 어떨까? 그러면 완전히 다른 문제가 되겠죠, 그렇지 않습니까? 여러분은 이 의문문이 수사적인 것인지 문법적인 것인지 절대로 알지 못하기 때문입니다. 그런 경우 의도를 들먹이기란 불가능할 겁니다. 데리다가 제기하는 문제가 바로 différence(은유)와 différance(환유) 사이의 différance를 목소리로는 드러낼 수 없고, 따라서 아치가 옳은지 이디스가 옳은지 알 수 없다는 점과 관련된 것이라 전체적인 상황이 복잡해졌기 때문이지요.

드 만이 프루스트에서 마르셀의 읽기라는 알레고리를 읽어낸 방식에 관해서는 남은 시간 동안 대충 훑어보기만 하겠습니다. 우선 드 만이 이 에세이의 서두에서 할머니에 관하여 이야기함으로써 이 구절에 대한 점층법적 논의를 구축해나간다는 점을 기억하기 바랍니다. 할머니는 마르셀이 집안에서 읽기만 하는 것을 견딜 수 없어 늘 그를 바깥의 정원으로 내몹니다. 그러다 결국 드 만은 바깥을 안으로 가져오는 방식에 대한 마르셀의 묘사를 논의하게 됩니다. 마르셀은 서늘하고 어두운 방에서 읽는 동안에도 햇빛에 흠뻑 젖은 정원에서 벌어지는 모든 것을 늘 의식하며, 따라서 결국 그가 읽기에 매혹된 순간에는 내부와 외부의 차이가 없게 된다는 거죠. 이렇게 내부와 외부의 관계에 대한 수사적 이해, 그 둘을 융합하는 은유가 완성됩니다. 그러나 문법적 분석은 이 구절의 구조 전체가 부가적이며, 동일성에 대한 아무런 암시 없이 심상을 복잡하고 정교하게 만들 뿐임을 보여줍니다. 더 시간적이라고 할 수 있는 이러한 전개를 드 만은 환유적이라고 부르죠.

수사적 장치, 즉 환유를, 조합의 축에서 문법의 동의어로 만드는 바람에 아마 불필요한 혼란이 일어났을 것이라고, 지나가는 말로나마 인정해야겠습니다. 그러나 앞서도 말했듯이 수사가 문법으로 미끄러지는 것은 이미 야콥슨이 승인한 일이며, 일단 이렇게 프루스트를 읽는 것에서 '문법의 수사화'와 만나게 되면 우리는 혼란을 묵묵히 받아들일 수밖에 없겠다고 느낄 수도 있을 겁니다. 다른 한편, 그 구절의 구조가 결국은 문법적이라고 느끼고 그걸로 만족하지 않도록, 그 묘사 전체가 목소리로 나온다는 사실을 기억해야 합니다, 결국 모든 것을 통일하고 모든 것을 지배하는 어조와 태도의 동일성이 있다는 거죠. "이것이 내가 문법의 수사화라고 부르는 것이다." 드 만은 그렇게 말합니다. 그러나 그의 이야기는 거기서 끝나지 않죠! 그 목소리는 저자의 목소리가 아닙니다. 화자는 은유적 마법을 보여주는 마르셀입니다. 하지만 우리는 또 저자 프루스트가 있다는 것을 알지요. 그는 수고스럽게 이 묘사를 가장 힘들고 계산적인 방식으로 종합하고 하나의 이미지 위에 다른 이미지를 연속해서 구축하는데, 이 연속은 수사적이 아니라 문법적(환유적)입니다. 우리는, 이제는 여기 그대로 머물러 있을 거란 생각 같은 것은 하지 않겠지만, 어쨌든 '수사의 문법화'에 이르렀습니다. 실내는 서늘하고 어둡고, 실외는 덥고 밝으며, 둘 다 적막합니다. 그러나 그 둘은 마르셀의 말 ['급류, 격류'란 뜻의] torrent(시원한 물이 그렇게 흐른다고 할 수 있겠죠)이 그것의 동음이의어에 가까운 ['무더운, 관능적인'이란 뜻의] torride와 귀에 들리듯 합류하면서 그 속에서 합쳐집니다. 실내는 은유적이고 실외는 문법적입니다. 가끔 둘은 합쳐지고 가끔 떨어집니다—늘 결정할 수 없는 방식으로요.

마지막으로 방어해야 할 해체주의에 대한 비판 하나. "해체주의는 문학을 의미 없게 만든다." 이러한 예들이 드 만이 종종 말하는바, 즉 수사적 읽기란 의미의 부정이 아니라 의미가 언제나 과잉 속에, 맹아적으로, 대리보충적으로 존재한다는 사실을 인정하는 것임을 보여주었기를 바랍니다. 그 과잉은 아무리 많아도 지나치다 할 수 없겠지요.

저자(독자)와 심리

12장
프로이트와 픽션

읽을 자료

피터 브룩스, 「프로이트의 마스터플롯」(CT, 882~892).

지크문트 프로이트, 「꿈-작업」(CT, 500~508).

이 강의에서 우리는 이행을 합니다. 형식과 언어를 중심에 놓는 이론 개괄은 다 마쳤습니다. 이제 문학의 심리학적 프로필에 주안점을 두었다가, 거기에서 문학의 사회적이고 문화적인 결정요소를 살펴보는 일로 넘어갈 겁니다.

지금까지 우리는 생각과 말이 언어에 의해 생겨났으며 그 언어적 환경에서 떼어낼 수 없다고 주장하는 다양한 방식을 검토해왔습니다. 하지만 말, 담론, 문학에 관한 언어결정 관념들로부터 담론의 심리적 결정으로 이행하는 과정은 꽤 매끄러울 겁니다. 프로이트에게 빚졌으며 자신의 기획을 정신분석의 맥락에서 바라보는 것으로 알려진 이론가들 가운데 두 사람, 피터 브룩스와 자크 라캉은 이제 우리에게도 매우 익숙해진 어휘를 사용하고 있거든요. 그들의 주장에 따르면, 무의식과 관계맺고 있는 의식은 우리가 지금까지 공부해온 형식주의와 기호학 전통의 맥락에서 가장 잘 살펴볼 수 있습니다. 곧 다시 듣게 되겠지만, 라캉은 "무의식은 언어처럼 구조화되어 있다"고 말했으며, 브룩스도 분명히 여기에 동의합니다. 여러분은 브룩스가 프로이트의 텍스트들, 특히 『쾌락원리의 저편』에 기댈 뿐 아니라—이 맥락은 곧 더 자세히 설명하겠습니다—이제 우리에게 익숙해진 것들에 근거하여 글을 쓴다는 사실을 알게 될 것입니다. 그런데 그는 예일학파의 전성기 시절에, 또 그 이후에도 오랫동안 예일에 있었지요. 내가 지난번에 언급한 서클에서는 약간 젊은 축에 속했지만 존경받는 구성원이었습니다. 그럼에도 그를 언급하지 않았던 것은, 그의 작업이 구조주의와 정신분석에 기초하고 있고(그런 점에서 라캉과 비슷하지요), 해체주의의 영향에 저항하기 때문이었습니다. 라캉의 경우, 그의 방식은 브룩스보다는 데리다의 경우와 훨씬 가깝지만, 그래도 구조주의적 정신분석이 해체주의와 정확히 어떤 점에서 다른지 보여주고자 노력해보겠습니다.

브룩스는 여러분이 읽은 『플롯 찾아 읽기』의 발췌문에서 서사적 허구가 무엇인지 설명하려고 노력하는데, 러시아형식주의의 '플롯'과 '이야기' 구분을 빌려오면서 시작합니다. 발음도 제대로 못하는 말을 사용하는 것이 남부끄럽기는 하지만, 결국은 여러분에게 플롯과 이야기라는 이 개념들에 해당하는 러시아어가 각각 [프랑스어 '쉬제sujet'에서 빌린] '슈제트'와 '파불라'라는 것을 알려주는 것이 좋을 듯합니다. 그것이 브룩스가 사용하는 용어이기 때문입니다. 내가 보기에 여기에는 약간 직관을 거스르는 면이 있는 듯합니다. 영어에서 이들과 같은 어원을 가진 말을 찾고자 한다면 여러분은 '슈제트'에 해당하는 말로 '주제subject matter'를 생각할 것이고, 이것은 영어로 번역된, 형식주의자들이 '이야기story'라는 말로 의미하는 바에 훨씬 가까운 어떤 것이며, '파불라'는 당연히 '플롯'이나 '픽션' 비슷한 것이리라 생각할 겁니다. 그러나 정반대죠. '슈제트'는 플롯, 이야기가 구성되는 방식이고, '파불라'는 '슈제트'를 만들어내는 주제 또는 재료입니다.

나아가 플롯과 이야기 사이의 관계에 관하여, 브룩스는 우리가 야콥슨과 드 만을 읽으며 익숙해진 용어, 즉 '은유'와 '환유'를 사용합니다. 현대 문학이론에는 고전 수사학의 그 모든 수많은 비유를 그냥 이 두 표현으로 환원하자는 암묵적 합의가 있습니다. 필요한 경우에는 몇 개 보태지만(케네스 버크의 『동기의 문법*The Grammar of Motives*』 부록에 네 개, 해럴드 블룸에 여섯 개가 나오고, 드 만 자신도 알레고리, 아이러니, 의인법에 의지하지요), 문학이론에서 보자면 고전 수사학의 핵심적 분기分岐는 통일하고 종합하고 합치는 은유와, 한 기호를 다른 기호와 연속하게 만들지만 통일하거나 동일성을 확립한다고 주장하지는 않는 환유의 구분입니다.

그렇다면 피터 브룩스는 프로이트에게서 무엇을 가져오는가? 그는 프로이트의 모든 면에 깊은 관심을 쏟는 저명한 프로이트 학자이지만, 우리의 목적에 맞게 범위를 좁혀, 그가 프로이트로부터 특별히 가져오는 것은 무의식에서 욕망의 구조화와 그 구조화의 성격이라고 말해둡시다. 무의식이 언어, 그러나 말하자면 의지의 언어처럼 구조화되어 있다는 생각이지요. 이것은 프로이트가 라캉을 예고한다고 우리가 상상할 수 있기 때문에(라캉 자신은 물론 프로이트가 자신을 예고했다고 주장하지요) 할 수 있는 이야기죠. 심리로 방향을 틀면서 다시 의도의 영역에 돌아와 있는데, 말할 필요도 없이, 이제야 우리는 무의식적 의도 같은 것을 만나게 됩니다. 브룩스는 허구적 플롯의 구축 위에 이 폭넓은 생각의 지도를 그리고 싶어합니다.

아리스토텔레스는 플롯에 시작, 중간, 끝이 있다고 말합니다. 철학자씩이나 되는 사람이 이런 자명한 개념이나 제시한다고 투덜거릴 사람이 많겠지만, 그럼에도 플롯에 관한 아리스토텔레스의 말에도 어느 정도는 통찰력이 엿보인다고 말할 수밖에 없습니다. 우리는 이렇게 툴툴거립니다. 뭐 당연하지, 플롯에는 시작이 있을 수밖에 없지. 또 우리는, 셰에라자드처럼 필사적으로 계속 이야기를 진행시키는 것이 아니라면 끝이 있을 수밖에 없다고 생각합니다. 그러나 이렇게 자문할 수도 있습니다. 중간은 왜 있는 걸까? 시작이나 끝과 관련하여 중간의 기능은 무엇일까? 게다가 그냥 중간도 아닙니다. 왜 아리스토텔레스는, 브룩스도 인용하듯이, 플롯에 '어떤 양量'이 있어야 한다고 말하는 것일까? 왜 더 짧거나 더 길어서는 안 되는 걸까? 중간이 시작과 끝의 필연적 연관성을 드러내는 일에 특별히 무슨 도움을 주는 것일까? 시작은 결국 단순한 자의적인 출발점(이보다 앞선 일이 있고 그것이 시작이었을 수도 있지요)이 아니라 어떤 논리를 촉진하는, 중간이 자기 일을 다 한 뒤에 끝에 의해 결국 비극적으로, 희극적으로, 또는 어물쩍 해결되는, 순간이나 사건인 것일까? 어떻게 중간이, 이런 논리가 검증되고 탐사되는 장이 되는 것일까? 브룩스는 정신분석의 맥락에서 이런 문제들을 이해할 수 있다고 믿습니다.

브룩스는 또 프로이트가 『꿈의 해석』(1905)에서 이야기한 압축과 전치의 구분이라는 맥락에서 플롯 구조에 관해 생각할 수 있다며, 방법론적 아이디어를 프로이트에게서 빌려옵니다. 압축은 꿈의 핵심 상징들을 가져와 그것을 증류하여 과대결정된 통일체로 만들기 때문에, 꿈 작업을 연구하면 꿈에서 표현되는 기저에 깔린 소망이나 욕망이 특정한 상징적 통일체 또는 연쇄로 나타나는 것을 볼 수 있지요. 전치의 경우, 꿈에서 욕망의 어떤 요소들, 어쩌면 가장 심하게 억압되었을 요소들이 압축된 상징들로 표현되는 대신 오히려 겉보기에는 관련이 없는 관념, 이미지, 활동으로 대체되기 때문에 해석자가 그 암호를 풀 필요가 있습니다. 전치는 해석적 이해의 지연이나 우회인 반면, 압축은 극단적으로 압착된 증류로 이 또한 이해에 어려움을 줍니다. 이런 일들은 동시에 진행되지요. 꿈 작업은 숨는 동시에 욕망의 대상으로 나타나려 애쓰는 것을 압축하는 동시에 전치합니다.

프로이트의 압축과 전치, 그리고 야콥슨의 은유와 환유, 이 둘 사이에 생산적인 이론적 관련이 있을 수도 있다는 점에 처음 주목한 사람은 자크 라캉이었으며, 브룩스는 이런 취지로 그를 인용합니다. 여기서 전제는 일상 담론, 우리의 대화만이 아니라 우리의 꿈에 대한 이야기와 우리가 정신분석가에게 말하는 것에서도 욕망은 비유로 이해될 수 있는, 꿈 작업의 이 두 측면을 매개로 자신을 표현한다는 것입니다. 압축은 은유적으로 작업하고 전치는 환유적으로 작업합니다. 환유는 의미화의 지연, 또는 지속적인 différance입니다. 은유는 플롯의 선을 따라 자신을 분명하게 표현하고자 시도하는 욕망을 결정화된 순간 속에 모으는 것이지요. 브룩스가 주장하듯이 픽션에서 우리는 이런 두 수사적 경향이 공존하는 것을 관찰하게 됩니다. 아마 이때 배경에서 드 만의 「기호학과 수사학」과의 긴장이 느껴질 것입니다. 은유와 환유는 누구를 읽느냐에 따라 조화를 이루어 작업할 수도 있고 그러지 않을 수도 있으며, 궁극적 통일에 기여할 수도 있고 그러지 않을 수도 있습니다. 하지만 그것이야 어쨌든 간에, 이들이 우리가 허구적 서사의 발전과 꿈의 발전 사이의 유사성을 관찰할 수 있는 방식으로 공존하는 것은 사실입니다.

이런 종류의 것들이 브룩스가 프로이트에게서 관심을 갖는 부분이라면, 그가 우리가 전통적인 정신분석비평가로 희화화하고 싶은 유혹을 느낄 수도 있는 존재와는 전혀 닮지 않았음을 금세 깨달을 수 있을 겁니다. 브룩스는 오이디푸스콤플렉스나 남근 상징을 찾으러 돌아다니지 않지요. 그는 누군가 시가에 불을 붙이거나 넥타이를 맬 때 그 장면에, 적어도 오랫동안은 멈추어 있지 않습니다. 그 자신도 발췌문 끝에서 그런 식으로 말하지요(1171).

> 텍스트 자체의 정신분석비평{즉, 그가 하고 있는 작업} 가운데에도—보통의 경우와는 달리—텍스트의 심인心因(저자의 무의식), 문학적 반응의

역학(독자의 무의식), 등장인물들의 신비한 동기(그들의 '무의식'을 가정하는 것)를 연구하지 않는 것도 있다.

다른 말로 하면, 브룩스는 저자, 독자, 등장인물의 정신분석이론을 개발하는 데는 관심이 없습니다. 나는 우리가 전체 강좌 가운데 이 단계에서 의도의 영역으로 돌아왔다고 말했고, 실제로 지금 돌아와 있습니다. 하지만 여기서의 의도는 세심하게 한정된 종류의 의도이며, 아마 비판에 면역이 되어 있지 않겠죠. 이것은 언어 자체, 또는 텍스트의 행위성입니다.

이 발췌문에서 브룩스가 전통적인 프로이트주의 비평을 낮추어 보고 있는 것은 아닙니다. 그 전체를 낮추어 보는 것도 물론 아니죠. 그는 그저 다른 목적을 알려주고 있을 뿐입니다. 이 강좌에서 전통적인 프로이트주의 비평에 대해 오래 이야기하지는 않지만, 그것은 사실 대단히 흥미로울 수도 있습니다. 그냥 하나의 예로, 프로이트의 제자 어니스트 존스는 셰익스피어의 『햄릿』에 관한 영향력 있는 연구서를 썼는데, 거기에서 그는 햄릿에게 오이디푸스콤플렉스가 있다는 것을 보여줍니다. 이 희곡에 정직하게 반응하다보면 존스가 하는 말에 일리가 있다고 인정하지 않을 수 없지요. 사실 셰익스피어를 무대와 필름에 옮긴 역사 가운데 유명한 예이지만, 로런스 올리비에 경은 어니스트 존스의 영향하에 햄릿을 연기했습니다. 그의 햄릿은 거트루드와의 관계에서 자신에게 오이디푸스콤플렉스가 있음을 고통스러울 정도로 분명하게 보여줍니다. 또, 프로이트의 직접적인 영향하에서 쓰인 문학작품들도 실제로 있지요. D. H. 로런스의 『아들과 연인』에서 중심인물 폴 모렐은 극복할 수 없는 오이디푸스콤플렉스 때문에 무능해집니다. 현재로 더 다가와 우리가 나중에 공부할 문학이론의 중요한 인물인 해럴드 블룸은 『영향에 대한 불안』에서부터 시작하는 일련의 책에서, 나중에 태어난 시인과 그 선구자 사이의 관계를 아들과 아버지 사이의 경쟁으로 보는 저자 이론을 개진합니다. 나 자신도 레비스트로스 판본의 오이디푸스 신화는 프로이트와의 관계에서 그의 오이디푸스콤플렉스를 드러낸다고 주장하여 이런 패턴의 사고를 펼쳐 보였죠. 분명히, 이런 종류의 관심을 가진 프로이트주의 비평은 널리 퍼져 있으며, 아직까지도 드문드문 나타납니다. 단순히 문학이론에 대한 영향 정도로 치부해버릴 수는 없지요.

하지만 이미 말했듯이, 브룩스의 작업에서 묘한 것, 또는 어쩌면 그렇게 묘하지 않은 것은, 저자나 등장인물이나 우리 자신의 은밀한 자아에 관해 뭔가 말해주려고 있는 것이 아님에도, 소설적인 텍스트가 그 자체로 저자나 인물처럼 살아 있는 듯 보인다는 점입니다. 플롯이 전개되면서 욕망, 실제로는 어떤 특정한 욕망이 분명하게 표현되지만, 플롯의 역학에서 스스로를 펼쳐나가는 것은 저자의 욕망이 아닌 욕망의 한 형태로, 이것이 무의식의 특징을 폭넓게 보여줍니다. 이렇게 어떤 개인적 특성으로부터는 추상화되어 있음에도, 브룩스는 실제로 자신이 어떤 한 가지 욕망을 염두에 두고 있다고 말하지요. 그것을 잠정적으로 보편적 욕망이라고 불러봅시다. 텍스트 구조의 기능은 프로이트가 분석 작업에서 종종 감소된 자극이라고 부르는 것에 대한 이런 욕망을 충족하는 것입니다. 이 욕망은 성적으로 쾌락원리와 연결될 수도 있고, 아니면 프로이트가 『쾌락원리의 저편』에서 탐사하고 있는 죽음소망과 연결될 수도 있는데, 이 소망에서 자극의 감소는 죽음, 또는 종결을 올바른 방식으로 성취하는 것으로 이루어질 것입니다. 자극을 완전히 통과한 뒤에야 성취될 수 있는, 감소된 자극에 대한 욕망의 이 두 가지 형태—이 두 형태가 공존할 수 있는지 없는지, 또는 어느 정도나 공존할 수 있는지는 여전히 두고봐야 하지만—를 통하여 브룩스는 플롯의 '중간'이 조직하는 끝의 지연, 아라베스크, 연기를 해석합니다.

분명히, 꿈도 이야기도 이런 욕망의 충족을 그냥 불쑥 내밀지는 않습니다. 그런 욕망을 촉진하는 자극을 유지하여 충족을 지연시키죠. 우리 모두 잠을 깨고 일어나 밤새도록 똑같은 꿈의 회로 안에서 빠져나오지 못했다고 생각해본 경험이 있을 겁니다. 보통 어떤 중요한 사건의 문턱에서 그런 일이 벌어지지요. 우리의 꿈 다수는 유쾌하지도 무섭지도 않고 다만 쳇바퀴를 도는 지루함을 보여줄 뿐입니다. 그 가장자리 둘레에 어떤 자극이 하나의 가능성으로 웅크리고 있는 것처럼 보이기는 하지만 말입니다. 픽션이 꿈 작업보다 우월한 것은 그 예술, 그 구조가 쾌감을 줄 수 있는 선에서 지연을 연장하되, 그 선을 과도하게 넘지 않는다는 점입니다.

픽션의 중간은 반복 등의 이런 지연 기법을 포함할 뿐 아니라, 쾌감을 주지 못하는 것들을 다시 찾아가는 묘한 경향도 갖고 있습니다. 그래요, 우리가 읽기 좋아하는 것은 오로지 "책장이 잘 넘어가는 것"이지만, 그렇다고 우리가 어떤 관습적인 의미에서의 '재미'를 느낀다는 뜻은 아니죠. 대혼란, 재난, 슬픔이 모든 모퉁이에 도사리고 있으며, 심지어 희극적인 픽션도 예외가 아닙니다. 분명 이런 것들은 모두 쾌감을 줄 수 없습니다. 솔직히 말해서 픽션 읽기의 이러한 측면이 최근 나에게는 점점 너무 거슬려서—영화를 보는 능력에 훨씬 큰 영향을 주고 있지만—전에는 꾸준히 읽던 범죄소설에 대한 취미마저 잃고 있습니다. 하지만 대부분의 독자들, 그리고 플롯의 정서적인 전략은 나와 같은 문제를 전혀 겪지 않습니다. 독자들은 대개 심리적으로 갈등을 조정하는 행동에 들어갑니다. 나쁜 소식에는 움찔하면서도 열심히 페이지를 넘기죠.

플롯이 삶의 번민을 다시 찾아가게 되는 한 가지 이유, 특히 브룩스가 흥미를 느끼는 19세기 리얼리즘의 기념비들에서 그렇게 하는 이유는 인물들이 계속 강박적으로 나쁜 대상 선택을 한다는 것입니다. 그들은 엉뚱한 사람과 사랑에 빠집니다. 성숙하지 못하기 때문에, 철저하게 생각하지 못했기 때문에, 또는 하디의 경우처럼 운명이 나은 선택을 할 가능성을 가로막고 있기 때문에, 헤어날 수 없는 지저분한 상황에서 허우적거리죠. 경우야 어떠하든, 가장 위대하고 가장 흥미진진한 픽션에서도 중간을 살찌우는 경험들은, 사실상 쾌감을 주지 못하는 경향이 있습니다. 이것이 욕망의 연료가 된다고 여겨지는 쾌락원리와 도대체 어떤 관계가 있을까?

이것은 브룩스의 증거 텍스트라 할 수 있는 『쾌락원리의 저편』, 즉 트라우마 환자들에 대한 고려에서 시작하는 이 텍스트에서, 프로이트가 자문한 문제이기도 합니다. 프로이트는 이 팸플릿을 일차세계대전 말미에 썼고, 이 팸플릿에서 보여주는 트라우마 환자에 대한 관심은 유럽의 다른 작가들도 공유하고 있었습니다. 『쾌락원리의 저편』과 거의 같은 시기에 영국에서는 제도권 심리학자들이 트라우마 환자들에게서 발견한 사실들을 반영하는 소설이 여럿 나왔습니다. 버지니아 울프는 『댈러웨이 부인』에서 자살충동에 사로잡힌 귀환병 셉티머스 스미스를 트라우마가 있는 전쟁피해자로 다루고, 리베카 웨스트가 쓴 『병사의 귀환*The Return of the Soldier*』에서 주인공은 기억상실에 걸려 소유지로 돌아옵니다. 프로이트의 『쾌락원리의 저편』은 이런 전후의 주제에 이바지하고 있지요. 브룩스는 『쾌락원리의 저편』 텍스트가 그 자체로 픽션의 분위기를 띤 '걸작 플롯'이라고 즐겨 말합니다. 데리다가 말하는, 문학과 다른 장르들 사이의 관계 파괴가 여기서도 암시되는 듯하지만—『정신현상학』과 『자본』을 위대한 문화소설이라고 부르는 것처럼—그것이 브룩스의 주요한 논점은 아닙니다. 브룩스는 프로이트의 팸플릿에서, 자신이 염두에 두고 있는 플롯과의 특별한 관계와 더불어 그런 구조에 대한 설명을 발견합니다. 그것은 하나의 중심으로, 이 중심은 구조의 안인 동시에 밖이기도 합니다.

프로이트는 끝이 어떻게 될지 아직 모르는 것이 분명한 상태에서 우선 자신이 치료한 트라우마 환자들이 꿈을 전해주거나 신경증적으로 반복적인 행동(가령 재떨이를 특정한 장소에 계속 갖다놓는다든가 하는 행동)을 보일 때, 애초에 그들이 정신분석가를 찾게 된 이유인 트라우마적 사건을 강박적으로 되풀이한다고 언급합니다. 이 환자들은 그 사건을 피하지 않는다, 그들은 어떤 엄격한 의미에서도 그것을 억압하지 않는다. 오히려 계속 빙 돌아서 그 사건으로 돌아가며, 보통은 어떤 환유적인 방식으로 사건 자체를 전치한다. 따라서 문제는—지금까지 정신분석의 초석을 이루었던 것에 도전하는 충격적인 문제입니다—어떻게 그런 행동이 쾌락원리에 의해 추동되는, 프로이트가 늘 무의식의 동기가 되는 유일한 힘이라고 생각해왔던 '소망 충족'과 양립할 수 있느냐 하는 것입니다. 프로이트가 이전에 했던 가정에는 우리가 지금은 사회생물학적 전제라고 부를 수 있는 전제, 즉 생명의 연장은 성관계를 통한 재생산을 보장하려는 것이며, 성충동—생의 본능이라고 하죠—의 전치 또는 억제가 에고에서는 성공을 거두고, 스스로를 개선하고, 감정적으로나 지적으로 성숙해지려는 욕망의 형태를 띤다는 전제가 내포되어 있었습니다. 우리는 이 모든 것을 쾌락원리와 연결할 수 있습니다. 하지만 트라우마적 사건으로 돌아가려는 강박은 도대체 어떤 식으로 쾌락원리의 작용에 부합할까요?

이때 프로이트는 자신의 가정생활에서 한 예를 떠올립니다. 그의 어린 손자 한스가 요람에 서서 끈으로 묶은 실패를 요람 밖으로 던지며 '멀리 가서 없다'는 뜻으로 "Fort!" 하고 말하고 다시 감아 들이며 '다시 여기 있다'는 뜻으로 "Da!"하고 말하는 광경이었죠. "Fort! Da!" 한스는 도대체 왜 이렇게 하는 것일까? 자, 프로이트는 한스가 계속 방을 떠나는 어머니 때문에 느끼는 좌절감을 표현하고 있음을 금세 파악했습니다. 따라서 이 게임의 성취는, 아이가 어머니를 줄에 묶어두는 방법을 파악한 것이었죠. 그래, 어머니는 나간다—나는 이것을 이해해야 한다, 나는 어머니가 나간다는 것을 안다—하지만 어떻게 되는지 아는가? 나는 다시 어머니를 감을 수 있고, 그러면 어머니는 다시 나타난다. 이것이 우리가 사건의 반복을 통하여 얻을 수 있는 트라우마적 사건의 '극복'—프로이트가 그렇게 부르고 브룩스도 프로이트를 따라 그렇게 주장합니다—입니다. 하지만 여기 포함된 것이 단지 극복의 성취만일 수는 없습니다. 트라우마로 돌아가는 것은 핵심의 절반에 불과하다는 사실이 아주 분명하기 때문입니다. 사실, 그것은 또한 거의 쾌감처럼 보이기도 합니다.

이것이 극복을 위한 노력이라고 생각한다면, 반복강박은 말하자면 리허설을 통해 죽음의 불가피성을 미리 극복하는 형태를 띤다고 프로이트는 주장합니다. 우리를 기다리고 있는 죽음이라는 트라우마는 삶의 트라우마적 사건들로, 아슬아슬한 탈출로 예고되어왔지요. 프로이트는 그런 환자들의 경우에는 열차사고가 자주 등장한다고 언급합니다. 그는 반복강박을, 그 자체로는 이야기될 수 없는, 적어도 우리 자신에게는 이야기될 수 없는 사건, 즉 궁극적으로 도사리고 있는 죽음이라는 사건을 앞당겨 반복하는 것으로 보게 됩니다.

하지만 프로이트는, 모든 것이 성장하고 재생산하고 삶을 유지하고자 하는 의지를 가리키고 있는 듯한 상황에서, 살아 있는 유기체가 이런 식으로 행동하는 일이 어떻게 일어날 수 있는지 의문을 품기 시작합니다. 어째서 죽음에 대한 이런, 거의 열렬하다고까지 말할 수 있는 기대가 생기는가? 그는 어떤 유기체, 심지어 분자적 유기체의 행동에서도 유기적 존재의 이전의 더 단순한 상태, 우리가 생명으로 나타나기 전에 존재했던 상태로 돌아가고자 하는 경향이 있다(논란의 여지가 있기는 하지만 그의 주장을 개진하는 데에는 도움을 줍니다)는 점에 주목합니다. 내가 지금껏 암시해온 시작과 끝의 관계는, 다른 말로 하면 죽음이라는 공통분모를 가진 관계입니다. 유기체로서 우리는 생명 없이 시작하여 생명 없이 끝나며, 따라서 우리에게는 시작으로 돌아가고 싶은 욕망이 있을 수밖에 없다. 그래서 프로이트는 말합니다. "모든 생명의 목표는 죽음이다."

이제 이런 생각들을 픽션의 플롯 구조에 적용하는 작업으로 다가가기에 앞서, 브룩스가 이 특별한 주장에 대하여 논평하는 것(1166)을 들어볼 필요가 있습니다.

> 우리는 지금 프로이트를 따라 반복강박과 본능적인 것 사이의 관계에 관한 그의 더 꼼꼼한 탐구로 들어갈 필요가 있다. 답은 "본능, 그리고 어쩌면 유기체적 삶 전체의 보편적 속성"에 있는데, 그것은 "유기체의 삶에 내재한, 사물의 이전 상태를 회복하고자 하는 강한 충동이 본능"이라는 것이다.

브룩스는 이 생각을 기초 삼아 논의를 이어갑니다(1169). "(충동들의) 이런 기능은 모든 살아 있는 실체의 가장 보편적인 노력과 관련된다—즉 비유기체적 세계의 정적으로 돌아가려는 것이다." 말하자면 '마침내 평화'라는 것이죠—물론 프로이트의 고찰이 이어져나가는 길에서 튀어나온 둔덕이 하나 있는데, 그것은 죽음이 그 자체로 쾌감을 주는 것이냐, 일종의 마조히즘일 수 있느냐 하는 성가신 문제입니다. 그래도 그것은 쾌락원리와 똑같지는 않을 겁니다, 기저에 깔린 동기가 삶을 유지하는 건 아니니까요. 그렇다 해도 프로이트를 그렇게 괴롭혔던 모순의 느낌은 한결 줄어들겠지요.

하지만 그것이 다가 아니라 그 이상이 있고, 그래서 소설은 깁니다. 너무 길지는 않지만 너무 짧지도 않죠—아리스토텔레스가 말하는 대로, 어떤 양을 갖고 있습니다. 유기체가 가능한 한 빨리 죽고 싶어하지만은 않기 때문에, 그 이상이 있습니다. 유기체는 자살을 하려 하지 않습니다. 어쩌면 이것이 우리가 프로이트의 '죽음소망'의 의미를 처음 이해하려 할 때 저지르는 잘못일 겁니다. 그보다 유기체는 그 나름의 방식으로 죽기를 바라지요, 적절한 시간에 적절한 방식으로. 그래서 트라우마의 가능성에 저항하고 그것에 어느 정도 거리를 두려는 정교한 방어기제—프로이트가 늘 '외피'라고 부르는 것—가 있는 것입니다. 트라우마 환자들은 타격을 막을 만큼 경계를 잘 하지 못했다는 이유로 자신을 탓합니다. 반복강박에서 바라는 극복은 그 재발을 막는 방어기제를 구축하는 것이지요.

따라서 유기체는 오직 자기 나름의 방식으로 죽기를 바랄 뿐이다. 이 대목에서 만일 여러분이 문학사에서 진화와 일시적 변이를 구분한 티냐노프의 발췌문을 떠올린다면, 그렇게 유사성을 찾는 것도 일리가 있다고 말해줄 수 있을 듯합니다. 프로이트의 이야기에서 유기체가 원하는 바는, 소멸을 향해 진화하는 것이지, 일시적 변이를 하는 것이 아닙니다. 외적 상처에서 내적인 병에 이르기까지, 어떤 것으로부터도 방해받지 않는 거죠. 유기체는 풍부하고 충만한 삶, 어느 정도의 양을 가진 그런 삶을 살고 싶어하지만, 그럼에도 욕망의 대상인 궁극적 끝에 이르고자 하며, 이것은 곧 자기 나름의 방식에 따라 무기적인 상태로 돌아가는 것입니다. 따라서 이야기에 일시적 변이가 생긴다면, 플롯은 없을 것입니다. 적어도 충분한 플롯은 없겠지요. 시작은 있을 수도 있지만, 갑작스러운 차단을 맞이하여 플롯의 아라베스크가 적절한 끝을 향해 진화하는 일이 중단될 겁니다.

이제 브룩스가 프로이트를 따라 주장하는 것은, 플롯을 전개하는 과정이 진전되면 쾌락원리와 죽음소망이 협력한다는 것입니다(1166~1167).

> 따라서 프로이트는 어느 정도 허세를 부리며 공식을 제시할 수 있다. "모든 생명의 목표는 죽음이다." 우리에게는 유기체의 진화 이미지가 주어지는데, 여기에서 살아 있는 실체는 외적인 영향으로 빚어진 긴장 때문에 "삶의 원래 경로로부터 점점 벗어나 동시에 점점 복잡한 우회로를 거쳐 죽음이라는 목표에 이를 수밖에 없다." 이런 관점에서 보자면 자기보존본능은 유기체가 죽음에 이르는 자신의 길을 따르도록 보장하며, 유기체 자체로서는 절박하지 않은, 무기적인 것으로 돌아가는 길을 피하게 하는 기능을 한다. 다른 말로 하면, "유기체는 자기 방식대로만 죽고 싶어한다". 유기체는 이 목표를 너무 빨리 달성하도록—일종의 단락短絡으로—부추기는 사건(위험)들에 맞서 싸울 수밖에 없다.

브룩스는 나아가 이렇게 말합니다(1169).

반복강박과 죽음본능은 쾌락원리에 이바지한다고 말할 수 있다. {하지만} 더 넓은 의미에서, 쾌락원리는 외부 그리고 특히 내부에서 오는 자극들의 공세를 지켜보면서 그것이 방출될 길을 찾고, 죽음본능에 이바지하며, 유기체가 정적으로 돌아가는 것이 허용되도록 보장한다.

이런 식으로 외관상 갈등하는 이 충동들이 공존하면서 어느 정도 협력하여 훌륭한 삶과 훌륭한 플롯을 펼친다는 겁니다.

내가 암시했듯이, 이 이론을 위태롭게 만드는 반론, 프로이트도 인정하는 반론은, 인간이라는 기능하는 시스템에서 죽음과 섹스를 별개의 것으로 유지하기가 무척 어렵다는 겁니다. 자극의 감소는 분명히 쾌락원리의 핵심입니다. 섹스의 목적은 자극을 감소시키고 욕망을 무화하는 것이죠. 죽음의 목적은, 프로이트는 1919년에 말하죠, 바로 그것과 똑같은 일을 하는 것이다. 그러면 우리는 이 둘을 어떻게 구별할 수 있을까요? 문학사에는 이들의 밀접한 관련을 주장하는 흐름이 풍부합니다. 우리 모두 근대 초기 에로틱한 시들에서 '죽는 것'이 무슨 뜻인지 알고 있습니다. 우리 모두 성적 긴장감을 지닌 문학에 등장하는 다른 죽음의 순간들과 더불어, 『트리스탄과 이졸데』의 '사랑의 죽음'에 관해서도 알고 있지요. 문학에는 이 둘 사이의 분명하고도 고의적인 혼란이 존재하며—프로이트는 늘 시인이 모든 면에서 자신을 앞섰다고 말하지요—이것이 문제를 제기합니다. 이에 대항하는 한 가지 생각은, 앞서 말했듯이 불쾌한 에피소드를 반복하고 트라우마를 다시 찾는 강박이 마조히즘의 한 형태, 결국 쾌감을 주는 것이라는 이야기인데, 이는 죽음충동 이론의 필요성을 없애버립니다. 프로이트는 그 둘을 구분하는 것이 어렵다고 인정하면서도, 구분을 보장하는 임상적 증거가 있다고 생각합니다. 마조히즘이 오이디푸스 단계의 특이한 발달에 병인이 있는 반면, 반복강박으로서의 죽음본능은 독립적인 종결을 확보하기 위하여 트라우마의 자의적 위협에 대항하는 방어벽을 구축한다고 말하곤 하지요.

이제 브룩스가 이야기하는(여기에서는 라캉과 픽션 이론가 D. A. 밀러를 따르고 있습니다) 픽션의 플롯으로 가봅시다. 욕망은 '이야기할 수 있는 것'으로서 나타나거나 시작하는데, 이것은 그 안에 플롯의 씨앗을 품고 있습니다. 그렇다면 이야기할 수 없는 것은 무엇일까? 이야기할 수 없는 것은 삶—라캉은 '실재'라고 부르고, 지젝은 이것을 '얼룩'이라고 부르지요—속으로 몰입이 진행중인 상태로, 이것은 질서나 구조의 느낌을 막습니다. 맥락을 제공하는 시작, 중간, 끝의 느낌이 없으면 어떤 것이든 이야기할 수 없습니다. 다른 말로 하면, 이야기할 수 있는 것은 구조에 적합하지요. 따라서 이야기할 수 있는 시작, 사르트르의 『구토』에서 로캉탱이 명상하고 브룩스가 그런 취지로 인용하는(1163 참조) 시작이 존재합니다—이야기할 수 있는 것은, 플롯을 출발시키는 욕망의 패턴으로 진입하는 순간 시작하지요.

이야기할 수 있는 것이 플롯이 되면 욕망의 동일성이 은유를 통해 나타나며, 이것은 플롯을 통일하거나 '묶고' 부분들의 결합을 관장합니다. 서사이론은 거의 언제나 픽션에 관련 없는 디테일 같은 것은 없다고 자신 있게 말합니다. 우리는 어떤 것도 우연히 존재하지 않는다는 얘기를 듣지요. 디테일의 불가피한 정당성에 관한 이런 느낌(신비평이 결국 마크 쇼러, 루번 브라우어, 데이비드 로지의 책들에서 '자세히 읽기'를 시에서 소설로 들여왔을 때 두드러졌던 해석적 강조점)을, 브룩스는 구성 과정에서 플롯 짜기에 가해지는 은유적 압력으로 표현합니다. 모든 것이 동기, 즉 플롯을 앞으로 밀고 가는 기저에 깔린 욕망을 통해 배열된다.

그러나 대조적으로 어느 정도는 환유가 지연, 우회, 아라베스크, 종결 거부의 원리로서 기능합니다. 나쁜 대상 선택을 비롯한 불운한 결과들, 쾌감을 주지 못하는 것의 귀환, 문학적 플롯 '중간'의 산만한 배회에서 벌어지는 모든 것이 그런 예죠. 이런 요소들이 일관성이 없고, 은유화와 마찰을 일으킨다는 것은 아닙니다. 플롯은 결국 재료를 한데 묶으며, 은유와 환유 모두 그렇게 묶는 형식임이 틀림없다고 말할 수 있습니다. 브룩스는 말합니다(1166). "문학텍스트에서 '묶는 것'에 관해 말하는 것은 요컨대 우리가 차이 속에서 같음, 또는 파불라의 재료로부터 슈제트의 등장 자체를 인식하도록 강요하는 형식화(묶는 것과 마찬가지로 고통스럽고 지체가 일어날 수 있는)에 관해 어떤 이야기를 하는 것이다."

이제 『견인차 토니』(토니가 등장하지 않아 아쉬웠나요?)로 돌아가 플롯 찾아 읽기가 어떻게 이루어질 수 있는지 보도록 합시다. 하지만 그에 앞서, 이 강의를 위한 자료 선택이 단지 문학이나 문학이론과 관련 있는 정신분석의 문제들로 들어가는 길을 찾는 것만이 아니라, 여러분 가운데 소설 읽기를 가장 좋아하는 사람들이 조금 더 살펴보고 싫어할 만한 것, 즉 서사이론 또는 '서사학'을 보여주고자 하는 시도이기도 하다는 점을 말해두어야겠습니다. 브룩스 발췌문의 앞 페이지들을 참조하기 바랍니다. 거기에서 브룩스는 서사이론에서 가장 중요한 작업, 내가 구조주의를 논의할 때 언급했던 작업 몇 가지를 검토합니다. 롤랑 바르트, 츠베탕 토도로프, 제라르 주네트 등이 브룩스가 그 전통 속에서 골라낸 인물들입니다.

자, 『견인차 토니』로 갑시다. 『쾌락원리의 저편』의 맥락에서 우리는 이 이야기의 제목을 '성숙으로 가는 험난한 길The Bumpy Road to Maturity'이라고 다시 달 수도 있을 듯합니다. 물론 이 이야기에는 피카레스크 픽션의 특징들이 나타납니다. 이 이야기는 길 위에서 생겨나죠. 플롯의 선형성, 피카레스크에서 그렇듯 줄에 꿴 구슬들처럼 환유적으로 배치된 사건들(세르반테스는 돈키호테가 만나는, 사슬로 함께 묶인 죄수들을 줄에 꿰인 구슬에 비유하지요)은 서사에 피카레스크의 느낌을 줍니다. 얼른 그것을 다시 읽어봅시다. 이번에는 행을 나누지 않고 산문으로 읽어보지요.

> 나는 견인차 토니. 나는 작고 노란 차고에 산답니다. 나는 꼼짝 못하는 차를 도와주지요. 나는 그런 차를 내 차고로 끌고 옵니다. 나는 내 일이 좋습니다. 어느 날 내가 꼼짝도 못하게 되었어요. 누가 견인차 토니를 도와줄까요? "나는 너를 도와줄 수가 없어." 자동차 니토가 말합니다. "나는 더러워지고 싶지 않아." "나는 너를 도와줄 수가 없어." 자동차 스피디가 말합니다. "나는 너무 바빠." 나는 정말 슬퍼요. 그때 작은 차가 멈춥니다. 그 차는

내 친구 범피예요. 범피가 나를 밀어줍니다. 범피는 밀고 또 밀고{그런데 내 생각에 이 텍스트는 표면상 일종의 항문기 우화에 아주 가깝습니다. 이 우화에서 주인공은 사실 토니가 아니죠. 〈사우스 파크〉를 즐겨 봤다면 익숙한 인물일 텐데, 물론 그 주인공은 [변을 밀어낸다고도 생각할 법하게] "그는 밀고 또 민다"고 말하는 사람입니다} 나는 움직여요. {어쨌든 이것이 서사의 한 부분이고, 그다음에는……} "고마워, 범피." 나는 뒤에 대고 소리칩니다. "천만에." 범피가 말합니다. 자, 친구란 이런 거예요.

나는 이 플롯이 피카레스크라고 말했습니다. 그 선형적 반복은 기원과 끝을 벌려놓는 지연입니다. 과거에 우리는 이런 특징을 민담의 삼원적 형식이라고 말했고, 브룩스도 그 이야기를 합니다. 하지만 이것은 또 시작과 끝 사이에서 중간이 팽창한다는 점에서 시작과 끝의 관계에 압력을 가하는 방식이기도 합니다. 토니는 작고 노란 차고 출신이며, 우리는 그가 그곳으로 돌아가게 될지 궁금해하지 않을 수 없습니다—이것은 이야기할 수 없는 것의 일부일 수도 있지만요. 우리는 그가 '움직인다'는 것을 알지만, 그렇게 해서 작고 노란 차고로 돌아가는지 아니면—'꼼짝도 못한다'는 말이 암시하듯이 고장이 나서—폐차장으로 가는지 알지 못합니다.

어느 쪽이든, 결과가 어떻든 그는 자기 나름의 방식으로 그곳에—작고 노란 차고든 폐차장이든—갑니다. 하지만 이야기의 첫 부분에서처럼 모든 문장을 '나'라는 단어로 시작하는, 나만 앞세우는 나르시시스트로 가는 것은 아닙니다. 그냥 자율적인 영웅이 되는 것만으로는 충분하지 않기 때문입니다. (한편 프로이트는 슈퍼히어로가 되는 것이 백일몽의 유해한 점이라고 말하지요.) 민담에서처럼, 길에 나설 때는 조력자가 필요합니다. 픽션의 아라베스크 가운데 일부는 부주인공의 도입입니다. 조력자의 정신 같은 다른 정신과 건설적으로 만나면 나르시시즘을 막을 수 있지요. 토니 같은 멋진 주인공에게도 이야기의 시작에 나오는 '나' '나' '나'를 보면 그런 나르시시즘은 분명합니다. 마지막에 가서는 '나'가 행의 중간에만 나타납니다. 트럭처럼 이야기를 몰고 가는 개시開始의 에고라기보다는 다른 무엇보다도 하나의 자아로서 말이죠.

플롯의 아라베스크는 나쁜 대상 선택과 마주치고 그것을 거부하는 문제입니다. 깨끗함, 바쁨—유혹적인 선택이죠. 우리는 모두 깨끗하고 바쁘기를 바라지 않나요? 그러나 이 이야기가 삶으로서—제대로 끝까지 산 삶으로서—권하는 존중의 상호성은 깨끗함과 바쁨에서 나오지 않습니다. 종결은 성숙한 대상 선택과 함께 나타나고 이런 선택이 플롯을 부드럽게 앞으로 밀어나가지만, 우리는 무엇을 향해 나아가는지 잘 알지 못합니다. 하지만 이것이 밀고 나아가는 방향은 작고 노란 차고와 차마 언급할 수 없는 폐차장(말이 안 되는 것도 아니지요)이 하나이자 같은 것인 상태라고 가정해야 합니다.

지금까지 환유의 많은 요소를 지적했지만, 주제의 수준에서 기능하는 요소가 있습니다. 이것은 자동차와 다른 기계적 대상에 관한 이야기입니다. 어떤 것은 움직이고 어떤 것은 고정되어 있어도—배경에서 인상을 찌푸리거나 미소짓는 집들을 기억하기 바랍니다—모두 기계적 대상들이죠. 유기적이지 않습니다. 이것은 유기성이 결여된 것으로서 환유적으로 보는 세계이며, 그 세계는 그것이 가르치는 인간적 가치에 인접해 있을 뿐입니다. 그러나 동시에 이 이야기는 주제적으로 은유적이며, 우리 모두의 공통적인 인간성을 주장합니다. "친구란 이런 거예요." 그렇게 많은 동물 이야기나 토니 이야기와 비슷한 다른 이야기들—예를 들어 그 원형인 『씩씩한 꼬마 기관차』—의 핵심은 세상을 인간화하고, 온 세상을 아이에게 친근하고 다가가기 쉽게 만드는 것입니다. 은유적으로 토니는 견인차가 아니라 인간이며, 그는 친구가 필요하다는 것을 인정하면서 자신의 인간성을 깨닫습니다. 이것은 니토와 스피디는 하지 못하는 것인데, 그래서 그들은 여전히 자동차이지요. 기계적인 것을 통한 환유적 전치와 대조되는 이야기의 통일성은, 기계적인 것의 성공적인 인간화와 이야기를 읽어나가면서 우리가 기계와 함께 사는 것이 아니라 인간과 함께 산다고 느낀다는 사실로써 이루어집니다. 니토와 스피디는 계속 움직이지만, 토니는 가만히 있고, 범피가 도와주지요. 토니는 차고 문에서 세상으로 나왔기 때문에 지연되고, 우회하고, 끝으로 끌려갑니다.

다음에는 라캉을 이해하는 까다로운 과제로 나아가보지요.

13장
이론 속의 자크 라캉

읽을 자료

자크 라캉, 「무의식에서 문자의 행위성」(CT, 1129~1148).

우리가 검토한 피터 브룩스의 작업과 라캉의 이 에세이 「무의식에서 문자의 행위성」 사이에는 분명한 고리가 있는데, 그 점을 강조하면서 이 강의를 시작할까 합니다. 이것은 라캉의 주장 가운데서도 구조주의를 이미 훑어본 여러분이 가장 접근하기 쉬운 부분과 관련되어 있을 것이며, 아마도 라캉과 문학이론의 관련성을 이해할 수 있는 가장 좋은 수단을 제공할 겁니다.

브룩스는 픽션의 서사에서 완성을 향해 가는 아라베스크를 일련의 우회로détour, 즉 위험을 무릅쓰고 가보거나 아니면 피해 가는 불충분한 또는 부적절한 종결점을 거치면서 욕망을 유지하는 것으로 다룹니다. 그렇게 해서 적절한 종결점에 이른다는 거지요. 이 종결점은 프로이트가, 일시적 변이나 외부로부터 온 어떤 것의 압박을 따르지 않고 자기 나름의 방식으로 죽고 싶은 유기체의 욕망으로서 제시한 것과 상응합니다. 브룩스는 서사적 플롯을 상술하면서 이런 우회로의 연속을 환유라고 불렀으며, 이제 우리는 이것이 야콥슨이 묘사한 조합의 축을 따라 기호를 연속해서 늘어놓을 때 벌어지는 일임을 알아볼 수 있습니다. 그러나 브룩스는 동시에 이런 기호—플롯의 경우에는 사건—의 연속체를 묶는 것이 있다고 말합니다. 통일성의 효과가 있다는 것이며, 그는 이 효과를 '은유'라고 부릅니다. 조합의 환유 축에는 야콥슨이 '시적 기능'이라고 부르는 것과 비슷한 것이 겹쳐져 있는데, 그 겹쳐지는 방식 때문에 통일성의 느낌, 즉 사용되는 기호들에서 동일성이 반복된다는 감각이, 우리가 얻게 되며 동시에 해설로 확인할 수 있는 인상이 됩니다. 은유는 플롯의 지연이라는 지그와 재그를 거치면서도 플롯을 통일합니다. 물론 이행의 지연은 결혼 플롯에서 가장 분명하게 나타나며 거기에서 가장 직접적으로 알아볼 수 있습니다—하지만 플롯의 종류는 많으며, 그 모두가 욕망의 형식을 정교하게 만들어내지요.

이런 식으로 잠깐 브룩스를 검토한 것은, 이와 똑같은 기본적 대조가 바로 라캉이 무의식에 접근하는 방식을 규정하고 있다는 점을 여러분도 확인할 수 있으리라—라캉에게서 어떤 좌절감을 느끼고 있을지라도—생각하기 때문입니다. 충족의 지연은 라캉의 생각에서도—그의 경우에는 잠재적으로 무한한 지연이지만—중심에 자리잡고 있습니다. 브룩스와 마찬가지로 라캉은, 프로이트가 만들어놓고 야콥슨이 말하자면 완성한 관련성, 즉 압축과 은유와 전치와 환유의 관련성으로 거슬러올라갑니다. 욕망하는 대상의 지연, 그리고 라캉의 경우 어떤 종류의 '타자'를 향한 욕망의 실현 불가능성—내가 이 강의를 통해 밝혀내고자 노력할 것이죠—은 환유로 이해됩니다. 이 또한 브룩스가 환유의 운동을 플롯을 지탱하는 우회로, 즉 끝의 지연으로 이해하는 것과 마찬가지입니다.

한편 라캉은 은유를, 자신이 언젠가 환유적 사슬의 '누비기', 즉 '누빔점point de capiton'이라고 부른 것으로 봅니다. 이것은 기호들의 전치라기보다는 기호들의 대체가 이루어질 수 있는 방식으로 서로 다른 기표들의 연속체를 갑자기 한데 묶는 것입니다. 나중에 빅토르 위고의 시 「잠든 보아스」에 나오는 행—"그의 곡식 단들은 인색하지도 앙심을 품지도 않았다"—에 관해 라캉이 하는 말을 파악하려 할 때 다시 이 이야기로 돌아올 겁니다. 일단, 라캉은 욕망을 읽는다는 점에서 브룩스와 다릅니다. 사실 그의 욕망 읽기가 이런 구조주의적 쟁점들을 정신분석의 맥락에서 생각하는 다른 누구와도 다른 점이 있으니, 라캉은 사실 알맞은 종결을 믿지 않는다는 것이죠. 그는 우리가 욕망의 대상을 가질 수 있다고 생각하지 않습니다. 하지만 욕구의 대상을 가질 수 있다는 사실은 의심하지 않는데, 우리 입장에서는 욕망의 대상을 가지는 것과 욕구의 대상을 가지는 것 사이의 이 근본적인 구분을 염두에 둘 필요가 있습니다. 이런 구분은 종종—슬라보예 지젝을 읽으면 이런 구분을 기초에 두고 한 작업을 금세 많이 발견하게 될 겁니다—'대大타자' 즉 지속적으로 늘 빠져나가기 때문에 욕망의 대상으로서 절대 전유할 수 없는 것과 '오브제프티아objet petit à' 즉 앞에 있는 작은 대상, 사실 욕망의 대상은 전혀 아니지만 욕구를 충족시킬 때 이용할 수 있는 것 사이의 구분으로 표현됩니다. 사회생물학적으로 여러분은 욕구의 대상을 얻을 수 있습니다. 정신분석학적으로 여러분은 여러분의 욕망의 대상을 얻을 수 없습니다.

자, 여기에 붙일 수 있는 주석은 누가 봐도 롤링스톤스죠. 만일 라캉이 롤링스톤스였다면 ['You Can't Always Get What You Want'의] 저 유명한 후렴을 약간 고쳐썼을 거예요. "원하는 건 절대 가질 수 없지, 하지만 가끔 노력하면"—실제로 노력을 해야 합니다, 필요한 것을 갖기 위해서라도 노력을 해야 해요, 그냥 앉아 있을 수만은 없습니다—"가끔 노력하면 필요한 건 가질 수 있어." 라캉은 욕망을 실현하는 일의 불가능성에 관해 말합니다. 욕망의 환유적 구조가 그가 '점근선적 경로'라고 부르는 것을 따르기 때문인데, '점근선적asymptotic'이라는 말은 만나고 싶어하는 선을 향해 휘어져가지만 절대 닿지는 못하는 선을 뜻하며, 증상을 감춘다asymptomatic는 말을 연상시켜 언어유희의 느낌도 있죠. 증상을 드러낼 수 있는 유일한 순간은 누비는 순간, 여러분이 읽은 에세이에서 라캉이 서로 다른 두 경우에 관해 말할 때 지적하듯이, 은유가 증상을 드러내는 '누빔점'이라는 순간입니다. 그러니까 이것이 여러분이 원하는 것을 얻을 수 없을 때 일어나는 일입니다. [롤링 스톤스의] 믹 재거가 라캉을 꼼꼼히 공부하여 그런 중요한 구분을 했다고 생각하지는 않지만, 다음에 욕망과 욕구의 구분이 헛갈린다는 느낌이 들 때에 대비해 잊지 말고 기억해두면 좋을지도 모르겠네요.

여기에서 그냥 멈출 수 있다면 좋겠지만, 우리는 텍스트에 조금 더 다가가 라캉이 우리에게 준 맥락, 구조주의적인 동시에 정신분석적인 맥락 안에서, 지금까지 우리가 도입한 개념들이 왜 그렇게 많은 방향으로 갈래를 뻗어나가는지—폭발한다고까지 할 수는 없어도—이해하려 해봐야 합니다. 하지만 우선 지나가는 길에 두어 가지 얘기해둘 것이 있습니다.

첫째로, 엄청나게 암시적이고, 산만하고, 부가적인 라캉의 문체, 이 문체는 아주 많은 것을 일반적 지식으로 당연시하여 사람을 미치게 하는데, 아마 여러분은 이 문체를 보면서 데리다를 떠올렸을 겁니다. 서두에서 라캉이 말해진 것과 쓰이는 것 사이의 어딘가에서 뭉그적거리는 것에 관하여 하는 말을 들으면, 데리다가 글과 말 사이의 관계를 복잡하게 만들던 때로 돌아와 있는 듯한 느낌이 드는데, 어떤 면에서는 실제로 그렇습니다. 확실히 두 사람 모두 어려움을 조장했으며, 이유도 거의 같습니다. 둘 다 규범적 산문의 선형성과 분명한 조직이 자신의 기획과 어긋난다고 느꼈고, 그들의 기획은 공통적으로 언어가 말의 소통 야망을 전복하는, 다층적이고 미로와도 같은 방식의 재현이었습니다. "나는 어려워지는 방식을 좋아한다." 라캉은 그의 에세이 시작 부분에서 그렇게 읊조리는데, 데리다의 「구조, 기호, 변용」을 여는 문단을 읽고도 살아남은 여러분은 모두 데리다 역시 그 말에 반대하지 않을 것임을 알고 있습니다. 시작과 기원은 두 사람 모두에게 수상쩍은 것이며, 전복되어야 할 것이지요.

그러나 프랑스 이론의 이 두 거인에게는 중요한 차이가 있는데, 여기에서는 아주 간단하게 언급만 하고 지나갈 수밖에 없습니다. 라캉은 「'도난당한 편지'에 관한 세미나」에서, 뒤팽을 제외한 모든 사람의 코밑에서 편지가 사라진 것은 무의식에 의한 증상 은폐와 일치하며, 종국에 드러나는 것, 즉 편지 자체와 그 내용의 암시는 진리와 비슷한 어떤 것이라고 주장했습니다. 이에 대한 데리다의 응답이 「진리의 전달자The Purveyor of Truth」라는 제목의 에세이인데, 여기서 전달자는 라캉을 가리키며 이 에세이는 놀라지 않을 수 없게도 포와 라캉 양쪽에서 진리가 의미할 수도 있는 것의 조건을 해체합니다. 양쪽 주장을 제대로 평가해보는 일은 하지 않겠지만, 여기에서 해체주의와 구조주의적 정신분석의 차이를 분명하게 볼 수 있습니다.

인문학도에게는 자크 라캉이 한 명이 아닙니다. 우선 문학 연구를 위한 라캉이 있는데, 우리 앞에 있는 텍스트가 그런 그를 가장 잘 보여주지요. 물론 여기에서는 그의 가장 중요한 생각들 가운데 일부만이 암시 정도만 되어 있을 뿐입니다. 예를 들어 그의 '실재' '상상' '상징'이라는 삼자 구분에 관해서는 여기에서 아무런 이야기도 들을 수 없지요. 이것은 우리 앞의 이 텍스트만으로는 제대로 탐사할 수 없는 것이지만, 그래도 우리가 사실상 원점으로 회귀할 것임을 보여주는 맥락에서, 상상적인 것은 환유적이고 상징적인 것은 은유적이라는 말은 조심스럽게 해두는 것이 공정할지도 모르겠네요. 내가 조금 전에 구분했던 '대타자'와 '오브제프티아'에 관해서는 에세이의 맨 마지막에 아주 작은 암시만 주어질 뿐입니다. 그것이 지젝의 에세이의 중심을 이루기 때문에 앞으로 그에 관해 생각해볼 시간은 많을 겁니다. 그래도 라캉의 구조주의적 유산에 초점을 맞추는 문학 공부에서는 이것이 대표적인 에세이라고 할 수 있죠. 하지만 어쩌면 지금 더 유행하는 라캉, 지금도 여러분 일부에게는 영화 연구와 여성 연구에서 더 잘 알려진 라캉이 있습니다. '응시', '응시'라는 복잡한 변증법의 라캉으로, 이것은 실재, 상상, 상징의 구분을 다루는 작업과 깊이 관련됩니다. 얘기했다시피, 내가 여러분에게 읽으라고 준 자료의 선택적인 성격 때문에 이 라캉에게는 간접적으로만 다가갈 수 있을 겁니다.

지나가면서 하고 싶은 말 또 한 가지가 있는데, 바라건대 이 말이 내가 과제로 준 에세이의 아주 묘한 톤을 설명해줄 수 있으면 좋겠네요. 여러분은 라캉이 적대감과 거만함으로 잔뜩 신경을 곤두세운 채 싸움을 갈망하고 있다는 사실을 눈치챌 겁니다. 우리가 읽는 자료 목록에 있는 그 모든 자만꾼 가운데서도 라캉이 단연 선두일 거예요. 우리는 그저 거기에 익숙해져야 하고, 그러면 라캉의 오만함이 노리는 주된 대상은 청자와 독자의 어리석음이 아니라는 사실을 깨닫게 될 겁니다. 그것이 겨냥하는 것은 무엇보다도 '국제정신분석협회'에 있는 동시대의 정신분석가들이 일삼는 프로이트 유산의 왜곡—그는 그렇게 보고 있죠—입니다. 이 협회의 회원 다수는 이른바 미국의 에고 심리학자들이었습니다.

에고 심리학자란, 라캉과 마찬가지로 분석적 절차에 대한 프로이트의 유명한 의제 "Wo es war soll ich sein" 즉 "그것이 있었던 곳에 내가 있어야 한다"에서 시작하는 사람입니다. 다른 말로, 무의식의 이드—'it' 'es'—라는 원재료에서, 에고 또는 'ich'가 리비도적인 충동들의 승화를 통하여 성숙해가는 인간 의식의 능력으로서 나타난다는 얘기죠. 다시 말해, 본능적 충동과 인간 또는 성인의 적절한 의식 억제 사이의 관계는, 에고 심리학자들에 따르면 발전적인 것일 수 있고 또 발전적인 것이어야 합니다. 정신분석의 목적, 사람들을 다양한 유아적 단계 또는 어떤 형태의 신경증에 갇혀 있는 상태 너머로 데려가는 목적은, 에고의 출현과 강화를 뒷받침하려는 것입니다. 그러나 라캉은 이런 생각을 혐오합니다. 이들이 주장하는 안정되고 성숙한 에고의 출현은 안정된 인간 주체성이 있다는 생각의 전제가 되기 때문입니다. 다른 말로 하면, 자율적 의식이 있고 그 권위하에서 우리의 소통적이고 언어적이고 기타 기호적인 체계들이 발전한다는 이야기가 되기 때문이지요.

라캉은 의식을 완전히 다르게 봅니다. 이 에세이 전체를 관통하는 그의 가장 강한 적대감—경멸로 표현되고 있지요—의 원천은 우리 각자에게 안정된, 따라서 암묵적으로 유일무이한 주체성이 있느냐 하는 문제와 관련되어 있습니다. 이 문제에서 라캉이 보여주는 회의적 태도의 핵심은 우리가 서로 다르지 않다는 것이 아닙니다. 우리 자신이 정말로 서로가 된다고, 식역하지각識閾下知覺의 어떤 보편적인 연속체에 참여하고 있다(융의 생각이 이 비슷한 것이었죠)고 생각할 수는 없지요. 윤리주의자로서 우리는 사실 우리가 서로 고립되어 있음을 불평합니다. 하지만 라캉에게는 내적 증후성과 그 위에 자신을 새기는 언어의 분명한 외면성 사이의 관계가 중심적인 수수께끼를 이루며, 이 때문에 '그것'이 나라고 규정하는 것과 '나'가 나 자신이라고 생각하는 것의 관계에 관한 어떤 손쉬운 결론도 받아들이려 하지 않습니다. 이 에세이에서 여러분은, 그의 주장 가운데 일종의 전환으로서, 라캉이 한정된 의미로나마 심리적 개체화를 적어도 하나의 가능성으로서 받아들이고 있다는 사실을 발견하게 됩니다. 어떤 식으로든 자율적 주체성이나 자유의지라는 개념을 승인할 수는 없지만, 단지 무의식의 기호적 복잡성 때문에라도 우리 각자가, 말하자면 그 복잡성의 약간 다른 형태를 살고 있다는 느낌은 있다는 거지요. 하지만 그는 그렇게 해서 생겨나는 '주체'가 분석으로부터 출현한다거나, 자기 자신이나 정체성에 대한 안정되고 일관되며 잘 조직된 느낌을 갖게 되는 성숙 과정을 통하여 출현할 수 있다는 생각에는 코웃음을 칩니다.

따라서 라캉이 해본 진지한 임상적 작업 가운데 한 가지, '거울단계'라는 개념에서부터 시작해봅시다. 이것은 유아가 거울에 비친 자신의 모습에 보이는 반응에 관한 가설로서 1930년대에 처음 제시되었으며, 이후 그의 경력 전체에 걸쳐 점점 추상화되어 심리 기능의 항상적인 면이 되었습니다. 라캉의 정신분석적 철학은 대체로 사변적인데, 그는 이렇게 되는 쪽을 훨씬 선호했지요. 철학적이고 문학적인 자료들을 깊이 파고들 뿐, 분석가의 의자에 붙어 앉아 있던 적은 없습니다. 그는 분석 대상들에게 안달을 내면서 한편으로는 지름길로 질러갔지만, 다른 한편으로는 '끝이 없는'—프로이트의 말년의 에세이 「끝이 있는 분석과 끝이 없는 분석」에서 묘사한 대로—분석 절차에 이단적 관심을 가졌습니다. 그러나 거울단계는 임상적 개념으로, 실제로 라캉이 여러 사변적 방향으로 확장해가는 관념들 체계의 많은 부분을 낳습니다.

임상적으로 말해서, 거울단계는 어머니의 젖가슴과 더는 하나라고 느끼지 못하는, 그래서 자기와 타자성 사이에 어떤 차이를 의식하게 되는 아기가 거울에서 자신을 보는 순간입니다. 6개월에서 18개월 사이에 아기는 자신의 몸에 통제와 조정 능력이 결여되어 있다는 것을 예민하게 의식하지만, 자신의 몸을 끌어올렸을 때, 두 손을 거울에 대고 몸을 세웠을 때 보이는 것은 조각나지 않은 전체의 모습입니다. 이 현상이 처음 연구되었을 때부터 아기가 거울을 보면서 언제 실제로 자신을 인식하느냐, 또 과연 인식하기는 하느냐 하는 문제를 놓고 논란이 있었지만, 이런 비판은 적어도 핵심의 일부를 놓치고 있다고 말할 수 있습니다. 라캉에게, 특히 이후 수십 년 동안 그가 이 문제를 생각하는 동안 관심의 초점은, 모호한 암시였을지언정, 아기가 느끼는 자신의 몸에 대한 감각과 자신의 눈에 보이는 이미지, 똑바로 선 이 영광스러운 이미지 사이의 절망적인 대조였기 때문입니다.

아기가 자신이 아주 잘생겨서(자신을 인식했다는 가정하에) 어머니의 욕망의 대상이 될 수밖에 없다고 생각하는 환희의 순간이 있을 수도 있겠죠. 그럴 수도 있고 그렇지 않을 수도 있지만, 이 환희의 순간 다음에 이어지는 것에 대한 상상은 꽤 그럴듯해 보입니다. 라캉이 「무의식에서 문자의 행위성」 서두에 제시한 레오나르도 다빈치의 상당히 멋진 비문의 핵심이 그겁니다. 다른 존재의 주체 위치—술어를 요구하는 주어—를 상상하면서 아기는 언어 속으로 떨어지며, 그 순간 자신을 더는 이상적인 나—프로이트의 언어로 하자면 'das Ideal-Ich'—로 보지 못합니다. 아기는 자신이 목격한 직립의 수직성이 다른 존재에게 속한 것임을 압니다. 거울 속 이미지는 아기 앞에 기표로서, 아기가 아닌 것으로서 서 있으며, 여전히 배내옷에 싸인 아기(라틴어로 infans: "너를 묶는 자들은 너의 언어를 이해하지 못할 것이고 너도 그들을 이해하지 못할 것이다")는 자신에게 정체성은커녕 자신만의 이름도 없다는 인식에 눈을 뜹니다. 아기는 '아버지의 이름', 다른 존재의, 또다른 존재로서의 기표를 갖고 있지만, 아버지의 남근은 없습니다. 아니, 아버지로서의 남근은 아니라고 해야 하겠군요. 그래서 아기는 욕망 속에서 경쟁을 인식하기 시작합니다. 하지만 아버지, 동시에 아버지의 이름이기도 한 아버지, 언어를 보여주되 소유되지 않는 기표는 오직 상징적으로만 아버지입니다. 라캉에게 욕망의 대상은 욕망이 따르는 환유적 연속체가 풀려나가는 것에 따라 무엇이라도 될 수 있습니다. 그러나 출발점은 결국 오이디푸스 단계이며, 따라서 아이가 자신의 운명을 품고 있는 언어로 진입하는 지점은 '아버지의 이름le nom du père'이라고 부릅니다.

라캉의 프로이트 수정에서 그것은 욕망에 지속적으로 동기 부여를 하는 필수적인 결여입니다. 하지만 이 결여는 결코 물리적인 것이 아니지요. 그것은 음경이 아닙니다! 반대로 본성상 상징적인 것, 에고 이상(거울에 보이는 그 완벽한 형체)이지만 이제는 자신이 아니고 두번 다시 자기관찰에서는 발견될 수 없는 것이죠. 따라서 이런 결여는—이렇게 말해둡시다—'남근이성중심적phallogocentric' 형식들의 당혹스러운 변종이 됩니다. 영화비평에서, 여러분 가운데 몇 명은 로라 멀비의 라캉주의적 에세이를 알고 있을지도 모르겠네요. 거기에서 관객의 욕망 혹은 응시의 여성적 대상, 칼집 같은 드레스를 입고 있는 대상은 실제로 그 아기와 똑같습니다. 직립한 다른 어떤 것과도 같습니다. 이 '남근'이 내가 수직축이라고 부르면서 가상적이라고 특징을 부여해온 것으로, 나의 점선은 그것이 오직 가설적으로만 존재한다는 것을 암시하지요. 다만, 그러니까 라캉의 표현을 빌리면 그것이 그 자체로 '문자 그대로' 심리 생활을 관장하는 '문자', 즉 무의식 안에서 행위자로서 자리를 잡거나 자신을 내세우는 경우가 아니라면 말입니다.

어쨌든 여러분도 기억하고 있을 질문, 데리다가 「구조, 기호, 변용」에서 아주 신중하게 다루었던 질문을 다루어봅시다. 언어가 어떻게 그런 결정적인 역할을 하게 되는가? 언어의 무엇이 수리 불가능한 이런 문제를 들여오는가? 라캉은 프로이트의 무의식에 관한 한 선언으로 에세이를 시작하는데, 그의 주장에 따르면 그 선언은 프로이트가 『꿈의 해석』에서, 우리도 알고 있는, 꿈 작업의 압축과 전치의 관계에 관해 이야기하는 대목에서 가져온 것입니다. 라캉은 말합니다. "무의식은 언어처럼 구조화되어 있다." 이것은 사람들이 라캉에게서 단연 자주 인용하는 표현인데, 내가 생각하기엔 당연한 일입니다. 이 말이야말로, 라캉과 잘 지내고자 할 때 우리가 이해해야 할 것의 기초를 이루기 때문이지요.

"무의식은 언어처럼 구조화되어 있다." 자, 라캉은 "무의식은 바로 언어다" 하고 말하지 않으며, 무의식이 오직 인간 언어처럼 구조화되어 있다는 뜻이라고 말하지도 않습니다. 그가 말하는 바는, 가능한 한 정확하게 표현하자면, 무의식이 기호체계처럼 구조화되어 있다는 뜻입니다. 그는 또 프로이트의 『꿈의 해석』에서 꿈 작업의 방식이 수수께끼그림rébus 놀이—그림, 수, 음절을 조합하는 방법을 파악하면 감추어진 문장을 찾아낼 수 있는 퍼즐입니다—를 닮았다는 생각도 끌어옵니다. 말하자면 다른 기호체계들로부터 가져온 기호들의 연속체이지만, 인간 언어로 해독할 수 있다는 것이지요. "I 'heart' New York" "4u, 'deer'" 등등을 생각해보세요.

언어처럼 구조화되어 있다면, 그 말은 즉 이제 무의식을 본능들의 말없고 무차별적인 자리로 생각할 수 없다는 뜻입니다. 여기에서 라캉과 다른 대부분의 정신분석가들 사이에 엄청난 간극이 생겨납니다. 무의식은, 더 원시적이라는 이유로, 우리가 '언어'라고 부르는 데 익숙한 그 파생적 표현형식들에 선행하지 않는다, 그것—이드, 'es'—은 언어를 닮았다는 점에서 그 자체가 기표, '문자'이며, 늘 의식으로 가는 것이 막혀 있는, 욕망의 모호한 대상일 수밖에 없다. 그렇다고 무의식이 사고에 봉사하는 일을 한다는 말은 절대 아닙니다. 우리가 읽는 자료에 등장하는 다른 많은 사람과 마찬가지로, 라캉은 언어가 사고의 촉진자나 외피 기능을 하는 매체라는 생각을 부정합니다. 오히려, 언어는 사고를 구성한다, 언어는 사고가 생겨나게 하며, 사실 사고와 분리될 수 없다는 말에 가깝죠.

여러분은 아마 여기에서 라캉의 생각이 정신분석의 다른 형태만이 아니라 철학 전통 전체와 갈등을 일으키고 있다는 점을 인식할 수 있을 겁니다. 만일 여러분이 유물론자—예를 들어 마르크스주의자—라서 사물이 먼저고, 사물을 언급하고 사물에 반응하는 의식은 그다음에

온다고—의식, 이데올로기, 아니면 또 뭐라고 부르든 그것이 이미 존재하는 물질적 환경에 의해 결정된다고—믿는다면, 이미 존재하는 물질적 환경을 언어가 생산한다고 생각하기는 쉽지 않을 겁니다. 또 여러분이 실증주의자라서 사물에 관한 관념이 언어로 표현되고 언어가 그런 목적을 위해 존재한다고 믿는다면, 여러분은 마찬가지로 사물, 그리고 사고의 영역에서 사물에 대한 지시를 앞세우는 것이죠. 라캉은 실제로 마르크스주의 전통—상당히 뛰어난 측면 타격을 가합니다(1130 참조)—과 실증주의(1132) 양쪽을 공격합니다. 이것이 단지 마르크스 대 헤겔의 문제라면—마르크스 자신이 이렇게 싸움을 연출하고 싶어했죠—라캉의 언어 우선 주장은 언어에 '정신Geist'을 떠올리게 할 만한 어떤 힘과 에너지를 부여하기 때문에, 틀림없이 라캉을, 아주 폭넓은 의미에서 헤겔주의자로 만드는 것이 사실입니다.

그렇다면 그것, 이드, 'es'는 무엇인가? 이드라는 것, 보통 '본능적 충동', 욕망의 매개되지 않은, 제멋대로인 에너지와 연결되는 이것은 무엇인가? 자, 라캉은 이것이 기표와 다름없다고 말합니다(1130). "여기서 이 '문자'를 우리는 어떻게 받아들여야 할까? 아주 간단하게, 문자 그대로." 의식의 원초적 기초는 문자다. 데리다가 인용한 텍스트를 기억하시기 바랍니다. 거기에서 레비스트로스는 이렇게 말했죠. 언어는 한 번에 조금씩 생겨나는 것이 아니다, 하루는 언어가 없다가, 다음날 언어가 생긴다. 갑자기 사물에 의미를 부여하는 방식이 생기고, 이는 기호의 맥락 안에서 자의적 기호들 사이의 차별화로 가장 잘 이해될 수 있습니다. 언어와 함께 기호의 자의적 본성과 기호들 사이의 차이에 기초한 관계가 나타나며, 이것이 소쉬르의 작업에서 두드러지는 부분이지요. 라캉에게서도 마찬가지입니다. 문자는, 사물을 표현하기 위해 생겨나는 것도 아니고, 이드를 훈련하고 교화하기 위해 에고가 고용한 경찰도 아닌, 이드 자체입니다. 그저, 그것이 시작이다, 라는 의미일 뿐입니다. "태초에 말씀이," 문자가, "있었고," 이것이 문자가 이용할 수 있는 의미화 체계를 통하여 의식을 퍼뜨립니다.

사실 나는 이런 이야기를 하면서, 그동안 다소 지루하게 해온 이야기를 반복하고 있다는 사실을 여러분이 발견해주기를 바라고 있습니다. 이제 라캉 중에서도, 가끔 이상해 보이기는 하지만 지금쯤은 여러분도 틀림없이 익숙해져 있을 내용의 많은 부분을 반복하는 대목입니다. 라캉은 무의식이 의미화를 지시하는 방식을 보여주기 위해 구조주의적 모델을 가동합니다. 그는 야콥슨의 은유와 환유 구분을 받아들이며, 무의식의 담론에서 또 일상생활과 실어증의 정신병리학에서 야콥슨과 아주 비슷한 방식으로 은유와 환유의 협력적 구축 과정을 봅니다. 야콥슨이 은유와 환유를 각각 '시'와 '산문'만이 아니라 여러 정신장애와 연결시키기도 한다는 사실을 기억하기 바랍니다. 언어적 관행의 은유와 환유는 극단적 형태로 가면, 라캉도 지적하듯이 두 종류의 근본적 실어증이나 단어 처리 장애의 형태를 띠게 됩니다.

물론 라캉도 소쉬르에 기대고 있지만, 여러분이 읽는 자료의 편집자도 주석에서 적절히 지적하듯이, 라캉이 소쉬르의 기호 도식을 위해 사용하는 알고리즘은 대폭 수정된 것입니다. 소쉬르의 '기의/기표'는 라캉의 'S/s'가 되지요. 라캉에게서 우리는 소심하고 작은 기의—기의는 상상계의 환유적 담론에 참여하는 일이 거의 없기 때문이지요—위에 모습을 드러내는 거대한 기표를 봅니다. 결국 우리는 절대 가로장을 넘어 기의에 이를 수 없습니다. 또는 기표가 가로장 "밑으로 미끄러져들어간다" 해도, 기의를 자기 자신으로 전치할 뿐입니다. 소쉬르에게서 가로장은 기호의 두 부분을 한데 묶습니다. 라캉에게서 가로장은 두 부분 사이의 심연, 그들 사이의 가로장입니다. 소쉬르의 도식은 사실상 라캉의 이른바 알고리즘과 오로지 가로장 자체만 공유하고 있습니다. 기표와 기의, 또는 기의와 기표의 관계는 자의적인 것이며, 이것은 기의의 본성에는 기표를 부르는 자연스러운 어떤 것이 있다는 식으로 절대 넘어갈 수 없다는 사실만 공유한다는 것입니다. 이 점에서 그들은 의견이 같지만, 무엇이 무엇을 생산하느냐에 관해서는 나뉘는 것으로 보입니다. 소쉬르는 불가분의 연결에서 그런 질문은 의미 없다고 암시하는 반면, 라캉은 큰 S가 작은 s를 낳는다고—거기에서 기의를 파악할 가능성이나마 생긴다고 주장하는 듯합니다.

내가 기호학을 소개하며 문 위의 빨간불에 관해 말한 것으로 돌아가, 그것을 이 차이의 예로 생각해봅시다. 내 생각에는, 이 예도 연속성이 있을 것이기 때문입니다. 문 위의 빨간불은 욕망과 관련이 있는 기표입니다. 이것을 우리는 당연하게 여기죠. 다른 맥락의 빨간불은 욕망과 관계가 없지만, '문 위의 빨간불'이라는 기호는 욕망을 따릅니다. 하지만 무엇을 향한 욕망인가? 아, 물론 우리는 우리가 그 답을 안다고 생각하지만, 기표를 보십시오. 마치 문이 그 뒤에 있는 것을 막고 있는 가로장인 양 불은 문 위에 있습니다. 문이 기의일까? 그럴 가능성은 거의 없죠. 하지만 아니라면, 다른 것은 전혀 보이지 않습니다. 이런 상황에서 기표는 어떻게 기의와 이원 대립의 상호성이라는 관계를 맺으며 고정된 자리를 잡을 수 있을까? 욕망의 대상은 문 뒤에 있고, 가로장의 점점 짙어지는 불투명성에 감추어져 있습니다—사실, 욕망과 욕구의 차이를 고려할 때, 욕망의 대상은 거기에도 있다고 늘 전제되지요. 여러분은 문에 욕망을 품지는 않습니다. 라캉의 일화에서 소년과 소녀가 '남성hommes'과 '여성femmes'이라고 적힌 문에 욕망을 품지 않는 것과 마찬가지입니다. 어린 소녀는 말합니다. "우리는 '남성'에 도착했어." 어린 소년은 말합니다. "우리는 '여성'에 도착했어." 자, 이것은 아주 건전해 보입니다! 우리는 이성애적-규범적 욕망이라고 할 수 있는 것으로 가는 중이니까요. 하지만 이런 욕망들의 대상은 어디에 있다고 말할 수 있을까요?

이런 문 뒤가 가지는 유일한 매력은, 그것이 여러분의 개인적인 편안함을 회복할 기회라는 점입니다. 만일 이렇게 눈에 보이는 기의가 계속 의문의 대상으로 남아 있다면, '빨간불 밑의 문'의 경우에는 잠정적으로 말할 수 있었던 것과 달리, 이제 문이 그 자체로 기의—의미화 사슬에서는 기의가 아니라 암암리에 기표가 되지요—를 가로막는 가로대라고조차 말할 수 없게 됩니다. 문제를 더 복잡하게 만드는 것은 라캉의 일화에 철로가 있다는 점인데, 이것이 그에게 더 진정한 가로장을 이룹니다. 어린 소년과 소녀는 거기에 새침하게 앉아 서로를 마주보고 있고, 그들 사이에는 금기의 가로장이 놓여 있습니다. 그들은 '남성'과 '여성'이 무엇이든 의미하려고 노력하는 것이 터무니없다는 사실을 아주 잘 안다는 듯이 빈정거립니다. 그들 자신의 의미화 사슬 또는 조합의 축은 '남성'과 '여성'을 지나 밤으로 굴러들어갑니다. 이 소년과 소녀는 나보코프의 『에이다*Ada*』에서 바로 튀어나온 듯한 멋진 인물들로, 이 작품은 근친상간 금기를 위반하죠. 여러분 가운데 그 소설을 아는 사람이 혹시 있을까 모르겠지만, 이 소년 밴 빈은 라캉처럼 매혹적으로 밉살스러운 꼬마 천재이고, 그의 여동생 에이다는 소년보다 더하죠. '백치idiot'는 에이다와 라캉의 어린 소녀 둘 다 좋아하는 말입니다(그리스어의 'idiotes'는 '차별되지 않는다'는 뜻이죠). 라캉의 어린 소년과 소녀는 가로장에 막혀 있습니다. 다 안다는 따분한 표정으로 욕망의 이성애적-규범적 표현이라 할 수 있는 것을 향하는 철로에 어느새 올라가 있기 때문입니다. 하지만 그것은 결코 욕망의 표현이 아닙니다. 욕구의 표현이죠. 그들에게는 기표가 가리키는 욕망의 대상을 표상하는 길이 막혀 있기 때문입니다.

따라서 욕망은 담론, 꿈, 또 무의식이 기능하는 방식인 환유적 운동에서, 의미화될 수 없는 것의 무한한 지연입니다. 내 생각에 라캉은 우리가 한 기표에서 다른 기표로 가는 방식이 어떠한지, 다른 말로 하면, 그가 기표의 사슬이라고 부르는 것이 작동하는 방식이 어떠한지 설득력 있게 보여준다는 점에서 매우 독창적입니다. 여러분에게는 일련의 동심원이 있는데, 각각의 원은 수많은 작은 동심원들로 이루어져 있으며, 이 원들은 가변적인 방식으로 주변의 원들과 연결되어 있습니다. 이 이미지는 소쉬르가 말하는 수직축의 연상구조의 의미를 아주 멋지게 재再도식화합니다. 즉 어떤 기표들이 자연스럽게 다른 기표들과 연

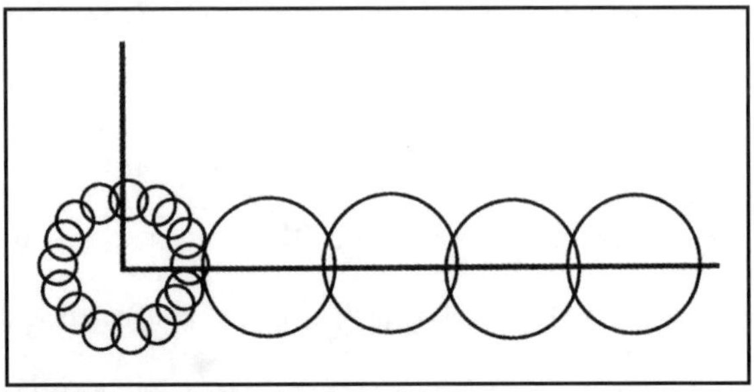

속체를 이루는, 단지 한 집단이 아니라 속성이 다양한 많은 집단과 연속체를 이루는, 언어의 공시적 순간의 의미를 표현하는 것입니다. 그러나 그냥 아무 또는 모든 기표와 자연스럽게 연속체를 이루는 것은 결코 아닙니다. 그래서 선택의 축에서 연상 연속체들이 생기는 것이며, 이런 사슬 내의 사슬들이 그것을 보여줍니다.

이제 가끔씩 은유의 가능성이 생겨납니다. 라캉에게서 이것은 축하할 순간입니다. 그의 말마따나 이것은 '시적'이며, 또 그의 말마따나 증상의 표현, 유일하게 가능한 표현이기 때문이지요. 증상은, 욕망, 욕망의 대상이 환유의 지껄임 속에서 끝없이 전치되는 것이 아니라, 욕망의 대상이, 결여된 상태에 대한 자각을 공개적으로 표현하는 것으로서 우리의 주의를 끕니다. 사람들은 그 대상을 볼 수 있습니다. 붙잡을 수는 없지만, 의미화라는 행동 자체에 의해 전치된 것으로서 그것을 볼 수는 있지요. 은유는 이런 누빔점에 나타납니다. 누비이불의 속을 넣는 것은 환유의 담론(셰익스피어의 시대에는 누비이불 속을 넣는 것을 '호언장담'이라고 불렀지요)이며, 누빔점이 속을 제자리에 유지시켜줍니다.

라캉은 시적 은유의 예를 몇 가지 듭니다. 나는 위고에게 초점을 맞출 것인데, 그쪽이 발레리보다 간편하거든요. 라캉이 '스파크'라는 단어를 사용해서 반가웠습니다. 볼프강 이저에 관해 이야기하면서 스파크플러그에 필요한 간극, 스파크가 튀기 위해 필요한 두 점 사이의 어떤 거리에 관해 이야기했다는 것을 기억할 겁니다. 두 점 사이가 너무 가까우면 그냥 단락이 나버리죠. 하지만 너무 멀면 아무 일도 생기지 않습니다. 라캉이 찾아내는 스파크는 "그의 곡식 단들은 인색하지도 앙심을 품지도 않았다"에 나오는 보아스와 그의 곡식 단 사이의 관계입니다. 자신을 선뜻 내주는 곡식 단들은 물론 바로 그런 이유 때문에 인색하지도 원한에 차 있지도 않습니다—따라서 여러분은 환유적으로, 곡식 단과 보아스의 연계 덕분에, 보아스도 틀림없이 그럴 것이라고 생각할 겁니다.

그의 후한 작물은 인색하지도 앙심을 품지도 않지만, 라캉이 지적하듯이 인색함과 앙심은 '그의'라는 단어에서 다시 돌아옵니다. 만일 보아스가 그 곡식 단의 소유자라면 그는 자본주의 정신이나 다윈주의적 경쟁에 굴복하고 있는 것이며, 여기에는 그 문장에서 추방된 것으로 보였던 검약과 경쟁적 질투 또는 앙심이 모두 포함됩니다. 은유적으로 말한다면, 보아스는 '그의 곡식 단들'이라는 표현으로 대체됩니다. 야콥슨이라면, 등가의 원리의 범위상 부동성이라고 부를 만한 것에 기초하여 말하자면, 소유격은 보아스가 환유적으로 대충 짐작되었던 것과는 반대라는 뜻이 됩니다. 하지만 동시에 은유의 범위에서는 남근적 곡식 단들 자체가 바로 오이디푸스 단계나 원시 부족에서의 보아스, 그를 바라보는 아기에 의해 객관화될 경우의 보아스입니다. 나는 푸생의 그림 〈여름〉에서처럼 보아스의 발 앞에서 탄원하는, 키츠의 「나이팅게일에 부치는 노래」에 나오듯 "낯선 나라의 밀밭 사이에 서 있는 룻" 이 바로 그런 아기라는 생각을 하곤 합니다.

아마 여러분은 여기에서, 은유와 환유의 관계에 대한 라캉의 의미가 야콥슨이나 브룩스의 의미와 드 만의 의미 사이에서 주저하는 것을 볼 수 있을 겁니다. 이 행의 두 가지 읽기 사이에는 기저에 환원 불가능한 긴장이 깔려 있는 것 같기 때문입니다. 이 행은 느닷없이, 결정을 내리지 못한 채, 보아스가 관대하고 앙심에서 자유로우며, 동시에 그는 재산 소유자이기 때문에 반드시 인색하고 앙심을 품고 있다고 말하는 듯합니다. 그러나 이것은 조합의 축에 관한 라캉식 사고방식에 야콥슨이 일차적이고 중심적인 영향력을 행사하고 있다는 사실을 부정하는 것이 아닙니다. 조합의 축에서 은유의 출현, 그 표면에서 누빔점들을 확인할 수 있는 방식은, 다름 아닌 야콥슨이 시적 기능은 등가의 원리를 선택의 축에서 조합의 축으로 옮기는 것이라고 말할 때 말하고 뜻한 바이기 때문입니다.

요약하자면 라캉은 언어가 수수께끼그림 놀이라고 말하며, 그는 모든 기호적 기록에 있는 기표의 운동, 욕망의 운동은 결여의 표현이라고 말합니다. 아무 기의에나 그 기표를 붙이는 것의 불가능성은(만일 기표는 "가로장 밑으로 미끄러져들어가면" 그 과정에서 기의를 전치하죠), 곧 욕망의 대상을 실현하는 것의 불가능성입니다.

'문자'의 일차성을 이론화할 때 가장 분명한 결과는, 우리가 다양한 어휘와 문맥에서 이런 내포를 만나게 되는 경우가 이게 처음도 아니고 마지막도 아니지만, "언어가 나를 생각한다"는 깨달음입니다. 예를 들어 "나는 내가 있지 않은 곳에서 생각한다, 따라서 나는 내가 생각하지 않는 곳에 있다."(1142) 나의 생각을 이루는 것은 나에게 있지 않다, 그렇게 하는 것은 그것, 문자다, 나는 나 자신에게 있지 않다, 있는 것은 나의 자아가 담론을 통해 생겨나는 방식인데, 그럼에도 이것이 나를 확인시켜줄 수는 없다, 그것은 나를 주체로서, 또는 내가 거울단계의 나 자신을 어떻게든 다시 상상할 수 있다는 가정하에, 나르시시즘의 단계에서 욕망의 대상으로서 확인시켜줄 수 없다.

욕망과 욕구에 관해서는, 그런 구분이 우리가 만나는 텍스트들에서 나타날 때 할 이야기가 더 있을 겁니다. 생각해보면 우리에게 단지 욕구의 대상인 것들로 인해 우리가 행복하지 않은 것은 아닙니다. 분명히 우리는 행복하지만, 영화의 마법적 세계—영화, 그리고 픽션도 장려하는 환각의 세계—에 반영되는 우리 삶에서 그러한 구분과 거기에 따르는 파토스가 수백 년 동안 현저하게 나타났음을 인식하게 됩니다. 라캉이 발표한 『세미나』 중 한 세미나에 기초하여 쓴 「궁정식 사랑」이라는 에세이에서, 지젝은 장애물이 '대타자'와의 일치를 막지만 결국은 가능성의 실제적인 회피를 위장하고 있음이 드러나는 일련의 영화들을 읽습니다.

14장
영향

읽을 자료

T. S. 엘리엇, 「전통과 개인의 재능」(CT, 537~541).

해럴드 블룸, 「우선권에 대한 숙고」(CT, 1156~1160).

주로 『시를 어떻게 읽을 것인가』, 종교에 관한 책들, 『셰익스피어와 인간의 발명』에 익숙한 사람이라면, 문학이론 강의계획서에서 해럴드 블룸을 보고 놀랐을지도 모릅니다. 그러나 블룸은 1970년대에 『영향에 대한 불안』 『오독의 지도』 『시와 억압』을 비롯한 많은 책을 쏟아내면서, 당시 소용돌이치던 이론적 논쟁의 한가운데에 있었습니다. 그는 이른바 예일학파와 연결되어 있었는데, 당시에도 동료들의 작업 가운데 많은 측면에 불만을 드러냈지만 『해체주의와 비평』이라는 제목의 책을 기꺼이 편집하고 거기에 기고도 했지요.

여러분 앞에 놓인 것만 읽어도, 블룸이 해체주의와 상대적으로 관계가 깊지 않다는 사실을 알 수 있을 겁니다. 물론 넓게 생각하면 시인들 사이의 방어적 투쟁을 부정으로 보고, 이것이 대다수 문학이론의 반실증주의적 공격에 그 나름으로 기여한 것이라고 생각할 수는 있겠지요. 『영향에 대한 불안』 시기 이후, 그는 공개적으로 자신의 영향이론을 포기한 적은 없지만, '여섯 가지 수정률'이라는 기제를 통해 시를 읽는 것은 그만두었습니다. 여러분에게 이것을 이해하라고 주장하지는 않겠습니다만, 클리나멘clinamen(시적 오독), 테세라tessera(완성과 반정립), 케노시스kenosis(단절), 악마화Daemonization(대립되는 높은 지위), 아스케시스askesis(자기 정화), 아포프라데스apophrades(죽은 자의 귀환)의 변화를 살펴보는 것—이런 개념들에 익숙해지고 실제로 이것을 비평을 위한 기제로 이용하는 것—은 흥미진진한 일이라고 생각합니다. 수정률 가운데 적어도 일부에 관해서는 나중에 다시 이야기할 기회가 있을 겁니다.

나는 블룸이 문학이론에 기여한 가장 중요한 점이, 그를 중요한 문학사가로 만들어주는 일군의 개념들이라고 말하고 싶습니다. 우리가 앞서 읽은 티냐노프와 야콥슨, 앞으로 읽을 한스 로베르트 야우스와 프레드릭 제임슨과 더불어, 블룸은 도전적인 문학사론을 제시합니다. 이 점이 늘 자주 언급되어온 건 아니죠. 사실 블룸에 대한 일반적인 태도, 특히 1980년대 이후를 뒤돌아봤을 때 그 태도는, 그가 가망없을 정도로 비역사적이며, 역사에 관해서건 현실세계가 문학에 영향을 미치는 방식에 관해서건 아무런 관심이 없다는 것입니다. 이런 판단은 상당 부분 정당하며, 블룸은 자랑스럽게 이를 미덕으로 받아들입니다. 하지만 이론가로서 블룸에게 흥미로운 것은—티냐노프의 경우와 마찬가지로—역사가 아니라, 문학의 역사에 대한 그의 관점입니다. (블룸이 비문학적인 주제로 작업할 때 보여주는 역사적 지식은 폭넓고 세밀하다는 점도 말해둘 필요가 있겠네요.) 그는 하나의 전통에서 시들 간 계승의 논리와 관련하여 강력한 논리를 제시하는데, 내가 보기에 우리는 해석자들로서 상당한 위험을 각오하지 않고는 이것을 무시할 수 없습니다. 그 논리는 정신분석적 구조를 갖추고 있지만, 몇몇 사람은 그것을 단지 전기적인 이야기라고 생각함으로써 브룩스의 논리와 마찬가지로 매우 지나치게 단순화합니다. 하지만 블룸은 '시인으로서의 시인'의 심리에 초점을 맞추며, 이런 초점을 '인간으로서의 시인'에 대한 어떤 고려와도 분명하게 구분합니다.

이 강의는 크게 세 부분으로 나뉘어 있는데, 우리는 먼저 말을 연구하는 관점에서 본 발생, 즉 언어에 의한 문학 생산을 고려했습니다. 지금은 심리적 발생, 즉 인간 심리에 의한 문학 생산이라는 개념을 검토하고 있지요. 그리고 곧 사회정치적 발생, 사회적 경제적 정치적 역사적 요인들에 의한 문학 생산으로 향할 겁니다. 좋습니다, 하지만 여러분은 우리가 '심리적' 발생까지 오면서 얼마나 고생을 했는지 느끼고 있겠죠. 계속 거기에 이르렀다는 이야기를 했고, 게다가 나는 벌써 그곳을 떠나려 한다는 이야기를 하고 있는데, 여러분도 분명히 눈치챘겠지만, 사실 우리는 언어 모델을 가지고 계속 작업을 하고 있는 겁니다. 라캉은 우리에게 무의식이 언어를 닮았다고, 언어처럼 구조화되어 있다고 말하며, 브룩스는 서사텍스트를 이루는 것은 은유와 환유 사이의 관계에서 발생하는 말의 구조라고 이야기합니다. 우리는 아직도 누군가가 텍스트의 심리적 발생에 관해 뭔가 이야기해주기를 기다리고 있습니다.

자, 블룸이 우리를 그곳으로 더 가까이 데려갑니다. 얼마나 가까운가는 두고 봐야겠지만요. '시인 속의 시인' 이야기를 하면서 블룸은 자신이 '갈등$_{agon}$'이라고 부르는 것, 즉 심리 가운데 본능적이라고 추정되는 층에서 발생하는, 뒤늦은 시대의 시인과 선구적 시인 사이의 심리적 갈등을 묘사하는 데 관심을 둡니다. 그러나 물론 블룸조차도 마지막에는 텍스트 대 텍스트의 관계에 관해서 말하지요. 그가 심리적이라고 묘사하는 역학의 증거를 다른 데서 찾을 수는 없기 때문입니다. 그는 자신이 묘사하는 관계를 주제에 따라 생각하는 쪽을 더 선호할 테지만, 그것도 부득이 말의 신호에서 일어날 수밖에 없습니다. 말의 영향을 탐색하는 것을 그는 늘 공공연하게 경멸하며, '고루한 철학'이라고 부르지요. 하지만 『영향에 대한 불안』 『오독의 지도』와 그 뒤를 잇는 작업들에서 문학적 영향의 예들을 공부할 때, 여러분은 거기에 여전히 말의 메아리에 의존하는 태도가 남아 있음을 보게 되는데, 강하게 개진될 때의 그의 이론은 그러한 의존에 최대한 저항하지만 그럼에도 그 말에 대한 의존은 필요할 수밖에 없지요. 사실 저 역시, 가령 심리적인 것 또는 세계에 기초한 영향이라는 개념과 말에 기초한 영향이라는 개념 사이의 구분이 얼마나 불안정한 것인지 이야기하는 방식으로, 영향이라는 주제 전체를 탐사해 들어가고 싶습니다.

영향을 논의할 때 심리적 요인과 언어적 요인 사이의 혼란에는 긴 전통이 있는데, 이 혼란은 모방이라는 아주 전통적인 개념 자체 속에 깊숙이 뿌리박혀 있습니다. 플라톤과 아리스토텔레스는 시가 모방이라는 데 동의합니다. 둘 다 시가 '자연의 모방'이라고 말하지요. 플라톤은 형편없이 모방한다고 생각하고, 아리스토텔레스는 잘 모방한다고 생각하지만, 시가 자연의 모방이라는 점에는 둘 다 동의합니다. 결국 이 미메시스mimesis, 즉 자연의 모방이라는 개념은 변형됩니다. 라틴어가 지닌 우아함의 절정을 이루는 로마 문학의 '은의 시대' 동안, 쿠인틸리아누스, 키케로 등 수사학 이론가들은 미메시스 이야기는 하지 않고, 대신 이미타티오imitatio에—물론 라틴어로 해야겠죠—관심을 기울이는데, 이 둘은 언뜻 같아 보이지만 실은 그렇지 않습니다. 이제 문제는 자연의 모방이 아니라 문학적 모범의 모방입니다. 이미타티오는 언어의 모방으로, 은의 시대 알렉산드리아의 비평가들은 이 주제 덕분에 특정 시인과 그들이 출현하는 문학적 표현의 전통 사이의 관계를 생각하면서 정전을 확립할 수 있었습니다. 따라서 이미타티오는 자연에 기초한 영향이론에서 발생한, 언어에 기초한 영향이론이었습니다. 문학 전통이 길어지면서 호메로스나 아이스킬로스 같은 시원적 모델(이들에 관해서는 자연밖에 모방할 것이 없었다고 말할 수도 있겠지요)을, 베르길리우스나 세네카처럼 과거에 대해 매우 '문학적인' 태도를 지닌 저자들이 계승하면서 그런 일이 생겨났습니다.

알렉산더 포프의 「비평론」에서는, 베르길리우스와 자연 모방의 관계가 언급됩니다. 그 논리에 따르면, 호메로스는 단지 모방할 문학적 모범이 없었다는 이유 하나만으로도 자연을 직접 모방할 수밖에 없었습니다. 베르길리우스는 자연을 모방하여 자신만의 민족서사시를 쓸 수 있으리라 생각하며 시작했지만, 호메로스를 보고 말았지요. 처음에는 호메로스가 모든 할말을 다 한 것처럼 보여 참담한 기분이었습니다. 『일리아스』와 『오디세이아』 이후에는 할말이 남지 않은 것 같았지요. 자, 베르길리우스에게 이 문제의 해결책은, 호메로스가 이미 다 해놓았기 때문에 자연을 모방할 수는 없다 해도, 여전히 호메로스를 모방할 수는 있다는 것이었습니다.

> 그가 마주친 모든 것(자신이 자기 나름의 서사시를 쓰겠다고 하면서 쓴 글의 모든 부분과 더불어 호메로스의 글의 모든 부분)을 검토해보았을 때 자연과 호메로스가 하나라는 것을 그는 알게 되었다.

따라서 여기에서 자연을 모방하는 것과 예술을 모방하는 것—사람이나 역사적 사건을 모방하는 것과 언어를 모방하는 것—이 본질적으로 똑같은 과정이라는 생각이 등장하게 됩니다. 하나를 하려면, 불가피하게 다른 것도 할 수밖에 없다. 이것이 우리가 문학의 언어적 기원을 떠나 심리적 기원으로 나아가려고 여전히 애쓰고 있다고 말하면서 내가 의도했던 바입니다. 포프의 작업은 영향이 작용하는 방식에 대한 가장 전통적인 이야기라고 할 수 있는데, 여기에서도 여전히 자연과 예술을 구분하는 것은 매우 어렵습니다. 포프 이후 오십 년이 지난 뒤에 새뮤얼 존슨이 "일반적 자연의 재현 외에 어떤 것도 많은 사람을,

오랫동안 즐겁게 할 수는 없다"고 말했을 때, 그는 예술이 세계를 재현한다는 생각과 예술이 세계 모방에 대한 합의된 규범을, 시간의 시련을 견딜 수 있는 규범을 재현한다는 생각 사이에 자리를 잡고 있었습니다.

따라서 이 강의를 위해 여러분이 읽은 두 텍스트, 둘 다 영향이론인 이 텍스트들로 가보면, 여러분은 T. S. 엘리엇 또한 이 두 종류의 모방 관계에 대해 다소 불분명한 태도를 취한다는 것을 알 수 있습니다. 엘리엇이 볼 때 전통과 대면하는 개인의 재능은 그가 '유럽의 정신'이라고 부르는 것을 감당해야 합니다(539). 엘리엇이 하고자 하는 말을 가장 쉽게 요약하고 있는 한 곳을, 상당히 길지만 읽어보겠습니다.

> {시인은} 예술이 결코 나아지지 않지만, 예술의 재료는 절대 똑같지 않다는 분명한 사실을 잘 알고 있어야 한다. 그가 잘 알아야 하는 것은 유럽의 정신—자신의 나라의 정신—시간이 지나면서 자기 개인의 정신보다 훨씬 중요하다는 것을 알게 되는 정신……

여기서 잠깐 멈추고 이것이 블룸과는 완전히 다른 이야기로 보인다는 점을 말해두겠습니다. 낭만주의자인 블룸은 개인의 정신을 찬양하기 때문이죠. 어쨌든 자신의 관심을 끌려고 서로 밀치며 경쟁하는, 선행하는 정신들 전체로부터 자신을 구별해내려고 노력하는, 개별적 정신의 노력을 기리기 때문입니다. 엘리엇에게는 이런 종류의 노력이 없는 것처럼 보입니다. 엘리엇은 자신을 지우기를 강조하고, 동시에 유럽의 정신이 자신의 정신보다 중요하며, 개별적 재능으로서 전통에 뭔가 이바지하려면 그 이바지는 무엇보다도 자신이 자기 자신이 아니며, 자기 자신은 될 수가 없다는 사실에 대한 예리하고 민감한 의식에 근거를 두어야만 한다는 인식을 강조하는 듯합니다.

계속 읽어봅시다.

> {유럽의 정신은} 변하는 정신이며, 또 이런 변화가 그 과정에서 아무것도 버리지 않는, 셰익스피어도, 호메로스도, [구석기의 한 시대인] 마들렌기 화가들의 바위 그림도 시대에 뒤진 것으로 만들지 않는 발전임도 알아야 한다. 이런 발전, 어쩌면 세련화라고 할 수도 있고, 어쨌든 복잡화인 것은 틀림없지만, 이것은 예술가의 관점에서 볼 때, 결코 나아지는 것은 아니다.

개인의 재능은 문학적 철학적 그리고 또다른 종류의 표현으로 이루어진 거대한 매트릭스 안으로 들어가야 하는데, 이 매트릭스는 변하기는 하지만 결코 진정으로 자신을 바꾸지는 않으며, 당연히 어떤 위대한 목표를 향한 웅장한 행진이나 전진으로 이해될 수도 없다. 어떤 것도 결코 사라지지 않고, 또 근본적으로 혁신적인 무언가가 도입되는 일도 결코 없기 때문이다.

이 발췌문에서 우리가 이미 거쳐온 많은 것을 발견하기를 바랍니다. 가다머는 전통을 가리켜 연속성에 대한 인식, 과거를 기꺼이 인정하면서 과거와 현재가 서로 진정한 방식으로 이야기할 수 있는 지평들의 융합을 찾고자 하는 자발적인 의지를 요구하는 어떤 것이라고 말했습니다. 러시아형식주의자들은 모든 문학텍스트에 지배적인 요소와 퇴행적인 요소는 언제나 존재하지만, 그 요소들이 계속 이어지는 텍스트들 속에서 서로 자리를 바꾼다고 생각했지요. 간단히 말해서, 이런 종류의 역사 이론에 따르면 문학적 가능성의 전 영역은 이미 늘 존재하고 있으며, 이런 표현적 가능성의 광대한 바다로 진입하는 사람은 결코 낭만주의 전통에서 찾는 독창적인 천재성을 보여줄 수 없다는 것입니다. 여러분은 블룸이 엘리엇의 이러한 전통주의적 관점에서 분명하게 이탈한 것이라고 생각할지도 모릅니다.

그러나 나는 오히려, 엘리엇과 블룸 사이에는 사실상 어마어마한 연속성이 있으며, 블룸이 이런 영향을 부인한다면 자신의 선구자를 완전히 잘못 읽는 것이라고 주장하고 싶습니다. 너무 집착한다는 말을 들을까 두려워 이 주장을 아주 자세하게 펼치지는 않겠지만, 몇 가지는 지적해두고 싶습니다. 이 점들이 『영향에 대한 불안』 자체의 논리를, 내가 말할 수 있는 그 무엇보다 효과적으로 보여줄 것이기 때문입니다. 블룸은 늘 「전통과 개인의 재능」의 영향을 부정해왔습니다. 반면 에머슨, 니체, 프로이트, 위대한 낭만주의 시인들, 또 최근에는 셰익스피어 등의 영향은 인정하고 있지요. 하지만 내가 보기에는 적어도 골격에서는, 제안이라는 면에서는, 엘리엇의 「전통과 개인의 재능」에 블룸이 이미 다 들어가 있는 것으로 보입니다.

하나의 예로, 블룸은 새로운 것이 낡은 것을 재구성하는 방식을 보여주는 데 공을 들입니다. 그의 말에 따르면 「틴턴 수도원」의 선구 텍스트는 밀턴의 『리시더스』입니다. 콜리지의 「한밤의 서리」 등 다른 시들도 영향을 주었을 수 있지만, 「틴턴 수도원」이 붙들고 씨름하는 시는 『리시더스』이며, 블룸은 밀턴이 시로 멋지게 표현한 엘레지라는 제재를 워즈워스가 다시 찾아가고 수정하는 방식을 보여줄 수 있었죠. 하지만 여기서 핵심은, 일단 강력한 시인이 나중에 텍스트를 쓰면 우리는 앞선 텍스트를 다시는 똑같은 방식으로 읽을 수 없다는 겁니다. 다른 말로, 워즈워스의 선구 텍스트 오독이 너무나 강력해서 그것이 우리 자신의 강력한 오독이 되고 만다는 겁니다. 이런 관점에서 보자면 우리는 「틴턴 수도원」을 읽은 뒤에는 『리시더스』를 절대로 전과 똑같이 생각할 수 없습니다. 이제 우리는 워즈워스가 자신은 이미 잃어버리고 만, 그러나 밀턴에게는 존재하는 과거의 특질을 사유하는 것을 보게 되는데, 이때 [그가 이 시를 통해 기린 친구인] 죽은 에드워드 킹은 밀턴 자신의 시적 소명의 위기를 대리하는 존재가 됩니다.

이것이 그럴듯해 보이지 않는다면, 다른 예 한두 가지를 더 생각해보면서 적어도 요점은 파악하도록 해봅시다. 가장 블룸적인 것과는 거리가 있지만 그래도 가장 분명하게 눈에 들어오는 것은 보르헤스의 「『돈키호테』의 저자 피에르 메나르」라는 이야기입니다. 이것은 19세기 말(내 기억에는 그렇습니다) 한 프랑스인의 일화로, 이 프랑스인은 스페인어로 소설을 쓰는데 소설의 단어 하나하나가 결국 세르반테스의 『돈키호테』와 똑같아집니다. 다만 이것은 세르반테스의 『돈키호테』가 아니죠. 피에르 메나르의 『돈키호테』입니다. 이것이 어떻게 다른지 생각해보세요. 이 사람은 그리 멀지 않은 과거에 스페인어로 글을 쓰는 프랑스인입니다. 인상적이라고, 자신의 시대에 자신의 언어로 글을 썼을 뿐인 세르반테스보다 훨씬 인상적이라고, 또 장인적인 솜씨가 빚어낸 성과로서 메나르의 소설이 돈키호테 이야기에 완전히 다른 역사적 관점을 도입한다고 여러분은 말할지도 모릅니다. 세르반테스는 기사도의 죽음을 기록하는 등 자신이 자신의 역사적인 순간을 풍자하고 있다고 생각했는데, 몇 백 년 뒤에 글을 쓰면서 지금 자신이 알고 있는 모든 것이 한 겹 더 쌓이게 되니 과거의 그 역사적 순간을 과연 얼마나 더 멋지게 풍자할 수 있을지 생각해보라. 이제 어떻게 세르반테스의 『돈키호테』를 전과 똑같은 방식으로 읽을 수 있겠는가? 이런 생각은 순진해 보입니다. 하지만 이 나중 시대의 텍스트 덕분에 이제 우리는 세르반테스가 피에르 메나르의 공적을 이미 이루었다는 것을 확인할 수 있습니다. 그는 하나의 역사적 관점을 다른 관점에 겹쳐놓았고(자신의 관점을 돈키호테의 관점에), 스페인 사람으로서, [세르반테스가 돈키호테 속에서 이 소설의 원저자로 설정한 인물인] 무어인 시데 아메테 베넹헬리의 아랍어에서 번역된 글을 '썼던' 것입니다.

조이스의 『율리시스』를 생각해봅시다. 우리 모두 『율리시스』가 베르길리우스의 『아이네이스』의 전반부와 마찬가지로 『오디세이아』에 그 기초를 두고 있으며, 『오디세이아』의 에피소드들을 재활용한다는 것을 알고 있습니다. 하지만 마치 망원경 반대편에서 『오디세이아』를 보는 듯하지요. 『율리시스』는 이 시의 영웅적인 세계관을 현대사회에서 이루어지는 일상생활의 비영웅적 이야기로 끌어내리고 있습니다. 조이스는 『오디세이아』를 정확히 따라가면서 『오디세이아』의 영웅적

규모를 부수어버리지요. 이런 관점이 생기면 『율리시스』를 읽은 뒤에는 다시 『오디세이아』를 똑같은 방식으로 읽기 어려워집니다. 그러나 『오디세이아』는 『율리시스』에 나오는 너저분하고 비루한 모든 것에 대한 상대적 해설이 되며, 더 중요하게는, 오디세우스의 변화무쌍하고 기회주의적인 생존 본능이 장차 항해를 업으로 삼는 지중해 상인의 전형적인 태도를 보여주면서 레오폴드 블룸의 윤곽을 미리 보여주게 되죠.

이제, 『율리시스』는 자신이 무슨 일을 하는지 완벽하게 의식하고 있으니 『오디세이아』의 강력한 오독이 아니라는 이야기가 나올 수밖에 없는데, 아마 해럴드 블룸 자신도 틀림없이 그렇게 이야기할 겁니다. 이것은 다른 장점을 가진 고의적 오독이다. 사실 내가 제시한 두 가지 예에는 모두 두 작가 사이의 심리적 갈등이 없습니다. 그리고 『율리시스』는 강력한 오독의 예는 아니지만, 그래도 개인의 재능과 전통의 관계에 대한 블룸의 이론, 또 엘리엇의 생각과 공통점을 갖는데, 그것은 이 작품이 전통을 재구성한다는 사실입니다. 단지 혁신하는 것만이 아니죠. 전통 자체를 다른 방식으로 보게 합니다. 엘리엇은 말합니다(538).

> 기존의 기념비들은 자기들끼리 이상적인 질서를 이루지만, 이런 질서는 새로운 (진정으로 새로운) 예술작품의 도입으로 수정된다. 기존의 질서는 새로운 작품이 도래하기 전에 완결되어 있다. 따라서 새로운 것이 첨가된 뒤에 질서가 유지되려면 기존의 질서 전체가 아무리 조금이라 해도 바뀌어야 한다.

우리는 기존의 질서를 절대 전과 같은 방식으로 볼 수 없습니다. 따라서 전통과 개인의 재능 사이 또는 강한 선구자와 나중 시대의 시인 사이에는, 역동적이고 상호적인 관계가 작동하는 것처럼 보입니다.

블룸의 경우 나중 시대 시인에게서 나타나는 선구자의 강력한 오독은 지금 말하고 있는 것을 선구자가 이미 말했다는 사실을 부정하며, 나중 시대 시인 본위의 우선성을 부각합니다. 나는 뭔가 새로운 것을 하고 있다, 나는 전에 아무도 가본 적이 없는 길을 가고 있다, 나는 아주 강력하게 혁신하고 있어서 실제로 내가 나타나기 전에 누가 있기나 했는지 의심스럽다. 이렇게 오이디푸스적으로 아버지를 넘어서는 것이 뒤늦게 나타난 시인의 강점이지요. 하지만 우리가 보았듯이, 나중 시대의 시인이 말하는 모든 것을 강한 선구자가 이미 말했다는 사실이 드러납니다. 블룸의 이론은 첫번째라는 의미로, 말 그대로 독창성이라는 수사를 강조하면서도, 이전의 시인들이 늘 이미 모든 것을 말했음을 인정합니다. 자신이 지금처럼 존재하지 않았던 때를 알지 못한다고 말한 것은, 위대한 낭만주의자들이 아니라 밀턴의 사탄이었죠. 따라서 블룸의 문학적 역사 편찬은 혁신을 중시하지만, 동시에 보존, 즉 전통도 중시하는 것입니다. 보수적 또는 전통적으로 기우는 가다머, 그리고 혁신 쪽으로 기우는 볼프강 이저나 러시아형식주의자들과는 달리, 블룸은 변하지 않는 전통이라는 생각—'다 이미 말했던 것'이라는 논리가 그런 것이죠—과 더불어 항상 다시 만들어지거나 적어도 다시 생각되는 전통이라는 견해 양쪽을 다 지지합니다. 이것은 T. S. 엘리엇이 이미 한 이야기와 아주 흡사하다고 말할 수밖에 없습니다.

따라서 우리는 엘리엇의 유명한 경구에 이르게 됩니다(539). "누군가 말했다. '죽은 작가들은 우리와 멀리 떨어져 있다. 우리가 죽은 작가들보다 훨씬 많이 알기 때문이다.' 정확한 말이지만, 우리가 알고 있는 게 바로 그 작가들이다." 썩 괜찮은 말이고, 블룸도 자기 나름의 방식으로 할 법한 말인 것 같습니다. 우리가 아는 것은 과거이지만, 우리가 강하면 그것을 안다는 사실을 의식하지 않지요. 다시 말해서, 늦게 태어난 나는 시를 쓸 때 과거를 쓰고 있는 것이지만, 뭔가 다른 것을 하고 있다고 생각합니다. 수정률의 첫번째인 클리나멘에서, 나는 과거로부터 방향을 틉니다. 방향을 튼 나는 밖으로 나가 아래로 내려가서 루크레티우스의 원자처럼 나 자신의 공간을 찾습니다. 루크레티우스는 만일 원자들이 방향을 틀지 않으면 모두 똑같은 장소에 떨어질 것이라고 말하는데, 이것은 늦게 태어난 시인이 선구자와 관련하여 자신이 하고 있는 일에서 받는 느낌을 묘사해주는 듯합니다. 그는 실제로는 똑같은 장소에 떨어지고 있지만, 그 방향을 트는 힘, 방향을 트는 수사적 제스처가 너무 강력하기 때문에, 우리는 그가 다른 곳으로 옮겨졌다고 실제로 느끼지요. 다시 한번 우리는 새로운 시인이 쓴 작품의 혁신성과 더불어 불가피한 보수성, 또는 보존적 측면을 동시에 느끼게 됩니다.

하지만 엘리엇이 강조하는 시인의 비개성, 개성을 벗어나고자 하는 소망(541)보다 블룸적이지 않은 것은 없을 듯합니다. "물론 개성과 감정이 있는 사람들만이 그런 것에서 벗어나고 싶다는 말이 무슨 뜻인지 안다." 그러나 예술의 세계로 들어가는 것은 개인의 심리적 고뇌가 중요하다는 느낌을 버리고(또는 적어도 그러기를 희망하는 것인데, 사실 엘리엇의 시인은 개성으로부터 벗어나기를 그저 원할 뿐입니다), 시인이자 창조자로서—여전히 그런 표현을 유지할 수 있다면—그가 자기 자신인 경우보다 훨씬 광대한 곳에 잠기는 것이다.

자, 이것은 블룸이 할 법한 말처럼 들리지 않지만, 블룸의 다섯번째 수정률인 아스케시스를 보기 바랍니다. 그는 늦게 태어난 시인이 자신을 위한 공간을 찾기 위해, 자신을 타인들과 다르게 만들기 위해 무엇을 하는지 말하고 있습니다. 여러분은 그 답이 자신을 누구보다도 크게 만드는 것이라고 대답할지도 모르겠습니다. 월리스 스티븐스는 「유령들의 왕 토끼」라는 제목의 멋진 시를 썼는데, 이 시에서 토끼는 부풀어오릅니다. 또는 부풀어오른다고 생각하지요. 그러다 마침내 온 공간을 차지할 정도로 커지기에 이릅니다. 나는 늘 이 토끼를 블룸이 말하는 늦게 태어난 시인이라고 생각하지만, 아스케시스 때문에 아주 다른 일이 벌어집니다. 아마 결말은 똑같겠지만.

블룸은 아스케시스의 정의를 내리는 작업을 하다가, 중간에 "{시인은} 자신의 인간적이고 상상적인 재능을 일부 내어놓는다"라고 말합니다. 다른 말로 하면, 자신을 줄입니다. 가능한 것보다 자신을 작게 만듭니다—물론 결국은 전보다 커지려는 것이죠. 그는 선구자를 포함한 다른 사람들로부터 자신을 분리하기 위해 자신의 인간적이고 상상적인 재능의 일부를 내놓는 것입니다. 따라서 선구자와 관련하여 이런 강력한 오독에 나서는 쪽에서는 아스케시스—또 사실 케노시스도 마찬가지입니다—를 통한 자기 위축 또는 자기 삭제가 있습니다. 다른 말로 하면, 그것은 단지 토끼가 유령들의 왕이 되느냐 하는 문제는 아닙니다. 모든 공간을 꽉 채울 때까지 부풀어오르는 거대한 에고의 문제는 아니라는 거죠. 이것은 그보다 복잡하며, 더 복잡하다는 점에서 솔직히 엘리엇에 가깝습니다.

그런데 블룸은 시인을 가리키는 대명사로 남성을 사용한 것에 대해 사과한 적이 없습니다. 아마도 그는, 또는 젠더 언어를 말하는 옹호자는(물론 젠더는 다시 이야기하게 될 겁니다), 시인은 남성성을 반영하지만 어떤 여자든 시인이 될 수 있다고 말할 겁니다. 예를 들어 블룸은 에밀리 디킨슨을 실제로 강한 시인이라고 생각합니다. 이론의 이런 남성 젠더화는 오이디푸스 갈등이라는 개념을 본떠 만들어졌는데, 프로이트 자신도 이 아버지-아들 경쟁 개념 때문에 늘 비판받지요.

이제 다른 사람들과 비교하는 것은 그만두고 바로 블룸에게로 가봅시다. 그의 작업은 늘 시인들 사이의 관계에서 투쟁이 벌어진다는 느낌을 드러내왔습니다. 가장 초기의 작업—『셸리의 신화 만들기』『블레이크의 묵시록』『비전을 가진 무리』—에서 투쟁 관념은 블룸이 프로테스탄트주의라고 부르는 것으로 구현되었습니다. 그는 자신의 흥미를 끄는 전통이 종교개혁과의 관계 속에서 발생한다고 보았는데, 내가 해석학의 간결한 역사를 이야기하면서도 말했듯이, 사람들은 당시 성경이나 하느님과의 관계에서 뭔가 개인적인 것을 느끼기 시작했지요. 이 시기는 또 인간의 개별성이 중요해지기 시작한 때이기도 했습니다—많은 사람들이 이 시기를 부르주아지의 등장과 연결시키죠. 그 순간, 프로테스탄트주의Protestantism라는 관념—로런스 더렐의 한 등장인물이 "나는 항의한다That I protest"라고 말하는 그런 순수한 의미에서—은 각 시인이 이전의 문학 모델로부터 독립해 있다고 느끼게 되는 분위기를 만듭니다. 초기 블룸의 '프로테스탄트'라는 말은 '수정주의적'이라는 말에 자리를 내주는데, 이 말을 그는 『비전을 가진 무리』에서 주로 사용합니다. 그리고 프로이트의 영향으로, 이번에는 수정주의가 '오독'에 자리를 내주게 되지요.

놀랍게도, 저자들 사이의 오이디푸스적 갈등이라는 개념은 블룸에게서 새로 등장한 것이 아닙니다. 비평 전체의 역사에서 가져온 발췌문 몇 개만 살펴보아도 이를 알 수 있지요. 처음 두 개는 아마도 2세기 무렵 로마 청년을 가르치는 교사였을 롱기누스가 쓴 것으로, 다음은 그의 『숭고에 관하여』에 나오는 대목입니다.

> 마치 본능적인 것처럼 {숭고의 순간에 관해 이야기하고 있습니다} 우리 영혼은 진정으로 숭고한 것에 의해 고양된다. {여기까지는 누구에게서나 나올 만한 말이지요} 영혼은 자랑스럽게 비상하며 {다음이 놀라운 대목입니다} 자신이 들은 것을 마치 스스로 만들어내기라도 한 것처럼{강조는 내가 한 것입니다} 기쁨과 자랑이 넘쳐난다.

외적인 목소리가 우리를 황홀경으로 데려가면서 타자에게 사로잡히는 일이 벌어지지만, 이것은 심리적으로는 타자를 사로잡는 것으로 경험됩니다. 나의 환상 속에서 그것은 나 자신이 한 말입니다. 야구 시합을 지켜보던 아이는 누가 홈런을 치면 환희에 차 마치 자신이 홈런을 친 양 상상의 배트를 휘두르기 시작합니다. 그 자신이 영웅입니다. 롱기누스는 문학적 숭고도 마찬가지라고 말하며, 그런 면에서 블룸에게 강력한 영향력을 행사하고 있습니다.

내 생각에는 다음 발췌문에서 롱기누스가 하는 말이야말로 정말 옳은 것 같습니다. 플라톤은 늘 호메로스를 욕하지만, 위대한 호메로스의 행동들과 심지어 수사까지도 플라톤적 사고를 형성하는 데 이바지하고 있다는 사실을 보여주는 것보다 쉬운 일은 없다는 것입니다. 이것은 매혹적인 주제이며, 내가 보기에 롱기누스가 이 점에 관해서는 아주 정확한 것 같습니다: "플라톤이 온 마음과 정신을 바쳐 호메로스와 우위를 다투지 않았다면 플라톤의 철학적 학설들에 그렇게 완벽한 꽃이 피지는 못했을 것이다." 롱기누스는 심지어 블룸적인 맥락에서, 사람들은 마음 한구석으로는 자신이 두번째라는 사실을 알면서도 첫번째가 되고 싶어한다는 점도 이야기합니다. 플라톤은 우위를 차지하려고 안간힘을 씀으로써, "어쩌면 싸움을 너무 좋아한다는 것을 드러내면서, 말하자면 {호메로스와} 창으로 시합을 벌이지만, 그럼에도 이 시합에서 뭔가를 얻어낸다. 헤시오드가 말하듯이, '이 다툼은 인간들에게 좋은 것'이기 때문이다."

생트뵈브가 쓴 유명한 에세이 「고전이란 무엇인가?」에서 가져온 더 일반적인 예 또한 블룸적인 것의 원형이라 할 만합니다. 「고전이란 무엇인가?」라는 제목의 에세이에는 전통이 있지요. 엘리엇도 1944년에 이러한 제목으로 훌륭한 에세이를 썼고, 그러한 에세이들 모두가 영향 이론에 중요한 기여를 하고 있습니다. 생트뵈브는 이렇게 씁니다.

괴테는 시의 흐름과 원천이라는 면에서 뛰어난 바이런이 인물의 창조와 실현에서는 셰익스피어가 자신보다 강하다는 것을 두려워한다고 말했는데 (사실입니다, 바이런은 늘 셰익스피어를 매도했지요) 이것은 진실이다. 바이런은 그 점을 부정하고 싶었을 것이다. 자기중심주의로부터 훌쩍 벗어난 고양(이것은 괴테가 하는 말입니다)에 바이런은 화가 났다. 그 근처에 가면 절대 편안하게 자신의 모습을 보여줄 수 없다고 느꼈다. 그러나 포프는 두려워하지 않았기에 한 번도 그를 부정한 적이 없었다. 그는 포프가 자기 옆의 낮은 담에 불과하다(포프가 키가 얼마나 작은지는 여러분도 알고 있겠지요)는 사실을 알고 있었다.

다른 말로 하면, 바이런은 적어도 창조적 에너지에서 자신보다 열등하다고 생각하는 사람(그는 포프를 '앤여왕의 귀염둥이'라고 불렀죠)은 문학적 모델로 선택한 반면, 매우 강력한 영향력은 늘 부정하여, 셰익스피어, 셰익스피어 숭배, 『햄릿』의 과대평가와 늘 싸웠습니다. 그는 강한 선구자 대신 약한 선구자를 택했지요.

어휘, 그리고 사고의 철학적 범위 외에, 블룸의 논리를 복잡하게 만드는 것은 바로 내가 출발점에서 말했던 쟁점입니다. 영향을 예술-자연의 문제로 보는 전통적인 생각인데, 블룸은 이것을 무척 의식하고 있습니다. 한 가지 의미에서 영향의 위기란 자연에 대한 지향과 관련되며, 또 한 가지 의미, 블룸에게는 더 두드러진 의미에서 위기는 다른 텍스트를 향한 지향과 관련됩니다. 하지만 사실 블룸이 늘 그것을 텍스트만의 문제라고 말하고 싶어하지는 않는다는 점에 주목하기 바랍니다(1157): "프로이트의 제자 오토 랑크는 예술가의 예술에 대한 싸움, 이런 싸움과 이와 대조를 이루는 예술가의 자연에 대한 싸움의 관계를 더 분명하게 의식하고 있다." 다른 말로 하면, 자연은 죽음입니다. 자연은, 예술가가 자연의 생의 주기에 맞서서 우선권과 우월성 주장에서 승리를 거두고서 스스로를 지탱하지 못할 때, 죽음의 형태로 다시 떨어지게 되는 장소입니다.

한편으로 블룸은 늦게 태어난 시인이 이루고자 애쓰는 것이 불멸이라고 주장하고 싶어합니다. 첫번째가 되고 자기 이전에 거기 있던 것을 전혀 알지 못한다는 것의 의미는, 자기가 또한 마지막이 된다는 것, 불멸이 된다는 것, 자기가 평범한 삶의 궤적에 속하지 않는다고 생각하는 것이다, 자신이 힘이요, 천재성이요, 역사를 초월하는 권력이다. 여기에서 우리는 블룸이 시인의 '시간에 대항하는 거짓'이라고 부르는 것을 발견합니다. 우선권과 심지어 기원과도 상관없는 존재라고 자신을 내세움으로써 죽음을 물리치는 것이죠.

얼른 예를 들기 위해 강력한 오독자 중에서도 핵심적인 인물이자, 밀턴과의 관계에서 보자면 나중 시기의 시인인 워즈워스로 돌아가봅시다. 워즈워스는 이제 우리가 「'은둔자' 계획서」라고 부르는 다짐의 시에서, 자신은 『실낙원』을 쓰는 데 관심이 없다고 말합니다. 그에게 『실낙원』은 그저 낡은 것, 과거의 것입니다. 그는 밀턴이 관심을 가지는 것에는 관심이 없다고 주장합니다: "모든 힘, 모든 공포, 단독으로든 무리로서든 / 인격적 형태로 제시되는 것— / 소리치는 천사들을 합창단으로 거느리고 / 보좌에 앉아 천둥을 울려대는 여호와— / 나는 그런 것은 놀라지도 않고 지나친다."『실낙원』, 그것은 그저 장난감 병정 놀이죠. 그것은 워즈워스 자신이 하려고 하는 일과 비교하면 아무것도 아닙니다: "꿈의 도움을 빌려 펴올린, / 혼돈도, 가장 낮은 에레보스의 가장 어두운 구덩이도, / 더 앞이 보이지 않는 공허한 어떤 것도 / 우리 마음을, 인간의 마음을 들여다볼 때 / 우리를 덮치곤 하는 그 공포와 경외를 / 일으키지는 못한다—/ 그 마음이 내가 즐겨 찾는 곳, 내 노래의 주요한 영토." 신, 천국, 지옥, 전쟁, 신화, 낡은 영웅주의—이 모든 것은 진정하고 유일한 주제, 인간의 마음에 자리를 내주는데, 이제는 다시 [키츠의 시「나이팅게일에 부치는 노래」에서 그 세대에 붙여준 별명인] 자연의 굶주린 세대들로 퇴행할 위험은 없습니다. 이것은 나의 마음이 아니라 보편적인 마음, 나의 목소리에 담겨 시간에 면역이 된 마음이기 때문이지요.

아, 하지만 초라하고 낡고 예스러운『실낙원』을 보십시오. 여기에는 사탄의 세 가지 선언이 나옵니다. 똑같은 주장을 했던 블레이크와 셸리를 따라, 블룸도 워즈워스의 강력한 선구자는 밀턴이라기보다는 사탄이라고 말합니다: [밀턴의『실낙원』에서 사탄이 말하듯] "마음은 마음만의 장소라, 스스로 / 지옥을 천국으로 만들 수도 있고, 천국을 지옥으로 만들 수도 있다." 마치 사탄이「'은둔자' 계획서」를 쓰고 있는 것처럼 보입니다. 이 이야기는 워즈워스의 주장이기도 하기 때문입니다. 사탄은 타락한 군대에게 말합니다. "우리는 우리가 지금처럼 존재하지 않았던 때를 알지 못한다." 그것이 나중 시기의 시인이 늘 말하려 하는 것이죠. 최종적으로는 "나 자신이 지옥이다" 하고 말합니다. 말하기 좀 불편한 것이지만. 그럼에도 유령들의 왕으로서 토끼는 말하죠. "내가 즐겨 찾는 곳, 내 노래의 주요한 영토." 그곳은 곧 만물인 정신입니다.

따라서 워즈워스는 자신이 완전히 새로운 뭔가를 하고 있다고 생각하기 위해 『실낙원』을 강력하게 오독했지만, 강력한 선구자 시인은 후계자 시인이 쓸 수 있는 것을 모두 이미 써놓았음을 드러내고야 맙니다. 보수와 혁신 사이의 역동적인 상호작용은, 영향에 대한 불안을 반영하는 어느 순간에나 존재하는 법이지요.

이제 『견인차 토니』로 돌아갈 때입니다. 라캉에게 『견인차 토니』는 오브제프티아, 즉 작은 자동차 범피, 불완전하지만 도움을 주는 존재이자 친구—"친구란 이런 거예요"—에게 정착하는 의식을 반영하는 반면, 욕망의 대상인 니토와 스피디는, 그렇죠, 그것들은 나쁜 차들입니다. 브룩스라면 이 욕망의 대상들을, 액면으로 볼 때는 부적절한 대상 선택이라고 말할 겁니다. 미국의 에고 심리학자들도 그렇게 말하겠지만, 더 루이스 부뉴엘적인 표현방식으로 말하자면 니토와 스피디는 길을 따라 계속 달려가는 욕망의 모호한 대상들로, 토니는 대상을 선택할 때 그들에게는 전혀 손을 댈 수가 없습니다. 따라서 니토와 스피디는 대타자이며 범피는 오브제프티아인 것이죠.

해럴드 블룸에게 『견인차 토니』는 『씩씩한 꼬마 기관차』의 강력한 오독입니다. 이 점은 토니가 아니라 범피가 『씩씩한 꼬마 기관차』의 주인공 역할을 한다는 점에서 매우 분명하게 나타납니다. 늦게 나타난 텍스트가 저지르는 오독은 토니를 범피의 도움이 필요한 주인공으로 만드는 일과 관련됩니다. 민간전승의 맥락에서 보자면 범피는 주인공이 아니라 조력자가 되지만, 그럼에도 우리는 기본적 서사 모델—약자가 인내심과 에너지로써 강자가 하지 못하는 일을 해내는 모델—이 강자와 약자를 반영하는 것을 볼 수 있습니다. 우리는 범피의 등장 이후로는 토니라는 인물을 두번 다시 똑같은 방식으로 읽을 수 없지만, 범피는 다름 아닌 『씩씩한 꼬마 기관차』의 주인공으로, 이런 주체의 위치를 이 텍스트에서는 토니가 전유한 것이죠. 따라서 주인공의 위치 변화가 일어나 초점을 맞추는 인물이 달라지기 때문에 이 관계 또한 경쟁적인 것이지만, 동시에—두 이야기를 모두 아이들에게 읽어준 사람이라면 알 수 있듯이—『씩씩한 꼬마 기관차』가 완전히 예고하고 있는 방식으로 이야기를 다시 쓴 것에 지나지 않습니다.

다음 강의에서는 들뢰즈와 과타리, 특히 지젝을 공부하면서 더 라캉적인 영역으로 돌아가겠습니다.

15장
포스트모던 심리

읽을 자료:

질 들뢰즈, 펠릭스 과타리, 「서론: 리좀」『천 개의 고원: 자본주의와 분열증』.

슬라보예 지젝, 「궁정식 사랑」(CT, 1181~1197).

이번 저자들은 정치 참여로 잘 알려져 있지만, 이 강의에서는 계속 개인적 의식에 초점을 맞춥니다. 우리는 텍스트나 영화의 심리적 기원이 텍스트의 상징적 정형화가 이루어지는 자리, 또는 그 모델이라고 생각할 것인데, 이것은 지젝의 경우는 말할 것도 없고 들뢰즈의 경우에도 어느 정도 그러합니다. 사실 심리에 초점을 맞추는 작업에 대해서는 이번 강의가 마지막이 될 텐데, 이렇게 배치한 것은—그 결과 지젝이 라캉과 분리되었지요—오늘날 이야기할 저자들이 예술과 해석에 정치적 이해관계가 걸려 있다는 점을 강조하기 때문입니다.

예를 들어 지젝은 〈크라잉 게임〉을 뛰어나게 읽어내면서, 플롯의 마지막 반전에 대해 단지 한 개인이 아일랜드 공화국의 대의에 대한 책임을 저버리는 것으로만 볼 수는 없다고 주장합니다. 이 병사는 그저 혁명적 활동에서 자신이 맡은 역할로부터 멀어진 것이 아니라, 자신의 사적인 삶에서—의식의 에로틱한 차원에서—내부로부터의 혁명의 필요성을 발견한 것이다. 그는 불가피하게 아일랜드의 공화주의 운동을 뒷받침하는 데 필요한 사고의 분열과 똑같이 근본적이고, 또 그것과 매우 유사한 방식으로 자신의 사고를 분열시켰다. 따라서 궁극적으로 비극적인 '대타자'와의 만남은 주인공이 한 행동의 정치적 함의와 분리될 수 없다.

아마 이런 주장에는 잠시라도 귀를 기울여야 할 겁니다. 여러분이 읽는 참고도서의 편집자가 서문에서 지적하듯이 이렇게 모호한, 또는 어쩌면 심지어 초월적인 욕망의 대상에 매혹되는 것에는, 개인에게 생기는 유혹도 관련이 있지만 사회적 정신에 생기는 유혹도 관련이 있습니다. 정치적 이상이야말로 사람들이 이룰 수 없는 것으로 간주한다면, 아마 비현실적이진 않더라도 틀림없이 맥빠지는 일이겠죠. 지젝의 작업에는 또 약간 놀랍게도 종교와 친근한 면이 있습니다. 사실 신앙, 또는 신앙을 위한 투쟁은, 분명 욕망의 대상이긴 하되 대면할 수는 없는 것과 의미 있는 관계를 맺으려는 노력으로 꼽을 수 있지요. 그러나 여전히 문제로 다가오는 것은, 종교와 정치 양쪽에서 큰 관념에 매혹되는 것에는 자극과 동시에 잠재적 위험이 있다는 지젝의 인식입니다. 그는 대체로 좌파이고 마르크스의 영향을 강하게 받았지만, 자신의 정치적 사고에 어느 정도 불안정성이 있다고 고백하는 순간들이 있습니다. 그럼에도 파시즘을 포함하여 진보적인 집합성은 어떤 형태이든 금지된 소망의 카리스마를 수반한다는 것을 분명하게 보고 있지요. 간단히 말해서 지젝은 자신이 라캉에게서 빌려오는 일련의 사고가 정치적 무대에서는 위험한 가능성들로 인해 현기증을 일으킨다는 점을 의식하고 있습니다. (나중에 히치콕의 〈현기증〉 이야기로 돌아가게 될 겁니다.)

들뢰즈에게도 뚜렷한 정치적 차원이 있지요. (내가 '윔서트와 비어즐리' 대신 '윔서트'라고 했던 것처럼, 대부분의 경우 '들뢰즈와 과타리'—펠릭스 과타리는 들뢰즈와 자주 협력했습니다—대신 '들뢰즈'라고 하겠습니다.) 여러분은 그의 책 『천 개의 고원』의 첫 장을 읽고 있는데, 거기에서 들뢰즈는 일종의 사고실험을 제안합니다. 독자에게 권고를 하는데, 그것은 이 장 자체의 구조에서 반복되지요. 들뢰즈는 사고에서 내부로부터의 혁명이라 할 만한 것을 수행해야 할 필요성을 보여주지만, 정치적 함의는 지젝의 경우와 마찬가지로 약간 모호합니다. 즉 근본적으로 탈중심적이고, 그래서 다원적인, 또 진보적으로 민주적인 대의들에 도움이 되는 '리좀적' 사고양식—다시 이야기하겠습니다—도, 어쩌면 파시즘이나 공산주의보다는 그 반대편에 있는 자유지상주의에 도움을 줄 수도 있는 거죠.

사실 들뢰즈도 리좀적 사고가 최선과 최악 양쪽에서 일어날 수 있다고 신중하게 지적합니다. 쥐는 리좀입니다. 바랭이풀은 리좀입니다. 다른 말로 하면, 주근主根 없이 분산하여 자신을 조직하는 것은 무엇이든 리좀적이지요. 하지만 전반적으로, 나중에 더 세심하게 설명해보겠지만, 들뢰즈의 관점에서 리좀적 사고는 긍정적인 쪽입니다. 어쨌든 지젝과 들뢰즈는 새로운 사고 가능성을 도입하고 있으며—서로 아주 다른 가능성이지만—그런 가능성이 자신을 어디로 데려갈지 잘 모르겠다고 인정할 만큼 솔직합니다. 자신들의 사고세계로 성공적으로 진입하는 것이 내포하는 바 혹은 그 결과가 어느 정도의 해방이라는 것 이상은 말하지 않지요.

이제 곧 이 예측불허라 할 수는 없어도 아주 자유롭다고는 할 수 있는 두 정신 사이에 이론상 어떤 관련이 있는지 보여줄 텐데, 그에 앞서 둘 사이의 엄청난 차이를 강조해둘 필요가 있습니다. 들뢰즈의 사고실험은 사고의 나무, 즉 '수목적 구조arboresque' 모델에서 벗어납니다(그는 자신의 은유에서 'radical'의 뿌리 의미를 피하려고 노력하는 것이 틀림없는데 이 점도 흥미롭습니다). 반면 지젝은 가끔 욕망과 요구의 기호학이 소진될 때 남는 것에 초점을 맞추고, 얼룩—서사 담론에서 해석될 수 없는 것, 의미를 가졌다고 말할 수 없는 것—이라는 묘한 개념을 발전시키고 싶어합니다. 어떤 공통점을 발견하기 힘들죠. (이런 식으로 지젝의 프로젝트를 표현할 때 나는 어느 정도는 브룩스—라캉으로 이어지는 브룩스의 매개 고리인 '이야기할 수 있는 것'을 논한 D. A. 밀러와 더불어—의 도움을 받는데, 사실 지젝의 배경에 서 있는 것은 '실재'를 논하는 라캉입니다.) 반면 어긋나는 지점들은 많습니다. 비교 불가능성의 지점들이라고 말하고 싶은 유혹을 느낄 수도 있겠지요. 하지만 양쪽 기획 모두, 정상적인 의미화 양식을 감염시키는 어떤 권태나 예측 가능성을 넘어서서 실재에 다가가려고 노력하고 있다는 데 주목하기 바랍니다. 이런 의미화 양식은 수목적인 것으로, 데리다가 말하는 '초월적 기의' 또는 라캉에게서는 클리셰와 통념의 수풀에서 길을 잃은 상상계의 조합적 논리, 더 나아가 상징계와 관계가 없진 않습니다. 들뢰즈와 지젝 모두 공통적으로 현대적인 낯설게 하기를 제안하고 있는 셈이죠.

이 두 텍스트의 상당히 활기 있고 조금은 광적인 산문을 읽으면서, 여러분은 이것들이 또한 비평과 이론의 선례들을 향한 모종의 분위기, 어떤 자세나 지향을 공유하고 있다는 사실을 볼 수 있을 것입니다. 이 둘은 같은 순간에 속해 있는 듯합니다. 심지어 이 두 텍스트는 같은 사람이 쓰고 있다고—단지 스타일만의 문제라면—상상할 수도 있습니다. 아, 어쩌면 꼭 그렇다고 말할 수는 없겠지요. 그래도 두 사람의 산문에서 받게 되는 대단한 에너지, 카페인이 넘쳐나는 느낌 때문에, 여러분은 이 사납게 날뛰는 태도가 도대체 어떤 역사적 순간에 속해 있는지 궁금해질지도 모르겠습니다.

아니, 여러분은 이미 그것이 어떤 순간인지 이야기할 준비가 되어 있는지도 모르겠네요. 그렇습니다, '포스트모더니즘'이지요. 들뢰즈와 지젝은 지난 이삼십 년 동안 문화사에 생겨난, 단연 가장 붙잡기 힘든 개념의 본보기입니다. 그것이 마음에 든다면, 유연하다고 말하고 싶을 겁니다. 마음에 들지 않는다면 흐릿하다고 말하고 싶을 것이고요. 두 에세이에 초점을 맞춘 상태로 '포스트모더니즘'을 잠깐 살펴볼 수 있을 듯합니다.

어쩌면 예술적 표현에서 포스트모더니즘이 무엇인지에 관해서는 금세 동의할 수 있을 것입니다. 특히 시각예술에서 그렇지만, 생각건대 픽션, 드라마, 시의 어떤 경향들에 반영된 경우 또한 포스트모더니즘은 과거를 향한 절충적 지향입니다. 한정된 의미에서 그것은 과거로의 귀환이고, 모더니즘이 자율적인 형식을 강조하면서 낡았다고 생각하여 치워버린 표현의 전통과 역사적 순간들을 향해 텍스트적인 가능성을 여는 것입니다. 건축에서는 절충적인 과거 도용의 많은 예가 아주 특별하기도 하지만 또 많은 수는 아주 끔찍합니다. 십오 년 내지 이십 년 전쯤 모든 쇼핑몰을 새롭게 단장하던 시기가 있었죠. 그전까지는 길고 납작한 상자들이 있었는데, 포스트모더니즘의 이름으로 개조하는 사람들이 와서 상자에 작은 박공벽들을 붙여버렸습니다. 본질적으로 추하고, 균형도 맞지 않게요—하지만 더 나쁜 것은, 이것이 하룻밤 새에 또 낡은 것이 되어버렸다는 겁니다. 가장 끔찍한 짓은 교외 목장의 가옥들에 저질러졌습니다. 이 모든 짓을 전통으로 귀환한다는 미명하에 맹목적이고 밋밋한 방식으로 해치웠는데, 특히 팔라디오건축양식의 신고전주의를 약탈하여 졸렬하게 모방했습니다.

하지만 포스트모더니스트들은 다른 분야, 예를 들어 회화에서는 다른 방식으로 작업했습니다. 포스트모더니즘이 도래한 이후 뉴욕 미술계는 지배적인 추상화 유파들이 서로 자리만 바꾸는 현상이 사라졌습니다. 미술계의 포스트모더니즘은 결코 사실주의 같은 과거 운동으로의 전면적인 복귀를—물론 그런 것들도 수용하지만—의미하지 않습니다. 그것은 첨단 개념, 행위, 디지털 미술('뒤샹적인 것'인 것들)을 포함하여 이젤 미술, 평평한 표면 등에 의문을 제기하는 모든 것의 혼합입니다. 화가들은 늘 미술사에서 자신의 위치 때문에 안달해왔지만, 포스트모더니즘의 깃발 아래 우리가 보아온 것은 단지 미술사의 이런 저런 순간과 관련하여 자기 자리를 잡고 싶어하는 화가 집단들만이 아니죠. 예술이란 무엇인가에 관한 생각에서 무정부주의적 독립성이 나타나, 이것이 지구 전체로 퍼지면서 아서 단토와 같은, 미술철학자의 중요한 작업에 영향을 줍니다.

철학에서 포스트모더니즘은 예를 들어 리처드 로티의 경우처럼, 지식의 근거에 대한 의심—널리 퍼져 있기도 하고, 또 우리가 이 강좌에서 계속해서 논의해오기도 한 의심—만이 아니라, 특히 부분과 전체 사이의 관계에 대한 의심도 반영합니다. 나의 다리는 발을 자신의 부분으로 갖는 하나의 전체인데, 그것이 동시에 나의 몸의 한 부분이라고 확신할 수 있을까? 나는 대체 어떻게 해서 어떤 안정된 방식으로 부분이 무엇이고 전체가 무엇인지, 그리고 그에 따라 탐구 분야가 무엇인지(여기에서 특히 들뢰즈를 떠올리기를 바랍니다) 아는 것일까? 더 흥미로운 예로—이것은 비트겐슈타인의 『철학적 탐구』에 나오는 것인데—삼색기라 부르는 프랑스 국기를 생각해봅시다. 이것은 파란색, 흰색, 빨간색 세 가지 색깔의 띠로 이루어져 있습니다. 하나의 합성물로서 여기에는 상징적인 가치가 있지요. 그러나 파란색, 흰색, 빨간색은 우리가 하나의 전체로서 보게 되는, 이 천 위에서의 공생관계에만 한정되어 있지 않습니다. 작은 흰색 띠는 흼, 즉 희다는 개념의 부분이지요. 또 만일 삼색기가 무엇인지 모르고 그것을 보면, 흰색이 하나의 전체를 이루는 부분이라고 어떻게 말할 수 있겠습니까? 흰색은 누군가 우연히 파란 독립체, 빨간 독립체와 함께 꿰매놓은 자율적 독립체라고 말할 수도 있습니다. 하나의 실체가 도대체 무엇인지 우리는 어떻게 아는가, 우리는 그 점에 의문을 품어야 합니다.

철학적 사고는 시각적 은유의 지배를 받습니다. 우리가 실재에 대한 분명한 느낌을 갖는 것은 우리가 그것을 볼 수 있기 때문이지요. 하지만 우리는 그것을 어떻게 보는가? 초점을 맞추는 눈의 능력은—이 때문에 독립된 실체로 추정되는 '사물'의 선명한 윤곽이 잡히기도 하고 풀리기도 하는 자의성이 생겨나지요—기억할 가치가 있습니다. 어떤 것, 예를 들어 얼굴을 너무 가까이서 들여다볼 때 눈에 보이는 것은 점, 자연의 모낭毛囊 또는 스크린의 픽셀, 망막에 맺히는 마크 토비의 그림뿐입니다. 너무 멀리 떨어지면 (흔한 말로 "너무 멀어서 구별이 안 된다"고들 하죠) 보이는 것은 흐릿한 것, 또는 지젝의 '얼룩'뿐이죠. 뭔가를 보다 눈을 감으면 그 또한 망막의 마크 토비 그림이 됩니다. 제트기를 타고 내려다볼 때 눈에 보이는 것은 틀림없이 형태와 구조가 있는데, 이것은 땅에 서서 보는 것과는 완전히 다른 형태와 구조죠. 설사 평평한 평원에 선 채 제트기에서 볼 때만큼 멀리, 지평선까지 볼 수 있다 해도 마찬가지입니다. 이것은 절대로 '관점'의 문제, '하나 이상의 각도에서 같은 것'을 보는 문제만은 아닙니다. 여러분의 시각은 완전히 다른 '사물'을 구성합니다.

이렇게 본론에서 벗어난 이야기를 길게 이어가고 있는데, 사실 이것은 본론에서 벗어난 것이 아니라 오늘 읽은 자료를 설명하는 한 방법입니다. 부분-전체의 혼란 또한 과학사를 괴롭힙니다. 선형가속기의 황금시대에는 아원자입자들 사이의 관계가 역전되었지요. 근본적 단위라고 생각되었던 입자가, 가속기 내부의 충격으로 밝혀진 일이지만, 그 안에 근본적 단위를 갖고 있었고, 자신은 또 그 한 부분이었다는 겁니다!

무엇이 전체인지를 결정하며 우리가 겪는 어려움은 중요한 결과를 낳습니다. 우리는 전체를 생각할 때 거기서 통일성을 추론합니다. 따라서 전체를 밝혀내는 데 어려움을 겪는다면, 사물의 본질이 통일되어 있다고, 혼합되어 있지만 확고하게 분절된 구조를 갖고 있다고 생각하는 것은 혹시 엉뚱한 길로 나아가는 게 아닐까요? 들뢰즈 자신은 통일성과 어떤 관계도 맺고 싶어하지 않습니다. 그의 사고실험의 전체 기능은 사람들이 더는 통일이나 전체나 고립된 독립체에 관한 이야기를 할 수 없도록 모든 것을 탈중심화하는 것이죠. 들뢰즈가 강조하고 싶은 것은 독립체—독립체라고 부를 수 있는지도 모르겠지만—들이 함께 있는 것, 함께 융합하는 것, 산산조각이 나는 것, 다시 통일되는 것, 키네시스kinesis, 즉 운동하는 것입니다.

포스트모더니즘의 또다른 측면은 여러 사람 가운데도 특히 포스트모더니즘 철학자 장프랑수아 리오타르가 '비인간inhuman' 즉 인간의 탈인간화라고 부른 것입니다.[1] 그는 희한한 표현을 선택했는데, 나는 어떤 관점에서는 이것이 불행한 표현이라고도 생각합니다. 리오타르의 취지는 전혀 반인간주의적인 것이 아니기 때문이죠. 탈인간화의 역사적 잔혹성에 실제로 계속 초점을 맞추기는 하지만(사실 그래서 그런 표현을 선택한 것이지요), '비인간'은 인간을 평가하는 새로운 방식입니다. 여러분도 알게 되겠지만 들뢰즈는—이 발췌문만이 아니라 그의 작업 모든 곳에서, 또 그래서 여기에서 그가 설명이라 할 만한 말을 거의 하지 않는 것이기도 하지만—'기관 없는 신체'에 관해 이야기합니다. 이 말을 듣고 여러분은 깜짝 놀랐을지도 모르겠군요. 이 말이 암시하는 바는, 들뢰즈라면 아마 이렇게 표현할 텐데, 우리가 유기체적이라기보다는 기계적이라는 것입니다. 중심적 사유의 문제가 모든 것에 수목적인 것으로서, 뿌리가 있는 나무로서 다가가는 것이라면, 그 문제는 우리가 나무에 인간의 기관이 들어가 있다고 생각한다는 사실과 어느 정도 관련이 있습니다. 뿌리와 가지는 근육과 순환이다. 잎은 모세관이다. 꽃은 생식기다. 수관樹冠, 즉 잎으로 이루어진 지붕은 하늘로 뻗어올라가는 나무의 정신, 나무의 정신성이다. 마찬가지로 우리 자신의 몸을 수목으로 생각하게 되면, 몸의 어떤 부분은 인지적이라고, 또 어떤 부분은 행위성을 갖고 있다고, 일을 한다고 생각하게 됩니다. 그렇게 되면 우리는 중심적인, 또 궁극적으로 생식적이거나 발생적인 몸의 이해를 생산적이라고 생각하게 되죠.

들뢰즈는 몸을 상호 작용하는 것으로 생각하고 싶어합니다. 들뢰즈에게 몸은 어디에나 있고 어디에도 없으며, 다른 유동체들 사이에 자리를 잡지 않으며, 넓게 펼쳐진 환경과 모든 지점에서 민감하게 기능적으로 상호 작용하는 것입니다. 이런 일이 일어나려면 기관 없는 신체에 속한 다른 것들과의 상호작용은 조작적 의지 없이, 또 인지적 의도 없이, 이를테면 "나는 생각한다, 고로 존재한다, 다른 것이 아니라 나 자신이 존재하고, 내가 생각하는 대로의 세상이 존재한다" 없이 이루어져야 합니다. 간단히 말해서 포스트모더니즘의 탈인간화는 인간의 중요성을 부정하는 것이 아니라, 다른 몸과 사물들 사이에 있는 인간을 다시 생각하게 하는 결과를 낳습니다.

분명히 이런 강조는 타자성으로의 해체, 주체와 객체 사이의 계속성에 중점을 두는데, 여기에서는 궁극적으로 내 안에 있는 것, 즉 진짜이고 내가 나임에 불가결한 것과 내 밖에 있는 것 사이의 차이가 사라져, 서로 완전히 침투 가능하고 교환 가능하게 됩니다. 19세기 말 작가이자 미학자인 월터 페이터는 『르네상스』라는 책의 결론에서 들뢰즈가 하고 싶은 말의 많은 부분을 예고했습니다. 페이터는 결과적으로 우리가 여기에 있고, 다른 모든 것은 밖에 있으며, 어떤 식으로든 저 바깥에 있는 모든 것을 바라보는 우리의 관점이 객관성이라는 우리의 능력을 가능하게 만드는 구원적인 고립이라는 생각에 너무 익숙해 있다고 말합니다. 이어 페이터는, 풀어서 이야기하자면, 우리는 사실 우리 밖에 있는 것과의 생화학적 상호교환 속에서, 사물의 분자성으로 스며들 수 있는 상태에서 살아간다고 말합니다. 우리 안에 있는 것이 또한, 그의 말을 옮기자면 "쇠를 녹슬게 하고 곡식을 익게 한다"는 것이지요.

들뢰즈와 과타리가 그들 특유의 흥분하여 안달하는 듯한 방식으로 이런 이야기를 하지만, 의식이 주변 환경으로부터 고립되어 객관화를 이룩하는 것에 대해 우리가 지나치게 과장한다는 이야기는 사실 새롭지 않다는 것을 알 수 있습니다. 이런 종류의 리좀적 탈중심적 사고가 초점을 맞추고자 하는 것은 안과 밖의 쌍방향 침투성입니다. 여기에서 우리의 수직축과 수평축으로 돌아가본다면, 우리가 읽은 다른 많은 사람들처럼 들뢰즈 역시 이 수직축을 가상으로 만드는 데, 또는 심지어 가능하면 없애버리는 데 관심이 있다고 말할 수 있습니다. 수평축에서 전개되는 모든 것을 이루는 중심 또는 머리 또는 수관, 수목적인 것을—그것이 언어든 언어처럼 구조화된 무의식이든 아니든—가상으로 만들거나 지우개 밑에 두는 것에 관심이 있다는 것이죠.

그러면 이제 수평축에는 뭐가 남아 있는가? 이 대목이 들뢰즈가 해체주의와 다른 점인데, 해체주의에서 말, 특히 글은 전적으로 언어학적입니다. 이 한 가지 점, 오직 이 점에서만 그를 라캉과 비교해보겠습니다. 여러분은 라캉이 「무의식에서 문자의 행위성」에서 조합의 축이 일련의 동심원으로 이루어져 있고, 이 동심원 각각이 또 작은 동심원들로 이루어져 있다는 이야기만 하는 것이 아님을 기억할 것입니다. 그는 또한 언어에서 상상적인 것 또는 욕망이 발휘하는 조합의 힘을 음악의 보표와 비교하지요. 기호들의 조직은 서로간의 인접성에서 선율적 또는 화성적이 될 수 있으며, 수평축을 따라 수평과 동시에 수직으로도 기록될 수 있습니다.

들뢰즈와 과타리는 조합의 축을 따라가는 이런 다층성을 표현하기 위해 '고원'이라는 개념을 도입합니다. 여러분이 읽은 발췌문이 들어 있는 책의 제목이 『천 개의 고원』이지요. 결국 그들에게는 고원이 리좀보다 훨씬 중요하지만, 그들은 고원이라는 개념을 도입할 때도 마찬가지로—리좀의 경우처럼—단일한 지배적 개념으로부터 수많은 동시적 개념들로 주의를 돌립니다. 그러나 고원은 단순히 언어 내의 다양한 의미나 기호체계가 아닙니다. 들뢰즈와 과타리는 '코드화의 다양체', 단지 언어 안에서 발생하는 것이 아니라 말, 그림, 음악, 영화 등 다른 코드 사이를 위태롭게 질주하는 사고를 강조합니다. 여기에서도 라캉—그리고 라캉의 견해 속 프로이트와 연결되는 점이 있습니다. 프로이트는 꿈 작업이 수수께끼그림 놀이 같다고 했고, 라캉은 프로이트의 발언을 자신의 언어기호학을 위한 모델로 삼습니다. 이것은 들뢰즈의 '코드화의 다양체'와 무척 흡사하게 들립니다.

들뢰즈와 우리가 지금까지 읽어온 모든 인물의 관계는 사실 좀 문제삼을 부분이 있는 것으로 보이는데, 특히 정신분석 지지자들과의 관계가 그렇습니다. 『천 개의 고원』 이전에 발표한 책의 제목은 『안티 오이디푸스』로, 이것은 프로이트 '장군'에 대한 계속적인 공격입니다. 짐작하겠지만 들뢰즈가 오이디푸스콤플렉스를 거부하는 것은 그 자체가 결함이 있어서가 아니라(그런 공격을 하는 사람은 아주 많습니다), 그것이 수목적 조직화의 원리이기 때문입니다. 들뢰즈는 특정한 쟁점에 초점을 맞추는 정신분석의 유산이 얼마나 한계가 많고 불행했는지 보여주는 일에 나섭니다. 따라서 여러분은 들뢰즈가 다가多價적인 라캉과 훨씬 더 가까우리라고 느낄지 모르지만, 그는 라캉에 관해서 이렇게 말합니다(34): "정신분석이 자신의 운명을 언어학의 운명과 묶은 것은 놀라운 일이 아니다." 이 말만 가지고는—아마 우연이 아닐 것인데—여기서 들뢰즈가 가리키는 것이 프로이트인지 라캉인지 알 수 없습니다. 프로이트가 『꿈의 해석』에서 그렇게 말하기 때문에 무의식은 언어처럼 구조화되어 있다는 라캉의 말을 그가 진지하게 받아들였다고 한다면 말이죠. 그러나 나는 들뢰즈가 그냥 싸움을 피하고 있을 뿐이라고 생각합니다. 라캉이 언어학에 초점을 맞추는 것이 여기저기 흩어진 프로이트의 말들을 엄청나게(어떤 사람들은 이것이 정당화될 수 없다고 말할 텐데요) 수정하는 것이라는 데는 모두가 동의하며, 따라서 들뢰즈의 표적은 사실 라캉이라는 점이 분명해 보입니다.

더 나아가, 정신분석 너머의 표적은 언어학 자체입니다. 들뢰즈는 자신의 입장에서 어떤 언어학자도 성공적으로 담아내지 못한 방식으로 언어를 개념화하기를 원합니다. 그는 계속 노엄 촘스키 이야기를 하는데, 이전의 책에서 프로이트가 악당이었던 것과 마찬가지로 이 에세이에서는 아마 촘스키가 악당일 것입니다. 정신에는 모든 언어에 공통된 보편적인, 수목적 '심층구조'가 자리잡기 위한 배선이 깔려 있다는 촘스키의 생각에, 들뢰즈가 적대감을 갖는 것은 이해하기 어렵지 않습니다. 하지만 나는 여전히, 촘스키를 이 분야 전체의 대리인으로 만드는 것이, 소쉬르 이야기를 꺼내어 라캉을 포함한 모든 구조주의자의 분노를 사는 일을 피하기 위한 방법이라는 생각이 듭니다. 결국 들뢰즈의 맥락에서는 소쉬르가 이항적인 것, 기호의 자의적 성격에 초점을 맞추는 것도 마찬가지로 수목적이기 때문에 문제가 되며, 기호가 서로 또다른 코드들로 침투하는 것에 대한 들뢰즈의 관심과 배치됩니다.

그렇다면 우리는 리좀이 눈에 보일 때 어떻게 그것이 리좀임을 알 수 있는가? 여러분이 들뢰즈의 에세이를 읽다 얼마나 좌절감을 느꼈건, 결국 리좀이 무엇인지는 아주 분명해졌을 겁니다. 혹시 미심쩍으면 그냥 감기를 생각해보세요. 들뢰즈는 그것을 '리좀적 감기'라고 부릅니다. 우리는 다른 사람들로부터 이것을 얻고, 우리 모두 학기 중간

쯤에는 이것에 걸리기 때문에, 이 병이 퍼지는 것은 리좀적입니다. 우리는 약하고, 이것은 우리에게 다가올 길을 찾아냅니다. 말벌과 과수원의 관계와 비슷하죠. 말벌은 바이러스와 마찬가지로 이 꽃 저 꽃을 날아다니다 내려앉아 꽃가루를 퍼뜨립니다. 감기와는 대조적인 것으로 유전적인 질병, 유전적으로 배선이 깔려 있기 때문에 우리에게 잠복해 있는 병이 있습니다. 들뢰즈는 이런 형태의 병을 수목적인 것과 연결합니다. 이것은 기원으로부터, 뿌리 원인으로부터 옵니다. 리좀적 군락들 안에서 벌어지는 긴장의 주고받음—서로 걸려 넘어지는 쥐, 굴속의 미로, 사방으로 퍼지는 바랭이—이 모든 것은 무작위적이고 예측 불가능합니다. 무제한의 활동이지만 중심의 지배를 받지 않으며, 따라서 구조적이지 않지요.

마찬가지로, 이런 은유들을 둘러싼 가치체계는 고정되어 있지 않습니다. 무조건 "수목적인 것은 나쁘고, 리좀적인 것은 좋다"는 게 아닙니다. 그에 매우 가깝기는 하지만, 앞서 말했듯이 들뢰즈는 리좀적인 것의 위험도 인정합니다. 수목적인 것의 경우, 책들에 관해 말할 때는 뿌리의 종류를 구분함으로써 어느 정도는 구제하지요. 하나는 그가 '뿌리-책'이라고 부르는 것으로, 이것은 주제를 선언하고 체계적으로 전개해나가면서, 하위 주제들의 논리적 연속성에 적당한 주의를 기울이는 전통적인 책입니다. 그다음으로는 그가 '수염뿌리 책'이라고 부르는 것이 있는데, 이것은 뿌리가 복잡하게 뻗어나가지만 그래도 주근主根으로 거슬러올라갈 수 있는 것이지요. 이것을 그는 모더니즘과 연결시킵니다. 수염뿌리 책은 조이스의 『율리시스』 같은 것으로, 부엌의

싱크대를 포함한 모든 것이 담겨 있지요. 완전히 리좀적인 것처럼 보이지만 초점을 맞추는 단일한 저자의 의식에 의해 일관성을 갖추며(드만의 '문법의 수사화'를 생각해보기 바랍니다), 따라서 여전히 수염뿌리 책이고, 뿌리-책보다는 칭찬할 만하지만 획기적이라고 할 수는 없습니다. 그러나 『천 개의 고원』은 리좀적인 책이 될 것이라고 선포합니다. 이것은 협업적이며, 순서에 의해 층을 배열하기를 거부하며, 명랑하게 모든 것을 동시에 말하며, 예측 불가능하게 또 겉보기에는 무작위적으로 은유에서 은유로 급하게 움직입니다—하나의 뿌리 관념이나 좋아하는 화제를 환기하려는 것이 아니라, 치환 자체의 치환을 모방하는 것입니다. 그것이 성공했는지는 여러분이 판단할 수 있겠죠.

지젝은 우리가 라캉을 이해하는 것을 도울 수 있고, 또 우리가 피터 브룩스를 다시 찾아가게 해주기도 합니다. 여러분이 읽은 에세이 「궁정식 사랑」에 나오는, 서사에서 욕망의 갈등상태가 작용하는 방식의 예들은 훌륭하고 내가 보기에는 대체로 별도의 설명이 필요 없지만, 사실 가장 좋은 예는 지젝이 쓴 다른 책, 『항상 라캉에 대해 알고 싶었지만 감히 히치콕에게 물어보지 못한 모든 것』에 나옵니다. 그 책에서는 〈현기증〉에 많은 관심을 기울이지요. 한 가지 다른 점이 있기는 하지만, 〈현기증〉을 지젝이 이야기하는 그런 플롯의 한 예로 생각해보기 바랍니다. 이 작품은 오브제프티아에 정착하지 못하는 상태에 대한 병리 연구로 생각할 수 있습니다. 스코티에게는 자신을 사랑하는 친구이자 언제든지 사귈 수 있는 화가 미지가 있지요. 하지만 그는 그녀의 매력을 보지 못하고, 요구에 무관심하며, 내내 강박에 사로잡혀 수수께끼의 매들린/칼로타/주디를 쫓을 뿐입니다. 그의 욕망의 대상은 그저 멀리 있는 것만이 아니라(그는 그녀와 사랑을 나누고 싶어하면서 그러지 말아야 할 수많은 핑계를 찾아냅니다), 모호하기도 하며, 최종적으로 그녀의 정체를 알게 되었을 때는 그녀도, 그녀에게 느끼던 매력도 단번에 파괴되고 맙니다. 파국에 앞서 스코티가 마치 물신숭배를 하듯이 주디를 매들린의 정확한 복제물로 다시 만들고, '타자'의 머리카락이 모두 제자리에 있기 전에는 그녀를 소유하지 못하는 괴로운 장면들이 나옵니다. 그러나 이 일이 완성되는 그 순간, '타자' 자신이 진정하지 않은 존재로 드러나지요. 그녀는, 존재하지 않기 때문에 완벽한 것의 복제품이며, 스코티의 궁정식 사랑은 완전히 해체되어버립니다.

어쩌면 지젝에게서 욕망의 붙들기 어려운 면과 피터 브룩스에게서 플롯 확장의 관계를 생각해보는 것이 도움이 될지도 모르겠습니다. 브룩스는 플롯에서 중간이 에피소드들을 통해 길어지는 방식을 묘사하는데, 그 모든 것이 교정적 반복이 필요한 어떤 불균형을 표현합니다. 리얼리즘 소설의 특징적인 플롯은 결혼 플롯이기 때문에, 이런 우회로들 가운데 다수는 부적절한 대상 선택과 관계가 있습니다. 그런 잘못 접어든 길들은 지젝의 〈크라잉 게임〉의 경우와 마찬가지로 부적절한 정치적 대상 선택과 관련될 수도 있고, 어쩌면 두 가지가 겹칠 수도 있습니다. 그런 점에서 헨리 제임스의 『카사마시마 공작부인』의 플롯을 생각해보기 바랍니다. 가엾은 히아신스 로빈슨에게서는 두 가지 모두가 나란히 두드러집니다. 그는 결국 콘래드 작품의 등장인물처럼 사회주의와 무정부주의를 혼동하여 정치적으로 엉뚱한 편에 서게 되고,

사랑에서도 엉뚱한 편에 서게 되거든요. 활기찬 크리스티나 라이트가, 제임스의 첫 소설에서 소설 제목과 이름이 같은 로더릭 허드슨에게 그랬던 것처럼, 결코 다가갈 수 없는 '대타자'이기 때문입니다. (크리스티나 라이트가 줄곧 공작 부인 역할을 유지한다는 것은, 제임스 소설의 현실 세계에 대한 기대에도 불구하고 종교적 깨달음마저 약속하는 성姓을 가진 여자와 연결되는 동화적 결과인데—공작 부인으로서는 신성한 빛이 아니라 casamassima, 즉 '큰 집'이지요—그 덕분에 그녀는 지젝의 「궁정식 사랑」의 전통에서 자신의 자리를 확보합니다.)

어쨌든 브룩스에게 적합한 끝을 찾아가는 플롯의 항해는 흥분의 감소를 통해 평형에 이르는데, 그것은 어쩌면 죽음의 형태일 수도 있습니다. 다시 밀턴적 카타르시스, "모든 감정이 소진된, 정신의 고요"를 생각하게 되지요. 지젝은 더 포스트모던합니다. 그는 라캉을 따라, 욕망의 대상을 점근적인 것으로, 궁극적으로 또 항상 접근할 수 없는 것으로 봅니다. 또는 혹시 접근하게 된다—또는 거의 접근할 수 있게 된다고 말할 수도 있겠네요—하더라도, 이것은 문제들을 제거하는 듯 보이지만 사실 그만큼 많은 문제를 일으킵니다(1193).

> 아마 궁정식 사랑 그 자체에서 오랫동안 기다려온 최고로 충족적인 순간, 여인이 자신의 종에게 'Gnada', 즉 '자비'를 주는 순간은 여인의 굴복, 성행위에 대한 동의가 아니고, 그렇다고 어떤 신비한 입문 의례도 아닌, 그저 여인의 쪽에서 보여주는 사랑의 신호, '대상'이 답했다는 '기적', 탄원자를 향해 손을 뻗는 행위일 것이다.

다른 말로, 대상이 주체가 된 것입니다. 이런 교환, 인정의 상호성, 여인—지젝은 그녀를 [주로 사디즘 관계에서 주도권을 쥔 여성 지배자를 가리키는] 도미나트릭스와 연결시켰죠—이 인간이 되는 순간, 인간이 되어 사랑을 제공하는 이 순간에, 대상은 더 접근 가능하게 됩니다. 이제 함락의 가능성이 있으나, 그녀에게 더 접근 가능해질수록, 욕망의 에너지는 해소의 위협을 받습니다. 말하자면 지젝에게 종결은

한스 홀바인, 〈대사들〉, 1533년.

욕망의 충족이 아니라 욕망의 에너지에 대한 위협입니다. 지젝에 따르면, 욕망은 언어에 내재합니다. 그것은 언어의 특징적인 운동인바, 충족으로부터 위협을 받지요. 여인은 말합니다. "좋죠, 뭐 어때요? 그렇게 하기로 해요." 그러면 그녀의 '종'은 게임을 완전히 포기하고, 그토록 오래 자신에게 꿈에 대한 답으로서 표현해온 행위를 거부합니다. 충족이 이루어지면 욕망의 대상이 사라지기 때문입니다. 욕망은 욕구가 되어, 그저 만족의 문제에 불과해집니다. 더이상 우리를 인간으로 만드는 것을 지속시키는 문제가 아닌 것이죠. 문자의 끝없는 추진, 또는 행위성이 아닌 것입니다.

하지만 실재, 즉 이야기할 수 없는 것은 어떨까요? 한스 홀바인의 그림 〈대사들〉을 봅시다. 탁자를 사이에 두고 두 외교관이 서 있습니다. 그들은 아마 헨리8세의 결혼들 가운데 하나를 두고 협상을 하는 중이고, 이것은 정치와 사랑의 가교 역할로 아마 하찮은 일이 아닐 것입니다. 따라서 이 그림은 욕망의 대상과 관련되어 있는데, 그 대상은 부재중, 기껏해야 내포되어 있습니다. 전경에는 바로 이것이 있습니다. 이것은 우리를 향해 그림자처럼 비스듬히 놓여 있지만, 그림 속에 있는 무언가의 그림자도, 무언가가 거울에 비친 모습이나 음화도 아닙니다. 옆에서 보면 이것은 해골을 닮아갑니다. 실제로 학자들 사이에는 이것이 괴상하게도 해골의 일그러진 그림자 또는 재현일 수 있다는 합의 비슷한 것이 이루어져 있습니다. 해골이 거기서 그런 비스듬한 시각으로 무엇을 하고 있는지는, 말하기 어렵긴 하지만 아마 불가능하지는 않을 겁니다. 이때는 메멘토 모리의 시대이며, 홀바인은 이것을 거의 알아볼 수 없을 정도로 왜곡하여, 우리가 늘 죽음을 기억하는 것은 아니지만 그래도 죽음은 마치 콜레스테롤을 낮추는 약 광고에 나오는 상상의 들것처럼 우리를 따라다닌다는 점을 일깨웁니다. 정신분석학적으로, 또 우리가 공부해온 서사이론의 원리 중 하나로서, 우리는 여기서 함께 자리잡고 있는 죽음소망과 쾌락원리의 한 모델을 보게 됩니다. 죽음의 그림자는 남근의 그림자이기도 한데, 이 얼룩은 남근을 닮기도 했죠. 결국 이것은 결혼을 둔 협상이니까요. 그러니, 분명 우리가 말할 수 있는 것들이 있는 겁니다. 그럼에도 이 얼룩은 늘 예법의 파괴가 될 수밖에 없지요. 해골이든 다른 무엇이든 그것이 우리 자신의 죽음, 즉 이야기할 수 없는 것인 한, 또 그것이 대사들에게도, 헨리에게도, 당시 그의 약혼녀에게도 그러한 것인 한, 그것은 불시에, 비스듬한 각도로, 삶의 플롯 한가운데 불쑥 나타납니다. 우리는 이것을 상징계(남근, 즉 '문자') 또는 상상계(관습적인 기억 지원 도구로서의 해골)의 영역에서 해석할 수 있습니다. 하지만 이것이 해석될 수 없다면, 재현의 모든 관습 위에 불쑥 나타난다면, 이것은 실재입니다. 우리가 의미를 부여하기 전에는 아무런 의미도 없는 것이지요.

히치콕이 만든 거의 모든 영화에서 이와 비슷한 것을 발견하는 히치콕에 관한 책, 그리고 홀바인의 그림 양쪽에서, 지젝은 이것을 '얼룩'이라고 부릅니다. 소설이라면 우리는 이것을 관련 없는 디테일이라고 부르겠죠. 소설에서 우리는 거기에 나오는 그 모든 것의 형식적 역할, 기능을 발견할 수 있다고 느낍니다. 날씨, 탁자 위의 꽃, 길의 먼지—이런 것을 우리는 형식적으로 배치할 수 있지요. 하지만 소설에는 그냥 설명 불가능한 존재인 것이 있을 수 있으며, 그것이 지젝에게는 얼룩입니다.

이제 언어에서 욕망에 관해 한마디하겠습니다. 지젝의 에세이에는 여러분이 옆길로 벗어났다고 생각할 수도 있는 부분이 있습니다. 그는 갑자기 J. L. 오스틴의 보통 언어철학과 더불어 언어학자 오스발드 뒤크로의 술어에 대한 생각을 이야기합니다. 하지만 지젝이 관련성을 찾는 부분은, 오스틴에 따르면 어떤 발화에서나 발견할 수 있다고 하는 수행의 요소, 그리고 서술이 문장 전체를 지배한다는 뒤크로의 지적입니다. 오스틴의 수행과 뒤크로의 서술은, 언어의 일부만 차지하고 있는 것으로 여겨지지만, 실제로는 언어라는 분야를 장악합니다. 오스틴은 수행적인 것과 사실적인 것을 구별하는 데서 시작합니다. 하지만 결국 『말과 행위』의 주장은, 어떤 종류의 진술이든 수행의 요소를 품고 있기 때문에 수행적인 것밖에 없다는 것입니다. 뒤크로도 마찬가지로 술어에서 강력한 행위성이 나온다고 보며, 이것은 문장 안에서 문법적 주어를 바로 장악하고 일종의 수행을 이루어냅니다—양쪽의 경우 수행은 '욕망', 즉 어떤 소망과 관련한 말하기 행동에서 자기 연출을 뜻하죠. 내가 뭔가를 하겠다고 약속할 때 나는 그 약속을 이행하고 싶은 욕망을 상연합니다. 내가 뭔가를 서술할 때 나는 뭔가가 나 자신의 도구성을 통해 그렇게 되기를—거짓이 되기보다는—바라는 욕망을 상연합니다. 따라서 이런 주장들은 언어에서 욕망의 불가피성을 주장할 때 지젝이 의도하는 바를 설명하고, 욕망이 우리가 서로 말할 수 있는 모든 것에, 그리고 물론 지젝이 예로 든 영화들의 플롯—또는 영화학에서 말하는 '디에게시스diegesis'—에 스며드는 방식을 설명합니다.

과연 우리의 읽기에서 새로운 페이지로 넘어갈 수나 있을지 회의가 느껴질 테지만(저 성가신 언어는 뭔가dwat that pesky langwidge), 다음 강의에서 또다시 시도해봅시다.

사회적 맥락

16장
독자와 텍스트의 사회적 침투성

읽을 자료:

한스 로베르트 야우스, 「문학이론에 대한 도전으로서의 문학사」(CT, 981~988).

미하일 바흐친, 「소설에서의 이종어」(CT, 588~593).

이제 주로 사회적 맥락이나 문학의 환경과 관련한 이론으로 가면서, 아마 들뢰즈와 지젝만큼이나 이상하다고 할 수 있을 한 쌍으로 시작해보겠습니다. 미하일 바흐친과 한스 로베르트 야우스입니다. 오늘 여러분이 읽은 저자들 사이의 가장 엄청난 차이는, 바흐친의 일차적 관심이 텍스트를 생산하는 생활세계인 반면, 야우스의 일차적 관심은 텍스트가 받아들여지는 생활세계—어쩌면 생활세계들의 연속물이라고 하는 편이 낫겠군요—라는 점입니다. 그러나 두 발췌문을 읽으면서 알 수 있고, 또 앞으로 읽게 될 자료에서도 발견하겠지만, 일단 사회적 환경을 고려하면 문학의 생산과 수용은 생각했던 것만큼 쉽게 구별할 수가 없습니다. 대화 같은 모든 담론 교환에서 청자는 화자이기도 하고 독자는 저자이기도 하다는 사실을 인식하게 되지요. 블룸과 같은 문학적 영향이론에서 저자는 그냥 독자이기도 하며, 어떤 의미에서 나는 이것이 야우스에게도 해당한다고 생각합니다. 그러나 더 넓은 의미에서도 우리는 문학의 생산과 소비를 서로 다른 주제로 가르기 힘들다는 사실을 보게 될 것입니다. 문학사에서 저자는 과거와 관련을 맺는 독자입니다. 또 미래를 위해 텍스트를 유포하는 역할을 하는 독자는 구체적인 맥락에서 보아도 작가라고 할 수 있을 것입니다. 그는 의견을 표명하고, 가치를 유포하고, 텍스트를 베스트셀러 리스트에 올려놓고, 또 아마 지속적인 평판에도 기여할 것입니다.

야우스가 이런 말을 하진 않지만, 필연적으로 그에게 독자는 블룸의 경우와 마찬가지로, 거의 작가이기도 하다고 나는 늘 느껴왔습니다. 문학사를 아울러 하나의 텍스트가 가지는 지속적인 존재감, 또는 영향에 책임이 있는 독자라면, 틀림없이 어떤 의미에서는 의견 표명을 해온 것일 테니까요. 19세기에 대본 가게를 말없이 들락거리는 것, 또는 심지어 서적상에게서 구매를 하는 것도 효과는 오래가지 않습니다. 책의 운명은 리뷰, 소문, 입에서 나오는 말이 지배합니다. 우리의 블로그, 온라인 독자 피드백, 북클럽, 토론 모임은 오늘날 그 어느 때보다 이것을 진실로 만듭니다. 독자는 유행을 만드는 사람으로서 작가이기도 합니다. 어쩌면 지금까지 인정받지 못했던 점을 장황하게 이야기하고 있는 것인지도 모르겠지만, 문학적 역사 편찬의 원리로서 블룸의 강력한 오독이론이 독자로서의 작가와 작가로서의 독자 사이의 관계로 이해될 수 있다면, 어떤 의미에서는 야우스에게도 독자는 작가요 작가는 독자입니다. 둘 다, 블룸만이 아니라 야우스도, 문학적 역사 편찬에 그럴 듯한 기여를 한 것입니다.

하지만 이 강의가 우리의 읽기에서 전환의 순간을 기록한다는 사실을 기억해봅시다. 다시 말하지만, 우리가 실제로 앞으로 나아가고 있는 것인지, 아니면 '형식주의'가 역사와 세계에 무관심한 듯 보이고 또 그렇게 주장함에도 어쩌면 결국은 내내 '삶'에 관해 이야기해왔다는 사실을 인정할 필요가 있진 않은지, 궁금할 때가 있을 수도 있습니다. 시클롭스키는 문학성이 언어만이 아니라 역사적 사회적 현실도 낯설게 해주기를 바랐습니다. 리처즈는 시가 우리를 구원할 수 있다고 말했습니다. 클리언스 브룩스는 시의 용도 가운데 하나는 우리가 더 나은 시민이 되게 해주는 것이라고 말했습니다. 야콥슨에게 지시적 기능이 없는 발화란 없습니다. 데리다는 '사건'의 신비에 관해 말하고, 드만은 프루스트적인 분위기에 관해 말합니다. 그렇다면 앞에 읽은 것과 이제 읽게 될 것의 차이, 잠정적이라고 해도 그 차이를 두고 어떤 합의를 할 수 있을까요? 이런 구분이 계속 유지될지는 잘 모르지만 그래도 여전히 그런 구분이 하나쯤 필요하다는 느낌으로, 지금까지는 텍스트가 세계를 구성해왔으나 앞으로는 세계가 텍스트 안에서 산다고 말해보겠습니다. 텍스트는 이제 소우주가 아니라 현실세계가 통과하는 매체입니다. 텍스트는 기왕의 어느 매체 못지않게 왜곡을 하지만, 그래도 이제는 별개의 존재론적 지위를 갖는 분리 가능한 독립체가 아닙니다(제대로 이해한다면 텍스트 바깥에는 아무것도 없다는 데리다의 전제에서도 이런 결론이 똑같이 나온다는 점에 주목하기 바랍니다). 텍스트는 세계 속에 있는 하나의 대상으로서, 사회적 힘들에 의해 생산되고, 유지되고, 파괴됩니다.

지금까지 우리는 언어가 기호론적 코드라고 생각하면서, 이 코드가 그저 가상의 것일 수도 있다고 생각했습니다. 우리는 우리가 이 언어와의 관계에서 얼마나 수동적인지 강조했습니다. 심지어 이 언어가 "우리를 말한다"고 말했습니다. 그러니까, 언어가 우리를 통해 말한다는 것은 이런 문제에 관한 우리의 생각에서 상수였지요. 하지만 우리는 지금까지 이 언어가 단지 코드일 뿐 아니라, 어떤 주어진 역사적 순간에 단지 가상적으로 존재하는 어떤 것일 뿐 아니라, 사실은 다른 사람들의 언어로 이루어진 코드이기도 하다는, 우리가 갖고 있을 수도 있는 또하나의 느낌에 관해서는 묘하게도 일체 입을 다물고 있었습니다. 그것은 추상적인 언어가 아니라, 유통되는 언어입니다. 이 때문에 이 언어는 아마 소쉬르가 말하는 의미의 랑그에서는 멀어지고, 그가 랑가주라고 부르는 것, 유통되는 모든 말의 총합에 가까워질 것입니다. 라캉 또한 언어를 물론 상속된 것으로, '아버지의' 언어로 봅니다. 싫어도 그 언어로 말한다는 거지요. 하지만 그런 식의 표현은 분명히 훨씬 산만하고 다면적인 유산을 정신분석학적으로 증류한 것입니다.

따라서 우리는 여전히 언어를 생각하고 있고, 우리가 배운 대로 언어와 말 사이의 구분을 생각하고 있지만, 이제 이것은 현실로부터 추상된 언어가 아닙니다. 이것은 사회적 교환 도구로 현실 내에서 유통되는 언어입니다. 이제, 또 앞으로 우리가 읽을 자료 속에서 언어는 하나의 사회적 제도입니다. 문학이론에서 하나의 제도라는 이 새로운 의미의 언어는, 개인의 말을 결정한다는 점에서는 우리가 언어학적이고 정신분석학적인 형식주의를 통해 관찰해온 것과 같지만, 이제 우리는 언어가 새로운 방식으로 우리에게 다가온다는 주장을 서서히 이해하게 됩니다. 나의 목소리—아무도 사라진다고 확실하게 말하지는 않습니다만, '목소리'라는 말은 여기서 무거운 압력을 받고 있는 것이 분명합니다—나의 목소리에는 나를 둘러싼 세계에 존재하는 언어의 모든 침전물, 위상, 수준, 지향이 스며 있습니다. 나의 말이 행위성을 유지하는 한, 내가 다른 사람들로부터 언어를 가져온다는 의미에서 그렇습니다. 짧은 메모를 놓고 즉흥적으로 강연을 하다보면, 내가 말하는 것에서 언어의 사회적 유통은 다른 경우보다 훨씬 현저해집니다. 내가 각본 없이 주절거리는 것을 듣고 있으면, 여러분은 인터넷을 듣게 되고, 여러분은 신문 표제를 듣게 되고, 여러분은 속어를 듣게 됩니다. "여러분은 듣게 된다"는 말을 여러분은 듣고 있는데, 운율에 맞추어 율동감 있게 반복되는 이 구절을 여러분은 연단이나 정치 연설에서 자주 들을 것이며, 만일 내가 글을 쓰고 있다면 이런 시소나 흔들목마 효과 같은 것은 아마 없애고자 할 겁니다. 앞으로 보게 되듯이 글쓰기는 사실 언어를 소유하려는, 언어로 하여금 우리의 명령을 따르게 하려는 노력이지만, 글 또한 절대 다른 사람들의 언어로 목소리를 내는 것을 멈추지 않습니다.

'저 밖에' 있던 것이 이 안에 들어와 있는 상황에 이르는 것인데, 그 다음에 알게 되는 것은 그것이 한 개인의 지속적인 주절거림, 말하자면 가장 특유한 말의 결을 이루고 있다는 사실입니다. 이것이 어느 정도나 그러한가, 절대적으로 그러한가 아니면 개인의 말을 구성하는 한 요인에 불과한가 하는 것은 늘 논란이 되는 주제죠. 곧 두어 가지 예를 들겠습니다. 어쨌든 언어와 말 관계의 구조가 바뀌지 않아도—실제로 계속 이 길로 나아가도 바뀌지는 않을 겁니다—이런 관계의 내용과 그것에 관해 우리가 말하는 방식은, 우리가 언어를 가상적 체계라기보다는 사회적 네트워크라고 생각하면 아주 많이 바뀌게 됩니다.

이런 변화가 우리가 이 강의를 위해 읽은 두 저자의 작업에서 어떻게 나타나는지 더 구체적으로 확인하기 위해 두 발췌문을 인용하고 싶습니다. 첫번째는 바흐친으로, 그의 뿌리는 러시아형식주의입니다. 발췌문은 그가 이중 목소리적 성격에 대한 형식주의적 이해로 간주하는 것과 '진정한 이종어異種語' 사이의 관계를 다룹니다. 이중 목소리적 성격의 관습적 의미는 말하는 것과 의미하는 것이 다르다는 아이러니의 개념에 반영되어 있는데, 대부분의 경우 화자와 청자가 이런 의미 차이에 동의하지요. 하지만 바흐친은 다른 현상에 관심을 기울일 것을 요구합니다.

> 수사는 종종 단어에 대한, 이데올로기적 권위에 대한 순수한 말의 승리로 한정되곤 한다. {이것이 생각에 대한 압제적 권위를 행사하는 통념을 아이러니 같은 수사에 집어넣어 전복할 수 있는 방식입니다.} 이런 일이 발생

하면 수사는 형식주의적인 말장난으로 타락하지만, 반복하거니와 담론이 현실에서 떨어져나오는 것은 단어 그 자체에도 치명적이다. 단어들은 허약해지고, 의미론적 깊이와 유연성, 새로운 살아 있는 맥락에서 의미를 확장하고 갱신할 능력을 잃는다. {나쁜 일이 일어날 때 우리는 "대단하네!" 하고 말합니다. 하지만 몇 세대 동안 그렇게 해왔기 때문에 이 표현도 이제는 그다지 매력이 없습니다.} 그것들은 담론으로서는 본질적으로 죽는다. 의미화하는 단어가 그 자체를 넘어서 살고 있기 때문이다. 즉 그것은 자신의 합목적성을 밖으로 향하게 하며 살고 있다. 이중 목소리적 성격은 단순히 말로 이루어지며, 진정한 이종어가 아닌 한낱 목소리의 다양성에 기초하여 구조화된다.

그것은 한 개인이 조작하는 목소리의 다양성이며, 그 수도 아마 둘 이상은 아닐 겁니다. 다른 말로 하면, 목소리의 이중적 성격은 의미의 가능성과 위상들 사이에 복잡한 덮어씌우기가 이루어진다는 사실을 고려하지 않습니다. 이런 복잡성은 다양한 종류의 말하는 공동체들 때문인데, 이들은 함께 모여 담론의 모든 측면을 형성합니다. 그 목소리의 움직임을 이해하기 위해서 우리는 발화의 생활세계에 관해 생각할 수밖에 없습니다.

이와 비교되는, 한스 로베르트 야우스의 형식주의에 대한 반응도 살펴볼 수 있습니다. 야우스는 바흐친과 마찬가지로 러시아형식주의자들에게서 강한 영향을 받았습니다. 여러분이 보고 있는 텍스트에는 이런 영향이 완전히 드러나지 않지만, 야우스의 가장 잘 알려진 에세이로 그 분량이 팸플릿 정도 되는 「문학이론에 대한 도전으로서의 문학사」(1967)에서는 상당히 드러나는 편입니다. 텍스트와 생활세계의 관계를 다루는 이론에서 야우스는 러시아형식주의자들, 특히 야콥슨과 티냐노프에서 나타난 역사 편찬의 측면들을 문학 생산의 마케팅, 수용, 소비에 대한 마르크스주의적 접근과 결합합니다. 야우스의 문학 수용에 관한 논제에는 이 두 관념군이 나란히 자기 역할을 하는데, 이 점은 강의 끝에서 다시 이야기하겠습니다.

두번째 발췌문에서는 야우스가 이 두 영향 양쪽과 어느 정도 거리를 두려는 모습을 보여줍니다. 다음이 그 대목입니다.

> 초기 마르크스주의와 형식주의의 방법들은 공통적으로 문학적 사실을 생산과 재현의 미학이라는 폐쇄적 태두리 내에서 생각한다. 그 과정에서 문학으로부터 그 사회적 기능만이 아니라 미학적 성격에도 확고하게 속해 있는 차원, 즉 수용과 영향이라는 차원을 박탈한다.

다른 말로 하면, 텍스트가 시간 속에서 전진하는 방식, 독자의 눈으로 볼 때 변하고 또 시간이 흐르면서 성장하거나 줄어드는 방식—이것은 사회적 과정이지만, 그 역학과 윤곽은 오직 연속적이고 집합적인 미학적 해석적 판단을 통해서만 그려낼 수 있다는 겁니다. 사회적 매체나 네트워크에서 생기는 일—'수용'의 과정—은 평가와 해석의 문제라는 것인데, 이 점은 앞으로 보게 될 것입니다.

이런 종류의 사고와 형식주의적 전통 사이의 관련에 더 가까이 다가가려고 노력하면서, 바흐친이 문학적 '패러디'—여기에서는 어떤 잘 알려진 문학적 모델이나 텍스트에 대한 조롱이라는 좁은 의미입니다—를 논의한 대목을 생각해봅시다(589 참조). 그는, 더 넓은 의미에서 이해되는 패러디이론은 일차적으로 러시아형식주의 문학사 편찬에서 나온 것이라고 암시하는데, 거기에서는 새로운 텍스트를 오래된 텍스트로부터 구분하는 혁신적인 원리를 그냥 패러디라고 부릅니다. 따라서 '패러디'를 잠시 살펴보자. 만일 이것을 좁은 의미에서만 생각한다면 우리는 대화적이고 이종적인 것이 문학적 담론의 표면의 흐름을 바꾸고, 거기에 물결을 일으키고, 그것을 복잡하게 만드는 복잡성을 충분히 파악할 수 없다. 좁게 생각하는 패러디는, 다시 한번 우리를 이원적 구조에서 벗어나지 못하게 할 것이다. 즉 이전 텍스트는 이러저러했고, 그것을 잇는 텍스트는 우리가 패러디라고 부를 수 있는 방식으로 그 이전 텍스트를 가지고 장난을 치지만 이항 상호작용을 벗어나지 않는다. 이것은 다른 텍스트와 관련을 맺고 있는 한 텍스트일 뿐이며, 연속적인 텍스트들에 스며 있는 여러 목소리의 범람을 생략해버린다.

이런 수정에는, 사회사로부터 분리된 별도의 길을 문학사에 허용하지 않겠다는 뜻이 내포되어 있습니다. 바흐친은 문학적 목소리와 사회적 목소리가 분리될 수 없다고 주장합니다. 야우스도 마찬가지로 거부하지요. 아래 인용한 구절에서 여러분은 그가, 우리가 전에 논의했던 티냐노프의 에세이 「문학적 진화에 관하여」의 마지막에 나오는 그 구절에 직접 응답하는 것을 보게 될 겁니다. 티냐노프가 진화, 즉 텍스트들의 연속체가 변화하는 방식 또는 연속하는 텍스트들이 선행하는 텍스트를 (다시) 패러디하거나 바꾸는 방식과, 일시적 변이, 즉 계속해서 텍스트 변화를 초래하는 비문학적 요인들이 외부로부터 텍스트에 행사하는 영향을 구분한다는 것을 기억하고 있을 겁니다. 티냐노프는 이 둘의 분명한 구분이, 역사 연구에도 또 문학사 연구에도 중요하다고 말합니다.

이런 주장에 대한 야우스의 응답은 내용이 있다라기보다는 수사적이라고 할 수 있겠지만, 그럼에도 다시 한번 언어를 사회적인 것으로서 생각하는 방향으로의 이동을 분명하게 드러내는데, 이 점은 내가 서두에서 강조했던 것이지요. 야우스는 말합니다.

> 문학적 진화와 사회적 변화 사이의 관련(즉 텍스트를 바꾸려 하고 또 실제로 개정하는 사회의 특징들)은 그냥 부정한다고 해서 지상에서 사라지는 게 아니다. 새로운 문학작품은 삶의 일상 경험을 배경으로 받아들여지고 판단된다.

이것이 티냐노프에 대한 상당히 초보적인 오독이라는 점에 주목하기 바랍니다. 티냐노프는 작품들이 자신들의 역사 안에서 서로를 대체하는 방식과, 작품들이 일상과의 관련 속에서 판단되는 방식을 매우 다른 문제로 생각합니다. 그러나 티냐노프의 구분이 허술하며, 문학적 수용을 연구할 때는, 특히 텍스트 사이의 관계만이 아니라 저자의 태도까지 고려하면 당연히 유지되기 힘들다는 반박은 여전히 정당할 수 있습니다. 새로운 작품을 창조하는 저자는, 이전 작품에서 문학적 관습 외에도 많은 것을 새로 고칩니다—예를 들어 이전 작품의 견해들도 고치죠. 또한 형식적 혁신과 본질적으로 사회적 압력에 의해 생겨난 혁신을 구분하는 쉬운, 또는 심지어 가능한 방법도 없습니다. 사회주의리얼리즘에서 은유를 피하는 것은 겉보기에만 형식적인 선택일 뿐입니다. 미학적 요인과 사회적 요인은, 바흐친의 이종어에서 인간 목소리의 모든 위상과 침전물이 상호 작용하고 스며드는 것과 마찬가지로, 서로 스며듭니다.

따라서 이런 것들이, 우리가 지금까지 공부해온 문학이론의 전부는 아니라 해도 대부분에서 두드러진 역할을 해온, 형식주의적 관념들에 대한 바흐친과 야우스의 공통된 수정 사항입니다. 이제 잠시 바흐친을 논의한 뒤 야우스로 돌아가고 싶습니다. 이종어, 또는 바흐친이 가끔 사용하는 표현으로 하자면 말의 다양성을 그는 '문체의 근거'로 꼽습니다(592). 문체의 근거는 말의 다양성이지, 규범적인 공유 언어의 통일성이나 한 저자에게 독특한 어떤 것이 아닙니다. 내가 여러분에게 말할 때 나는 공식적인 목소리로 말하지 않지요. 나는 순수 영국 영어를 사용하지 않습니다. 사실 이런 관점에서 보면 순수 영국 영어 같은 것, 사람들이 지목할 수 있는 그런 고립되고 증류된 독립체는 없습니다. 신비하게 봉인된 어떤 환경, 극단적으로 내부지향적인 귀족사회, 또 어쩌면 사회적 스펙트럼의 그 반대편 극에 있는 어떤 고립된 환경 같은 것을 바흐친이라면 '단종어單種語'라고 부를 듯합니다. (바흐친은 아마 어떤 최하층의 언어도 단종어라는 데 동의하지 않을 텐데, 그런 모든 말하기 환경에서는 항의와 저항이 발효하고 있다고 보기 때문입니다.) 하지만 우리 대부분의 언어는 다른 많은 사람들의 언어입니다.

이것이 사실이라면, 어떻게 독특한 문체가 생겨날까? 우리는 문체가 마치 저자의 서명 자체인 양 말합니다. "아, 어디에서든 그 문체는 알아볼 거야." 콜리지는 워즈워스의 몇 줄을 두고, 만약 그것을 사막에서 만났다 해도 '워즈워스' 하고 소리쳤을 것이라고 말했지요. 물론 우리가 어떤 문체—예를 들어 제인 오스틴의 문체—를 알아보는 것은 사실입니다. 나는 『오만과 편견』의 첫 문장을 존슨 박사의 문체라고 생각할 수도 있다고 보지만, 대부분의 사람들은 그것을 제인 오스틴의 문체로 알아볼 겁니다. 그럼에도 동시에, 곧 보겠지만, 그것은 최종적으로는 서로 분리하고 구별하기가 매우 어려운 많은 목소리들로 이루어진 문체입니다.

문체가 말의 침전물들이 합성된 결과라는 생각은 저자의 목소리라는 개념을 위태롭게 만드는 듯합니다. 그렇게 생각하면, 이번에는 사회방언이 개인어를 통해 말한다는 점, 모든 사람의 언어는 사실 나의 말을 하는 언어라는 점—여기에 동의하는 것이, 다시 한번 저자의 죽음이라는 음산한 주제와 대면하는 결과를 낳는 것이냐고 묻게 될지도 모릅니다. 나 자신은 그렇게 생각하지 않습니다. 어쨌든 반드시 그렇다고는 생각하지 않아요. 물론 바흐친에서도 그렇지 않습니다. 그는 우리에게 저자의 중요성에 상당히 신선한 의미를 부여합니다(593).

마치 저자는 자신만의 언어를 가진 것이 아니라 자신만의 문체, 즉 언어들을 가지고 노는 방식(따라서 문체는 아마도 자신이 말하고 있는 것에 영향을 주는 다양한 목소리를 중재하고 할당하는 특정한 방식일 겁니다}과 자신만의 진정한 의미론적이고 표현적인 의도들이 그 언어들 내에서 굴절되는 방식을 지배하는 자신만의 유기적이고 단일한 법칙을 소유하고 있는 것 같다. {여기서 바흐친은 의도와 어떤 주어진 소설의 담론 안에서 그것을 인식할 수 있는 방식을 통일하는 원리를 불러냄으로써 저자를 구원하거나 보존합니다.} 물론 이렇게 언어들을 가지고 노는 것(그리고 종종 자기 자신만의 직접적인 담론의 완전한 부재)은 어떤 의미에서도 일반적이고, 뿌리깊은 의도성, 모든 것에 우선하는, 작품 전체의 이데올로기적 개념화의 지위를 낮추지 않는다.

따라서 이것은, 어떤 점에서는 그렇게 보일지 몰라도, 우리가 초기에 읽었던, 예를 들어 푸코나 바르트가 도발한, 저자의 죽음 문제는 아닙니다. 우리는 지금까지 이야기해온 다성성多聲性에 관한 모든 것이 아주 많은 소설에서 작동하는 것을 확인할 수 있습니다. 소설은 바흐친에게 특권적인 장르죠. 내가 이 점에서 다소 단순화하고 있다는 생각이 드는데, 그는 단종어라고 생각하는 장르들, 예를 들어 귀족적 전통의 단일한 목소리로 단순하게 말하는 서사시, 고립된 낭만적 유아론자의 단일한 목소리로 단순하게 말하는 서정시 등을 배경으로 소설의 역사, 그 출현과 개화를 읽습니다. 그런 것과 비교하면 소설의 목소리가 지닌 다종어적 성격, 풍부한 다양성을 이해할 수 있지요. 앞서 말했듯이 이런 포괄적인 대조는 다소 단순화한 것입니다. 서사시와 서정시 양쪽을 혼종어의 표현으로 읽는 것은 아주 쉽고 또 눈이 번쩍 뜨이는 일이기 때문입니다. 그냥 『일리아스』만 생각해보세요. 정말 그것이 단종어적이라고 믿는다면, 반항적인 테르시테스의 말은 어떻게 할 겁니까? 그것이 헤게모니를 쥐고 있는 규칙을 반증하는 예외라고 말할 수는 있겠지만, 사실 자체에는 변함이 없습니다. 그 말은 까다롭고 신과 같은 아킬레우스의 목소리가 아닙니다. 아킬레우스의 목소리도 결국 답답할 만큼 공적인 아가멤논의 목소리가 아니고, 이데올로기적 상대주의자 사르페돈의 목소리도, 교활한 오디세우스의 목소리도 아닙니다.

그러나 이런 단서에도 불구하고, 나는 이종어가 다채롭고 중요한 기본 개념이라고 생각합니다. 여러분 대부분이 틀림없이 알고 있을 『오만과 편견』의 첫 문장으로 한번 실험해봅시다. "재산이 많은 독신 남자에게 아내가 반드시 필요하다는 것은 보편적으로 인정되는 사실이다." 일반적으로 말해, 이것은 바흐친이 '공통어'—모두가 말하기 때문에 "보편적으로 인정되는 사실"—라고 부르는 것과 저자의 사유에 해당하는 것, 바흐친이 다른 곳에서 "내적으로 설득적인 담론"이라고 부르는 것이 위태로운 균형을 이루고 있는 예입니다.

전통적인 어법으로 하자면, 이것은 아이러니를 표현하는 말로 생각될 수 있는데, 아이러니라는 수사는 바흐친이 여러분의 자료 첫 구절에서 대적하고 있는 것이죠. 우리는 제인 오스틴이 스스로 하고 있는 말을 믿지 않는다고 쉽게 결론을 내립니다. 그 말은 응접실에서 통용되는 지혜일 뿐이며, 사실이라고 이야기되고 있지만 그녀가 쓴 문장의 모든 것은 그 말이 명백한 잘못임을 보여주는 방향들을 가리키고 있지요. '보편적으로'라는 말은 문제가 되는 수많은 어리석은 사람 천 명을 뜻하지, 그런 것을 인정하지 않거나 그런 것에 관심이 없는 수천 명을 뜻하지 않습니다. 따라서 물론, '재산이 많은 독신 남자'에게, 또는 다른 남자라도 '아내가 필요'할 수밖에 없다는 것은 그 액면만 보면 과장되어 있습니다. 따라서 우리는 오스틴이 응접실의 잡담을 가져와 거기에서 아이러니를 드러내고 있다고 결론짓습니다.

이렇게 단순한 아이러니가 작동중임을 확인했으니, 이제 우리는 그것을 복잡하게 만들어봅시다. 이 첫 문장의 '사실'은 우리의 승인을 얻을 의도가 없는 듯 보이지만, 그럼에도 소설의 플롯은 그 사실을 인정한다는 점을 염두에 두기 바랍니다. 둘 다 '재산이 많은' 다시와 빙리는 실제로 아내가 필요하다는 것이 드러나며, 소설의 끝에 가면 아내를 얻습니다. 그다음에는 물론 이 '필요'라는 말이 있습니다. 누가 하느냐에 따라 이 말의 뜻은 달라집니다. 우리는 방금 정신분석 단계를 거쳐왔기 때문에 최근 [욕구라고 번역되었던] 이 말에 관해 많은 생각을 했지요. 이 독신남에게 정말로 필요한 것은 정확히 무엇일까? '필요하다$_{\text{want}}$'라는 말에는 미묘한 말장난이 있습니다. 이 말에는 '바라다'와 '부족하다'는 뜻 두 가지가 담겨 있기 때문입니다. 사실 나에게 뭔가 부족하다고 해서 내가 반드시 그것을 바라는 것은 아닙니다. 그냥 나에게 우연히 그게 없는 것일 뿐이죠. 반면 나에게 뭔가가 필요하다고 하면, 그것은 물론, 내가 바라는 것이라고 말할 수도 있습니다. 자, 어느 쪽일까요? 이것은 부족이고, 그것을 채워야 한다는 어떤 사회적 압력을 계산하고 있는 것일까요("결혼했어야 마땅하다, 그가 얼마나 부자인지 생각하면 결혼 안 한 것이 이상한 일이다"), 아니면 이것은 욕망일까요? 욕망이라면, 큰 재산을 소유하고 있다는 것은 필요의 근거가 되기 어렵습니다. 이 소설에는 바로 그런 문제를 제기하는 로맨스 플롯—결혼 플롯과 똑같지는 않지요—의 요소가 있습니다. 욕망은 왕위를 좋아하기는 하지만 단순한 은행계좌는 무시합니다. 사치, 편의, 사회적 수용성, 안락, 이 모든 것이 큰 재산과 관련이 있지만 욕망은 약간 성격이 다르다고 우리는 상정하지요. 이 문장의 복잡성은 사실, 이런 단어들이 사회적으로 사용되는 의미가 이 문장을 통해 퍼져, 오스틴이 응접실에 아이러니 섞인 거리를 두고 있다는 우리의 자신 있는 추론이 다양한 방식과 강도로 그 진술을 충실히 따르는 태도들—앞서 말한 대로 그녀의 플롯에서 확인됩니다—때문에 근거를 점차 잃는 것을 우리가 보게 된다는 사실과 관련이 있습니다. 바흐친의 도움으로 아이러니에 의지하는 것이 오스틴을 읽는 데는 너무 무딘 도구라는 사실을 확인하게 됩니다.

바흐친의 공통어라는 개념을 파악하는 것도 중요합니다. 이것은 특정한 하나의 가치가 고정되어 있어야만 하는 개념이 아닙니다. '공통어'는 리좀과 약간 비슷합니다. 좋을 수도 있고 나쁠 수도 있지요. 이것은 아래로부터 나오는 라블레적이고, 카니발적이고, 전복적이고, 정력적인 목소리들의 덩어리가 권위라는 사과 수레와 죽어가는 사회질서의 고정된 방식을 뒤집어엎는 것일 수도 있습니다(나는 여기서 '카니발'에 관한 바흐친의 책을 암시하고 있습니다). 그러면서 동시에 그 자체로 권위적이고, 반동적이고, 분별없는 것일 수도 있지요. 공통어는 찜찜한 보편적 호소력을 발휘할 수도 있는데, 이런 호소력은 사람들이 관찰하고 생각하는 것에 대한, 사유가 뒷받침되지 않은 조건반사적인 반응에 권위를 부여하는 것처럼 보이기도 합니다. 예컨대 선거운동에서처럼요.

공통어의 중요한 점은 그것이 거기 있고, 그것이 유통되며, 바흐친이 말하는 '내적으로 설득적인 담론'과의 관계 속에서 존재한다는 것입니다—다른 말로 하면 이런 다양한 종류의 언어를 거르고 합쳐서 우리가 진정하다고 느끼는 것과 비슷한 것을 낳는 방식이 중요합니다. 우리는 사유의 힘, 언어의 다양한 층들 사이에 관계가 설정되는 것을 느끼며, 그래서 그것은 우리에게 설득력을 가지게 됩니다. 그렇다고 우리가 반드시 동의하는 방식은 아닐 수 있지만, 그럼에도 '저자'라 칭하는 일관된 의식을 구성한다고 인정할 수는 있는—또 어떤 의미에서는 권위를 부여할 수 있는—방식이라는 것입니다. 모든 단어가 '공통어'인 『오만과 편견』의 첫 문장과 『오만과 편견』 전체 플롯 사이의 독특한 자조적 관계에서 우리는 내적 설득력, 담론의 일관성 비슷한 것을 느낍니다.

바흐친에 관한 말들을 정리하기 위해 여러분의 책에 있는 다른 긴 발췌문, 여러분에게 읽어보라고 권하고 싶은 글에서 인용을 하고 싶습니다. 「소설의 담론」이라는 글인데, 나는 거기서 이 부분만 인용하고 싶습니다(580). "이데올로기적으로 인간이 되어가는 것은…… 남들의 말을 선택적으로 흡수하는 과정이다." 어떤 사람의 정신에서 일관성은 다른 사람들의 말로부터 자율적인 세계관 같은 것을 선택함으로써 이루어집니다. 바흐친에게 소설은 교육과 발달을 강조하기 때문에 단연 최고의 사회적 텍스트이며, 그가 디킨스의 풍자적 문체를 검토하면서 보여준, 공통어들의 복잡한 병치를 통해 얻어진 '내적으로 설득적인 담론'은 다른 사람들의 언어로부터 선택한 것이 자기만의 것으로 인정받는 목소리가 되어가는 현장이지요.

한스 로베르트 야우스는 이저를 거쳐 가다머에게로 우리를 다시 데려갑니다. 기대지평과 기대의 와해에 관한 야우스의 이야기가, 텍스트에 남겨진 상상의 간극, 관습적인 기대로부터 벗어나서 생기기 때문에 잘 처리해야 하는 간극을 채우는 일에서 독자의 역할에 대한 이저의 이야기와 깊은 관계가 있음을, 여러분은 틀림없이 알아챘을 것입니다. 기대지평에 관한 야우스의 이야기는 가다머의 '지평융합'이 가능한 조건들을 생각해보는 한 가지 방식이기도 합니다. 하지만 야우스에게 이것은 단지 서로를 비춰주는 가운데 중간에서 타협할 필요가 있는 독자 한 사람의 지평과 텍스트의 지평이 아닙니다. 텍스트에 대한 미적이고 해석적인 양식이 역사적 환경에 매개되면서 변하기 때문에, 그런 융합은 연속적인 지평들을 따라가며 일어날 수도 있고 일어나지 못할 수도 있습니다.

단지 텍스트가 한때 가졌던 정체성을 독자들이 지금은 다르게 생각하기 때문에 독자들 자신의 지평에서 재고할 필요가 있다는 말이 아닙니다. 그보다는 무슨 일이 일어났는지 판단하고, 다른 시기와 지금의 시기에 텍스트가 받아들여지는 방식의 차이를 연구하는 것이 중요하다는 뜻입니다. 텍스트에는 생명이 있습니다. 텍스트는 삶의 변화를 거쳐가며, 이런 삶의 변화는 가다머가 『진리와 방법』의 역사적인 대목에서 기술하고 있는 해석학적 이해의 세 계기와 관련하여 각각의 연속적 단계마다 이해할 필요가 있습니다. 야우스가 에세이의 서두에서 이야기하는 18세기의 intelligere, explicare, applicare—이해, 해석, 응용—의 구별은, 해석학적 이해의 세 가지 계기를 구분하며, 텍스트 수용의 역사를 아울러 어떤 순간의 독자 혹은 독서 대중에게나 존재합니다.

야우스는 텍스트에 대한 미적 반응과 그 이후에 일어나는, 텍스트에 대한 반성적이고 해석적인 반응의 구별을 상당히 강조합니다. 이것은 약간 혼란스럽게 느껴질 수도 있는데, 야우스가 하이데거 등과 마찬가지로, 또 언젠가 우리도 지적했듯이, 어떤 것에 대해 아무런 생각 없이 자연발생적 반응만 있을 수는 없다는 점을 분명히 인정하기 때문입니다. 이미 무엇인지 알고 있다는 느낌, 다시 말해서 이미 해석을 했다는 느낌이 늘 있지요. 하지만 야우스는 이 두 순간을 구분하는 데 실제로 상당히 힘을 쏟습니다—미적인 것은 이해와 연결시키고, 해석적인 것은 해석학 전통의 explicare와 연결시키지요. 우리는 그가 말하는 '미적인 것'이 무엇인지 이해할 필요가 있습니다. 하나의 텍스트는 역사적 순환에 진입하는데, 그것이 미적으로 감탄의 대상이 되었기 때문에 역사 속에서 연속적인 독자들의 눈앞에 계속 놓여 있습니다. 미학은 텍스트로 하여금 역사를 거치면서도 살아 있게 하는 양분입니다. 사람들은 계속 그것을 좋아한다고 말합니다. 만일 좋아한다고 말하지 않으면, 그것을 해석하거나 역사적으로 전달하는 문제는 생기지도 않을 겁니다. 그냥 사라져버릴 테니까요. 존슨 박사가 말했죠. "독자가 던져버리는 책은 좋아봤자 소용없다." 다른 말로 하면, 해석의 관점에서 책은 좋았을 수도 있지만—논란의 여지 없이 그저 좋았을 수도 있지만—그것이 즐겁게 해주지 못하면, 쾌감을 주지 못하면, 즐겁게 해줌으로써 미적으로 독서 대중의 마음에 들지 못하면, 그 뒤에 이어질 수도 있는 일들은 전혀 일어나지 않을 수도 있습니다.

주어진 지평 내에서 독자와 독서 대중이 행동하는 방식을 이렇게 이해한 상태에서 수용의 역사적 연구(야우스, 그리고 이저를 비롯한 콘스탄츠대학의 동료들이 '수용사'라 부르는 것)는, 우리에게 미적이고 해석적인 수용의 특정한 순간이 그전에 벌어진 일과 이후에 벌어지는 일에 의해 어느 정도나 영향받는지 보여줍니다. 즉 하나의 텍스트는 수용의 결과 점진적으로 변하며, 수용을 연구하지 않으면, 시간이 흐르면서 과거의 텍스트에 대한 해석이 어려워졌는데, 그런 어려움은 역사적 변화 자체와는 아무런 관계가 없다는 순진한 생각에서 벗어나지 못하게 됩니다. 사실 하나의 텍스트가 상전벽해를 거치게 되는 연속적인 해석들의 전개과정이 있었지요. 텍스트는 인기가 떨어지기도 하고 올라가기도 하고, 더 풍부하게 해석되기도 하고 덜 풍부하게 해석되기도 하지만, 원래 이 텍스트는 이렇다고 느껴지던 것은 점점 썰물처럼 빠져나가, 우리가 점점 늘어나는 온갖 종류의 함의와 쾌감의 원천을 누릴 수 있는 지점에 이르곤 합니다. 어쩌면 이 또한 이미 사라졌을 수도 있지만. 최근 영문학에서 떠오르는 분야인 '중세주의'는 수백 년에 걸쳐 연속적으로 이어져온 중세적인 것에 대한 관념들을 연구합니다. 여기에는 [초서의 『캔터베리 이야기』의 등장인물들을 보자면] 동성애 연구에서 면죄부 판매자가 얻은 새로운 삶, 바스 부인이 페미니스트로서 얻은 새로운 삶, 고급 고전문학 연구의 사회적 위상이 높아지고 낮아지는 것과 더불어 부침하는 서생의 평판(그는 현자인가 식객인가?), 그리고 물론 방앗간 주인의 이야기가 기사의 이야기를 반박하는 카니발적 방식에 대한 점점 '대화적'인 강조가 포함됩니다. 수용사는 그런 변화가 나타날 때마다 주목합니다—가장 흔한 예는(이것을 모르는 사람은 거의 없겠죠) 나라의 분위기가 호전적이냐 평화적이냐에 따라 셰익스피어의 헨리5세에 대한 태도가 달라진다는 것입니다.

아마 오늘날 '수용사'보다 더 영향이 큰 것은 가다머의 다른 제자인 위르겐 하버마스가 도입한 '공적 영역'이라는 개념일 겁니다. 하버마스는 관념들의 유통과 수용의 이 새로운 분위기를 18세기 계몽주의의 특징으로서 연구했지만, 그의 개념은 더 넓게 매체 변화, 특히 인쇄문화의 발흥 연구에 적용되었습니다. 야우스가 제시한 수용사의 예들 가운데 다수는 단일 지평 안의 변칙(「문학이론에 대한 도전으로서의 문학사」에 나오는 플로베르의 『보바리 부인』의 수용과 에른스트에메 페이도의 『파니』의 수용 사이에 드러나는 선명한 대조처럼)에 초점을 맞추지만, 이 강의에서는 야우스를 무엇보다도 문학사 이론에 기여한 사람으로 설정하고 있습니다. 독자 연구와 긴밀한 관계가 있는, 그래서 종종 결합되는 또하나의 분야는 '매체사', 특히 문학 연구에서 책의 역사인데, 이것은 유통되는 물질적 대상(원고, 책, 입소문을 타고 퍼지는 블로그)을 독자 대중을 이해하는 출발점으로 삼습니다.

따라서 수용사는 두 가지를 연구합니다. 첫째는 기대지평의 변화입니다. 어떤 주어진 순간에 독자는 이 지평에 의거하여 어떤 주어진 텍스트에서 관습과 관습의 파괴를 받아들이고, 새로운 것과 단순한 요리용을 구별하게 됩니다—이 지평이란 단지 여기에서 지금 한 번 변하는 것이 아니라, 시간을 거치며 연속적으로 변해온 지평이지요. 이런 연구는 대체로 미학적입니다. 수용사는 또 의미론적 가능성의 변화도 포함합니다. 또는, 말하자면 텍스트의 의의를 둘러싼 변화, 또 의의 자체의 가능성의 변화라고도 할 수 있겠네요. 어떤 주어진 시대에 왜 그 텍스트가 독서 대중에게 중요할까? 이런 고려는 대체로 해석적입니다.

수용의 역사적 순간에 유의하는 태도가 지금 여기서 어떻게 표현되는지를 보여주는 간단한 예로, 최근 브로드웨이에서 〈댐 양키스Damn Yankees〉의 리바이벌이 있었습니다. 이것은 원래 양키스를 이기기 위해 영혼을 파는 야구선수를 그린 오래된 뮤지컬로, 양키스가 불패의 기계로 여겨지던 시절에 제작되었죠. 양키스가 불패의 명성을 누리지도 못하는 지금 〈댐 양키스〉에 대한 관심이 부활한 것은, 스테로이드 스캔들이나 많은 운동선수들이 시합에서 이기고 좋은 경력을 갖고 싶어 실제로 영혼을 파는 방식과 모종의 관계가 있다는 생각을 할 수밖에 없습니다. 이런 사회적이고 문화적인 비난의 분위기에서 우리는 갑자기 〈댐 양키스〉에 다시 관심을 갖게 된 것이죠. 『견인차 토니』는 1980년대 초반에 나왔는데, 이때는 부의 악폐를 비난할 필요가 있었습니다. 어쩌면 『견인차 토니』도 지금 리바이벌할 필요가 있을 겁니다. 지금 같은 경제적인 침체기에 니토처럼 부유하고 화려해지거나 스피디처럼 이기적으로 바빠지는 건 분명히 낡은 것으로, 또 대체로 의미 없고 핵심을 비켜가는 것으로 보이는 반면, 정말 중요한 것은 서로 돕는 작은 사람들이기 때문입니다. 만일 리바이벌이 이루어지면, 『견인차 토니』는 모든 어린아이에게 이야기를 들려주고, 부모에게는 기쁨을 주며, 영문학 교수들에게는 해석(응용$_{\text{applicare}}$과 더불어)될 겁니다. 『견인차 토니』는 역사적으로 하루 더 생존하며, 야우스가 명시한 수용의 세 순간을 완성할 것입니다.

17장
프랑크푸르트학파의 비판이론

읽을 자료

발터 벤야민, 「기술적 복제가 가능한 시대의 예술작품」(CT, 1233~1248).

막스 호르크하이머, 테오도어 아도르노, 「문화산업」(CT, 1255~1262).

아도르노의 발췌문.

문학과 예술에 관한 사회적 관점으로 이동하면서 여러분은 자문하게 되었을지도 모르겠습니다. "왜 마르크스인가? 왜 마르크스가 그렇게 많이 나오는가? 왜 예술에 대한 사회적 비평이 이 주제에 접근하는 가장 훌륭하고 가장 타당한 방식이라는 생각 뒤에 마르크스가 자리잡고 있는 것처럼 보이는가?" 자, 그것은 마르크스주의적 사고의 결과가 역사적으로 무엇을 증명했고 앞으로 증명할 것인지에 관계없이, 역사상 예술작품에 영감을 주는 동시에 조건을 부여하는 사회적 미망에 대해 우리가 갖고 있는 가장 파괴력이 큰 비평으로 남아 있기 때문입니다. 다음 강의에서 프레드릭 제임슨으로 넘어갈 때, 또 이 강의에서 발터 벤야민을 생각할 때, 우리는 마르크스주의적 사고가 현실에 대한 우리의 개념 그리고 세계에서 우리의 자리에 대한 우리의 이해 뒤에 자리잡은 것을 '정치적 무의식' 형태로 드러내는 것을 보게 될 겁니다. 우리는 먼저 언어적 무의식, 또는 어쨌든 언어적 전제설정이라 말할 수 있는 것을 생각했고, 그다음에 정신분석적 무의식을 고려했습니다. 그리고 이제, 다음 강의에서 발췌문을 읽을 제임슨의 책 제목대로 정치적 무의식에 이르게 되었습니다.

물론 문학과 예술에 대한 사회적 비평에 다가가는 다른 방법도 있습니다. 보수적인 쪽에는 레오 스트라우스의 아리스토파네스에 대한 뛰어난 책과 더불어, 정치철학의 전통적 텍스트들을 읽어나가는 영향력 있는 글들이 있습니다. 이 글들은 플라톤 『국가』에서 시작하는데 소크라테스의 시비평을 무척 강조합니다. 또 특히 공적 영역의 저널리즘에는 자유주의적 성향이 매우 강한 비평 전통도 있지요. 사회적 관점에서 이루어진 자유주의적 예술비평에서 가장 주목할 만한 옹호자는 아마 라이오널 트릴링일 텐데, 특히 『자유주의적 상상*The Liberal Imagination*』에 담긴 에세이들이 주목할 만합니다. 이렇게 정치적 스펙트럼의 서로 다른 관점에서 사회적 지향을 품고 문학에 접근하는 태도는 과거에도 있었고 지금도 있지만, 문학이론에서 단연 설득력 있는 사회비평 양식은 마르크스주의적인 것입니다. 적어도 한쪽 눈으로는 계속 문학을 보려 하겠지만, 우리의 일차적 관심은 여전히 마르크스주의 미학입니다.

그런데 우리는 마르크스에 관해서 무엇을 알 필요가 있을까요? 이런 종류의 강좌에서는 여러분 대다수가 사상사와 서양 문화에 어느 정도 친숙할 테니, 여러분이 프로이트에 관해서와 마찬가지로 당연히 마르크스(푸코가 말하는 '담론성의 창설자' 가운데 두 사람)에 관해서도 어느 정도 생각하는 바가 있다고 단정하고 싶습니다. 우리에게 특별히 중요하고, 따라서 잠시 살펴볼 가치가 있는 것이 '이데올로기'라는 파악하기 힘든 개념입니다.

마르크스와 엥겔스의 글, 또 그 뒤를 이은 모든 마르크스주의 글쓰기에서, 이데올로기는 전폭적인 합의가 이루어진 적이 없는 개념입니다. 이 전통에서 이데올로기에 관하여 의견이 일치하지 않는 것은, 주로 이것이 세계에 관한 무의식적 선입관만이 아니라 의식적 선입관에서도 나온다고 보는 것이 옳으냐 그르냐 하는 문제와 관련되어 있습니다. 만일 내가, 내 존재 속속들이 확신하는바, 달이 녹색 치즈로 이루어져 있다고 알고 있다면—내가 이런 의견을 완전히 의식할 뿐 아니라, 이것에 관해 유창하게 논할 수 있고, 또 풍차가 거인이라고 증명한 돈키호테와 같이 의심의 여지 없이 그것을 증명할 수 있다면—나의 이런 지식을 이데올로기로 설명할 수 있는가 하는 문제가 제기됩니다. 마찬가지로 시대에 뒤처진 귀족이 위계와 특권은 사회에 이득을 준다는 생각을 옹호할 각오가 되어 있고, 이것이 인기가 없을 뿐 아니라 대체로 수모를 당하는 생각임을 완벽하게 의식하면서도, 그 생각에 헌신하고 그것을 옹호하기 위해 학식이 높은 권위자들을 인용할 각오가 되어 있다고 해봅시다. 우리는 다시 같은 문제에 직면하게 됩니다. '이것은 여전히 이데올로기인가?'

특히 엥겔스의 글에서, 사실 어쩌면 마르크스의 글에서보다 더 강하게, 그 답은 대체로, 그렇다, 그것은 여전히 이데올로기다, 입니다. 우리는 이데올로기를 믿음이라고 정의할 수 있습니다. 의식적이든 무의식적이든, 어떤 관점을 가지는 것이 곧 진실을 아는 것이라는 믿음. 이데올로기는 물질과 경제에 기반을 둔, 나 자신의 의식의 관점에서 사물이 보이는 방식이 단지 나에게 그렇게 보이는 방식일 뿐 아니라 실제로 존재하는 방식이라고 주장합니다. 이제 마르크스에 따르면, 이것은 연속되는 역사적 시기마다 차례로 각 지배적 계급의 특징을 이루어온 믿음의 양식입니다. 자본주의가 발흥하고 이른바 후기자본주의로 진화하면서 이런 믿음의 양식은 이른바 '부르주아이데올로기'가 되었지요. 부르주아 정신에서는 중간계급의 삶이 번창할 수 있게 해준 관념들—일의 윤리, 가족이라는 관념, 특정한 도덕적 행동률—이 모든 역사적 시대의 모든 환경에서 모든 계급에게 가장 좋은 관념입니다. 따라서 이데올로기는 한 종류의 물질적 조건에 어울리는 관념이나 행동 기반이 모든 것에 어울린다고 생각합니다.

우리는 마르크스의 『자본』에 나오는 상품물신화에 대한 인용으로 이 강좌를 시작했습니다. 거기에서 마르크스는 생산된 어떤 것의 노동가치—거기에 들어간 노동의 양과 이에 따라 거기에서 끌어낼 수 있는 실질적 사용의 양 때문에 생길 수 있는 가치—가 생산물 자체에 내재한다고 여겨지는 가치로 대체되어, 마치 그 가치 자체가 생산물이라는 존재의 대리자인 것처럼, 사유 없이, 그냥 자연스럽게 받아들여지는 과정을 보여줍니다. 이런 가치 전환은 예술에도 적용되며, 벤야민이 예술 상품화의 특징이 '아우라'라고 말할 때 암시되는 바지요. 예술이 생산되는 것—그것을 생산하는 데 일정량의 노동이 들어간다는 것—임을 잊고, 예술이 생산된 과정과는 별개로 객관적 가치—그 진정성의 빛—를 가진 것인 양 그냥 단순하게 무아지경에서 명상적인 몰입으로 예술작품에 다가가기만 한다면, 우리가 하는 일은 예술작품을 '상품화'하는 것이다. 달리 말해 벤야민의 관점에서 보자면, 예술작품의 아우라에 유혹당하는 것은 이데올로기적으로 그 작품을 상품으로서 경험하는 것입니다.

이제 마르크스주의비평의 미학적 목표라는 문제 자체로 돌아가봅시다. 우선 '건립된' 담론성에 어울리는 다양한 전통을 자세히 살펴볼 필요가 있습니다. 예술미학이 실제로 어떠해야 하는가를 결정하는 데에는, 기본적으로 네 가지 마르크스주의적 선택지가 있습니다. 그 모든 관점에서 고려하는 요인들은 이렇습니다. 예술이 어떻게 사회를 반영하는가? 그것이 어떻게 사회비판을 이루는가? 어떻게 이상적인, 새로 등장하는, 유토피아적 사회를 예측하는가? 이 모든 질문이 미학의 질문인 것은, 예술이 사회적인 것을 표현하는 방식이—이를테면 정치적 논문과는 반대로—반드시 미학적이기 때문입니다. 사회적 표현은 형식, 장르, 문체에 매개되는데, 이 모든 것은 물질적 요인들의 영향을 받는 생산양식으로 이해됩니다.

마르크스와 엥겔스 자신들의 미학—우리의 첫번째 선택지—은 리얼리즘이었으나, 그들의 리얼리즘은 냉정하리만치 분석적이고 매우 세련되었습니다. 프롤레타리아의 발전을 위해 글을 써야 한다는 생각에 이미 사로잡힌 작가 지망생들이 엥겔스에게 편지를 쓰면서—나는 지금 페르디낭 라살, 민나 카우츠키 등을 염두에 두고 있습니다—'사회주의리얼리즘' 소설의 원고를 보내면, 엥겔스는 못마땅해하면서 프롤레타리아를 찬양할 의무는 없으며, 이런 식으로 미래를 투사할 필요는 없다고 응답하곤 했습니다. 그의 말에 따르면, 그에게 편지를 보낸 사람들이 할 일은 현재의 순간에 존재하는 대로 사회적 역학을 바라보는 것—편향적이 아니라 리얼리즘적으로 세상을 이해하는 것—이었습니다. 엥겔스의 문학적 영웅은 발자크였는데, 그는 왕당파 반동주의자였음에도 여러 겹으로 이루어진 사회의 복잡성 전체를, 특히 계급구조를 성공적으로 환기했으며, 따라서 엥겔스는 그를 리얼리즘 글쓰기의 최고의 모델로 여겼습니다.

이런 미학이 러시아혁명 초기를 포함하여 마르크스주의 초기의 활달한 시기 전체를 널리 지배했습니다. 1927년, 아이헨바움의 「형식적 방법의 이론」, 하이데거의 『존재와 시간』이 나오고, 벤야민이 모스크바를 방문한 해에 문학적 철학자 죄르지 루카치는 『역사소설』이라는 제목의 책을 썼습니다. 루카치는 헤겔주의자였으며, 마르크스주의적 사고로 전환하기 전에 『소설의 이론』(1920)이라는 뛰어난 형이상학적 명상의 결과물을 발표하기도 했죠. 『역사소설』은 마치 엥겔스의 편지들을 발췌한 듯 읽힙니다. 한편으로는 루카치 자신이 하이모더니즘high modernism, 특히 조이스와 프루스트의 나르시시즘적인 내향성이라고 간주하는 것에 대한 공격이면서도, 그 논지는 또 엥겔스가 제자들에게 보낸 편지에서 발자크를 추천하며 선택한 노선을 따르거든요. 루카치는 월터 스콧 경의 소설을 옹호합니다. 스콧은, 발자크와 마찬가지로 정치적으로는 반동적이었지만 고지대와 저지대, 봉건적인 것과 상업적인 것, 스코틀랜드와 잉글랜드, 낡은 사회질서와 새 사회질서 사이의 웅장한 변증법을 보여주었고, 이것을 루카치는 계급관계를 있는 그대로 보는 완벽한 예로 간주했습니다.

그러나 『역사소설』이 나오던 것과 엇비슷한 시점에, 스탈린의 부상과 더불어 엥겔스에게 편지를 보내곤 하던 그 모든 사람—카우츠키, 라살—의 생각이 소비에트의 사고를 지배하기 시작했습니다. 안드레이 츠다노프라는 문학비평가는 막심 고리키의 글에서 두드러지게 나타나는 사회주의리얼리즘의 교의를 정리하였으며, 이것은 1934년 '국제소비에트작가회의'에서 공식 교의로 채택되었습니다. 이것이 두번째 미학적 선택지였죠. 여러분도 그 우스개를 아마 알 겁니다. 소년은 트랙터를 만난다, 소년은 트랙터를 잃는다, 소년은 트랙터를 찾으러 도시로 가서, 트랙터를 가지고 시골로 돌아와, 그후로 트랙터와 행복하게 산다. 명백히 결혼 플롯의 변종이지만 동시에 벤야민이라면 '기술 복제'라고 부를 만한 것에 속박되어 있는 이 근본적 플롯이 1989년 '철의 장막'이 무너질 때까지 소비에트 글쓰기를 지배했고, 이데올로기적으로만이 아니라 형식적으로 일탈하는 것은 검열을 받았습니다.

따라서 그런 것이 마르크스주의비평이나 문학적 생산과 가장 자주 동일시되는 리얼리즘의 형식입니다. 그러나 아마 20세기에 루카치 이래 가장 역동성을 보여준 이 비평은, 리얼리즘 그 자체가 부르주아지가 전유한 하나의 수사, 하나의 이데올로기임을 인식했던 것으로 보입니다. 달리 누가 "그것을 있는 그대로 말해주는가?" 달리 누가 계속 '현실세계'에 관해 일깨워주는가? 달리 누가 저녁 식탁에서 자신이 '리얼리스트'라고 선언하는가? 중간계급은 자신을 위하여 다른 모든 것을 징발하듯이 리얼리즘이라는 관념도 전유하여 진부하게, 미학적으로 유행에 뒤떨어지게 만들었습니다. 따라서, 차차 설명하겠지만 세번째와 네번째 선택지는 리얼리즘에 등을 돌리고, 각각 형식주의와 유토피아 로맨스로 나아갑니다.

발터 벤야민은 이 가능성들 가운데 어느 쪽도 지지하지 않지만, 그 또한 리얼리즘의 한계를 예리하게 의식하여, 이것이 아우라를 상품화하는 후기자본주의적 형식, 부르주아적 예술과 감상이 마지막으로 내뱉는 숨이라고 인정합니다. 그러나 벤야민은 현실로부터 떠나는 것을 옹호하지 않고(내가 그의 선택지를 다섯번째로 꼽지 않은 이유죠), 오히려 현실에 잠길 것을 촉구합니다. 그가 보기에, 리얼리즘의 진부함은 참여 미학으로 반격할 필요가 있었습니다. 일상생활의 단편적 인식과 정신분산이 이 미학의 일부를 이루지만, 현실로부터 등을 돌리는 것은 불가능합니다. 오히려 참여예술가와 관객은, 예술작품을 현실세계로 안내하는 바로 그 생산양식에 포함된 공동의 작업자입니다. 벤야민의 에세이 「예술작품」을 이야기할 때 이 주제들을 더 살펴보겠습니다.

아마 마르크스주의비평가에게 가장 특이해 보이는 미학적 행동은 아도르노(세번째 선택지)에게서 발견하게 될 겁니다. 테오도어 아도르노는 루카치가 『역사소설』에서 공격했던 바로 그것, 즉 하이모더니즘 미학에 몰두했습니다. 그는 문학에서 베케트, 음악에서 쇤베르크, 베르크, 베베른을 존경했지요. (아도르노는 훈련받은 음악학자였으며, 글쓰기의 많은 시간을 음악과 음악사에 대한 에세이나 논문에 바쳤습니다.) 이 모더니스트들은 아도르노 만신전의 영웅들로, 사회적 관계에 관해 이렇다 할 말이 없고, 대체로 자신이 작업하는 매체에 몰두해 있고, 역사의 전 과정(자기 매체의 역사라면 얘기가 다르지만)에 무관심해 보이는 예술가들이 마르크스주의비평가의 미적 척도가 될 수 있는가 하는, 도발적 문제를 유발합니다. 이 문제에 대한 답을 풀어낸 것이 「음악의 물신성과 듣기의 퇴행에 관하여」(1938)이며, 부록에 이 글의 발췌문 두 개를 실어놓았습니다. 그것들을 잠시 살펴보고 싶은데, 내 생각에 아도르노의 에세이는 예술적 형식이 제공하는 전체성 또는 완전성과 정부의 근대적인 헤게모니적 형태가 강요하는 단순한 전체화 또는 전체주의를—노골적으로 전체주의적이냐, 아니면 그가 여러분이 읽은 에세이에서 다루고 있는 '문화산업'처럼 음험하게 전체주의적이냐—예리하게 구분하기 때문입니다.

그러니까 이것이 아도르노가 이 두 발췌문에서 말하는 것입니다. 그는 사람들이 문화산업의 지배하에서 음악을 즐기는, 또는 즐긴다고 생각하는 방식을, 콜로라투라 선율의 국지적 효과나 아도르노가 싫어했던 지휘자인 토스카니니 효과라고 부를 수도 있는 것 때문에 완전히 희생당하는 과정으로 묘사하고 있습니다. 곡의 특정 순간을 조명하고,

전체를 희생하여 그 부분을 계속 강조하며, 아도르노가 다른 곳에서 "입맛을 다실 만한 기분좋은 소리"라고 칭한 것을 과시하는 모든 명연주 장기자랑 등이 그것이죠. 다른 말로 하면 전체 곡에 대한 파악을 희생하고 지극히 부분적인 소리의 완벽성을 계발하는 것입니다. 그래서 아도르노는 첫 발췌문에서 말합니다.

> 그 순간과 화려한 전면前面에서 느끼는 기쁨은 청자에게 전체에 대한 생각을 면제해주는 구실이 되는데, 그런 생각에 대한 요구는 제대로 듣기를 통해 충족된다. 청자는 최소저항선을 따라{어쨌든 그것이 듣기에 무척 아름답기 때문에} 순응적 구매자로 바뀐다. 이제 부분적 순간은 전체에 대한 비판의 역할을 하지 않는다{모더니즘에서 가끔 그랬던 것과는 달리. 다른 말로 하면, 불협화음은 그 자체로 우리가 전체성과 연결하는 지배적인 협화음에 대한 비판입니다. 따라서 부분은 전체에 도전하거나 전체를 깨지 않고도 전체를 비판하는 것으로 이해될 수 있다는 데 진정한 의미가 있습니다}. 그 대신 성공적인 미적 총체가 흠결 있는 사회적 총체에 대하여 행사하는 비판을 중지시킨다. {강조는 내가 한 것입니다.}

다른 말로 하면, 예술작품에서 진짜로 성취된 완전성이 드러내는 진정성이 아니면, 사회의 나쁜 전체성의 비진정성을 비판할 수 없다. 전체에 대한 이런 느낌들의 차이가 바로 비평의 지대이며, 이것이 혹시—그저 혹시일 뿐이지만—문화산업의 희생자들을 행복한 타협주의와 순종의 잠에서 깨울 수 있을지도 모른다.

자, 두번째 발췌문인데, 이것은 이 점을 뒷받침하기 위해 인용할 뿐입니다.

> 베르크, 쇤베르크, 베베른 같은 위대한 모더니즘 작곡가들은 {다른 마르크스주의비평가들로부터, 루카치라면 '형식의 물신화', 즉 사회적 관련과 표현을 희생한 형식의 물화라고 부를 만한 것을 좋아하지 않는 사람들로부터} 개인주의자라고 일컬어졌지만, 그들의 작업은 개별성을 파괴하는 힘—'형체 없는 그림자'를 음악에 거대하게 드리우는 힘—과의 단일한 대화에 불과하다. 음악에서도 집합적 힘은 구원이 불가능한 수준으로 개별성을 숙청하고 있지만, 그에 대항하여 오직 개인만이 의식적으로 집합성의 목표를 대변할 수 있을 뿐이다.

예술작품의 총체성—성취된, 성공적인, 진정한 총체성—은 현재 국가들의 거짓 총체성으로는 절대 다가갈 수 없는 집합적 국가의 유토피아적 총체성을 본보기로 삼는다. 다른 말로 하면, 순수한 형식에 암묵적인 진보정치가 있다고 아도르노는 주장합니다. 순수한 형식의 성취는 결국 부분들의 집합이며, 이것은 집합적 사회의 달성을 본보기로 삼습니다.

매혹적인 사고의 전환입니다. 실제 결과를 상상하기 어렵기 때문에 약간 돈키호테적이기도 하지요. 어떤 사람이 쇤베르크를 들으면서 "이야, 어쩌면 나는 공산주의자가 되어야 할지도 몰라" 하고 말하는 것을 상상해보시기 바랍니다. 그럼에도 이것은 마르크스주의적 사고에서 서구문명의 주류 미학이라고 생각하는 것, 즉 전체성의 물신화에 대한 도전적인 변증법적 역전입니다(아도르노는 아마 헤겔 이후 가장 섬세한 변증법주의자일 겁니다). 신비평이 시의 통일성을 강조하는 것, 개별적인 존재론적 대상을 하나의 통일된 전체로서 강조하는 것을 생각해 보기 바랍니다. 이것이 진부한 마르크스주의비평으로부터 일반적으로 공격당하는 바로 그 진부한 면인데, 아도르노가 개별적인 존재론적 대상을 나르시시즘적 개인성의 모델이 아니라 집단성의 모델로 본다는 것은 정말 놀라운 일입니다.

마르크스주의의 마지막 미학적 선택지, 부분적으로는 다음 강의의 주제이기도 한 이것 또한 놀라운 것입니다. 이것은 에른스트 블로흐의 『희망의 원리』(1938~1947)라는 세 권짜리 책으로 거슬러올라가는데, 여기서 블로흐는 기본적으로 우리가 살고 있는 후기자본주의 세계는 이제 손에 쥘 수 있는 희망이 없다고 주장합니다—이런 점에서 대체로 아도르노를 예고하지요. 이런 어두운 전망에 맞서 블로흐는 특히 민속예술, 풍속, 구전문화, 대중문화—즉 박탈당하고 억압당한 자들의 작품에서 발견되는 갈망의 표현—가 일종의 유토피아주의, 로맨스, 그리고 노스탤지어의 형식을 가져오는 듯 보이지만, 실은 과거의 어떤 것을 바란다기보다 오히려 현실세계에서 결코 손에 넣을 수 없는 가능성을 미래에 투사하는 느낌이 있다는 생각으로 맞섭니다.

내가 생각할 수 있는 가장 좋은 예는 사슬로 함께 묶인 사람들이 부르는 '큰 얼음사탕 산The Big Rock Candy Mountain'으로, 이것은 술이 강을 이루어 산비탈로 흐르고 다른 모든 것도 그들이 바라는 대로 이루어지는 세상을 노래합니다. 프레드릭 제임슨은 블로흐의 이런 생각을 가져와 아주 진지하게 다루는데, 이것은 『정치적 무의식』의 머리말 중 여러분이 읽게 될 발췌문에 앞서 나옵니다. 거기에서 제임슨은 가망 없어 보이는 세계에서 억압당하고 박탈당한 자들의 희망을 표현하므로, 로맨스가 파산한 리얼리즘 미학을 대신하는 중요한 역할을 한다는 점을 논의하지요.

그러나 오늘 우리는 벤야민의 참여 미학과 아도르노의 모더니즘적 총체성에 초점을 맞추겠습니다. 여러분의 눈에는 이 두 가지가 서로 갈등하는 방식이 보일 겁니다. 아도르노의 에세이 「물신적 성격」(1938)은 사실 벤야민의 에세이 「예술작품」에 대해 동의할 수 없음을 친근하게 표시한 응답입니다. 「문화산업」도 그 나름의 응답이지요. 아도르노는 벤야민의 친한 친구였으며 그와 「예술작품」의 주장들을 놓고 토론을 벌이는 편지를 주고받았습니다—이 편지들은 1973년 『뉴레프트 리뷰』에 수록되었으며, 그들 간의 불일치에 나타나는 흥미로운 함축을 추적하고 싶은 누구에게나 읽을 만한 가치가 충분합니다.

아도르노와 벤야민은 함께 '프랑크푸르트사회연구소' 즉 '프랑크푸르트학파'의 구성원이었습니다. 이곳은, 그 구성원들이 나치로부터 피신하고 다수가 미국으로 이주하기 전에, 마르크스와 프로이트의 통찰들을 결합하는 중요한 변증법적 사고가 담긴 책들을 생산하고 전체주의의 뿌리에 관심의 초점을 맞추었습니다(아도르노의 에세이 「권위주의적 성격」과 「반유대주의와 파시즘 선전」처럼). 이 작업들 가운데 가장 잘 알려진 것은 아도르노가 막스 호르크하이머와 함께 쓴 『계몽의 변증법』으로, 여러분도 그 발췌문을 읽었죠. 이 서클이 나온 1960년대와 1970년대에 미국에서 내놓은 가장 유명한 작업은 허버트 마르쿠제의 『에로스와 문명』이었습니다. 호르크하이머와 더불어 프리드리히 폴라크와 지크프리트 크라카우어(그의 '대중 장식' 이론은 아도르노처럼 문화적 물신을 탐사합니다)도 우리 주제와 관련한 중요한 작업을 발표했습니다. 오늘날 그들 모두 가운데 가장 저명한 인물은 지난번 강의에서도 언급한, 이 학파에서 젊은 축에 속하는 구성원 위르겐 하버마스이지만, 그의 관점은 스승과 동료들의 궁극적으로 비혁명적인 변증법적 유물론보다는 자유주의적 휴머니즘에 가깝습니다.

벤야민은 1930년대의 짧은 기간 동안만 헌신적인 마르크스주의비평가였습니다. 그전까지는 카발라 문헌과 헤겔 철학 전통에 훨씬 큰 관심을 보였으며, 1930년대에도 두 가능성 사이에서 갈등했던 것으로 유명하지요. 그는 모스크바 방문 뒤 소비에트 세계에 여전히 활력이 넘친다는 점에, 또는 어쨌든 간에 현저하게 다른 그 문화에 관심을 갖게 되었습니다. 카리스마 넘치는 아샤 라치스의 중재 덕분에, 그는 역시 마르크스주의 극작가인 베르톨트 브레히트와 친밀하게 사귈 수 있었는데, 그 영향을 「예술작품」에서 느낄 수 있죠. 그러나 또 한 사람의 아주 가깝고 또 마찬가지로 영향력이 컸던 친구는, 유대인 신학자 게르숌 숄렘이었습니다. 그는 예루살렘으로 이주한 시온주의자로 벤야민이 자신과 함께 그곳에서 카발라 철학을 공부하기를 바랐습니다. 숄렘으로부터, 그 자신의 절충주의적 학습으로부터, 또 어쩌면 멀리 블로흐로부터, 벤야민은 역사를 구원할 힘을 가졌을지도 모를 '메시아적' 존재라는 관념, 역사 속에서 분별해낼 수 있는 관념을 흡수했습니다—이 관념은 그의 마지막 작업인 「역사철학 테제」에서 경구 형식으로 뛰어나게 제시되어 있습니다. (벤야민은 1940년에 미국으로 이주하려 했지만 스페인 정부가 난민수용소의 모든 사람을 비시정권하의 프랑스로 돌려보냈다고 결정하자 자살했습니다.)

「예술작품」은 벤야민의 일관된 마르크스주의적 사고가 담긴 가장 유명한 글이지만, 1936년에 쓴 그보다 짧은 에세이 「생산자로서의 저자」 또한 흥미롭습니다. 여기에서 벤야민은 「예술작품」에서 지나가듯 언급한 쟁점을 다룹니다. 러시아에서는 모든 사람이, 단지 어떤 일을 할 수 있느냐가 아니라 그 일을 하는 것에 관하여 말할 수 있느냐, 그것에 관하여 브로슈어나 신문에 실릴 편지를 쓸 수 있느냐, 즉 참여하느냐에 따라 판단을 받는다는 것이 그의 관찰입니다. 단지 노동력에 참여하는 것이 아니라 노동력에 대한 사유에 참여하고, 이것이 생산자인 모든 사람을 저자로도 만든다는 거죠. 이런 식으로 관여하는 것이 벤야민이 「예술작품」을 통해, 주로 암묵적인 방식으로 권하는 바입니다—그러니까 그가 뭔가를 권한다고 할 수 있다면 말이지만요.

「기술적 복제가 가능한 시대의 예술작품」을 읽는 사람이라면 벤야민이 '아우라', 침략 장치를 갖춘 진보적 예술이 버려야 하는 예술의 바로 그 속성에 대한 강한 노스탤지어를 발산하는 것을 눈치채지 않을 수 없습니다. 벤야민으로서는 우리가 아우라를 떼어내고 기계적 복제에 직접 관여하는 것으로 아우라를 대체해야 한다고 말하는 게 쉬운 일이 아니었습니다. 그게 아무리 해방적이라 해도 말이지요. 그는 줄리아 마거릿 캐머런 같은 빅토리아여왕 시대 사진작가들의 초점이 흐릿한 초상사진을 무척이나 좋아했는데, 그런 사진은 아우라적인 것을 계발하려는, 거의 데카당스적인 노력이지요.

누가 그를 탓할 수 있겠습니까? 1960년대 학창시절에, 나는 미술용품을 팔고 액자를 맞추어주는 버클리 캠퍼스의 가게에서 이따금씩 일을 했습니다. 모든 학생이 자기 방에 걸어둘 그림을 원했기 때문에, 우리는 반 고흐의 〈해바라기〉와 마티스의 〈무희들〉을 비롯하여 틀림없이 팔리는 물건 몇 개를 엄청나게 쌓아두었는데, 모두 가로 18×세로 24센티미터 같은 크기를 가진 그것을 우리는 '붓질 인쇄물'이라고 불렀습니다. 이 그림들을 판지에 올려놓으면 어떤 거대한 스탬핑 기계가 그 위로 내려와, 마치 붓질을 한 것처럼 인쇄물이 오돌토돌 튀어나오게 만들었기 때문입니다. 학기초에는 이 인쇄물 더미의 높이가 마치 저속촬영 사진에서처럼 줄어드는 것이 보일 정도였습니다. 인쇄물 더미가 사라진다는 건 곧 학생 수백 명의 방이 반 고흐의 〈해바라기〉와 마티스의 〈무희들〉로 장식되고 있다는 뜻이었지요. 이것이 기계적 복제의 열매였을까요? 누가 이 현상에서 미학적인 가치를 찾을 수 있을까요?

그렇습니다, 그것은 예술작품을 미술관에서 꺼내옵니다. 아무도 긴 줄 뒤에 서서 기다리다가 누군가의 거대한 모자 너머로 〈모나리자〉를 잠깐 보겠다고 돈을 낼 필요가 없죠. 하지만 그런 작은 붓질 인쇄물이 미술사를 품위 있게 알아가는 것을 대체하는 현상, 그것을 어떻게 진보적이라고 생각할 수 있을까요? 이런 얘기는 벤야민의 테제에 대한 도전처럼 보이지만, 사실 벤야민이 그것을 모르지 않는다는 것이 내 일화의 핵심입니다. 그는 자신이 제시하는 미학에서 가장 큰 위험은 자본주의가 그것을 쉽게 낚아챌 수 있다는 것이며 아마 앞으로 그렇게 되리라는 것을 아주 잘 알고 있습니다. 바로 그 점이 아도르노가 벤야민의 주장에 반대하면서 반박하는 점이지요.. 지금 좀 앞서 나가서 그 이야기로 들어가고 싶은 마음이 간절하지만 일단은 벤야민으로 돌아가겠습니다.

벤야민은 1933년 이후 파리에 살았고, 아도르노는 이미 미국으로 갔는데 그는 미국을 싫어했습니다. 『미니마 모랄리아』 등 아도르노가 미국 체재 시기에 쓴 책들에 나타나는 우울한 세계관이, 바이마르공화국에서 겪은 취약한 형태의 민주주의 경험—암울한 경험이었던 건 사실이지만—의 결과라 보기는 힘듭니다. 심지어 나치 발흥의 결과라고 보기도 힘들죠. 그는 그런 일이 일어날 것임을 한 번도 의심하지 않았기 때문입니다. 그가 사회의 관찰자로서 느낀 가장 깊은 우울은 미국 문화와 접촉하면서 시작되었습니다. 그는 미국의 대중문화를 견딜 수 없었습니다. '재즈'를 참을 수 없었습니다. 이때가 아직 비밥의 시대가 아니었음을 잊지 마시기 바랍니다. 만일 아도르노가 조금 더 오래 있었으면 폴 화이트먼이라는 어울리는 이름이 붙은 지휘자의 재즈에서 벗어난 재즈를 받아들이게 될 수도 있지 않았을까, 나는 늘 생각해 왔습니다. 물론 그것조차 의심스럽기는 하지만요. 아도르노는 영화도 싫어하여 영화팬인 벤야민과 사이가 틀어질 정도였는데, 어쨌든 벤야민도 '할리우드'에 관해서는 아도르노와 의견이 같았습니다. 「예술작품」은 영화의 진보적 잠재력을 찬양한 반면, 「물신적 성격」은 에둘러 몇 차례 영화를 공격하는 대응은 하지만 기본적으로 음악의 타락에 초점을 맞추어 벤야민에 대한 비판을 간접적인 것으로 만듭니다. 그럼에도 사람들은 아도르노가 무슨 생각을 했는지 알지요. 나는 방금 프레드 애스테어와 엘리너 파월이 탭댄스를 추는 〈브로드웨이 멜로디 오브 1940〉이라는 영화를 보았습니다. 애스테어와 그의 짝패 조지 머피는 무명에서 벗어나 엘리너 파월의 댄스 파트너가 됩니다. 이 영화는 완벽한 [19세기 영국의 사회개량가로 개인의 성실과 노력을 강조한] 새뮤얼 스마일스식 성공담이라 할 수 있으니, 귀에 착 감기는 곡조가 가득하고 두 남성 주역에게는 고상한 부르주아의 자기희생이 요구되지요. 아주 즐겁게 볼 만한 이 영화는 아도르노의 진노를 살 만한 영화이기도 합니다.

아도르노는 미국식 순응주의에 사로잡힌 1950년대와 1960년대 사회학의 전체적 경향을 예감했습니다. 그는 개인의 몰락을 문화산업의 억압 탓이라고 보는데, 문화산업은 우리의 기발한 것들, 엉뚱한 것들, 작은 독창성을 샅샅이 살펴 시장가치를 캐내지요. 아이들이 말하는 터무니없는 것들에서도 시장을 찾아내며, 곧 모든 무분별한 인물이 다른 모든 사람의 시뮬라크르가 됩니다. 아도르노에게 문화산업의 감시와 지배로부터 탈출하는 샛길은 없습니다. 아도르노는 돈키호테처럼 그 모든 것에 맞서 예술적 총체성의 힘들을—그것이 공연의 화려한 요소들에 오염되어 있지 않은 한—배치합니다. 예컨대 음악작품은, 그랜드마스터의 마음속에서 벌어지는 체스 경기처럼, 정신 속에 떠 있어야 하며, 퇴행적이지 않은 청자를 위해 연주되는 경우에도 평범하게 들리는 악기로, 무채색으로 연주되어야 한다고 느꼈죠.

「기술적 복제가 가능한 시대의 예술작품」은 앞서 말했듯이 1934년 이전의 러시아 예술의 장래성에 영향을 받습니다. 특히 행인과 주요인물을 연기하는 사람들이 연속적인 장면들의 내용을 이루는 지가 베르토프의 영화들, 그리고 구경꾼을 참여자로 끌어들이는 다른 예들의 영향을 받고 있지요. 그런 맥락에서 벤야민은 예술작품 밑에서 받침대를 제거하는 것에 단호한 지지를 표할 수 있습니다. 우리는 이제 무아지경에 빠져 사모하는 마음으로 두 손을 모으는 대신 예술작품에 참여하게 됩니다. 우리는 예술작품의 일부가 됩니다.

이 에세이에서, 참여는 일차적으로 재현장치로 재현되는 장을 침범하는 것을 통해 이루어집니다. 벤야민이 이 복잡한 생각으로 말하고자 하는 바는, 구경꾼이 생산양식의 관점에서 대상을 본다, 해당 분야의 무엇이든 다 본다—즉, 구경꾼이 생산과정에 결합함으로써 참여한다는 것입니다. 가장 분명하게 말하자면, 이것은 내가 영화를 볼 때 그 영화를—물론 반드시—카메라의 시점에서 본다는 뜻이죠. 말하자면 나의 눈이 카메라의 눈과 결합한다는 것입니다. 크리스토퍼 이셔우드는 전쟁 전에 낸 『베를린 이야기들』에서 한 이야기의 제목을 「나는 카메라다」로 잡았습니다. 카메라가 된다는 이셔우드의 생각과, 이런 생각이 베를린 토박이 벤야민의 작업에 나타나는—틀림없이 행복한 우연의 일치겠지요—방식 사이에는 어떤 유대가 있다고 나는 종종 생각해왔습니다.

카메라의 눈을 공유한 결과는 무엇일까? 우선 구경꾼은 이렇게 해서 비평가가 됩니다. 벤야민은 계속 카메라의 눈을 '시험'과 비교하고 있습니다. 심지어 직업적성시험과도 비교합니다. 마치 무대 위의 오디션이라 할 만한 것—연출자 앞에 나아가 대본 몇 줄을 암송하는 것—이 카메라 앞에 선 영화배우의 지속적인 오디션으로 대체되는 듯합니다. 카메라는 영화배우의 행동을 기록하고 나중에 좋지 않은 것은 버릴 선택권이 있습니다. 이렇게 카메라 앞의 배우는, 여러분이 어떤 일자리를 위해 직업적성시험을 거칠 때 시험을 보고 오디션을 보는 것처럼 늘 시험을 보고 오디션을 보는 것이죠.

따라서 구경꾼이 카메라의 눈 자리를 차지하면, 그다음부터는 그 자신이 스포츠팬과 같은 비평가가 됩니다. 벤야민의 스포츠팬 비유는 브레히트에게서 가져온 것입니다. 벤야민은 잠시라도, 이런 종류의 비평가가 되는 것이 훌륭한 비평가가 되는 것인 양 이야기하지 않습니다. 전혀 그러지 않지요. 벤야민은, 영화를 헐뜯으려는 의도 없이, 벤야민 자신보다 경멸적으로 우리는 피곤해서 그저 즐기기 위해 영화를 보러 간다고 말하는 사람들에게 동의합니다. 사실 우리는 특유의 방식으로 정신이 분산된다, 라고 그는 주장합니다. 따라서 우리는 비평가이고, 그러므로 적극적 참여자이지만, 우리는 동시에 정신분산 상태의 비평가입니다. 이때 벤야민이 사용하는 독일어는 Zerstreuung입니다. 우리는 zerstreut, 즉 정신이 분산되며, 카메라 눈의 시점에서 사물을 보고 있는 동안에도 완전히 주의를 기울이지 않습니다.

곧 정신분산의 문제로 돌아오겠지만, 그보다 먼저, 카메라 눈의 시점은 특권이 있는 자리입니다. 그 자리에 있지 않으면 눈치채지 못할 현실의 측면들이 드러나기 때문입니다. 느린동작, 특이한 앵글 등 덕분에요. 벤야민은 이런 효과를 언급합니다(1235). "확대나 느린동작 같은 어떤 공정의 지원을 받는 사진 복제는 자연 시력을 벗어나는 이미지들을 포착한다." 나중에 그는 이런 효과들에 이름을 붙입니다(1245). "카메라는 정신분석이 무의식적 충동을 드러내듯이 무의식적 광학을 우리에게 드러낸다." 카메라는 광학적 무의식을 드러내면서 우리가 보고 있는 사물이 반드시 사물이 존재하는 방식은 아니라는 사실을 일깨움으로써 우리 이데올로기의 신비를 벗기지요. 그렇다고 우리가 이런 수단 때문에 착각을 현실과 교환한다는 것은 아닙니다. 카메라 또한 그 나름의 편견이 있을 수 있습니다. 느린동작은 분명한 편견이고, 가속은 분명한 편견입니다. 그러나 우리는 우리가 사물을 보는 속도 또한 편견임을 깨닫게 됩니다. 정신분석적 무의식도 진실을 말해주지는 않습니다. 꿈은 의식이 조망하는 신비화된 세계와 대조를 이루는 현실을 드러내지 않습니다. 꿈은 무의식에서 환기되는 세계로부터 의식에 도전합니다. 꿈은 무엇이 현실이고 무엇이 현실이 아닌가 하는 문제를 제기하지 않습니다. 자, 카메라 눈의 시점도 마찬가지입니다. 그것으로 복잡성이 늘어나는데, 우리는 그것을 매우 세련된 방식으로 경험하지는 않습니다.

잊지 마십시오, 구경꾼은 정신이 분산됩니다zerstreut. 자, 무슨 말인가? 핵심은 이겁니다. 정신분산과 충격 사이에는 변증법이 있으며, 벤야민이 보기에는 이것이 모든 진보적 미적 계시의 핵심입니다. 아마

다마스쿠스로 가는 사울이 가장 좋은 비유일 겁니다. 여러분도 그 이야기를 알죠. 사울은 말을 타고 빠른 속도로 가며 그다지 주의를 기울이지 않습니다. 그는 정신이 분산됩니다. 그러다 갑자기 말에서 떨어집니다. 충격이지요. 이전의 정신분산에 의존하는 충격이며, 사울이 기독교로 개종할 만큼 어마어마한 충격입니다. 그는 일어서서 흙을 터는데, 이제 그의 이름은 바울입니다. 정신분산은 계시의 충격이 일어나는 분위기 또는 매체이며, 그렇기 때문에 구경꾼-비평가가 무심하게 팝콘을 삼켜도 괜찮은 것입니다—아도르노에게는 생각만 해도 끔찍한 일이지만.

우리는 어쩌면 실제로는 영화관에서 많은 주의를 기울이는 사람들, 그래서 충격을 받지 못하는 사람들일지도 모릅니다. 하지만 벤야민은 우리 모두가 대부분의 시간에 정신분산 상태로 받아들이는 예술형식이 하나 있음을 설득력 있게 보여줍니다. 우리는 건축을, 그냥 그 안을 통과함으로써 받아들입니다. 나는 '예일영국미술센터'에서 매일 업무를 보기 때문에, 이 영국미술센터를 하나의 건물로서 주목하는 건 이미 오래전에 그만두었습니다. 다시 말해 나는 루이스 칸의 가장 위대한 두 건물 가운데 하나를 정신분산 상태에서 '받아들이지만', 그렇다고 그것이 나의 미적 경험의 일부가 아니라는 뜻은 아니죠. 그것이 보여주는 것은 미학적인 것과 세계의 형식들을 처리하는 방식이 한 가지 이상에 주의를 기울이는 상태에서 소화될 수 있다는 것입니다. 어떤 의미에서 건축을 하나의 피난처로 고맙게 받아들이는 것이 사람의 본능이죠. 그러나 동시에, 우리가 타지마할을 보고 입을 벌리는 관광객

이 아닌 한—벤야민은 실제로 이 점을 고려합니다—우리가 그런 관광객 같은 특정한 양식에 들어가 있지 않은 한, 우리는 우리 거처의 형식을 건설적인 정신분산이라고 부를 수도 있는 상태에서 받아들이며, 이 모든 것이 벤야민의 참여 미학에 기여합니다.

다음에는 제임슨으로 가보도록 하죠. 『맑스주의와 형식』이라는 책에서 그의 프랑크푸르트학파 사상의 초기 연구, 특히 아도르노 연구를 찾아볼 수 있을 것입니다.

18장
정치적 무의식

읽을 자료

프레드릭 제임슨,「정치적 무의식」(CT, 1291~1306).

제임슨과 마르크스의 발췌문.

지난번에 문학과 예술에 대한 마르크스주의적 접근의 미학에서 네 가지 가능한 선택지를 검토했습니다. 그때 리얼리즘에 관해 잠시 이야기하면서 엥겔스와 루카치의 취향이나 역사적 의제와 부합하는 객관적 리얼리즘을 보았고, 그와 더불어 특히 1934년 이후 소비에트 세계에 널리 퍼진 경향적 리얼리즘을 살펴보며 1936~1937년 발터 벤야민이 경향적 리얼리즘에 이론적 관심을 기울이는 방식으로 고려했던 참여 미학도 함께 이야기했습니다. 나는 리얼리즘이 부르주아이데올로기의 초석이 된 뒤 그것에 등을 돌린 두 가지 방식을 언급했습니다. 그

가운데 하나가 특히 아도르노가 끌어안았던, '전체'를 이야기하는 하이모더니즘의 미학이고, 또하나가 에른스트 블로흐로부터 오늘날의 핵심인물인 프레드릭 제임슨으로 내려오는 사고 흐름 속의 로맨스 지향이었습니다. (프레드릭Fredric이라는 이름의 철자에 주의해주기 바랍니다. 제임슨의 추종자들이 발표하는 글에서도 대부분 철자가 잘못 나오곤 하거든요.)

로맨스를 지지하는 제임슨의 주장은 『정치적 무의식』의 머리말인 「마법적 서사들」 앞부분에 나옵니다. 제임슨은 사회에서 로맨스의 역할에 관한 노스럽 프라이의 생각을 거의 비슷하게 따라가면서—프라이의 경우에는 종교적 역할이었습니다—민담, 민화, 동화를 비롯하여 다른 식으로는 해결할 수 없는 갈등을 마법적으로 해결하는 다양한 형태의 민간 표현이 담겨 있는 로맨스 미학이, 후기자본주의에서 나타나는 극복할 수 없어 보이는 모순들—예를 들어 정치적 권리는 다른 것과 조화를 이루지 못하는 문화적이고 종교적인 가치로 이루어진 상부구조에 호소하는 방식으로 아주 쉽게 노동자들을 설득하여 노동자 자신의 경제적 이익에 거스르는 방향으로 투표하도록 유도할 수 있습니다—과 싸우는 가장 건설적인 방법이라고 제시합니다. 「마법적 서사들」에서 인용한 아래의 긴 발췌문은 로맨스 미학을 장려하는 동시에, 리얼리즘 미학에 집착할 경우 진보적 사고에 어떤 결과가 오는지 비판하려는 의도로 쓴 것입니다.

스콧, 발자크, 드라이저{발자크는 엥겔스가 좋아하는 작가이고, 스콧은 1927년의 루카치가 좋아하는 작가이며, 이른바 자연주의 운동에 속하는 미국 소설가 시어도어 드라이저도 이 명단에 추가하기에 어울리는 인물이라는 점을 기억하기 바랍니다)가 근대적 형식의 리얼리즘 등장의 비연대기적 표지標識 역할을 하게 하라. 이 첫 위대한 리얼리즘의 특징은 재료의 근본적이고 환희에 찬 이종성과 그에 상응하는 서사장치의 융통성이다. 그런 순간에는, 일반적으로 존재하는 것에만 속박되던 것이 역설적으로 텍스트의 위상들에 해방 효과를 발휘하며, 일군의 이종적인 역사적 관점—스콧에게는 과거, 발자크에게는 미래, 드라이저에게는 상품화과정—을 풀어놓는데, 이것은 보통 역사적 현재에 초점을 맞추는 것과 모순되게 느껴진다. 사실 이런 다수의 시간성은 봉쇄되어 '하이' 리얼리즘과 자연주의에 다시 담기는 경향이 있는데(다른 말로 하면, 너무 쉬워지기 시작하고, 실재를 재현하고 환기하는 공식들이 매너리즘으로 굳어지기 시작한다는 뜻입니다), 여기에서 완전해진 서사장치(특히 저자의 탈개인화(즉 자유간접화법의 말하는 목소리), 시점의 통일, 장면 재현으로의 제한이라는 세 가지 명령)는 '리얼리즘적' 선택에 숨을 틀어막는 자기강제적인 참회의 외양을 부여한다. 후기자본주의의 이런 점진적 물화라는 맥락에서, 로맨스는 다시 서사적 이종성으로, 또한 이제는 억압이 되어버린 현실원리로부터의 자유로 느껴지게 된다.

어떤 면에서 이 마지막 말은 프로이트가 현실원리를 건설적 치료의 목표로 신성화한 것에 대한 가벼운 공격입니다. 하지만 동시에 제임슨은 프로이트가, 부르주아 주인공이 점점 엄혹해지는 현실에 마치 총잡

이처럼 맞서야 한다는 검증되지 않은 도덕적 명령 앞에서 점점 커지는 절망을 공유하고 있다고 인정합니다. 현실이 구속복이 될 때는 큰 얼음사탕 산이 더이상 매력적으로 보일 수가 없지요.

제임슨의 해석의 세 지평 또는 동심원들을 다른 관점에서 분석하는 작업에 깊이 들어가기 전에, 준비운동 삼아 그의 로맨스 미학을 세 수준 모두에서 찾아보는 것이 흥미로울 듯합니다. 물론 '정치적' '사회적' '역사적'인 것에 대한 이야기입니다. 정치적인 것은 허구의 맥락에서 연속적으로 벌어지는 일들을 연대기처럼 기록하는 것으로, 그 맥락은 어떤 개별적인 목소리에 의해 플롯으로서 구축됩니다. 사회적인 것은 서로 괴리되어 갈등하는 계급들이 표현하는 세계에 관한 사고방식들, 즉 제임슨이 '이데올로기소素ideologeme'라고 부르는 것들 사이의 갈등—또는 그것이 갈등이라는 인식—입니다. 마지막으로 역사적인 것은 제임슨이 '필연성'이라고 부르는 것입니다. 머리말 끝에서 그는 역사가 '아픔을 주는 것'이라고 말하지만, 앞으로 보게 되듯이 문학적 분석 맥락에서 '역사'란 겹쳐지면서 이어지는 생산양식들을 이해하는 문제로서, 생산양식들은 역사적 시간 속에서 전개되고 그에 상응하는 상부구조들은 뒤처지게 됩니다(오늘날에도 또 프롤레타리아의 반동들에게는 뒤처지듯이 말이지요). '생산양식'에 관해서는 더 이야기하겠지만, 어쨌든 우리의 기본적인 세 지평—이곳에서 나는 이제 로맨스 미학을 뽑아내려 합니다—은 제임슨이 정치적 사회적 역사적이라고 부르는 것입니다.

제임슨이 이것을 가끔 동심원이라고 부른다는 사실은 중요합니다.

해석학적으로 분석의 세 지평 또는 단계를 통과하면서 어떤 것도 뒤에 남겨두지 않는다는 점을 이해할 필요가 있기 때문입니다. 정치적인 것은 사회적인 것에 포함되어 있고, 사회적인 것은 역사적인 것에 포함되어 있습니다. 독자가 통과하는 모든 것은 각각 더 포괄적인 지평의 관점에서 다시 생각되고 재고되지—제임슨은 가끔 '다시 기록되지'라고 말하죠—않으면 안 됩니다.

그렇다면 창조적 행동에서 정치적 순간은 무엇인가? 자, 이 행동은 제임슨이, 케네스 버크한테서 빌려와, '상징적 행동'이라고 부르는 것입니다. 개별 작가로서 나는 어떤 모순을 상징적으로 해결하는 작업에 나섭니다—여기에서 모순은 갈등을 일으키는 상태로 존재하는 어떤 계급의 관점을 포함하는데, 이 갈등은 자기 계급의 요구나 욕망과 부딪쳐 생기기도 하고 다른 계급들과 부딪쳐 생기기도 합니다. 정치적 수준에서 상징적 행동은 현실세계에서 해법이 없는 모순을 허구에서 해결하기 위해 기획됩니다. 다른 말로 하면, 그것은 환상, 왕자와 거지에 관한 동화입니다. 현실에서는 해피엔딩이 있을 수 없는 상황에 덧붙여 놓은 자의적 해피엔딩입니다. 간단히 말해서, 세계의 로맨스적 수정이지요.

〈슬럼독 밀리어네어〉는 흥미로운 예입니다. 이것은 대니 보일이 만든 작가주의 영화입니다. 다른 말로 하면 그 영화가 동원하는 발리우드 장치 전체를 통하여 마법적으로 모순을 해결하는 개인적 행동이지요. 힌두와 무슬림, 원주민의 슬럼 생활과 세계화, 카스트들 사이의 모순이 만연하고, 이런 모순 가운데 어느 것도 사실주의적으로는 해소

될 수 없습니다. 하지만 상징적 명령은 가능하지요. 여러분은 로토에 당첨됩니다. 가망 없이 낮은 확률에도 불구하고 상금을 타 백만장자가 됩니다. 누가 백만장자가 되기를 원합니까? 자, 우리 모두 백만장자가 되기를 원하지요. 하지만 우리 가운데 한 사람만 마법적으로, 완전히 있을 법하지 않은 일련의 우연들을 거쳐 백만장자가 될 수 있습니다—덤으로 여자도 얻을 수 있지요.

하지만 이 점, 그런 일이 일어날 수 없다는 뜻이 아니라는 점에 주목하기 바랍니다. 사람들은 실제로 로토에 당첨됩니다. 사람들은 실제로 6만 4000달러짜리 퀴즈로든 다른 무엇으로든 큰돈을 법니다. 하지만 염두에 두어야 할 점은—나는 최종적으로 이것이 영화 말미 기차역에서 벌어지는 그 화려한 공동체 댄스의 아이러니 섞인 핵심이라고 생각하는데—설사 현실에서 도박의 기적이 일어난다 해도, 어떤 모순도 해결해주지는 않는다는 것입니다. 여러분의 인생은 바뀌고, 어쩌면 각본이 짜인 듯 완벽해질 것입니다(돈, 더하여 여자까지). 그러나 온 세상은 실현된 여러분의 꿈에 동조하지 않고, 여러분 뒤에서 춤을 추지 않을 겁니다. 불행한 현실—그 가운데 일부는 약탈적이죠—에 둘러싸이면 다가올 동화적 삶이 훼손될 수밖에 없습니다. 많은 슬픈 소식이 확인해주듯이, 로토 당첨은 비극이 될 수도 있지요. 어쨌든 이렇게 해서 우리는 제임슨이 이해하는, 해석의 정치적 수준에서 로맨스의 요소를 분리해냈습니다.

두번째 수준, 즉 사회적 수준은 달리 해결할 수 없는 갈등을 이와 똑같이 동화적으로 해결하는 과정에 포함된 전복의 요소를 표면으로 끌어올립니다. 두번째 수준에는 고려해야 할 온갖 종류의 다른 요소들이 있지만, 지금은 다른 요인들로 방향을 틀기 전에 세 수준 모두에서 로맨스 미학을 발견하는 중이라는 점을 기억하기 바랍니라. 두번째 수준에서 제임슨은 블로흐를 인정합니다(1297).

> 따라서 예를 들어 블로흐의 동화 읽기는 마술적 소망 충족과 유토피아적인 풍부함의 환상, 코카뉴 땅('큰 얼음사탕 산'이 미국판 코카뉴 땅입니다)을 갖춘 동화를 체계적인 해체와 서사시의 헤게모니적이고 귀족적인 형식 파괴로 보여줌으로써 이 '형식'의 대화적이며 대립적인 내용을 복원한다.

다른 말로 하면 동화는 단지 상징적 환상이 아니라 사회적 표현입니다. 동화는 헤게모니적 힘들을 비웃습니다. 동화는 해결이나 화해의 불가능성을 인정하는 바로 그 지점에서 발생하는 적대행동입니다. 두번째 수준, 다양한 계급과 관점의 이데올로기적 목소리들이 공공연히 갈등하는 사회적 수준에서는, 심지어 뻔히 보이는 자의적인 해법조차 얻지 못합니다. 얻는 것은 전복과 반동, 어떤 것을 해결하려는 것이 아니라 오히려 갈등을 드러내려는 목소리들의 긴장이지요.

그러나 이런 전복의 목소리를 냄으로써 밑으로부터 카니발적인 봉기가 떠오르는데, 제임슨은 또 이것을 로맨스와 연결합니다. 카니발은 울분을 빼내는 행위요, 유토피아의 가능성을 환영하는 행위로, 누군가를 [15, 16세기 영국에서 크리스마스 파티 사회자를 가리키는] '무질서의 주Lord of Misrule'라고 부르는 날에 발생합니다. 그날 하루는 사회적 질서 전체가 뒤집힙니다. 하층이 권위를 누리는 지위로 올라가고, 그날 하루 동안 도시의 열쇠들을 받아듭니다. 그러나 이날, 카니발 또는 [1605년 11월 5일 의회 개회에 맞춰 의사당을 폭파하려다 실패한] 가이 포크스의 날, 갈등은 표현되지만 해소되지는 않습니다. 모두가 내일이면 여느 날과 똑같은 날이 될 것이고, 오늘은 지배계급이 안전밸브로서 조직한 날임을 알기 때문이죠. 그러나 로맨스의 요소, 소망의 민간적 표현은 여전히 존재합니다. 이것은 첫번째 정치적 수준에서 표현되는 것과 비슷한 소망이지만, 이제 개인적이 아니라 집단적으로 표현됩니다. 이 수준에서 우리는 〈슬럼독 밀리어네어〉의 발리우드 댄스 피날레를, 개인의 행운 '뒤에서 제자리를 찾는' 있을 법하지 않은 상황이 아니라, 터무니없는 해결책 이상을 제시하지 못하는 문제들에 관한 아이러니 섞인 신랄한 태도의 집단적 표현으로 다시 생각할 수 있습니다.

세번째 수준인 역사적 수준은 어떤 시간 프레임에 대해서도 지배적인 생산양식을, 다른 양식들과의 관련 속에서 드러냅니다. 생산양식이란 모든 것에 영향을 미치는 사회적 또는 경제적 배치에서 발생하는, 물자만이 아니라 관념도 포함한 제조체제입니다. 제임슨은 자신의 텍스트에서 이 양식들을 나열하고 있습니다. 나중에 이 목록으로 다시 돌아와 그 용어 몇 가지에 관해 생각해보겠습니다. 제임슨은 서로 겹쳐치는 생산양식들의 훌륭한 예를 제시합니다. 18세기 후반, 계몽주의는 당시 부상하던, 교육을 아주 잘 받은 자본주의적 부르주아지를 위한 지배적인 표현형식이 되었습니다. 산업화와 자본의 발전을 추동하던 가치들이 봉건적이고 귀족적인 이상에 대한 반작용으로 유통되었는데, 봉건적 이상은 더 의식儀式적으로 암호화되어 있고, 덜 '사실주의적'이면서 더 돈키호테적이고, 세상에서 일이 이루어지는 것에는 관심을 덜 가졌습니다. 반면 계몽주의는 새로 등장하는 생산양식, 즉 봉건제를 잇는 자본주의의 표현으로 이해됩니다.

그러나 제임슨은—이 대목에서 로맨스가 들어옵니다—계몽주의와 더불어 두 종류의 저항 또는 논쟁 양식이 있다고 지적합니다. 한편에는 낭만주의가 있는데, 이것은 맥락상 귀족적이고 봉건적인 이상주의로의 퇴행적 후퇴, 계몽주의 시대에는 유행에 뒤떨어진 것으로 보이던 로맨스 시대의 이상주의를—기사도적인 것이든 다른 것이든—재암호화하려는 노력으로 읽을 수 있습니다(또 실제로 종종 그렇게 읽히죠). 따라서 이런 관점에서 보자면, 낭만주의는 지배적인 양식과 겹치거나 그것을 통해 자신을 표현하는 반동적 생산양식입니다. 그러나 동시에 계몽주의의 점증하는 기계화에 대한 민간 저항이 있습니다. 정치경제학의 학설에 대항하여, 사회공학 및 공리주의와 연결되는 다양한 형태의 사회조직의 발흥에 대항하여, 정치적으로 사회적으로 파괴적인 민중의 반발이 있는 것입니다. 노동운동에 대한 간섭, 공장노동 기준에 대한 항의 등의 '프레임 깨기'입니다. 이런 활동의 발효 또한 낭만주의와 마찬가지로 퇴행적인 것입니다(이 두 형식의 저항이 존 클레어의 삶과 시에서 합쳐집니다). 농업적 산업적 생산의 예전 형식을 고집하기 때문이죠(예를 들어 가내수공업). 따라서 여기에서도 계몽주의는 로맨스의 갈망을 표현하는 서로 겹쳐지는 생산양식들과 공존하며, 그런 갈망의 표현이 낭만주의 및 산업화에 대한 민중의 저항이라는 형태로 나타나고 있습니다. 생산양식들 사이의 긴장은 세번째, 즉 역사적인 수준에서 이루어지는 분석이 초점을 맞추는 대상이기도 한데, 이것은 다시 한번 희망의 원리로서 유토피아적 노스탤지어를 드러냅니다.

대체로 명백한 제임슨의 미학은 이 정도로 해둡시다. 이제 이런 세 수준에서 문학적 분석을 수행하는 해석적 이익은 무엇인가, 하는 문제로 가보지요. 제임슨은 분석의 이 세 층 또는 동심원이 '정치적 무의식'이라는 요소를 드러내려는 것이라고 주장합니다. 해체주의의 경우와 마찬가지로, 또 프로이트의 경우와 마찬가지로, 그렇게 초점을 맞추면 일반 의식과 대립하는 어떤 것, 사물에 대한 우리의 관습적 이해를 무너뜨리는 어떤 것이 노출되거나 드러나는데, 그런 관습적 이해 밑에는 우리가 이해할 필요가 있는 법칙과 원인과 역학이 작용하고 있습니다. 그러나 이 경우 문제가 되는 무의식은 언어적이거나 심리적인 것이 아닙니다. 이런 결정요소들과 더불어, 그 밑에 놓인, 마르크스주의식으로 표현하자면 '물적 토대'로서 정치적 무의식이 있습니다. 우리는 완전히 의식하지 못할 수도 있는, 또는 전혀 의식하지 못할 수도 있는 정치적 이유들 때문에, 다른 일이 아니라 지금 하고 있는 일을 합니다. 따라서 정치적 무의식을 추론해낼 필요가 있습니다.

세 수준과 관련하여 이야기해봅시다. '정치적' 수준에서는 개인의 상징적인 행동으로 정치적 무의식의 어떤 요소가 드러나는가? 제임슨은 구조주의에서 가져온 놀라운 예를 제시하는데, 이를 통해 여러분은 서사형식 자체가 무의식적 소망을 표현하는 방식을 이해할 때 그가 구조주의에 얼마나 심하게 의존하고 있는지 알 수 있을 겁니다. 제임슨은 우리에게 카두베오족의 얼굴 그림을 생각해보라고 합니다. 레비스트로스는 『야생의 사고』와 『슬픈 열대』 두 곳에서 이 그림의 어쩐지 지나치다 싶은 복잡성을 어떻게 설명할 수 있느냐고 묻습니다. 얼굴에 그려놓은 표시에 왜 수직과 수평의 묘한 긴장이 있는 것일까? 왜 특히 수평선에 긴장의 느낌, 미학적으로 아름답지만 동시에 긴장되어 있고 복잡하다는 느낌이 있는 것일까?

제임슨의 주장은—내가 보기에는 레비스트로스도 대체로 같은 말을 하고 있지만, 제임슨이 카두베오족의 얼굴 그림을 이웃한 부족들, 예를 들어 보로로족의 그림과 비교하면서 훨씬 단언적으로 말하는 것 같습니다—카두베오족은 공개적이고 명백한 형태의 불평등이 존재하는 위계적 사회로서 구성원 또한 부득이 그것을 의식할 수밖에 없지만, 아마 카두베오족도 관찰하고 있을 이웃한 부족들은 재산의 일부, 레비스트로스가 논의하는 친족 증여, 결혼 증여 등을 교환하여, 위계에 내재한 모순을 해소하는 것처럼 보이는 방식을 만들어낸다는 것입니다. 이런 재산의 교환은 실생활에서, 현실적 맥락에서 이 사회가 실제보다 평등해 보이게 만드는 방법을 사회질서에 강요하는 것처럼 보이지요. 그래요, 이 사회는 여전히 위계적이지만, 동시에 부가 분배되고 각 사람은 존엄과 자기가치를 주장할 수단을 갖고 있습니다.

카두베오족은 그런 장치에 의지할 수 없습니다. 레비스트로스와 제임슨은 카두베오족이 증여 교환 시스템을 결코 만들어내지 못했으며, 그 결과 단순한 형태의 위계조직에 고착되어 있다고 말합니다. 따라서 제임슨이 따르는 레비스트로스의 말에 따르면, 얼굴 그림은 수평적 표시를 도입하여 문제를 상징적으로 해결하는 카두베오족의 방식입니다—다른 부족이 부와 존엄을 더 평등하게 분배하여 위계를 성공적으로 상쇄한 방식을 예술적 수준(그런 표현은 이 수준에 한정될 수밖에 없습니다)에서 표현하는 것이죠. 다른 부족들은 실생활에서, 현실적 맥락에서 이룰 수 있었던 상징적 행동을 카두베오족은 개별적으로, 여자들 각각이 상징적 행동으로서 얼굴에 그림을 그림으로써 이루는데, 우리는 이것을 정치적 무의식을 표현하는 것으로 받아들일 수 있습니다—우리가 생각하기에 이것은 어떤 개인이 의식하고 있는 동기가 아니기 때문입니다. 따라서 이것이 제임슨이 묘사하는 정치적 무의식이 이해의 첫번째 수준, 즉 정치적 수준에서 개별적인 상징적 행동으로서 나타나는 방식입니다.

두번째 수준, 즉 사회적 수준—여기에서 텍스트는 제임슨이 말하듯이 개별적 행동으로서가 아니라, 바흐친의 생각과 아주 흡사하게, 목소리들의 이종어적 표현으로서 자신을 다시 씁니다—에서 정치적 무의식은 '이데올로기소', 제임슨이 레비스트로스의 '신화소mytheme' 즉 신화의 기본 구성단위에서 유추하여 구조주의의 맥락으로 다시 만든 용어인 이 이데올로기소의 상호작용으로서 이해되어야 합니다. 다른 말로 하면, 사람들은 아마 자신도 모르게, 반사적으로 '자기 자신'이 아니라 자신의 경제적이고 사회적인 계급을 반영하는 관점이나 의견을 표현합니다. 사람들이 어떤 견해를 가지는 것, 제임슨이 적어도 부분적으로는 무의식적이라고 생각하는 이데올로기소의 대변인으로서 이야기하는 것은, 삶에서 자신이 놓인 상황에 따르는 것입니다. 다른 말로 하면, 사람들은 자신이 그렇게 열렬하게 표현하고 그렇게 헌신적으로 믿는 의견이 자신이 처한 사회적 환경에 의해 영향받은 것임을 모릅니다. 따라서 문학은 이데올로기소들의 드라마, 한군데 모인 다양한 상황 속의 목소리들로 표현되는 해결되지 않은 갈등의 재현이 됩니다.

여러분은 여기에서 제임슨의 작업이 바흐친의 작업에 가장 가깝게 다가가며, 우리가 이미 만난 바흐친의 주요 관심사 가운데 일부를 아주 분명하게 반영하고 있음을 볼 수 있습니다. 제임슨은 이런 갈등이 작용하는 방식의 좋은 예를 제시하여, 이런 충돌의 수수께끼 가운데 하나는 그것이 늘 공유되는 코드 내에 자리잡고 있다고 설명합니다. 여기에서 제임슨은 17세기 잉글랜드의 왕당파와 [내란 당시 의회파에 속하던] 원두당圓頭黨 사이의 격렬한 종교적 논쟁을 논의하며, 크롬웰의 공위 기간, 찰스2세의 왕정복고, 그 시기에 벌어진 대부분 종교적인 엄청난 소요를 둘러싼 논란을 모두 다룹니다. 어느 마르크스주의자가 보더라도—크리스토퍼 힐은 이런 맥락에서 이 시기를 가장 분명히 이해할 수 있게 해준 중요한 역사학자지요—이 갈등 저변에는 정치적 무의식이 있습니다. 그 궁극적 동기는 권리의 주장이며 계급적 관점의 표현이지요. 다시 말하지만, 계급투쟁의 대화는 두 대립하는 담론이 서로 공유하는 코드의 통일성이라는 가장 중요한 틀 내에서 끝까지 싸우는 것입니다. 따라서, 예를 들어 1640년대 잉글랜드에서는 종교라는 서로 공유하는 전체 통제 코드가 헤게모니적 신학의 지배적인 공식들이 재전유되고 논쟁적으로 수정되는 자리가 됩니다. 성공회는 종교적으로나 정치적으로나—당시 사용되던 단어로—'기성 체제 establishment'를 대표합니다. 원두당의 관점, 청교도주의의 다양한 형태, 그 밖의 다른 형태로 일어난 종교적 반역은 반체제적이지만, 모두 기독교 종교의 담론 안에 코드화되어 있습니다. 그들은 공동의 전장에서 계속 끝까지 싸워야 합니다.

우리 시대로 가까이 와서, 1960년대와 1970년대에 윤리적 담론이 공통 코드 내에서 싸웠던 싸움을 생각해봅시다. 예를 들어 성혁명을 생각해보세요. 여기에도 공통의 기반, 인간 삶에서 성행위의 중요성이라는, 공유된 감수성이 있습니다. 이 주제에 대한 세대 간 갈등에 반영된 것은 가치의 전도, 즉 새로운 일군의 가치의 등장이 아니라 존재하는 가치들의 단순한 전환입니다. 한 분파가 나쁘다고 생각하는 모든 것을, 다른 분파는 가치를 전환하여 좋다고 생각합니다. 하지 말라고 주의를 받는 바로 그것을 달려가서 끌어안습니다. 따라서 다시 한번 공통의 코드에서 생겨나고 거기에 참여하는, 해소되지 않는 충돌을 관찰할 수 있습니다. 이것이 두번째 수준에서 사회적 적대가 표현되는 방식입니다.

세번째 수준에서 우리는 역사적으로 자리를 놓고 다투는 생산양식들 사이의 긴장을 목격합니다. 제임슨의 표현대로, 생산양식들을 헤게모니의 연속으로 생각할 때의 위험은 각 생산양식이 차례로 시간 속에 고정된 공시적 순간처럼 보일 수도 있다는 점입니다. 자본주의 안에 있으면 다른 생산양식은 존재하지 않는 것으로 생각해버릴 수 있는데,

제임슨이 제시한 일련의 생산양식 목록에 등장하는 용어 하나를 인용하자면, 이것은 '가부장제' 안에 있을 때도 마찬가지입니다. 그러나 제임슨이 지적하는 대로, 법인적 위계와 가부장적 위계 사이의 긴장—종종 마르크스주의 관점과 페미니즘 관점 간의 논쟁에서 둘 사이를 틀어지게 하는 긴장—은 서로 다른 시대 출신인 생산양식들의 공존을 반영합니다. 하나는 현대에 속하고 또하나는 과거의 것으로 여겨지지만, 그럼에도 이 과거의 것은 '유리천장'의 형태로 집요하게 남아 현대에 속하는 생산양식과 여전히 겹쳐지고 있지요.

이 모든 것이 단순히 역사적 기록의 일부이지만, 문학 분석으로 들어가 더 형식적인 맥락에서 세번째 수준을 생각하면—하나의 예로 셸리의 유명한 시 「서풍에 부치는 노래」를 들겠습니다—우리는 운문형식의 선택 자체를, 제임슨이 생산양식들 사이의 갈등을 표현하는 '형식의 이데올로기'라고 부르는 것의 한 예로 볼 수 있습니다. 셸리의 「서풍에 부치는 노래」에는 다섯 연이 있으며, 각각의 형식은 똑같습니다. 각 연은 소네트인 동시에—결말의 이행연구 앞의 첫 열두 행에서는—이탈리아의 삼운구법三韻句法 시구들이 연속됩니다. 단일한 연으로 종합된 이 두 형식은 각각 그 나름의 이데올로기를 갖고 완전히 다른 방식으로 규칙화되어 있습니다. 삼운구법은 단테의 전통에 속하기 때문에 '예언'으로 코드화됩니다. 삼운구법은 『신곡』을 쓴 운문형식으로, 세번째 칸토 「천국」 편에서 성 삼위일체를 통해 이루어지는 모든 모순의 해소를 향해 시를 이끌고 가는, 세 부분으로 이루어진 단위이죠. (민담의 세 짝과의 관련성에 주목하기 바랍니다.) 그러므로 셸리의 시에서 삼운구법은 서풍이 자신을 통해 정치적 예언의 나팔이 될 것이라는 희망을 표현합니다. 겨울이 여기 있다면, 봄이 멀리 있을 수 있을까? 혁명이 머지않았으며, 모든 것이 좋아질 것이다.

그러나 동시에 이 시에는 일종의 비관주의—사실주의라고 해도 좋겠지요—가 관통하고 있습니다. 이런 예언에 대한 생각이 좀 억지라는 의식이 있는 것입니다. 어째서 바람이 셸리가 하라는 대로 할까? 바람은 그저 바람일 뿐인데. 바람은 영감이 아닙니다. 따라서 거의 마지막까지 삼운구법으로 쓴 바로 그 연을 동시에 열네 줄의 소네트로도 쓰고 있는 것입니다. 특히 첫 연은 단순한 소네트가 아니라 구체적인 하나의 소네트, 즉 "그대가 나에게서 보는 계절"로 시작하는 셰익스피어의 소네트에 대한 암시로 코드화되어 있습니다. 나는 늙어가고, 나에게는 머리카락도 남지 않았고, 나는 그저 얼마 전까지 예쁜 새들이 노래를 했지만 이제는 텅 비고 폐허가 된 합창석에 불과하고, 이것을 어찌할 도리가 없다. 시의 마지막에 화자의 깜부기불은 이제 곧 꺼지려 합니다. 다른 말로 하면, 겨울이 여기 있는데 어떤 봄도 오지 않습니다. 아무런 예언적 가능성도 없고, 오직 탕진한 인생의 궤적만 있을 뿐입니다. 소네트 형식이 코드화하는 대로 이런 삶의 현실은 이상주의—제임슨이 다른 곳에서 묘사하는 그 낭만주의—가 누를 수 없는 정치 현실이기도 합니다.

따라서 우리가 셸리의 운문형식에서 얻는 것은 관념들 사이의 긴장, 계몽주의에서 전성기를 누리고 있는 상인계급의 굳건한 사실주의(셰익스피어는 종종 친계몽주의적 인물로 여겨지지요)와 갈등하는 고향의 봉건적이고 신 중심적인 세계의 예언적 관념이며, 이것은 또 형식들, 삼운구법과 소네트 사이의 긴장이기도 합니다. 따라서 '형식의 이데올로기'는 갈등하는 생산양식들, 각각 봉건적인 것과 계몽주의적인 것을 반영합니다. 이 형식들은 또 그 생산양식들과 연결할 수 있는 태도를 반영하지요. 셸리는 믿을 수 없을 정도로 자의식이 강한 시인이었으며, 마르크스와 그 서클의 대단한 존경을 받았습니다. 따라서 어쩌면 그의 경우에는 정치적 무의식을 이야기하기보다, 그의 시에서 제임슨의 분석 중 세번째 수준에서 자신을 표현하는 정치적 '유사 의식'을 관찰할 수 있다고 말하는 것이 좋을 것 같습니다.

형식적인 맥락에서 보자면 우리는 첫번째, 즉 정치적 수준에서 핵심적인 비평적 과제를 주제화라고 생각할 수 있을 것입니다. 개별적인 상징적 행동이 표현하고자 하는 플롯 구조는 어떤 주제인가? 이 상징적 행동으로 어떤 모순이 해결되고 있는가? 두번째 수준에서 우리가 작동시키는 형식적 원리는 바흐친의 이종어라는 관념입니다. 즉 목소리들의 충돌과 목소리가 개인에서 사회로 바뀌는 것이죠. 세번째 수준에서 우리는 제임슨이 '장치들의 레퍼토리'라고 부르는 것을 발견하며, 이것에 관해서는 셸리의 예를 통해 생각해보았습니다.

생산양식들의 겹침은 계몽주의 시대에 특히 흥미롭다는, 제임슨의 말을 확인해줄 만한 예를 낭만주의에서 하나 더 들어보겠습니다. 낭만주의는 핀다로스의 송시 형식이라는 오랜 전통을 물려받고 있습니다. 워즈워스는 「영혼 불멸의 노래」를 쓰면서 그 전통을 여전히 활용하지만, 그러면서도 콜리지와 함께, 말하자면 새로운 종류의 송시, 즉

'대화시'라는 것을 개발했습니다. 워즈워스의 「틴턴 수도원」(워즈워스는 시의 주석에서 이것을 송시와 비교합니다)과 더불어 콜리지의 「한밤의 서리」와 「이 라임나무 그늘 나의 감옥」은 대화시의 주목할 만한 예입니다.

이런 유형의 송시들 간의 차이가 곧 생산양식들의 갈등이라는 점은 쉽게 알 수 있습니다. 궁극적으로 핀다로스가 그리스 귀족 후원자들의 올림픽 승리를 찬양하던 노래에서 파생된 형식적인 송시는 다시 한번 봉건적-귀족적으로 코드화되며, 이와 반대로 대화시는 그것을 묘사하는 표현이 암시하듯이 대체로 새로 등장한 공적 영역에 소속됩니다. 배경은 아니어도 그 양식에 있어서(앞으로 보겠지만, 이 자체도 흥미롭습니다), 이것은 사람들이 서로 말을 걸며 의견을 교환하는 커피하우스의 분위기라 할 수 있습니다. 개별적인 인간에게 말을 거는 시지요. 이 시들은 어떤 지점에서 그런 사람에게로 향하며, 가끔 의견을 구하기도 합니다. 따라서 형식적인 송시에서 대화시로의 이행 자체가 생산양식들 사이의 이행—또는 생산양식의 격변으로 초래된, 제임슨이 '문화혁명'이라 부르는 것—이라고 이해할 수 있지요. 그러나 대화시는 여전히 사이에 자리잡고 있습니다. 대화시는 독백이며, 대화상대는 침묵을 지키고 있고, 오직 낭만적 고독과 내향성이라는 분위기 안에 존재하는 자로 추론될 뿐입니다. 대화시는 특정한 생산양식—공적 영역—의 승리를 반영하지 않는데, 예를 들어 디드로의 『라모의 조카』에 나오는 활발한 의견 교환에서는 그것을 발견하게 됩니다.

자, 이것이 제임슨의 세 수준이 적용되는 몇 가지 방법입니다. 제임슨 자신은 우리에게 위험성을 지적합니다. 서사를 상징적 행동으로 생각하는 데 너무 깊이 빠지면, 구조주의의 하위텍스트를 강조함으로써 그것이 현실에 기초하고 있다는 것을 잊거나, 아니면 해결되고 있는 사회적 모순을 강조함으로써 형식이 관여하고 있다는 사실 자체를 잊기 십상이다. 제임슨이 말하듯이, 첫번째 수준에서 이런 위험은 각각 구조주의의 위험과 천박한 유물론의 위험입니다. 상징적 행동을 분석할 때의 핵심은, 반대로 텍스트 내의 형식적인 요소와 사회적 요소 사이의 균형이나 종합을 유지하는 것입니다. 두번째 수준에서 문제는, 우리가 화해 불가능한 계급 갈등의 맥락에서 생각하기 시작하면 분석이 멈춰버릴 수 있다는 것입니다. 마치 계급적 관점은 이동하지 않을 것처럼, 하나의 관점이 헤게모니를 잡으면 다른 관점은 그 헤게모니를 승계하지 못할 것처럼 본다는 것이죠. 다른 말로 하면, 변화가 발생하지 않고 계급 갈등이 그냥 삶의 조건이 되는 것처럼 본다는 것입니다. 사장은 늘 노동자를 비하하고, 노동자는 늘 사장의 등뒤에서 웃음을 터뜨린다. 그냥 늘 그런 식이라는 거죠.

마지막으로 세번째 수준에서는, 막다른 골목의 맥락에서 생각할 위험이 있습니다. 예를 들어 후기자본주의를 도저히 돌파할 수 없는 막다른 골목이라고 생각하는 겁니다. 아도르노가 문화산업에 대해 느끼는 믿기 힘들 정도의 우울을 생각해보기 바랍니다. 아도르노에게는 별 희망이 없습니다. 그렇지 않습니까? 여러분은 사실 제임슨 자신이 어쩌면 필연으로서의 역사, '아픔을 주는 것'으로서의 역사에 관해 약간은 감상적이며, 따라서 스스로 이런 막다른 골목의 느낌에 사로잡혀 있다고 주장할 수도 있을 겁니다. 그래서 내가 여러분을 위해, 마르크스주의비평가들 자신이 아주 흔히 그러는 것처럼, 마르크스 자신의 호소력 있는 조언인 '포이어바흐에 관한 테제 11번'을 인용하는 것입니다. "철학자들은 다양한 방식으로 세계를 해석만 해왔다. 그러나 문제는 세계를 바꾸는 것이다."

잠깐 다시 『견인차 토니』를 살펴봅시다. 『견인차 토니』에 대한 물신화된 사실주의적 접근법, 내가 서두에 인용한 긴 발췌문에서 제임슨이 비판하는 접근법에서는 니토와 스피디에게 아무런 일도 일어나지 않는다는 점을 지적할 것입니다. 그들은 명백한 악당인데, 그들에게는 아무런 일도 일어날 수 없습니다. 그들은 그냥 사회질서 안에서 자신의 자리를 유지합니다. 그들 가운데 하나는 더러워지기를 바라지 않는 세심한 귀족 혹은 속물입니다. 다른 하나는 생산성과 시계와 근면에 완전히 헌신하는 부르주아 스피디죠. 이렇게 그들은 갈등하는 생산양식들을 반영하는데, 그것을 어찌하지 못합니다. 그들은 토니에게 잘해주지 않지만, 그들에 대한 비난은 찾아볼 수 없습니다. 우리가 독자로서 분개하며 못마땅해하는 정도죠.

하지만 첫번째 수준에서, 우리가 해결된 플롯을 상징적 행동으로 이해한다면, 가망 없는 갈등이 되었을 수도 있는 상황은 우정을 통해 해결됩니다—범피와 토니의 우정이죠. 나에게는 친구들이 있기에 내가 그저 일꾼일 뿐이더라도 아무 문제가 없다. 우리는 맥주를 마시고, 재미있는 시간을 보내고, 인생은 훌륭하다. 계급구조가 모욕을 주어도 상관없다. 나는 행복하다. 토니는 사실상 그렇게 말하는 셈입니다. "나는 내 일이 좋습니다." 물론 이러한 주장은 그 자체로 이야기가 다른 방식으로 드러낼 수도 있을 어떤 갈등을 미리 해소해버립니다.

두번째 수준에서는 이데올로기소들의 담론을 얻게 됩니다. "나는 너를 도와줄 수 없어. 나는 더러워지고 싶지 않아." 자동차 니토가 말합니다. "나는 너를 도와줄 수 없어. 나는 너무 바빠." 자동차 스피디가 말합니다. "나는 너를 도와줄 수 있어." 범피가 말합니다. 하지만 발화의 대구가 보여주듯이, 이 응답들이 모두 하나의 공유된 코드 안에서 이루어진다는 것에 주목하기 바랍니다. 해소될 수 없는 이 이데올로기소들은 하나의 코드 안에서 권위를 놓고 싸웁니다.

이제 마지막으로 세번째 수준의 생산양식들로 가봅시다. 같은 이야기 안에 니토와 스피디가 있다는 사실 자체가 봉건적인 것과 부르주아적인 것 사이의 긴장을 보여주지만, 어떤 식으로든 역동적으로 풀릴 긴장은 아닙니다. 내가 보기에 여기에서 주목해야 할 중요한 것은, 끄는 것과 미는 것 사이의 갈등입니다. 토니는 하나의 생산양식, 한 대의 견인차입니다. 전에도 말했지만, 끄는 것이 밀려야 한다는 사실이 아주 흥미롭습니다. 틀림없이 토니에게 교육적인 일이 될 것입니다. 범피는 『씩씩한 꼬마 기관차』와 같은 과거의, 활기와 힘이 약한, 기계적 효율이 떨어지는 생산양식으로의 후퇴입니다. 그는 밀어야 합니다. 과거에 담이 세워지던 방식을 생각해보세요. 크레인과 도르래가 발명되기 전에는 미리 만든 담을 많은 사람이 밀어서 세워야 했습니다. 뭔가를 끄는 것을 가능하게 만드는 기술이 생겨나기 전에는 미는 것이 건설 노동의 핵심이었습니다. 그뒤에 크레인이 생겼고, 고리를 내려 담을 끌어올려 제자리에 세우면 그만이었죠. 따라서 여기에서, 토니가 과거의 것으로부터 도움을 받아 앞으로 나아가는 것을 지켜보며, 우리는 제임슨의 세번째, 즉 역사적 수준의 분석에서 낡은 생산양식과 새로운 생산양식의 겹쳐짐을 봅니다.

다음 강의에서 '신역사주의'를 논의하며 다시 『견인차 토니』로 돌아갈 텐데, 그때 기회가 생기면 벤야민과 아도르노도 토니와 연결할 수 있는지 살펴보겠습니다.

19장

신역사주의

읽을 자료

스티븐 그린블랫, 「형식의 힘」(CT, 1443~1445).

제롬 J. 맥건, 「키츠와 역사적 연구 방법」『굴절의 아름다움』.

이 강의에서 우리는 1970년대 말에 시작하여 1980년대를 거쳐 1990년대에 이르기까지 학계를 휩쓸었던 문학비평 방식으로 향합니다. 바로 신역사주의죠. 신역사주의는 스티븐 그린블랫의 후원하에 캘리포니아대학 버클리 캠퍼스에서 시작되었습니다. 어쨌든 그곳에서 첫 지적 구심점을 형성했지요. 그린블랫 그룹(토머스 라쾨르, 스베틀라나 알퍼스, 하워드 블로크)은 『리프리젠테이션스』라는 제목의 정기간행물을 창간했는데, 이 잡지는 여전히 문학 연구 분야에서는 가장 중요하고 큰 영향력을 발휘하며, 줄곧 신역사주의적 사고의 사령부 역할을 해오고 있습니다. 이 그룹이 역사적('구역사주의적') 방법을 상대로 채택한 새로운 태도는 맨 처음에는 '르네상스'라고 알려진 근대 초기에 초점을 맞추었습니다.

사실 '르네상스'라는 용어를 '근대 초기'라는 표현으로 바꾼 것이 신역사주의입니다. 실제로 최근에 분야나 시기의 이름을 바꾼 일이 많은데, 이른바 지성적 특징을 기간으로 대체했으며('신고전주의'는 '긴 18세기' '낭만주의'는 '18세기 말과 19세기 초'), 그 의도는 학자들에게 각 시기가 이런저런 지배적인 지적 경향을 상쇄하는 소란과 다양성으로 가득하다는 점을 일깨워주려는 것이었습니다. 이런 변화는 모두, 늘 반드시 신역사주의는 아니더라도, 역사주의적인 경향으로부터 나왔습니다.

신역사주의의 방법론은 곧 다른 분야들로 확장되었으며, 아마 어떤 분야에서는 오늘날까지도 다른 분야보다 더 큰 영향을 받고 있을 겁니다. 방금 '오늘날까지'라고 했는데, 그것은 신역사주의가 지금도 여전히 그 영향력이 강하기 때문입니다. 이 운동의 전제들은 지금도 두드러집니다. 물론 초점을 맞추는 곳이나 주제, 또 목소리를 낮춘 수사를 보면 전만큼 예리한 느낌은 좀 덜합니다만. 왜 어떤 분야는 다른 분야보다 쉽게 신역사주의적 접근 방법에 넘어간 것처럼 보이는지 설명하기 위해서는 따로 강의를 한 번 해야 할 정도지만, 어쨌든 이제는 모두가 각각 신역사주의의 손길을 받을 만큼 받았다고 할 수 있지요. 하지만 근대 초기와 더불어 신역사주의의 영향을 가장 많이 받은 세 분야가 18세기, 영국 낭만주의(구식 명칭을 사용해서 죄송하지만요), 그리고 식민지 말기부터 공화당기에 이르는 미국학이라는 점은 이야기해두는 것이 옳을 듯합니다. 이 마지막 시기는—인쇄문화가 등장하고, 신문과 문예란 논의로 공적 영역에서 활발한 참여가 이루어진 것이 특징인데—신역사주의의 관점에서 연구되어 활기찬 결과물을 만들어냈고, 매체사의 형태로 새로 단장되었습니다. 제롬 맥건의 에세이를 논의할 때는, 특히 그가 낭만주의 연구에 영향을 준 방식에 관해 약간 이야기하겠습니다.

대체로 1970년대 말부터 1990년대 초에 이르는 기간에 신역사주의가 괄목할 만한 인기와 영향력을 누린 이유를 들자면, 아마도 학문적 사고에 점점 정치화된 감수성이 스며들고 있었다는 점일 것입니다. 신역사주의는 외부로부터의 압력 및 이와 관련된 내부로부터의 압력에 대한 대응이었습니다. 역사는 점점, 제임슨의 표현을 빌리자면 '아픔을 주는 것'이 되어갔으며, 그런 분위기에서 학계에는 이런저런 형태로 이루어진다고들 하는 문학 연구에 의해 문학텍스트가 역사의 흐름으로부터 고립되면서 윤리적 실패를 맞았다는 의식이 팽배해졌고, 또 그런 느낌을 소리 높여 외치는 사람들도 생겨났습니다. 신비평에서 시작하여 해체주의와 정신분석의 라캉 등 난해한 담론을 거치면서, 특히 젊은 축에 속하는 학자들 사이에서는 다급한 사회적 관심사들—베트남전쟁 이후의 정체성에 대한 예민한 관심, 권력의 분배와 세계화된 자본에 대한 관심—과 직면하여 방향 전환이 필요하다는 의식이 널리 퍼졌는데, 이 의식은 학계의 문학 연구에서는 죄책감이라고밖에 부를 수 없는 것에까지 이르렀습니다. 이런 죄책감의 물결이 '역사로의 회귀'를 낳았지요. 역사적 전환점에 이른데다 그간 번성해온 분석 양식은 역사, 그리고 자신이 하고 있는 일의 정치적 함의가 두드러지고 또 그것이 중심이 되는 분석으로 대체될 필요가 있다는 느낌이 퍼져나갔습니다.

이런 종류의 토론에서는, 아마도 양쪽 모두, 늘 분위기가 아주 뜨거웠다고 말할 수밖에 없습니다. 내가 이따금씩 암시하는 바와 같이, 많은 경우 이른바 고립된 접근 방법들이 정말로 고립되었던 것만은 아닙니다. 한 가지만 예를 들자면, 2세대의 해체주의는 늘 윤리와 역사에 관해 썼고, 그 기법을 역사에 접근 가능한 방식들 쪽으로 방향을 맞추려고 노력했지요. 신역사주의도 나름으로 그들보다 앞선 방식에서 나온 것이 분명한 형식과 텍스트의 세부와 관련된 쟁점들에 깊은 관심을 표명했습니다—그 점을 언제나 충분히 인정하지는 않았던 것 같지만요. 이제 우리가 검토할 다른 많은 접근 방법, 특히 사회적 정체성을 동력으로 삼는 접근 방법들에도 해당하는 이야기지만, 신역사주의는 이론적 전위의 언어(더 넓게 말하자면, 칼을 감춘 품위 있는 망토로서 적에게서 물려받은 이론적 언설의 언어)를 많은 부분 전유했고, 또 구조주의의 유용한 생각들 몇 가지를 이어받기도 했습니다. 자기와 타자, 또 사회적 집단들 사이의 이원적 관계가 그런 예입니다. 간단히 말해서 신역사주의가 이름을 얻은 것은, 문학과 관련을 맺고 있는 학계의 전문직업인에게 자기 회의가 광범위하게 퍼진 순간 빚어진 논쟁적인 분위기 속에서였습니다.

신역사주의적 분석의 절차는 하나의 패턴으로 딱 떨어는데, 이것은 금방 눈에 띄고 또 아주 매력적입니다. 여러분에게 읽으라고 한 그린블랫의 짧은 머리말에 멋지게 예시되어 있지요. 이 패턴은 종종 문학적 쟁점들로부터 약간 떨어져 있는, 적어도 떨어져 있는 것처럼 보이는 일화에서 시작하지만, 주어진 에세이의 논리 속에서 결국은 의도한 쟁점들로 향하게 됩니다. 예를 들어 밀가루를 뒤집어쓴 방앗간 주인이 아무 생각 없이 길을 걸어가다 지역 권력망 안에 자리를 잡고 있는 어떤 관리를 만납니다. 그를—아마 남자일 겁니다—집행관이라고 부르기로 합시다. 이 만남에서 어떤 법적 쟁점이 제기되며, 다음 순간 여러분은 우리가 『리어왕』 이야기를 하고 있다는 사실을 알게 됩니다. 문학적 주제로 들어가는 이런 약간 놀랍고 우회적인 방법은 특히 그린블랫, 그리고 그와 더불어 루이스 몬트로즈, 또 원래 역사학자로 훈련받은 카를로 긴츠부르크와 나탈리 제먼 데이비스를 포함한 많은 사람이 그런 것을 다루는 데 뛰어나기 때문입니다. 이런 기법은 신역사주의의 특징이 되었지만 사실 패러디에 너무 취약하여 대부분 버려지고 말았는데, 꽤 애석한 일입니다.

하지만 패러디가 되든 되지 않은 이런 종류의 일화를 앙트레로 사용하는 것은, 신역사주의적 사고가 작동하는 방식에 관해 뭔가 중요한 것을 보여줍니다. 사실 그들의 담론성의 창설자는 푸코입니다. 오늘 나는 이 점에 관해 내가 해야 한다고 느끼는 만큼 이야기를 하지는 않을 텐데, 그것은 곧 젠더 연구라는 맥락에서 푸코에게로 돌아갈 것이기 때문입니다. 그때 우리는 푸코와 주디스 버틀러를 함께 다루게 될 겁니다—그래도 푸코의 글, 특히 후기의 글은 그가 '권력'이라고 부르는 것이 사회적 질서를 통하여 유통되는 방식에 관심을 갖는다는 이야기는 간단하게 해두어야겠군요. 신역사주의는 푸코를 따라 권력 분배에 관심을 갖습니다. 이 학파가 역사 연구를 수행한 것은 부분적으로는 권력 체계를 드러내려는 것이었죠.

그러나 푸코에게조차, 또 특히 푸코에게 권력은 단지 기득권을 가진 당국의 권력, 국가에서 승인한 폭력의 권력, 위로부터 내려오는 압제의 권력만이 아님을 이해하는 것이 중요합니다. 그런 것일 수도 있고 또 실제로 자주 그러하지만, 푸코가 보기에 권력은 더 널리 퍼져 있으며, 또 더 음험한 것은 문화에서 지식이 유통되는 방식입니다. 우리가 생각하기에 적당한 것—받아들여질 수 있는 생각—이 대체로 보이지 않는 힘들에 의해 사회적 네트워크나 시스템에 분배되는 방식 말입니다. 이런 종류의 권력은 이데올로기와는 다르다고 말할 수 있습니다. 이데올로기는 사회적이고 경제적인 이익의 반사적 표현인 반면, 권력은 반드시 강압적이지는 않지만 인지되고 있는 사회적 압력에 대한 사고의 순응 또는 순응주의이기 때문입니다. 푸코에게 권력은 지식입니다. 다른 식으로 표현하자면, 어떤 형태의 지식들이 널리 퍼지게 되는 이유가 바로 권력입니다—그런데 '지식'이 반드시, 어떤 진리에 대한 지식일 필요는 없습니다. 여기서 내가 가장 좋아하는 모토를 인용하겠습니다. 이것은 윌 로저스와 같은 시대 인물인 미국의 유머 작가 조시 빌링스가 한 말입니다. "대부분의 사람들에게 문제는 무지라기보다는 그렇지 않은 걸 그렇다고 아는 게 너무 많다는 거다." 푸코와 그의 추종자들인 신역사주의자들은 이 소박한 진실을 탐구하는 과학자들입니다.

그래서 그런 예비적 일화를 제시하는 것입니다. 결국 이야기하게 될 것—그것은 아마 셰익스피어나 스펜서나 엘리자베스여왕 시대 가면극의 어떤 텍스트나 주제와 관련된 쟁점이겠지요—으로부터 가능한 한 멀리 있는 것에서 시작하라. 가능한 한 먼 데서 시작하는 것은 바로 어떤 사고 습관이나 법적 관념이 널리 퍼져 있음을, 어떤 사회적 제약이나 자유에 대한 제한이 널리 퍼져 있음을 보여주기 위해서입니다. 이것은 푸코적인 권력이 망이나 시스템이라는 것, 지식을 유통시키는 음험하지만 보편적인 양식이라는 것을 드러냅니다. 이 모든 것이 문학이나 문화 연구에 대한 신역사주의적인 접근 방법에 내포되어 있는 것, 또 가끔은 드러나 있는 것입니다.

따라서 권력에 대한 푸코의 이야기는 핵심적인 선행사건입니다. 푸코의 영향 아래, 어떤 특정한 종류의 발화로 여겨지던 문학은 무너져서 다시 더 넓고 또는 더 일반적인 '담론' 개념으로 돌아가는 경향이 있습니다. 권력이 지식을 유통하는 것은 담론 일반에 의해서이기 때문입니다. 하지만 이 대목에서는 신역사주의가 푸코를 개조한다고 말하는 편이 적절합니다. 내가 말해온 문학적 훈련은, 심지어 대수롭지 않은 것으로 치부될 때조차, 형식만이 아니라 장르도 책임지는 표현적 세부에 대한 관심을 길러내기 때문입니다—그러나 동시에 세련된 마르크스주의비평과 마찬가지로, 형식과 장르 자체가 권력의 결과라는 점을 받아들이게 되죠. 신역사주의는 우리가 현실세계로 돌아가기를 바라지만, 그런 귀환은 언어로 향한다는 것임을 인정할 수밖에 없습니다. 현실세계는 다름 아닌 언어에 의해서 자신을 형성합니다. 그래서 신역사주의자는 문학과 역사의 관계가 상호적이라는 생각을 그렇게 강조하는 것입니다.

그렇습니다. 역사는 문학이 어떤 주어진 시대에 말할 수 있는 것의 조건을 이룹니다. 역사는 어떤 시기, 어떤 종류의 발언의 결합가를 이해하는 중요한 방법입니다. 그린블랫이 '구역사주의'라고 부르는 것이 늘 내세웠듯이, 역사는 담론이나 문학의 배경입니다. 그러나 신역사주의는 사뭇 다른 것을 강조하고 싶어합니다. 문학 자체가 역사적 행위성, 역사에 상호적으로 영향을 주는 담론적 권력을 갖고 있다는 것입니다. 이것이 그린블랫의 서두를 여는 일화의 요점입니다. "내가 리처드2세다, 그대는 그것을 모르는가?" 엘리자베스여왕은 에식스 봉기의 위기가 고조되자 공적인 거리에서나 사적인 가정에서나—그녀가 믿고 있는바—『리처드2세』가 공연되고 있다는 소문을 듣고 그렇게 말합니다. 소요가 일어나는 곳마다, 자신을 타도하고 자신을 에식스 공작 분파로 대체하고 싶어하는 사람들이 있는 곳마다, 『리처드2세』가 공연되고 있다, 그녀는 그렇게 생각합니다. 이것은 엘리자베스여왕에게는 무시무시한 일입니다. 극장의 지지자요 셰익스피어의 적이 아닌 그녀는, 『리처드2세』가 장점이 많지만 동시에 기질상의 약점—땅바닥에 주저앉아 왕들의 죽음에 관한 슬픈 이야기를 하는 약점—도 지닌 왕, 훗날 헨리4세가 되는 인물, 낡은 왕조를 새 왕조로 바꾸는 왕이 되는 인물에게 왕위를 찬탈당하는 왕에 관한 이야기임을 알고 있기 때문입니다. 그래서 엘리자베스여왕은 자신의 적들이 자신을 폐위시키고, 그에 더하여 아마 흔하디흔한 국가적 이유로 자신을 처형할 준비를 하면서 자신을 리처드2세와 비교하기 위해 이 연극을 무대에 올린다고 가정할 수밖에 없었습니다. 당연히 그녀는 걱정을 하고, 그녀가 걱정하는 이유는 하나의 연극입니다.

따라서 문학도 아픔을 줍니다! 문학에는 역사의 경로에 영향을 주는 담론적 행위성이 있습니다. 문학은 '밖에 있을' 때 훨씬 위험합니다. 그린블랫의 주장에 따르면 극장은 소요의 가능성을 제거하거나, 적어도 완화할 조정 효과를 갖고 있다고 여겨졌기 때문입니다. 사람들은 어느 정도 객관성을 갖고 극장에서 이루어지는 문학적 재현을 바라봅니다—또는 이미 성립된 테두리 내에서 어떤 문학이든 받아들입니다. 하지만 이해관계가 얽힌 당파가 그 텍스트를 선택하여 반역을 부추길 목적으로 무대에 올릴 때는 아마 그런 객관성이 완전히 사라질 것입니다. 간단히 말해서 문학은 역사가 문학에 영향을 주는 만큼 역사의 경로에 영향을 줍니다.

바로 이런 점에서 신역사주의는 구역사주의와 다르다고 그린블랫은 효과적으로 주장합니다. 이 차이와 더불어, 구역사주의가 주제를 왜곡하고 그릇된 객관성을 주장함으로써 근대의 진리 체제(푸코는 가끔 권력이라고 부르지만)의 손에 놀아나는 것을 볼 필요가 있습니다. 그린블랫이 구역사주의의 특징을 드러내기 위해 선택하는 해당 사례는 매우 존경받는 전통적인 셰익스피어 학자 존 도버 윌슨입니다. 내가 이제 인용할 관점은 존 도버 윌슨의 관점을 아이러니를 섞어 다시 쓴 것으로, 문학과 역사 사이의 관계에 관한 이전의 합의를 가리키고 있습니다(1443).

근대의 역사학(구역사주의를 뜻합니다)은 엘리자베스에게 걱정할 것이 없음을 확인했다. {리처드2세}는 전복적이기는커녕 오히려 튜더 질서에 대한 찬가라는 것이다. 이 연극은 반역의 생각들을 부추기기는커녕 정통성 있는 왕의 폐위를, 나라를 '혼돈의 심연' 속으로 끌어내리는 '신성모독적' 행동으로 보고 있다. "셰익스피어와 그의 청중이 볼링브로크를 찬탈자로 본다는 점에는 논란의 여지가 없다." J. 도버 윌슨은 그렇게 선언한다. 그러나 1601년에는 엘리자베스여왕도 에식스 경도 그렇게 자신하지 못했다.

그린블랫의 승리입니다. 이렇게 현저하고 이렇게 논란의 여지 없는 예를 골라낸 것은 그린블랫의 천재성입니다. 우리는 이때 엘리자베스여왕이 겁을 먹었다는 것을 알고 있으니, 결국 『리처드2세』가 그녀에게 전혀 위협이 되지 않는다는 존 도버 윌슨의 생각이 틀렸다는 사실만 명백해질 뿐입니다. 『리처드2세』에 대한 일반적 태도에 관해서는 윌슨이 옳았다는 말은 전혀 반박이 될 수 없습니다. 물론 그는 옳았고, 물론 볼링브로크는 실제로 찬탈자로 여겨졌고, 물론 리처드가 폐위당한 것은 비극이었죠. 하지만 그렇다고 텍스트를 낚아채 전복적으로 만들 수 없다는 뜻은 아니며, 실제로 엘리자베스는 바로 그렇게 되었다고—비록 엘리자베스가 생각했던 것만큼 위협이 심각하지는 않았다 해도—믿었습니다. 왕위는 불안하고, 문학은 도움이 되지 않습니다.

윌슨은 이 점을 인정하지 않습니다. 역사와 문학에 대한 그의 관점에서는 오직 역사가 문학에 영향을 줄 뿐, 그 역은 성립하지 않기 때문입니다. 구역사주의는 군주제의 정통성에 대한 당시의 폭넓은 정치적 또는 이데올로기적 합의, 신성한 왕권, 성공회의 승인하에 이루어지는 공인된 왕위 계승 등 다양한 점—이 역사극들이 쓰여지고 있을 때는 사실 그 모든 것의 이데올로기적 요새가 흔들리고 있었습니다—을 연극 수용의 배경으로 거론합니다. 마치 그런 연극들이 할 수 있는 일은 합의를 반영하는 것뿐이라는 듯이 말입니다. 누구나 플롯을 가져다가 그 가치를 뒤집음으로써 기성 권력에 진짜 위협이 되게 만들 수 있다는 사실에도 불구하고요.

위에서 암시했지만, 구역사주의와 신역사주의가 다른 또 하나는, 구역사주의자들의 경우 역사가의 주관적 관점이 하는 역할을 절대 인정하지 않았다는 것입니다. 그린블랫의 말에 따르면, 역사는 "역사가의 해석의 산물이라고 여겨지지 않았"습니다(1444). 이 지점에서 우리가 가다머에게로 돌아온 것에 주목하세요. 이것이 역사주의(그린블랫이 구역사주의라고 부르는 것)에 대한 가다머의 비판임을 기억하기 바랍니다. 즉, 과거를 객관적으로—한 세기 전의 영향력 있는 역사 편찬자 레오폴트 폰 랑케의 표현에 따르면 '진짜로 있는 그대로'—이해하기 위해 우리 자신의 역사적 지평을 괄호 안에 넣고, 그것으로써 우리 자신의 역사적 선입관을 제거할 수 있다고 믿었던 것에 대한 비판 말이지요.

그린블랫도 누가 어떤 주제를 다루면서 자신은 기득권이 없다고 생각한다면 그것은 순진한 생각이라고 말합니다. 그린블랫의 주장에는 존 도버 윌슨이 『리처드2세』에 관한 그러한 의견을 1939년 일군의 독일 학자들 앞에서 피력했다는 사실에 대한 지적이 멋지게 자리잡고 있지요. 히틀러는 독일의 볼링브로크가 막 되려는 참이었을 뿐 아니라, 사실 이미 되어, 리처드가 지닌 기질상의 약점을 모두 갖추었으되 덜 유독한 체제를 손에 넣었습니다. 존 도버 윌슨은 청중이 그가 보여주는 판본의 셰익스피어에 반응하여 자신들에게 약한 민주주의, 그래도 잃어서는 안 되는 민주주의가 있다고 결론짓기를 바랐다고 우리는 가정합니다. 말은 이미 마구간을 탈출했는데, 그는 오로지 엘리자베스 시대 잉글랜드에는 정통성이 확고했다는 자신의 믿음을 확인하려는 동기만으로 그렇게 안심시키듯 이야기할 수 있는 것이지요.

이와 대조적으로 신역사주의자는 연구의 선택을 낳는 주관적 투자를 충분히 인식하고 있습니다. 그린블랫의 개인적 관심은 지식으로서의 권력 유통이었으며—그 이유는 그린블랫 자신이 가장 잘 알고 있었죠—그는 이것이 기득권을 가진 권위와 그것을 반대하는 목소리 사이에 벌어지는 전략 투쟁으로 보고 있었습니다. 신역사주의가 보는 세계는 기본적으로 권력을 둘러싼 역동적 충돌, 기득권을 가진 권위의 네트워크들과 전복—유통되면 이 또한 일종의 권력입니다—사이의 표현을 둘러싼 투쟁입니다. 전복을 찾아야 하는 한 장소가 격식을 갖추어 권위를 떠받치는 바로 그 텍스트 내부입니다. 예를 들어 궁정과 궁정인, 방문자, 식객의 관계를 세심하게 조직하여 무대에 올리는 엘리자베스 시대의 가면극은—다종어이기 때문에—그 구조 내부에 전복의 요소가 포함된 수단입니다.

제롬 맥건이 자신을 신역사주의자로 생각한 적이 있는지 나는 잘 모르겠습니다. 다른 사람들은 그를 그렇게 불러왔지만, 내가 생각하기에 적어도 근대 초기를 연구할 때 그가 하는 일과 그린블랫이나 그의 동료들이 하는 일 사이에는, 강조점에서 한 가지 꽤 중요한 차이가 있습니다. 맥건은 역사와 문학의 상호성을 그들만큼 강조하지 않습니다. 그는 우리가 읽는 텍스트들, 아니 학자들이 선별하여 우리에게 읽으라고 지시하는 텍스트들의 결 자체에 있는 역사적 사회적 개인적 상황의 존재에 관심이 있습니다. 여러분이 읽은 에세이에서 그의 관심은 주로 텍스트 연구, 즉 학문적 판본을 만든 사람과 교실에서 읽을 선집의 자료를 선별한 편집자들이 각 저자의 작품에 대한 우리의 이해를 형성하는 방식을 향하고 있습니다. 그 자신이 바이런의 새로운 표준 작품집의 편집자였고, 스윈번에 대해서도 비슷한 작업을 했으며, 텍스트 연구를 둘러싼 난해한 토론 내에서 한 가지 강력한 관점의 영향력 있는 대변인 역할을 해왔지요. 텍스트 연구는 이용 가능한 다양한 원고와 인쇄된 텍스트를 융합하는 텍스트를 내놓아야 하는가? 텍스트 연구가 생산하는 텍스트는 저자의 마지막이자 최선의 생각이어야 하는가?—이것은 이 에세이에서 맥건이 취하는 입장의 과도한 단순화입니다만—아니면 저자가 발산한 영감의 첫 격발이어야 하는가? 아마 이 마지막 입장은 미심쩍어 보이겠지만, 예를 들어 나를 포함하여 워즈워스의 『서곡』의 최초 판본들을 더 좋아하는 비평가들은 적어도 이 경우에는 그쪽 편을 들 겁니다. 간단히 말해서 우리는 키츠에 관한 맥건의 에세이와 역사적 방법론을 텍스트 비평에 대한 기여라고 이해해야 하는데, 그런 문제들을 주로 다루는 글들이 『굴절의 아름다움*The Beauty of Inflections*』이라는 책으로 출간된 바 있습니다.

결국 맥건에게 일차적으로 영향을 준 사람은 푸코라기보다는 바흐친이며, 그 역시 바흐친을 같은 학파의 구성원으로 인정합니다.

> 다음에 나오는 것은 비평의 이른바 '바흐친 학파', 시에 대한 형식주의적 접근을 그 초기에 공격했던 소련의 마르크스주의비평가들의 소그룹이 제시한 어떤 핵심적 아이디어들의 요약과 추정이다. 바흐친 학파의 사회역사적 방법론은 시를 포함하여 모든 언어 발화를 구체적 기원과 역사의 표시가 있는 현상으로서 접근한다.

이 현상은 그 다양성으로 낭만주의의 표준적 관념들을 무너뜨리기 위해 소환됩니다. 맥건의 관점에서 보자면, 바흐친에 동조하는 상태에서 역사에 귀를 기울일 경우, 낭만주의의 고립된 개인의 목소리가 사실은 전혀 목소리가 아니라 다양한 관점을 다종어적으로 우려낸 것임을 깨닫게 됩니다.

1970년대와 1980년대의 특징인 역사로의 귀환에서 맥건의 가장 영향력 있는 기여는 『낭만주의 이데올로기 *The Romantic Ideology*』라는 짧은 책이라 할 수 있는데, 이것은 영국 낭만주의 시인들과 관련하여 널리 받아들여지는 생각들—예를 들어 M. H. 에이브럼스와 예일학파의 생각들—에 대한 공격이지만, 사실 본질적으로는 낭만주의 자체에 대한 공격입니다. 맥건의 표현에 따르면, 현대 비평가들의 문제는 "여전히 낭만주의에 빠져 있다"는 것입니다. 『낭만주의 이데올로기』는 두 제목을 합친 것입니다. 하나는 독일의 시인이자 한때 낭만주의자였던 하인

리히 하이네에 의한 초기의 중요한 낭만주의 비판으로, 그 제목이 『낭만파』인데, 여기에서는 낭만주의 시인들의 주관성, 심지어 유아론, 사회적 관심이나 전개되는 역사적 과정으로부터의 고립이 강조되고 비판됩니다. 여기에서 맥건의 제목 중 '낭만주의'라는 말이 나왔습니다. 또하나는 마르크스의 책 『독일 이데올로기』에서 따온 것으로, 이 책은 많은 것을 다루지만 특히 자신이 진보적이라고 생각하면서도 헤겔과 마찬가지로 물질적 조건이 생각을 만들어내는 것이 아니라 그 반대라고 생각하는 커피하우스 지식인에 관해 이야기합니다. 간단히 말해서 관념론자, 따라서 이 고발장에서는 낭만주의자이기도 한 사람들에 관한 내용이지요. 이른바 예일학파는 맥건의 키츠 에세이에서도 여전히 공격당하고 있습니다. 키츠의 「가을에게」에 관한 제프리 하트먼의 유명한 에세이와 더불어 폴 드 만이 특히 경멸 대상으로 언급되는데, 그 근거는 우리가 사회적 공동체로서의 세계에 정치적으로 참여하고 관심을 가진다면 우리의 낭만주의 읽기는 반낭만주의적 비판이 될 수밖에 없다는 것입니다.

나는 맥건이 이 에세이에서 주로 텍스트 연구의 쟁점들에 관해 이야기한다고 설명했습니다. 그는 키츠의 최종적인 의도적 선택들을 옹호하며, 이 때문에 「무정한 미인」의 1820년 인디케이터판 텍스트—몽크턴 밀네스가 사후에 출간한 1848년의 텍스트가 아니라—가 키츠의 최종적인 의도적 선택, 어쨌든 그의 최선의 선택이라고 주장합니다. 텍스트의 역사성에 관한, 생산 환경과 사회적 압력이 텍스트에 침투한다는 점에 관한 맥건의 일반적인 이야기는 참신할 뿐 아니라 가치가 있습니다. 텍스트가 그냥 나무에서 떨어진다는 생각을—그런 생각을 하는 사람이 있을지 몰라도—지지할 수 없다는 건 분명하며, 텍스트란 사회적이고 역사적인 환경이라는 복잡한 모체로부터 나타난다는 그 반대의 생각이 물론 좋은 것이겠죠. 하지만 맥건이 '낭만주의'에 관해서도 옳은가 하는 것은 더 복잡한 문제입니다. 물론 훌륭한 비평가라면 이 시인들에 관한 고정관념이 타당할 경우 이 시인들을 행복하게 읽을 수는 없을 것인데, 맥건 자신은 그들이 과연 그런가 하는 문제에 관하여 모호한 태도를 보입니다. 키츠 에세이는 전체적으로 키츠를 그러한 고정관념에서 구출하려는 의도로 쓰였죠. 사실 정직한 역사적 비평의 주관성에 관한 그린블랫의 솔직함을 진지하게 받아들인다면 아마도 놀랄 일은 아니겠지만, 문제는 이 에세이에서 맥건이 관심을 끌 목적으로 뽑아낸 텍스트들에 관하여 맥건 자신이 하는 말이 모두 하나같이 반박에 취약하다는 것입니다.

「무정한 미인」을 예로 들어봅시다. 애초에, 우리가 1848년 텍스트만 읽는다고 누가 말합니까? 연구판—맥건의 주요 공격 대상인 잭 스틸링거의 키츠 연구판—은 집주集註라는 장치를 제공합니다. 물론 이런 책은 보통 특정 텍스트를 굵은 활자로 제공하지만, 주석에, 때로는 심지어 맞은편 페이지에 이형 텍스트를 제공하지요. 이형 텍스트를 감추지 않습니다. 모두가 1820년 인디케이터판 텍스트를 알고 있습니다. "무엇 때문에 괴로워하는가, 가엾은 사람이여?What can ail thee, wretched wight?"는 낭만주의자인 나에게는 적어도 "무엇 때문에 괴로워하는가, 갑옷 입은 기사여?What can ail thee, knight at arms?"—1848년 텍스트는 그렇게 시작합니다—만큼 익숙합니다. 솔직히 낭만주의자가 아닌 사람들 가운데 몇 명이나 이런 텍스트 문제를 두고 많은 생각을 하겠습니까?

낭만주의자는 1820년 인디케이터판 텍스트에 반대하는 이른바 역사적 음모에 속지 않으며, 낭만주의자가 아닌 사람들은 관심이 없습니다. 맥건의 주장은 1820년판이 만나서 섹스를 하지만 결과가 별로 좋지 않은 평범한 남자(wight)와 여자에 관한 시라서 낫다는 것입니다. 다시 말해, 현실세계에 관한 시라는 것이지요. 이것은 로맨스가 아니다. 반면 1848년판의 "무엇 때문에 괴로워하는가, 갑옷 입은 기사여?"—그리고 "네 번의 키스 kisses four" 등 다른 모든 이형들—는 자의식 없는 로맨스 판타지로 여성과 관련한 중세의 관념에 동의하며, 그런 관념이 자격 있는 젊은 신사의 기를 꺾을지도 모르기 때문에 받들어 모시는 동시에 두려워한다. 왜 1848년판의 나쁜 이데올로기가 널리 퍼져 있는가? 그 판본을 구해낸 키츠의 친구 찰스 브라운이 여자들에게 비열하게 행동하고 패니 브라운을 좋아하지 않았기 때문이며, 1848년판의 진짜 편집자 몽크톤 밀네스가 에로티카의 수집가였기 때문이다.

그러나 이 점을 제외하면, 누가 1848년 텍스트가 키츠의 최종적 생각이 아니라고 말할 수 있겠습니까? 1820년 인디케이터판 텍스트가 출간되었을 때 그는 이미 아팠습니다. 자신의 작품에 관해 명료하게 생각하거나 그것의 출간 방식 또는 출간 여부를 크게 걱정할 만한 여력이 없는 상태였지요. 물론 우리는 찰스 브라운이 언제 이 1848년판이 되는 텍스트를 받았는지 모릅니다. 하지만 브라운이 그냥 앉아서 그것을 다시 썼다고 생각할 수는 없지요. 따라서 그가 다시 쓴 것이 아니라면 키츠가 1848년 형태로 그에게 준 것이 분명합니다. 그러니 그것이 그의 최선은 아닐지라도 최종적 생각이 아니라고 누가 말할 수 있겠습니까? 사실 알랭 샤르티에의 중세 발라드에서 그 제목을 가져온 「무정한 미인」은 "무엇 때문에 괴로워하는가, 갑옷 입은 기사여?" 판본에 힘을 실어줍니다. 이것은 모건 르 페라는 사람에 관한 것입니다. 좋은 쪽이든 나쁜 쪽이든, 우리가 이것을 이데올로기적으로 어떻게 생각하든, 만일 그 제목이 옳다면 이 시는 1820년판의 덜 화려한 여인이 아니라 1848년판에서 환기되는 종류의 여인에 관한 것입니다.

따라서 1848년판이 양쪽 판본에서 만나게 되는 제목에 더 들어맞는 것은 분명합니다. 물론 1848년판에서는 이 제목이 짐짓 아이러니를 섞는 듯한 느낌이 덜하지만요. 추가로 말하고 싶은 것은, 키츠의 빈틈없는 지성에 관해서는 온갖 이야기를 할 수 있지만(다시 말해 낭만적이라는 것이 멍청하다는 의미라면 키츠는 '낭만적'인 것과는 전혀 관계가 없지요) 사실 여성에 관한 그의 기록된 견해를 존경할 이유는 없다는 점입니다. 맥건은 키츠의 텍스트에 자기 마음에 드는 정치적 정당성을 집어넣기를 원합니다. 우리 자신의 역사적 지평—그린블랫 또한 어떤 역사가든 의제의 일부로 삼는다고 강조하는—에서 우리는 키츠가 그런 모욕적인 방식으로 여성을 생각했으리라 바라지 않습니다. 하지만 그의 편지와 다른 시들은 실제로 그가 그렇게 생각했음을 보여주지요. 따라서 1848년의 텍스트가 그가 의도한 것이고 더 좋아한 것이라고 편하게 결론을 내릴 수도 있을 것입니다. 아니, 두 텍스트 모두 존재하고 다른 종류의 관심을 제공하니 그냥 둘 다 갖고 있어도 좋겠고, 실제로 다양한 판들이 우리에게 그렇게 둘 다 제공하고 있습니다.

맥건이 뽑은 다른 시들에 대한 그의 독법에 대해서도 똑같은 종류의 이의를 제기할 수 있습니다. 독창적인 주장이고, 분명히 생각을 자극하지만, 맥건이 바라는 만큼 결정적이지는 않습니다. 여전히 승리를 얻기 위해 싸우고 있는 중이지요. 그린블랫이 전적으로 인정하듯이 모든 역사주의적 비평은 편향적이며, 텍스트에 의해 비평이 생산되는 만큼이나 텍스트를 생산 또 재생산하는데, 그린블랫 자신의 비평은 공개적으로 그렇게 함으로써 상황을 분명하게 정리해줍니다.

잠깐 바흐친에서 신역사주의까지 『견인차 토니』를 보는 방식을 살펴볼 텐데, 여기서 제임슨의 방식은 건너뛰도록 하겠습니다. 지난 강의 끝에 이미 했으니까요. 자, 바흐친부터 시작해보면, 『견인차 토니』의 첫 부분은 완전히 일인칭 단수로 꽉 차 있음을 알 수 있습니다. 나는 이렇게 하고, 나는 저렇게 하고, 나는 내 일이 마음에 들고, 나는 꼼짝도 못하고—나, 나, 나, 나. 그러나 읽어나가다보면 '나'는 사라지거나, 나타난다 해도 처음에 비하면 행의 가운데에서 다른 소리들에 아늑하게 둘러싸여 있는 것을 보게 됩니다. 자기의 강조—비록 내가 예의바른 사람이기는 하나, 그래도 나 먼저—는 이야기가 전개되면서 이야기의 사회성에 점차 포섭됩니다. 나는 이제 낭만주의적 개인으로 규정되는 '나'가 아닙니다. 나는 친구로 규정되고 친구를 규정하는, 심지어 친구를 '부르기도' 하는(자, 친구란 이런 거예요) '나'입니다. 타자와의 관계로써 자신의 정체성을 이루는 사람입니다. 이런 우정의 상호성 속에서 일인칭 단수는 사라집니다. 다른 말로 하면 『견인차 토니』

에서 말하는 것은 결국 개인 주체성의 목소리가 아니라 사회적 유대의 목소리입니다. 하지만 이런 바뀐 목소리는 바뀌지 않는 목소리들을 배경으로 다종어적으로 높게 도드라지지요. 까다로운 목소리와 일 중독의 목소리는 침투 불가능한 에고이즘을 공유하며, 일인칭 단수는 늘 단독적으로 먼저 나섭니다.

야우스에 따르면, 『견인차 토니』에서 중요한 점은 이것이 『씩씩한 꼬마 기관차』와 똑같은 이야기가 아니라는 것입니다. 각 수용 세대마다 해당 시대의 지배적인 미적 기준은 다시 검토되고 다시 생각되며 자리바꿈합니다. 새로운 미적 지평이 등장하고, 텍스트들은 다른 방식으로 구성됩니다. 러시아형식주의자들도 이와 비슷한 이야기를 했으며, 야우스의 경우엔 문학적 변화 뒤에 그것을 결정하는 역사적 쟁점이 있다는 점에서 차이가 있을 뿐이지요. 『할 수 있었던 작은 기관차』는 작은 사람과 큰 사람 사이의 힘 전도와 관련되며, 분명한 역할 역전이 이루어진 가운데 작은 사람이 큰 사람을 도움으로써 성경의 예언자 이사야가 말했듯이 계곡이 솟아오르고 산이 낮아짐을 입증합니다. 『견인차 토니』는 그런 식으로 전개되지 않습니다. 작은 사람 자신이 도움을 요구합니다. 그에게는 다른 작은 사람의 도움이 필요합니다. 작음과 큼 사이의 변증법이 아니라 작음과 작음이 서로 강화하는 상호성이 존재하며, 이것이 사람들이 『씩씩한 꼬마 작은 기관차』와 『견인차 토니』 사이에서 목격할 수 있는 지평의 변화입니다. 와티 파이퍼의 『씩씩한 꼬마 기관차』는 1910년에 나온 어떤 이야기에 바탕을 둔 책이지만 대공황이 한창이던 1930년에 새로운 형식으로 나타나 곧 정전의 지위에 올랐습니다. 당시에는 세계에 마르크스주의 학설의 바람이 불고 있었으며, 혁명의 기운이 감돌았습니다. 반면 『견인차 토니』는 후기 자본주의의 막다른 골목, 너무 어려워서 제임슨조차 극복을 상상하지 못하는 막다른 골목을 반영합니다. 작은 사람과 큰 사람은 한밤의 배들과 같으며, 작은 사람들은 다른 누구도 자기를 도와주지 않을 것이기 때문에 서로를 돕습니다.

벤야민에게 중요한 것은 내레이터가 장치라는 생각입니다. 다른 말로 하면 우리는 장치의 관점에서 사물을 봅니다. 영화관에 가는 사람들이 카메라의 관점에서 사물을 보듯이, 우리는 견인차의 관점에서 『견인차 토니』를 봅니다. 그래서 무슨 일이 벌어지는가? 카메라의 시점이 앞에 보이는 것을 벤야민 말마따나 "장비로부터 자유롭게" 놔두듯 아주 묘하게도 장비의 관점으로 보면 우리는 이야기의 교훈으로 향하게 됩니다. 다시 말해 이야기의 인간성으로 향하고, 그와 더불어 도구화, 즉 타인을 단순한 장비로 축소하는 것은 나쁜 일이라는 교훈을 얻게 되지요. 다른 말로 하면 이 모든 장비에 둘러싸여 우리가 보는 것은 현실 가운데, 다름 아닌 장비에서 자유로운, 순수하게 인간화된 측면입니다. 기계화된 세계의 인간화가, 우리가 그것과 동일시하는 과정을 통하여, 『견인차 토니』에서 일어나는 겁니다. 따라서 『견인차 토니』는 벤야민의 기술복제이론과 일치하는 방식으로 작용합니다. 그러나 아도르노에게는, 기술복제의 장치가 계급관계의 불평등 속에서 비참하게 봉사하는 역할을 묵묵히 받아들이는 것, 다시, 또다시, 또다시 견인하는 일—언제나 그렇지만 니토와 스피디는 거부하는 이 일—을 묵묵히 받아들이는 것은 벤야민의 이론에서 문화산업의 기계화로부터 독립하여 존재한다고 가정하는 장치가 그 나름의 목적이 있는 문화산업에 매수될 수 있고 또 불가피하게 매수될 수밖에 없음을 증명합니다.

『견인차 토니』의 구역사주의적 독법은 미덕이 분명하고, 악덕도 분명하며, 그 둘은 싸우지 않고, 아무것도 변하지 않는 현상現狀—다른 말로 하면, 시간을 초월한 사회적 역학을 반영하는 현상—을 재확인시켜줍니다. 신역사주의적 접근도 이런 독법에서 갑자기 멈출 수 있습니다. 이것은 분명 불가피해 보이기 때문이지요. 하지만 만일 문학이 역사에 영향을 준다면, 『견인차 토니』는 왜 오늘날 우리가 연비 좋은 자동차를 장려하는지 설명해줄 수도 있다는 말로 결론을 내리고 싶습니다. 『견인차 토니』는 연료를 엄청나게 삼키는 차, SUV와 미니밴에 대한 공격입니다—"나는 너무 바빠"라고 말하는 자동차는 [자녀를 여러 교습소 활동에 데리고 다니느라 여념 없는 중산층 엄마] 사커 맘일 수도 있다는 것을 기억하기 바랍니다. 우리가 [대형 군용 지프] 험비를 없앤다면, 이용 가능한 모델들을 더 인간적인 크기로 축소하거나 효율화한다면, 그것은 토니와 그의 친구 범피 때문인지도 모릅니다. 따라서 여기에도, 우리가 지금까지 텍스트가 역사로부터 영향받는 것을 보여준 것만큼이나 텍스트가 역사에 영향을 주는 것을 보여주는 또하나의 예가 있는 셈입니다.

또 한가지 『견인차 토니』에 관해 말해둘 필요가 있는 것은 거기에, 적어도 거리에, 여자가 없다는 것이며, 이것이 우리가 다음 장에서 다루게 될 쟁점입니다.

20장
고전적 페미니즘 전통

읽을 자료

버지니아 울프, 「오스틴-브론테 엘리엇」 「양성적 시각」(CT, 602~610).

일레인 쇼월터, 「페미니스트 시학을 향하여」(CT, 1375~1386).

이 강의의 대부분은 예비 작업으로 이루어지는데, 이 예비 작업은 예변법豫辯法이라고 부르는 수사적 장치와 마찬가지로, 지금 처음 등장하지만 나중에 다시 살펴볼 주제들을 다룹니다.

우선, 이 강좌에서 특정한 인간 정체성을 이론적 초점으로 삼는 단계에 들어서면서, 현실적인 맥락에서 놀랍도록 풍부하고 생산적인 비평적 접근법들을 다루게 되리라는 점을 말해두겠습니다. 조너선 컬러가 말했듯이, '여성으로서 읽느냐' 또는 아프리카계 미국인으로서 읽느냐, 또는 어떤 다른 '주체의 위치'에서 읽느냐에 따라 모든 것이 바뀌는 과정은 그저 놀라울 뿐입니다. 정체성 비평의 실제적 이득이 상당하다는 말로는 부족하지요.

지난번에 보았듯이 스티븐 그린블랫의 일화는 "내가 리처드2세다, 그대는 그것을 모르는가?" 하는 엘리자베스여왕의 말로 시작합니다. 당시 그린블랫은 그런 종류의 발언을 페미니즘비평의 입장에서, 또는 우리가 나중에 살펴보게 될 젠더이론 관점에서 읽는 데에는, 사실 관심이 없었습니다. 그럼에도 그런 말을 엘리자베스여왕이 했다는 것은 아주 놀라운 일입니다, 그렇지 않습니까? 그 말은 놀랍게도, 그녀가, 한 여자가, 자신의 성이 전통적으로 받아온 종류의 고난과 위험을 두려워할 뿐 아니라, 그에 더하여 남성적 역할로서 경험하게 될 고난과 위험을 두려워하게 되었음을 보여줍니다. 그녀는 여자가 리처드2세가 '되는' 것이 드문 일임에도 들어보지 못한 일은 아님을 아주 잘 알고 있기 때문에 그 주장은 더 복잡해집니다. 엘리자베스 자신이 스코틀랜드의 메리여왕을 리처드2세 같은 왕으로 만들었기 때문입니다. 그녀는 메리를 옥에 가두고 참수했지요. 지금 에식스 공이 자신을 옥에 가두고 참수할 것을 두려워하고 있지만, 전에 그 짓을 그대로 메리에게 한 적이 있는 겁니다. 따라서 "내가 리처드2세다, 그대는 그것을 모르는가?"라는 말은, 젠더화된 경험의 문제라고 생각하게 되면, 신역사주의의 일화에서 생명을 얻을 때와는 완전히 다른 방식으로 생명을 얻게 됩니다.

추가의 예비 작업으로 말해두지만, 지난 강의 말미에 나는 약간의 거짓말을 했습니다. 『견인차 토니』에는 여자가 나오지 않는다고 말했는데, 물론 글만 보면 여자는 없습니다. 그냥 남성 자동차들끼리만 이야기하고 있을 뿐이죠. 하지만 산문 텍스트에 내가 전에 말했던 삽화를 추가하면, 자동차와는 다른 등장인물들이 있다는 것을 알 수 있습니다. 집이 얼굴을 찌푸리고 있거나 미소를 짓고 있지요. 범피가 마침내 나타나 토니를 밀어줄 때 행복해하는 것은 자동차들만이 아닙니다. 그때까지 니토와 스피디의 이기심에 못마땅한 표정이던 배경의 집들도 행복해하지요. 범피가 토니를 돕자 도덕적으로 올바른 일이 이루어지고 있다면서 집들도 활짝 웃어 지지를 보내고 있는 것입니다.

그러나 집은 스스로 도덕적 행위자 역할을 수행할 수는 없습니다. 그들은 가정성家庭性의 터로서 그 자리에 무력하게 고정되어 있습니다. 빅토리아여왕 시대에—사실 나는 『견인차 토니』가 이 점에서는 빅토리아여왕 시대를 돌아보고 있다고 생각합니다—코번트리 팻모어라는 시인이 있었는데, 사실 형편없는 시인은 아니지만 여자를 '집안의 천사'로 묘사하는 긴 시를 쓰는 바람에 페미니즘 전통에서는 악명을 떨치게 되었죠. 여러분은 아마 그 표현에 익숙할 겁니다. 약 삼십오 년 전에 나온 앤 더글러스의 『미국 문화의 여성화*The Feminization of American Culture*』라는 기념비적인 책에도 이런 생각이 담겨 있죠. 이 책은 19세기 미국의 도덕적 미적 문화적 가치들이 응접실과 티테이블의 여자들(그리고 성직자들)의 손으로 넘어가, 그들이 사회의 행위자들—그들 모두 남성이었습니다—에게 일을 처리할 때 적절한 예법이 어떠해야 하는지 지시했다고 주장합니다. 다른 말로 하면 집안의 천사의 역할이란, 식사를 준비하고 아이를 돌보는 것이 물론 늘 큰 부분을 차지하기는 했지만 결코 그것이 다가 아니었다는 것입니다. 가정적 수준과 그 너머 삶의 도덕적 측면을 심사하는 것 또한 집안의 천사의 역할인데, 바로 그 역할은 지금 『견인차 토니』의 집들이 하고 있는 일이기도 합니다. 틀림없이 그들은 천사들의 영향을 받아 미소를 짓거나 얼굴을 찌푸리고 있는 것입니다. 따라서 『견인차 토니』에는 결국 여자가 있는 셈입니다.

정체성에 초점을 맞춘다고 해서 우리가 공부하는 과정 중 큰 갈림길에 진입했다고는 말할 수 없습니다. 이것을 언어에서 심리로, 거기에서 사회로 이동하는 것과 같다고 할 수는 없습니다. 우리는 여전히 사회적인 것 안에 있는 것이 분명하니까요. 사실, 우리가 지금까지 사회적 관점이라는 개념과는 만나지 않았던 것처럼 말할 수는 없죠. 분명히 우리는 온갖 종류의 방식으로 만나왔습니다. 특히 바흐친이나 제임슨의 작업에서, 계급 갈등이 문학적 형식에 대화적으로 표현된다는 것, 따라서 문학적 텍스트를 이해하려면 정체성—이 경우에는 계급 정체성—이라는 개념을 염두에 두고 읽을 필요가 있다는 것을 보았습니다.

그러나 여기에 문제가 숨어 있습니다. 지금까지 공부하는 과정에서 나는 두 길을 모두 택할 수 없는 갈림길에 이르는 순간들을 지적해왔습니다. 실천적 수준에서는 반드시 그렇지 않을지 몰라도 이론적 수준에서 정체성을 고려하게 되면 그런 갈림길에 서는 순간이 불가피하기 때문에 복잡해지지요. 정체성으로 관심을 돌리면 우리는 놀랄 만큼 진보적인 관점들 사이에 경쟁이 커지는 것을 느끼게 됩니다. 이제부터 해나갈 연속적인 논의에서 가끔 이 점을 지적하겠지만, 바로 이 출발점에도 오늘날까지 여전히 문제가 되는 근원적인 경쟁이 있습니다. 계급에 초점을 맞추는 마르크스주의 관점과 페미니즘 관점을 비롯한 다른 여러 종류의 정체성 중심적 태도 사이의 관계입니다. 정체성과 의식을 일차적으로 결정하는 것은 무엇인가? 그냥 하나의 예를 들어보자면, 계급인가 아니면 젠더인가? 이것은 우리의 공부가 뒤늦게 높은 수준에 이르렀기 때문에 오늘날에야 부딪치게 된 새로운 주제가 아닙니다. 버지니아 울프의 『자기만의 방』(600)을 봅시다.

> 셰익스피어 같은 천재성은, 노동하고 교육받지 못하고 비굴하게 행동하는 사람들 사이에서는 태어나지 않는다. 그 천재성은 잉글랜드의 색슨족과 브리튼족 사이에서 태어나지 않았다. 오늘날에는 노동계급 사이에서 태어나지 않는다. 그럴진대 트리벨리언 교수의 말마따나, 거의 육아실에서 나오기도 전부터 일을 시작해서 부모로부터 일을 강요받고 법이나 관습의 모든 힘에 떠밀려 일을 계속해야 하는 여자들 사이에서 어떻게 셰익스피어가 태어날 수 있었겠는가? 그럼에도 어떤 종류의 천재성은, 노동계급들에 틀림없이 존재했던 것처럼 여자들에게도 틀림없이 존재했다.

이 대목에서 울프가 자신이 드러낸 문제 앞에서 한발 물러서는 것에 주목하기 바랍니다. 그녀는 여성 억압의 역사나 여성의 표현형식에 대한 제한의 역사를 고려할 때 계급과 젠더가 경쟁적인 설명 양식이 될 수 있다고 인정하면서도, 계급이 젠더에 우선한다거나 젠더가 계급에 우선한다고는 말하지 않습니다. 메리 캐번디시나 캐서린 필립스(일명 '절세의 오린다') 같은 귀족 여성들은 울프의 '주디스 셰익스피어'에 비하면 사정이 달랐습니다—완전히 다르지는 않았지만요. 『자기만의 방』이라는 제목은, 적어도 부분적으로는 계급과 관련한 문제로 우리의 관심을 환기시키는데, 만일 우리가 이 팸플릿을 그저 초기의 페미니즘적 공격으로만 생각한다면 정말 놀라운 제목이죠. 훗날 울프가 진보적인 사회운동에서 여성에게 가능한 활동 영역에 관하여 쓴 팸플릿 제목은 이보다 훨씬 계급 지향적인 『3기니』입니다. 이 두 제목은 모두 물질적 조건에 기초를 두고 있습니다. 울프는 옥스브리지 여성들로 이루어진 청중 앞에 서서 자신에게 딱 한 가지 할말이 있다고 이야기합니다. 글쓰기를 비롯하여, 가부장적 금제로부터 스스로를 해방시키는 다른 활동 영역에서 뭔가 이루고자 기대한다면, 정말이지 일 년에 500파운드라는 돈과 자기만의 방이 필요하다는 것입니다.

실제로 『자기만의 방』의 여섯 장章을 읽어나가다보면, 울프가 각 장을 풍부하게 해주는 인상주의적인 통찰을 폭넓게 늘어놓은 뒤, 늘 다시 이 특정 지점으로 돌아오는 것을 볼 수 있습니다. 여러분이 제인 오스틴이 아니라면, 여러분이 가족 응접실에서 앉아 있다가 하인이나 친척이 방에 들어올 때마다 쓰고 있던 소설을 바느질거리 밑에 감추는 천재가 아니라면, 무조건 500파운드와 자기만의 방은 있어야 한다. 나는 『자기만의 방』—지금까지 쓰여진 여성의 글쓰기 조건에 관한 페미니즘적 보고서 가운데 가장 위대하지는 않을지언정 가장 웅변적인 글이지요—에서조차 계급의 관점에 어느 정도의 우선순위가 주어진다는 점이 드러난다고 생각합니다. 돈과 권력을 재분배하기 위해 뭔가

하지 않으면, 젠더는 계속 돈과 권력의 영향에 휩쓸릴 겁니다.

단지 페미니즘비평만이 아니라 정체성에 기초를 둔 다른 형태의 비평도 오늘날까지 이런 종류의 긴장에 시달리고 있습니다. 정체성 관점을 특징으로 하는 학회는 보통 이런 쟁점에 관한 토론으로 흘러갑니다. 그런 학회에서 가장 영리한 토론자들은, 학회에서 공표한 정체성 주제가 기본적 쟁점이라고 생각한다면 참석한 모두가 참으로 순진한 것이다, 라는 결정적인 발언을 하는 사람입니다. 늘 그런 것은 아니지만, 이런 상황에서는 종종 마르크스주의 카드를 꺼내듭니다. 이런 종류의 결정적인 말은 거의 언제나 확실한 효과를 발휘하여, 모두 자리를 뜨면서 과연 자신이—예를 들어—여성이나 다른 어떤 것에 관해 생각해온 것이 과연 옳았나 하는 의문을 품게 됩니다. 이 강의가 끝날 때면 분명해지기를 바라지만, '고전적 페미니즘비평'은 아마도 다른 것을 강조하는 입장들로 인해 데리다적인 의미의 대리보충이 필요할 텐데, 그 가운데 하나는 여기서 언급한 계급에 대한 고려이고, 또하나는 젠더이론입니다. 이 강연 끝에 가면 이 후자의 대리보충이 어떤 결과를 낳을지 설명을 시작할 것이고, 앞으로 몇 강의 뒤에는 주디스 버틀러와 미셸 푸코를 논의할 때 다시 그 이야기로 돌아갈 것입니다.

『자기만의 방』은 놀라운 역작입니다. 내가 가장 좋아하는 책 가운데 한 권이죠. 나는 이 책을 소설처럼 읽는데, 사실 여러 면에서 이것은 소설입니다. 울프 학자들은 '소설-에세이'라고 부르기를 좋아하지요. 하지만 이 책에 관하여 이런 논란의 여지가 없을 것 같은 주장을 하는 것 자체가 이미 문제를 제기하는 것일 수도 있습니다. 샬럿 브론테에게 소설에서 편향성이, 그녀가 인지한 억압에 관해 공개적으로 불평하는 것이 잘못이라고 따질 수 있다면, 샬럿 브론테의 편향성이 그녀 소설의 완전한 표현에 방해가 되는 것이라면, 즉 버지니아 울프가 정확히 지적하듯이, 여행을 할 수 있고 지평이 넓어지기를 바란다는 제인의 푸념 뒤에 왜 그레이스 풀이 나타나는지 그 이유를 우리가 궁금해하다가 제인의 불평이 서사구조에 균열을 일으켰기 때문에 그레이스 풀이 어울리지 않는다는 사실을 깨닫게 된다면, 샬럿 브론테에 대한 이런 비판이 정당하다면, 『자기만의 방』 자체에 서사와 항의가 뒤섞여 있는 것도 똑같이 비판할 수 있습니다—물론 울프는 브론테보다 아이러니라는 용매를 이용하여 서사와 항의를 섞는 데 능숙하지만요.

여러분이 『자기만의 방』 전체를, 그 여섯 장을 모두 읽는다면—아주 재미있으니 반드시 읽어보기를 권합니다—이 점이 여러분의 눈에 분명하게 두드러져 보일 수밖에 없습니다. 화자는 "나를 여러분 마음대로 아무렇게나 부르라"고 말하는데, 이는 멜빌의 화자가 "나를 이슈마엘이라고 부르라"고 하는 것과 다르지 않습니다. 나를 메리 비턴, 메리 시턴, 메리 카마이클이라고 불러라. 그것은 사실 상관없다. 나는 어떤 모험을 해왔는데, 독자 또는 청자인 여러분이 그걸 허구라고 생각해도 좋다. 이런 식으로, 서사는 완전히 계획적으로 픽션의 세계 안에 자리를 잡게 됩니다.

그녀가, 메리 비턴이, 강가에 앉아 이 젊은 여자들에게 여성과 픽션에 관해 도대체 무슨 이야기를 할까 궁리하다가 마침내 생각이 조금 떠올랐다고 했을 때, 그건 진실이 아닙니다. 그건 마치 강에서 물고기 한 마리를 끌어내는 것과 같은데, 그 물고기가 그녀의 머릿속에서 헤엄을 치고 돌아다니기 시작합니다. 그녀는 매우 흥분해 자리를 떠서 풀밭을 건넙니다. 그 시점에 대학 직원이, 대학 가운을 입은 무서운 사람이 안 된다고 하면서 자갈길을 가리킵니다. 풀밭은 대학 관계자인 남자들만 이용하는 곳이며, 권한이 없는 여자인 그녀는 자갈길로 걸어 다녀야 한다는 것입니다. 이렇게 자기 생각에 몰두한 상태로 도서관에 가지만, 나이든 신사에게서 그녀는 여자이기 때문에 소개장이 있어야만 안에 들어갈 수 있다는 말을 듣습니다. 그녀가 젊은 여성들에게 여성과 픽션에 관해 도대체 무슨 이야기를 할까 생각하는 이 허구의 하루는, 그녀가 만들어낸 인물에게는 불쾌한 일이지만, 이렇게 한 여성이 부당하게 대접받는 여성을 보여주는 픽션으로 시작합니다.

이야기는 아주 유쾌한 점심으로 이어집니다. 그녀는 저명한 작가로서 캠퍼스에 초대받았습니다. 심하게 평지풍파를 일으키지만 않으면 소설을 쓰는 여자가 되는 것도 괜찮습니다. 그런 자격으로, 또 틀림없이 그 자리에 참석한 누군가의 지인으로, 그녀는 그런 점심에 초대를 받았고, 이 점심은 남자들을 위해 마련된 분위기에서 남자들이 내는 것이므로 아주 유쾌합니다. 이어 그녀는 허구의 여자대학에서 가르치고 있는 여자친구를 만나러 갑니다. 대학 식당에서 친구와 저녁을 먹는데, 이 식당은 낮에 갔던 곳보다 못하고 평범합니다. 그다음에 그들은 친구 방으로 가서 이 대학이 세워진 과정에 관해 이야기하기 시작합니다. 19세기 한 무리의 여성들이 최선을 다해 3만 파운드를 모아 그 돈으로 꼭 필요한 시설만 지었다. 그 이상의 사치는 부릴 수 없었다. 그들 가운데 돈 있는 사람이 없었고, 큰 기부도 들어오지 않았으므로, 잔디는 한 번도 깎은 적 없고 벽돌은 단순하고 장식이 없다.

다음날 주인공은 사람들이 여성을 어떻게 생각하는지 알아내야겠다고 작정하고 여성 출입이 허락된 런던 국립도서관의 대열람실로 갑니다. 여성에 관해 이야기해달라는 요청을 받았지만 여성이 무엇인지 모르겠다. 그녀는 이렇게 심술궂게 겸손을 가장하여 고백합니다. 따라서 전문가의 자문을 구하는 것이 좋겠다고요. 그녀는 수많은 남자가 여자에 관한 책을 썼다는 것을 알아냅니다. 여성의 열등함, 여성의 도덕적 감수성, 여성의 신체적 열등함 등등에 관하여. 그녀는 도서관 카탈로그의 항목처럼 그것을 나열합니다. 맛깔스럽게 풍자를 할 기회입니다. 재미있지만 편향적인 풍자입니다. 샬럿 브론테를 이 정도로 놓아줄 생각이 없다, 그런 느낌이 듭니다. 샬럿 브론테가 자신의 마음에 있는 것을 모두 표현하려면 분노를 중단해야 한다, 버지니아 울프는 이렇게 말하고 싶습니다. 자, 버지니아 울프는 별로 화난 목소리가 아닙니다. 그녀는 화난 목소리를 낼 만큼 어리석지 않지요. 그러나 우리는 그녀가 희극적 효과를 내는 방식으로 분노를 분출하고 있음을 알고 있고, 사실 그게 좋은 방법이죠.

『자기만의 방』의 나머지는 화자의 서재, 그녀만의 방에서 일어나며, 그녀는 책꽂이에서 대략 시대의 흐름에 맞추어 책을 꺼내듭니다. 문학사에서 가장 이른 시기를 보려고 책꽂이에서 여성 작가들이 마땅히 있어야만 할 곳을 찾지만 여성 작가는 전혀 없습니다. 나중에는, 그래요, 여성 작가들이 있고, 소설가들이 아주 많습니다. 최근으로 오면 여성 작가들의 활동 폭이 조금 더 넓어지지만, 그럼에도 여전히 무례한 남성 작가들과 책꽂이 공간을 놓고 다투고 있습니다.

이것이 『자기만의 방』의 전반적 구조인데, 이렇게 줄거리 요약 정도로 들려주는 건 여러분이 직접 읽기를 바라기 때문입니다. 픽션, 문학적 논평, 사회비평 사이에 걸쳐 있는 이런 종류의 글쓰기에는 선례들이 있습니다. 오스카 와일드의 『W. H. 씨의 초상』이 특히 좋은 예죠. 이것은 셰익스피어의 소네트에 대한 중편소설 같은 사변적 사유이면서, 동시에 문학에 관한 문학이기도 합니다. 상상할 수 있겠지만, 울프가 샬럿 브론테에 관해 하는 말은, 이후 페미니즘비평에서 논란이 되었습니다. 페미니즘비평가들이 버지니아 울프가 잘못 판단하고 있다거나 대리보충될 필요가 있다고 느끼는 수많은 면이 있는데, 이것도 그 가운데 하나죠. 대체로 페미니즘비평가들은 샬럿 브론테든 다른 어떤 작가든 편향적이 될 권리가 있다고 느낍니다. 사실 그들은 브론테에 대한 울프의 반응에서, 그녀가 자율적 통일성이라는 모더니즘—남성이 주도하는—미학(우리가 보았듯이 신비평에서는 여전히 이것에 의문을 품지 않습니다)을 생각 없이 받아들이는 모습을 봅니다. 버지니아 울프의 양성성兩性性이라는 기준에 관해서는 앞으로 더 이야기할 기회가 있을 텐데, 이는 부분적으로는 양쪽 가운데 어느 성이든 한쪽의 방식으로 생각하는 것을 피하라고 요구합니다. 반면 대부분의 페미니즘비평은 양성성이 아무리 우아함, 도시성, 고도로 다듬어진 세련됨이라는 이상을 실현한다 해도, 여성의 산문이 갈망해야 할 이상은 아니라고 주장해왔으며, 이런 맥락에서 버지니아 울프가 샬럿 브론테를 비판하면서 유미주의에 충성한다는 신호를 보냈다고 꾸짖었습니다.

『자기만의 방』을 그런 근거에서 비판하는 것은 물론 가능한 일이지만, 동시에 버지니아 울프의 주장이 이후 페미니즘비평의 역사를 완벽하게 예고한다는 점도 인정해야 합니다. 실제로 그런 면을 몇 가지 지적하고 싶습니다. 일레인 쇼월터가 지적하듯이, 근대 페미니즘비평의 첫 단계는 일차적으로 픽션에서 남자가 여자를 대하는 방식에 관심을 기울였습니다. 메리 엘먼의 『여성에 관해 생각하기 *Thinking about Women*』(1968)와 케이트 밀릿의 『성의 정치학』(1970)은 성차별적 남성 소설가들에게 초점을 맞춘 두 책으로, 이들이 여성을 비하하는 태도를 기록해둘 필요에서 나왔습니다. 이런 비평은, 쇼월터의 설명에 따르면 그녀가 더 좋아하는 '여성중심비평'에 자리를 내주었습니다. 여성중심비평은 픽션에서 남자가 여자를 대하는 태도보다는, 문학사의 작가로서의 여성, 또 픽션의 역사에서 등장인물—남성이 쓴 소설의 등장인물인지 여성이 쓴 소설의 등장인물인지, 또 오로지 자기 능력에 따라 대접받았는지 아닌지와는 상관없이—로서의 여성의 자리에 관심을 가졌습니다. 여성중심비평은 1960년대 말과 1970년대 초의 페미니즘비평의 초점을 남성에 의한 억압의 역사에서 여성 전통에 관해 알려진 것의 역사와 재구성과 확대로 옮겨놓습니다.

근대 페미니즘비평에 반영되어 있는 이런 관심의 흐름이 이미 울프에게 완전히 존재하고 있습니다. 그녀 또한 여성 작가의 가능성에 관하여 말하고 싶어하고, 여성 작가가 자신이 혼자가 아니라고 느낄 수 있고 느껴야 한다는 것에 관하여 말하고 싶어합니다. 그러나 동시에 그녀는 여성의 시각에 대한 이런 강조를, 여자를 비하하고 여자를 현재의 자리에 계속 묶어두려 하는 남자—그녀가 국립도서관에서 발견한 척하는, 여성에 관한 책을 쓴 그런 남자들—에 관한 모진 풍자의 틀 안에 집어넣습니다. 이 모든 것이 쇼월터가 엘먼과 밀릿에게서 발견하는 근대 페미니즘비평의 첫 단계와 일치합니다. 울프가 그런 근대의 두 전통 양쪽으로 다리를 놓되, 쇼월터가 제시하는 시대순이 아니라 일종의 동시성으로 보여준다는 점, 즉 남성에 의한 여성의 주변화에 대한 강조와 여성의 의식과 전통에 대한 강조가 동시에 제시되고 또 어떤 면에서는 서로 발생의 원인이 된다는 것을 보여준다는 점에서, 그 접근 방식의 폭을 볼 수 있습니다.

이번에도 『제인 에어』를—이번에는 간접적으로—언급하는 과정에서 생기는 일이지만, 여기에서 버지니아 울프는 샌드라 길버트와 수전 구바의 『다락방의 미친 여자』라는 책을 예고합니다. 『제인 에어』에 나오는 다락방의 미친 여자 버사는 길버트와 구바 이후 페미니즘비평에서 미친 여자 주제에 사용됩니다. 여자들은 다른 매체에서 작가나 예술가로서 자신을 창조적으로, 공개적으로 표현할 수 없기 때문에 어쩔 수 없이 자신의 창조성을, 샬럿 퍼킨스 길먼이 『노란 벽지』에서 예시한 바와 같이, 전복적이고 우회적이고 또 어쩌면 심리적으로 자멸적인 형식으로 돌릴 수밖에 없었다는 생각이지요. 우리는 울프가 이미 이 미친 여자 주제를 건드렸음을 봅니다(600).

그러나 사람들이 피하는 마녀, 악마에 사로잡힌 여자, 약초를 파는 지혜로운 여자, {그리고 물론 울프는 덧붙입니다} 심지어 어머니가 있는 아주 뛰어난 남자의 이야기를 읽을 때……

다른 말로 하면, 그런 경우 창조성이 억눌려, 불행하게도 비사회적이거나 반사회적인 방향에서 출구를 찾는 사람이 있다는 생각이 강해진다는 겁니다. 울프가 만들어낸, 불명예스럽게도 갈림길에 묻히고 만 '셰익스피어의 누이'가 이 경우에 해당하는 완벽한 예라고 할 수 있지요. 학자들이 여성의 글쓰기 역사만이 아니라 여성의 역사에 익숙해지기를 기대하는 쇼월터의 여성중심적 관점은 마찬가지로 마법, 광기, 약초학 같은 억압 형태를 인식하는 과정을 포함할 수밖에 없습니다.

또 여성중심비평이라는 핵심적 과제는 이미 울프의 마음을 아주 강하게 사로잡고 있습니다. 그래서 전통이 필요하다고, 여성 작가가 마주하고 있는 큰 어려움과 약점 가운데 하나가, 그래, 늘 거론되는 오스틴, 브론테, 조지 엘리엇을 비롯하여 훌륭한 사람이 몇 명 있기는 하지만, 함께 벗하는 마음으로 쓰고 있다는 느낌을 주는, 현재진행중이고 발전중인 전통이 없다는 것이라고 주장합니다. 울프는 '남자의 문장'(606)에 관하여, 자신의 방은 물론 언어조차 갖지 못하는 어려움에 관하여 말합니다. "아마 그녀가 종이를 앞에 두고 펜을 들었을 때 발견하는 첫번째 사실은, 그녀가 사용할 수 있도록 마련된 공동의 문장이 없다는 점일 것이다." 소설가적 산문의 모범은 모두 성별이 남성이지요. 글쓰기의 분위기—우리는 곧 이 점에 관하여 이야기하게 될 것입니다—나아가 글쓰기, 펜으로 여기저기 찔러대기라는 사실 자체가 남성적 아우라와 연결되어 있기 때문입니다.

> 이것은 남자의 문장이다[그녀는 방금 긴 문장을 인용했습니다]. 그 뒤에서 존슨, 기번, 그 밖의 남자들을 볼 수 있다. 그것은 여자가 사용하기에 적합하지 않은 문장이었다. 샬럿 브론테는 빛나는 산문적 재능이 있었지만, 그 투박한 무기를 손에 쥐고 비틀거리다 넘어지고 말았다. 조지 엘리엇은 그것을 들고 형언할 수 없을 만큼 지독한 짓을 저질렀다. 제인 오스틴은 그것을 보자마자 조롱하고는 자신이 쓰기에 적절한, 완벽하게 자연스럽고 맵시 있는 문장을 고안하여 절대 거기에서 떠나지 않았다. 그래서 그녀는 글쓰기에서 샬럿 브론테보다 천재성은 떨어졌으나 훨씬 더 많은 것을 이야기에 담아냈다(606).

그런데 이 주장은 논란의 여지가 있습니다. 제인 오스틴의 산문 스타일은 새뮤얼 존슨, 또 어쩌면 새뮤얼 리처드슨의 스타일로부터 나온 것이라고 이해하는 것도 얼마든지 가능하기 때문이죠. 그럼에도 울프가 하려는 말은, 오스틴이 어떤 말을 하고 싶지만 그것을 말하기 위한 자신의 언어가 없다는 문제로부터 벗어날 수 있었다는 것입니다. 여자로서 쓰고 싶고, 여자가 말하고 싶은 것을 말하고 싶지만 그 목적을 위해 가진 것이라고는 남자의 문장뿐이다. 이것이 울프의 요점이며, 물론 여기에서 긴 이야기들이 많이 가지를 뻗어나옵니다.

지금 나는 대체로 1980년 이후 페미니즘비평과 젠더이론에서 공격해온 것, 즉 '여성'의 글쓰기와 '남성'의 글쓰기에 관한 울프의 언급에 쏟아지는 비판을 저지하는 중이지만, 한편 내가 이야기한 그 뻗어나온 가지를 뒷받침해주고 있는 건, 흥미롭게도 우리가 '프랑스 페미니즘'이라고 부르는, 페미니즘비평에서 이론적으로 아주 세련된 학파입니다. 여러분 가운데 몇몇은 뤼스 이리가레와 엘렌 식수의 작업을 알고 있을지도 모릅니다. 이런 종류의 저자들은 여성의 언어라는 것이 실제로 존재한다고 주장합니다. 여성은 단지 머리와 음경만이 아니라 몸 전체로 쓴다. 여성은 [끝에 이르러 글의 뜻이 완성되는] 세심하게 구성된 도미문掉尾文을 쓰는 것이 아니라, 선형적이고, 병렬적이고, 인상주의적이고, 일탈적이고, 즉흥적인 문장을 쓴다, 즉 에고가 없는 문장이다—구조의 결여는 대체로 에고가 없는 상태에 대응하기 마련이죠. 쇼월터에서 이 이야기로 다시 돌아오겠지만, 그동안 프랑스 페미니즘은 여성의 글쓰기라는 생각과—이 생각 뒤에 내포된 것으로—여성이란 무엇인가 하는 생각을 포착하고 장려하려 해왔는데, 이것은 다른 종류의 문제에 부딪치게 됩니다. 여성을 어떤 종류의 문장과 동일시하는 것은, 동시에 다른 종류로부터는 추방한다는 뜻이 되기 때문이죠.

여자는 왜 좋은 도미문을 쓸 수 없는가? 사실, 그것이 제인 오스틴이 실제로 쓰고 있는 종류의 문장입니다. 왜 여자는, 정말로 자유롭게 뭐든 자신이 쓰고 싶은 것을 쓴다면, 프랑스 사람들이 '여성적 글쓰기 écriture feminine'라고 부르는 이런 젠더화된 종류에 속하지 않는 문장은 쓸 수 없는가? 다른 말로 하면, 왜 여성의 글쓰기는 여성의 글쓰기여야만 하는가?

버지니아 울프가 양성성이라는, 어쩌면 똑같이 위험하다고 할 만한 개념을 이야기하기 시작할 때 예고하는 것이, 프랑스 페미니즘에 대한 하나의 가능한 비판이라고 말할 수도 있습니다. 양성성은 남성인 동시에 여성이면서, 남성이니 여성이니 하는 것을 더 생각하지 않는 바로 그 순간에 순전히 자기표현의 방식으로 글을 쓰는 정신이며—이런 선진적인 정신은 이제 남성의 문장이나 여성의 문장을 쓰지 않습니다. 울프의 '양성성'이라는 개념은 프랑스 페미니즘을 미리 거부하고, 나아가 정신으로나 관행으로나 '여성'으로 확인할 수 있는 어떤 본질적 실체는 존재할 필요가 없음을 암시한다고 주장할 수도 있지만, 동시에 우리는 버지니아 울프에게 성정체성의 구분에 관한 양가적 감정이 있다는 사실을 인정해야 합니다. 속박되지 않은 표현으로서의 양성적 글쓰기라는 울프의 이상과, 제인 오스틴은 남성의 문장의 압제를 털어버리고 여성처럼 썼기 때문에 자신을 완전히 표현했다는 주장 사이의 용서할 만한 모순, 이것은 상이한 수사적 계기의 결과물입니다. 울프가 '여성의 글쓰기'라고 분간할 만한 뭔가가 있다고 생각하는지 아닌지, 또는 이와 관련하여 여성이라고 분간할 만한 뭔가가 있다고 생각하는지 아닌지 우리는 확실하게 알 수가 없습니다.

쇼월터는 여성들의 소설의 역사에서 세 단계를 논의합니다. 첫째는 '여성적'인 것으로, 여성이 마치 남성인 것처럼(또는 적어도 남성이 쓰는 것처럼 보이도록) 글을 쓰려고 하는 단계인데, 그 방법은 최대한 남성의 가치를 따르는 것입니다—아마 차갑고 감정이 없는 남자들의 관점에 '집안의 천사' 식의 문화적 자비를 도입하겠지만, 그럼에도 관점이 달라지지는 않습니다. 이런 여성 작가들은 커러 벨, 액턴 벨, 엘리스 벨, 조지 엘리엇 등과 같은 남성적 필명을 갖는 경우가 많으며, 사회에서 여성들의 지위에 관한 논쟁에 참여하여 논란을 벌이는 일은 거의 없습니다. 쇼월터는 이 단계가 소설의 역사에서 '페미니즘'적 순간에 밀려난다고 말하는데, 이때는 소설이 예를 들어 엘리자베스 개스켈의 후기 작품처럼 과격해지며, 여성들의 지위와 역할이 지배적인 주제로 떠오릅니다. 이런 종류들은 틀림없이 침투성이 높죠. 샬럿 브론테는 소설의 역사에서 쇼월터가 '여성적 단계'라고 부르는 부류에 속하지만, 울프는 브론테에게서 이미 『제인 에어』의 구조에 손상을 가하는 원형-페미니즘을 발견했습니다. 쇼월터 또한 픽션에서 편향성에 예민하며, 그녀가 제시하는 역사는 '여성' 소설이 페미니즘 소설을 대신하는 것을 지지하는데, 이런 소설은 그 이전의 소설들에 나타난 분노나 적대적 의식의 요소를 떨쳐버리며, 여성의 관점의 진정성과 정당성을 당연한 것으로 받아들이고 그런 관점에서 글을 씁니다.

소설의 이런 역사는 아프리카계 미국 문학비평가들이 제공하는 소설의 역사적 윤곽과 부분적으로 비슷하며, 쇼월터가 연대순으로 기록하는 바에 따른 최근 페미니즘비평의 단계들과도 아주 흡사합니다. 그러나 여기에는 단계가 둘뿐입니다. 첫째는 그녀가 페미니즘 단계라고 부르는 것으로, 이때는 픽션에서 남성이 여성을 다루는 것이 주요 초점이며, 그다음에는 여성중심적 단계로, 이것은 여성들의 문학적 전통의 발전입니다. 쇼월터는 1970년대에 막 등장한 페미니즘 연구의 가장 중요한 작업 가운데 많은 부분이 여성의 글, 특히 픽션이 아닌 글로 이루어진 정전을 발굴하고 확대하는 데 바쳐졌다는 점을 지적합니다. 여전히 경박하고 열등한 양식으로 간주되던 소설이 저널리즘에 의해 여성들의 쓰고자 하는 강박의 출구로 용인되던 시기가 있었는데—19세기의 대부분—이런 용인에는 여성들이 시와 희곡은 쓰지 못한다는 권위를 등에 업은 주장이 수반되었죠. 정전의 확장과 심화를, 쇼월터는 이에 대한 핵심적인 반대주장으로 봅니다. 그녀가 말하듯이, 우리는 여성들의 글을 명저에서 명저로 잇고 있을 게 아니라 십 년 단위로 추적하여, 남성적 전통에 비견할 만한 전통, 여성 자신이 창조적인 작가로서 그것에 관해 생각하고 그 안에서 생각하고 의지할 수 있는 전통을 창조할 필요가 있습니다. 따라서 쇼월터의 소설의 역사와 근대 페미니즘비평의 역사—근대 여성중심비평이라고 말하는 것이 나을 겁니다—는, 여자의 관점이 진짜임을 증명하는 것이 여전히 문제인 지점에서 끝을 맺습니다.

하지만 이것은 내가 이미 언급한, 이런 종류의 사고에 따라붙을 수밖에 없는 문제를 드러냅니다. 비평과 이론에서 다른 정체성 관점들을 살펴보는 과정 내내 우리는 이 문제와 다시 만나게 될 것입니다. 내가 어떤 여성의 글이나 여성들의 글 전체를 가리켜 어떤 종류라고 말한다면, 내가 어떤 식으로든 여성이라는 것을 인식할 수 있는 방식을 찾아낸다면—직관적이고, 상상력이 풍부하고, 인상에 민감하고, 예민하고, 비논리적이고, 이성에 대립하며, 우리가 남성들의 글과 연결하는 그 도미문의 거부자라고—내가 프랑스 페미니스트들처럼 여성들에 대한 이런 정체성을 전유한다면, 그것은 그저 『자기만의 방』 2장에 나오는, 여성들을 향하여 남성이 으스대는 태도로 찬양하는 건 아닐까? 남자들이 이성, 과학, 논리와 나머지 모든 것을 계속 자기들만의 것으로 여기고 머리가 심장보다 높다고 말한다면, 반대로 심장이 머리보다 높다고 주장하는 것 외에 도대체 어떤 것을 이룰 수 있을까? 가부장제 패러다임들은 여전히 그대로인데 이 대목에서 이론적 문제가 발생합니다. 이때는 주디스 버틀러식으로 작업하는 사람들이 이론적으로 아주 기꺼이 말하고 있는 게 요구됩니다. 즉, 여성 같은 것은 존재하지 않는다. 우리의 노력이 여성이 언젠가는 자유롭게 무엇이든 스스로 되고 싶은 것(물론 집안의 천사를 포함하여)이 될 것이라는 희망을 이루기 위한 것이라면, 여성에게는 저 스스로 만들어내는 것을 제외한 어떤 것도 되지 않는 게 최선일 겁니다. 에밀리 디킨슨은 말했지요. 나는 아무도 아니다. 당신은 누구인가?

자, 물론 이것은 아주 까다로운 수, 불행하게도 페미니즘적 사고에서 가끔 분열을 일으키는 것으로 드러나는 수입니다. 현실 생활에는 물론 분명히 여성이 있습니다. 여성은 법에 의해, 그리고 대부분 법과 동일한 남성에 의해 억압당합니다. 여성의 권리와 삶 자체는 세계 모든 곳에서 조심스럽게 보호받을 필요가 있습니다. 여성 같은 것은 없다는 이론적 관념은, 삶에서는 잠시라도 유지될 수 없지요. 그러나 동시에, 정체성 정치의 논증법에서 늘 '본질주의essentialism'라고 부르는 것의 함의, '여성'이 하나의 특정한 존재(남자들이 늘 이것이 여자라고 생각해온 대상과 종종 위험할 정도로 비슷한 무언가)라고 말하는 것의 함의는, 실용적인 수준에서도 젠더와 그 가능성들을 더 섬세하게 이해하는 데 여전히 유해합니다. 이 강의를 시작하면서, 나는 종종 이와 같은 강좌를 지배하는 가정, 실천은 응용된 이론에 불과하다는 가정에 유보를 표명했습니다. 곧 우리가 논의하게 될 스탠리 피시는 "실천에서는 효과가 있지만, 이론에서도 효과가 있을까?"라고 적힌 티셔츠를 입은 모습으로 사람들 앞에 나타난 적이 있습니다. 정체성 정치의 딜레마는 왜 그런 말이 그저 농담이 아닌지 보여줍니다.

직관적이고 감정적이고 인상에 민감한 것, 다 좋지만 그에 관해 두 가지 이야기하고 싶은 게 있습니다. 첫째, 남자도 원한다면 그렇게 된다. 안 그런가요? 두번째, 왜 여자는 그렇게 되어야만 하는가? 양쪽 경우 모두 규칙을 증명하는 예외를 훌쩍 뛰어넘는 예외들이 있다는 것은 분명한 사실이죠.

내가 보기에는 쇼월터의 에세이에서 잘 설명하고 있는데, 이것이 1980년대 무렵 페미니즘비평이 일치된 해결책을 찾지 못했던 곤란한 문제입니다. 쇼월터가 자신의 에세이 마지막 대목에서 마르크스주의와 구조주의에 드러내는 적의에 주목하기 바랍니다. 그 근거는 그 두 가지가 모두 스스로를 '과학'이라고 내세운다는 겁니다. 물론 나도 강단에서 그 두 가지를 비롯하여 다른 많은 이론을 두고 똑같은 불평을 했습니다. 하지만 지금 골치 아픈 문제는, 남성 패러다임이 이런 접근법을 남성으로 젠더화했고, 페미니즘이 그 젠더화를 받아들인다는 것입니다. 우리는 마르크스주의와 구조주의하고는 관계를 맺고 싶지 않다. 그것들은 버지니아 울프의 책에 나오는 하급관리로, 제대로 변장도 못한 채 다시 그 추한 머리를 들어 우리한테 여자에게는 제한된 구역인 풀밭을 걷지 말라고 말하고 있다. 이제 그만, 사양하겠다. 쇼월터는 에세이의 마지막(1385~1386 참조)에서, 필요한 것은 과학적 허세를 피하는 비평이라는 취지의 이야기를 합니다. 텍스트들이라는 현실과 텍스트의 전통에 관여하지만—음, 달리 표현할 말이 없군요—예쁜 머리를 이론적 문제로 괴롭히지 않는 비평 형식이지요.

이런 결론은 페미니즘비평을, 합리적이지만 않으면 자기 마음대로 무엇이든 할 수 있는, 기꺼이 식민화된 자리에 남겨두는 것처럼 보일 것입니다. 이성의 테스토스테론에 약간 회의적인 것도 사실 나쁜 것은 아니다, 나도 그렇게 동의하고 싶습니다. 하지만 그것은 하나의 제약으로서 페미니즘비평에 틀림없이 한계를 가져올 것입니다—해로울 것 없는 한계냐 구속복이냐는 질문은 남아 있을지 모르지만, 그럼에도 한계는 한계죠. 헨리 루이스 게이츠는, 부분적으로는 바흐친의 영향을 통하여, 주변화된 소수자 비평이 일단 주류 비평의 전제와 맥락을 피하기만 하면 무엇을 얻을 수 있는지, 아주 흥미로운 방식으로 보여주게 될 겁니다. 그런 주장을 특히 염두에 두고 게이츠의 에세이를 읽어보기 바랍니다. 다시 젠더이론을 논의할 때, 우리는 페미니즘비평, 정확히 말하자면 1980년 이후 페미니즘비평의 한 측면, 특히 주디스 버틀러의 비평으로 돌아가볼 것입니다.

21장
아프리카계 미국 비평

읽을 자료

헨리 루이스 게이츠 주니어, 「글쓰기, '인종', 차이」(CT, 1891~1902).

토니 모리슨, 「어둠 속의 놀이」(CT, 1791~1800).

아프리카계 미국 문학 전통은 풍부하고 역사가 깁니다. 헨리 루이스 게이츠가 말해주듯이, 이 전통의 중요한 시인 중 첫번째로 꼽히는 필리스 휘틀리는 미국 식민지 시대에 살았습니다. 노예 서사형식은 18세기에 번창하기 시작하여 19세기까지 이어졌습니다. 20세기 할렘 르네상스에서 가장 두드러졌지만 그 세기 내내 몸집을 부풀려 모든 장르에 걸쳐 주목할 만한 업적을 이루었지요. 이런 확장된 전통은, 그 풍부한 면에서는 비슷하지만 비교적 매우 최근에 나타난 아프리카계 미국 문학이론이나 비평 전통과 비교할 때 지속 기간이라는 점에서 대조를 이룹니다.

물론 듀보이스와 휴스 시대 이후로 비평과 미학에 대한 기여가 있었지만, 이론 쪽으로는 게이츠 자신의 세대에 이르기 전에는 거의 찾아볼 수가 없었습니다. 아마 처음에는 흑인 인텔리겐치아 내부의 뚜렷한 갈등 때문에 이론을 피했을 겁니다. 흑인 비평과 흑인 페미니즘비평은 처음부터 사상의 학파로서 의제가 같지 않다는 것을 알았죠. 바버라 크리스천, 바버라 스미스, 헤이즐 카비 같은 비평가와 벨 훅스는 아프리카계 미국 남성 페르소나를 강하게 비판했으며, 남성 비평가들은 그들대로 젠더에 대한 관심 없이 인종에만 관심을 기울이는 것이 그런 관점들 때문에 효과 면에서 어느 정도 제한이 있음을 알았습니다. 그러나 1980년대 이후로 충분히 데탕트가 이루어졌으며, 아프리카계 미국 문학이론은 이런 우려에 크게 구애받지 않고 전진합니다.

내가 보기에, 아프리카계 미국 비평에서 헨리 루이스 게이츠의 역할은 일종의 귀감이 됩니다. 물론 여러분이 읽은 에세이에는 다소 거친 순간들도 좀 있지요. 결국은 다시 이야기하게 될 순간들인데, 이것이 게이츠의 생각에서 지나치다 싶은 요소를 보여줄 수도 있고 아닐 수도 있습니다. 그것이 내가 결론에서 가늠해볼 문제인데, 틀림없이 양편을 왔다갔다하며 여러분을 미치게 할 겁니다. 거친 면은 그가 일반적으로 투사하는 이미지와 거리가 멉니다. 그는 섬세한 면을 이해하고 중재하는 목소리를 내는 중요한 인물일 뿐 아니라, 뛰어난 행정가이자 프로그램 구축자이죠. 그는 예일을 떠나 하버드로 가면서 앤서니 아피아, 코널 웨스트를 비롯한 여러 사람을 모아 거대한 학과를 만들 수 있었습니다. 당시 다른 사람들 대부분이 총장과의 마찰 때문에 하버드를 떠났지만, 게이츠는 그 자신이 독자적인 제국이었기 때문에 아마 그런 건 문제되지 않았을 것입니다. 여러분이 이 강의를 위해 읽은 것은 그의 최초 작업 가운데 일부이며, 그의 명성을 확립해준 것은 이 자료와 더불어 해리엇 윌슨 소설의 재발견이었습니다. 이것이 사실상 소설이며, 허구적인 노예 서사이자, 19세기 아프리카계 미국 문학에 대한 우리의 지식에 중요한 기여를 하는 작품이라는 그의 주장에 의해 소설의 명성이 한층 강화되었죠.

애초에 게이츠는 더없이 완벽한 작가였지만, 어떻게 된 일인지 갑자기 스타일의 대가가 되었습니다. 그는 『뉴요커』에 기고하기 시작했고, 이 시기에 웨스트버지니아에서의 성장과정을 담은 자서전을 쓰는 동시에, 공적 영역에서는 인종들 또는 인종 분파들 간 상호이해의 대변자가 되었습니다. 그는 온건한 목소리를 내면서도 원칙을 버린다는 비난을 듣지 않았는데, 그럼에도 여러분의 자료집에 담긴 공방에도 반영되어 있듯이, 휴스턴 베이커와 오랜 세월에 걸쳐 토론한 과정은 꼭 그렇지만도 않았음을 보여줍니다. 티나 브라운이 편집을 맡던 시절 게이츠가 『뉴요커』에 쓴 도회풍의 명민한 글들은, 애덤 고프닉이 파리에서 쓴 편지와 더불어 그 시기 이 잡지의 가장 훌륭한 성과였죠.

따라서 일레인 쇼월터나 그전의 울프의 경우와 마찬가지로, 게이츠에게도 정체성의 범주에 따라붙는 개념적 문제들이 끈질기게 이어지는 것을 볼 수 있습니다. 정체성은 문학적이고 문화적인 창공에서 자리가 필요하다고 느끼는 사람들의 사고를 위한 중요한 닻이 되기는 하지만, 그럼에도 적어도 잠재적으로는 이론에서 어떤 문제들을 낳을 수 있습니다. 정체성이라는 쟁점에는 특히 두 가지 문제가 따라다닙니다. 하나는 '본질화'인데, 이것은 잠시 후에 거론할 겁니다. 또 정체성 서열이라고 부를 만한 문제가 있습니다. 나는 노동계급 흑인 레즈비언 페미니스트이고 국적은 팔레스타인이다. 이렇게 되면 나에게는 정체성 선택지가 아주 많이 주어지는 셈인데, 문제는 이 가운데 어느 것이 우선인지 파악해야 한다는 것이죠. 이 가운데 어느 정체성이 내가 다른 정체성들을 가지고 사는 방식의 동기를 부여하고 형태를 규정하는 근원적 결정력을 가지는가? 일단 내 본래의 정체성을 선택하면 다른 것들은 이에 따라 서열에서 뒤쪽으로 배치될 필요가 있습니다.

이 문제에 관해서는 더 이야기를 해야겠지만, 그전에 본질화라는 더 광범위하게 인정되는 문제가 있습니다. 문화사나 정체성과 관련한 모든 이론적 토론에서 반대자들이 이 말을 사용하죠. 게이츠는 어떤 집단이나 인종의 본질적인 특징을 규정하는 위험에 관해 아주 분명한 태도를 보여줍니다(1893).

> 인종이라는 말의 대중적 사용에서 규정되는 차이의 느낌은 언어, 신념 체계, 예술적 전통, '유전자 풀' 그리고, 리듬이나 운동능력, 뇌작용, 고리대금, 충실성 같은 '타고났다'고 여겨지는 온갖 종류의 속성 차이를 묘사하는 동시에 각인하는 데 이용되어왔다.

긍정적인 특질이든 부정적인 특질이든 고정관념으로 만드는 것은 누구에게도 별 도움을 주지 못합니다. 차이를 보여주는 특질로 지목되는 것에는 늘 부족한 것이 내포되어 있기 때문입니다. 예를 들어 '뇌 작용'은 여기에서는 얼간이를 뜻하는 코드입니다.

게이츠는 에세이 서두에서, 인종 의식을 다루는 현대사가 혼란에 빠져 인종에 관해서는 아무 말도 하지 않으려는 태도와 고정관념을 수반하는 직접적인 인종차별적 결정론 사이를 왔다갔다하고 있는 것으로 봅니다. 미국의 인종차별법인 짐크로법 시기에 점잖은 비평가들이 예의바르게 인종을 지워버린 것과는 대조적으로, '인종' '환경' '문화적 계기'가 모든 종류의 예술적 또는 문화적 생산에서 핵심을 이루는 결정적 쟁점이라고 주장하는 이폴리트 텐의 19세기 말 작업은, 게이츠에게는 그 고정관념까지 다 포함하여 훨씬 더 선호할 만한 것인 듯합니다. 게이츠는 적어도 인종을 말하고 있다는 데 안도하는 한편, 동시에 텐에서 몽테스키외까지 거슬러올라갈 수 있는 인종주의적 사고에서는 당연히 움찔하며 물러나지요. (다른 많은 사람과 마찬가지로 나는 인종에 따른 정형화인—위에서 게이츠가 말한 '타고난 속성' 목록에서 암시되는—인종주의racialism와 인종에 대한 차별인 인종차별racism을 구분합니다.) 게이츠가 말하듯이 20세기에 인종에 대한 침묵이 미친 결과는 우리 모두가, F. R. 리비스의 표현을 빌리면 '위대한 전통'에 속해 있고, 모든 가치 있는 예술이 그 전통 내부에 들어가 있으며, 그 작품들을 거부하거나 무시하거나 심지어 그 작품들과 거리를 두고 있는 모든 것은, 옆으로 치우고 무시해도 좋다는 생각의 등장이었습니다. 존 길로리의 지적을 보면 알 수 있지만, 최근 수십 년의 '문화전쟁' 동안 지적이고 정치적인 우파의 논쟁객들을 단결시킨 것은 '보편적' 가치들(하지만 실제로는 현재의 지배적인 계급과 집단의 가치)을 반영하는 중심적 정전에 대한 이러한 헌신입니다.

그러나 본질화 문제는 사라지지 않습니다. 다른 사람이 고정관념이라고 부를 수도 있는 것에 긍정적인 가치를 부여한다고 생각해보세요. 이것이 세네갈의 시인 레오폴 상고르가 네그리튀드 운동을 대변하면서 한 행동이라고 게이츠는 말합니다(1901).

> 예를 들어 네그리튀드 운동이 그랬던 것을(상고르가 아프리카 사람들을 두고 주장했듯이 "우리는 느낀다, 고로 우리는 존재한다") 우리가 거꾸로 뒤집어 인종을 본질에 대한 표현으로 전유하려 한다면, 우리는 공유하는 인간성이라는 기초 같은 것을 비롯하여 너무 많은 것을 포기하게 된다. 앤서니 아피아가 말하듯이, 그런 행동은 그로 인해 새롭고 괴상한 고정관념들이 더 각인되기 때문에 쓸모없고 위험하다.

이렇게 여러분은 인종 담론을 뚫고 나아가는 데 피해야 할 지뢰들이 있음을 알 수 있을 것이며, 게이츠는 이런 지뢰에 극히 예민합니다.

더하여, 다시 돌아가지만, 정체성 서열의 문제가 있습니다. 게이츠 자신도 적어도 가끔은 이 문제에서 약간 어려움을 느낄지도 모릅니다. 왜냐하면 이 초기에는 그도 여전히 아프리카계 미국 비평 전통에서 페미니즘과 불편한 데탕트를 이룬 채 작업하고 있기 때문입니다. 따라서, 예컨대 정체성 서열이 쟁점이 될 것으로 보이는, 약간 문제가 되는 구절에서 그는 이렇게 말합니다(1894).

> 성적 차이에 포함된 생물학적 승인은, 간단히 표현하면 '인종적 차이'를 말할 때는 존재하지 않고 결코 존재할 수도 없다. 그럼에도 우리는 이런 타고난 차이의 느낌을 우리의 정식화 안으로 밀어넣으려 하는 방식으로 부주의하게 언어를 사용한다.

생물학적 맥락에서 두 성 사이에는 분명히 차이가 있다, 그는 그렇게 주장합니다. 하지만 생물학적 맥락에서 이른바 주요 인종들 사이에 반드시 차이가 있는 것은 아니다. 이런 관점에서 보자면, 적어도 페미니즘 전통에서 여성과 남성에 관해 말할 때는 실제적 차이라는 문제와 마주할 수밖에 없습니다. 말하자면 생물학이 구축한 본질주의죠. 반면 인종에 관한 담론의 전통에서 흑과 백에 관해 말할 때는, 사실 진짜 차이에 관해 말하고 있는 것이 전혀 아닙니다. 따라서 둘 가운데 더 강하게 자기 정당화를 할 수 있는 담론은 단지 덧없는 차이, 인종차별로 과장되고 결정적이 되어버린 차이와 관련된 것입니다. 이와 대립되는 것이 본질적 차이에 관한 담론이죠, 그 차이를 어떻게 생각하든, 그것으로 무엇을 하고 싶어하든 말입니다.

페미니즘비평으로 돌아가면, 특히 주디스 버틀러의 젠더이론을 보면, 성의 생물적 기초, 생식수단으로서의 성역할을 본질화하는 두 성 사이의 생물적 차이 자체가 근본적으로 문제제기의 대상이 됨을 알 수 있는데, 그것은 단지 이른바 트렌스젠더 쟁점들 때문만이 아니라, 우리의 성적 정체성 자체가 우리가 구축한 것이기 때문이기도 합니다. 간단히 말해서 두 성 사이의 차이에 대한 주장은 사실 인종 사이의 차이에 대한 주장만큼이나 논란의 여지가 있는 것입니다.

여기에서 우리는 내가 여러분에게 읽으라고 한 또 한 편의 에세이, 토니 모리슨의 에세이의 중요성을 알 수 있습니다. 물론 우리는 모리슨을 소설가로서 가장 잘 알고 있지만, 그녀는 동시에 출중한 비평가이자 영향력 있는 문학 편집자이기도 합니다. 내가 보기에는 그녀의 사유가 지금까지 내가 말해온 곤경, 본질주의의 문제와 정체성 서열의 문제에서 벗어날 옆쪽 출구를 제공하는 듯합니다. 모리슨이 하고 싶은 말, 헤겔의 『정신현상학』의 주인-노예 변증법의 논의를 빌려와 하고 싶은 말은, 정체성이란 어떤 것이 무엇이냐의 문제라기보다는 무엇이 아니냐의 문제라는 것입니다. 흑인이라는 것이 무엇이냐 하는 문제에 몰두하는 것과 흑인이라는 것이 백인 전통 내에 각인되는 방식을 생각하는 것은 별개의 문제다, 그녀는 그렇게 말합니다. 그런 맥락에서 흑인이라는 것은 백인이 아닌 것이다. 흑인은 부재, 부정 또는 부정성이며, 이것이 다시 백인이라는 것을 규정한다. 백인 정체성을 구축하기 위해서, 미국 문화 전통의 기원과 발전을 위해서, 부재 또는 결여로서 아프리카계 미국인, 그리고 더 특별하게는 노예가 존재할 필요가 있었다.

모리슨은 이렇게 말합니다(1795).

흑인적 특성과 노예상태의 그런 구축에서는 자유롭지-않음만이 아니라 나-아님의 투사가 발견될 수 있었다. 그 결과는 상상력의 놀이터였다. 내적인 두려움을 가라앉히고 외적인 착취를 합리화할 집단적 요구에서 솟아 나온 것이 아프리카주의—어둠, 타자성, 공포, 욕망 등의 날조된 양조—이며, 이것은 독특하게 미국적이다.

나아가 모리슨은 자신의 주제는 미국의 전통이지만, 유럽의 아프리카주의—그 나름의 식민지 문학을 거느리고 있는—도 존재한다고 지적합니다. 그녀는 자신의 주장을 뒷받침하기 위해 주목할 만한 예를 드는데, 이 예는 적어도 몇 가지 면에서는 틀림없이 여러분에게 포크너의 토머스 서트펜을 떠올리게 했을 겁니다. 역사적 인물 윌리엄 던바는 늪이 아니라 스코틀랜드 계몽주의에서 나타나 미국에 왔으며, 버나드 베일린에 의거하여, 노예소유자인 동시에 완전히 변신한 인물이 되었다고 역사가 모리슨은 말합니다. 모리슨은 베일린이 제공하는 정보를 다음과 같이 요약합니다(1796).

> 나는 {던바를} 새로운 백인 남성 미국인이 구성되는 과정의 간결한 초상으로 받아들인다. 이것은 몇 가지 매력적인 결과를 낳는 구성인데, 그 모든 것이 베일린이 요약한 던바의 성격에서 언급되며, 던바가 '자기 내부에서' 느끼는 것—'어떤 힘, 전에는 알지 못했던 자유의 느낌' 안에 자리잡고 있다.

이것은 어떤 면에서는 고대 그리스 문화의 노예제 합리화와 유사합니다. 그리스인은 늘 자신들이 노예를 가지는 이유가 자유로울 수 있기 위해서, 그리스를 다스리는 주민이 삶을 유지하는 실용적인 일상적 활동으로부터 해방되어 깊은 사고를 할 수 있기 위해서라고 말했습니다. 그리스 폴리스의 철학자-시민에 따르면, 자유는 곧 일로부터의 자유입니다.

그러나 던바에게 자유는, 서트펜에게 그런 것처럼, 사실 일로부터의 자유가 아닙니다. 그것은 자유의 더 넓고 더 음험한 관념입니다. 책임으로부터의 자유, 타자를 인간으로 인정할 필요로부터의 자유—다른 말로 하면, 에든버러와 런던에서 구세계의 예의가 강요하는 속박으로부터의 자유, 이 변경, 이 광야, 이 늪에서 그저 원하는 대로 무엇이든 될 수 있는 자유입니다. 그런 자유는 흑인 노예들의 등에 올라앉아 얻은 것입니다. 이것은 어떤 면에서는 내가 말한 바와 같이 그리스의 노예제 합리화와 유사하지만, 더 불길한 동시에, 모리슨이 상상하는 바와 같이 더 변증법적입니다. 모리슨은 어떤 사람이 흑인 대립물을 이용하지 않고 백인이 될 수 있느냐 하는 문제를 제기합니다. 이 흑인 대립물은 자유롭지-않음으로 객관화되어 있으며, 도깨비 상자의 용수철 같은 기능을 하여, 상자에서 하얀 도깨비가 그 밑에 눌러놓은 것 때문에 튀어나오게 해줍니다.

이런 논지가 모리슨의 논란 많은 『허클베리 핀』 독법에 영향을 주고 있는데, 이것이 나에게는 매우 흥미롭습니다. 사실 많은 학군에서 이 책을 금서로 지정하게 만든 [아프리카계 미국인을 비하하는 말인 'negro, nigger' 같은] 'N 단어' 논쟁보다 훨씬 흥미롭죠—누가 'N 단어' 같은 단어를 말할 권리를 소유하고 있는가 하는 문제로 돌아가기는 하겠지만요. 소설은 마지막에 짐을 해방시키지 못한 채 우울하게 끝나는데, 모리슨은 사실 그를 해방시키는 것은 세상에서 가장 쉬운 일이었을 것이라고 주장합니다. 톰과 허크가 그저 강에서 정확한 지류를 가리키기만 하면 되는 일이었으니까요. 그러나 톰과 허크가, 또 암묵적으로는 마크 트웨인 자신이 가질 수 있는 백인으로서의 유일한 자기규정이라는 면에서 보자면, 이렇게 하지 못하는 것이 절대적으로 필연적인 일이었습니다. 우리는 트웨인이 소설을 어떻게 끝낼지 몰라 망설였다는 사실을 알고 있습니다. 이 소설은 오랫동안 책상에 놓여 있다가, 마침내 이런 음울한 결말에 이른 거죠. 토니 모리슨은 이것이 가능한 유일한 결말이라고 말합니다. 허크와 짐의 관계의 감상성—이것은 너무 강렬해서 레슬리 피들러라는 다른 비평가는 「다시 뗏목에 올라라, 허크, 내 사랑Come Back to the Raft Ag'in, Huck, Honey」이라는 제목의 에세이에서 이들 사이의 동성애적 관계에 관해 이야기하기도 했지요—이 트웨인의 소설에서 의식의 기본 구조를 흐려놓았기 때문이죠. 짐이 노예로 남아 있는 것은 긴요합니다. 짐이 자유로우면, 백인이 스스로를 자유롭다고 규정할 수 있는 대립적 타자성이 없어지니까요.

모리슨의 주장은, 익힌 것이 없다면 날것도 있을 수 없다는 레비스트로스의 발언의 전통에 속해 있음을 알 수 있습니다. 이것은 우리가 대체로 구조주의와 연결시켜온, 부정에 기초한 이원적 논증이지만, 동시에 헤겔로 거슬러올라가는 변증법적 전통에 속하기도 합니다. 이론의 가장 강력하고 가장 특징적인 수 가운데 하나인 이것을, 우리는 주디스 버틀러에게서 다시 보게 될 것입니다. 버틀러가 말하는 성차의 비본질성에 대한 느낌은 우리가 앞서 인용한 게이츠의 구절이 주는 느낌과는 다릅니다. 그러니 다시 게이츠에게로 돌아가봅시다.

하지만 가령 '소유'와 대립되는 정체성 구축이라는 주요쟁점으로 돌아가기 전에, 게이츠와 다른 사람들이 아프리카계 미국 문학과 비평 전통의 발전 단계에 대하여 한 이야기를 논의하고 싶습니다. 무엇보다도 비평 전통을 기본적으로 두 단계 또는 두 부분으로 이루어진 진행으로 파악하는 것은 일레인 쇼월터와 비슷합니다. 여성들의 문학비평 개입의 첫번째 파도는 그녀가 '페미니즘적'이라고 부르는 순간, 케이트 밀릿을 비롯한 여러 저자가 남성의 책에서 여성 비하와 부당한 대우에 관해 말하는 순간이요, 두번째 파도는 '여성중심비평', 즉 여성들이 스스로 문학 전통을 전유하고, 여성들의 문학 정전을 만드는 자료 정리 작업을 하면서 그것을 위대한 이름에서 위대한 이름으로 뛰어다니는 것이 아니라 십년 단위로 발전하는 문제로 파악하는 순간이라는 쇼월터의 말을 여러분은 기억하고 있을 것입니다. 게이츠는 아프리카계 미국 비평에서 대체로 똑같은 발전상을 봅니다. 게이츠는 이런 두 가지 선택을 시간 순서에 따라 나열하지는 않지만, 여러분이 원한다면 쇼월터의 연속체를 거기에 적용해볼 수도 있을 겁니다. 그는 이렇게 말합니다(1896). "이런…… 남용되어온 표현[그는 특히 '타자'에 관해 말하고 있습니다]을 인용하는 나의 의도는 정확히 다음과 같은 것을 살피려는 것이다. 흑인은 문학에서 어떤 인물figure로 나타나는가, 또 흑인은, 말하자면 그들 자신이 만드는 문학을 어떻게 생각하는가figure."

쇼월터도 주장했듯이, 문학 전통의 문제는 그 전통이 많은 단계를 거치기 때문에 그보다 짧은 비평 전통의 문제보다 복잡합니다. 여자들이 가질 수 있는 자기표현의 힘들은 가장 초기의 글부터 시작하여 두 단계 이상을 통과했으며, 똑같은 것이 아프리카계 미국 문학에도 해당합니다. 게이츠의 이야기는 거의 같은 시기에 마이클 쿡이라는 이름의 예일대 동료가 『20세기 아프리카-미국 문학: 친밀성의 성취*Afro-American Literature in the Twentieth Century: The Achievement of Intimacy*』(1984)라는 제목의 책에서 했던 작업과 공통점이 많습니다. 쿡은 아프리카계 미국 문학의 역사는, 기본적으로 네 단계를 통과한다고 주장했습니다. 그것은 '자기 감추기'에서 시작합니다. 사람들이 처음으로 글이라는 것을 쓰려고 한 시기죠. 이 단계와 관련해 게이츠는, 글쓰기란 실제로 자신을 써서 인간 공동체에 들어가는 것이라고 말합니다. 글을 쓰는 능력은 인간의 증거로 여겨졌고, 바로 그런 이유로 남부의 노예들에게는 글을 배우는 것이 금지되었습니다. 어쨌든 처음 글을 쓰려고 시도했던 사람들은 백인 모델을 이용했습니다. 필리스 휘틀리는 '의미화하고'—이 핵심어에 대해서는 곧 다시 이야기할 겁니다—있었던 것인지도 모르지만, 외적으로 그녀는 알렉산더 포프처럼 썼습니다. 따라서 그녀는 쿡이 '자기 감추기'라고 부르는 첫 단계의 예입니다.

쿡이 '고독'이라고 부르는 두번째 단계는, 산문과 서사에서 백인 모델을 계속 이용하지만 중심주제로는 인종적 자기규정을 채택합니다. 여기에서 여러분은 프레더릭 더글러스에 관해서, 또 노예 서사 전반에 관해서 생각하려 할지도 모르겠습니다. 이때는 백인에게서 배우는 것을 강조하지만, 그럼에도 종속에 대한 저항이 있고, 이것은 자기해방의 방향을 가리킵니다. 세번째로, 쿡이 '친족'이라고 부르는 것, 아프리카계 미국인이 서로 손을 내밀고, 자신들이 자유로워지기 위해 투쟁하는, 개인이 아닌 하나의 공동체라고 확인하는 문학이 있습니다. 쿡은 이 단계를 방언 실험, 또 말과 언어의 차이를 강조하며 서술하고 시를 쓰는 방식과 연결합니다. 랭스턴 휴스의 시와 할렘르네상스 시기에 나온 다른 많은 작품이 이 단계에 속합니다.

마지막 단계에서, 우리는 쿡과 게이츠의 의견이 일치하지 않는 지점에 이르게 됩니다. 게이츠는 우리가 아직 마지막 단계에 이르지 못했다고 생각하기 때문입니다. 물론 그도 이 단계를 바람직한 결과물로 보리라 여겨지긴 하지만요. 쿡은 절정에 이른 단계를 '친밀성'이라고 부릅니다. 이것은 종류에 관계없이 모든 모델을 수용收用하는 자유로 이루어집니다. 인종적 전통을 반영하느라 미학적 또는 주제 선택의 제한을 받는 것이 아니라, 말하자면 탈인종적으로, 울프의 양성 동체라는 이상과 약간 유사하게 글을 쓰는 자유입니다. 예를 들어 랠프 엘리슨의 『보이지 않는 인간』은 후기모더니즘의 걸작이지요. 이 작품에서 엘리슨은 하고 싶은 작업을 하기 위해 손을 댈 수 있는 것이라면 어떤 전통이든 자유롭게 가져옵니다. 쿡은 (분명히 주제에는 반영되지 않는) 이런 미학적인 면을, 아마도 약간 낙관적이라고 할 수는 있겠으나, 그가 '친밀성'이라고 부르는 것과 동일시합니다. 마침내 이루어진 전통들의 통합과 동일시하는 것인데, 이때는 울프의 주장에 나오듯이, 더는 대변인으로서 글을 쓸 필요가 없습니다.

게이츠는 우리가 아직 친밀성에 이르지 않았다고 느끼는데, 내가 보기에도 그것이 옳습니다. 그래서 나 또한 쿡의 네번째 단계에서 글쓰기 모델들을 가져오는 방식에 관해 이야기할 때 '수용'이라는 단어를 쓴 것입니다. 문제는 나 자신의 전통에서 이용 가능한 것 외에 다른 모델을 이용할 경우, 그것을 그냥 허공에서 끌어내는 것이 아니라는 점입니다. 계산된 목적을 갖고 이용을 하지요. 세계주의로 돌아서려는 그 지점에서 자기규정이 여전히 문제가 되기 때문에 아직 친밀성에 이르지 못하는 것입니다. 『보이지 않는 인간』의 후기모더니즘, 심지어 포스트모더니즘에 관해서는 여러 가지를 이야기할 수 있지만, 그럼에도 그 소설은 여전히 흑인이라는 것의 의미에 관한 소설이며, 미학적인 것을 선택할 때조차 어느 정도 도전이 포함됩니다.

게이츠가 보는 바와 같이, 자기규정은 계속 쟁점이 되고 있습니다. 우리는 다른 모델들을 사용하되, 그것을 우리 자신의 것으로 만들 필요가 있습니다. 그러지 않으면 그냥 그것에 의해 식민화될 뿐이며, 결국 다시 첫 단계로 돌아오는 셈입니다. 필리스 휘틀리는 백인 모델들을 이용했으며, 실제로 자신은 그렇게 신기한 사람, 압운을 맞출 줄 아는 젊은 흑인 노예 여자가 아니라, 그저 시인이고자 하는 갈망을 품고 있었습니다. 그녀는 자신이 쓰고 싶은 것은 무엇이든 쓸 수 있기를 바랐습니다—그게 예를 들어 리처드 윌슨의 그림에 나오는 니오베의 눈물이라 해도 말이죠. 이제 문제가 보일 겁니다. 네번째 단계에서 친밀한 관계, 즉 전통들의 냉정한 통합이 이루어진다 해도, 자, 그것은 그저 필리스 휘틀리가 첫 단계에서 원하던 것의 실현일 뿐입니다. 그런데 그것이 완전히 실현된 것일까? 빌려온 표현은 여전히 타인의 언어인데 말입니다. 따라서 우리는, 게이츠가 주장하는 대로, 정체성이 눈에 보이지 않는 상태는 아직 눈앞에 다가오지 않았고, 거기에는 당연히 그럴 만한 이유가 있다고 인정할 수밖에 없습니다.

이렇게 해서 우리는 게이츠의 핵심 개념에 이르게 됩니다. 타자의 전통, 더 구체적으로 백인 전통을 수용한다는 것은 무슨 의미이며, 그렇게 하는 것에 무슨 이점이 있는가? 게이츠는 여기에서, 적어도 잠깐은, 일차적으로 문학이 아닌 비평에 관해 생각하고 있습니다. 그는 묻습니다, 우리는 어떻게 백인의 언어로 이론과 비평을 할 수 있을까? 우리는 어떻게 우리 자신을 위하여 백인의 언어, 용어, 이론을 수용할 수 있을까? 자신의 목적을 위해 언어를 구부릴 필요가 있다는 것은 게이츠가 바흐친에게서 가져온 주목할 만한 제사題詞에서 강조됩니다. 이 말은 우리가 바흐친을 실제로 읽으며 공부했던 어느 것 못지않게 바흐친 이해에서 중심이 되는 구절로, 당시 우리가 했던 이야기에도 빛을 던져줄 수 있으니 주목해주기를 바랍니다. 게이츠의 제사에서 바흐친은 말합니다(1891).

> 개별적인 의식에서 언어는 자신과 타자 사이의 경계선에 놓여 있다. 언어 속 단어의 절반은 다른 사람의 것이다. 화자가 자신의 의도, 자신의 말씨{게이츠가 '말씨'라는 단어를 강조하고 싶어하는 모습이 눈에 보이는 듯합니다}를 갖고 그 안에 살게 될 때에만, 화자가 그 단어를 전유하여 자신의 의미론적이고 표현적인 의도에 적응시킬 때에만, 그것은 '자신의 것'이 된다. 이런 전유의 순간에 앞서, 그 단어는 중립적이고 비인격적인 언어 안

> 에 존재하는 것이 아니라 다른 사람들의 입안에, 다른 사람들의 맥락 안에 존재하며, 다른 사람들의 의도를 섬긴다. 그곳에서 그 단어를 가져와, 그것을 '자신의 것'으로 만들어야 한다.

게이츠도 이 에세이를 쓰는 과정에서 데리다를 인용하여 바흐친의 이런 느낌에 공명합니다. "데리다가 쓴 대로 우리는 '(우리) 자신의 언어를 버리지 않고 타자의 언어를 말하는 방법'을 습득해야 한다." (1901)

어떻게 하면 이렇게 할 수 있는가? 어떻게 하면 자신에게 주어진 언어를 차지하는 작업을 시작할 수 있는가? 이것은 단지 인종적 차이를 극복하는 문제가 아닙니다. 이것은 화자로서 서로 관계를 맺고 있는 우리 모두의 문제입니다. 여러분이 읽은 글에서 바흐친이 말하는 바와 같이, 대부분의 경우 우리는 다른 사람의 언어를 말하고 있습니다. 실제로 다른 사람들의 언어를 관습적으로 이용되는 방식으로부터 끄집어내 우리 자신의 것으로 만들었다, 약간 고쳐써서 우리의 서명이 들어가게 만들었다, 하고 말할 수 있는 경우, 그렇게 말하면서 마치 창조적인 작가가 된 듯한 느낌을 받는 경우는 아주 드뭅니다. 보다 일반론적으로 말하자면, 이것은 다른 사람들이 이미 한 말을 되풀이하고 싶지 않은 이론적 기획이 마주한 도전이기도 합니다.

게이츠는 쇼월터와 마찬가지로, 기호라는 개념이 아마도 백인 남성 문학이론의 초석일 것이라는 점을 인식하고 있습니다. 그는 기호를 수용해야 한다는 점을 인식하며, 이런 목적을 염두에 두고 어떤 것을 의미화할 수 있는 방식에 관하여 이야기하는 쪽을 택합니다. 게이츠는 아주 조용하게, 마치 지나가는 말처럼 이야기하며 이 수를 사용하기 시작합니다(1900). "흄에 따르면 글쓰기는 동물과 인간 사이의 차이를 보여주는 궁극적 표시이기 때문에, 이런 작가들은 암묵적으로 사슬이라는 비유 자체를 '의미화$_{\text{signifyin(g)}}$'하고 있었다." 바흐친의 표현을 빌려 말하자면, 그의 '말씨'에 주목하기 바랍니다. 여기서 g를 반드시 발음할 필요는 없습니다—이 작가들은 사슬을 '의미화$_{\text{signifyin}}$'하고 있었다. 물론 '존재의 거대한 사슬', 위계화되어 있는 이 사슬은 하나의 사슬에 묶인 죄수들의 사슬과는 사뭇 다르고, 또 해체주의에서 말하는 기표의 사슬과도 다릅니다. 지성사의 사슬(A. O. 러브조이의 존재의 위대한 사슬)과 수평축의 사슬은, 첫 노예들을 묶고 나중에는 노예에서 해방된 자유민을 감옥에서 함께 묶어둔 사슬과는 사뭇 다릅니다. 비평가는 어떤 표현에 관해 이야기하면서 그 표현이 말하거나 속삭이지 않고 지나간 다른 것도 의미한다는 사실을 일깨우기 위하여 그 표현을 '의미화'합니다. 적어도 주장만으로 보자면, 백인 남성 이론 전통에서 '기표'는 언어적 차이의 놀이에서 그냥 자리를 지키는 대리자에 불과하며, 흑인의 그 용어 전유는 이 놀이에 새로운 차원을 도입할 수 있습니다.

하지만 뭔가를 '의미화한다'는 게 무슨 뜻인가? 이런 표현이 어디에서 나왔나? 게이츠는 이 개념을 트릭스터 전통, 약자가 더 똑똑한 존재가 되는, 즉 원숭이나 거미가 크고 나쁜 녀석들인 코끼리나 사자를 되풀이해 트릭으로 골려먹는 아프리카 이야기 전통에서 가져옵니다. 나쁜 녀석들은 모두 더 멍청해서 트릭에 당하며, 작은 녀석은 늘 상대가 도대체 무슨 일이 벌어지는지 깨닫지도 못하는 사이에 속여넘길 수 있습니다. 의미화에 관하여 이런 식으로 말하는 것은 아프리카계 미국 민담의 전통에 속하는데, 내가 처음 여기에 주목하게 된 것은 스캣 가수 오스카 브라운 주니어가 만들고 노래한 〈의미화하는 원숭이Signifyin' Monkey〉 때문이었습니다. 이 노래는 다양한 악단에 의해 연주되면서 1950년대와 1960년대 소울재즈의 주요 연주곡이 되었지요. 어쨌든 오스카 브라운 주니어의 의미화하는 원숭이 이야기는, 다른 사람의 담론을 맥락에서 뜯어내 아프리카계 미국의 맥락, 그냥 주어진 맥락이 아니라 자신의 맥락에 맞게 구부린다는 게이츠의 생각을 자극하는 데 일조했습니다.

마지막으로 의미화 또는 어떤 것에 대한 의미화는, 단지 백인의 관념을 차지하기 위해, 그러니까 이 경우를 보자면 백인의 자료를 재료로 진정한 흑인 문학이론을 세우기 위하여 그렇게 하는 것이 아닙니다. 그것은 '그 남자'에 대한 트릭이기도 합니다. B가 있는 자리에서 A가 B에 관하여 C에게 말하는 것, 그러나 이때 B는 그것이 자기 이야기라는 것을, 따라서 결과적으로 거짓말을 듣고 있다는 사실을 알지 못하게 하는 것, 이것이 의미화의 사회적 역학입니다. B는 백인 문학이론가이고, A와 C는 B의 정기간행물에 글을 발표하고 그 간행물을 읽는 흑인 문학이론가들입니다(게이츠의 에세이는 시카고대학의 추앙받는 이론 정기간행물 『크리티컬 인콰이어리』에 실렸습니다). 그들은 기표의 의미화에 대한 농담을 공유하고, 사슬(아무것도 의미하지 않지만 소리와 분노가 가득한) 안의 가상의 소리를 사슬을 부수는 진짜 사회적 트릭으로 바꾸는데, 그러는 동안에도 B는 이렇게 사슬이 부서지는 바람에 이론 게임의 규칙이 바뀌었다는 사실을 깨닫지 못합니다. 이것은 '친밀한 관계'는 아니죠.

'어떤 것에 대한 의미화'의 또다른 예는 게이츠가 〈컬러 퍼플〉에서 가져온 최고의 사례에서 찾아볼 수 있는데, 바로 "그 남자를 네 눈에서 빼내라"는 말과 관련된 대화입니다. 하지만 여기에서, 내가 서두에서도 말했던 것, 즉 아프리카계 미국 전통 내에서도 존재하는 문제가 다시 나타납니다. 게이츠가 지적하듯이 휘틀리, 그리고 나중에 리베카 잭슨은 자신들에게 읽는 방법을 가르쳐준 백인 남성인물들로부터 교육과 자기발달의 모델을 가져옵니다. 각 경우에 백인 남성인물의 존재가 여전히 눈에 그대로 있기 때문에 이것은 치명적입니다. 그 남자를 눈에서 빼내야 하지요. 적어도 게이츠가 인용한 〈컬러 퍼플〉의 대화에서는 그렇게 말하고 있습니다. 그렇기는 하지만 셔그가 말하는 '그 남자'가 단순히 백인 남성만을 뜻하는 것이 아님은 분명합니다. 〈컬러 퍼플〉은 단지 인종으로만 규정되지 않는, 남성 지배의 사회적 구조로부터 자유로워지고자 투쟁하는 페미니즘을 유지하고 있습니다. 게이츠는 우리 모두 '백인 남성'의 속기로 인식하는 '남자'가 의미화되어('빌'이 누구의 이름도 될 수 있지만 동시에 힙스터들에 의해 '반듯한 이름을 가진 백인'을 의미화하는 데 사용되듯이) 혐오의 용어, 시야에서 오점만이 아니라 모욕이 될 수도 있다고 정확하게 말합니다—"그 남자를 네 눈에서 빼내라." 그러나 이것은 또 페미니즘 전통이 의미화하여, 이와 겹쳐지면서도 부분적으로는 다른 방식으로, 맹비난의 표현으로 만들 수 있습니다—모든 남자라는 의미의 '남자'로 말이지요. 여기에서 우리는 다시 아프리카계 미국 페미니즘비평과의 사이에 약간의 긴장이 생기는 것을 볼 수 있는데, 이것은 데탕트를 반영하면서도 여전히 이쪽이나 저쪽 가운데 어느 쪽을 강조할지 선택하라고 요구합니다.

끝으로, 내가 생각하기에는 이 에세이에서 가장 논란의 여지가 많은 예를 이야기해보고 싶습니다. 게이츠는 신비평과 관련한 많은 인물이 등장하는 '신농촌주의'에 관해 이야기하는데, 여기에 아주 일찍부터 자신의 글에서 신농촌주의자들과 연을 끊고 정치적 진보 쪽으로 나아간 로버트 펜 워런도 포함시킵니다. 여러분은 『모두가 왕의 부하들 *All the King's Men*』, 또 그의 시도 아마 읽어보았을 겁니다. 워런은 우리가 잠깐 공부하기도 한 '신비평' 발전의 중심인물이지요.

워런은 「폰디우즈숲Pondy Woods」이라는 시를 썼는데, 여기에는 흑인 도망자가 군중의 린치를 피해 늪에 숨어 콘도르의 조롱을 받습니다. 흑인 비평가 스털링 브라운은 콘도르의 말을 기록한 한 행 "[흑인을 비하하여] 니거, 네 종족은 형이상학적이지 않구나"(게이츠는 이것이 '로버트 펜 워런의 진술'이라고 말합니다)에 "[백인을 비하하여] 크래커, 네 종족은 해석적이지 않구나"라고 반박합니다. 나는 여기에서 게이츠가 브라운에게 끌려가지 말았어야 한다고 생각합니다(1893 참조). 그가 이것이 '로버트 펜 워런의 진술'이라고 하는 것은 『율리시스』의 교장 디지 씨가 "셰익스피어가 뭐라고 하던? '그저 주머니에 돈이나 넣어둬'" 하고 말하는 것과 같습니다. 그 말은 셰익스피어가 아니라 이아고가 했지요. 콘도르는 나무에 의기양양하게 앉아 도망자가 죽기만 기다립니다. 따라서 내가 하고 싶은 말은 브라운의 독법이 시의 저자 워런에게 전적으로 불공정하다는 것인데, 워런은 이런 끔찍하고 질식할 것 같은 공황상태에서 도망자가 되는 것이 어떠한지 공감하며 그런 느낌을 감동적으로 불러일으키는 시를 쓰고 있기 때문입니다.

그러나, 이것이 편향적 오독이라고 생각할 수밖에 없으면서도, 그 핵심은 아주 분명하게 볼 수 있고 또 어느 정도 인정할 필요가 있다고 여겨집니다. 게이츠가 하고자 하는 말 가운데 일부는 틀림없이 내가 여기에서 하고 있는 비판을 미리 공격하는 것입니다. 아까 말했듯이 게이츠는 신농촌주의로부터 신비평이 등장한다는 이야기를 하고 있습니다. 이런 계보는 자주 언급되지만 그 자체로 약간 오해의 소지가 있습니다. 그럼에도 앨런 테이트, 또 워런 같은 시인, 클리언스 브룩스(테이트만큼은 아니지만)가 실제로 자신들이 참여한 신농촌주의 성명서 『나는 내 입장을 정하겠다*I'll Take My Stand*』의 사회적 보수주의를 유지한 것 또한 의문의 여지가 없지요. 게이츠로서는 신비평 사고의 결에는 불가피하게 반동적인 면이 있다고 말하면서, '워런'-브라운 공방을 그 예로 들고 있습니다. 나는 워런이 그 불쾌한 대사를 콘도르에게 준 것이므로 브라운의 반응은 불공정하다고 불만을 표시했는데, 이것은 신비평의 원리에 호소하는 것이며, 게이츠는 아마 누군가는 그렇게 나올 것이라고 예상했을 겁니다. 화자와 저자를 혼동하지 말아야 한다고 말하는 것이 바로 로버트 펜 워런이 기여한 신비평이니까요.

신비평 덕분에 이 그럴듯한 학설이 우리가 시를 읽을 때 그냥 당연하게 받아들이는 것이 되었습니다. 우리에게 모든 시는 19세기 브라우닝을 비롯한 여러 사람의 본을 따라 어느 정도는 극적 독백입니다. 하지만 화자가 저자의 머릿속에서 나오는 것이라면, 그 화자 또한 저자의 일부, 다른 사람이라면 떠올리는 것이 불가능했을 발명품이라고 대응하는 것도 가능합니다. 워런의 어딘가에 콘도르가 숨어 있었다는 것이지요. 빈틈없는 사업가 셰익스피어의 마음 어딘가에 이아고가 로드리고에게 한 충고가 숨어 있었다는 겁니다. 이런 경고를 염두에 두고 다시 널리 알려진 『허클베리 핀』 논쟁을 보면, 아마 이제는 저자의 거리라는 원리를 믿는 사람보다는 훨씬 주저하게 될 겁니다. 실제로 우리는 스스로 기표로서, 또 아마도 뭔가'를' 의미화하는 자로서, "누가 'N 단어'를 사용할 권리를 소유하고 있는가?" 하고 물어볼 필요가 있습니다. 그런 사람이 있기나 하다면 말이지요. 많은 아프리카계 미국의 사회적 네트워크에서 이 말은 친구의 묘사나 인사에서 익살맞은 애정을 담아 사용되지만, 아프리카계 미국 교사들은 이 단어가 다시 이용되기에는 너무 심하게 오염됐다는 이유로 그런 관행을 중단하도록 강하게 설득하고 있습니다. 이 말은 의미화하거나 다시 빌려오거나 백인의 증오와 경멸로부터 구출해올 수 없을 만큼 다른 사람들의 눈에 비열과 비하를 의미한다는 것이죠. 의미화할 수 없는 단어들은 사용을 금지해야 한다는 경험법칙이 등장하는 모양입니다. 우리는 트웨인과 워런에게 아주 많은 빚을 지고 있거니와, 또 책을 태우는 것을 좋아하지 않기에, 그들에 대한 의심을 거두고 싶습니다. 하지만 토니 모리슨이 옳다면? 트웨인은 짐에게 자유의 방향을 가리킬 수 없었고, 워런은 도망자가 폰디우즈의 늪에서 나오는 것을 도와줄 수가 없었던 거겠죠.

22장
탈식민주의비평

읽을 자료

에드워드 사이드, 「오리엔탈리즘 서문」(CT, 1801~1813).

호미 바바, 「경이로 받아들여진 기호들」(CT, 1875~1899).

탈식민주의 연구는 우리가 강좌의 이 부분에서 검토하는 정체성 분야들 가운데 단연 가장 다채롭습니다. 다루는 자료와 문화가 엄청나게 다양하기 때문에 불가피하게 그럴 수밖에 없기도 하지만, 동시에 [탈식민주의를 뜻하는] '포스트콜로니얼postcolonial'을 줄여서 '포코po-co'라는 애칭으로 부르는 탈식민주의 연구 내에 소용돌이치는 논쟁들 때문이기도 합니다. 이 강의에서 우리는 탈식민주의 연구 안에서 한 가지 발전적 흐름에 집중할 겁니다. 에드워드 사이드의 작업에서 호미 바바의 작업에 이르는 흐름인데, 이것은 그 각각이 차례로 널리 영향을 준 대조적인 지적 의제들로 제시될 수 있습니다.

하지만 지나가는 길에 관계가 없지 않은 주제들 또한 언급하고 싶습니다. 최종적으로 우리가 강조하는 내용에 들어가지는 않지만, 이 분야에 큰 관심을 가진 사람이라면 생각해보고 싶어할지도 모르겠군요. 예를 들어 여러분은 당연히 이렇게 물어볼 수 있습니다. 누가 '탈식민주의'라고 말하는가? 우리가 식민성에서 벗어났다고 누가 말하는가? 현지 총독이 짐을 싸서 유럽으로 돌아갔다고 해서 이른바 탈식민지적 환경에서 그렇게 많은 것이 바뀌었음을 뜻하는 건 아니며, 따라서 '식민주의 연구'에 관해 말하는 게 여전히 의미 있는 일일 수도 있지요. 또 적어도 어떤 주장들에 따르면 이제 냉전은 존재하지 않는다고 하는데, 냉전기(대부분 '탈식민지' 시기에 속합니다) 초강대국 또는 초강대국의 앞잡이들에게 착취당한 문화들을 규정하는 문제도 있습니다. 실제로 이 두 가지 문제와 관련하여, 국가의 세력권이 쇠퇴하고 세계자본주의 세력권이 늘어나는 상황에서, 세계에서 식민화된 부분들의 지위가 변했다면, 과연 어떻게 변했을까요?

이 질문을 하는 또다른 방법은 —이 질문이 오늘 우리가 강조하는 내용에 더 가까이 다가가게 해주는데— 제삼세계의 사회적 경제적 정치적 위기들이 늘 반드시 식민성의 맥락에서 이해되어야만 하느냐고 묻는 것입니다. 제일세계 강국과 학자들의 눈으로 볼 때 세계의 어떤 부분들을 현재의 모습으로 구성하고 그 정체성을 결정하는 것이 과거에 식민화되었다는 사실 하나뿐일까? 사이드는, 19세기에 중동에 식민지 이해관계가 전혀 없었던 독일의 오리엔탈리즘이 어떻게 프랑스 오리엔탈리즘과 그토록 비슷한 것인지 파악하려 하면서 이 문제를 다룹니다. 특히 19세기 초기 전체에 걸쳐, 독일 오리엔탈리즘은 프랑스의 대응물과 거의 구분되지 않아서, 똑같은 관심사를 거론하며 똑같은 이해관계를 표명합니다. 프랑스인의 관점이 자신들의 식민지 이해관계에 영향받은 것처럼 보이는 것은 당연하지만, 적어도 중동에서는 식민지 이해관계가 전혀 없던 독일에 어떻게 이런 일이 생길 수 있는가 하는 점이 사이드는 궁금했습니다.

사이드는 그 나름으로 만족스럽게 이 난제를 풀었습니다. 그의 답은 독일 오리엔탈리즘이 그 시기 프랑스 오리엔탈리즘 연구로부터 파생하며, 그냥 프랑스 사고의 특징을 가져오고 있다는 것입니다. 그가 손에 넣은 자료들이 이런 주장을 뒷받침하는 것은 틀림없습니다. 나폴레옹의 후원을 받은 장도미니크 비방 드농의 『이집트의 역사』는 특히 대륙 전체에 강력한 영향력을 행사했습니다. 그러나 사이드는 다르게 생각할 수도 있었을 겁니다. 제삼세계를 향한 특정한 태도, 제임슨의 용어를 빌리자면 '이데올로기소'는, 식민지 이해관계가 걸려 있든 말든 그저 유럽중심주의의 한 측면일 뿐이라고 주장할 수도 있었겠지요.

그러나 어떻게 해서 그런 태도가 지배적인 것이 되었나 하는 질문에는 어떤 주장도 답이 되지 못합니다. 최근에는 근원적 원인으로서 국가의 이해관계와 사업의 이해관계를 두고 추측이 엇갈려왔습니다만 진실은 불확실한 채로 남아 있지요. 회의론자들이 주장하듯이, 식민성의 경제적 기초는 보통 대체로 성실하게 유지되는, 국가 수준의 허위의식의 여러 형태로 위장되어 있기 때문입니다. 한 민족을 억압으로부터 해방하는 것, 국가안보, 민주주의를 위해 세계를 더 안전하게 만드는 것 등이 그런 예입니다. 최근 다시 제기되는 오리엔탈리즘의 두 가지 원인은 탈식민지 시대 이전 영국 동인도회사의 역사에서도 정제된 형태로 드러납니다. 동인도회사는 근대로 들어서기 오래전부터 제국주의적인 동시에 세계자본주의화의 개척자였습니다. 이 역사가 근대에 들어와 식민화로부터 제삼세계 투자로 전이하는 과정에서 다시 쓰여졌다는 점 때문에 더더욱 흥미롭지요. 무엇이 오리엔탈리즘의 동력인가, 우리는 집요하게 묻고 있습니다. 늘 세력권, 즉 수도라는 중심이 지방이라는 공간을 잠식하는 것이 핵심인가, 아니면 세계화와 관련된 초국가적 이해관계가 핵심인가? 이 두 동기는 언제 어떻게 분리될 수 있는가? 아무리 유혹을 느끼더라도, 이제는 민족주의가 중요하지 않고 세계화가 중요하다고 말하는 것으로는 충분하지 않습니다. '미국적 가치'라고 포장된, 일견 자비로워 보이는 민족주의가 줄곧 미국 정책의 동력이 되고 있으며, 이 정책은 적어도 양당 온건파의 폭넓은 정치적 합의에 의해 유지되고 있습니다. 동시에 미국의 반테러리스트와 반독재를 위한 개입이 어디까지 세계적 이익을 촉진하려는 구실인가를 둘러싼 회의적인 논쟁이 평소와 다름없이, 아니 어쩌면 더 심하게 벌어지고 있습니다.

탈식민주의 연구에서 널리 거론되는 또하나의 주제—특히 세계의 여러 식민화된 민족을 대변하는 사람들 사이에서 논의되는 주제는 가야트리 스피박이 제기한 문제를 다룹니다. "서발턴은 어떻게 말해야 하는가?" 스피박의 서브텍스트는 "서발턴이 말을 할 수는 있는 것인가?"이며, 사이드도 이 문제를 제기하지만, 이 문제의 또다른 측면도 염두에 두어야 합니다. "서발턴은 어느 언어로 말해야 하는가?"—즉, 서발턴이 말을 할 수 있는 경우에, 예를 들어 응구기 와 티옹오가 소설을 쓸 수 있다고 해봅시다—실제로 썼지만요, 그는 어떤 언어로 써야 하는가? 응구기는 영어로 쓰는 것에 반대하는 운동을 하면서 다른 아프리카 작가들에게도 식민지의 언어가 아니라 토착어로 쓸 것을 촉구했습니다. 탈식민주의 연구에서는 종종 이런 의견이 나오지만, 문학적 영향의 확산은 국제적 출판에 의존하고 있으며, 이것이 널리 퍼진 언어 사용을 요구한다는 근거로 또 그만큼 자주 저항에 부딪칩니다.

바라건대, 이런 많은 쟁점을 잊지 않고 이제 사이드에서 바바로 옮겨가는 생각의 궤도로 돌아가봅시다. 사이드에 관해 생각하기 시작하면서, 나는 다시 한번 버지니아 울프를 떠올림으로써 그에게 접근할 수도 있겠다는 느낌을 받았습니다. 『자기만의 방』의 2장에서 화자는 영국 국립도서관에 앉아 어떤 학자들이 여성에 관해 생각했는지 살펴보려 합니다. 그저 한두 권을 찾아보고 그것으로 준비를 끝낼 생각이죠. 하지만 대신 엄청난 자료에 압도당합니다. '여성'은 남자들이 끊임없이 써온 이런저런 글의 주제라는 것이 드러납니다. 자연히 이 수많은 남자들이 하나의 집단으로서 도서관 카탈로그나 데이터베이스에서 가장 분명하게 눈에 띄는 방식으로 자신들의 주제를 조직해온 것으로 보일 수 있습니다.

중세 (여성)의 상황, 피지 아일랜드 (여성)의 관습, (여성)에 의해 여신으로 숭배된, 도덕적 의미에서 (여성)보다 약한, (여성)의 이상주의, (여성)의 더 훌륭한 양심, 남양제도 (여성)의 사춘기 연령, (여성)의 매력, (여성)에게 제물로 바쳐진, (여성)의 뇌의 작은 크기, (여성)의 더 깊은 잠재의식, (여성) 신체의 남성보다 적은 털, (여성)의 정신적 도덕적 신체적 열등성, (여성)의 자녀에 대한 사랑, (여성)의 더 긴 수명, (여성)의 더 약한 근육, (여성)의 애정의 힘, (여성)의 허영, (여성)의 고등교육, 셰익스피어의 (여성)에 대한 의견, (여성)에 대한 버컨헤드 경의 의견, (여성)에 대한 딘 잉의 의견, (여성)에 대한 라 브뤼예르의 의견, (여성)에 대한 존슨 박사의 의견, (여성)에 대한 오스카 브라우닝 씨의 의견.

남자들이 기록한 이 모든 의사擬似 사실을 두고 '여성-주의'라는 표현을 만들어낼 수 있다면, 에드워드 사이드의 '오리엔탈리즘'이라는 표현이 무엇을 위한 것인지 금세 알 수 있습니다.

'오리엔탈리즘'은 무지한 정형화 이상의 것입니다. 이것은 특히 19세기 전통 속에서, 대체로 '오리엔탈'이라고 부르던 민족들에 관한 방대한 양의 정보로, 그 가운데 일부는 학술적이지만, 그 민족들 자신이 편찬한 것은 전혀 없습니다. 사이드의 주요관심사는 중동의 민족들이지만, 그는 '오리엔탈리즘'(아마 미국인에게는 극동이라는 느낌을 주겠죠)이라는 말이 19세기의 그런 연구와 문헌학적 전통에 대해 적절하게 사용할 수 있는 표현임을 설득력 있게 보여줍니다. 우리가 알다시피 오늘날에도 '동양'과 '서양'은 늘 지리적인 서술만을 의미하는 표현은 아니며, 이제 우리에게 익숙해진 방식으로 '서'가 없으면 '동'도 없다고 분명하게 말할 수 있습니다. 도서관의 끝도 없이 이어지는 책꽂이들이 동양에 관한 두꺼운 논문들 무게에 눌려 신음을 토하고 있으며, 그것은 거의 모두 서양의 상상에 늘 출몰하는 이 '타자'에 관해 서양에서 기록한 것입니다. 사이드는 말합니다(1811). "오리엔탈리즘은 외부성, 즉 시인이건 학자건 오리엔탈리스트가 오리엔트의 입을 열게 하고, 오리엔트를 묘사하고, 오리엔트의 신비를 서양을 위해 서양 앞에 쉽게 풀어놓는다는 사실을 전제로 한다." 문학 또한 많은 기여를 하여, 처음에는 『천일야화』, 또는 바이런처럼 실제로 여행한 사람들의 이야기가 원천이 되고('불-불'하고 노래하는 나이팅게일이 사랑을 위한 희생의 행동으로 가시로 자기 몸을 찌르고, 지니가 병에서 튀어나오고, 술탄이 하렘을 방문하지요), 나중에는 에드워드 피츠제럴드의 『오마르 카얌의 루바이야트』가 원천이 되었습니다.

여러분이 읽은 사이드의 발췌문으로 더 다가가기 전에, 사이드와 바바가 탈식민주의 담론의 단계를 대표한다는 나의 말이 무슨 의미인지 설명하겠습니다. 나는 무엇보다도 쇼월터의 페미니즘비평과 여성중심비평의 구분, 우리가 보았듯이 게이츠의 에세이에서도 필연적인 결과를 낳은 이 구분을 염두에 두고 있습니다. 처음에는 문학에서 남성이 여성을 다루는 것이 관심의 초점이 되는 비평이 있고, 그다음에는 여성의 문학 전통에 초점을 맞추는 비평이 나옵니다. 이런 진행을 탈식민주의 연구에 적용하면, 사이드는 첫 단계임을 알 수 있습니다. 호미 바바는 피식민자, 서발턴의 주체 위치에 관심을 기울이지요. 물론 식민자의 주체 위치도 빼놓지 않습니다. 이 둘이 근본적으로 서로 관련되어 있다고 보기 때문입니다. 하지만 그가 강조하는 것은 많은 부분 피식민 민족들의 전통, 무엇보다도 방어전략이며, 이 때문에 그는 두번째 단계에 자리잡게 됩니다.

그러나 사이드도 바바도 대안적 목적을 위해 백인 남성 문학이론의 방향을 다시 잡을 필요성은 강조하지 않습니다. 이렇게 이들이 쇼월터나 게이츠와 분명하게 달라지는 대목에 대해서는 다양한, 어쩌면 피상적인 설명 방식이 있을 수 있습니다. 제삼세계 지식인들은 늘 강력한 종주국의 기관에서 교육받아왔는데, 물론 이것은 일차적으로 옥스퍼드와 케임브리지를 뜻합니다. 그들은 어느 한정된 선까지는 식민자의 교육적 의제를 받아들이고—바바의 혼종성 주장과 관계가 없지 않은 방식으로—거기에 참여하게 됩니다. 여기까지는 순수한 추측이지만, 배경과 관련된 하나의 시나리오로서 이들의 교육환경이 페미니스트나 아프리카계 미국 지식인들의 환경과 크게 다르지 않다는 점은 인정해야 합니다. 어쨌든 사이드는 아니라 해도 바바는 그 나름의 방식으로 '서양' 문학이론 습격을 기획했을 수도 있습니다. 실제로 두 사람은 각각 구조주의적 순간과 해체주의적 순간을 분명히 활용하고 있으며, 앞으로 보겠지만 바바는 '의미화'와 크게 달라 보이지 않은 개념을 도입하기도 합니다.

방금 '각각'이라고 말한 데서 추론할 수 있겠지만, 이들에게서는 여러 정체성 이론에서 공유되고 있는 또다른 두 단계 발전론을 생각해볼 수 있습니다. 사이드의 오리엔탈리즘은 구조주의적 전제들을 통해 작동합니다. 일차적 관심사는 자기와 타자의 상호적이고 상호의존적인 이원적 대립입니다. 이것은 타자의 구축이 동시에 자기—이 경우에는 '서양적이 되는 것'—를 구축하는 수단이 되는 방식을 포함합니다. 사이드의 관점에 나타나는 이런 근본적인 이원주의는 이후 종종 비판되어왔으며, 주로 데리다적인 이원론 해체주의를 지지하는 바바의 입장이 그 비판의 출발점이 됩니다. 바바의 '이중의식'이라는 개념은 단지 두 관점의 융합 또는 혼동이 아니라 그 자체로 관점의 동요입니다. 여기에서도, 이야기했듯이, 진화하는 정체성 이론들이 공유하는 1단계-2단계 경향이 나타납니다. 고전적 페미니즘은 젠더이론에서는 흔들리는 남성-여성 이원론으로 움직이며, 우리는 또 인종 이론에서 흑과 백이라는 통념에 정착하는 태도의 문제점도 논의한 바 있지요.

그러면 사이드로 돌아가서 '진리', 즉 기억하겠지만 구조주의자 라캉과 라캉의 '진리의 전달자'를 비판하던 데리다 사이의 쟁점이 된 그 표현에 관해 한두 마디 하는 것으로 시작해봅시다. 사이드는 자신에게 공감하는 독자들에게 자신의 조사대상, 즉 아랍 세계에 대한 희화화, 심지어 악마화는 단순한 거짓말 꾸러미로 무시해버릴 수 없다는 점을 일깨우려고 노력합니다. 많은 부분, 특히 훈련받은 학자와 '노련한 페르시아인' 이야기의 경우는 어느 정도 진실이라고 말할 수도 있습니다. 이 문제에 관하여 말할 때 사이드의 말투는 약간 변하며, 균형을 맞추려는 듯 오리엔탈리즘의 발견들을 불신하기도 하지요. 그러나 그에게 근본적인 쟁점이, 오리엔탈리즘이 거짓말을 하느냐 아니면 진실을 말하느냐가 아니라는 것은 늘 분명합니다(1802).

오리엔탈리즘의 구조가 거짓말이나 신화의 구조에 불과하므로 진실을 말하기만 하면 그냥 날아가버릴 것이라고 가정하는 것은 금물이다. 나 자신에게는 오리엔탈리즘이 오리엔트에 관한 정직한 담론으로서보다는 동양에 대한 유럽-대서양 권력의 표시로서 특히 더 귀중하다. ……그럼에도 우리가 존중하고 또 파악하고자 노력해야 하는 것은 오리엔탈리즘 담론의 아주 단단하게 짜맞추어진 힘이다.

어떤 종류의 수고스럽게 편찬된 지식, 예를 들어 드농의 열 권짜리 『역사』 같은 지식은, 실제로 아주 많이 존재하고 또 오랫동안 존재해왔습니다. 다시 말하지만, 그 가운데 일부는 어느 정도 진실입니다. 따라서 사이드는 진실과 가치 사이에 구분선을 긋습니다. 오리엔탈리즘 담론이 반드시 진실이라거나 거짓이라는 것이 아닙니다. 어느 쪽이든 은근히 관심 대상이 되는 것의 가치를 낮춘다는 것입니다. 사이드는 거기에 내포된 유럽중심주의가 모든 경우 정형화의 한 형태라고까지 생각하지는 않습니다. 하지만 방대한 책을 쓴 가장 꼼꼼한 연구자라 하더라도, 선택 없이 현실을 있는 그대로 보여주는 창인 척 행세하다가는 여전히 잘못된 길로 인도할 수밖에 없습니다(1812): "따라서 오리엔탈리즘 텍스트에 대한 나의 분석은 그러한 재현이 오리엔트의 '자연스러운' 묘사가 아닌, 그야말로 재현이라는 증거를, 결코 감추어지지 않는 증거를 강조한다."

이 구절을 잠깐 비판하고 가는 것이 좋겠습니다. 『오리엔탈리즘』의 머리말 끝부분에 가면 사이드가 이런 재현 작업을 어떻게 하면 더

잘할 수 있는지 밝히기를 거부하면서도, 진실을 말할 수 있는 가능성은 여전히 열어놓고 있음을 알게 됩니다. 그는 어째서 아랍 학자의 아랍 세계 이야기가 그가 비판하고 있는 이야기와 비교할 때 '재현'보다는 '자연스러운' 것에 가까운지 설명하지 않습니다. 다른 사람이 나에 관해 쓴 글의 편견이 내가 생각하는 나 자신에 대한 편견—나의 선입관과 치우친 생각—보다 과연 크다고 생각할 수 있는가 하는 문제는 논의하지 않지요. 그는 어떤 종류의 재현은 진실하거나 진짜이고 다른 종류의 재현은 편견에 사로잡혀 있거나 진짜가 아니라고 장담할 수 있는 발전된 이론이 자신에게는 없다고 인정합니다(1814).

> 어쩌면 가장 중요한 과제는…… 자유주의적, 또는 비억압적이고 비조작적인 관점에서 다른 문화나 민족을 연구할 수 있는 방법을 묻는 것이다. 그러려면 지식과 권력이라는 복잡한 문제 전체를 다시 생각해보아야 할 것이다. 이것은 이 연구에서, 창피하다 할 만큼 완수되지 못한 채 남겨진 과제다.

'자연스러운' 텍스트는 어디에 있을까 하는 의문은 여전히 남아 있습니다. 우리가 배웠듯이 기호란 자의적이며, 이것 때문에 우리는 불가피하게 재현의 영역에 자리잡고, 진실의 기준은 지우개 밑에 남겨둔 채 하나의 재현이 다른 재현보다 낫다고 평가하게 됩니다.

사이드는 자신의 지적인 틀을 공개적으로 밝히고 있으니, 그에게 가장 중요한 두 학자-이론가, 즉 미셸 푸코(그의 '지식과 권력'이 위에 인용한 구절에도 들어가 있지요)와 이탈리아의 마르크스주의자 안토니오 그람시가 공유하는 생각을 잠시 살펴볼 필요가 있습니다. 사이드는 그람시에게 진 빚을 다음과 같이 설명합니다(1803).

> 물론 문화가 시민사회 내에서 작동하는 것을 볼 수 있는데, 여기에서는 사상, 제도, 다른 사람들의 영향이, 지배가 아니라 그람시가 동의라고 부르는 것에 의해 퍼져나간다.

푸코와 연결되는 면도 보일 겁니다. 진리의 체제들에서는 사상이나 법을 억지로 삼키게 하는 것이 문제가 아니라 지식과 이데올로기를 유통시키는 것이 문제이며, 이런 것들은 동의를 통하여 어떤 편견이 있는 태도를 확립합니다. 그람시는 이런 식으로 실제 권력이나 권위가 강요하는 방식과 제임슨이 '이데올로기소'라고 부르는 것의 유통이 강요하는 방식을 구분합니다.

사이드의 말을 계속 들어보지요. "따라서 전체주의적이지 않은 모든 사회에서는, 어떤 사상이 다른 사상보다 영향력이 큰 것처럼 어떤 문화적 형식이 다른 형식들보다 우세하다. 이런 문화적 지도력의 형식을 그람시는 헤게모니라고 규정했다." 이것은 특히 마르크스주의비평에서 자주 마주치게 되는 것이지만, 동시에 대서양 연안의 독자들 대부분에게는 푸코의 작업에서 더 익숙해진 '권력', 또는 가끔 '권력/지식'이라고도 부르는 표현과 밀접하게 관련되어 있습니다. 다음 강의에서 읽게 될 푸코의 발췌문에서 보게 되지만, 푸코도 그람시와 마찬가지로 경찰이나 법이나 독재자에 의한 단순 강제로서의 권력과, 사회구조 전체가 지식으로 통용되는 것의 어떤 형식을 헤게모니적이고 권위적으로 만드는 방식으로서의 권력을 구분합니다. 따라서 그람시와 푸코 모두 절대권력과 헤게모니 또는 권력/지식을 구분하는 셈입니다. 사이드는 이 담론성의 창설자들을 따라 서양의 오리엔탈리즘을 헤게모니의 한 형태라고 봅니다.

사이드가 보기에는 헤게모니적 의견들이 탈식민지 세계를 구축하고 동시에 그런 의견들을 생산하는 사람들의 권위(푸코가 저항하던 저자 되기)를 강화합니다. 그러나 사이드는 한 가지 점, 바로 저자의 지위가 가지는 영향에 관해서는 푸코와 의견을 달리합니다. 사실, 우리가 그냥 놔두면 저자들이 위험할 정도로 권위적이 될 수 있다는 생각에 푸코가 과연 반대할지 잘 모르겠습니다. 따라서 푸코가 모든 저자를 하나의 영향권으로서도 무시해도 좋다고 생각한다는 것은 사이드가 지나치게 확대 해석한 것이라고 느낍니다. 그러나 사이드의 의견은, 권력이 손에 곤봉을 쥐지 않고도 엄청나게 억압적이라는, 그의 느낌을 보여주는 것으로서 인용할 가치가 있습니다(1813). "푸코는 대체로 개별 텍스트나 저자에 별 가치가 없다고 믿는다. 경험적으로 {즉, "나의 경험에 기초해서"} 오리엔탈리즘의 경우에는, 아마 다른 곳에서는 다를지 몰라도, 나는 그렇지 않다고 생각한다."

다른 말로 하면, 이 경우 '저자'란 세계의 이 지역에 관해 그렇게 광범하게 글을 써서 우리 머리에 이전의 어떤 종류의 지식으로부터도 전혀 이의제기를 받지 않는 정보를 가득 채워넣은 문헌학자, 사회사가, 탐험가, 인구통계학자들입니다. 아무런 책임을 지지 않고 을러댈 수 있는, 경쟁자 없는 신탁들이지요. 따라서 오리엔탈리즘의 경우엔 끊임없이 되풀이해서 자신을 표현하는 잠재의식적인 북소리 같은 의견—우리가 "그들은 ……라고 말한다"라고 말할 때 '그들이 말한다'는 것—이 문제가 아닌데, 푸코가 관심을 가지는 것은 그런 북소리 같은 종류의 현상입니다.

그러므로 사이드가 궁극적으로 관심을 가지는 것은 권력의 유통, 오리엔탈리즘이 유럽 중심적인 정신에 미치는 영향입니다. 그는 이 점을 약간 수사적으로 표현하는데, 오리엔탈리즘이 해당 민족들에게도 영향을 미친다는 것 또한 분명히 그의 관심사이기 때문입니다. 그는 자신의 관심사를 역설하는 과정에서, 토니 모리슨을 비롯해 우리가 만나온 사람들과 비슷하게, 오리엔탈리즘이 심지어 유럽 중심적인 정신을 구축했다고까지 말할 수 있다고 주장합니다(1806). "나의 진짜 주장은 오리엔탈리즘이 단순히 그것을 재현하는 것이 아니라 근대의 정치적-지적 문화의 상당한 주요 영역이라는 것이며, 그러한 것으로서 오리엔트보다는 '우리의' 세계와 더 관계가 있다는 것이다."

모리슨이 한 말을 기억해보기 바랍니다. 우리가 미국 문학과 문화의 역사를 공부하고 있다면, 부재의 역할로서의 흑인의 존재는 백인적 특성을 구축하는 수단, 백인적 특성을 시들게 해버릴 속박의 형식들로부터 그것을 해방하는 수단으로 이해될 필요가 있습니다. 이 모티프가 되풀이해 나타날 것 같으니, 헤겔의 『정신현상학』 4장에 나오는 주인-노예 변증법에 관해 이야기를 좀 해야겠군요. 헤겔이 이 생각을 전개하는 과정에서 주인과 노예는 상호성의 구조 안에서 서로가 절대적으로 필요하다는 점이 분명해집니다. 주인은 노예라는, 싸우려는 의지를 갖고 있기 때문에 제압당한 노예라는 존재가 없다면 주인이 아니며, 자신을 자유롭거나 우월하다고 규정할 수 없습니다. (헤겔은 여기서 봉건적인 독일 하급 귀족들의 피에 굶주린 용기를 염두에 둡니다.) 노예가 종속적 지위에서 생존의 필요 때문에 습득하는 영리함, 여기에는 복잡한 기술의 개발도 포함되는데, 이것은 곧 주인이 노예에게 의존하게 되고, 노예가 테크놀로지나 문화에서 우월해진다는 뜻입니다. 계급 역전의 우화에서 노예는 주인이 되며, 이런 역전의 상황은 계속 되풀이됩니다. 이것이 인종관계에 대한 모리슨의 주장의 구조가 되고, 또 서양과 동양에 관한 사이드의 주장의 구조가 되는 계급관계의 철학입니다.

여기에서 바바로 넘어가고 싶습니다. 명백히 이 변증법은 이항대립론의 한 형태이기 때문입니다. 두 기표는 소쉬르의 전통에서처럼 서로를 요구합니다. 나는 빨간 빛이 무엇이라고 간단히 말할 수가 없습니다. 빨간 빛이 아닌 것과 맺는 관계들의 망 속에서만 알 수 있을 뿐이죠. 신호등에서 빨강은 노랑과 녹색이 없으면 아무것도 아닙니다. 이런 기호체계에서 빨강은 노랑-아님과 동시에 녹색-아님입니다. 빨강을 완전히 안다는 것은 이 두 이항관계에서 빨강이 하는 역할을 안다는 것입니다. 간단히 말해서 다른 개념 또는 개념들의 부정으로서만 어떤 개념을 나 자신에게 제시할 수 있다는 거죠, 심지어 나 자신이라는 개념조차도.

소쉬르 전통에 등장하는 이항이라는 이 기본적 개념이 사이드 같은 사람들의 논리를 규정합니다. 이런 논리의 밑바닥에는 우리가 우리 자신을 타자-아님으로서 부정적으로 안다는 생각이 단단하게 자리잡고 있습니다. 그럼에도 사이드의 테제가 사회비판운동의 일환으로 제시될 때는 구조주의적 의제가 사라집니다. 사이드는 그 자신이 여전히 경험적 연구라고 생각하는 것을 조직할 때 구조주의적 관념을 이용합니다. 사이드는 자신에게 구조주의적 관념이 있다는 것을 알지만, 그 관념이 문화적 정치의 영역에서 현실로 움직이는 것을 보았기 때문에 그것을 곧바로 현실세계 위에 옮겨놓을 수 있다고 믿습니다(사이드는, 바르트의 표현을 빌리면, 다시 짜맞추기 위해 분해하지 않습니다).

그럼에도 전제는 여전히 구조주의적입니다. 바바는 이런 종류의 이항대립론을 공개적으로 비판하고, 실제로 이런 논리를 헤겔과 동일시하기도 합니다(1879).

> 바로 이런 {참여자들이 자신의 자아 개념에 관해 느끼는} 양가성이 헤겔적 주인/노예 변증법이나 '타자'의 현상학적 투사와는 다른, 식민지적 '위치성'—자기/타자의 분리—과 식민지적 권력—식민자/피식민자의 구분—의 경계를 형성한다.

이것이 바바가 최대한 분명하게 사이드의 기획과 자신의 차이를 드러내는 순간입니다. 이 구절은 '양가성ambivalence'이라는 말로 시작합니다. 바바의 이 표현이 무엇인지 파악하고, 그에 따라 복잡한 단서들이 달려 있는 그의 사고 안으로 들어갈 수 있는지 보도록 하지요. 역사적 사례에서 시작하면 그래도 좀 명료해지지 않을까 기대해봅니다. 서발턴의 양가성 외에 식민자의 피식민자를 향한 양가성도 있습니다. 식민화의 동력은 한 가지 태도만이 아니죠. 예를 들어 동인도회사의 역사적 경험에는 분명히 구분되는 두 단계, 20세기 전체에 걸쳐 실제로 되풀이되며 서로 꼬리를 물고 이어지던 단계가 있습니다. 그 첫 단계는 18세기, 워런 헤이스팅스가 동인도회사를 관장하던 시기인데, 그는 우리가 '현지인화'라고 부를 수도 있는 것에 관심이 있었고, 자신의 밑에 있는 지방 행정관들에게도 모두 비슷하게 행동하라고 권장했습니다. 사이드의 표현을 빌리자면, 헤이스팅스는 오리엔트화된 타자에 관하여 많은 것을 알고 있었지요. 현지 언어와 방언을 모두 알았을 뿐 아니라 관습도 알았습니다. 그는 이 이국적인 땅을 매혹적으로 바라보았던 게 분명하고, 어쩌면, 제한된 수준에서나마 존중하는 마음도 있었을 겁니다. 그럼에도 그는 여전히 무자비한 총독, 권위를 강철같이 단단하게 움켜쥔 손을 절대 늦추지 않는 식민자였죠. 헤이스팅스는 바바가 강조하는 양가성의 한 형태를 구현했습니다. 권위를 조금도 양보하지 않는 동시에 타자와 하나가 되는 것처럼 보인 겁니다. 그는 노련한 인도인이 아닌 창백한 잉글랜드 방문객들을 보며 슬그머니 웃음을 터뜨렸을 게 분명합니다.

그다음에는 완전히 다른 방식으로 표현되는 역사적인 양가성, 찰스 그랜트가 동인도회사를 관장하던 19세기 초에 표면화된 태도가 있습니다. 잉글랜드에서는 근본주의적 종교, 주로 감리교의 부흥이 일어나, 복음주의적 열정이 제국의 사업에도 스며들었습니다. 찰스 그랜트나 그와 비슷한 사람들은 이제 현지인화하고 싶어하지 않았습니다. 반대로 영국적이라는 기준, 특히 영어 성경—바바가 에세이 서두에서 말하는 영어책의 도래입니다—이 제시하는 기준을 확고하게 심어놓겠다고 고집했죠. 피식민자에 대한 영국적 가치의 강요는 이제 식민화의 공공연한 의제, 지속적인 국가적 사업적 이익의 전면에 내세우는, 물론 스스로 진지하게 받아들이는 경우도 많은 이데올로기였습니다. 역사학자 토머스 배빙턴 매콜리는 「인도인 교육 각서」(1835)라는 제목의 유명한—곧 악명을 드높이게 되는—문건에서 이런 태도를 성문화했는데, 내용인즉 동인도회사 체제하 인도인의 교육이 엄격하게 잉글랜드 모델에 따라 이루어져야 한다는 주장입니다. 선교사들은 이제 현지의 관습이나 민속에 자신의 관념을 적응시키려고 노력할 것이 아니라, 반대로 모든 것을 철저하게 잉글랜드화해야 한다는 것이었죠. 식민화를 향한 헤이스팅스의 태도와는 완전히 다른데, 이 또한 양가성으로 이해할 수 있습니다. 분명히 이중잣대가 작동하긴 하지만, 선교사의 열정에는 진정한 자비가 수반되는 경우가 많기 때문에 그 결과 개인들에게는 현지인화하는 정치보다 더 동정적인 정치로 나타날 수 있는 것이죠.

워런 헤이스팅스 요소라고 부를 수도 있는 것의 또하나의 예, 매혹적이지만 고통스러운 예를 〈수색자〉라는 존 포드의 불온한 걸작에서도 찾아볼 수 있습니다. 여러분 가운데 이 영화를 아는 사람이 있기를 바랍니다. 영화에서 존 웨인이 맡은 인물은 떠돌이 외톨이—물론 서부극에서는 진부한 인물이죠—인데, 친척집에 나타났다가 그 가족의 딸이 인디언들에게 납치되었다는 이야기를 듣습니다. 이 영화에서 존 웨인은 강박에 사로잡힌 것처럼 인디언을 싫어하는 노골적이고 사악한 인종주의자이지만, 무지한 인종주의자는 아닙니다. 어떤 의미에서는 자발적으로 현지인화한 인물이죠. 그는 아메리카 원주민의 모든 언어와 방언을 압니다, 그들의 관습을 압니다. 자신이 싫어하는 사람들을 주의깊게 연구해왔습니다. 이 때문에 우리는 언제 터질지 모르는 폭발물을 대하듯 조마조마합니다. 우리에겐 증오가 무지에서 생긴다는 관념이 훨씬 편하기 때문입니다. 워런 헤이스팅스는 존 웨인이 맡은 인물과 아주 비슷했는데, 이것은 바바가 식민자의 양가성을 묘사할 때 생각하고 있는 태도 가운데 한 가지일 뿐입니다. 바바는 지식과 공감 사이에는 어떤 분명한 관련도 없다는 점, 식민자의 정신에는 한 가지 이상의 태도가 장착되어 있다는 점을 일깨워줍니다. 현지 지식을 중시하는 심리적 경향이 있고, 우월한 문화적 기준을 강요하는 쪽으로 기우는 심리적 경향이 있으며, 이들 각각은 서로 다른 전략, 특히 서로 다른 교육 전략을 구사합니다.

자, 이것이 식민자의 양가성입니다. 그다음에는 피식민자의 양가성이 있는데, 이 또한 식민자의 양가성과 마찬가지로 동화나 흡수에 대한 복합적인 태도로 이해되어야 합니다. 바바가 서두에 제시하는 일화는 관심을 기울일 가치가 충분합니다. 주인공은 식민자가 아니라 철저하게 동화된 사람, 인도인 후손의 개종한 복음주의적 기독교인으로, 그는 나무 아래 앉아 성경을 읽고 있는 사람들을 오해합니다. 그는 성경, 나아가서 기독교 자체가 '영국의 선물'이라 믿고, 또 그런 믿음 때문에 행복해하기 때문입니다. 하지만 정작 이 사람들은 그들이 믿어야 하는 종교적 관념은 지역적 기원을 초월해야 한다고 생각하기 때문에 성경이 영국의 책이라는 생각에 저항합니다. 그들은 읽고 있는 것이 마음에 들고 그것을 믿고 싶지만, 그 안에서 자신들의 민속과 조화를 이룰 만한 것을 찾을 수 있기를 바랍니다. 그래, 어쩌면 우리도 언젠가 세례를 받을 수 있겠지, 그들은 말합니다. 하지만 그전에 집에 가서 추수부터 해야 돼. 그런데 세례를 받는다 해도 성체는 물론 받을 수 없어. 그러면 고기를 먹어야 하니까. 우리는 고기를 먹지 않아. 우리는 그런 사람들이거든.

여기서 선교사는 어떤 태도를 심어주려 하지만 거기에 교활하게 은근히 갖다붙이는 이런 단서들 때문에 선교사의 목적이 완전히 무너지는 것을 볼 수 있습니다. 사람들은 그 책을 영국의 성경으로 생각하지 않고, 그런 맥락에서 받아들이려 하지 않지요. 그저 자신들의 가치에 맞추어 조정된 하나의 권위—영국의 권위가 아니라 보편적 권위—로만 받아들일 뿐이며, 이런 전제는 그들이 그 책을 신성한 텍스트로 받아들이는 방식을 근저에서부터 바꾸어놓습니다. 이것이 바바가 지적하듯이 1813년, 권위의 체제가 워런 헤이스팅스 모델에서 찰스 그랜트 모델로 움직여가는 바로 그 순간입니다. 이제 성경을 현지의 믿음이나 조건에 적응시킨다고 생각하는 것은 더이상 불가능하죠.

하지만 이 순간 바바의 관심을 끄는 것은, 여기에서 피식민 민중의 복잡한 태도, '양가성'이 부각된다는 점입니다. 사주받은 선교사의 태도가 있고, 나무 아래 앉아 있다가 선교사를 만난 사람들의 더 복잡하고 흥미로운 태도가 있습니다. 1881쪽에 나오는 까다로운 구절을 보기 전에 그 준비 겸 주석 삼아, 바바가 강조하는 양가성—그가 이런 경우에 사용하는 용어인 '혼종성hybridity'과 같다고 볼 수 있는 이 용어—은 한편으로는 권위에 대한 복종이되 자신의 조건에 따른 복종, 그리고 다른 한편으로는 선교사의 태도이기도 한, 주어진 권위에 대한 기꺼운 묵종, 이 양쪽의 태도를 오가는 피식민자의 이중의식이라는 점을 제시하고 싶습니다. 그러니까 여기에서 바바는 피식민자의 이중의식 속의 이러한 혼종성을 묘사하고 있는 셈입니다.

> 내가 제시한 그런 '배치' 체계 내에서 차이와 타자성의 자리, 또는 반대자의 공간은, 결코 완전히 외부에 있는 것도 아니고, 화해 불가능할 정도로 대립적인 것도 아니다. {다른 말로 하면, 단순히 우리 대 그들의 문제가 아니라는 겁니다.} 그것은 권한 부여{이것은 또한 권위이기도 합니다}의 전체 경계선을 따라, 즉 내가 수여로서의 배치{나는 이것을 복종—속으로는 자존심을 유지하면서 어쩔 수 없기 때문에 굴복하는 것으로 받아들입니다}라고 부른 것과 경향으로서의 배치{체제가 매력적으로 보이기 때문에 자발적으로 굴복하는 것이죠}라고 부른 것 사이의 면을 따라, 비록 균질하지 않더라도 항상 작동하는 압력, 그리고 현존이다.

자, 단지 자신이 졌다는 것을 알아서 복종의 한 형식으로 굴복하게 되면, 바바가 '교활한 예의'(1889 참조)라고 부르는 것의 위치에 놓이게 됩니다. 이것은 내가 보기에 게이츠가 의미화라고 부르는 것과 밀접하게 관련된 위치입니다. 바바는 이런 교활한 예의의 예를 몇 가지 듭니다만, 사실 그러한 예들은 그가 서두에 제시한 일화에 나오는 나무 아래 인물들의 말 속에서 발견되는 영리하고 놀라울 정도로 풍부한 아이러니에 이미 다 들어 있지요. 교활한 예의가 의미화의 한 형태로, 피식민자의 저항의 자세로, 의지의 회복으로 작동하는 방식을 보여주기 위해 나도 예를 하나 들어보도록 하겠습니다. 그렇다고 그것이 반역이 되는 것도 아니고, 또 권위의 전복을 목표로 실행되는 것도 아니며, 단지 권위의 틀 내에서 견디는 수단일 뿐인 것이죠.

아프리카계 미국인 두 명이 백인이 있는 자리에서 대화를 나누고 있습니다. 그들은 쾌활하게 그 자리에 있는 이 백인을 빌이라고 부릅니다. 이봐, 빌, 요즘 어때, 그렇게 말합니다. 자, 나는 지난 강의에서 '빌'이 오랫동안 백인을 조롱하는 표현이었다고 이야기했고, 많은 백인이 그것을 알고 있습니다. 이렇게 자신을 '빌'이라고 부르는 것을 듣게 되면 백인은 두 가지 방법으로 대응할 수 있습니다. 하나는 버럭 성을 내면서 왜 이런 식으로 자신을 괴롭히느냐고 묻는 것인데, 그런 경우에는 말의 가시가 있는 그대로 전달될 겁니다. 또하나는 바보 노릇, 바로 빌이라는 이름이 내포한 의미인 바보 노릇을 하여, 교활한 예의를 갖추면서 의미화되고 있는 대상이 자신이라는 것을 모르는 척하는 겁니다. 어느 쪽이든 두 아프리카계 미국인들에게는 윈윈인 상황입니다. 그들이 빌이라고 부르는 이 사람이 노예소유자, 또는 짐크로법 시대의 목화 플랜테이션의 감독관, 또는 공장의 십장인데, 그래도 식민자의 양가성을 느낀다고 해봅시다. 그는 모든 사람과 잘 지내고 싶고,

그의 기질에는 선량한 요소가 있기 때문에 난감한 처지가 됩니다. 그는 자기 밑에 있는 사람들이 자신을 부당하게 대접한다고 불평할 수도 있고—물론 이것은 주인-노예 관계에서는 별 의미가 없습니다—바보 노릇을 하여 자기가 조롱당하고 있다는 것을 모르는 척할 수도 있습니다. 어느 쪽이든 이 시나리오가 '그 남자'를 의미화하는 교활한 예의의 예를 보여주었기를 바랍니다. 이 예는 권력구조가 금세 전복될 수는 없지만, 그럼에도 적어도 기존의 권력구조 내에서 유머감각을 유지하면서 '그 남자'를 괴롭히면서 살아가는 방법이 있다는 사실을 분명히 보여줍니다. 바바는 '수여로서의 양도' 이야기를 합니다. 서발턴의 교활한 예의는 주인으로 하여금 서발턴의 굴복이 필요에 의해 어쩔 수 없이 이루어진 것도 아니고 존경심에서 자발적으로 보여진 것도 아닌, 마지못한 호의로 수여된 것처럼 느끼게 만드는 태도입니다.

따라서 이것이 바바가 피식민자들의 혼종성이라는 개념으로 포괄하는 범위 안에 있는 태도들입니다. 이것은 교활한 예의, 또는 그 남자에 대한 의미화의 수행에서 가장 다채롭고 만족스러운 양태를 드러냅니다. 식민자—그 자신도 양가적 인물이죠—와의 관계에서 선택지는 이원적이 아니라 카멜레온적이며, 다양한 방식으로 수행되고, 또 진지함에서 냉소에 이르기까지 넓은 범위의 감정들에 따라 미묘한 차이를 드러냅니다. 바바의 탈식민주의적 이원론 해체에서는 그와 비슷한 사회적 시나리오가 등장합니다.

23장
퀴어이론과 젠더 수행성

읽을 자료

미셸 푸코, 「섹슈얼리티의 역사」(CT, 1627~1636).

주디스 버틀러, 「모방과 젠더 불복종」(CT, 1707~1718).

이 강의를 위해 읽은 자료에는 새로운 내용이 많은데, 마지막에 가서 최근에 우리가 해온 것을 검토하고 요약한 뒤 다음 강의는 그것을 다시 확인하고 나서 시작하도록 하겠습니다. 일단은 오늘의 자료에서 새로운 것, 도전적인 것, 어쩌면 또 비판받고 있는 것부터 이야기해보죠.

이 강의를 진행하며, 나는 주디스 버틀러의 에세이에서 가장 파악하기 힘든 개념에 관해 이야기할 것입니다. 그것은 그녀가 '심리적 과잉psychic excess'이라고 부르는 것, 즉 무의식으로부터 채우거나 넘쳐나는 것으로, 이는 어느 정도는 수행이 가능하고 또 실제로 수행되는 젠더의 많은 측면마저 뒤흔들어놓는 개념입니다. 우리는 정체성을 수행하고, 우리의 주체성을 수행하고, 우리가 생각하는 다른 모든 방식으로 젠더를 수행하지만, 우리가 수행할 수 있는 것 너머에, 무의식의 조절되지 않은 영역에, 심리적 과잉과의 관계 속에 '섹슈얼리티'가 있고, 그 영역에서 섹슈얼리티가 나타납니다. 따라서 심리적 과잉을 통하여 표현되는 섹슈얼리티는 '진정한' 것의 현장을 암시하며, 버틀러를 유명하게 만든 단호한 사회정체성이론의 변증법은 감히 이 자리에 접근하거나 이곳을 침범하지 않는 듯 보입니다. 하지만 적어도 내 생각으로는, 이런 진정한 기저의 암시는 우리가 지금까지 논의해온 정체성에 대한 많은 설명을, 어쩌면 무엇보다도 젠더이론에 나타나는 강력한 구조주의에 관하여 경고를 하는 듯합니다.

따라서 순진할 수밖에 없는 질문에서부터 시작합시다. 물론 우리는 이 질문에 대답할 자격이 있는데, 그 질문은 바로 섹슈얼리티란 무엇인가, 하는 것입니다. 자, 물론 여러분은—특히 특별한 용어에 예민하게 반응하는 귀를 가진 사람이라면—'섹슈얼리티'라는 단어 자체에 주춤했을 겁니다. 이것은 그렇지 않아도 괴롭힘을 당하는 우리 언어에 비교적 최근에 나타난 말입니다. 좋았던 또는 나빴던 옛 시절에는 사람들이 '섹슈얼리티'에 관해서 이야기하지 않았죠. 그들은 섹스에 관해 이야기했고, 그것으로 그들이 알고 있는 규범적인 행동과 정도를 벗어난 행동 양쪽을 설명하는 데 충분해 보였습니다. 하지만 '섹슈얼리티'는 사회에 더 민감하게 반응하는 표현, 따라서 에로틱한 면이 제거된 표현으로, 지금 이 가능성들의 영역을 가로지르고 있습니다. 좌우 양쪽에 모두 존재하는 사상경찰을 늘 상대해야 하는 우리 삶의 이 측면을 고려하여 이렇게 받아들이기 쉬운 특질을 내세움으로써 '섹슈얼리티'라는 단어가 확고히 자리잡은 것입니다. 하지만 그렇게 자리잡는 과정에서 이 말은 젠더에 관한 가장 뛰어나고 수준 높은 사상가들에게 문제를 제기하기 시작합니다. 이것은 우리의 구성 가운데 진짜인, 진정한 측면, 적어도 우리가 수행할 수 있고 또 실제로 수행하고 있는 우리 자신의 측면들보다 더 우리 자신인 어떤 것이 있음을 암시합니다.

푸코에게 이 섹슈얼리티라고 하는 것—그의 작업에서도 놀라운 것으로 다가오는, 그 자체로 침해 불가능한 진정성을 갖고 있는 것—은 바라고 경험되는 신체적 쾌감과 비슷한 것입니다. 그러나 푸코의 사회비평은 이런 쾌감이 늘 그것을 둘러싼 일군의 요인들, 우리가 찾아보게 될 구절(1804)에 아마 가장 잘 표현되어 있을 아주 복잡한 일군의 요인들에 의해 조율된다고 주장합니다. 그는 스스로 '결연의 전개'라고 부르는 것과 '섹슈얼리티의 전개'라고 부르는 것 사이의 차이와 교차에 관해 말하고 있습니다. 이 구절을 인용한 다음에 간단히 논평을 해보고 싶습니다. '한마디로,' 푸코는 이렇게 이야기를 시작합니다. "결연의 전개는 사회적인 신체의 항상성恒常性에 맞추어져 있다." 여기서 결연의 전개란—그저 정의를 해보자면—주어진 문화에서 핵을 이루는 재생산 단위가 확인되는 방식입니다. 보통은 '가족'이죠. 물론 가족은 성격과 구조가 변하지만요. 가족을 바라보는 방식, 가족에서 일어나는, 또 가족이 피한다고 여겨지는 종류의 활동들은—예를 들어 근친상간이나 근친상간의 위험이 생기는 조건들은 대부분의 문화에서 일어나서는 안 되는 일이지요—주어진 결연의 전개가 자연스럽게 보이도록 만드는 모든 형태의 '지식'을 전달하는 담론의 맥脈들에 둘러싸여 있습니다. 사실 그런 전개는 구축된 것이고 법과 제약 덕분에 안전하게 그 자리를 유지하는 것인데도 말입니다. 반면 '섹슈얼리티의 전개'의 경우, 우리는 섹슈얼리티가 이야기되고 또 그런 이야기라는 수단에 의해 권장되거나 저지되는 방식으로 이해합니다. 반드시 국가기구나 실제 법체계가 그렇게 지시하는 것은 아니지만, 그럼에도 다양한 종류의 의견의 유행과 힘이 지시하게—내가 말한 대로, 이야기하게—되지요. 계속 읽어봅시다.

> 한마디로, 결연의 전개는 사회적인 신체의 항상성(또는 규칙화인데, 그게 푸코가 말하는 '항상성'의 의미죠)에 맞추어져 있으며, 그것을 유지하는 기능을 한다. 그래서 그것은 법과 연결되는 특권을 누린다(즉, 법은 가족에 대한 현재의 사회적 가정—예를 들어 가족이란 자식이 있는 결혼한 게이 커플이 아니라는 가정을 반영한다는 겁니다). 또 그래서 그것에 중요한 국면은 '재생산'이다. 섹슈얼리티의 전개는 재생산 자체가 아니라, 점점 미세한 방식으로 신체를 증식하고, 혁신하고, 합병하고, 창조하고, 관통하는 데, 그리고 점점 포괄적인 방식으로 인구를 통제하는 데 존재이유가 있다.

섹슈얼리티의 전개, 이것은 반드시 나쁜 것은 아니지만—이런 전개는 대부분 결과를 감독하려는 것이 아닙니다—산아제한이나 동성애를 수용하는 섹슈얼리티의 전개는 당연히 재생산을 줄이는 수단이 될 수 있다는 데 주목하시기 바랍니다. 그렇게 되면 바로 그만큼 섹슈얼리티의 전개는 교묘하게든 그렇게 교묘하지는 않게든, 결연의 전개와 맞서게 됩니다('맬서스주의 부부' 같은 경우는 예외인데, 이건 나중에 다시 이야기하겠습니다). 푸코의 용어 자체에, 모두는 아니지만 대부분의 문화나 사회생물학적인 체계 내에서 결연은 재생산을 증진하거나 확보하기 위해 전개되는(마련되고 제도화되는) 반면, 좋은 쪽이든 나쁜 쪽이든 그 나름으로 유통되는 의견의 흐름에 의해 규정되는 것이 틀림없는 섹슈얼리티는 쾌감의 분배를 위해 전개되며, 이해관계가 있는 공동체의 승인이나 비난을 받는다는 의미가 주어져 있습니다. 따라서 어떤 문화에서든 결연과 섹슈얼리티의 전개 사이에는 어느 정도 갈등이 있을 듯합니다.

그러나 어떤 경우든, 버틀러의 구도에서와 마찬가지로 푸코의 구도에서도, 섹슈얼리티라는 개념은 계속 우리를 피해 다닙니다. 왜냐하면, 침해할 수 없는 진정한 것으로서의 섹슈얼리티는 다른 개념과의 이항대립적 관계 속에서 파악할 수가 없기 때문입니다. 그것은 버틀러의 수행에 스며들어 있으며, 따라서 어떤 의미에서든 수행과 관련하여 대립물이나 '다른 것'은 아닙니다. 푸코에게 이것은 결연과 너무 넓게 겹쳐지기 때문에 결연 아닌 '다른 것'으로 볼 수가 없습니다. 어떻게 된 일인지 그냥 다른 어떤 것과도 다른 방식으로 존재하고 있습니다. 우리는 계속 이것을 궁금하게 여길 겁니다.

지난번에 사이드를 논의할 때 푸코에 관해 말했던 것으로 돌아가보지요. 푸코의 중심적인 개념, 그가 섹슈얼리티의 역사에 관한 책 세 권

전체에 걸쳐 계속 개진하는 개념은 법, 경찰, 국가장치라는 수단을 통해 공개적으로 집행되는 권력과는 다른 것으로서의 '권력'이라는 개념입니다. 이런 종류의 권력은 그 나름으로 집행되고, 더 은근하게는 '지식'의 유통 또는 배포로서 집행됩니다. 이것은 사실상 담론적이며, 좋은 쪽이든 나쁜 쪽이든 우리 모두에게 규범을 강요합니다. 담론은, 저항의 자리를 드러내거나 구성할 수 있을 뿐만 아니라 우리를 순응으로 몰아넣을 수도 있는바, 우리가 지금 이야기하는 주제와 관련하여 말하자면 섹슈얼리티를 장려할 수도 억제할 수도 있습니다. 푸코는 이런 형태의 권력을, 때로는 가운데 하이픈을 집어넣어 '권력-지식'이라고 부릅니다. 나는 지금 푸코의 텍스트 전체를 지배하는—그리고 여러분을 안내할—개념으로서 권력-지식을 다시 이야기하고 있습니다. 어떤 담론들은 진보적이지만, 즉 억압적인 담론보다 자기의식적이고, 숙고되며, 합리적이라는 의미에서 진보적이지만(만약 여러분이 이것에 동의하지 않아도 논리의 구조는 받아들일 수 있을 겁니다), 푸코가 어떤 특정한 형태의 지식을 진리와 절대 일치시키지 않고자 애쓴다는 점을—비록 이런저런 형태를 '진리의 체제'라고 신랄하게 부르는 일은 많지만—다시금 상기시키고 싶습니다. 권력-지식은 우리가 존재하는 방식, 적어도 우리가 존재한다고 생각하는 방식—버틀러의 어법으로 하자면 우리가 우리 자신을 '수행'하는 방식을 좌우하지만, 절대 의견의 영역을 벗어나지 않습니다.

따라서 우리의 질문—섹슈얼리티란 무엇인가?—과 관련하여 푸코는 꽤나 수줍어하는 셈입니다. 섹슈얼리티에 관해 말하고 세 권에 걸쳐 그 역사를 쓰고 있으면서도, 그 자체에 관해서는 이야기하지 않는 거죠—이 경우에 '그 자체'라는 게 뭔지는 몰라도. 그는 섹슈얼리티의 전개, 권력-지식이 그것을 구축하는 방식, 그것을 우리가 이용할 수 있게 하는 방식, 그것을 리비도적 표현의 일상적 수행으로 만드는 방식을 이야기하고 있지만, 우리가 계속 찾는 핵심, 즉 섹슈얼리티의 본질을 만나게 해주지는 않습니다. 그것은 줄곧 권력의 벡터들 사이에 사라져 보이지 않습니다.

그런데 동성결혼이라는 쟁점은, 아주 흥미롭게도 결연의 전개와 섹슈얼리티의 전개 사이에 자리잡고 있습니다. 수많은 게이 활동가들이 동성결혼을 핵심적인 정치적 쟁점으로서 지지하는 반면, 이런 제도화를 게이의 삶에서 자신이 누구인가 하는 문제를 부르주아적으로 재정의하고 규범화하는 것으로 보는 사람들도 있습니다. 그들은 이것을 섹슈얼리티에 대한 결연의 강요로 보며, 이는 내가 앞서 이야기했던 두 전개 사이의 긴장을 반영합니다. 하지만 섹슈얼리티가 정말로 자신이 표현될 방식을 찾아 두리번거리고, 협력적으로 보이는 전개를 이용하고, 자신을 감독하는 것처럼 보이는 전개에 저항하려는 것이라면, 섹슈얼리티는 결연에는 별 관심이 없는 듯 보일 것입니다. 간단히 말해서, 동성결혼에 대한 게이의 반대는 결혼 자체에 대한 반대, 과거에 자유연애—아니, (어쩌면) 더 나은 표현으로, 자유섹슈얼리티—라고 부르던 것의 옹호입니다. 따라서 어쩌면 여기에서 우리는 계속 섹슈얼리티가 진짜로 뭔지 궁금해하다가 좌절하여, 신비화된 것들의 갈등을 보게 될 수도 있습니다. 자유연애는 셸리 같은 시인에게서건 1960년대의 '라이프스타일'로서건, 우리에게는 〈사랑이 그것과 무슨 상관이죠?What's Love Got To Do With It?〉라는 팝송이 유일하게 가능한 답변이 되는 물병자리적 순진함으로 보입니다. 반면 자유섹슈얼리티는, 가끔씩 우리를 그저 혼란스럽게 만들 뿐입니다.

버틀러를 읽으면서 우리는 '섹슈얼리티란 무엇인가?' 하는 질문이, 그러니까 잘못된 출발점 비슷한 것임을 인정할 필요가 있습니다. 우리가 섹슈얼리티란 이런 것일지도 모른다고 생각했던 것 가운데 많은 부분이, 버틀러의 주장에서는 배제되어 있음을 알 필요가 있습니다. 우리는 우리 질문이 순수한 것이라고 생각했지만, 곧 버틀러에게서 우리가 어떤 섹슈얼리티일 수 없을 뿐 아니라, 당연히 어떤 섹슈얼리티라고 주장할 수도 없다는 사실을 알게 됩니다. 여러분은, 앞으로 보겠지만, [다른 성의 복장을 착용하는] 드래그로 한 정체성을 반복하고, 모방하고, 패러디함으로써 그 정체성을 수행할 수 있습니다. 여러분은 이런 방식들로 정체성을 수행할 수 있지만, 버틀러의 생각이 계속해서 아주 솔직하게 되돌아가는 심리적 과잉이라는 바로 그 요소 때문에, 섹슈얼리티를 완전히 수행할 수는 없습니다. 버틀러의 작업은, 탈신비화의 그 모든 강력한 기세에도 불구하고, 단지 '정체성 구축'에 관한 것만이 아니며, 단지 수행 영역에 관한 것만도 아닙니다. 그녀의 작업은 수행 너머에 파악하기 힘들거나 표현하기 아주 어려운 것이 있음을 인정합니다. 이 너머의 어떤 것을 인정하는 주된 이유는, 우리가 왜 도대체 수행을 하는지 설명하기 위해서입니다. 우리의 수행이 우리가 도달하지 못한 목표를 성취하기 위한 노력이 아니라면 왜 굳이 애를 쓰겠는가? 그럼에도 불구하고 버틀러에게, 특히 그녀가 무의식의 문제로 돌아갈 때마다, 수행이라는 개념에서 넘쳐나는 것, 또는 그것으로 완전히 포괄되지 않는 것이 있음은 늘 분명합니다.

따라서 우리가 잘못된 출발을 했다고 해봅시다. 우리는 답을 할 수 없는 질문을 했지만, 동시에 어떤 것을 배우기도 했습니다. 섹슈얼리티가, 그것이 무엇이든, 우리가 수행하는 정체성보다 유연하고 또 어떤 의미에서는 더 진정하다는 것을 배웠죠. 섹슈얼리티는 의식이 따라가지 못할 정로로 리비도적인 충동에 가까이 다가가 있거든요. 따라서 섹슈얼리티는 무의식에서 어떤 역할을 하든, 늘 모든 종류의 사회적 코드화의 외부에 있습니다. 예를 들어 푸코가 전개된 결연이나 전개된 섹슈얼리티를 이야기할 때 암시하는 종류의 코드화, 버틀러가 '젠더화'라고 반복해서 언급하는 종류의 코드화 외부에 있는 것입니다.

그럼에도, 이 두 사람 모두에게—이것이 우리가 배운 또 한 가지인데—전개를 통해 보게 되는 섹슈얼리티, 또는 젠더나 수행과 관련하여 그것이 표현될 수 있는 방식을 통해서 보게 되는 섹슈얼리티 또한 근본적으로 담론적입니다. 섹슈얼리티는 언어적 또는 기호적 구성에서, 푸코의 경우엔 유통된 지식으로서, 그리고 버틀러는 역시 수행으로서 이해하는 구성에서 일어납니다. 푸코는 섹슈얼리티를 권력-지식, 지식으로서의 권력의 결과라고 봅니다. 버틀러는 그것이 보이는 한, 즉 그것이 행동화되는 한 수행의 결과로 봅니다.

진정한 자신이라 여겨질 수 있는 것과 수행되는 것, 즉 자아가 되고자 하는 제스처적 탐구 사이의 관계를 똑바로 보기 위해 버틀러의 에세이에서 가장 도발적인 문장으로 꼽힐 만한 것을 한번 봅시다(1711). "열여섯 살 이래 쭉, 레즈비언이고 있는 것이 나였다." 자, 이 에세이의 맨 처음에 버틀러는 자신의 모든 목적은 존재론, 무엇무엇'이다'를 다루는 철학적 사유의 형식으로, 젠더 연구에 정치화된 개입을 하는 것이라고 말합니다. 그녀는 말합니다, 다른 말로 하면, 무엇무엇이다라는 것은 도대체 무엇인가? 이 문장, 의도적으로 어색하게 보이도록 만든 문장 "레즈비언이고 있는 것이 쭉 나였다"에서 그녀가 하고 있는 일은, 무엇무엇이다라는 것은 무엇무엇'이고 있다'는 것과 매우 다르다는 점을 보여주는 것입니다.

예를 들어, 나는 바쁘다고 말하고, 그러면서 여러분이 내가 정말로, 진실로 바쁘다고 생각해주기를 기대합니다. 하지만 그러거나 말거나 여러분은 내가 사실은 바쁘지 않다고 생각하여 "아, 저 친구는 바쁘고 있는 거야" 하고 말할 수도 있습니다. 다른 말로 하면, 나는 바쁨을 수행하고 있다는 거죠. 나는 바쁘게 돌아다니면서, 이 게으름뱅이, 이 법석을 떠는 인간이 실제로 뭔가를 하고 있다는 생각을 여러분에게 강요하고 있다는 겁니다. 그게 바쁜 것의 수행입니다. 그런데 여기에서 버틀러가 재미있는 이야기를 합니다. 존재론적 영역은 대상이 단순히 무엇무엇이다라는 것, 즉 대상의 존재와 관련되는 것으로 여겨지는데, 철학에서 이것은 늘 행위성, 즉 행동의 수행과 대조를 이룬다는 겁니다. 하지만 버틀러가 자신의 섹슈얼리티에 관해 이야기하는 것에는—이래서 그녀가 문제의 존재론적 측면에 관심을 가진다고 말하는 것인데—존재론적인 것에 수행적인 것의 요소가 사실상 몰래 스며들어가 있습니다. 심지어 무엇무엇이고 있다는 것도 어느 정도는 우리가 수행하는 것이라고 버틀러는 말합니다. 그럼으로써, "레즈비언이고 있는 것이 쭉 나였다"라는 문장에서 '이다'라는 말을 두 겹으로 사용하여 그것을 표현한 거죠.

어떤 의미에서, 그렇습니다, 버틀러는 그냥 레즈비언이죠. 하지만 또다른 의미에서, 그녀는 레즈비언이고 있었던 것, 레즈비언으로 자신을 드러내온 것, 쉽게, 모든 역할이 그렇듯이 일관되게 수행되기만 하면—이성애성의 수행을 논의할 때 버틀러가 사용한 표현으로는 '반복되기만 하면'—쉽게 이해될 수 있는 역할을 맡아온 것입니다. 그래서 버틀러는 그런 식으로 문장을 쓴 것이고, 혹시 여러분이 버틀러가 자신이 무엇무엇으로 단지 구축된 것이 아니라, 진정으로 무엇무엇이다라고 말하는 문장을 찾았다고 생각하면서 여백에 크게 표시를 했다면, 이젠 그녀가 여러분의 그물을 빠져나갔다는 사실을 알아차렸을 겁니다. 버틀러는 진정한 것이라는 존재론적 의미와 그녀 자신의 혁신적인 존재론적 의미—수행성의 영역에 속하는, 또는 적어도 수행성과 따로 고려하는 것은 불가능한—사이에 놓인 담장에 의도적으로 계속 앉아 있는 것입니다. 버틀러는 사실 담장의 어느 한쪽으로 확실하게 내려오지 않습니다. 그녀에게는—이것이 어쩌면 그녀의 작업에서 가장 좌절감을 가지게 되는 부분이면서도 동시에 내가 가장 좋아하는 부분인데—자신의 사회비평의 논리 너머로 솔직하게 바라보고 있는 것이 여전히 신비하기 때문입니다. 버틀러는 그것에 관해서 할말이 많습니다. 그 '주제'에 관해 할말을 다 해버린 척하지 않지요.

이제 이 신비의 요소를 옆으로 밀어놓으면—적어도 당분간은—푸코와 버틀러가 공통의 정치적 의제를 갖고 있다는 것이 분명해 보입니다. 푸코는 『섹슈얼리티의 역사』의 마지막 단계를 쓰다 에이즈로 죽어간 게이 작가입니다. 버틀러는 레즈비언 작가입니다. 둘 다 자신들의 주변화된 젠더 역할의 정치적 함의에 깊은 관심을 가졌고, 동시에 이에 관해 이론적으로 매우 세련된 면모를 보여줍니다. 종종 그렇듯이, 그들의 작업에서 발생하는 갈등이 있다면 그것은 우리가 이론과 실천 사이에서 곧잘 목격하게 되는 그런 갈등입니다. 그들 공동의 정치적 의제는 특권적인 젠더 역할의 진정성, 또는 버틀러의 표현으로는 '본래성originality'을 부정하여 이성애적 규범성을 흔드는 것입니다. 누가 이성애가 먼저였다고 말하는가? 버틀러는 묻습니다. 누가 어떤 문화의 성적 배치가 자연스러운 것이라고 말하는가? 푸코는 묻습니다. 이것이 버틀러와 푸코가 공통적으로 제기하는 질문, 정치화된 질문입니다.

따라서 나는 푸코와 버틀러가 일치를 이루는 면이 아주 많다고 봅니다. 하지만 잠시 그들이 일치하지 않는 것처럼 보이는 순간을 살펴봅시다. 여러분은 아마 한쪽 텍스트, 버틀러의 텍스트가 다른 저자, 즉 푸코의 작업을 각주에서 언급하는 것을 보았을 겁니다. 제시 헬름스 상원의원이 로버트 메이플소프의 사진을 공격하며 남성 동성애를 개탄하는 과정에서, 버틀러는 이런 비난이 여성 동성애에는 아예 주목하지 않음으로써 그것을 간단히 지워버린다는 점을 언급합니다. 정상이 아니라고 선포되는 것보다 존재하지 않는다고 선언되거나 조용히 불법화되는 쪽이 훨씬 나쁘다, 버틀러는 그렇게 말합니다. 그녀는 다음과 같은 말로 이런 입장을 정당화합니다(1712). "노골적으로 금지되는 것은 곧 역담론 같은 것이 표현될 수 있는 담론의 자리를 차지하는 것이지만, 암묵적으로 배척되는 것은 금지 대상으로서의 자격도 얻지 못하는 것이다."

여기에서 버틀러는 푸코에 대한 주석을 답니다(1712n15). "푸코가 권력 분석에서 거의 고려하지 못한 것이 바로 이 지움이라는 책략이다." 이렇게 버틀러는 푸코의 용어로, 정체성이 있으려면 담론이 있어야 한다고 주장합니다. 헬름스가 간단하게 생략해버림으로써 '레즈비언'이라는 범주를 거부한 것—그런데 물론 우리는 이것이 상당 부분 그저 부주의한 생략에 의한 거부임을 알고 있죠—헬름스가 이 범주를 거부한 것은, 다른 말로 하자면 담론을 지운 것이라는 이야기입니다. 담론 없이는 정체성도 없다. 그것이 버틀러가 주석에서 푸코의 입장에 포함되어 있다고 주장하는 것이며, 이것은 우리가 지금까지 푸코에 관해 해온 말과 관련하여 일리가 있어 보입니다. 담론은 권력-지식을 창조합니다. 권력-지식은 정체성을 창조합니다. 따라서 담론이 없는 곳에는 정체성도 있을 수 없으며, 헬름스는 레즈비언에 관한 담론을 거부하여 그것을 지워버렸기 때문에 레즈비언이라는 범주는 없다는 결과가 나올 수밖에 없습니다. 주석을 계속 봅시다.

> {푸코는} 거의 언제나 {우리는 여기서 '거의'라는 말을 존중해야 합니다} 권력은 그 도구인 담론을 통하여 발생하며, 그에 따른 억압은 종속과 주체화로 연결된다고, 즉 그것이 주체의 정체성의 구성원리로서 장착된다고

가정한다.

그러나 푸코를 옹호하자면, 여러 가지 이유에서 매혹적이지만 무엇보다 버틀러가 여기서 말하는 것을 미리 부인하는 역할을 하고 있어 특히 흥미로운 다음의 구절을 볼 필요가 있습니다. 좀 길기는 해도 들어볼 필요가 있지요(1632).

> 예를 들어 한때 자연에 대한 '최고의' 죄악이었던 것의 역사를 생각해보자. 남색—그 철저히 혼란스러운 범주—을 다루는 텍스트들이 지닌 극도의 신중함과 그것에 대한 거의 보편적인 침묵으로 인해 두 겹의 작용이 가능했다.

이 구절이 시작되면서 푸코는 어떤 시기에 남색으로 이해되는 동성애적 정체성은 알려진 범주였지만, 그것에 관한 침묵(레즈비언을 대변한 버틀러의 불만 대상) 때문에 두 가지가 가능했다고 말한다는 것을 알 수 있습니다. 푸코는 나중에 남색이 법에 의해 극형으로 처벌될 수 있었다고 말하게 되지만, 그전까지는 남색에 관한 담론이 없었다고, 또는 거의 없었다고 말하고 있습니다. 여러분도 분명히 아는 바와 같이 단테는 남색에 대해 침묵하지 않죠. 하지만 당시에는 대부분 그 이야기를 하지 않습니다. 따라서 법은 남색을 박해하지만, 아무도 그 이야기를 하진 않습니다. 이것은 담론이 정체성을 이룬다는 푸코 자신의 전제를 침해하는 것처럼 보일 뿐만 아니라, 동시에 푸코에게서는 담론이 늘 정체성을 구성한다는 버틀러의 주장과도 분명히 모순됩니다.

계속 봅시다.

> 그것에 관한 거의 보편적인 침묵 때문에 두 겹의 작용이 가능했다. 한편으로는 극단적 가혹함이 있었으며(18세기에 들어서까지 화형이 시행되었으며, 18세기 중반 이전에는 이렇다 할 저항도 없었다){이 경우에도 담론이 저항의 자리를 이루지 못한다는 점, 즉 아무도 이 벌에 관해 별말을 하지 않았을뿐더러 아무도 이 가혹한 벌에 관해 불평을 하지 않는다는 점에서 담론은 작동하지 못하고 있습니다}, 다른 한편으로 널리 퍼져 있었을 것이 틀림없는 관용이 있었다(사법 판결이 드물었다는 점에서 간접적으로 연역할 수 있고, 군대나 궁정에 존재한다고 여겨지던 남자들의 모임에 관한 몇몇 진술들을 통해 더 직접적으로 엿볼 수 있다).

다른 말로 하자면, 정체성이 실제로 있었고, 그 정체성은 담론으로 이루어지지 않았다—적어도 많이는—는 것입니다. 더 읽어나가면, 푸코는 이어 어떤 면에서는 동성애 이야기가 시작되면서 동성애자의 곤경이 심해졌다고 말하지만, 동성애가 논의되지 않았을 때라고 해서 동성애가 하나의 범주가 아니었다고 말하지는 않습니다. 그래요, 동성애가 주제가 되면서 동성애자에 대한 처벌은 약해졌지만, 동성애에 대한 감시—치료에 의해, 성직자에 의해, 그에 관해 뭔가 할말이 있는 다른 모두에 의해 돌봄을 받는 방식으로—는 그것에 관한 담론이 없었을 때보다 훨씬 널리 퍼지고 단호해졌습니다. 여기서 푸코는, 침묵이 소수에게는 위험하지만 다수에게는 좋은 것이라고 말하고 있다고 해석할 수밖에요. 반면 담론은 어쩌면 소수에게서 극단적인 공포는 덜어주겠지만, 그럼에도 남은 모두에게 일종의 헤게모니적 권위를 강요하며, 그들을 그들 자신의 섹슈얼리티에 따라 어떤 의미에서든 자연스럽게 그들 자신인 존재가 아니라, 권력-지식이 그렇다고 믿고 있는 것으로서 구성합니다. 이런 순간에는 왜 푸코가 권력-지식을, 그 강제성이 가장 약한 순간에도, 그렇게 우울하게 바라보는지 이해할 수 있다는 생각이 듭니다.

이렇게 침묵은 범주에 대한 지식을 지우지만 그 존재를 지우지는 않습니다. 따라서 버틀러의 이의제기에 푸코는 미리 답을 내놓은 셈이며, 가만히 생각해보면, 그 지점에서도 둘은 사실 서로 일치하고 있는 것으로 보입니다. 레즈비언은 제시 헬름스가 그냥 넘어가는 바람에 모욕을 느낄 수도 있지만, 동시에 그의 분노를 피하기도 한 거죠. 푸코의 입장은 버틀러가 받아들이는 것보다는 유연하지만, 그것은 결국 그의 입장이 그녀의 입장과 비슷하다는 뜻일 뿐입니다. 그들은, 내가 말했듯이, 여전히 서로의 관점에 매우 가까이 가 있습니다.

하지만 방법에서는 약간 다르죠. 푸코는 더 역사적인 작가입니다. 역사학자들은 종종 그를 가리켜 받아들여질 만한 역사적 설명을 하지 않는다고 비판합니다. 그가 역사의 이 순간에서 다음 순간으로 어떻게 넘어가는지 절대 보여주지 않기 때문이죠. 그는 역사의 여러 순간에 관해 이야기하되, 지식의 본체나 구조와 관련하여 그것을 봅니다—그가 가끔 말하는 대로 '에피스테메적 순간'을 보는 겁니다. 따라서 이 순간들은 다른 새로운 순간으로 신비하게 바뀝니다. 역사학자들이 요구하는 종류의 인과성은 푸코의 논증에서는 생략되는 경향이 있지요. 그러나 그는 시간이 흐르면서 태도가 바뀌는 방식에 여전히 관심을 가지며, 『섹슈얼리티의 역사』에서 그의 논증이 초점을 맞추는 대상도 변화 그 자체입니다.

푸코는 이런 목적을 위해 태도의 연속적인 구조들을 시간적으로 짚어냅니다. 예를 들어 19세기 초에 시작하여 현재에 이르기까지 줄곧 열성적으로 조사가 이루어지는 인간 유형 네 가지가 있는데, 권력-지식은 이것을 중심으로 바쁘게 움직입니다. 푸코는 이것이 히스테리컬한 여자, 자위하는 아이, 맬서스주의 부부, 변태적 성인—이건 어떤 종류든 동성애자를 뜻합니다—이라고 기술합니다(1634 참조). 푸코가 '맬서스주의 부부'라고 부르는 것은 19세기 초 정치경제학자 토머스 맬서스의 수칙을 따라, 경제가 용납하지 않기 때문에 지나친 재생산을 금한 부부를 가리킵니다. 이것은 재생산을 조작하고 통제하기 위해 결연을 전개하는 한 방법으로, 결연의 전개와 섹슈얼리티의 전개가 놀랄 만큼 서로 작당하는 순간을 창조합니다. 산아제한과 동성애적 관행도 재생산을 통제하는 것이 분명하기 때문입니다. 보다시피, 이 두 형태의 전개 사이의 갈등이 늘 문제가 되는 것은 아니지요. 어쨌든 섹슈얼리티의 전개가 그 나름으로—사람들이 '그냥 상관하지 않을' 때처럼—얼마든지 재생산을 늘리는 형태를 띨 수도 있다는 점도 덧붙여야겠군요.

따라서 이 네 가지 문제적 유형은 19세기부터 최근에 이르기까지 심리치료, 성직자, 가족, 부모의 조언을 비롯하여 권력-지식이 유포하는 모든 방법에서 관심의 초점이 됩니다. 히스테리컬한 여자는, 그 여자의 전 존재가 자궁hysteron으로부터 외부로 뿜어져나오는 섹슈얼리티라고 의심받기 시작하는 순간 히스테리컬한 것으로 확인됩니다. 집안의 천사에게는 적합하지 않은 상태라는 거죠. 자위하는 아이는, 세례를 받은 아이는 죄가 씻겨나간다는 종교적 교리에 위배될 뿐 아니라 19세기 전환기에 시작된 순진무구한 자연의 아이에 대한 낭만적 숭배에 대한 도전이 됩니다. 이를 비롯한 여러 이유로 이런 아이는 깊은 공포의 원인이며 극심한 감시와 제약의 대상이 됩니다. 권력-지식은 자위가 발기부전, 성장 지체, 때 이른 죽음을 낳는다고 선포했습니다—이 모두가 20세기에 이르러서도 한참 동안 소아과 문헌을 지배했죠.

맬서스주의 부부는 일차적으로 19세기 초 '정치경제학'의 파생물이지만, 전 세계에 걸쳐 산아제한을 장려하는 진보적 운동에서 우세한 자리를 차지했습니다. "우리는 인구를 통제해야 한다." 이는 우리가 동의하고 있는 엄혹하고 불가피한 현실을 반영하는 언명일 수도 있지만, 처음 그것을 말한 사람인 맬서스는 가족 자체의 경제적 이해관계에 따라 오늘날 중국에서 단속하듯이 재생산을 단속하기를 바랐습니다. 푸코는 이 점과 관련하여 자신에게 공감하는 독자의 통념에 문제를 제기합니다. 우리 자유주의자들은 어떤 형태의 헤게모니도 우리의 승인을 얻지 못할 것이라고 진지하게 생각하지만, 권력-지식이 초점을 맞추는 이 특정한 지점은, 중국의 경우처럼 엄격한 시행을 지지하지는 않는다 해도, 세속적 자유주의의 한 부분을 이루고 있어 떼어낼 수 없기 때문입니다. 아마 이 점은 우리 미국인보다는 명목상으로 가톨릭 국가에서 살았던 푸코에게 더 분명했을지도 모릅니다.

마지막으로 변태적 성인은, 앞서 인용한 구절에서 볼 수 있듯이 19세기 들어서야 처음으로 공개적으로 거론되며 물론 오늘날에도 여전히 널리 논의되고 있는데, 그것을 논의하는 사람은 울프가 말하는 여성에 대한 남성 전문가나 사이드의 오리엔탈리스트에 해당하는 사람인 경우가 많습니다. 하지만 변태적 성인도 이제 번창하는 문학과 잡지를 통해 스스로 목소리를 내고 담론을 제시합니다. 변태적 성인은 이렇게 담론의 주류에 깊숙이 들어와 있습니다만, 여전히 논란과 마주칩니다. 적어도 법적이고 신학적인 금지의 잔재와는 마주치게 되죠. 이 주제를 두고 서로 대립하는 '진리의 체제들'이 여전히 부끄러운 줄 모르고 목소리를 높이며 공존하고 있기 때문이지요.

이런 종류의 관찰이 푸코에게는 역사적 기획을 이룹니다. 섹슈얼리티의 '역사'라는 기획이죠. 반면 버틀러에게는, 그녀의 스타일에서 알 수 있듯이—여러분은 바바에게서 그랬던 것처럼 그녀의 스타일에서도 데리다를 많이 느꼈을 것이 틀림없는데—이것이 똑같은 쟁점을 가져와 철학의 대륙적인 전통 쪽으로 좀더 방향을 틀도록 하는 문제입니다. 이미 버틀러는 여러분이 읽은 에세이를 '존재론', 즉 존재의 철학이라는 철학의 지류에 대한 기여로 이해한다는 이야기를 했습니다. 바라건대, 이제는 여러분도 그녀의 기본적인 수에, 헤겔로부터 파생하는 정신의 변증법적 역전에 익숙할 것이고, 어쩌면 심지어 예상도 했겠죠.

어쩌면 우리에게 이런 종류의 수로 처음 등장한 것은 레비스트로스에 의해 이루어진 다양한 구분이었다고도 할 수 있습니다. 복습을 좀 해볼까요. 직관적으로 재료는 날것이 익힌 것에 앞섭니다. 실제로 단순한 연대기에서는 그렇죠. 하지만 우리가 날것과 익힌 것 사이의 관계를 담론적 구성으로 이해한다면, 누군가 당근을 날로 먹는 이야기를 할 경우 그 사람은 익힌 당근을 이미 먹어봤거나 적어도 들어보기는 했을 것이라는 사실을 인정할 수밖에 없습니다. 자, 이것이 버틀러의 수이기도 합니다. 이성애가 동성애에 선행하는가? 이성애가 원래의 섹슈얼리티이고 동성애는 그저 그 모방에 불과한가? 분명히 그렇지 않다. 동성애가 없다면 누가 이성애라는 개념을 생각이나 할 것이며, 하물며 이 개념에 '이성애 규범성'으로서 힘을 실어주기나 하겠는가? 여러분이 지상 최초의 인간인데 언어를 할 능력이 있다면, 여러분은 주위를 돌아보면서, 어쩌면 이브 또는 또 한 명의 아담이 이런 경우일지 모르겠는데, 자신이 성적 존재라고 말할지 모르지만, 이성애자나 동성애자라고 말하지는 않을 겁니다. 이 개념들은 서로를 부정적으로 규정하는, 이미 알려진 상이한 관행으로서 서로 의존하고 있는 겁니다. 여기서 둘 중 무엇이 먼저냐 하는 질문은 합당하지 않습니다. 섹슈얼리티에서 버틀러에게 가장 강한 추정은 어느 것도 먼저가 아니라는 겁니다. 이 둘은 우리가 섹슈얼리티와 동일시하는 그 심리적 과잉 안에 늘 이미 함께 있습니다. 사회적 맥락에서, 자연스러운 것은 이성애요, 부자연스럽고 이차적이고 파생적이고 이성애를 모방하는 것이 동성애라는 것은, 개념적으로 동성애가 없으면 이성애도 있을 수 없다는 사실에 의해 간단하게 거짓임이 드러납니다.

젠더와 드래그도 마찬가지입니다. 드래그는 젠더를 패러디하고 흉내내고 모방하지만, 그 수행이 드러내는 것은 젠더 그 자체가 늘, 다름 아닌 수행이라는 것입니다. 젠더가 수행이 아니라면, 수행으로서 반복되고 일관성을 가지지 않는다면, 옷, 자세, 걸음걸이, 목소리라는 그 모든 특징으로 가득하지 않다면, 드래그로 모방할 수가 없겠죠. 우리가 정체성을 수행한다고 주장하는 것이 모욕적으로 느껴질 수도 있지만, 적어도 수행자로서 우리는 모두 달인입니다. 여기 나는 여러분 앞에 서서 전문성을 수행하고 있습니다. 백인성, 남성성, 그리고 또다른 모든 것을 수행하고 있지요. 어쩌면 내가 수행하고 있는 다른 모든 것과 대립되는 것으로서 오로지 남성성만을 수행한다는 식으로 초점을 맞추기는 어렵겠지만, 분명히 나는 남성성도 수행하고 있으며, 흉내를 내는 드래그 연기자가 나를 표현하고 싶다면 그 점에 집중할 겁니다. 나는 이 모든 것과 관련하여 불안정하다, 버틀러는 그렇게 주장합니다. 남성성을 비롯하여 내가 수행하는 모든 것에 불안정하다. 계속 그것을 수행하지 않으면 그것을 잃어버릴 것이기 때문이다. 다른 말로 하면, 나는 내가 나 자신이라고 생각하는 것을 계속 되풀이하는데, 그것은 동시에 내가 바라는 나이기도 하다. 아마도 나는 내 피부 안에서 편치가 않은 듯하다. 내가 나 자신이라고 생각하는 것 속으로 그냥 편안하게 들어가지 못하는 것 같다. 나는 그것을 수행한다. 나의 지속적인 자기구축은 두 가지 일을 동시에 합니다. 원래의 의도대로 나의 정체성을 안정시키는 동시에, 그것을 계속 유지하고자 지속적으로 되풀이해야만 하는 만큼 나의 정체성에 대한 불안을 드러내는 것이죠. 어떤 의미에서, 나는 나 자신의 드래그인 셈입니다.

드래그 때문에 우리는 스스로의 자기수행에 주목하게 됩니다. 그것은 마치 오래 입은 편안한 옷처럼 우리가 들어가 살고 있다고 상상하는, 일견 자연스러워 보이는 젠더 범주 뒤에 있는 것을 결정적으로 우리 앞에 드러냅니다. 드래그의 한 가지 특징은 오래 입은 편안한 옷을 피하는 것인데, 이는 우리가 우리의 정체성이라고 부르는 자기-복장이 사실 얼마나 어색한 것인지 우리에게 일깨워주지요.

아마 여러분은 잠시 이런 것이 문학이론과 도대체 무슨 관계가 있는지 자문해봤을 겁니다. 당연합니다. 하지만 버틀러가 에세이 마지막에 하는 말, "아레사가 나에게 노래하고 있다고 생각해보라"라는 말이 지금까지의 논의를 텍스트에 적용한 멋진 예로서 제시되고 있다는 사실을 눈치챘기를 바랍니다. [미국 가수 아레사 프랭클린이 부른 〈(You Make Me Feel Like) A Natural Woman〉에서 보듯] "너는 내가"—자연스러운 여자라고 "느끼게 해준다"가 아닙니다. 자연스러운 건 없으니까요. "너는 내가 자연스러운 여자인 것처럼 느끼게 해주는데," 이때 '너'는 아마도 여자가 된다는 게 정말로 무엇인지 나에게 보여주는 어떤 이성애 규범적인 타자인 듯합니다. 하지만 "아레사가 나에게 노래하고 있다"고 생각해보라. 이 경우에는 '처럼'이 강조되지 않습니다. 이제 그 의미는 그저 내가('너는') 그녀로 하여금 그녀의 정체성이 채워진 느낌이 들게 해준다. 그녀가 레즈비언이 자연스러운 것처럼 느끼게 해준다는 것이기 때문입니다. 아니면 그녀가 드래그 퀸에게 노래하고 있다고 생각해보세요. 오직 드래그 상태의 남자만이 노래하는 그녀 자신의 내부에서 그녀가 자연스럽다고 느끼는 것을 끌어낼 수 있습니다. 이것은 분명히 문학이론의 도움을 받아 노래 텍스트를 읽는 훈련입니다.

"어두운 분위기의 철학자가 그의 오리엔탈 러그 위를 어슬렁거렸다." 이 문장을 쓰면서 나는 물론 『등대로』에 나오는 버지니아 울프의 램지 씨를 생각하고 있습니다. 이것은 끔찍한 문장이고, 그 점은 사과드립니다. 버지니아 울프라면 절대 쓰지 않았을 문장이죠. 하지만 그냥 이 문장을 이용해 우리가 해온 일이 실제로 문학이론, 단지 우리가 읽는 것을 도울 뿐 아니라 읽으면서 놀랍고 흥미로운 결과들을 얻게 해주는 일군의 프로토콜임을 우리가 깨달을 수 있으면 좋겠습니다.

마르크스주의비평가라면 이 문장에서 '그의'에 초점을 맞추었을 겁니다. 이 문장에서 마르크스주의적 열쇠는 상품의 소유니까요. 아프리카계 미국 비평가라면 흰색을 중심으로 이루어진 색상의 은유에 관심을 가지라고 하면서, 흰색을 밝고 해가 비치고 중심적인 것으로, 그리고 검은색을 토니 모리슨이 에세이에서 주장하듯이 부재나 부정으로 보는 신비화의 해체를 통하여 읽는 것도 문학을 읽는 한 가지 방법이라고 주장할 것입니다. 어두운 분위기라는 표현은 나쁜 것이고 따라서 피해야 한다. 탈식민주의비평가에게 문제는 마추픽추 공예품처럼 수용收用된 소유와 더불어 구분이 이루어지지 않은 상품입니다. 여기서 '오리엔탈'은 오리엔탈이 아니라는 거죠. 카자흐 러그나 부하라 러그나 킬림이라는 겁니다. 다른 말로 하면, 개념에서 이런 구체성의 결여는 상상이나 담론 의식에서 물화되거나 대상화된 타자를 암시한다는 겁니다.

마지막으로 젠더이론에서 보자면 철학자, 즉 램지 씨의 남성적 분노—여러분은 그가 r을 넘어갈 수가 없기 때문에, s에 가고 싶은데 r을 넘어갈 수 없기 때문에 무척 좌절감을 느낀다는 것을 기억할 겁니다—철학자의 남성화된 분노가 여자다움, 서재에 오리엔탈 러그를 두는 사람의 저 뚜렷한 미적 감수성을 가리고 있습니다. 아니면 여기에서 수행되고 있는 건 그저 여성적인 교수 유형인지도 모르죠. 내 러그는 저기 위층에 있습니다.

24장
문학 연구의 제도적 구축

읽을 자료

스탠리 피시, 「시를 보고 시인 줄 아는 법」(CT, 1023~1030).

존 길로리, 「문화자본」(CT, 1472~1483).

이제 우리는 정체성에 대한 일련의 이론적 접근법을 다 훑어본 셈인데, 그 과정에서 늘 문학에서 구축되는 정체성에 이르는 길을 바라보았습니다—뒤로 올수록 멀리서 바라보는 일이 좀 잦았다고 할 수 있지만요. 이제 곧 그동안 이따금씩 빠진 고리로 여겨졌을지도 모르는 것, 즉 문학으로 돌아가겠습니다. 하지만 그전에 우선, 내가 언급하지 않았어도 여러분이 틀림없이 눈치챘을 만한 점을 지적해두고 싶었습니다. 즉, 이 정체성에 접근하는 방식들에는 모두 두 장章으로 이루어진 역사가 있다는 점입니다. 각 역사는 해체의 순간 비슷한 두번째 장에 이르러 이론 자체, 이론이 정체성에 대한 분명하고 뚜렷한 개념—대부분의 경우 정체성의 이원적 개념으로, 이것이 제1장입니다—을 제공할 수 있다는 주장을 의미화합니다. 간단한 예로, 우리는 바바에게서 국가장치에 대한 일종의 동일시와 동시에 그것을 전복하려는 의지를 경험하는 이중의식 또는 다중의식을 통하여 문화적 이항대립을 파괴하는 혼종성 개념을 보게 됩니다. 거기서 나오는 행동이 '교활한 예의'(또는 '의미화' 또는 '드래그'—젠더가 더는 본질적인 것으로 여겨지지 않고 수행되는 것으로 여겨질 때 나오는 젠더이론 해체의 순간)입니다.

그런데, 나는 여러분에게 교활한 예의가 작동하는 방식의 경험적 예를 제공할 수 있습니다. 나 같은 일을 하는 사람들이 바로 그런 예의의 대상이니까요. 토크쇼나 여러 공익위원회에서는 그들이 '교수'라고 부르는 사람들에게 참여를 권유합니다. 표면상 그런 호칭으로 불리는 사람은 전문가라는 의미에서 명예롭다고 할 수 있지요. 어쩌면 한때는 정말로 그 호칭이 존경을 전달했을 것이고, 또 과거에는 교수가 '1년에 1달러짜리 인물'[즉 상징적인 급료만 받는 공직자]인 부자의 후손이었기 때문에 사회적 명망도 있었을 겁니다. 하지만 이제는 그 대부분이 낡은 역사가 되었죠. 사람들은 '이른바 전문가'에게 존경심을 보이지도 않고, 왜 그래야 하는지도 모릅니다. 오늘날 '교수'라는 호칭은, 그저 현실세계를 이해하지 못하는 공론가라는 뜻일 뿐입니다. 여러분이 교수라면, 누가 그렇게 부르는 것이 정말로 우울할 거예요. 교활한 예의의 대상이 되는 기분이 이런 거죠. 항의를 하거나 아니면 바보 노릇을 해서 모든 사람의 의견이 맞는다는 것을 확인해주게 됩니다. 혼종성의 담론이 테러리즘의 요소를 수반한다고 말할 때, 바바는 아마 과장을 했을 겁니다. 그는 9/11이 일어나기 오래전에 그 글을 썼고, 따라서 어쩌면 우리의 현재의 관념에서 보자면 다소 태평하게 그 용어를 사용하고 있는 듯합니다. 그렇다 해도 그 표현에 좌절감을 일으키는 위협이 포함되어 있는 건 분명하지요. 자신이 실질적인, 혹은 상상의 권위를 가진 자와 적어도 동등하다고 생각하는 사람에게 교활한 예의는 불가피합니다. 이중의식이 실현되면서 나오는 서발턴의 자신감과 [인도인이 서양 부인을 높여 부르는 말인] 멤사히브의 불안정성은 현실적인 역할 교환이 아닙니다. 상황은 전과 다름없습니다(나는 토크쇼 사회자에게 내 박사학위를 넘겨주지 않습니다). 그럼에도 역할들의 이항 관계는 전복된 거죠.

우리가 살펴본 정체성 이론 각각의 역사는 부정으로서의, 기호론적 지식으로서의 지식의 예들을 제공하는데, 이것은 이 강좌 전체에 걸쳐 중심주제를 이루어왔습니다. 우리는 오직 우리가 아닌 것의 이면으로서만 우리가 누구인지 알 뿐입니다. 나는 오직 그것이 아닌 것으로서만 나 자신을 인식합니다. 내가 아닌 것을 객관화하거나 분류하는 순간(내 것이든 다른 사람의 것이든 정체성이라는 안정된 개념이 등장하려면 그렇게 할 필요가 있죠), 나는 나 자신을 처음으로—토니 모리슨이나 에드워드 사이드나 주디스 버틀러 같은 사람들의 주장에 따르면—백인, 서양인, 이성애자 각각으로 이해하게 됩니다. 간단히 말해서, 언어와 문학에 관한 기호이론의 전통을 따르자면 자기규정은 부정적입니다.

이 모든 이야기는, 우리가 여전히 문학이론에 관한 이야기를 하고 있다고 여러분을 안심시키키기 위해 한 것입니다. 각각의 정체성 이론은 처음에는 구조주의적이고 그다음에는 해체주의적입니다. 공부해오는 과정에서 사회적 관계로 방향을 틀었지만, 처음에 이해의 일차적 결정요소로 언어를 채택했을 때 검토했던 사고구조에 변화가 일어났던 것은 아닙니다. 언어—이제는 언어를 사회적 이해의 결정요소로 보고 있지요—를 이른바 '사회적 텍스트'로 바꾸었을 뿐이죠. 이제 우리의 '중심'은, 데리다라면 이렇게 말했을 텐데, 소쉬르의 랑그, 공시적 체계로서 자의적으로 존재하는 가상의 실체(그것을 생산하는 통시적 투입물은 과학적 대상으로서의 그 안정적 윤곽을 흐릴 뿐입니다)가 아니라, 다른 사람들의 언어로 가득한 언어입니다. 언어는 사회, 그 자체로 담론적 구성 체계로 이해되는 이 사회가, 관심을 받고자 어깨싸움을 하며 자신을 형성하고자 안간힘을 쓰는 공간입니다. 이것이 근본적 변화입니다. 물론 구조주의와 해체주의는 언어를 우리의 자율적 소유로 이해하지도 않습니다. 핵심은, 늘 언어란 우리가 말 속에서 우리 자신의 것으로 만들려고 애를 쓰는 것 이상은 할 수 없는 대상이라는 사실이기 때문입니다. 하지만 최근에 공부한 것 덕분에, 우리는 이제 언어가 사회적 구성으로서, 우리가 그것을 의미화하지 못하면 오히려 우리를 구성해버리는 것으로서 우리에게 주어진다는 사실을 더 분명하게 이해할 수 있게 되었습니다.

이렇게 해서 우리는 이번 강의의 중심주제로 오게 되는데, 이 주제는 해석의 전제조건과 관련이 있습니다. 우리가 뭔가를 생각하는 것,

또는 어떤 것이 참이라고 생각하는 것을 가능하게 하는 것은 무엇인가? 어떻게 해서 여러분은 이렇게 생각하고 나는 다르게 생각하게 되는가? 반대로, 어떻게 해서 우리 사이에 의견이 일치하는 영역이 존재하게 되는가? 여러분이 읽은 글이 보여주듯이, 우리는 '해석공동체'라는 주제에 이른 것입니다.

이 쟁점에 다가가기 위해 먼저 『견인차 토니』로 돌아가봅시다. 너무 농담처럼 들리지 않기를 바라며 말하자면, 그동안 나는 우리가 무슨 이야기를 하고 있든 쭉 『견인차 토니』가 그 중심이라고 말해왔는데, 이것은 해석이 작동하는 방식의 실물 교육으로 의도한 것이었습니다. 하지만 스탠리 피시가 주장하듯이, 이것이 단지 "네가 거기에 무엇이 있다고 하든 그것이 거기 있음에 틀림없다"는 문제는 아닙니다. ("딱 고래처럼 생겼네요," 『햄릿』에서 아무거나 갖다붙이는 폴로니어스는 그렇게 말하지요.) 이것을 러시아형식주의자의 역사 편찬이라는 맥락에서 생각해봅시다. 어떤 주어진 텍스트에는 문학의 자동기능이라고 파악할 수 있는 모든 '장치'가 존재하는데, 어떤 것은 종합-기능적으로 지배적인 반면 어떤 것은 종합-기능적으로 퇴행적입니다. 장치들의 합은 오랜 세월에 걸쳐 해석공동체에 문학으로 간주되는 것을 형성하는 데 집단적으로 받아들여지고 인정되어온 기여들의 합입니다. 늘 자신이 찾는 것만 찾아내지만—분명히 위험신호죠!—여전히 옹호 가능한 비평적 접근법들도 마찬가지이지요. (혹시 궁금해할까봐 이야기하는데, 나 자신은 『견인차 토니』에 관해 말해온 모든 것이 옹호 가능하다고 확신해왔습니다. 물론 어떤 것들, 지배적인 것들에 관해서 말하는 것이 다른 것들, 퇴행적인 것들에 관해 말하는 것보다 적절하고, 균형도 잘 맞기는 합니다만.) 하지만 어떤 반응들(가령 『견인차 토니』는 사실 나의 6학년 현장학습에 관한 이야기다)은 공적 영역에서 해석 가능한 대상으로 간주되는 것 가운데 어느 부분과도 일치하지 않으며, 따라서 해석으로 간주되지 않습니다.

따라서 『견인차 토니』를 다시 한번 살펴보면서, 이번에는 이것이 우리가 최근에 논의한 정체성의 형식들에 '관한' 이야기라고 생각해봅시다. 우리는 예를 들어 마르크스주의적으로 『견인차 토니』가 정체성의 사회적 결정으로서 계급을 불러내는 것이라고 말할 수도 있습니다. 앞서 말했듯이, 엥겔스와 루카치의 정전에 들어가는 리얼리즘 텍스트라는 거죠. 어떤 사회적 변화도 투사되지 않았지만, 그럼에도—앞으로 보게 되듯이—『견인차 토니』는 인종과 젠더 차이의 구조를 포함하여 사회적 존재의 구조를 충실하게 반영하고 있습니다.

『견인차 토니』는 미국이라는 도가니에서 혼종성을 반영하는 지구적 이야기입니다. 그동안 여러분에게는 토니가 서발턴의 복잡한 인격을 갖춘 이탈리아계 미국인이라는 점이 분명해졌을 겁니다. 한편으로 그는 미국의 꿈을 믿습니다. "나는 내 일이 좋습니다." 하지만 다른 한편으로 그는 세상에서 자신의 작은 자리를 갖고 있음을 인정합니다. 남들과 다르고 독립적이지요. 작고 노란 차고, 이것이 어느 정도는 그에게 정체성을 부여합니다. 반대로 니토는 신경증에 걸린 앵글로색슨계 백인 신교도WASP이고, 스피디는 존 길로리가 '전문가/관리자 계급'이라고 부르는 것의 구성원입니다. 스피디에게 흥미로운 점은 그의 인종적 배경, 그의 계급, 심지어 그의 젠더—그는 일중독인 여성일 수도 있습니다—가 생각보다 관련성이 없다는 겁니다. 전문가/관리자 계급은—길로리의 이 표현이 쓰인 출처이기도 한 앨빈 굴드너가 길게 지적하듯이—공동의 이해관계를 지니고 새롭게 부상하는 집단으로서, 계급이나 다른 기존의 정체성을 공유한다고 말할 수 없기 때문이죠. 민간전승에서 전형적인 삼인조 가운데 니토가 먼저 등장하는 것은 우연이 아닙니다. 니토는 더 오래된 계급, 전문가/관리자 계급에게 자리를 내주는 계급을 대변하니까요. 그래서 니토가 먼저 나오고 스피디가 두번째로 나오는 겁니다.

『견인차 토니』는 젠더의 우화이기도 합니다. 우리는 그곳에 얼굴을 찌푸리거나 미소를 짓는 집들을 제외하면 여자는 없다고 말했지만, 그게 다가 아닙니다. 분명히 니토, 그림에서 작은 보타이를 매고 "나는 더러워지고 싶지 않아" 하고 깐깐하게 말하는 니토는 바로 게이의 전형들을 모아놓은 모습입니다. 그리고 물론 범피는 "밀고 또 밀고"—그 이야기까지는 하지 않는 게 좋겠네요.

따라서 질문이 생기고, 이제 이것이 우리를 오늘의 자료로 연결시켜줍니다. 내가 지금까지 『견인차 토니』를 가지고 뭘 했던 걸까요? 이제 여러분이 볼 수 있듯이, 나는 스탠리 피시가 "제이컵스, 로젠바움, 레빈, 손, 헤이스, 오만Jacobs, Rosenbaum, Levin, Thorne, Hayes, and Ohmann"을 가지고 하는 일을 했습니다. 어떤 추정을 자신이 읽고 있는 것과 연결시키면, 어떤 종류의 해석적 행동을 수행하게 된다는 사실을 보여준 거죠. 특정한 압박을 느껴서가 아니라 대개는 자발적으로 말입니다.

그렇게 하도록 길들여져 있기 때문입니다.

피시의 17세기 종교시 수업은 그가 그전 수업을 위해 게시해놓은 언어학 자료 목록을 시로서 해석하는 데 아무런 문제가 없었고, 여러분도 보다시피 물론 그 목록에는 그런 식으로 해석하게 하는 유혹이 자리잡고 있었지요. 피시는 운좋게 그 목록을 발견했다고 인정하면서도, 이어 자신이 강의하는 대학의 교수 명단을 손가락으로 짚어내려가면서 그 이름들을 시로 읽는 것 역시 쉬운 일이라고 말합니다. 나는 그의 말에 일리가 있다고 생각합니다. 해석이 이쪽저쪽으로 잡아당겨질 때 텍스트가 얼마나 탄력적일 수 있는지 『견인차 토니』가 보여주었기 때문입니다. 우리는 심지어 그의 수업이 몇 가지 중요한 점을 빠뜨렸다는 사실도 알 수 있습니다. 그는 '레빈Levin'이라는 말의 오래된 의미가 번개, 어떤 종교적 계시와 함께 오는 번쩍임이라는 것을 언급하는 것을 잊었죠. 또 '헤이스Hayes'라는 말에 쩔쩔맨 것도 이해하기 어렵습니다. [「고린도전서」에서 나오는 말처럼] 우리가 거울로 보는 것같이 희미하기, 즉 '오리무중이기in a haze' 때문입니다. 그것이 바로 17세기 종교시에서 슬쩍 보이는 종교적 진실에 대응하는 방법입니다.

여러분은 이렇게 말하겠죠. 좋다, 퀴즈놀이는 됐다, 우리는 여전히 우리가 텍스트라고 부르는 그 의도적 발화가 정말로 무엇에 관한 것인지 알 자격이 있다. 예를 들어 여러분은 내가 『견인차 토니』에 의미가 있다고 생각하는지, 그러니까 E. D. 허시의 구분을 기억한다면, 의의가 아니라 의미가 있다고 생각하는지 알고 싶을지도 모릅니다. 사실, 나는 그렇다고 생각합니다. 지나가면서 이미 그렇다고 말을 했습니다만, 그 생각은 직관일 뿐이며(묘하게도 그에 관해서는 나의 '접근법들'이 내놓은 아하! 하는 순간들보다 확신이 덜합니다), 정말이지 내가 정신분석에 대해 가지고 있을 수도 있는 어떤 편애에서 나온 것이 아닙니다. 하지만 걸음마를 배우는 아이들을 위해 쓴 이야기에서 "그는 밀고 또 밀고 나는 움직여요"가 클라이맥스를 이루는 구절이라면, 이건 배변훈련에 관한 이야기일 수밖에 없다고 진심으로 믿습니다. 항문기의 아이는 무엇을 밀고 또 미는지 알 뿐 아마 다른 것은 거의 알지 못할 겁니다. 비웃기 전에, 혹시 〈사우스 파크〉 본 적 없나요? 바로 그것이 내가 복화술로 연기한 다른 모든 것들보다 선호하는 '나의' 해석입니다. 하지만 그런 결론에 영향을 주는 것은 무엇일까요? 나는 정신분석에 특별한 관심이 없다고 말했습니다만, 그에 관해 어느 정도는 압니다. 정신분석은 나의 해석공동체의 일부를 이루고 있고, 이 특정한 경우에 내가 의지한 부분이기도 하지요.

우리는 피시의 수업처럼 모두 게임을 해왔습니다. 우리는, 하나의 집단으로서, 접근법들의 복수성을 인정하는 해석공동체입니다. 여러분이 대체로 내가 하고 있는 말을 기꺼이 받아들인다는 사실 때문에 분명히 그렇다고 할 수 있지요. 우리는 『견인차 토니』에 관해서 아주 잘 알게 되었고, 그것이 이것과 저것, 또다른 것에 관한 이야기라는 것, 그리고 다음 목요일에는 아마 또다른 새로운 것에 관한 이야기가 되리라는 점에 동의해왔습니다. 이 시점에서 우리가 기본적으로 만장일치에 이른 것에 관해 두 가지 단서를 달겠습니다. 첫째, 나의 청중을 이루는 해석공동체, 해석에 호기심이 있는 사람들의 공동체 안에는 그동안 쪽 해석이 바보짓이라는 의심이 있었으며, 따라서 여러분은 얼마나 나쁜지 확인하기 위해 이런 종류의 강의를 경험하고 싶었습니다. 우리 모두 해석을 둘러싼 환경의 잠재적인 복잡성에 대한 우려를 공유하고 있습니다. 그러나 우리는 해석에 관심을 가지는 해석공동체이며, 따라서 관점들로 이루어진 유령의 집 안에서 서로 맞추어주는 척합니다.

그러나 둘째로, 이 해석공동체 내에는 이런 복수의 활동의 의의를 포착하면서도 여전히 그에 대항하고 싶은 마음이 아주 강한 두 하위 공동체가 있다고 과감하게 추측해보고 싶습니다. 그 하나는 이 강좌에서 검토되었던 이런저런 관점 하나를 늘 강하게 지지하고 있었거나 이제 강하게 지지하게 되어, 가장 중요한 이 관점, 진정한 관점이 단지 일련의 것들 가운데 하나로 취급받는다면 품위가 떨어지는 일로 여기게 되는 공동체입니다. 내가 서두에 이 강의에 대해 변명하면서, 개관 강좌라는 발상 자체에 화를 낸 학생이나 동료를 언급했던 것을 기억할 것입니다. 그들에게는 유일하게 중요한 것이 마르크스의 사상, 또는 다른 어떤 사상입니다. 이런 관점에 따르면 아마 『견인차 토니』는 단지 이 한 가지에 관한 이야기이며, 복수의 해석이라는 것은 편의적이고 모욕적인 행동이라고 말하고 싶겠지요. 중요한 것은 『견인차 토니』가 무엇이 되었든 그 하나만을 진지하게 받아들이는 것이니까요.

우리 해석공동체 내의 두번째 하위 공동체는 여전히 '고급문화'에 몰두하는 공동체입니다. 이 공동체는 숲에 하나 이상의 길이 있다는 것을 꼭 부정하지는 않지만, 우리가 『리시더스』나 『늙은 뱃사람의 노래』를 해석했어야 한다고 주장합니다. 이 견해에 따르면 우리가 『견인차 토니』를 이용한 것은 고급문화에 대한 존중심을 보여주지 않은 거죠. 이런 견해의 한 가지 함의는, 진지한 문학작품에 대한 다수의 접근 방법이 최선의 접근 방법(반드시 하나일 필요는 없지만)에 관한 어느 정도의 합의를 만들어내며, 이것에 비추어 다른 모든 접근 방법은 하찮다는 것이 드러날 것이라는 점입니다. 여러분이 만일 하나의 관점이라기보다는 고급문화에 대한 어떤 생각에 몰두한다면, 어떤 접근법이 최선이라고 앞서서 주장하지는 않겠지만, 위대한 문학작품이 최선의 방향을 가리켜주고 어쩌면 그 나름의 해석 맥락을 제공할 수도 있다고, 또 이것을 존중해야 한다고 생각하게 될 겁니다. 이것이 존 길로리가 서양 문화의 주류 정전 옹호를 논의하면서 비판하는 관점, 또는 어쩌면 그보다는 약간 유연한 변형입니다.

그럼에도 우리는 해석공동체로서, 지금까지 해왔듯이 하나의 텍스트를 두고 오래 이야기해보는 것이 가능하다는 점을 공동으로 인정합니다. 누군가가 그렇게 한다면 우리도 좋든 싫든 아마 그렇게 할 수 있을 것임을 깨닫습니다—스탠리 피시의 관점, 또 존 길로리의 관점에서 보자면, 이것은 우리가 학교에 있기 때문에 많은 것을 공유하고 있다는 증거입니다. 우리가 공유하고 있는 것 덕분에 모두 별 혼란 없이, 또 의심도 없이 여러 가지 방식으로 텍스트에 초점을 맞출 수 있다는 거죠.

그렇다면 이제 '해석공동체'나 '학교'에 관해 좀더 진지하게 이야기하고, 우리의 저자들이 그런 용어를 사용하여 무슨 이야기를 하려고 했는지, 또 하지 않으려고 했는지 더 주의깊게 관심을 기울일 때입니다. 따라서 피시로 방향을 틀어, 그의 첫 문장에서 시작해보도록 합시다(1023). 이것이 일련의 강의 가운데 일부이기 때문에 피시는 이런 식으로 시작합니다.

> 지난번에 나는 의미들이 고정되고 안정적인 텍스트의 소유도 아니고, 자유롭고 독립적인 독자들의 소유도 아니며, 독자의 행동 양태와 그 행동이 생산하는 텍스트 양쪽에 책임을 지는 해석공동체의 소유라는 주장을 개략적으로 이야기했다.

피시가 이 강의에서 자신의 주장을 이보다 많이 진전시키는지는 잘 모르겠습니다. 따라서 이 문장에서 좀 머물 필요가 있다고 봅니다.

피시의 경력에서 흥미로운 발전 경로를 살펴봄으로써 이 문장을 한 번 해석해보도록 하겠습니다. 그는 사실 두 번 태도를 바꾸었고, 이것은 피시 자신도 인정합니다. 그리고 그 변화가 내가 방금 읽은 문장에 차례로 기록되어 있습니다. 따라서 세 가지 입장이 차례로 이어지면서 직전의 입장을 무너뜨리게 되는 셈이지요. 내가 캘리포니아대학에서 피시에게서 배울 때, 그는 첫번째 입장을 확고하게 견지했습니다. 『죄에 놀라: '실낙원'의 독자*Surprised by Sin: The Reader in "Paradise Lost"*』를 출간하기 직전이었는데, 나도 참석했던, 그 책을 위한 세미나는 일종의 재판 방청석이었습니다. 그의 첫번째 입장, 텍스트가 독자를 생산한다라는 주장에서 그가 의미하는 바가 무엇인지 예를 하나 들어보겠습니다. 그가 밀턴에서 가져온 예로 해보죠. 사탄은 불붙은 호수에서 나타나 창을 들고 온몸을 드러냅니다. "그의 창, 그것과 맞먹으려면 가장 키가 큰 소나무를{알겠습니다, 창, 소나무, 이게 대충 같은 크기라는 거겠죠?} / 깎아내 만든…… / 어떤 커다란 제독선의 돛대라야 하는데{그러니까, 돛대=소나무=창이겠죠?} / 그나마도 겨우 지팡이에 불과했다……"! 연속되던 크기들이 갑자기 완전히 역전되고, 이미 의식을 채우고 있었던 것—가장 큰 소나무—이 사탄의 창에 비하면 막대기에 불과한 것이 됩니다. 그러니까 지금 밀턴이 뭘 하고 있는 것인가? 여러분은 사탄이 얼마나 큰지 안다고 생각하지만, 사탄은 여러분이 상상했던 것보다 훨씬 크니까 그와 장난칠 생각 말라, 하고 밀턴은 말하고 있습니다. 여러분은 아담의 후손이기 때문에 밀턴의 구문이 판 함정으로 타락했고, 계속 다른 함정으로 타락할 것입니다, 똑같은 부주의한 예측으로 사탄의 손아귀에 걸리고 마는 것처럼요. 읽기란 결론으로 비약하는 것이 아니라 판단을 유보하는 것임을 배우기 전까지는 계속 그럴 것입니다.

아직 인용하지는 않았지만, 이어지는 부분은 사탄의 엄청난 크기를 인정했음에도 우리가 여전히 사탄을 오직 가장 약한 모습으로만 보고 있다는 사실을 보여줍니다. 그 대목은 이렇게 이어집니다. "그나마도 겨우 지팡이에 불과했다, / 그가 불안한 걸음을 지탱하기 위해 들고 다니는." 사탄은 지금 그 어느 때보다 약하지만, 그래도 이미 우리는 도저히 감당할 수 없다. 결론으로 비약하자면, 미숙한 해석적 자신감을 얻는 것은 타락하고, 반복해서 타락하는 것입니다. 『실낙원』의 구문은 우리가 너무 이르게 텍스트의 핵심을 포착했다고 생각할 때마다, 우리는 타락한 독자이며, 아직 '타락'의 이야기에서 도움을 얻을 수 있는 "적지만 적합한 청중"의 한 부분이 되지 못했음을 증명하는 셈입니다.

이렇게 피시의 첫번째 입장은 텍스트가 독자를 생산한다는 것이었습니다. 그로부터 오래 지나지 않아, 『자기소모적 유물*Self-Consuming Artifacts*』이라는 제목의 책을 쓰던 도중, 그는 첫번째 입장을 거의 뒤집는 다른 입장을 드러내기 시작했습니다. 피시는 텍스트가 독자를 존재하게—『실낙원』의 경우에는 존재의 타락한 상태를 인식하게—하는 것이 아니라고 판단했습니다. 텍스트가 독자를 존재하게 하는 것이 아니다. 독자가 텍스트를 존재하게 하는 것이다. 독자가 텍스트를 생산한다. 결국 아무리 오도된다 해도 읽기 행위를 수행하는 것은 독자이며, 최종적으로 밀턴의 전략적 특징들을 눈앞에 드러내는 것은 독자다. 이렇게, 피시는 첫번째 입장에서 논지의 구조와 그의 관심을 끈 텍스트의 역동적 교훈성에 관한 폭넓은 통찰은 유지하면서도, 그 반대 방향으로 나아갔습니다.

이 두번째 입장은 견실해 보였으나, 결국 피시는 독자가 단순히 자율적인 정신이 아니라 영향들을 반영하는 존재라는 사실을 기억했습니다. 따라서 '독자반응'(피시의 이론적 기여가 속하는 넓은 분야 또는 학파로 이저도 여기에 속합니다)에 관한 그의 생각에서 세번째 변혁은 이런 것이 됩니다. 텍스트가 독자를 생산하는 것이 아니고, 독자가 텍스트를 생산하는 것도 아니며, 해석공동체가 독자를 생산하면 그 독자가 텍스트를 생산한다.

피시가 "해석은 이해하는 기술이 아니라 구축하는 기술이다. 해석자는 시를 해독하는 것이 아니라 시를 만든다"라고 말할 때(1025), 그는 아직 그의 사고의 두번째 단계에 있는 것입니다. 여기에서는 여전히 해석자가 자율적 존재로서, 그의 읽기 또는 구축 전략이 자기발생적이라고 생각할 수 있기 때문입니다. 하지만 그는 곧 분명하게 이야기합니다(1027). "하지만 이것이 나를 주관성으로 밀어내는 것은 아니다." 바꾸어 말하면, 내가 무엇을 텍스트에 집어넣든 정당하다고 말하는 것, 우리 모두 주관성이 다르기 때문에 모두 다른 텍스트를 만들며, 따라서 어떤 낡고 엉뚱한 해석도 가능하다고 말하는 것은 아니라는 뜻입니다. 피시가 말하는 것은 그런 게 아닙니다. 그가 계속해서 다음과 같이 제시하는 이유 때문에, 나는 『견인차 토니』가 나의 6학년 현장학습에 관한 이야기라고 말해버릴 수가 없습니다: "그럼에도 이것이 나를 주관성으로 밀어내는 것은 아니다. {텍스트가} 만들어지는 수단이 사회적이고 관습적이기 때문이다."

우리가 『견인차 토니』에 관해 말한 모든 것은 아주 다양하고 또 이따금씩 터무니없기도 했지만, 말할 수 있는 것에 관한 어떤 국지적 합의, 해석공동체가 공유하는 어떤 의견 때문에 가능했습니다. 바꾸어 말하면, 내가 이해받기를 기대한다면 어떤 것에 대해 엉뚱한 해석을 할 수는 없습니다. 내 방 안에 갇혀 있는 경우라면야 어떤 것에 관한 엉뚱한 해석을 내놓을 수도(아니, 엉뚱한 텍스트를 내놓을 수도) 있겠지요. 하지만 아무도 그것을 출판하지 않을 겁니다. 나의 해석은, 그것이 해석으로서 간주되고자 한다면, '해석'과 '텍스트'라는 개념 자체를 생산하고 공유하는 공동체의 기법과 가정으로부터 파생됩니다.

만일 관습으로 무장한 공동체만이 텍스트나 다른 어떤 것으로서 이해될 수 있는 뭔가를 생산하는 행위자라면, 주체도 객체도 없다는 결론이 나옵니다. 이것이 데리다 혹은 해체주의와 나란히 서양의 형이상학 전통을 공격하는 피시의 방법입니다. 우리의 다른 읽기에서와 마찬가지로 여기에서도 객체의 실제 존재 여부는 전혀 문제시되지 않는다는 점이 분명히 드러나기를 바랍니다. 피시는 공동체가 객체를 생산한다고 흥미롭게 이야기하지만, 피로스적인 회의주의자나 골방의 이상주의자로서가 아니라 실용주의자로서 말하는 겁니다. 객체를 '생산한다'는 것은 그것을 그런 객체로서 이해할 수 있는—그리고 다른 비슷한 정보를 가진 사람들과 공통으로 인식하는—수단을 생산한다는 것이죠. 여기에 대고 우리가 소네트를 읽든('생산하든') 읽지 않든 소네트는 열네 행으로 이루어진 시라고 반박한다면, 시, 행, 시행들의 일정한 양, 그리고 최종적으로 소네트가 무엇인지 알고, 이해할 수 있게 제시하는 데 다른 공동체의 교육과는 다른 어떤 교육이 필요하다는 사실을 잊고 있는 겁니다. 이것은 또한 우리가 처음 한 생각들, 이 경우에는 하이데거와 가다머의 '사전 소유'와 우리가 늘 뭔가를 뭔가로서 보는 방식에 관한 생각들로 돌아가게 합니다. 하지만 피시는 해석학적 과정에서 주관성의 역할을 부정함으로써 이런 생각들과 결별합니다. 낭만적으로 생각되는 개별적 저자나 독자보다는 역사적 지평을 강조한 가다머한테서 이미 어느 정도 예고된 일이겠지만, 피시는 개인은 오직 해석공동체가 눈에 보이도록 조건을 형성해놓은 것만 보거나 생산할 수 있다고 주장합니다.

그렇다면 해석공동체란 무엇인가? 지금까지 나는 우리 모두가 여기 함께 모여 있다는 사실을 반영하는 공동체에 속해 있다고 말했으며, 앞서는 서로 반대되는 의견을 가진 우리 안의 두 하위 공동체에 관해서만 말했습니다. 하지만 이런 넓은 공통성에는 분명히 복잡한 면이 있습니다. 우리는 서로 이해하고 있지만, 동시에 여러분 모두가 틀림없이 생각하고 있듯이, 우리 가운데 누구도 다른 누구와 정확하게 똑같은 의견을 갖고 있지는 않습니다. 이 주장의 약한 형태를 받아들인다면, 우리가 어떤 해석공동체에 소속되어 있는 상태를 통하여 진화해온 습관들에 따라, 어떤 것들을 존재하게끔 만든다는 점에 얼마든지 동의할 수 있습니다. 하지만 동시에, 여러분 각각은 제이컵스, 로젠바움을 비롯한 여러 사람을 피시의 수업에서와 똑같이 해석하지도 않고, 프라이 교수가 그 해석을 보완하면서 해석하는 방식과 똑같이 해석하지도 않습니다. 여러분은 약간 다르게 해석하고, 여러분 옆에 있는 사람은 여러분과 또 다르게 해석합니다. 우리는 생산적인 가정들을 공유하지만, 우리 각각은 텍스트를 다르게 생산합니다.

피시는 그 점에 대해 뭐라고 할 것인가? 나는 피시가 아마 인정하는 쪽으로 이야기할 거라고 보는데, 정말이지 이 점은 잘 봐둘 필요가 있습니다. 그것이 그의 입장을 무너뜨리지는 않아도 약화시키기는 하니까요. 인정한다, 거칠게 말하자면 어떤 의미에서 우리는 모두 여기에 함께 있다—존 길로리가 거칠게 말하자면 우리가 모두 한 학교 안에 있다고 하듯이—하지만 또다른 의미에서 우리 각각은 또 우리가 현재 속해 있고 우리를 배출하기도 한 모든 해석공동체의 총계, 합성물이기도 하다. 우리 각각이 다른 것은 우리가 속해 있는 해석공동체들의 합이 늘 다른 사람들이 각각 속해 있는 공동체들의 합과 약간 다르기 때문이다. 이럴 경우 공동체 개념은 그대로이겠지만, 오직 환원주의적으로만 그렇다고 말하는 사람이 있을지도 모릅니다. 그런 식으로 표현하는 원자론은 공동체들의 합이 개인들의 합의 수와 같은 것처럼 보이게 만들기 때문이다.

사회적 구성주의에 대한 또다른 반대 주장은 생물적 구성주의라고 부를 수도 있을 것입니다. 에드워드 O. 윌슨 같은 사회생물학적 사상가들은 '인공지능' 옹호자들이나 인지과학 분야의 다른 몇몇 사람들과 더불어 뇌가 거의 태어날 때부터 온갖 종류의 것을 하고 또 인식하도록 배선이 되어 있다고 말합니다. 미적 선호—객관성에 대해 말하면 "취향을 두고 논쟁할 수는 없다"며 늘 조롱하지요—마저도 우리 모두에게 내재하는 편애에 의존한다는 것이 실험실에서 입증되었다는 거죠. 우리는 모두 이른바 황금분할을 좋아하고 또 아치를 좋아하는데, 아마도 그 이유는 피난처나 보호를 제공하는 형태를 우리가 좋아하기 때문일 겁니다. 어쨌든 매우 결정적인 증거는, 우리가 인식과 참조를 공유하도록 배선이 깔려 있다는 겁니다. 다윈의 마지막 책은 유아기부터 우리가 서로의 표정만이 아니라 동물의 표정까지 인식하는 방식을 묘사합니다. 따라서 사회적 조건의 규정성이라는 건 거의 있을 수 없다는 이야기지요.

하지만 나는 피시의 주장이 그런 입장에서 나오는 공격에 취약한지는 잘 모르겠습니다. 왜냐하면 결국 배선은 사회적 조건의 규정성만큼이나 공동체적이기 때문입니다. 나아가, 배선 쪽에서 나온 주장에는 우리 모두가 똑같은 대상을 인지한다는 증거가 없습니다. 그저 피시의 견해와 다름없이, 우리 모두가 똑같은 대상을 구성한다는 사실을 보여줄 뿐이죠. 이른바 급진적 구성주의에 반대하는 주장은 대개 내재적 경향을 지적하는 형태를 띠는데, 내가 보기에 실제로 성공적이지는 않습니다. 따라서 규정적 해석공동체 개념을 유지하고자 한다면, 그 공동체는 거의 그것을 공유하는 사람들만큼이나 수가 많을 수밖에 없다고 지적하는 논리가 둘 가운데 더 강력합니다.

학교를 해석공동체로 다루는 존 길로리의 주장은, 사실 그가 더 강렬해지고 심각해지리라 예상했던 학계의 정전 논쟁을 끝냈습니다(1477 참조). 그는 학계의 그 뜨거운 쟁점이 향후 이십오 년 이상 문화 전쟁을 일으킬 것이라고 것이라고 생각했죠. 정전 대 비정전, 문화 대 다문화—그런 표현들을 둘러싼 끝없는 말다툼이 벌어질 것이라고 걱정했던 겁니다. 뭐, 그런 일은 벌어지지 않았습니다. 길로리 자신의 주장이 워낙 눈부셔서 모두가 정신을 차리고 그런 논쟁의 틀이 부적절하다는 것을 깨달았기 때문이죠. 길로리의 책 『문화자본』이 대중적 문화 전쟁을 침묵시키지는 않았지만—어떤 것도 대중을 침묵시킬 수는 없죠—그의 중심주제인 그 '학교들' 안의 '문화'에 대한 논쟁을 결정적으로 침묵시킨 것은 사실입니다.

말했듯이, 길로리의 주요 관심사는—이 관심사는 대체로 사회학자 피에르 부르디외에게서 이어받은 것이지만, 그가 설명하다시피 안토니오 그람시에게서 온 것이기도 합니다—학교가, 그람시가 '헤게모니'라고 부른 것을 확립하고 확산시키는 방식입니다. 그의 관점에서 보자면 학교는 보통 구체적인 지식이나 이해로 무장한 정신을 배출하지 않습니다. 그 대신, 특히 인문학—길로리 생각으로는 그 둔감 때문에 스스로 궁지에 몰리고 있는—에서는 일정량의 '문화자본'이 각인된 사람들을 배출합니다. 다른 말로 하면, 어떤 종류의 계급—여기에서 '계급'이란, 물론 겹쳐지는 면이 있기는 하지만, 돈 또는 심지어 가족에 의해 코드화되는 계급이라기보다는 마르크스의 상부구조적 의미의 계급입니다—을 반복, 부르디외의 용어로는 '재생산'하는 거죠. 학생 스스로 습득해왔다고 생각하는 구체적인 내용과 관계없이, 학교는 교양(교향곡 공연 티켓이나 만찬 연설에서의 시 인용만이 아니라 다문화적 열망까지)의 소유를 통한 우월성을 길러내는데, 이것은 특권에 대한 지향을 복제하는 것으로, 길로리는 서양 문화에서 학교가 늘 이런 것을 육성해왔다고 말합니다. 학교가 재생산하는 것은 지식보다는 그 자체, 즉 학교가 구현하는 태도, 그 존재와 지속의 이유, 그와 더불어 권력이나 국가장치와의 관계라는 거죠. 그래서 길로리는 문화전쟁의 양쪽 편이 똑같이 학교가 재생산하는 단일 이데올로기의 손에 놀아나고 있다고 말합니다. 어떤 텍스트도, 그 자체로 아무리 진보적이거나 '주변화되었어도', 문화상품으로서 우선 처리되고 그다음에 소유되는 것이 아닌 이상 변화에 영향을 줄 수 없다.

다문화, 즉 '비정전'을, 길로리가 '진보적 교육학'이라고 부르는 것을 가르치는 유일한 수단으로 환영한다면, 관심 대상을 그것이 속해 있는 문화로부터 뽑아내는 일에만 성공하는 셈인데, 이는 '서구문명의 위대한 순간들'이 오래전부터 역사적 문화적 환경으로부터 뿌리뽑혀

온 방식과 정확히 일치합니다. 서구문명과 더불어 대안적 정전을 모두 문화자본으로서 똑같이 뿌리 없는 상품화로 전락시키는 것이죠. 서구문명의 경우 만찬 연설의 소재가 됩니다. 다문화 교과과정의 경우도 똑같은 방식으로 비슷한 행사에서 언급할 기회를 제공할 뿐이며, 양쪽 모두, 길로리에 따르면 어떤 문화적 산물이 뿌리 내린 역사적이고 사회적인 환경에 관해 뭔가를 배우는 것과는 아무런 관계가 없다는 겁니다.

이런 주장은, 위대한 작품이나 비정전 작품이 '학교' 이데올로기하에서 교육되는 방식은 그것을 사상이나 원칙을 담는 그릇으로 본다는 가정에 의존하고 있습니다. 그것은 메시지로서 교육된다. 서구 정전은 고대로부터 변함없이 내려오는 미국적 가치의 우월성에 대한 메시지로 증류되어 들어간다. 다문화 정전은 누구든 지금 말하는 사람의 아름다움과 중요성에 관해 경쟁하는 메시지로 증류된다. 그렇게 되면 모든 작품은 그것이 쓰여진 역사적 환경에서 나오는 동시에 그 환경을 표현하는 문화적 유물의 자리는 잃게 된다.

궁극적으로, 이런 주장은 가르치는 새로운 방법에 대한 호소입니다. 길로리 자신은 사실 위대한 작품들에 깊이 헌신하고 있습니다. 그는 근대 초기 연구자로 출발하여 처음에는 스펜서와 밀턴에 대한 훌륭한 책을 썼습니다. 문화사회학 분야에서 나중에 한 작업이 그가 초기에 특정한 문화적 정전에 관심을 가졌다는 사실의 가치를 낮추거나 훼손하지는 않습니다. 실제로 『문화자본』에서 가장 흥미로운 장은 토머스 그레이의 「시골 묘지에서 읊는 만가」가 자국어, 즉 영어로 쓰여졌음에도 영어 교과과정에서 우세한 자리를 차지하게 된 과정을 보여주는 부분입니다. 다른 말로 하면 길로리는 그 시, 이제 문화적 기념비가 된 그 시가, 고전, 즉 라틴성에 주어진 프리미엄을 무너뜨려 자국어 민족 커리큘럼의 등장에 일조했다는 사실을 보여줍니다.

길로리 자신은 그레이의 「시골 묘지에서 읊는 만가」에 밀려난 작품들을 포함한 고전을 좋아하며, 실제로 모든 수업의 모든 학생이 고전을 배제하지 않고 어떤 공동의 주제에 대해 논의할 기회를 가져야 한다는, 겉보기에는 반동적으로 여겨지는 그람시의 생각을 지지합니다. 그러면서도 길로리는 서구문명 전문가들이 정전은 '전통적'이거나 영속적일 수 있다는 생각에 어떻게 속고 있는지 보여줍니다. 역사는 계속 정전을 바꿉니다. 책이 쌓이고 읽을 수 있는 책이 줄면서, 이전에는 정전이었던 작품들이 어떤 교과과정에서든 소리 없이 탈락할 수밖에 없고, 서구문명의 교과과정 또한 예외가 아닙니다. 우리는 표준 강좌를 위한 새 교과과정을 짤 때마다 이런 일을 지켜봅니다. (우리가 공부한 목록에서도 충분히 있을 수 있는 일인데, 만일 내가 새로운 이론가를 들여오겠다고 결정하면 지금까지 있던 이론가들에게는 무슨 일이 일어날까요?) 오늘날 우리는 플라톤, 아리스토텔레스, 호메로스, 베르길리우스, 또 어쩌면 투키디데스와 헤로도토스를 좀 읽었기 때문에 '위대한 고전'을 안다고 생각합니다. 그러나 이전 시대에는 거기서 멈추지 않았습니다. 그들은 그리스어와 라틴어로 읽을 수 있는 것은 모두 읽었고, 그러고도 시간이 좀 남아 당시 영어로 출간된 책도 몇 권 읽었습니다. 그러나 근대의 언어와 문학이 들어갈 자리를 만들면서, 그런 고전의 수는 급격히 줄어들었죠.

길로리의 주장은 두 형태의 '문화'를 구별하는 이 논쟁에 관여한 사람들의 실패에서 출발합니다. 어떤 교육도 받지 않은 사람과 새로운 전문가/관리자 계급도 공유할 수 있는 종류의 문화, 꼭 집어서 말하자면 문학이 중요하지 않은 종류의 문화가 있습니다. 이 문화에서 나이키는 운동화입니다. 하지만 흔히 하는 말로 독일어 'Kultur'에서 대문자 K의 문화, 문명의 기념비들을 특징으로 삼지만 또한 그에 비견할 만한 부적으로서 인류에게 전해지는 대안적 정전도 갖춘 문화가 있습니다. 길로리는 이 두 형태의 문화의 관계를 이해하는 방식에 완전한 단절을 야기한 것이 그가 불만을 갖는, 교육에서 뿌리뽑힘을 가져온 바로 그것이라고 말합니다. 그 자신은 사회적이고 역사적인 환경의 맥락에서 가르칠 수만 있다면 무엇이든 가르쳐도 되고 가르칠 수 있다고 생각합니다. 길로리는 '명저'가 위대한 것은, 한편으로는 그것이 자신의 관점에 대한 진부한 확인으로 환원될 수 없기 때문이라고 보는데, 서구문명의 옹호자들은 '명저'에 그런 환원의 부담을 지우고 있다고 봅니다(1482).

> 조금이라도 흥미로운 문화적 작업은 이런 식으로 확실하게 알레고리화할 수 있을 만큼 간단하지 않다. 모든 문화적 작업은 바로 그 형식과 내용으로, 정전 논쟁이 분열된 교과과정을 수단으로 알레고리화하고 있는 바로 그 사회적 갈등을 객관화할 것이기 때문이다.

『오디세이아』는 거짓, 속임수, 엄청난 배신으로 가득합니다. 『일리아스』에서 매우 흥미로운 인물 가운데 하나는 테르시테스인데, 그를 두고 우리가 서구문명과 연결시키는 가치의 옹호자라고 할 수는 없지요. 어쨌든 이것이 길로리가 세심하고 주의깊게 읽으면 어떤 것도 그런 식으로 기념비화할 수 없다고 말하는 의미입니다. 따라서 궁극적으로 그가 주장하는 것은 더 나은 읽기를 위한 프로그램, 나이키가 신발인 동시에 여신인 문화 속에서 우리가 학교라고 부르는 해석공동체를, 자신을 생산하고 표현하는 살아 있는 환경으로 정화하는 프로그램입니다.

이론에 대한 찬반

25장

이론의 종말? 신실용주의

읽을 자료

스티븐 냅, 월터 벤 마이클스, 「이론에 반대하여」 『이론에 반대하여: 문학 연구와 신실용주의』.

이 강의에서는 발표 즉시 널리 찬사를 받고 논쟁을 일으킨 두 학자의 에세이를 다룹니다. 그들 가운데 한 사람은 당시 아직 정교수 지위에 오르지 못했고, 사실 두 학자 모두 당시에는 학계에서 자리를 잡으려고 노력중이었습니다. 물론 그러다가 『크리티컬 인콰이어리』에 실린 이 에세이로 성공을 거두었죠. 『크리티컬 인콰이어리』의 편집진은 발빠르게 「이론에 반대하여」와 더불어 이 에세이에 대한 일련의 응답을 책의 형태로 출간하기로 결정했습니다. 이 글이 일으킨 논쟁에 관심이 있다면 그 책 전체를 읽는 것도 괜찮을 겁니다—사실 관심을 가지도록 내가 여러분을 설득했으면 합니다.

스티븐 냅과 월터 벤 마이클스는 1970년대의 중요한 책인 철학자 리처드 로티의 『철학 그리고 자연의 거울』의 영향을 매우 직접적으로 받은 '신실용주의자'들입니다. 로티는 1930년대와 1940년대의 존 듀이까지 거슬러올라가는, 그리고 그전에는 헨리 제임스의 형인 윌리엄 제임스의 위대한 철학적 개입, 어쩌면 가장 중요하게는 철학자 찰스 샌더스 퍼스가 파헤친 기호이론으로까지 올라간다고 할 수 있는 전통 속에서 작업했습니다. 『웰비 부인에게 보내는 편지』에서 가장 명료하게 드러나는 퍼스의 기발하고도 까다로운 이론은, 그 당시에는 제임스를 포함한 소수의 동료 외에는 잘 알지 못했죠. 하지만 I. A. 리처즈를 수장으로 하는 케임브리지대학의 한 서클이 그 이론을 채택했습니다. 리처즈와 C. K. 오그던은 『웰비 부인에게 보내는 편지』의 발췌문을 부록에 수록한 『의미의 의미 *The Meaning of Meaning*』에서 퍼스의 기호학에 관한 몇 가지 사유를 전개했고, 그 뒤의 많은 비평가가 이 책을 통해 이 주제에 입문했습니다. 그들은 기호와 지시대상 사이의 '제삼자' 또는 '해석자', 즉 인간행위자의 역할을 강조했으며, 이것이 회의주의에 대항하여 기호와 지시 관계가 확실하게 매개된다고 반박하는 영향력 있는 방법이 되었습니다.

오늘날 학계의 문학적 사고에서 실용주의, 또는 신실용주의는 점점 영향력이 확대되고 있습니다. 퍼스의 기호학은 소쉬르 기호학의 대안으로 제시됩니다. 물질적 기초를 갖고 있고, '해석공동체'를 포함하여 사회적 상호작용의 역학을 반영하고 있기 때문입니다. 이런 생각 가운데 몇 가지를 냅과 마이클스의 에세이를 통하여 소개할 생각인데, 결론적으로는 왜 소쉬르의 전제들이 냅과 마이클스가 주장하는 만큼 쉽게 무시될 수 없는지 보여줄 수 있으면 좋겠군요. (퍼스 자신의 소쉬르 다시 읽기에 대해서는 여러분에게 움베르토 에코의 「퍼스의 해석체 개념」을 소개하고 싶은데, 이것은 해석자를 인간행위자가 아니라 하나의 매개 기호로 보고 있습니다.)[1]

1982년은 미국에서 문학이론에 매혹과 좌절을 느끼는 양쪽에게 최고 수위선이었습니다. 앞서도 이야기했지만 문학이론은 오늘날에는 찾아보기 힘든 방식으로 뜨거운 주제였죠. 이미 암시했듯 우리의 문학이론—또는 적어도, 그냥 내처 말하자면 소쉬르적인 문학이론—에 대한 관심은 이제는 적어도 부분적으로는 역사적인 것이 되었습니다. 하지만 1982년에는 이 문제에서 어떤 입장에 서 있느냐가 매우 중요한 일이었으며, 이러한 분위기에서 냅과 마이클스의 「이론에 반대하며」가 나왔습니다.

신실용주의는 소쉬르주의와 마찬가지로 '반토대주의적'(로티의 표현입니다)이어서 지식과 소통의 기초로서의 객관적 세계에 대한 이야기를 하지 않으며, 신실용주의자에게 기억해야 할 중요한 것은 우리가 실제로 사물을 알고 있다(어떤 이유에서건 그냥 알고 있다—이 에세이에서 주장하듯이, 지식과 믿음에는 차이가 없기 때문이죠)는 점입니다. 우리는 사물을 알지 못할 수가 없다. 그리고 우리는 우리가 아는 것에 기초하여 불가피하게 또 적절하게 행동하며, 따라서 우리의 사회적 환경 안에서 행위자 역할을 수행한다. 신실용주의자에게 말은 다른 모든 행동과 마찬가지로 행위성의 한 형식입니다. 신실용주의자는 행위성을 인간의 중심적 특징이라고 주장함으로써 적어도 수사의 측면에서나마, 가령 해체주의주의자보다 훨씬 열렬하게, 허무주의나 급진적 회의주의의 심각하다고 여겨지는 영향에 맞서는 것을 볼 수 있습니다.

여러분은 스탠리 피시의 에세이에서도 대체로 이와 비슷한 관점을 만났습니다. 피시는 우리가 우리의 행위성을 통하여 지식으로서 믿고 강화하는 것은 대체로 우리가 속한 해석공동체에 의해 생산된다고 주장하지요. 이제 여러분은 냅과 마이클스가 에세이 3부에서 피시와 정중하게 충돌하고 있는 것을 보게 될 것입니다. 그들이 폭넓은 관점에서 피시에게 동의하는 것은 분명하지만, 동시에 흔한 말실수에서도 생각의 나쁜 습관을 재생산하는 것이 얼마나 쉬운 일인지 보여주는 실례로 피시를 이용하지요. 그들은 피시의 에세이에서, 우리는 단지 믿음으로서가 아니라 믿음과의 관계 속에서 지식을 유지한다는 관념으로 다시 빠져들어가는 대목을 찾아냅니다. 이에 피시는 나중에 나온 『이론에 반대하여』에서 그들의 에세이에 대한 응답 가운데 하나를 쓰는데, 이것은 사실 일시적이고 피상적인 문제에 관한 우호적인 의견 교환이라 할 수 있지요. 이 강의에서 나는 냅과 마이클스가 제시한 셋 가운데 첫 두 주장에 주로 관심을 기울이려고 합니다. 로티가 가장 훌륭하게 검토한 철학적 쟁점인 지식과 믿음에 관해서는 거의 덧붙일 말이 없거든요.

여러분은 그들의 말투가 피시의 말투와 아주 흡사하다는 것을 알아챘을 겁니다. 솔직하고, 터무니없는 소리는 안 하고, 어서 끝내버리자는 말투로, 데리다나 라캉을 읽은 뒤라면 덧붙이고 자꾸 방향을 트는 방언에서 놓여난 듯한 안도감이 들었을 겁니다. 이것은 신실용주의적 관점을 끌어안는 데서 나오는 것입니다. 그것이 독자에게 하는 말은 결과적으로 그냥 하던 일을 하고 생각하던 것을 생각하라, 근거를 찾아 더듬지 말라, 그냥 생각하고 행동하는 일을 계속하라, 하는 것이기 때문이죠. 여러분은 문학적 해석자로서 여러분이 읽고 있는 것에 관해 어떤 의견이 있을 수밖에 없다. 그런 의견을 가지는 것을 피할 수 없다. 따라서 여러분이 읽는 것을 해석하고 있다면 그냥 계속 그렇게 하라. 만일 매개되지 않은 독자 역할을 맡아 스스로 해석하는 것을 원치 않는다면(해석은 객관적일 수 없다는 사실을 잊기 어렵기 때문에 포기하는 쪽을 택할 수도 있다), 그 대신 해석의 근거를 공부할 수 있다. 왜 역사적으로 명시할 수 있는 모든 해석공동체(또는 이와 등가인, 하버마스 용어의 애용되는 각색판을 인용하자면 '공적 영역')에서 다른 사람들은 왜 그런 말을 했을까? 여러분이 잘못될 수 있는 유일한 길은 자신이 하고 있는 것에 대한 어떤 이론적 정당화들을 대충 꿰맞추는 것이다.

냅과 마이클스는 사람들이 세 가지 근본적인 잘못(이번에도 세번째는 지식과 믿음을 분리하는 것입니다)을 할 때 이론이 제기하는 문제들이 불필요하게 또 그릇되게 얽히게 된다고 주장합니다. 첫째는 의미와 의도 사이에 차이가 있다고 생각하는 겁니다. 다른 말로 하면, 의미에 도달하기 위해서는 의도를 불러낼 수 있어야 한다는 겁니다. 또 한편으로는 의도가 없으면 의미를 결정할 수 없다는 거고요. 이것이 그들의 첫번째 주장입니다. 사람들은 의도와 의미를 분리하는 그 두 가지

(이론적 길항 관계) 가운데 한 가지 방식으로 실수를 할 때 이론에 말려들게 된다는 것이죠. 이 주장은 곧 다시 검토하겠습니다. 두번째 주장은 언어와 말 사이에는 아무런 차이가 없다는 그들의 생각에서 나옵니다. 그들은 언어, 즉 랑그가 우리 머릿속에 거의 데이터베이스처럼 자리를 잡고, 그것이 문장에서 문장으로 이어지며 발화되는 말, 파롤을 생산한다는 소쉬르의 생각을 거부합니다. 이 주장들 각각은, 마음속에 사물 이전의 어떤 상태와 그 사물의 상태를 행동으로 옮기는 순간 사이의 차이를 가정하거나 예상함으로써 '이론'이 가능해지긴 하지만, 제대로 말하자면 늘 행동하고 있는 순간밖에 없다고 이야기합니다.

이 주장을 더 꼼꼼히 생각해보기 전에 이 저자들이 이론이 무엇이라고, 또 무엇이 아니라고 생각하는지 잠시 살펴보겠습니다. 냅과 마이클스는 첫 문단에서 흥미롭게도 문학에 관한 어떤 유사 과학적 사고방식들을 이론에 대한 그들의 전반적 고발에서 면제해줍니다.

> 이 용어('이론')는 가끔 서사론, 문체론, 시형학 같은, 개별 작품의 해석과 직접 관련이 없는 문학적 주제에도 적용된다. 그러나 그 일반성에도 불구하고 이런 주제들은 우리가 보기에는 기본적으로 경험적이며, 여기에는 이론에 반대하는 우리의 주장이 적용되지 않는다.

다소 놀라운 일이죠. 우선, 이론만을 다루기로 한 이 강좌에서도 우리는 그런 것들을 몇 가지 이야기했으니 말입니다. 서사론, 문체의 과학으로서 구문적으로 또 통계적으로 문체에 접근하는 방식을 다루는 문체론, 시학의 한 측면으로서 여러 자료를 훑어보며 시가 어떻게 이루어지는가 하는 문제에 관한 일반적 생각으로 나아가는 시형론. 이 허용 가능한 활동들을 보면서, 우리는 러시아형식주의자들을 떠올릴 수밖에 없습니다. 서사론은 우리가 공부해보니 대체로 구조주의에서 나온 것이며, 사실 프로이트의 몇몇 생각에서 나온 면도 있어서, 이런 혈통을 따지고 들어가면 이론 비슷한 수상쩍은 냄새가 나지요. 하지만 냅과 마이클스가 이론에 대한 문제제기에서 면제해준, 문학에 대한 그런 사고방식은, 그들 말마따나 '경험적'인 것입니다. '시학'을 비이론으로 면제해주는 근거인 듯 여겨지는 좋은 관찰과 나쁜 사변적 작업의 구분—반토대주의자는 하기 힘든 구분(무엇을 사실로 쳐주는가?)—을 놓고 미적거리기보다, 냅과 마이클스가 '이론'이라고 부르는 것을 표현하는 더 적합한 말은 분명히 '해석학'이라고, 지나가는 말로라도 해두는 것이 유용할 듯합니다. 그들은 해석의 근거를 탐색하는 '해석학에 반대'하는 것입니다.

따라서 의도와 의미는 그냥 같은 것이어야 하며, 그다음에는 언어와 말도 그냥 같은 것이어야 합니다. 이제 이런 주장들을 생각해보려는 지금, 여러분은 스탠리 카벨의 "단어의 의미는 알 수 있지만, 내가 단어의 의도를 알 수 있을까?"라는 말을 기억해두시기 바랍니다. 냅과 마이클스의 에세이에 대한 응답으로 『이론에 반대하여』라는 책에 실린 말입니다. 이것은 상쾌한 문제제기인데, 결국 우리는 그 함의 몇 가지를 깊이 생각해보게 될 겁니다.

이제부터 하는 이야기에서 나는 오랫동안 냅과 마이클스에게 동의

하는 길을 따라갈 겁니다. 사실 거의 끝까지 그렇게 갈 텐데, 길이 끝날 때쯤 방향을 틀어, 바라건대 이론을 구하고 그것을 결국은 필요한 것으로 만들어볼 생각입니다. 그게 나의 의무입니다. 스물여섯 번 강의를 하고 나서 마지막에 우리가 이야기해온 것이 우리의 어휘에서 추방되어야 한다고 말할 수는 없죠. 그래서 용을 베어보려 하는데, 좀 기다려야 합니다. 계속 말하지만, 이건 장점이 많은, 아주 똑똑한 용이거든요.

냅과 마이클스는 이론으로 골치를 썩이기 전에 어떤 발화든 의도가 있다는 것을 그냥 당연하게 받아들이자고 말하는데, 정당한 주장입니다. 우리는 우리가 언어라고 생각하는 소리나 표시와 만날 때마다 그냥 그렇게 하면서 거기에 의도를 부여합니다. 언어는 정의상 의도적이다, 그들은 그렇게 말합니다. 따라서 저자를 추론할 수 없는 소리나 표시에는 언어의 지위를 부여하지 않습니다. 그것은 의도된 것이 아니라고 생각하기 때문이지요.

냅과 마이클스는 이런 가정을 검증하는, 이제는 유명해진 예를 제시하여 우리가 어떤 것의 의미를 안다고 생각할 때 거기에 무엇이 걸려 있는지 깨닫게 해줍니다. 보통 우리는 그냥 아무 생각 없이 "그게 무슨 뜻인지 알아", 아니면 적어도 "그게 무슨 뜻인지는 모르겠지만 그래도 무슨 뜻이 있기는 할 거야" 하고 말합니다. 이것이 우리가 언어의 한 조각에 일반적으로 접근하는 방식이죠. 그것이 언어라고 믿을 때 말입니다. 자, 해변을 걷다가 네 행—'행'이라는 표현부터가 이미 말하기 위험한 것입니다만—과 마주친 경우를 생각해보세요. 그러니까 모래에 표시가 네 줄 있다는 건데, 그게 워즈워스의 「잠이 나의 영靈을 봉하여A Slumber Did My Spirit Seal」의 첫 연과 몹시 똑같아 보이는 겁니다.

잠이 나의 영을 봉하여
나는 인간의 두려움을 몰랐네.
그녀는 지상의 세월의 손길을
느끼지 못하는 존재처럼 보였어라.

우리는 당황하지 않습니다. 어떤 워즈워스 애호가가 와서 모래에 그 행들을 긁적거렸다고 가정하기 때문이죠. 그렇게 그 네 행은 의도된 발화의 의도된 인용으로서 거기 존재합니다. 그 발화가 무슨 의미인지 알기란 매우 어렵지만(현대의 가장 우수한 비평가 몇 사람도 이 대목 때문에 골머리를 앓고 있습니다), 어쨌든 의도된 것이기 때문에 뭔가를 의미할 것이 틀림없습니다. 그때 파도가 해변으로 밀려와 해변의 1연 바로 밑에 2연처럼 보이는 것을 남기고, 우리는 당연히 당황하게 됩니다.

그녀는 이제 움직임이 없고, 힘도 없어
듣지도 보지도 못해
바위, 그리고 돌, 그리고 나무와 함께
지구의 매일매일의 행로를 따라 돌아갈 뿐.

어쩌면, 냅과 마이클스가 우리의 추측을 돕는 대로, 바다는 일종의 범신론적 존재로서 시를 쓰는 것을 좋아하는지도 모르고, 그럴 경우에는 바다가 이 연을 의도한 것이겠죠. 어쩌면 아주 작은 잠수함을 탄 아주 작은 사람들이 실험을 하고 있는 것인지도 모릅니다. 따라서 우리는 여전히 그 연의 저자를 추론해보려고 노력할 수도 있지만, 그냥 이것이 멋진 우연, 정말로 멋지지만 그냥 우연이라고 말할 가능성이 훨씬 높습니다. 달리 무엇일 수 있겠습니까?

이런 가정을 해보는 이유는, 우리가 어떤 표시들이 글이라고 생각하는 경우에는 언제나 그 표시를 한 의도를 이미 염두에 두고 있다는 사실을 깨닫게 하려는 겁니다. 만일 누군가 해변에 단어처럼 보이는 표시를 적어놓지 않았다면, 신이 보낸 어떤 실체나 존재가 그것을 쓴 것이 아니라면, 그 표시는 언어가 아니라 언어 같은 것일 뿐, 우연히 그렇게 된 것일 뿐입니다. 설사 그것이 언어 같아 보여도, 우리는 문득 거기에 의미가 있다고 생각하는 것이 어리석다는 사실을 깨닫습니다. 앞에 보이는 이 표시들 뭉텅이와 똑같이 닮은 시가 있긴 하지만, 그 시에는 의미가 있는 반면 이 표시들 뭉텅이에는 의미가 없는 거죠.

아마 우리 대부분은 우리가 그 표시들 뭉텅이를 해석할 수 없다는 생각에 저항할 겁니다. 의도가 그저 의미일 뿐이라는 점에는 동의할 수 있지만, 만일 뭔가가 의도된 것처럼 보이기만 한다면, 우리가 그에 따라 그것이 갖고 있는 것처럼 보이는 의미를 해석하는 일은 아무것도 막을 수 없다고 말하고 싶을 겁니다. 의도된 것과 단순히 존재하는 것의 차이, 여기서 전자는 언어이고 후자는 언어가 아닌데, 그 차이를 보여주는 더 분명한 예를 찾을 수도 있을 것 같군요.

예를 들어, 몇 년 전 「뉴헤이븐 레지스터」는 여기에서 가까운 밀퍼드에 사는 두 부인이 나무줄기에서 예수의 머리처럼 보이는 상처를 발견하고 환희에 젖은 표정을 짓는 모습을 사진에 담았습니다. 이 부인들만이 아니라 수백 명이 현장을 방문했지요. 자, 물론 그들은 그 상처가 그런 식으로 보이는 것은 그것을 어떤 조짐으로 만들려는 하느님의 의도 때문이라고 믿습니다. 그들에게는 그 의미가 분명했습니다. 그들도 알다시피, 똑같은 일이 치즈샌드위치 토스트에도 일어났지요. 하지만 그만큼 신앙이 강하지 않은 많은 사람들은 그 상처는 하느님이 그렇게 보이게 만든 것이 아니라 그냥 우연이라고 말할 것이며, 그중 누구도 그것이 예수의 얼굴이나 특별한 누군가의 얼굴이 아닌, 그냥 얼굴처럼 보인다고 말할 것입니다. 그 상처를 해석하려는 유혹은 없을 것이며, 그렇기 때문에 내가 보기에는 이것이 워즈워스의 시의 우연한 시뮬라크르보다 적절한 예입니다. 그 시뮬라크르의 경우에는 여전히 나를 읽어달라고 외칠 수 있으니까요. 그럴 경우 우리는 어떤 신비한 저자를 상정하게 됩니다. 그러나 나무의 상처에는 그런 유연성을 발휘하지 않는다는 점에 주목하시기 바랍니다. 예를 들어 우리는 '자연'이 그 표시를 얼굴로 만들었다고 말할 수 없습니다. 기독교의 신만이(즉 바람도 아니고 세포의 성장도 아니고 행위자로 생각되는 실험실 가운을 입은 아주 작은 사람들도 아닌) 자연을 통해 행동하거나 지시에 의해 예수의 닮은꼴을 만들 것임을 알고 있기 때문입니다.

요컨대, 여러분이 「잠이 나의 영을 봉하여」에 관해서야 어떻게 느끼건, 예수처럼 보이는 상처의 경우에는 냅과 마이클스의 주장을 쉽게 받아들일 겁니다. 그들의 관점을 인정하여 그것이 정말로 의도의 추론에 달려 있다고 말하겠죠. 의도가 없으면 의미도 없다. 하지만 의도를 추론할 수 있다면 그 의도는 그냥 의미다. 나는 이것이 모든 발화에 관한 흔들림 없는 논증이라고 생각합니다—적어도, 그 이유는 앞으로 보게 되겠지만, 우리가 그것을 발화행위라고 부를 수 있는 한에서는 그러하며, 그럴 수 있는 한 우리는 그것을 그렇게 부를 것입니다. 의도가 그냥 의미라는 것을 확인하려면, 어원적으로 생각해보기만 해도 될 겁니다. "나는 의미한다I mean"고 말할 때, 이 말은 "나는 네가 이러저러하게 이해하게 하려는 의도다"를 뜻합니다. 모든 언어에서 반드시 그런 식으로 작동하는 것은 아니지만(독일어에는 Ich meine, 즉 'I intend'라는 말이 있지만, das heißt나 das bedeutet는 'that means'라는 뜻이지 'I mean'을 뜻하지는 않습니다) 영어에서는 그렇게 작동하며, 이것이 그 두 단어를 분리하는 것이 상식에 어긋나는 것임을 깨닫는 데 도움이 될지도 모르겠습니다.

의미나 의도를 잘못 짚을 수도 있겠죠. 아마 실제로 잘못 짚는 일이 많겠지만, 그것은 지금 우리가 이야기하는, 의미와 의도의 차이가 있느냐 하는 문제와는 관계가 없습니다. 만일 어떤 문장이 어떤 행위자, 인간이건 아니건 어떤 행위자가 의도적으로 말한 것이 아니라면 그 문장은 의미가 없을 겁니다. 그것은 냅과 마이클스가 '언어'라고 부르는 것이 아닐 테니까요. 이것으로 사실상 우리는 이 에세이의 두번째 명제로 들어가게 됩니다. 애초에 어떤 발화가 언어로 이해되려면, 다시 이야기합니다만, 의도를 상정할 필요가 있다. 거꾸로, 의도를 추론할 수 없다고 생각한다면 우리가 보고 있는 것이 언어가 아니라 언어의 시뮬라크르에 불과하다, 원숭이가 타자기를 쳐서 만들어낸 말처럼 언어의 실질적인 복제품이라고 인정할 수밖에 없다.

냅과 마이클스는 기호가 아닌 소리나 표시를 언어라고 말하는 것은 아무런 의미가 없다고 말할 겁니다. 수백 종류의 기호를 구별한 C. S. 퍼스에게 모든 기호는 행동입니다—즉, 행위성과 목적성, 실용적인 기능이라는 겁니다. 기호는 차이적이라는 소쉬르의 말에 퍼스도 동의하겠지만, 그에게 기호에 관하여 지적할 중요한 점은 그것이 행동이라는 것, 목적을 수행한다는 것입니다. 그리고 이것이 단지 말뿐이 아니라 언어에서 기호가 지닌 특징입니다. 언어에서 기호는 이미 행동이며, 목적성으로 가득차 있습니다. 따라서 냅과 마이클스는 언어와 말 사이에는 차이가 없다고 말합니다.

소쉬르로부터 언어는 가상공간의 공시적 독립체이고 말은 실제 시간 속 언어의 통시적 수행이라는 생각을 흡수한 사람에게, 이런 주장은 받아들이기가 매우 어렵습니다. 하지만 냅과 마이클스의 주장이 그럴듯한 것이 될 수도 있는 방식을 우리가 이해하고 있다는 점은 분명히 해둡시다. 나는 이들이 주석에서 가장 효과적인 주장을 펼쳤다고 보는데, 아주 많은 주석들이 그렇듯이 이 주석 또한 이 에세이에서 가장 강력한 순간일지 모릅니다. "사전은 특정 발화행위의 빈번한 이용 지표다—추상적인 의도 이전에 존재하는 가능성의 모체가 아니다." 이 말을 생각해보기 바랍니다. 우리가 지금까지 생각해온 언어는 문법적이고 구문적인 일군의 규칙에 더하여 발화행위를 위해 이용 가능하게 만드는 일군의 정의이기도 합니다. 그러나 냅과 마이클스는 주석에서 이 전제를 부정합니다. 그들은 사전의 정의가 말하자면 행동하는 단어들의 합에 불과하며, 따라서 모든 항목은 이미 발화행위인 단어를 정의한다고 주장하고 있습니다. 『옥스퍼드 영어사전』은 한 단어의 여러 정의를 제공하는데, 이는 모두 문장 속에 박혀 있으며, 이 정의들은 문장에서 빼내더라도 여전히 수행되는 행위성 속에서 이해될 수 있는 발화행위다. 이런 관점에서 보자면 정의는 발화행위를 위해서만이 아니라 발화행위에 의해서 이용 가능해집니다. 사전에 실린 모든 단어는 발화행위 속에서 그 단어가 작동하는, 또 역사 전체에 걸쳐 작동해온 방식의 화석화된 기록입니다. 사전은 발화행위의 총합입니다. 따라서 행위성을 떠나 존재하는 어떤 것으로서의 언어와 언어를 행동으로 번역한 말을 구별하는 것은 잘못이지요. 우리가 존재하기 전에 늘 존재해왔다는 의미에서도, 언어는 우리 자신 이전에 발생한 말의 행동의 기록입니다. 사전은 역사적인 연설 일람표와 마찬가지로 의도된 발화행위의 일람표에 불과합니다. 따라서 '이론'은, 의미를 정당화할 의도를 찾지 말아야 하듯이, 말의 근거로 삼을 그 이전의 구두 매체를 찾지 말아야 합니다.

우리는 우리의 사고에 대한 이런 도전을 안고 한참을 가야 할 필요가 있습니다. 확실히 예상했던 것보다 한참이네요. 하지만 소쉬르를 옹호하여 한마디하자면, 어떤 면에서 그는 이런 입장을 예상하고 있습니다. (아직 내가 이론 구출작업을 시작하지는 않았다는 점을 지나가면서 말해두지요.) 구조주의와 그 영향을 이해하려면 언어와 말, 랑그와 파롤을 구분하기만 하면 되지만, 소쉬르에게는 사실 그가 랑가주라고 부르는 제삼의 중간 범주가 있다고 말한 것을 기억하기 바랍니다. 그것은 알려진 모든 발화행위의 총합입니다. 랑가주는 냅과 마이클스라면 '경험적'이라고 부를 만한 것이지만, 그들의 언어라는 말이 의미하는 바와 다르지 않습니다. 하지만 소쉬르에게 랑그는 랑가주와 달리 여전히 행동의 보관소가 아니라 코드죠.

신실용주의적 언어관은 우리에게 설득력이 있습니다. 바흐친을 비롯하여 최근에 읽은 다른 많은 글을 통해 우리는 언어가 사회적이며, 언어 그 전개는 모두 상호적이고, 다른 사람들의 발화행위에서 파생되며, 나의 일군의 발화행위로 전유되어, 다른 사람들에게 또 발화행위로서 영향을 준다고 믿게 되었기 때문입니다. 이 모든 것이 사실이라면 언어가 소통을 위하여 존재한다는 점은 말할 필요도 없는 것처럼 보일 겁니다. 어쩌면 우리가 지금까지 그 모든 과정을 거쳐왔음에도 이와 달리 생각한다는 것은 여러분 머리에 한 번도 떠오르지 않았을 겁니다. 왜 다른 생각을 하겠습니까? 결국 소통이라는 것이 우리가 언어를 가지고 하는 일인데요. 만일 소통이 언어의 '목적'이 맞다면, 언어에 말이 전유하는 행위성이 담겨 있다고 보는 게 일리 있을 테지요. 하지만 바로 여기서 나는 이론을 구하러 들어갈 작정이니, 연필을 잘 깎아두세요!

내가, 언어가 소통을 위하여 존재한다는 점은 말할 필요도 없는 것처럼 보일 겁니다, 하고 말한 것에 주목하기 바랍니다. 하지만 달리 언어가 무엇을 위해 존재할까요? 낙서를 하거나 모래에 의미 없는 표시를 하기를 좋아한다는 말은 큰 도움이 안 됩니다. 우리 대부분은 그렇지 않죠. 바로 그렇기 때문에 어쩐지 비문碑文처럼 보이는 의미 없는 표시를 하기를 좋아하는 사이 트웜블리의 그림이 그렇게 흥미로운 겁니다. 우리 대부분은 소통이 되는 표시하기를 좋아합니다. 누군가 언어가 소통수단이 아니라고 주장하는 것은 거의 생각할 수도 없는 생활세계에 살고 있죠. 우리는 언어를 효율적이고, 유연하고, 때로는 심지어 웅변적인 소통매체로 완벽하게 다듬었습니다.

하지만 내가 이론을 구하기 위해서는 겉보기에 자명한 이 전제가 틀렸다는 사실을 보여줄 필요가 있습니다. 내가 사변적 인류학이라고 부를 관점에서 이 주제에 접근한다고 해봅시다. '자연상태'에 관한 대부분의 논의—홉스나 루소, 또는 '원시공산주의'에 관한 마르크스의 경우—는 사변적 인류학, 즉 선사시대에 관한 추측이며, 이제 나도 한 번 추측을 해보겠습니다. 실용적인 말을 구사하는 기술을 받아들여 그것을 우리에게 유리한 쪽으로 이용해봅시다. 언어의 목적은 소통을 위한 것이다, 사람들은 그렇게 말합니다. 그게 불의 목적은 조리를 위한 것이다라고 말하는 것과 같나요? 불은 인간 유기체 외부에 있지만 언어는 그렇지 않다고 이의제기를 한다면, 쥐기에 적당한 엄지의 목적은 잡기 위함이라고 말하는 것과 같냐고 물어볼까요? 하지만, 외부에 있느냐 내부에 있느냐, 우리가 그런 구분을 잘 할 수 있다 해도 그게 중요한지는 잘 모르겠습니다. 바위 면에 있는 큰 구멍은 동굴이 아닙니다, 거주하기 위해 뚫어놓은 것이 아니라는 거죠. 우리가 그런 목적을 위해 그 구멍을 택하기 전까지는요. 어떤 목적을 우연히 만나는 것이 불을 조리하기에 좋은 것으로 만들고, 쥐기에 적당한 엄지를 붙잡기에 좋은 것으로 만들고, 바위의 구멍을 거처로 삼기에 좋은 것으로 만들지만, 이 모든 것은, 그 다양한 방식으로, 원래 그냥 거기 있는 것입니다. 우리가 발견한 유용한 일을 하게 해주기 위해 거기 있는 게 아니라요. 목적이란 이미 거기 있는 것에 우리가 덧씌운 것이지요.

언어는 쥐기에 적당한 엄지 같은 방식으로, 진화적 변이로서 우리에게 나타났습니다. 우리는 "그 용도를 발견했습니다." 물론 이것이 불완전한 표현방식이라는 건 인정합니다. 우리는 언어에 우리를 위한 용도가 있다는 것을 발견했는데, 그 용도가 소통하는 것이었고, 그래서 우리가 서로 차이가 나는 소리를 내는 이 이상한 능력을 작동시킬 수 있게 되자, 그 결과 우리를 위해 또 우리의 목적에 맞게 언어가 소통을 이루어주게 된 것이라고 말하는 것이 더 신중할지도 모르겠군요. 물론 우리는 언어로 엄청난 성공을 거두었습니다. 또는 언어로 바벨탑을 세웠죠. 여러분이 어느 쪽으로 생각하고 싶어하는지 모르겠군요. 하지만 어쨌든 우리는 언어를 갖고 있고, 언어는 우리 사이에서 소통매체로 발전해왔습니다.

다양한 소리를 전개하는 능력이 돌연변이로 출현한 바로 다음날 산사태나 지진이나 해일이 일어나 그 돌연변이의 소유자를 멸종시켰다고 해봅시다. 그뒤에 손짓이나 우리의 추측을 뛰어넘는 다른 기호체계를 통하여 믿을 수 없을만치 웅변적으로, 어쩌면 심지어 문학적 천재성을 담아 소통하는 사람들이 생겨났을지도 모릅니다. 아니면, 호모사피엔스가 발전과정에서 우회로를 거쳐, 소통이 특별히 인간적인 것이라고 할 수 있는 상황이 아니게 되었을지도 모릅니다. 지각을 가진 모든 존재가 대체로 은유적으로만 언어라 할 수 있는 기호체계를 이용하여 어떤 의미에서는 소통을 하지요. 그런데 우리 특정한 종은 발달과정에서 전환이 일어나, 설혹 그뒤로 다른 특별한 능력을 아무리 발전시켰다 해도, 소통만큼은 쥐나 개미 수준에 머물러 있었을 수도 있습니다.

이 모든 게 가능합니다, 보다시피 우리가 언어—소통을 위해 이용하는 속성—를 인류학적으로 생각할 때는 말이죠. 내가 생각하기에, 언어의 목적이 소통을 위한 것이라고 말하는 것은 거의 타당성이 없는 그런 방식으로 존재합니다. 언어는 그저 깃털과 같은 하나의 현상으로, 그것이 아무런 용도가 발견되지 않은 돌연변이와는 달리 뭔가에 유용하다는 사실이 드러났을 뿐입니다.

우리가 소쉬르를 따를 경우 신빙성을 부여하게 되는, 언어의 기호들에 관한 무언가에 주목하기 바랍니다. 소쉬르는 언어가 차이에 근거하며 자의적인 기호들로 이루어진다는 생각을 매우 강조합니다. 언어에 타고난 기호 같은 것은 없다고 생각하죠. 소쉬르와 러시아형식주의자들—기억하겠지만, 이들은 문학적 언어의 소통하지 않는 측면들을 발견하면서 연구를 시작했습니다—은 모두 의성어 장치, 예를 들어 'peep, peep, peep'이 사실 세상의 사물이나 느낌에 있는 소리나 속성에서 파생된 자연적 기호라고 믿지 않도록 주의하라고 말합니다. 소쉬르는 의성적 기호들이 어원 역사에서 우연의 산물이라고 주장합니다. 언어에는 의성어가 상당히 빈번하게 발생하지요. 그것이 소통을 촉진하고 소통하는 재미를 주기 때문입니다. 그러나 의성어가 자연적인 기호로서 언어에 들어오는 것은 아닙니다. 주어진 단어의 진화에서 소리와 지시 대상 사이의 관계가 자연스러워 보이는 순간들을 통과할 뿐입니다. 영어와 독일어로 개 짖는 소리 bow-wow와 wauwau는 둘 다 말에서 의성어이지만, 각각이 속하는 언어에서는 그들과 다른 기호 사이의 차이에 근거한 관계가 그들의 정확한 윤곽과 이용의 조건이 됩니다.

이것은 소쉬르와 러시아형식주의자 양쪽에서 매우 강조하는 것입니다. 여러분은 이들이 이렇게 사소해 보이는 점을 장황하게 설명하는 대목을 보면서, 대체 왜 그러는지 궁금했을지도 모릅니다. 하지만 의성어를 올바르게 기호학적으로 이해하는 것이 그들에게 중요하다는 사실을 알게 되지요. 그것이 지금 냅과 마이클스의 공격을 받고 있는 언어에 관한 그들의 핵심적 믿음에서 닻이 되기 때문인데, 그 믿음이란 바로 언어가 말이 아니라는 겁니다. 우리는 말을 할 때 소통하려고만 노력하는 것이 아닙니다. 우리는 지시하려고 노력하기도 합니다. 다른 말로 하면, 우리는 언어를 자연세계에 일치시키려고 노력합니다. 우리는 기호들의 체계, 그 자체로는 자연적이지 않고 자의적인 부호를 채택하여, 언어의 기호가 자연스럽게 보이게 만들고자 노력합니다. 그렇게 하는 과정에서 우리는 언어가 소통을 위해 존재한다는 생각을 강화합니다. 하지만 나라면 언어가 소통을 위해 존재한다고 말하지 않겠습니다. 말이 소통을 위해 존재하지요.

하지만 이 또한 단서를 달아야 하는데, 이 단서가 이론의 복권에 핵심적인 역할을 합니다. 러시아형식주의자들이 보여주었듯이, 우리가 늘 소통하기 위해서만 말을 하거나 글을 쓰는 것은 아닙니다. 우리의 말에는 소통을 촉진하는 것처럼 보이지 않는 독특한 패턴이나 관계—예를 들어 불필요하거나 비경제적인 형태의 반복—가 등장합니다. 사실 소통을 오히려 방해하는 요소죠. 조합의 축에서 여러 가지를 진짜로 섞기 시작하면—예를 들어 루이스 캐럴이 만들어낸 소설 속 이 뜻없는 문장 "Twas brillig, and the slithy toves / did gyre and gimble in the wabe"—소통과 아무런 직접적 관계가 없다고 할 수 있고 오히려 이해를 방해하는 리듬, 패턴, 소리 반복이라는 요소를 강조하게 됩니다.

이런 것들은 모두 말을 통해 엿볼 수 있는 언어에 관한 경험적 사실이며, 따라서 냅과 마이클스도 단순한 이론으로 치부해버릴 수 없습니다. 언어가 말 속에서 자신이 들리게끔 만드는 방식은 우리가 되풀이해 인식해온 것이지요. 표면을 향해 부글거리며 올라오는 무익하고 터무니없는 그 요소들은 언어의 자기진화적 기원의 주장이며 호모사피엔스가 언어를 위해 발견한 목적, 즉 소통에 완전히 묶이는 것에 대한 거부입니다. 마찬가지로 프로이트에게서도, 프로이트적 실언—사람은 한 문장을 통과하는 동안 반드시 어떤 종류의 실수, 종종 당혹스러운 실수를 하게 된다는 사실—이 알아듣게 말하고자 하는 의식적 노력으로는 통제할 수 없는 무언가로서 부글거리며 올라오지요.

이와 비슷하게 어떤 사전적 정의도 작동중인 말과 일치하지 않는 그런 순간에 우리는 언어가 발화행위의 경험적 연구와는 뭔가 다른 것, 의식의 통제에 종속되지 않는 어떤 것이라고 인식합니다. 우리는 변덕스러운 발화행위로부터 언어를 추론합니다. 언어의 그러한 면, 이에 관해서는 마지막 강의에서 더 이야기하겠지만, 그런 면을 볼 때 나는 언어와 말 사이에 사실 차이가 없다는 냅과 마이클스의 말이 우리를 오도하는 것이라고 생각하게 됩니다. 내가 지금 주장해왔듯이 언어와 말 사이에 실제로 차이가 있다면, 소쉬르를 비롯하여 해체주의에 이르기까지의 그 후계자들이 우리에게 가르쳐준 대로 이런 차이가 큰 것이라면, 우리는 문학이론을 구출하는 데 성공한 것이며, 부수적으로, 실용적으로 말해서, 이론이 존재하는 이유를 기술할 방법을 찾은 셈입니다. 문학이론은 말 속의 언어를 연구하는 것이다.

하지만 실용주의자라면, 그 점을 인정한다 해도 이것은 이론에 대한, 기껏해야 피로스적인 승리라고 응답할지도 모르겠습니다. 우리는 결국 실용주의자입니다. 우리는 인간 행위성을 장려하며, 말 그리고 해석과정에서 소통이 성취되고 의미에 도달하는 그런 측면을 강조합니다. 내가 이론을 가지고 할 수 있는 일이 고작 1914년 러시아형식주의자들을 사로잡았던, 표현의 경제에서의 일탈을 지적하는 것이라면, 나는 이론을 구하기 위해 상당히 큰 대가를 치른 셈입니다. 형식주의자들조차 그것은 금방 넘어섰으니까요, 안 그렇습니까? 자, 다음 마지막 강의에서 나는 형식주의자들이 거기에 머물지 않았음을, 그들의 접근법이 지시 자체를 포함하여 문학적이라고 간주할 수 있는 모든 장치를 포괄하는 방향으로 나아갔음을—그리고 그들이 시작한 전통에 아직 이룰 것이 많음을 보여주고자 노력할 것입니다.

이제 마지막으로, 냅과 마이클스가 부정하는, 의미와 의도의 구별로 돌아가봅시다. 그들은 대립하는 두 문학 진영이 하나의 폭탄으로 날아갔다고 주장합니다. 한편에는 의미를 짚어내기 위해서 저자의 의도를 불러낼 수 있다고 믿는 E. D. 허시 같은 사람들이 있습니다. 반대편에는 추론할 수 있는 의도는 없기 때문에 텍스트 자체에는 의미가 없다고 말하는 해체주의 진영 사람들이 있습니다. 하지만 사실 해체주의가 말하는 것은 그런 것이 아닙니다. 텍스트에 의미가 없다거나, 심지어 최종적으로 의미가 무엇인지 자신할 수 없다는 것은 그들의 핵심과 거리가 멀죠. 해체주의가 말하는 것은 텍스트에서 의미를 밧줄로 묶어둘 수 없다는 겁니다. 텍스트에는 의미가 너무 많습니다. 텍스트는 의미 과잉으로 폭발합니다. 의도를 추론하여 텍스트가 의미를 생산하는 방식을 가두어둘 수가 없습니다. 정확하게 확인한—그것이 가능하다면—의도조차 말 안에서, 또 말을 통하여 분출하는 언어를 절대 설명하지 못할 것이기 때문입니다. 따라서 우리가 언어와 말 사이에는 차이가 없다는 주장으로부터 이론을 구출할 때 채택한 입장은, 의도와 말 사이에 차이가 없다는 주장에도 대응하는 입장입니다. 언어는 전혀 의도되지 않습니다. 다시 카벨의 말을 빌리자면, 단어의 의미는 알 수 있지만, 내가 단어의 의도를 알 수 있을까요?

언어-말 쟁점은 사실 의미를 알기 위해서는 저자의 의도를 추론할 수 있어야만 한다는 생각의 이면이 아닙니다—냅과 마이클스는 그렇게 생각하기를 바라겠지만요. 그들이 무너뜨린 두 구별 사이에는 대칭이 상대적으로 적습니다. 무엇을 주장하든, 그 완전성과 불완전성이 무엇이든, 해체주의가 의미와 관련된 의도의 문제를 어느 쪽으로든 깊이 염두에 두고 있다고는 절대 장담할 수 없습니다. 말은 의도된 것이다, 냅과 마이클스는 그렇게 말합니다. 의도되지 않으면 말이 아니다. 하지만 언어는 말의 의도를 손상하여, 의미론적 과잉 속에서 윤곽을 그려내는 과정에서 결국 의도가 결정적인 해석학적 역할을 할 수 없는 지점에 이르게 됩니다. 이 강좌를 마무리하면서, 앞서 말한 대로 이런 관점을 이론에서 이용할 수 있는 범위를 보여주기 위해 노력해보겠습니다.

26장
결론: 누가 지금 이론을 증오하지 않으랴?

지난 강의에서 우리는 냅과 마이클스의 이론 추방 명령에 맞서 형 집행 정지를 시도했는데, 그 방법은 언어와 말 사이에는 사실 차이가 있다고 말하는 것이었습니다. 오늘의 마무리 강의에서도 그 주장을 계속 살펴보고 싶습니다. 우선, 내가 계속 이론을 구원한다고 말할 때, 여러분은 당연히 왜 구태여 그것을 구원하느냐고 물을 것입니다. 우리는 지난번에, 특히 언어와 말—그들의 입장에서는 같은 것으로 이해되죠—의 공통 행위성에 관한 신실용주의자들의 관점을 고려할 때, 이론이 실용적인 목적과는 어떤 관계도 없다고 결론지어야 하는 것인지 의문을 품기 시작했습니다. 이 또한 오늘 다시 생각해보고 싶은 관심사입니다. 왜 우리는 구태여 문학이론을 구하려는 것일까? 자, 그것은, 분명히, 소통의 한계를 발견하는 것과 어떤 관계가 있습니다.

말은, 지난번에 이야기한 대로, 의문의 여지 없이 소통을 '위한'—즉 그것을 위해 만들어진—것입니다. 따라서 오래되고 노골적으로 진부한 질문, "우리는 서로 얼마나 잘 소통하는가?"가 안타깝게도 우리가 던져볼 필요가 있는 질문입니다. 프랑스 사람들이 실존주의 시기에 소통부족이라고 불렀던 것에 관하여 한두 마디 하고 싶네요. 무엇보다도, 우리는 실제로 소통을 상당히 잘한다고 주장하고 싶습니다. 축하를! 나는 사람들이 우리가 과연 서로를 잘 이해할 수 있느냐고 걱정하는 일반적인 방식, 특히 서로 다른 문화들 간에 나타나는 예민한 방식 가운데 많은 수는 매우 감상적으로 과장되어 있다고 생각합니다. 나 자신의 느낌은 많은 경우, 우리는 서로 너무나 잘 이해하고 있으며, 따라서 우리 각자가 "어디에서 왔느냐"에 관해서 그렇게 심각한 수준으로까지 예민하게 굴지 않는 편이 낫다는 쪽입니다. 서로의 경각심을 높이려는 우리의 노력의 밑바닥에는 어느 정도의 불신이 깔려 있을 겁니다. 우리가 서로의 '주체 위치'를 이해하지 못하기 때문에 서로를 너무 형편없이 대한다는 생각이 들죠. 나는 그렇게 생각하지 않습니다. 말은 훌륭하게 자기 역할을 하는데, 그것이 우리의 지속되는 악의에 책임을 지게 해서는 안 되죠. 말은 거칠지만 준비된 효험이 있으며, 말했다시피, 그것을 부정하는 사람은 누구든 대체로 자기도 모르는 사이에 소통의 어려움과는 다른 이유에서 생겨나는 문제에서 관심을 돌리게 만들고 있는 것입니다.

하지만 그렇다면, 왜 이론이 나서서, 사실 소통에는 결함이 있다고 반대되는 이야기를 하는 것일까요? 문제는—우리가 보았듯이 냅과 마이클스는 부정하지만—언어라고 부르는 이 성가신 존재인데, 이것이 계속 소통과정에서 머리를 내밀고, 막아서고, 소통을 방해한다는 것이죠. 러시아형식주의자들이 주장하듯이 말입니다. 하지만 그들의 관점에서 보자면 이것은 좋은 일이기도 합니다. 사실 여러분이 일상적인 말에서 들을 수 있는 언어의 이 작은 잡음은 사실 그렇게 나쁘지 않지요. 말했듯이, 그래도 우리는 소통을 아주 잘하거든요. 그런데 왜 이론은 이런 사소해 보이는 쟁점, 언어는 그냥 말일 뿐이고 말과 다른 것이 전혀 아니라고 말하는 사람들과 다투는 쟁점을 근거로 자기주장을 펼칠 수 있다고 생각하는 걸까요?

이론의 기능 가운데 일부는, 말이 방해받지 않는 방식으로 소통하는 정도를 측정하는 것, 효과적인 소통이 여전히 가능하다고 기대할 수 있는 정확성과 세밀함의 수준을 측정하는 것입니다. 혹시 여러분이 이런 문제야 땅을 흔들 만큼 중요한 것은 아니라고 생각한다 해도 여러분을 탓하지는 않겠습니다. 하지만 이 강의가 끝날 무렵에는 그것이 사실 놀랄 만큼 중요하다고 생각할 수 있도록 여러분을 설득할 수 있었으면 좋겠군요.

우선 이론이 무엇이 아닌가를 기억할 필요가 있습니다. 우리는 이론과 철학, 이론과 방법론, 심지어 이론과 해석학을 구분하는 일로 이번 학기를 시작했는데, 우리가 그렇게 한 것은 철학, 방법론, 해석학의 목적 전체가, 이론의 목적과는 반대로 의미를 발견하는 데 있기 때문입니다. 이론은 의미가 방해받는 방식에 더 관심이 있지요. 하지만 물론, 이론에 능숙하고 이론의 목적을 이해한다 해도, 여러분은 여전히 이런 다른 것들을 할 수 있습니다. 여러분은 체계의 건설자가 되어, 철학자로서 사물들의 전체성을 설명할 수 있습니다. 마찬가지로, 냅과 마이클스가 말하듯이, 여러분은 여전히 문학적 자료를 바탕으로 경험적으로 작업을 할 수 있고, 이것이 조직되어 우리가 '시학'이라고 부르는 것, 하나의 방법론이라는 결과가 나올 수도 있지요. 마지막으로 여러분은 해석학 서클에 들어가 의미를 탐색할 수도 있습니다. 사실 이것이 여러분이 텍스트나 발화와 대면했을 때 처음 하는 일이며, 이론을 포함하여 이런 첫 관여에서 성공을 거두는 모든 사유는 해석적 노력의 조건을 재고합니다. 여러분은 이 모든 일을 할 수 있고, 그러면서도 이론이 사이드라인에 서서 여러분을 향해 주먹을 흔들거나 손가락질한다는 느낌을 받을 필요가 없습니다. 이론을 감시견으로 두려워할 필요가 없다는 겁니다. 모두가 동의하지는 않겠지만, 적어도 내가 생각하기에 이론은 사실 우리가 우리 나름의 길을 가게 해주면서, 해석과 의미의 문제를 생각하는 동안에도 염두에 두고 있는 것이 좋을 한계나 단서가 있다는 사실을 우리에게 일깨워줄 뿐입니다.

따라서 나는 이론을, 소통을 의심하는 정당한 방법—고통스럽고 절망적인 방법에 대비되는—의 지도를 그리는 사고의 부정적 운동으로 정의하고 싶고, 또 정의해왔습니다. 이론은 일반적으로 참이라고 생각되고, 참으로 가정되며, 또—물론 여기에서 핵심에 이르게 됩니다—참으로 말해지는 것에 대한 반테제적 저항력입니다. 만일 그렇다면 왜 딱 집어서 언어를 두고 소란을 피우는가? 왜 우리는 이렇게 빨리 언어로 초점을 좁히는가? 내가 지난번에 언어와 말의 관계와 관련하여 이야기한 것은 너무 범위가 좁아서 여러분에게 그리 설득력이 없었을지도 모릅니다. 이제 내가 사용하는 '언어'라는 말의 의미를 상당히 넓히고 싶습니다. 내가 믿기에 이론은, 말, 의도에 맞추어 말해지는 것의 효험에 관해 세 가지 방식으로 어느 정도 의심을 가지라고 권장합니다.

지난번에는 이 가운데 한 가지를 언급했는데, 이제 세 가지를 이야기하려 합니다. 첫째는 지난번에 말한 것, 언어가 소리로서의 말의 지시적 기능에 머리를 내미는 방식입니다. 그러니까, 우리가 말을 소통매체로 생각한다면, 우리는 말에 참여하면서도 물어볼 수밖에 없습니다. 어떻게, 또 왜 말은 대부분은 우리에게 아무짝에도 쓸모가 없는 방식으로 음향적 소음이라는 짐을 그렇게 많이 지고 있는 것인가. 물론 가끔 소리의 패턴은 소통을 진행하는 데 도움을 주는 듯합니다. 여러분은 소리가 의미를 강화하는 것이 아니냐고 묻고 싶을지도 모르겠군요. 나는 앞서 신비평을 다룰 때 여러분 모두 이미 고등학교에서 신비평을 했다고 말했습니다. 그것이 여러분이 문학적 해석을 배운 방식입니다. 신비평이 찾는 것, 그리고 물론 발견한 것이 소리에 의한 의미의 강화입니다. 그게 신비평이 시 이해에 관한 안내서에서 말하는 것인데, 포프가 「비평론」에서 처음 그 얘기를 했지요. 소리의 패턴이 사용되는 방식에 의해 증가하는 의도적 의미나 의도적 구조의 복잡성을 한껏 즐길 수 있는 경우는 많습니다. 포프의 그 글에서, 상처 입은 뱀은 천천히 긴 몸을 빼내고, 재빠른 카밀라는 평원을 급히 달려가며, 그들 각각의 굼뜨고 가속화된 소리는 우리를 즐겁게 합니다.

동시에 러시아형식주의자들이 러시아 전통 속의 두운시, 민담, 민요를 연구하면서, 또 속담을 구체화한 운문을 연구하면서 발견했듯이, 관련된 소리 요소에서 의미론적 목적을 파악할 방법은 전혀 없습니다. 우리의 자연발생적인 발화에는 소리의 반복성을 향한 묘한 끌림이 있습니다—단지 우리 모두가 우리도 모르는 사이에 대부분 약강격과 두운으로 말을 한다는 것만이 아닙니다. 야콥슨은 「언어학과 시학」에서, 근처에서 폭력적 사건이 발생할 때 우리가 스스로를 'innocent bystander'로 간주하는 순간에 관해 이야기합니다. 우리는 여기에서 'bystander'가 아니라 'witness'라고 말할 수도 있겠지만 이중 강약약격이 우리의 선택을 규정합니다. 어떤 사람이 innocent bystander가 되는 것은 그 표현에 특정한 의미나 의미론적 가치가 있기 때문이 아니라, 그것이 귀에 감기기 때문입니다. 소리의 그런 기능, 이것은 말에서 소리의 과대결정적 출현이라고 부를 수도 있을 것인데, 그런 기능은 경제학자들이 비합리적이라고 부를 만한 겁니다. 그런 기능은 그냥 거기에 있고, 자기 일을 하지만, 그것을 소통이라고 부르기는 어렵습니다.

소리는 이만 이야기하는 것으로 하겠지만, 소리만이 문제가 아닙니다. 만일 그것뿐이라면, 문학이론이 러시아형식주의자들의 첫 이삼 년치 연구 정도의 가치밖에 없는 것이라면, 우리는 아마 이런 주제로 입문 개관 강좌를 열지도 않을 겁니다. 말은 다른 두 가지 방식으로도 언어의 방해를 받습니다. 우선 언어가 현재 이야기되고 있는 것에서 통제 불가능한 의미론적 표류drift를 생산하는 방식에 방해를 받는데, 이 표류는 말의 의미론적 취지drift로부터 벗어나 배회합니다. 언어는 그 나름의 의미를 가지고 있는 듯합니다. 소쉬르는 라틴어나 다른 인도유럽어 운문에 묻혀 있는 두문자어頭文字語를 발견하는 데 몇 년의 연구

기간을 쏟아부었습니다. 그는 이 발견으로부터 시의 일반론을 구축하고 싶어했지요. 누가 거기 심어놓았을 리가 없는 의미 안의 의미가 있었지만, 묘하게도 그것을 찾아낼 수 있었습니다. 유명한 시—냅과 마이클스가 「이론에 반대하여」에서 제시한 예로, 우리가 지난 강의에서 읽었던 시—를 암송하면서 다음을 읽어보세요.

Ah slum per dead, um, I spear'd seal. Eye add, know Hume, 'n fierce! Shah seam (duh!) thin; the tic oud-knot fee ill: thud! Uh shover the lee ears. No mo'! Shun hash e'en ow, no fours, shhh! knee th'rears, Norse ease. Role drown, an' hurts, die, urn: all corpse, whither oxen? —sst!-onus entries.

여러분이 암송한 것은 다음 시[잠이 나의 영을 봉하여]입니다.

A slumber did my spirit seal;
I had no human fears:
She seem'd a thing that could not feel
The touch of earthly years.

No motion has she now, no force;
She neither hears nor sees;
Roll'd 'round in earth's diurnal course

With rocks, and stones, and trees.

위의 첫번째 방식으로 '시'를 쓰는 것은, 기본적으로 조이스가 『피네건의 경야』에서 하는 일을 수행하는 것임을 알 수 있을 것입니다. 사실 나는 이런 식으로 시를 쓰면서 계속 나 자신에게 이것이 『피네건의 경야』가 될 수도 있다고 말했습니다. 여러분도 상상할 수 있겠지만, 나 스스로 매우 만족스러웠죠. 내가 진짜 단어만 사용했다는 데 주목해 주기 바랍니다. 말을 받아쓴 이 글에 단어가 아닌 것은 없습니다. 시대착오적인 분위기에 탐닉하다보니 외국어를 한두 단어 쓰기는 했지만, 이 담론이 어느 정도 의미가 통하도록 돕기 위해 구두점도 사용했지요. 그 의미란 어느 정도는 죽음과 관련된 것으로 워즈워스 시의 의미와 불가사의하게 겹치기도 합니다. 그냥 말이 통하지 않는 소리로 놓아둘 수도 있었는데—루이스 캐럴의 "'Twas brillig, and the slithy toves / did gyre and gimble in the wabe"처럼—사실 그것이 말이 통제 불가능한 의미론적 표류로부터 영향받는 더 분명한 방식이기도 합니다. 루이스 캐럴의 유명한 난센스 운문에서 흥미로운 점은, 우리 모두가 그것이 무엇인지 안다고 생각한다는 것입니다. "몹시 시끄러웠고 미끈덕거리는 두꺼비는 파도 속에서 펄쩍 뛰고 장난을 쳤다'Twas blusterous and the slimy toads did leap and frolic in the waves." 우리는 그것이 이 비슷한 뜻이라고 생각하지만, 의미론적 표류—이것은 루이스 캐럴이 우리가 존재한다고 상상하는 뻔한 의미를 압도하기 위해 일부러 도입한 것이죠—가 의미에 관한 어떤 확실한 결론을 끌어내는 것을 막습니다.

워즈워스의 「잠이 나의 영을 봉하여」에 대한 이 유사 난센스의 전사轉寫가 말에 실제로 어느 정도나 의미론적 표류가 있는지 보여줄 수 있었기를 바랍니다. 여러분이 가령 우리 모두가 속해 있는, 스탠리 피시가 말하는 해석공동체로부터 멀리 떨어져 있는 사람이라고, 또 문학을 공부하는 학생이라면 대부분 즉시 알아볼, 워즈워스의 이 시는 고사하고 시가 무엇인지조차 모르는 사람이라고 해봅시다. 누군가 여러분 앞에서 내가 방금 인용한 것을 암송합니다. 여러분이 글쓰기에 능숙하여 그것을 전사한다면 내가 칠판에 적은 것과 비슷한 것을 쓸지도 모릅니다. 다른 말로 하면, 워즈워스가 실제로 쓴 것이 여러분이 듣고 있는 것이라는 생각이 그냥 자연스럽게 떠오르지는 않는다는 거죠. 이런 종류의 의미론적 표류는 어떤 발화에나 존재합니다.

우리는 맥락을 이해하는 데 정말 능숙하기 때문에 발화가 이런 식으로 오해되는 일은 자주 일어나지 않습니다. 그것이 이른바 소통의 문제가 사람들이 가끔 주장하는 것만큼 크지 않은 한 가지 이유입니다. 따라서 우리가 심하게 잘못될 가능성은 높지 않지만, 그래도 분명히 그러는 때가 있기는 합니다. 린든 존슨의 연설문 작성자가 그의 연설에서 '오도되다misled'라는 단어를 썼고, 존슨은 연설문을 읽다가 주먹으로 연단을 내리치며 "We will not be myzled" 라고 말했죠. [존슨처럼 myzled로 잘못 발음하면 '홍역에 걸린다'거나 '나의 썰매가 된다'는 뜻이 될 수도 있으니] 그렇게 되지 않기를 바랍니다. 우리 모두가 알다시피 그것이 맞춤법검사기의 문제입니다. 맞춤법검사기를 켜고 기말페이퍼를 쓴 뒤 귀찮아서 수정을 하지 않고 제출을 합니다. 거기에는 실수가 가득하죠. 물론 언어에는 동음이의어 천지인데, 맞춤법검사기는 불가사의하게도 늘 엉뚱한 단어를 내놓기 마련이거든요. 여러분은 곤경에 빠집니다. 선생은 여러분의 중요한 생각에 주의를 기울이는 대신 실수를 보고 웃음을 터뜨리게 되니까요. 간단히 말하자면, 맞춤법검사기를 쓰지 마세요. 맞춤법검사기의 역할이란 언어의 의미론적 표류가 말에 얼마나 많이 스며들어 있는지 우리에게 보여주는 것이라는 사실만 기억하세요.

자, 언어가 말을 방해하는 세번째 방식이 있습니다. 내가 언어, 랑그는 가상의 존재라고 말한 것을 기억하기 바랍니다. 우리는 언어가 코드화된 형태로 적힌 것과는 사실상 절대 만날 수 없기 때문입니다. 그래요, 사전에 어휘가 있지요. 하지만 그것은 언어의 일부일 뿐입니다. 지금까지, 우리가 의미론적 표류에 관해 말할 때는 어휘 이야기만 했다는 것에 주목하기 바랍니다. 하지만 언어, 랑그는 어휘에 더하여 일군의 규칙이기도 합니다—문법과 구문의 규칙이고, 그것을 수단으로, 오직 그것을 수단으로 해서만, 말은 의미를 가질 수 있습니다. 따라서 언어는 소리와 단어 선택을 제공할 뿐 아니라, 우리가 말을 하면서 할 수 있는 선택과 문법적이고 구문적인 관계를 가집니다.

안타깝게도 그런 규칙은 미끌미끌할 수도 있습니다. 우리는, 예를 들어 메시지에 대한 야콥슨의 여섯 지향의 한 예로 "It is raining"이라는 무해한 표현에 관해 말하다가, "It is raining"의 메타언어적 기능 때문에 갑자기 멈춰섭니다. 우리는 자문합니다. "도대체 'it'이 뭐지?" 그것은, 이 'it'은 우리를 이상한 방향으로 끌고 갈 수 있습니다. 유피테르

플루비우스, 신, 우주, 구름. 어떤 것은 그럴듯하지만 어떤 것도 결정적이지는 않습니다. 우리는 결국 'it'이 문장의 빈자리를 메우고 있을 뿐 아무런 일을 하지 않는다는 것을 깨닫는데, 정말이지 이런 이상한 일은 영어에만 한정되지 않습니다. 전에도 말했지만 다른 언어에서도 찾아볼 수 있습니다. 프랑스어 "il pleut", 독일어 "es regnet" 등이 그런 예죠. 이 모든 표현에서 'it'은 일하지 않습니다. 무해한 발화라도 너무 심하게 밀어붙이면, 말이 통하게 하려는 우리의 계속적인 노력에도 불구하고 경제학자들이 비합리성이라고 부르는 것을 만나게 된다는 사실을 서서히 깨닫게 되지요.

그러나 표류가 어떤 발화를 지배하는 방식에 정말로 영향을 미치는 것은, 언어에서 예측이 작동하는 방식입니다. 전에도 말했듯이 모든 주장, 진리의 모든 선언은 동시에 은유입니다. 모든 주장의 심층구조는 A가 B라고 선포합니다. 정의상, 그것이 주장이기도 합니다. 하지만 'A는 B'가 주어와 문법학자들이 계사라고 부르는 술어의 연결일 경우, 우리는 A와 B의 관계가 동일성의 관계가 아니라, 그러니까 A가 B라는 은유적 선언이 아니라, 예를 들어 드 만이라면 환유적이라고 부를 연결이라는 것을 알 수 있습니다. 문제는 A가 B라고 환유적으로—즉 문법적 명제로서—선언하는 모든 문장이 동시에 은유라는 겁니다. 어떤 은유도 꼭 들어맞지 않으며, 그 안에는 늘 비유의 남용이라고 부를 만한 요소가 있습니다. 문법은 동일성을 포기하지만 논리는 고수합니다. 은유(또는 드 만이 '수사'라고 부르는 것)는 동일성을 주장하지만 논리에 도전합니다. 따라서 'to be'라는 경첩에 의지하는 모든 문장은

(모든 문장이 그렇습니다) 이 화해 불가능한 두 주장을 동시에 하고 있는 셈입니다.

이것이 드 만이 「기호학과 수사학」에서 하고 있는 말입니다. 모든 발화에는 문법과 수사 사이의 지속적인 긴장이 있다는 거죠. 모든 만족할 만한 문장은 문법적이고, 어떤 종류든 발화는 수사적인데, 안타깝게도 문법과 수사는 늘 공개적으로 또는 은근히 사이가 좋지 않아서 술어적 서술과 은유는 서로 모순을 일으킬 수밖에 없습니다. 다른 말로 하면, 문법과 구문의 규칙이 수사의 규칙—비유가 전개되는 방식, 우리가 은유라고 부르는 것의 이해로 증류될 수 있는 방식—이라 할 수 있는 것에 은근히 개입하지 않는 문장은 없다는 겁니다.

따라서, 거듭 말하건대, 모든 문장에는 소리의 장난이라는 그림자가 드리워져 있는데다, 또 단어와 단어-메아리의 의미론적 표류라는 그림자가 드리워져 있는데다, 문법과 수사의 양립 불가능성이라는 그림자가 드리워져 있습니다. 말을 비트는 이 모든 영향력이 소쉬르와 그의 전통에서 언어라고 부르는 것의 일부입니다. 다른 말로 하면, 이것이 언어가—이런 식으로 표현할 수 있다면—말을 통해 말하는 방식, 모든 경우에 우리가 말하는 모든 것에 다른 목소리가 그림자를 드리우는 방식입니다. 우리는 사회적인 맥락에서는 이것을 바흐친적인 다언어 공존으로 이해했습니다. 정신분석학적 맥락에서는 무의식에 사는 타자의 담론으로 이해했습니다. 순수하게 언어학적 맥락에서는 랑그로 이해했지만, 내 생각으로는, 은유적으로 말해서, 이제 이것을 우리의 의도적인 말의 행위성을 괴롭히는 우리 이전의 말이라고도 이해할 수 있을 것 같습니다. 언어는 비의도적인 말이다.

잊지 마십시오. 아무도—어떤 이론가도, 제정신을 가진 누구도—언어가 의도적이라는 주장, 우리는 우리가 하는 말을 의도한다는 주장에 저항하려 하지 않을 겁니다. 이 대목이 냅과 마이클스가 옳은 지점이고, 의도에 관한 회의가 얼마나 잘못된 것인지 우리에게 명쾌하게 일깨워주는 지점입니다. 말이 어떤 식으로든 의도되지 않은 것이라는 생각—그게 무슨 뜻일 수 있을까요? 말은 그냥 의도입니다. 하지만 나는 의도적이지 않은, 그냥 존재하는 말, '언어의 말'이 있다고 주장하려고 노력해왔습니다. 이것은 분리될 수 없습니다. 혹시 소통의 성공에 초점을 맞추면 무시할 수 있겠지만, 없는 것처럼 밀쳐둘 수는 없습니다. 늘 다시 돌아오기 마련입니다. 우리가 해석의 기술을 진지하게 받아들인다면—다른 말로, 우리가 정말로 사람들이 하는 말에 압력, 실용적인 것을 넘어서서 모든 경우 모든 발화에 속해 있는 놀라운 가변성에 주목하게 해줄 만한 강한 압력을 가한다면, 늘 어느 지점에선가 이것과 마주보게 될 것입니다.

언어는, 부분적으로는 말의 기원으로서, 말을 통해 말합니다. 마치 우리가 그것이 뭔가에 유용하다는 것을 발견하기 전에 원래 그 자신이었던 것으로서 스스로의 정체성을 주장하는 듯합니다. 지난번에 했던 이야기 기억나나요? 불이 조리에 유용하다는 걸 발견해야 한다는 이야기. 불은 조리를 '위한' 것이 아니다. 동굴은 살기 위한 곳이 아니다. 쥐기에 편한 엄지는 붙잡기 위한 것이 아니다. 이런 현상을 끌어다 인간이 이용하게 해야 한다. 언어는 마치 자신이 늘 우리에게 봉사하던 것은 아니라는 사실, 의식적 표현의 역사란 결국 언어를 정복하려는 우리의 끝없는 노력의 역사라는 사실을 우리에게 일깨워주려는 듯이, 우리가 하는 말 속에 존재하고 있습니다. 이것을 가장 예리하게 느끼는 사람이 직업적 작가입니다. 여러분은 언어를 굴복시키려고 언어와 씨름합니다. 위대한 미국 소설을 쓰고 있건 기말 페이퍼를 수정하고 있건, 사실 그것이 우리 모두의 야심입니다. 우리는 언어를 굴복시키려고 씨름하지만, 모두 그게 쉽지 않다는 것을 압니다. 나는 그저 왜 그것이 쉽지 않은지 설명하려는 것뿐입니다.

그러니까 언어는 말의 기원으로서 우리를 통하여 말하지만, 동시에 말의 죽음으로서도 말합니다. 다른 말로 하면, 말의 목적적 행위성이 최종적으로 의심받는, 어떤 의미에서는 훼손된 순간으로서 말합니다. 나는 언어를—다시 비유적으로—말의 묘비라고, 어떤 주어진 말에서, 행위성이 자신을 주장하는 가운데도 그 자신의 행위성의 종말이 새겨지는 순간이라고 부르는 것이 어울린다고, 그것이 공정하다고 생각합니다.

이 주장을 예를 통해 검증하고, 의미론적 표류가 기능하는 방식에 관해서—또 문법과 수사의 위험한 관계가 작동하는 방식에 관해서도—조금 더 보여주고 싶습니다. 묘비 두어 개를 보도록 합시다. 언어가 말의 묘비명이라면, 묘비명에서 무슨 일이 벌어지는지 봐야 하지 않겠습니까?

내가 가장 좋아하는 묘비명을 듣고 여러분도 함께 껄껄 웃기를 바랍니다. 묘지를 걸어다니다 그것을 보게 되면 말이죠. 이 묘비에는 "내가 아프다고 했잖아"라고 적혀 있습니다. 자, 이것은 여러 가지 이유에서 아주 흥미로운 표현입니다. 우선, 이것은 잠시 살펴봐야 하는데, 이 불평에서는 효과적으로 말함으로써 분명한 메시지를 전달하는 많은 화자를 추론할 수 있습니다. 하나가 아니라 다수란 겁니다. 에밀리 디킨슨이나 다른 작가들에도 사후 발언의 선례가 많은데, 물론 여기에서 가장 분명한 화자는 무덤에서 말하는 죽은 사람입니다. "그렇게 오래 구석에 앉아 머리가 아프다고 이야기했잖아. 그런데 내 말에 전혀 귀를 기울여주지 않았어."

하지만 화자는 다른 사람일 수도 있습니다. 내가 이 말을 하는 것은 의도에 관해 어떤 의심을 불러일으키려는 것이 아닙니다. 우리는 의도를 가정할 때, 그냥 말할 수 있는 후보 몇 사람 가운데 어느 하나가 말하고 있다고 판단하고 나면, 우리가 의도적인 말과 마주하고 있다는 생각에 의문을 제기하지 않으며 당연히 그 화자에게서 벗어나지도 않습니다. 하지만 화자는 변명하는 친척, 귀를 기울이지 않았다고 인정하는 사람일 수도 있습니다. 다만 유머감각을 담아 죽은 사람의 목소리에 "내가 아프다고 했잖아" 하는 불만을 담은 것일 수도 있지요. 사과의 한 형태로 말입니다. "그래, 나도 네가 그랬다는 걸 알아, 그래서 그것 때문에 자책하는 중이지만, 그때는 다른 일들 때문에 정신이 없었어."

또 무덤에서 설교하는 사람이 화자가 될 수도 있는데, 이것은 18세기 묘비명에는 흔한 관습입니다. 철학자가 이렇게 말할 수도 있는 거죠. "내가 누누이 말했듯이 병이란 인간 조건이다. 나는 책을 여러 권

냈는데, 그 전체적인 취지는 '나는 아프다'는 것이었다. 나는 도스토옙스키의 '지하 생활자'다. 나는 병자, 심한 병이 든 사람이다. 그래, 더 심해지게 놔둬라." 또 문화비평가가 화자일 수도 있습니다. 돌에 알레고리적인 분위기로 문화의 죽음을 새겼을 수도 있는 겁니다. 문명은 오랫동안 상태가 나빴고, 이제 마침내 여기에 누워 있다. 이것을 구어적으로 전달하는 방식은 이런 식일 겁니다. "나, 문명은, 아프다고 했다. 그간 여러 가지 방식으로 내가 여기저기 다 좋지 않다고 알려주었다. 하지만 너희는 관심을 기울이지 않았고, 여기 그 결과가 있다."

해석학에서는 묘비명을 읽는 이 모든 방식이 가능하다고 말하고 싶습니다. 이것은 화자의 의미가 무엇인지 이해하기 위해 기울이는 우리의 노력과 조화를 이룹니다. 하지만 다른 경우에도 그렇듯이 이 발화에도 '언어'가 머리를 내밀 수밖에 없다고 말한다면 어떨까요. 여기에서 소리는 문제가 아님을 알 수 있습니다. 심지어 의미론적 표류도 문제가 아닙니다. 물론 시력이 손상된 사람이 옆에 서 있고, 그에게 이 묘비명을 읽어준다면 "aye tolled yew eye was seek"라고 들려 잠시 멈칫할지도 모르죠. 숨어 있는 실존적 은유 "I was sickness"나 최근 십대의 강렬한 자기 찬양의 표현 "I was sick"도 그렇겠지요. 하지만 언어는 또 다른 방식으로도 자신을 느끼게 합니다. 어쩌면 어떤 개별 화자도 바라지 않을 방식으로 갑자기 이 문장을 이해하게 만듭니다. 그렇게 되면 이것은 언어가 영리하게 도입한 알레고리, 바로 말의 효력 없음에 관한 알레고리가 됩니다. 그게 바로 말의 문제죠, 안 그렇습니까? 말은 언어의 주문에 걸려 말합니다. "자꾸자꾸자꾸 나는 너에게 어떤 것을 말하지만, 너는 듣지 않는다." 그것은 언어가 나의 말을 약화시키기 때문입니다. 이건 강의하는 사람이 겪는 문제이기도 하지요. "너는 듣지 않았어." 나의 말에서 언어의 묘비명은 그렇게 말합니다. 여러분은 이렇게 반응하겠죠. "오, 그래. 저 사람 언어가 농담을 하고 있군."

말 전체도 마찬가지입니다—언어가 말을 희생양 삼아, 말을 의미화하면서 도입한 알레고리에 따르자면 말입니다. 구석에 앉아 아무도 자기 이야기를 들어주지 않는다고 신랄하게 불평하는 이 사람은, 사실 말은 늘 그런 식이라고 우리에게 이야기해주는 우화 작가입니다. 따라서 내가 언어는 말의 묘비명이라고 할 때, 우리는 여기 누워 있는 것이 말 자체임을 깨닫습니다. 진실을 말하려는 모든 노력에도 불구하고 거짓말을 한 뒤 여기 말이 누워 있다.

자, 다른 묘비명을 봅시다. "여기 아무개가 누워 있다." 이것이 아마 묘비명의 원형일 겁니다. 이번에는 말하는 사람 생각은 하지도 맙시다. 곧바로 언어가 제기하는 문제들로 가보죠. 애초에 아무개는 바로 '여기' 누워 있는 게 아님이 명백합니다. 사실 가만히 생각해보면 아무개는 '여기'를 제외하면 그야말로 아무데나 누워 있을 수 있습니다. 왜냐하면 그 문장이 있는 곳에는 아무개가 있을 수 없다는 사실을 우리가 알기 때문이죠. 다시 말하지만, 그는 다른 어디에나 있을 수 있습니다. 따라서 모든 묘비명은 자칭 기념비, 시신이 있지 않은 곳에 있는 비명인바—이것도 물론 우리에게 언어의 자의적 성격에 관해 많은 것을 말해줍니다. 언어는 현실세계에 속하는 자연적 기호로 이루어지지 않습니다. 몸의 경우 문신은 바깥을 향한 말, 야콥슨이라면 표현적-사역적 발화라고 부를 만한 것이지, 비명 또는 지시적 발화가 아닙니다. 설사 "내 피부가 여기 있다"고 말해도 마찬가지입니다. 말은 사물 위에, 사물의 바깥 가장자리에, 예를 들어 돌덩어리 위에 있지만, 그것이 말하는 거짓말, 언어에 순응하여 하는 거짓말은 심지어 그때도 그 지시대상의 어긋남입니다.

"여기 아무개가 누워 있다Here lies John Doe." ―어느 곳이든, 단 여기만 빼고. 따라서 어디에나 존재하는 묘비명적 단어 'lies'가 흥미를 끌게 되는데, 이것에는 우리가 이미 주목한 바 있지요. 발화는 거짓말입니다. 아무개가 여기 누워 있지 않고 근처에 누워 있기 때문이기도 하고, [위의 묘비명은 "여기 아무개가 거짓말을 하고 있다"는 뜻도 되는데] 망자를 비난하는 묘비명의 주장과는 달리 가엾은 아무개가 거짓말을 하는 것은 아니기 때문이기도 합니다. 말이 거짓말을 하게 만드는 것은 언어이며, 우리가 보았듯이 여러 수준에서 그렇게 합니다. 그것이 묘비명의 재미있는 점으로, 우리가 느슨하게 '해체주의'라고 부르는 것의 전통 속에서 글을 쓰는 다양한 저자들이 주목해온 것이기도 하지요. 묘비명은 언어가 말에 도전하고, 말을 훼손하고, 어긋나게 하는 방식의 연구에 특히 보람 있는 현장입니다.

이렇게 말은 언어에 의해 계속 비틀리기 때문에 거짓말을 하고, 따라서 우리는 결코, 무슨 수를 써도 우리가 말하는 것을 정확하게 의미할 수가 없습니다. 우리가 말하는 것을 의미할 수는 있지만, 우리가 말하는 것을 정확하게 의미할 수는 없는 거죠. 이것이 아마 이 문제를 이야기하는 가장 상식적인 방법일 겁니다. 스탠리 카벨이 그의 책 제목을 통해 『우리는 우리가 말하는 것을 의미해야 하는가?*Must We Mean What We Say?*』라는 질문을 제기할 때, 그는 사실 우리가 그렇게 할 수 있든 아니든 어쩌면 우리가 하는 말을 의미하는 것이 말하기의 본질은 아닐 수도 있다는 가능성을 제시하고 있는 겁니다. 그저 하나의 예로 하는 이야기지만 야콥슨이 '접촉 지향' 또는 친교적 기능이라고 부르는 것이 있습니다. 내가 마이크를 두드리며 "마이크 테스트, 하나 둘 셋" 하고 말할 때 내가 '하나 둘 셋'을 의미하는 것일까요? 혹은 카벨이 말하듯이, 의미해야 하는 것일까요?

이제 여러분은 묻습니다—사실 물어야만 합니다, 결국 이것이 우리의 지속적인 안내자였으니까요. 『견인차 토니』에서도 언어가 말을 통해 말을 하는가? 물론 그렇게 합니다. 얼마 전 각 문장이 수직의 'I'로 시작하기 때문에 한 면의 수직축에 생기는 열 이야기를 했습니다. 텍스트를 읽다보면 그게 나옵니다. 라캉식 페미니즘에 주는 선물이지요. 남근이성중심 I가 오만하게 점점 길어지는 것. 하지만 나$_I$는 결코 유아가 처음 말하는 단어가 아닙니다. 그게 라캉의 또다른 가르침이죠. 어떻게 나$_I$이고 있어야 하는가—주디스 버틀러의 표현으로 하자면—를 배워야만 하는 겁니다. 따라서 나$_I$는, 그것이 『견인차 토니』의 모든 문장에서 맨 앞에 나오는 이 터무니없이 곧추선 기둥인 한, 걸음마를 뗀 아이에게는 자율의 약속입니다. 똑바로 서는 영광스러운 정체성, 거울에서 보이는 것의 성공적인 시뮬라크르의 약속이며, 이것이 그다음에는 '에고 전하'—유아들이 세상에서 제멋대로 굴기 시작하는 방식을 보고 프로이트는 그렇게 불렀지요—로 발전합니다.

하지만, 앞서 말했듯이 이것은 우정을 중심으로 사회화하는 이야기이며, 결국 I가 맨 앞에 나오는 일은 사라지게 됩니다. 내 생각에는 이 또한 중요한 것으로서, 언어적이기는 하지만 사실은 말이라고 부를 수 없는 방식으로 걸음마를 뗀 아이에게 전달될 수 있습니다. 예를 들어, 범피(범-피라고 발음됩니다)와 토니(토-니라고 발음됩니다) 사이의 [뜻밖의 상황에 부딪쳤을 때 내는 소리인] 'uh-oh'라는 소리에는, 또 소리를 통하여 우정이 존재합니다. 아기는 'I'를 말하기 한참 전에 'uh-oh'를 말하는데, 그 'uh-oh'가 범피와 토니의 우정에서 메아리치는 거죠. 왜 'uh-oh'인가? 토니는 오도 가도 못하며, 그런 상태에 대한 자연스러운 반응이 'uh-oh'이기 때문입니다. 이때 범피가 나타나고—틀림없이 범피도 'uh-oh' 하고 생각했을 겁니다—그는 문제를 인식할 뿐 아니라 처리합니다.

이제 다른 한편으로, 자기의 문제, 이 수직의 I에 사로잡힌 문제가 거울 앞에 선 유아에게 타자, 내가 아닌 것에 대한 의식으로서 중심에 떠오르게 됩니다. 자기로 환원할 수 없는 것이 중심에 떠오르기 시작하고, 이것을 표현하는 방식이 'e-e-e-e' 하고 말하는 것인데, 이것은 아마 'he-he-he-he'의 가면 또는 시뮬라크르일 겁니다. 바로 그렇기 때문에 나는 이 이야기의 두 적대자, 도움이 되지 않는 동화 불가능한 타자들의 이름이 스피디(SPEE-dee라고 발음되지요)와 니토(NEE-to라고 발음됩니다)일 거라고 생각합니다. 다른 말로 하면, 그런 타자성—제어할 수 없고 결과적으로 자기로 환원될 수 없는 것—의 느낌이 'e-e-e-e'로 표현된다고 생각하는 겁니다. (범피Bumpee와 토니Tonee가 세번째와 네번째 'e'를 제공하지만 이제 우정에 의해 가능해진 타자와의 동일시 때문에 강세가 없습니다.) 따라서 걸음마를 배우는 아이가 이 이야기의 단어들을 통해 듣는 것은 말이 아니라 언어일 수도 있습니다. 말에서 언어를 듣고 싶다면 아기에게 귀를 기울여보기 바랍니다. 난센스 운문을 어린 아이들이 그렇게 좋아하는 이유가 바로 그거거든요. 워즈워스의 「영혼 불멸의 노래」에 나오는 해변의 아이들이 굽이치는 강한 물의 소리를 늘 듣고 있듯이, 아이들은 늘 언어를 듣고 있습니다. 어른이 말의 효과적인 사회성을 들을 때, 아이들은 자신의 머리라는 조개껍질에서 윙윙거리는 소리를 듣는 거죠.

인간이 되는 역사는, 말과 타협하고 말을 정복하는 역사입니다—또는, 어쩌면, 언어를 정복하는 역사라고 해야 할지도 모르겠군요. 개인의 경우도 마찬가지입니다. 언어에 맞는 배선이 깔린 개인은 어떻게든 그 배선과 씨름하여, 우리가 말이라고 부르는 것으로 들어가야 합니다. 따라서 우리가 유아에게서 처음 듣는 것, 또 어쩌면 걸음마를 배우는 아이들을 위한 이야기와 난센스 운문에서 지배적인 것은 언어이며, 이것은 어떤 의미론적 양으로 환원될 수 없습니다. 물론, 나는 방금 『견인차 토니』의 언어를 마치 어떤 의미가 있는 듯 해석했지만, 그것은 그저 감정을 관찰하고 아이들이 실제의 경우에 실제로 하는 말을 주의깊게 들으면 나오는 의미입니다. 이때의 말은 사실 말이라고 부를 수는 없고, 오히려 말을 향해 천천히 다가가면서 언어를 가지고 하는 일종의 실험으로 보아야 합니다. 그것은 누가 보아도 말과 혼동할 만한 게 전혀 아니지만, 그럼에도 아직 부분적으로는, 거울단계에서처럼, 어른인 것의 흉내입니다. 어른이 가끔 'uh-oh' 하고 말할 때 거기에는 아이의 경우와 같은 노력의 투자가 없습니다. 아이에게는 그것이 맨 처음 분명히 발음되는 소리인 경우가 많고, 그래서 기쁘게 반복합니다. 이 'uh-oh'가 표현하는 것은, 포르트-다Fort-Da 놀이를 하는 꼬마 한스에 관한 프로이트의 이야기에서와 마찬가지로, 타자성과의 만남이자 타자성을 정복하려는 시도로 보입니다.

『견인차 토니』 이야기는 이 정도로 하지요. 나는 그저 이 세 명제로 혼란을 일으키고confuse—아니, 마무리를 하고conclude—싶을 뿐입니다. 보세요, 아주 신중을 기해 말하지 않으면 언어가 튀어나오잖아요. 나는 '세 명제three theses'를 [발음이 어려운 만큼] 아주 조심스럽게 말해야 했고—또 물론 그 직후에 실수를 했습니다. '혼란을 일으킨다'고 말하고 싶었을 리는 없지 않겠습니까? 여기서, 사실 '혼란을 일으킨다'는 말이 그냥 소통을 방해하는 하찮은 말은 아니라는 점에 주목하기 바랍니다. 그것이야말로 내가 무엇보다도 하고 싶지 않았던 말이거든요. 나는 늘 뒤섞는 걸 피하고 싶었을 뿐 아니라, 하물며 마무리에서는 말할 것도 없죠. 그런데도 나는 다른 무엇이라도 말할 수 있는 상황에서 '혼란을 일으킨다'고 말하고 말았습니다. 그것이 정신분석학적인 징, 프로이트적 실언으로 말을 따라잡는 언어였던 거죠.

자, 여기 언어에 관한 나의 세 명제가 있지만, 내가 보기에 그것은 사실 하나의 명제에 불과합니다. 첫째로, 그것은 절대 이해가 되지 않는다. 언어는 이해가 되지 않습니다. 언어는 자의적입니다. 언어는 자연스러운 기호가 아닌 자의적 기호들의 체계입니다. 여러분이 이해가 되는 것이지, 언어가 이해가 되는 게 아닙니다. 여러분이 의도를 갖고 언어와 씨름하여 말로 만들고, 여러분의 목적을 위하여 언어를 징발함으로써 여러분의 이해가 되는 겁니다. 언어는 이해가 되지 않습니다. 여러분이 이해가 됩니다.

두번째로, 언어 그 자체는 현실에 관하여 아무런 이야기도 하지 않습니다. 언어는 자기폐쇄적 체계, 코드, 자의적 기호들의 체계이기 때문입니다. 영어의 관용구가 이 명제를 확인해주는 것을 보여주기 위해 두 가지 방식으로 이걸 표현해보고 싶습니다. 여러분은 현실과, 흔히 하는 말마따나 타협합니다come to terms. 즉, 말로 현실에 다가갑니다. 여러분은 언어로 현실에 다가가서 말로 그것을 확인할 수 있습니다. 또는 여러분은 그것을 파악합니다figure it out. 현실과 타협하듯이 비유figure가 현실과 관계를 맺게 만듭니다.

세번째로, 여러분이 아마도 익숙할 표현['지옥에 이르는 길은 선한 의도로 덮여 있다']을 각색하여 끝을 맺도록 하겠습니다. 현실에 이르는 길은, 좋든 나쁘든, 여러분의 의도로 덮여 있습니다.

부록: 강의에서 참조한 글

1장

따라서 상품은 신비한 것이다. 상품에서는 인간 노동의 사회적 성격이 그 노동의 생산물에 찍혀 있는 객관적 성격으로서 나타난다는 간단한 이유 때문이다. ……유추하자면, 종교세계라는 안개에 싸인 영역으로 가야 한다. 그 세계에서는 인간 뇌의 산물이 삶을 부여받아, 서로 또 인류 모두와 관계를 맺는 독립적인 존재로 나타난다. 상품의 세계에서 인간의 손으로 만든 생산물도 마찬가지다.

—Karl Marx, *Capital: A Critique of Political Economy*, trans. Samuel Moore and Edward Aveling, ed. Frederick Engels (New York: International Publishers, 1967), 1: 72-73.

그렇다면 진리란 무엇인가? 은유, 환유, 의인화로 이루어진 기동대다. 간단히 말해서, 시적으로 수사적으로 강화되고, 변용되고, 장식되었으며, 오랫동안 사용되었기 때문에 한 나라의 눈에 고정적이고, 표준적이고, 구속적으로 보이는 인간관계의 합이다. 진리는, 사람들이 그것이 실제로는 착각이라는 사실을 잊어버린 착각이다. 의미에 영향을 줄 힘을 잃어버린 닳아빠진 은유이며, 표면이 지워져 이제는 돈이 아니라 그저 쇠붙이 가치밖에 없는 동전이다.

—Friedrich Nietzsche, "On Truth and Lie in the Extra- Moral Sense," trans. Maximilian Mügge, in *The Complete Works of Friedrich Nietzsche*, ed. Oscar Levy (New York: Russell and Russell, 1964), p. 180.

서로를 배제하는 듯 보이는 세 대가가 의심의 학파를 지배한다. 마르크스, 니체, 프로이트의 의심. ……이 세 가지 의심을 묶어 '거짓말로서의 진리'라는 부정적 제목을 다는 게 어울릴지도 모르겠다.

—Paul Ricoeur, *Freud and Philosophy: An Essay on Interpretation*, trans. Denis Savage (New Haven: Yale University Press, 1970), p. 32.

3장

우리가 어떤 것과 관련을 맺을 때, 가장 가까운 '사물'을 그냥 보기만 해도 보는 것 자체가 이미 해석의 구조를 지니며, 이는 아주 원초적인 방식이기 때문에 뭔가를, 말하자면 '무엇무엇으로서'에서 자유로운 상태로 파악하려고만 해도 어떤 재조정이 필요하다. 우리가 그냥 어떤 것을 바라만 볼 때, 우리가-그냥-우리-앞에-두고-있는-그것은 더는 이해할 수 없게 된 하나의 실패로서 우리 앞에 놓여 있는 것이다. '무엇무엇으로서'에서 자유로운 파악은 사람들이 그냥 이해하는 그런 보기가 박탈된 상태다. 이런 파악은 그런 보기보다 원초적인 것이 아니라, 오히려 거기에서 파생한다.

—Martin Heidegger, *Being and Time*, trans. John Macquarrie and Edward Robinson (Oxford: Blackwell, 1962), p. 190.

……해석에서, 우리가 해석하고 있는 실체를 이해하는 방식은 실체 자체로부터 끌어낼 수 있다. 아니면 해석은 실체가 '존재' 방식에서 그것과 맞서고 있는 개념으로 억지로 집어넣을 수도 있다. 어느 쪽이든 해석은, 최종적이건 단서를 달건, 실체를 생각하는 분명한 방식을 이미 결정해놓았다. 그것은 우리가 미리 파악한 어떤 것에—예상에 근거하고 있다.

—Martin Heidegger, 같은 책, p. 191.

정확한 텍스트 해석이라는 의미에서 어떤 특정한 구체적 종류의 해석을 할 때 '거기에 있는' 것에 의지하는 것을 좋아한다면, '거기에 있는' 것은 애초에 해석하는 사람의, 논의되지는 않았지만 분명한 가정과 다름없음을 알게 된다.

—Martin Heidegger, 같은 책, p. 192.

칸트는 인간을 그 자체로 목적으로 생각해야지 다른 인간의 수단으로 생각하면 안 된다는 것을 도덕적 행동의 기초로 생각했다. 이 규범은 인간의 말에도 적용될 수 있다. 말이 사회적 영역에서 인간의 확장이자 표현이기 때문이고, 또 인간의 의도를 그의 말과 결합하지 못할 때 우리는 말의 영혼을 잃어버리기 때문이다. 말의 영혼이란 의미를 전달하는 것이고, 전달하고자 의도된 것을 이해하는 것이다.

—E. D. Hirsch, *Aims of Interpretation* (Chicago: University of Chicago Press, 1976), p. 91.

5장

인류에게 전해진 예술 가운데 자연의 작품을 자신의 주된 대상으로 삼지 않는 것은 {하나를 제외하면} 없다. ……오직 시인만이 그러한 모든 종속에 묶이는 것을 경멸하여 자신만의 창의의 힘으로 고양되며, 결과적으로 다른 자연 안에서 성장한다. ……시인은 어떤 것도 단언하지 않으며, 따라서 절대 거짓말하지 않는다.

—Sir Philip Sidney, "Apologie for Poetry" (1595), in *The English Renaissance: An Anthology of Sources and Documents* (London: Routledge, 1998), p. 291.

유쾌한 것과 선한 것 모두 욕망의 기능과 관련이 있는데, 이 둘은 만족, 전자는 병리학적 조건에 따르는(충동, 자극에 의한) 만족을, 후자는 단지 대상의 표상만이 아니라 주체와 대상의 존재 사이의 표상된 연결에 의해{즉, 주체—또는 자아—는 감각적이거나 도덕적 근거에서 대상을 탐내거나 대상으로부터 움츠러든다} 결정되는, 순수하게 실질적인{즉 의도적이거나 실용적인} 만족을 준다. {대상을 향한 주체의 감각적 또는 도덕적 성향을 칸트는 '관심'이라고 부른다.}

—Immanuel Kant, *Critique of Judgment* (1790), trans. J. H. Bernard (New York: MacMillan, 1914), p. 53.

취향은 전혀 사심 없는 만족 또는 불만에 의해 대상을 판단하는 기능, 또는 그것을 표상하는 방법이다. 그런 만족의 대상을 아름답다고 한다.

—Immanuel Kant, 같은 책, p. 55.

아름다움은 대상의 합목적성{즉 통일하고 발생하는 원리}의 형식이지만, 단 이것은 그 형식 안에서 목적의 표상 없이 인식되어야 한다.

—Immanuel Kant, 같은 책, p. 73.

아름다운 것은…… 그 밑에 놓인 유쾌한 것과 구별되는 동시에 그 위에 있는 선한 것과 구별된다. 이 두 가지는 모두 반드시 사심私心과 연결되어 있기 때문이다. 둘 다 의지에 영향을 주며, 이미지나 생각하는 대상이 실제로 존재하기를 바라는 욕망을 자극한다.

—Samuel Taylor Coleridge, "Essays on the Principles of Genial Criticism," *Shorter Works and Fragments*, ed. H. J. Jackson and J. R. de J. Jackson(London: Routledge, 1996), 1:380.

모든 예술은 전혀 쓸모없다.

—Oscar Wilde, "Preface," *The Picture of Dorian Gray* (1890) (New York: Barnes & Noble Classics, 2003), p. 2.

아름다움이라고 부르는 경험은 동물적인 열정을 넘어서 있는 것과 마찬가지로 강력한 윤리적 의지를 넘어서며, 실제로 이 두 가지는 경쟁적이고 동등하다.

—John Crowe Ransom, "Criticism as Pure Speculation" (1941), in *Critical Theory Since Plato*, ed. Hazard Adams (New York: Harcourt, Brace, Jovanovich, 1971), p. 450.

우리가 그런 권위를 감당할 수 있다면, 비평에 정해줄 첫번째 법칙은, 객관적이어야 하고, 대상의 주체에 대한 영향보다는 대상의 본성을 인용해야 한다는 것이다.

—John Crowe Ransom, "Criticism, Inc." (1938), in *The Norton Anthology of Theory and Criticism*, Vincent Leitch 등 편 (New York: W. W. Norton, 2010), p. 1115.

8장

몇 가지 관점에서 동시에 말을 연구하면, 언어학의 대상은 우리에게 이질적이고 관계없는 것들의 혼란스러운 덩어리로 나타난다. {이린) 과정은 몇 가지 학문—심리학, 인류학, 규범문법, 문헌학 등—으로 들어가는 문을 여는데, 이런 학문들은 언어학과 구별되지만, 언어학의 결함 있는 방법을 고려하건대, 말을 자신의 연구 대상 가운데 하나로 주장할 수도 있다.

내가 볼 때 전술한 모든 어려움을 해결하는 방법은 한 가지뿐이다. 출발부터 언어의 땅에 두 발을 모두 단단히 딛고, 언어를 말의 다른 모든 표현의 규범으로 이용해야 한다는 것이다.

—Ferdinand de Saussure, *Course in General Linguistics*, trans. Wade Baskin (New York: McGraw-Hill, 1966), p. 9.

언어학은 기호학("농아자의 알파벳, 상징적 의식, 정형화된 문구, 군사 신호," 마임, 철도의 까치발신호기, 신호등 등 모든 신호체계와 관련을 맺는다고 할 수 있다)이라는 일반 학문의 한 부분에 불과하다.

—Ferdinand de Saussure, 같은 책, p. 16.

언어는 말하는 사람의 기능이 아니다. 그것은 개인이 수동적으로 받아들이는 하나의 생산물이다.

—Ferdinand de Saussure, 같은 책, p. 14.

공시성과 통시성은 각각 언어-상태와 진화 단계를 가리킨다.

—Ferdinand de Saussure, 같은 책, pp. 80-81.

공시적인 사실들은, 그것이 무엇이든, 일정한 규칙성의 증거지만 결코 강제적이지는 않다. 통시적 사실들은 반대로 언어에 자신을 강요하지만 결코 일반적이지는 않다.

—Ferdinand de Saussure, 같은 책, p. 95.

11장

왜냐하면 {비평이 하는} 언어에 관한 진술, 즉 기호와 의미가 절대 일치할 수 없다는 진술은 우리가 문학적이라고 부르는 언어에서는 언제나 당연시되는 것이다. 문학은 일상의 언어와는 달리 이 지식의 건너편에서 시작한다. 그것은 매개되지 않은 표현의 오류에서 자유로운 유일한 형태의 지식이다. 우리 모두 이것을 알고 있다. 하지만 소망을 섞어 그 반대를 주장하는 왜곡된 방식으로 알고 있다. 그러나 진실은 문학을 픽션이라고 언급할 때 우리가 소유하고 있는, 문학의 진정한 성격에 관한 사전지식에서 나타난다.

—Paul de Man, "Criticism and Crisis," in *Blindness and Insight: Essays in the Rhetoric of Contemporary Criticism* (London: Routledge, 1983), p. 17.

문학이론은 문학텍스트에 대한 접근이 비언어적인 것에 대한 고려, 즉 역사적이고 미학적인 고려에 기초를 두지 않게 되었을 때, 또는 약간 덜 투박하게 말하자면, 논의 대상이 의미나 가치가 아니라 의미, 그리고 그런 것들이 확립되기 이전의 가치의 생산과 수용의 양상일 때 등장하게 되었다고 말할 수 있다.

—Paul de Man, *The Resistance to Theory* (Minneapolis: University of Minnesota Press, 1986), p. 7.

언어의 자율적인 잠재력이 분석으로 드러날 수 있을 때마다 우리는 문학성을 다루고 있는 것이며, 사실상, 문학을 언어적 발화의 신뢰성에 관한 부정적 지식이 이용 가능해지는 장소로서 다루고 있는 것이다.

—Paul de Man, 같은 책, p. 10.

다른 언어 지향 이론만이 아니라 진정한 기호학에서도, 진정한 기호학만이 아니라 다른 언어 지향의 이론에서도 언어의 지시적 기능은 부정되지 않는다—전혀 그렇지 않다. 문제가 되는 것은 자연적 또는 현상적 인지에 대한 그 권위다. ……우리가 이데올로기라고 부르는 것은 바로 언어적 현실을 자연적 현실과 혼동하는 것, 지시를 현상론과 혼동하는 것이다.

—Paul de Man, 같은 책, p. 11

이론에 대한 저항은 언어에 관한 언어의 사용에 대한 저항이다.

—Paul de Man, 같은 책, p. 12

나는 텍스트에 내재적 권위를 부여하는 경향이 있는데, 내가 보기에 그것은 데리다가 그렇게 하고 싶어하는 것보다 강하다. ……복잡한 방식으로, 나는 텍스트가 텍스트 외부로부터의 철학적 개입에 의해 해체되는 것보다 "텍스트는 자신을 해체한다, 자기해체적이다"라는 진술에 매달린다.

—Paul de Man, 같은 책, p. 118

17장

그 순간과 화려한 전면前面에서 느끼는 기쁨은 청자에게 전체에 대한 생각을 면제해주는 구실이 되는데, 그런 생각에 대한 요구는 제대로 듣기를 통해 충족된다. 청자는 최소저항선을 따라 순응적 구매자로 바뀐다. 이제 부분적 순간은 전체에 대한 비판의 역할을 하지 않는다. 그 대신 성공적인 미적 총체가 사회의 흠결 있는 총체에 대하여 행사하는 비판을 중지시킨다.

—T. W. Adorno, *Essays on Music*, trans. Susan H. Gillespie, ed. Richard Leppert (Berkeley: University of California Press, 2002), p. 291.

{베르크, 쇤베르크, 베베른 같은 위대한 모더니즘 작곡가들은 다른 마르크스주의자들로부터} 개인주의자라고 일컬어졌지만, 그들의 작업은 개별성을 파괴하는 힘—'형체 없는 그림자'를 음악에 거대하게 드리우는 힘—과의 단일한 대화에 불과하다. 음악에서도 집합적 힘은 구원이 불가능한 수준으로 개별성을 숙청하고 있지만, 그에 대항하여 오직 개인만이 의식적으로 집합성의 목표를 대변할 수 있을 뿐이다.

—T. W. Adorno, 같은 책, p. 315.

18장

스콧, 발자크, 드라이저가 근대적 형식의 리얼리즘 등장의 비연대기적 표지標識 역할을 하게 하라. 이 첫 위대한 리얼리즘의 특징은 재료의 근본적이고 환희에 찬 이종성과 그에 상응하는 서사장치의 융통성이다. 그런 순간에는, 일반적으로 존재하는 것에만 속박되는 것이 역설적으로 텍스트 위상들에 해방 효과를 발휘하며, 일군의 이종적인 역사적 관점—스콧에게는 과거, 발자크에게는 미래, 드라이저에게는 상품화과정—을 풀어놓는데, 이것은 보통 역사적 현재에 초점을 맞추는 것과 모순되게 느껴진다. 사실 이런 다수의 시간성은 봉쇄되어 '하이' 리얼리즘과 자연주의에 다시 담기는 경향이 있는데, 여기에서 완전해진 서사장치(특히 저자의 탈개인화, 시점의 통일, 장면 재현으로의 제한이라는 세 가지 명령)는 '리얼리즘적' 선택에 숨을 틀어막는 자기강제적인 참회의 외양을 부여한다. 후기자본주의의 이런 점진적 물화라는 맥락에서, 로맨스는 다시 서사적 이종성으로, 또한 이제는 억압이 되어버린 현실원리로부터의 자유로 느껴지게 된다.

—Fredric Jameson, *The Political Unconscious: Narrative as a Socially Symbolic Act* (London: Routledge, 2002), p. 90.

철학자들은 다양한 방식으로 세계를 해석만 해왔다. 그러나 문제는 세계를 바꾸는 것이다.

—Karl Marx, "Eleventh Thesis on Feuerbach" (1845), in *The Marx-Engels Reader*, ed. Robert C. Tucker (New York: W. W. Norton, 1978), p. 145.

주

2장 입문(계속): 이론과 기능화

1 Anton Chekhov, *The Cherry Orchard,* trans. Sharon Marie Carnicke (Indianapolis: Hackett, 2010), p. 22.

2 Henry James, *The Ambassadors* (New York: Harper & Brothers, 1903), p. 150.

3 Samuel Johnson, *Selected Writings*, ed. Peter Martin (Cambridge, MA: Harvard University Press, 2009), p. 369.

3장 해석학적 순환을 들고나는 방법

1 Mark Akenside, *The Poetical Works* (London: Pickering, 1835), p. 32.

6장 신비평과 서구의 다른 형식주의들

1 In William Butler Yeats, *New Poems* (Dublin: Cualla Press, 1938).

2 William Empson, *Seven Types of Ambiguity* (New York: New Directions, 1966), p. 18.

3 Empson, p. 19.

4 Empson, p. 192.

5 F. W. Bateson, *Wordsworth: A Re-Interpretation* (London: Longmans, Green, 1956).

7장 러시아형식주의

1 Boris Eikhenbaum, "The Theory of the 'Formal Method,' " in *Russian Formalist Criticism: Four Essays*, ed. and trans. Lee T. Lemon and Marion J. Reis (Lincoln: University of Nebraska Press, 1965), p. 111.

2 Eikhenbaum, p. 102.

3 Roman Jakobson, *Verbal Art, Verbal Sign, Verbal Time,* ed. Krystyna Pomorska and Stephen Rudy (Minneapolis: University of Minnesota Press, 1985).

4 Jakobson, p. 114.

5 Matthew Arnold, *The Complete Prose Works, Volume IX: English Literature*, ed. R. H. Super (Ann Arbor: University of Michigan Press, 1973), pp. 52-53을 보라.

6 Eikhenbaum, p. 118.

7 Viktor Shklovsky, *Theory of Prose* (Normal, IL: Dalkey Archive Press, 1991), p. 20.

8 Yuri Tynianov, "On Literary Evolution," in *Twentieth Century Literary Theory*, ed. Vassilis Lambropoulos and David Neal Miller (Albany: SUNY Press, 1987), p. 162.

8장 기호학과 구조주의

1 Edward Estlin Cummings, *100 Selected Poems* (New York: Grove Press, 1994), p. 79.

9장 언어학과 문학

1 Roman Jakobson, "Two Types of Aphasia and Two Types of Language Disturbance," in Roman Jakobson and Morris Halle, *Fundamentals of Language* (The Hague: Mouton, 1956), pp. 69-96.

10장 해체주의 I: 자크 데리다

1 William H. Pritchard, "The Hermeneutical Mafia or, After Strange Gods at Yale," *Hudson Review* 28.4 (1975): pp. 601-610.

2 Roland Barthes, *The Eiffel Tower and Other Mythologies* (New York, Hill and Wang, 1984), pp. 3-17 (4).

3 Michel de Certeau, "Walking in the City," in The *Practice of Everyday Life* (Berkeley: University of California Press, 1988).

15장 포스트모던 심리

1 Jean-Francois Lyotard, *The Inhuman* (Stanford: Stanford University Press, 1991).

25장 이론의 종말? 신실용주의

1 Umberto Eco, "Peirce's Notion of the Interpretant," *MLN* 91.6 (1976): pp. 1457-1472.

해석의 다양성: 문학이론에서 더 읽을 자료 안내

스테판 에스포지토

문학이론은 해석에 영향을 주는 조건과 가정을 묻는다. 이것은 이론이 묻는 질문 유형으로도 알 수 있다. 저자의 사고과정과 종이에 나타나는 텍스트 사이의 연결고리를 어떻게 해석하는가? 서정시에서 정치적 경제적 요인의 의미를 어떻게 해석하는가? 저자의 젠더, 인종, 섹슈얼리티는 우리가 소설을 읽는 방식에 어떻게 영향을 미치는가? 개별 비평학파의 주요 관심사는 매우 다르지만, 해석의 본질을 묻는 모든 인문학 연구는 해석학의 세속화에서 공동의 선조를 찾고 있다. 문학이론의 이해를 심화하고자 하는 학생은 다른 문학이론이나 문화해석으로 가지를 뻗어나가기 전에 이 전통을 생각해보는 것이 좋을 것이다.

프리드리히 슐라이어마허는 근대 해석학 발전의 기초에 자리잡고 있는 인물이다. 슐라이어마허는 *On Religion: Speeches to Its Cultured Despisers* (1799), *Soliloquies* (1800; 2판, 1810), *Outlines of a Critique of Previous Ethical Theory* (1803), *The Christian Faith* (1821-1822, 개정판

1830~1831) 등의 작업에서 진지한 해석의 영역을, 종교 텍스트의 해석적 논증에서 인간 소통의 모든 분야로 확장했다. 그는 요한 고트프리트 헤르더를 따라 모든 사고는 언어에 의존하고 언어의 경계 안에 있다고, 즉 언어와 동일하다고 주장한다. 따라서 그는 해석학이 문학만이 아니라 법에도, 기록된 텍스트만이 아니라 구전 텍스트에도, 고대 자료만이 아니라 근대 자료에도 적용될 수 있는 보편적 학문이 되어야 한다고 주장했다.

문학이나 철학 해석과 관련된 슐라이어마허 글의 좋은 영어 번역으로는 *Hermeneutics and Criticism and Other Writings,* Andrew Bowie 역(Cambridge: Cambridge University Press, 1998)를 보라. 슐라이어마허는 또 번역이론에 관한 첫 근대적 논문으로 꼽히는 *On the Different Methods of Translation* (1813)을 쓰기도 했다. 낭만적 해석학, 문학이론, 번역 연구의 교차점에 대한 정리는 *The Translation Studies Reader,* Lawrence Venuti 편(London: Routledge, 2004)의 머리말에서 찾아볼 수 있다.

빌헬름 딜타이는 슐라이어마허의 발자취를 쫓는 동시에 레오폴트 폰 랑케의 역사주의의 영향도 받아 해석학을 가설검증의 해석적 등가물을 다루는 근대 실험과학으로 만들려고 시도했다. 딜타이는 *The Formation of the Historical World in the Human Sciences* (1910), Rudolf A. Makkreel and Frithjof Rodi 편(Princeton: Princeton University Press, 2002)에서, 해석은 인간의 표현을 역사적 맥락 안에 두었을 때에만 얻을 수 있는 간접적 또는 매개된 이해를 다룬다고 주장했다. 이 말에서 이해란 저자의 정신상태를 재구축하는 과정이 아니라, 작업에 표현된 것을 정리하는 과정이다. Jos de Mul, *The Tragedy of Finitude: Dilthey's Hermeneutics of Life*, Tony Burrett 역(New Haven: Yale University Press, 2004)는 탁월한 비평적 연구다.

이런 해석학 선구자들과 근대 문학이론 사이의 연결고리는 마르틴 하이데거의 현상학적 해석학에서 찾아볼 수 있다. 하이데거는 해석학이 단지 텍스트적 언어적 문화적 학문이 아니라고 주장하여 해석학의 철학적 영역을 확장했다. 슐라이어마허가 주장했듯이 해석학에는 보편적 의미가 있다. 하지만 동시에, 하이데거에 따르면 해석학은 존재론적 명령이기도 하다. 이해, 또는 해석은 단지 읽는 방법이나 어떤 실험적 절차의 결과가 아니다. 이것은 외적 상징적 자료에 우리가 하는, 또는 하려고 하는 어떤 일이 아니다. 이것은 우리의 본질이다. 하이데거의 대표작 *Being and Time* (1927), John Macquarrie and Edward Robinson 역(London: SCM Press, 1962)에서는 해석학에서 존재론적 방향 전환으로 알려지게 된 작업이 시작된다. 하이데거의 이후 작업들은 문학, 특히 시가 언어와 존재의 관계를 묻는 방식을 더 직접적으로 참조하면서 해석의 철학적 존재론적 의미를 다룬다. "The Origin of the Work of Art," in *Poetry, Language, Thought*, Albert Hofstadter 역(New York: HarperCollins, 1971); *Hölderlin's Hymn "The Ister,"* William McNeill and Julia Davis 역(Bloomington: Indiana University Press, 1996)가 그런 예다. 하이데거의 작업에서 예술과 존재론 사이의 연결고리에 대한 명쾌하고 깊이 있는 분석으로는 Hubert Dreyfus, "Heidegger's Ontology of Art," in *A*

Companion to Heidegger, H. L. Dreyfus and M. A. Wrathall 편(Oxford: Blackwell, 2005)를 보라. 하이데거의 해석학에 대한 존재론적 재평가는 해체주의를 위한 철학적 검劍 역할을 하면서 문학이론에 큰 영향을 주었다. 이런 유산에 대한 세심한 평가로는 John Caputo, *Radical Hermeneutics: Repetition, Deconstruction, and the Hermeneutic Project* (Bloomington: Indiana University Press, 1987)를 보라.

근대 해석학과 문학의 다른 중요한 교차점은 다음 작업에서 찾아볼 수 있다. Hans-Georg Gadamer, *Truth and Method* (1960), Joel Weinsheimer and Donald G. Marshall 역(New York: Continuum, 1994); Gianni Vattimo, *Beyond Interpretation: The Meaning of Hermeneutics for Philosophy*, David Webb 역(Stanford: Stanford University Press, 1997); Paul Ricoeur, *Freud and Philosophy: An Essay on Interpretation*, Denis Savage 역(New Haven: Yale University Press, 1970), *The Conflict of Interpretations: Essays in Hermeneutics*, Don Ihde 편, Willis Domingo 등 역(Evanston, IL: Northwestern University Press, 1974), *Time and Narrative*, 3 vols., Kathleen McLaughlin and David Pellauer 역(Chicago: University of Chicago Press, 1984, 1985, 1988).

현상학적 또는 존재론적 해석학에 대한 많은 비판도 주목할 가치가 있다. 이는 매체 연구와 문학이나 공적 영역에 대한 사회학적 접근을 포함한 다양한 비평운동에 큰 영향을 주었다. 카를오토 아펠의 *Understanding and Explanation: A Transcendental-Pragmatic Perspective* (Cambridge, MA: MIT Press, 1984)는 언어에 대한 더 실용적이고 과학적인 설명을 추구하면서 이해Verstehen와 설명Erklärung의 관계를 재정리하려 한다. 위르겐 하버마스는 *On the Logic of the Social Sciences* (1967), Shierry Weber Nicholsen and Jerry A. Stark 역(Cambridge, MA: Polity Press, 1988), *The Theory of Communicative Action*, Thomas McCarthy 역(Cambridge, MA: Polity Press, 1984. 1987) 같은 작업에서 가다머의 전통 개념과 하이데거의 존재론의 정치적 함의에 특별히 초점을 맞추면서, 낭만적이고 현상학적인 해석학의 이데올로기적 함의를 비판한다. 하버마스의 소통과 공적 영역에 대한 작업은 또 많은 미국 학자들이 문화 연구와 인쇄 문화의 발흥을 연구하는 데 중요한 영향을 주었다. 마이클 워너의 *The Letters of the Republic: Publication and the Public Sphere in Eighteenth-Century America*(Cambridge, MA: Harvard University Press, 1990)와 *Publics and Counterpublics*(Cambridge, MA: Zone Books, 2002)는 미국 문학, 문화, 정치, 종교를 하버마스적인 렌즈로 빈틈없이 분석한 작업이다.

독자반응비평 또한 특히 콘스탄츠비평학파 구성원들 사이에서 해석학의 존재론적 전환에 대한 개선책으로서 등장했다. 이 양식에서 중요한 작업은 다음과 같다. Peter Uwe Hohendahl, "Introduction to Reception Aesthetics," *New German Critique 10* (1977): 29-63; Norman Holland, *The Dynamics of Literary Response* (New York: Columbia University Press, 1989); Stanley Fish, *Surprised by Sin: The Reader in Paradise Lost* (New York: Macmillan, 1967); Michael Riff aterre, "Criteria for Style Analysis," *Word 15* (1959): 154-174. Robert

C. Holub, *Reception Theory: A Critical Introduction* (London: Methuen, 1984)은 튼실한 입문서다. *Reader-Response Criticism: From Formalism to Post-Structuralism*, Jane P. Tompkins 편(Baltimore: Johns Hopkins University Press, 1980)은 훌륭한 개론서다. 한스 로베르트 야우스의 역할에 대해서는 야우스의 *Toward an Aesthetic of Reception*, Timothy Bahti 역(Minneapolis: University of Minnesota Press, 1982)에 붙인 폴드 만의 머리말을 보라.

해석학에서 존재론적 전환은 이따금씩 보수적인 지적 운동으로 비판받기는 했지만, 서구 철학 전통에 대한 근본적 비판의 성장에서 중심적인 자리를 차지했다. 하이데거에게서 강한 영향을 받은 장폴 사르트르는 한 세대 전체의 프랑스 지식인들에게 영감을 주어 문학의 철학적 의의를 다시 생각하게 했다. 그의 *What is Literature?* (1947), Bernard Frechtman 역(Cambridge, MA: Harvard University Press 1988)는 이러한 점에서 기본을 이루는 텍스트다. 조르주 풀레는 "Phenomenology of Reading," *New Literary History* 1.1 (October 1969): 53-68과 *The Interior Distance,* Elliott Coleman 역(Baltimore: Johns Hopkins University Press, 1959)에서 사르트르, 후설, 하이데거의 현상학적 작업을 확장하여 읽기 행위를 의식의 해석학으로 이론화했다.

러시아형식주의자들은 현대 학생들에게는 그들의 후계자들, 즉 미하일 바흐친과 그 시대의 사람들 때문에 약간 빛이 바랬으나, 그럼에도 여전히 찾아볼 만한 영어 문헌이 상당하다. 그들을 묘사한 것으로는 다음과 같은 두 에세이가 있다. Victor Erlich, "Rus sian Formalism," *The*

Journal of the History of Ideas 34 (1973: 627-38)과 Peter Steiner, "Russian Formalism," *The Cambridge History of Literary Criticism*, Raman Selden 편, vol. 8 (Cambridge: Cambridge University Press, 1995): 11-29. 아이헨바움의 개관과 비슷한 현대의 이 운동 개관으로는 보리스 토마셰프스키가 쓴 에세이 번역, "The New School of Literary History in Russia (1928), *Publications of the Modern Language Association* 119 (2004: 120-132)을 보라. 바흐친에 관해서는 Caryl Emerson and Gary Saul Morson, "Mikhail Bakhtin," *The Johns Hopkins Guide to Literary Theory and Criticism*, Michael Groden, Martin Kreiswirth, and Imre Szeman 편, 2판(Baltimore: The Johns Hopkins University Press, 2005)과 Katerina Clark and Michael Holquist, *Mikhail Bakhtin* (Cambridge, MA: Harvard University Press, 1984)를 보라.

현상학, 실존주의, 러시아형식주의와 더불어 페르디낭 드 소쉬르의 구조주의도 문학이론의 강력한 지적 촉매였다. 조너선 컬러의 *Structuralist Poetics: Structuralism, Linguistics, and the Study of Literature* (Ithaca: Cornell University Press, 1975)와 Hans Aarsleff의 *From Locke to Saussure: Essays on the Study of Language* (Minneapolis: University of Minnesota Press, 1982)는 이 전통을 다루는 고전적 연구다. 컬러의 *Ferdinand de Saussure* (Ithaca: Cornell University Press, 1986) 또한 불가결하다. Peter Caws, *Structuralism: The Art of the Intelligible* (New York: Humanities Press, 1988)는 구조주의의 철학적 의의를 탐사한다. Terence Hawkes, *Structuralism and Semiotics* (London: Methuen, 1977)

는 이 운동이 문학적 해석에 미친 영향을 우아하게 기록한 연구서다.

롤랑 바르트는 구조주의와 연결된 핵심인물이다. *Writing Degree Zero* (1953), Annette Lavers 역(New York: Hill and Wang, 1977)에 실린 그의 초기 작업은 사르트르가 실험적 문학형식에서 느낀 환멸에 대한 강력한 고발이다. 바르트의 후기 작업은 마르크스주의, 구조주의, 탈구조주의 비평을 오간다. *Mythologies*(1957), Annette Lavers 역(New York: Farrar, Strauss, and Giroux, 1972)은 광고나 레슬링 경기 같은 부르주아사회의 평범한 형식 속에서 작동하는 문화적 상징과 기호체계의 탈자연화를 시도한다. S/Z(1970), Richard Miller 역(New York: Hill and Wang, 1975)은 발자크의 이야기 「사라진」의 난해하고 자세한 기호학적 해부다. *Image, Music, Text* (New York: Hill and Wang, 1977)에 모은 에세이들은 읽기가 텍스트 안에서의 무한한 연기演技라는 급진적 개념을 향해 나아간다.

바르트의 사고에서 이 후자의 흐름은 문학이론과 현대 대륙철학에서 가장 중요한 인물로 꼽히는, 자크 데리다와 맞물린다. 1967년에 출간된 세 텍스트는, 데리다를 주요한 지적 인물로 자리잡게 하는 동시에, 서구 형이상학과 철학 전통에 대한 광범한 비판으로 인문학 전체와 일부 사회과학에 이르는 학문적 작업에 영향을 미친 해체주의의 발흥을 위한 기초를 놓았다. 이 기초를 이루는 텍스트는 다음과 같다. *Of Grammatology*, Gayatri Spivak 역(Baltimore: Johns Hopkins University Press, 1976); *Writing and Difference*, Alan Bass 역(Chicago: University of Chicago Press, 1980); *Speech and Phenomena and Other Essays on*

Husserl's Theory of Signs, David Allison 역(Evanston, IL: Northwestern University Press, 1973). 데리다의 후기 작업은 서양 형이상학의 해체주의를 윤리학과 정치학 문제에 적용한다. 예를 들어 *Spectres of Marx: The State of the Debt, the Work of Mourning, and the New International* (London: Routledge, 1994), *Politics of Friendship*, George Collins 역(London & New York: Verso, 1997), *Of Hospitality*, Rachel Bowlby 역(Stanford: Stanford University Press, 2000) 등이 있다.

예일학파가 옹호한 미국의 해체주의는 수많은 비평적 걸작을 생산했다. *Deconstruction and Criticism* (New Haven: Yale University Press, 1979)은 데리다, 해럴드 블룸, 제프리 하트먼, J. 힐리스 밀러, 폴 드만의 에세이를 모은 것으로, 해체주의에서 영감을 얻은 넓은 범위의 접근법들을 보여준다. 하트먼이 *Saving the Text: Literature/Derrida/Philosophy* (Baltimore: Johns Hopkins University Press, 1981)에서 보여준 데리다의 실험적인 문학-철학 콜라주 *Glas*(1974)의 엄격한 분석은 비평사에서 해체주의의 자리에 대한 실용주의적 성격이 강한 설명이다. 조너선 컬러의 *On Deconstruction* (London: Routledge, 1983)은 이 운동에 내포된 이론적 토대와 해석적 행동에 대한 가장 훌륭한 검토서다. 바버라 존슨의 *The Critical Difference: Essays in the Contemporary Rhetoric of Reading* (Baltimore: Johns Hopkins University Press, 1980), 캐럴 제이컵스의 *The Dissimulating Harmony* (Baltimore: Johns Hopkins University Press, 1978), 신시아 체이스의 *Decomposing Figures: Rhetorical Readings in the Romantic Tradition* (Baltimore: Johns Hopkins University

Press, 1986)은 각각 문학적 이론적 텍스트에서 작동하고 있는, 문제가 되는 수사적 구조에 대한 능란한 읽기를 실연해 보이고 있다.

아마도 예일학파에서 가장 영향력이 크고 논란이 많은 사람은 폴 드 만일 것이다. 그의 주요 작업인 *The Rhetoric of Romanticism* (New York: Columbia University Press, 1984), *Allegories of Reading: Figural Language in Rousseau, Nietz sche, Rilke and Proust* (New Haven: Yale University Press, 1979), *Blindness and Insight: Essays in the Rhetoric of Contemporary Criticism* (Oxford: Oxford University Press, 1971)은 문학 이론의 고전이 되었다. 난해하지만 데리다보다는 덜 복잡한 스타일로 쓰는 드 만은 워즈워스, 횔덜린, 셸리, 루소 같은 작가들에게서 의미의 불확정성을 교묘하게 보여준다. 그의 작업은 크리스토퍼 노리스의 *Paul de Man: Deconstruction and the Critique of Aesthetic Ideology* (London: Routledge, 1988)와 로돌프 가셰의 *The Wild Card of Reading: On Paul de Man*(Cambridge, MA: Harvard University Press, 1998)을 비롯하여, 그의 작업 못지않게 예리한 논평 몇 편을 끌어냈다. 드 만, 그리고 그 연장선상에서 해체주의 전체를 둘러싼 논란은, 그가 제이차세계대전 동안 독일 점령하의 벨기에에서 쓴 나치 부역적인 글이 발견되면서 발화되었다. 이 민족주의적이고 이따금씩 반유대주의적인 글은 *War time Journalism*, 1939-43, Werner Hamacher, Neil Hertz, Tom Keenan 편 (Lincoln: University of Nebraska Press, 1988)에 모두 모아놓은 드 만의 저널리즘적인 글들 가운데 분량이 적고 사변적인 편에 속한다. 드 만의 동료, 제자, 동시대 인물들의 사유, 옹호, 이론적 대응은

Responses: On Paul de Man's War time Journalism, Werner Hamacher, Neil Hertz, Th omas Keenan 편(Lincoln: University of Nebraska Press, 1989)에 수록되어 있다.

해체주의가 추구한 서구 형이상학에 대한 근본적 비판은 수많은 프랑스 페미니즘 사상가들에게 중요한 영감의 원천이기도 했다. 엘렌 식수는 뤼스 이리가레와 더불어 데리다의 이성중심주의 개념과 라캉의 정신분석을 결합하여 가부장적 권력구조에 대한 철학적 비판을 전개했다. 식수는 "The Laugh of the Medusa," Keith Cohen and Paula Cohen 역, *Signs* 1.4 (1976): 875-893에서 'écriture féminine'라는 이름의 새로운 양식의 여성적 글쓰기를 촉구한다. 이리가레는 *Speculum of the Other Woman* (1974), Gillian C. Gill (Ithaca: Cornell University Press, 1985)과 *The Sex Which Is Not One* (1977), Catherine Porter 역(Ithaca: Cornell University Press, 1985)에서 서구 철학을 지배하는 단일의 진리 개념에 저항하는 여성적 글쓰기 양식의 필요성을 지지한다. 프랑스 페미니즘의 이론적 전통에서 중요한 또 한 사람은, 줄리아 크리스테바다. 크리스테바는 '기호적인 것'을 연구하면서 지시적인 의미라는, 상징적이고 암묵적으로 남근중심적인 경험에 관심을 돌리게 한다. 이 이론의 주요 진술은 *Séméiôtiké: Recherches pour une sémanalyse* (1969){영어 번역판은 *Desire in Language: A Semiotic Approach to Literature and Art* (Oxford: Blackwell, 1980)}이다. 후기의 작업은 여성 저자들이 직면한 독특한 도전에 초점을 맞추었다. *Female Genius: Life, Madness, Words: Hannah Arendt, Melanie Klein, Colette: A Trilogy*, 3 vols. (New York: Columbia University Press, 2001)을 보라.

많은 미국 페미니스트가 프랑스에서 등장한 기호학과 정신분석의 결합을 자세히 설명했다. 제인 갤럽의 작업은 특히 중요하고도 날카로운 예다. *The Daughter's Seduction: Feminism and Psychoanalysis* (Ithaca: Cornell University Press, 1982), *Reading Lacan* (Ithaca: Cornell University Press, 1985), *Thinking Through the Body* (New York: Columbia University Press, 1988)를 보라. 갤럽은 또 학계의 페미니즘문학 연구를 탁월하게 서술한 이야기인 *Around 1981: Academic Feminist Literary Theory* (New York: Routledge, 1991)을 쓰기도 했다. 토릴 모이의 작업은 널리 읽히고 여러 책에 수록되었다. 모이는 프랑스 페미니즘이론의 이론적 작업과 그 선배들 사이의 차이를 가장 분명하게 논증한다. 모이는 *Sexual/Textual Politics: Feminist Literary Theory* (London and New York: Methuen, 1985)에서 일레인 쇼월터, 샌드라 길버트 & 수전 구바, 케이트 밀릿, 아네트 콜로드니 같은 이론가들의 작업을 특징으로 하는 영미 페미니즘을 개괄한다. 모이에 따르면 학계에서 페미니즘의 지배적인 흐름은 여성적 자아라는 본질주의적 개념을 표현하는데, 이것은 자유주의적 휴머니즘의 특징이자 그것과 공모한다. 모이는 *What Is a Woman? and Other Essays* (Oxford and New York: Oxford University Press, 1999)에서 영미 페미니즘에 대한 이런 비판으로 돌아가 크리스테바, 식수, 이리가레, 시몬 드 보부아르의 영향하에 여성 정체성의 대안적 개념을 추구한다.

페미니즘문학이론, 퀴어이론, 더 넓게 문화 연구를 포함한 젠더와 섹슈얼리티 문학 연구는 미셸 푸코의 작업에 큰 빚을 지고 있다. 푸코의 최초의 작업(1961)은 광기의 문화적이고 제도적인 역사인 *History of Madness*, Jonathan Murphy 역(London: Routledge, 2006)이다. 그의 *History of Sexuality*, 3 vols., Robert Hurley 역(New York: Vintage Books, 1988-1990)은 젠더나 섹슈얼리티에 대한 분석이라는 면에서나 문화, 권력, 주체성의 관계에 대한 이론적 통찰이라는 면에서나 엄청난 영향력을 발휘했다. 후기의 세미나들은 비정상적인 것이나 병리적인 것의 다양한 사회적 구축에서 권력과 지식의 중첩에 초점을 맞춘다. *Essential Works of Foucault, 1954-1984*, 3 vols., Paul Rabinow 편(New York: New Press, 1997. 1999)를 보라. Hubert Dreyfus and Paul Rabinow, *Michel Foucault: Beyond Structuralism and Hermeneutics* (Chicago: University of Chicago Press, 1983)는 푸코의 철학적 의의에 관한 탁월한 이차적 연구다.

주디스 버틀러와 더불어 수많은 이론가와 비평가들이 푸코에 의지하여 젠더와 섹슈얼리티의 문화적이고 제도적인 구축을 분석했다. 수전 보르도의 *Unbearable Weight: Feminism, Western Culture, and the Body* (Berkeley: University of California Press, 1993)은 서구사회에서 젠더화된 몸의 해석을 이끄는 권력 역학의 빈틈없는 분석을 보여준다. 이브 코소프스키 세즈윅의 문학과 문화비평의 두 걸작 *Between Men: English Literature and Male Homosocial Desire* (New York: Columbia University Press, 1985)와 *Epistemology of the Closet* (Berkeley: University of California, 1990)은 동성애-이성애라는 두 항이 이성애와 남성

지배를 뒷받침하는 도구로서 발전한다고 주장한다. 리 에덜먼의 *Homographesis: Essays in Gay Literary and Cultural Theory* (New York: Routledge, 1994)는 해체주의적이고 정신분석적 렌즈를 통해 성정체성과 정치라는 쟁점을 다시 표현한다. 테레사 데 로레티스는 '퀴어이론'이라는 말을 만들었으며, 성과 섹슈얼리티에 관한 담론적 지평을 여는 방식으로 그 용어를 사용할 것을 주장했다.

가야트리 스피박, 슐라미스 파이어스톤, 미셸 배럿을 포함한 많은 중요한 페미니즘 이론가들이 정신분석과 인류학적 비평을 마르크스주의 사회이론과 묶어 페미니즘 이론의 영역을 확장했다. 예를 들어 배럿의 *The Politics of Truth: From Marx to Foucault* (Stanford: Stanford University Press, 1991)나 게일 루빈의 "The Traffic in Women: Notes on the Political Economy of Sex," in *Towards an Anthropology of Women*, Rayna Rapp Reiter 편 (New York: Monthly Review Press, 1975)을 보라.

현대 마르크스주의 문학과 문화이론에서 가장 영향력이 큰 인물은 프레드릭 제임슨이다. 제임슨은 *The Prison House of Language* (Prince ton: Prince ton University Press, 1972)에서 구조주의적 기획에 관여한 뒤 *Fables of Aggression* (Berkeley: University of California Press, 1979), *The Political Unconscious* (Ithaca: Cornell University Press, 1981), *Postmodernism, or, The Cultural Logic of Late Capitalism* (Durham, NC: Duke University Press, 1991)을 포함하는 일련의 작업에서, 루이 알튀세르의 영향을 강하게 받은, 그 나름의 문화이론을 개진했다. 테리 이글턴의 *The Ideology of the Aesthetic* (London: Blackwell, 1991)은 마르크

스주의비평의 새로운 고전이다. 이것은 18, 19세기 미학이론들을 이데올로기와 정치 담론들의 이종적 배치 안에 자리잡게 한다. 에르네스토 라클라우와 샹탈 무페의 *Hegemony and Socialist Strategy* (London: Verso, 1985)는 문학과 예술 자체에 초점을 맞추기보다는 안토니오 그람시의 선례를 따라 강요된 권력 구조를 자연화하는 데서 문화의 역할을 분석한다.

특히 제임슨의 작업은 "Third-World Literature in the Era of Multinational Capitalism," *Social Text* 15 (1986): 65-88에서 한 주장 때문에 탈식민주의 이론가들로부터 비판받았다. 여기에서 제임슨은 모든 제삼세계 문학은 민족적 알레고리라는 맥락에서 해석되어야 한다고 주장하여, 잠재적으로 다른 타당한 해석학적 접근을 묵살한다. 아이자즈 아마드는 "Jameson's Rhetoric of Otherness and the 'National Allegory,' " Social Text 17 (1987): 3-25에서 제임슨에게 강력하게 반대하는 주장을 펼친다. 임레 제먼은 "Who's Afraid of National Allegory?: Jameson, Literary Criticism, Globalization," *South Atlantic Quarterly* 100.3 (2001): 803-827에서 제임슨을 옹호한다. 가야트리 스피박의 "Can the Subaltern Speak?" in *Marxism and the Interpretation of Culture*, Cary Nelson and Lawrence Grossberg 편(London: Macmillan, 1988)은 탈식민지 주체를 위하여, 그런 주체에 관하여, 그런 주체로서 말하는 것의 어려움에 대한 고전적 작업이다.

프랑크푸르트 비평학파와 연결된 이단 마르크스주의 학자들의 탁월한 비평적 연구는 많이 있다. Martin Jay, *The Dialectical Imagination:*

A History of the Frankfurt School and the Institute for Social Research 1923-1950 (Berkeley: University of California Press, 1996), Seyla Benhabib, *Critique, Norm, and Utopia: A Study of the Foundations of Critical Theory* (New York: Columbia University Press, 1986), Rolf Wiggerhaus, *The Frankfurt School: Its History, Theories, and Political Significance* (Cambridge, MA: MIT Press, 1995), Thomas Wheatland, *The Frankfurt School in Exile* (Minneapolis: University of Minnesota Press, 2009) 등이 그런 예다.

탈식민주의 연구는 전반적으로 식민 통치를 받은 나라들만큼이나 다양하다. 그럼에도 이런 비평적 맥락에서 몇 가지 기초를 이룬 작업은 골라낼 수 있다. 에메 세제르의 *Discourse on Colonialism* (1950), Joan Pinkham 역 (New York: Monthly Review Press, 2001)과 프란츠 파농의 *Black Skin, White Masks* (New York: Grove, 1967)는 중요한 선구적 업적이다. 파농은 정신분석이론을 이용하여 식민지 주체의 분열된 자기인식을 탐사한다. 비슷한 모델이 그의 알제리 독립투쟁 연구인 *The Wretched of the Earth* (New York: Grove, 1965)에도 나타난다. 알베르 메미의 *The Colonizer and the Colonized* (Boston: Beacon Press, 1965)는 지배자와 피지배자 사이의 상호의존적 관계에 대한 유사 구조주의적 설명이다. 에드워드 사이드의 고전 *Orientalism* (New York: Vintage Books, 1978)은 오리엔탈리스트 연구와 상상에서 나온 중동의 초상에서 억압적 권력과 지식의 상호작용을 분석한다. 월터 미뇰로의 *The Idea of Latin America* (Oxford: Blackwell, 2005)는 비슷한 방침을 채택하여, '라틴아메리카'라는 말의 발명 뒤에 놓인 권력의 식민주의적 모체를 탐사한다. 아킬레 음벰베의 *On the Postcolony* (Berkeley: University of California Press, 2000)는 주체성의 재현을—폭력, 경이, 웃음 같은 경험에 초점을 맞춰—해석하여 완강한 아프리카주의와 토착문화주의적 관점을 문제화하는 한편, 탈식민주의이론의 핵심 가정들 몇 가지를 탐사한다. 폴 길로이는 *The Black Atlantic: Modernity and Double Consciousness* (New York: Verso, 1993)에서 아프리카 지성사와 그 문화적 구축을 연구하며, 대서양 노예무역으로 고통받은 민족들을 이산하는 민족들의 불가피한 문화적 혼종성의 상징으로 바꾸어 제시한다. 호미 바바의 *Nation and Narration* (London: Routledge, 1990)과 *The Location of Culture* (London: Routledge, 1994)는 정신분석, 해체주의, 문화이론의 특이한 혼합을 통해 민족성과 정체성의 문제적 현실과 중의성을 마주본다.

아프리카계 미국 문학이론 또한, 비평 연구에서 활력이 넘치고 폭이 넓은 지류다. 프라이 교수가 강의에서 논의한 헨리 루이스 게이츠 주니어와 토니 모리슨의 작업과 더불어 이 전통에 속하는 정전급의 작업은 다음과 같다. Houston A. Baker, *Blue, Ideology, and Afro-American Literature: A Vernacular Theory* (Chicago: University of Chicago Press, 1984), *The Black Aesthetic*, Addison Gayle Jr. 편 (New York: Doubleday, 1971), Claudia Tate, *Psychoanalysis and Black Novels: Desire and the Protocols of Race* (Oxford: Oxford University Press, 1998), Robert B. Stepto, *From Beyond the Veil: A Study of Afro-American Literature*

(Urbana: University of Illinois Press, 1979). *African American Literary Criticism*, 1773 to 2000, Hazel Arnett Ervin 편 (New York: Twayne Publishers, 1999)은 유용한 개론서다.

페미니즘, 마르크스주의, 탈식민주의 연구가 계속 정신분석적 주제, 개념, 사상가들에 의지하는 반면, 프로이트와 라캉의 작업과 사상을 전면에 내세운 연구는 안타깝게도 최근의 이론 지평에서는 약간 희미해졌다. 그럼에도 해럴드 블룸의 *The Anxiety of Influence* (Oxford: Oxford University Press, 1973)은 여전히 시인과 그 선구자 사이의 관계를 이해하는 강력한 모델의 지위를 유지하고 있다. *Reading for the Plot* (Cambridge, MA: Harvard University Press, 1983), *Body Work: Objects of Desire in Modern Narrative* (Cambridge, MA: Harvard University Press, 1993), *Troubling Confessions: Speaking Guilt in Law and Literature* (Chicago: University of Chicago Press, 2000), *Realist Vision* (New Haven: Yale University Press, 2005) 같은 피터 브룩스의 작업은 주로 정신분석의 렌즈를 이용해 법적 문학적 미학적 담론에서 작동하는 수사적 치환을 검토한다.

정신분석이론의 더 활기찬 전개 가운데 하나는 트라우마 연구 분야에서 발견된다. 쇼샤나 펠먼이 의사 도리 라우브와 협력한 *Testimony: Crises of Witnessing in Literature, Psychoanalysis, and History* (London: Routledge, 1992)는 이 하위 분야에서 기초를 이루는 텍스트다. 펠먼의 작업은 브룩스의 작업과 마찬가지로 철학, 법, 인류학을 포함한 다른 학문과 교차한다. 그녀의 *Writing and Madness: Literature/Philosophy/*

Psychoanalysis (Stanford: Stanford University Press, 2003)는 재판, 특히 역사적 중요성이 있는 재판과 그것이 집단 트라우마와 갖는 관계를 검토하는 쪽으로 방향을 튼다.

기초가 되는 정신분석 텍스트를 엄격하고 철저한 방식으로 자세히 읽는 것으로는 필립 라쿠라바르트와 장뤽 낭시의 협력 작업인 *The Title of the Letter: A Reading of Jacques Lacan* (Francois Raffoult and David Pettigrew 역, Albany: State University of New York Press, 1992)이 불가결하다. 이것은 "The Agency of the Letter in the Unconscious, or Reason since Freud"의 집중적 읽기다. 라쿠라바르트와 낭시는 라캉의 텍스트에서 대칭성, 토대, 진리의 수사적 치환, 나아가 더 일반적으로 정신분석을 살펴본다. 슬라보예 지젝 또한 라캉의 정신분석을 부연하고 거기에 관여한다. 그는 *How to Read Lacan* (New York: W. W. Norton, 2007)에서 분명하고 접근하기 쉬우면서도 핵심 개념과 이론적 기초를 예리하게 살핀다. 지젝의 지휘하에 편집된 모음집 *Everything You Always Wanted to Know about Lacan (But Were Afraid to Ask Hitchcock)* (London: Verso, 2010)은 〈사이코〉와 〈이창〉을 포함한 고전영화에 대한 수많은 활발한 관여를 보여준다. *The Sublime Object of Ideology* (London: Verso, 1997)은 헤겔, 알튀세르, 라캉을 연결하는 사고의 흐름을 보여주며, 이것이 주체성과 이데올로기 사이의 관계에 대한 변증법적 분석을 낳는다.

질 들뢰즈의 오묘하고 이따금씩 뚫고 들어갈 수 없는 철학적 개입은 애증이 교차하는 가운데 정신분석의 영향을 강하게 받았다. 피터 홀워드의 *Out of This World: Deleuze and the Philosophy of Creation* (London: Verso, 2006)은 그의 작업에 관한 탁월한 설명이다. 마찬가지로 라캉의 정신분석으로부터 영향을 받은 알랭 바디우는 들뢰즈를 지적인 검으로 이용하는 동시에 철학적 해석학과 전통적 미학 양쪽에 대안을 제시한다. 그의 *Handbook of Inaesthetics*, Alberto Toscano 역 (Stanford: Stanford University Press, 2004)와 *Being and Event*, trans. Oliver Feltham 역 (New York: Continuum, 2005)을 보라.

위에서 언급한 다양한 이론 해석의 학파와 양식은 종종 스스로를 미국의 신비평가들이 정리한 생각들에 대한 대안 또는 개선책으로 제시한다. 문학과 문학이론을 공부하는 학생이라면 20세기 중반의 이 운동과 연결된 혁명적인 비평 텍스트들을 읽는 것이 좋을 것이다. 실제로, 문학이론이 실행에 옮기는 문화적 담론들의 자세한 분석은 신비평가들의 방법론적이고 교육적 혁신이 없었다면 존재하지 않았을 것이다. 신비평의 자세히 읽기와 이론의 다양한 흐름 사이의 연결에 대한 폭넓은 논의로는 William J. Spurlin and Michael Fischer, *The New Criticism and Contemporary Literary Theory* (New York: Garland Publishing, 1995)를 보라.

클리언스 브룩스의 에세이 "The New Criticism," Sewanee Review 87.4 (1979)는 이 운동의 중심적인 가정, 목표, 방법에 대한 명료하고 예리한 진술이라 할 만하다. 이 방법은 *The Well Wrought Urn* (New York: Harcourt Brace, 1947)과 *Understanding Poetry*, with Robert Penn Warren (New York: Henry Holt, 1938)의 명인다운 읽기에서 볼 수

있다. 마크 윈첼의 *Cleanth Brooks and the Rise of Modern Criticism* (Charlottesville: University Press of Virginia, 1996)은 현대문학 연구, 어쩌면 더 중요한 것으로 영어교육에서의 교수법을 형성하는 데 브룩스가 차지하는 근본적 역할을 빈틈없이 정리했다. 존 크로 랜섬의 *The New Criticism* (New York: Harcourt Brace, 1947)은 I. A. 리처즈, T. S. 엘리엇, 이보 윈터스의 작업을 검토하면서, 취향이나 저자의 심리보다는 의미와 시의 심리적 효과에 초점을 맞춘다는 점에서 이들을 텍스트를 바라보는 새로운 방법의 전위로 분류한다. 리처즈의 걸작 *Practical Criticism* (London: Kegan Paul, Trench, Trubner, 1929)은 학생들로부터 모은 자기 보고 자료를 이용한 해석과정 자체에서 나온 경험적 연구다. 미국 남부의 신비평과 보수적인 농촌주의적 정치운동 사이의 관련에 대한 흥미로운 이야기로는 폴 K. 콘킨의 *The Southern Agrarians* (Knoxville: University of Tennessee Press, 1988)을 보라. 그 시대에 이론 수준에서 신비평의 최고 경쟁자들은 신중하게 고려된 일반적 틀이 없으면 해석이 믿을 만하게 실행에 옮겨질 수 없다고 생각한 신아리스토텔레스주의 비평가들이 모인 '시카고학파'였다. R. S. Crane, "The Critical Monism of Cleanth Brooks," in Crane 편, *Critics and Criticism: Ancient and Modern* (Chicago: University of Chicago Press, 1952)을 참조하라.

물론 이 책과 같은 개관적 과제를 수행한 책들은 헤아릴 수 없이 많다(우리가 독자들에게 이 강의들과 연결하여 구매하도록 권한 모음집의 편집자인 데이비드 리히터의 책 *Falling Into Theory: Conflicting Views on*

Reading Literature, 2판 {Bedford/ St. Martin's, 2000}을 포함하여). 이들 가운데 우리는 두 권을 고를 텐데, 첫번째는 신비평의 순간에 문학이론이 어떠할 수 있는가를 보여주는 최고의 개론서였기 때문이다(또 본서의 제목이 거기에서 훔쳐온 것임을 인정하는 의미에서). 그 책은 Rene Wellek and Austin Warren, *Theory of Literature* (New York: Harcourt, Brace, 1949)이다. 두번째는 그 책이 나온 시기(매우 최근)의 중요한 운동들의 아주 탁월한 요약으로, 각 장이 마르크스주의 카드를 내놓는 마지막 한두 페이지 전까지는 각각의 이론적 입장을 명료하면서도 공평무사하게 정리했기 때문이다. 그 책은 *Terry Eagleton, Literary Theory: Introduction* (Cambridge, MA: Blackwell, 1996)이다.

위에서 언급한 글들이 물론 문학이론의 다양성 전체를 포괄하지는 못한다. 이론 연구와 관련한 즐거움과 지적 소득 가운데 하나는 새로운 사상가를 발견하고 그들에게 영감을 준 자료를 추적하는 과정에서 나온다. 프라이 교수와 나는 앞서 이루어진 강의들과 연결하여 지금 제시한 자료들이 학생과 평생 공부하는 사람들에게 자신의 경로를 그려나가고, 문학의 해석과 경험에 관한 가정들을 다시 생각하는 데 영감을 주기를 바란다.

옮긴이의 말

이 책은 '오픈예일' 시리즈 가운데 한 권이며, 따라서 모두 짐작하겠지만 저자가 예일대 학생들에게 한 강의를 바탕으로 만들어진 것이다. 시리즈에 속하는 책마다 다르겠지만, 이 『문학이론』의 경우에는 강의를 녹취하고, 그것을 약간만 손본 상태로 내놓은 것이다. 이 강의는 유튜브에서도 전체를 볼 수 있는데(물론 화면은 계속 칠판과 교수만 비출 뿐이지만), 실제로 강의 내용과 책 내용이 큰 차이를 보이지 않는다. 심지어 말로 하는 강의에서만 나올 수 있는—써온 것을 읽는 강의가 아니라 그야말로 말로 풀어나가는 강의다—여러 흔적도 그대로 담겨 있다. 말하자면 날것 그대로의 강의를 최대한 보존한 상태로 책에 담아낸 셈이다. 따라서 이 번역서도 그 점을 최대한 존중하려고 노력했다.

그러나 몇 장을 넘겨보면 금세 알 수 있듯이, 이 강의는 한번 들어서 술술 이해가 될 수 있는 내용은 아니다. 사실 글로 읽으며 곱씹어보아도 이해가 될까 말까 한 대목과 자주 부딪친다. 한참 읽어나가다 보면, 이런 강의를 준비한 원고도 없이 한 학기에 30회 가까이 해내는 사람도 대단하고(내용은 달라졌겠지만, 어쨌든 같은 제목의 강의를 1980년대부터 해온 것으로 알고 있다) 그것을 앉아서 듣고 있는 사람들도 대단하다는 생각이 들 것이다. 물론 이것은 저자가 강의를 난해하게 하기 때문만은 아니다(본인 스스로 강의용으로 쉽게 이야기하지 않는다고 인정한다). 강의하는 주제 자체가 난해하기 때문이다. 이 점은 목차만 훑어보아도 대충 짐작이 갈 것인데, 목차를 보는 순간 또 이런 주제들을 모두 한 학기에 한 강의에서 소화해낸다는 것 자체에 놀라게 될 것이다. 여기에 보태어 한 가지 더 놀라운 점은 이 주제들이 따로 노는 것이 아니라, 처음부터 끝까지 그 나름의 맥락 안에 자리잡고 있다는 것이다.

강의는 일주일에 두 번씩 진행되며, 학생들은 매번 해당 주제와 관련된 인물이 쓴 짧은 에세이 또는 에세이 발췌문(당연히 이 텍스트 자체도 이해가 쉽지 않다)을 읽어온다. 그러면 이 책의 저자인 폴 프라이 교수는 이따금씩 그 글을 언급하거나 인용해가며 강의를 진행해나간다. 한국 독자들에게 미안한 것은 학생들이 미리 읽어오는 텍스트를 따로 번역해서 준비해놓지 못했다는 점이다. 그것까지 마련했더라면 독자들이 좀더 알차게 프라이 교수의 강의를 들을 수 있을 테지만, 그 텍스트의 번역은 준비하던 사람들의 꿈으로 끝나고 말았다. 그러나, 예습을 한 사람만큼이야 못할지 몰라도, 그 텍스트를 읽어오지 않는다 해도 강의를 듣는 데 큰 지장은 없다(이미 번역된 텍스트도 많으니 마음만 먹으면 찾아 읽는 것 자체는 크게 어렵지 않을 것이다). 실제로 필요한 부분은 교수가 직접 인용하고 설명도 하며, 강의가 그 텍스트에 매달리는 방식이 아니기 때문에 예습을 안 해온 사람도 강의 나름의 맥락에서 프라이 교수가 하고자 하는 이야기를 이해할 수 있다.

물론 많은 독자는 이 책을 강의로 접근하기보다는 그냥 문학이론을 폭넓게 다룬 책으로 받아들일 것이며, 이 책을 준비한 사람들도 그런 접근을 환영한다. 그렇게 접근할 경우, 이 책은 아마 다른 문학이론 개론서와는 느낌이 많이 다를 것인데, 바로 그런 점이 이 책에서 진정으로 공부가 되는 점이라고 믿는다. 프라이 교수의 강의의 특징은 어떤 주제나 개념을 친절하게 설명하고 텍스트를 독해한다기보다는, 생각할 거리들을 포착하여 원하는 만큼 파고들면서 듣는 사람의 생각을 자극하는 쪽이기 때문이다. 따라서 여러 문학이론 각각의 주장이나 입장을 요약하여 외울 게 아니라면, 이쪽이 얻는 게 훨씬 많다고 본다. 내공이 깊은 저자의 핵심을 찌르는 짧은 한마디, 함의가 풍부한 언급을 곱씹으며 자기 생각을 발전시키기를 즐기는 독자들에게 천천히 시간을 들여 읽어보라고 권하고 싶은 책이다. 그럴 경우, 강의 특유의 독특한 분위기를 맛보고 즐기는 것은 기분좋은 덤으로 느껴질 것이다.

2019년 4월

정영목

찾아보기

지은이 **폴 프라이Paul H. Fry**
버클리 캘리포니아대학 학사, 하버드대학에서 박사 학위를 받았다. 예일대에서 1971년부터 교편을 잡았고, 현재 명예교수로 재직중이다. 2011년 케네디예술센터에서 수여하는 스티븐손드하임 교수상을 받았다. 그의 주요 연구 분야는 영국 낭만주의 중에서도 특히 시, 문학비평사, 현대문학 이론, 시각예술과 연계된 문학이다. 『영시에서 시인의 소명』(1980)으로 미국시협회에서 수여하는 멜빌케인상을 수상했다. 그 밖의 저서로 『비평의 권한』(1984), 『윌리엄 엠프슨』(1990), 『시의 옹호』(1996), 『늙은 뱃사람의 노래』(1999), 『워즈워스와 우리 존재 양상으로서의 시』(2008) 등이 있다. 한때 화가였던 그는 시각예술에도 관심이 많아, 전시와 그림에 관한 수많은 리뷰나 짧은 에세이를 『아트뉴스』에 기고해왔고, 뉴욕정신분석협회가 후원하는 창의력 연구를 위한 정기간행물 『필록테테스 저널』에도 미학 관련 기사를 써왔다.

옮긴이 **정영목**
서울대학교 영문학과를 졸업하고 동 대학원을 졸업했다. 전문번역가로 활동하며 현재 이화여대 통역번역대학원 교수로 재직중이다. 지은 책으로 『완전한 번역에서 완전한 언어로』 『소설이 국경을 건너는 방법』, 옮긴 책으로 『인간성 수업』 『혁명의 기술에 관하여』 『레닌의 유산: 진리로 나아갈 권리』 『텍스트의 포도밭』 『바르도의 링컨』 『로드』 『말 한 마리가 술집에 들어왔다』 『밤은 부드러워라』 『책도둑』 『미국의 목가』 『에브리맨』 『울분』 『포트노이의 불평』 『굿바이, 콜럼버스』 『네메시스』 『죽어가는 짐승』 『달려라, 토끼』 『제5도살장』 『하느님 이 아이를 도우소서』 등이 있다. 『로드』로 제3회 유영번역상을, 『유럽 문화사』(공역)로 제53회 한국출판문화상(번역 부문)을 수상했다.

오픈예일코스
문학이론

초판 인쇄 2019년 4월 19일
초판 발행 2019년 4월 29일

지은이 폴 프라이 | 옮긴이 정영목 | 펴낸이 염현숙
책임편집 송지선 | 편집 홍상희 김영옥 고원효
디자인 김현우 유현아 | 저작권 한문숙 김지영
마케팅 정민호 이숙재 양서연 안남영 | 홍보 김희숙 김상만 이천희
제작 강신은 김동욱 임현식 | 제작처 영신사

펴낸곳 (주)문학동네
출판등록 1993년 10월 22일 제406-2003-000045호
주소 10881 경기도 파주시 회동길 210
전자우편 editor@munhak.com | 대표전화 031) 955-8888 | 팩스 031) 955-8855
문의전화 031) 955-3578(마케팅) 031) 955-1905(편집)
문학동네카페 http://cafe.naver.com/mhdn | 트위터 @munhakdongne
북클럽문학동네 http://bookclubmunhak.com

ISBN 978-89-546-5606-1 04800
978-89-546-4397-9 (세트)

www.munhak.com